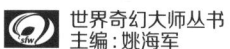
世界奇幻大师丛书
主编：姚海军

SHARPS

开刃

［英］K.J.帕克——著

胡 纾——译

四川科学技术出版社

图书在版编目（CIP）数据

开刃 /〔英〕K.J. 帕克　著；胡纾　译 . -- 成都：四川科学技术出版社，2023.6
（世界奇幻大师丛书 / 姚海军　主编）

书名原文：Sharps

ISBN 978-7-5727-1000-1

Ⅰ . ①开… Ⅱ . ①K… ②胡… Ⅲ . ①幻想小说—英国—现代 Ⅳ . ① I561.45

中国国家版本馆 CIP 数据核字（2023）第 103625 号

图进字：21-2020-238

世界奇幻大师丛书

开　刃

SHIJIE QIHUAN DASHI CONGSHU
KAI REN

丛书主编　姚海军
著　者　〔英〕K.J. 帕克
译　者　胡　纾

出 品 人　程佳月
责任编辑　王　娇　姚海军
特邀编辑　钟睿一
封面绘画　谢春治
封面设计　李　鑫
版面设计　李　鑫
责任出版　欧晓春
出　版　四川科学技术出版社
　　　　　成都市锦江区三色路 238 号　邮政编码　610023
　　　　　官方微博：http://weibo.com/sckjcbs
　　　　　官方微信公众号：sckjcbs
　　　　　传真：028-86361756
成品尺寸　160mm × 228mm　　印　张　28.625
字　数　357 千　　　　　插　页　1
印　刷　四川新财印务有限公司
版　次　2023 年 07 月成都第一版
印　次　2023 年 07 月成都第一次印刷
定　价　76.00 元
ISBN 978-7-5727-1000-1

邮购：成都市锦江区三色路 238 号新华之星 A 座 25 层　邮政编码　610023
电话：028-86361770

1

　　她自小便老做同一个梦。她站在那根蠢呼呼的柱子顶上，低头注视下方静止的绿色深塘；好些大鱼贴在水面下懒洋洋地游着，她能看到鱼身模糊的轮廓。紧接着她的位置突然一变，换到了干涸的水塘里。她往上看，二十英尺①之上有根宽大的水管，水从管子里涌出来，转瞬间池塘就满了——满是水、鱼和像鱼一样漂浮的死尸。一个死人仰面朝天从她身旁漂过，她知道那是自己的丈夫。然而她既没有沉入水底也没有淹死，水把她托上去，直托着她回到柱子顶上。

　　那根柱子她当然是知道的，那是她父亲唯一拿得出手的故事，一逮着机会他就要讲。但梦里其余的意象令她不安，所以十四岁那年她溜出家门去了神殿，去问祭司他是不是明白这一切的含义。祭司满脸肃穆地认真听完，之后露出迷惑的神情，仿佛觉得她的梦一部分讲得通，一部分讲不通。

　　她问："如何？"

――――――――――
　　① 英尺为英制中的长度单位。1英尺=0.3048米。

"我并非算命先生，"祭司挤出微笑回答道，"若非了解你的为人，我定会疑心你读了萨洛尼努斯的《弗卡斯与莱奥希雅》，这才做起噩梦来。但那样的文字可不适合教养良好的年轻女士啊。"

伊瑟姿回答说："从没听说过。"

"当然。"祭司伸出拇指和食指揉揉鼻子，"嗯，《弗卡斯与莱奥希雅》里有这么一幕，女主角罹遇船难，她丈夫的尸体从她身边漂过。我猜你可能听谁说起过，后来这个印象就一直留在心底。我能想到的就这些，抱歉。"

她叹气道："有什么办法能让它停下吗？我连觉都不敢睡了！"

祭司回答："祈祷。"

她并不真心信仰无敌骄阳，但还是试了试。噩梦不再出现，之后的十年她都没再想起这件事。

2

卡努斐克斯将军被人称作"浇灌者"是在他摧毁佩尔米亚的第二大城市弗罗斯·维尔让之后，那是在大战的第三十七年。卡努斐克斯接过指挥权时，围城已经持续两年之久，军中爆发了三次疫病，人员大减；加上弗罗斯·维尔让位于由三道山脉形成的山谷中，围城的军队很难获得稳定的补给。凡此种种，使得军队总参谋部下令召回剩余的部队，把之前五年作战赢得的土地完全抛下。

卡努斐克斯花了一个月时间全力围捕当地平民，拼凑出一支近两万人的劳工队，男人、女人、小孩都有。有四条大河从山里汇入普雷塞尔湖，这些劳工的任务就是改变河道。卡努斐克斯跟俘虏的银矿矿工学到工程新技术，最终在坚硬的石头里挖出很深的水道，将河水引下维尔让山谷。工程完成，大坝被冲垮，接踵而至的洪水将城市完全淹没，直至今日它仍然沉在水底。

世上大概少有比你自己的血更令你愁苦的景象了。他左侧的裤腿完全湿透，仿佛遭遇了夏季突如其来的猛烈暴雨，尽管持续时间不过一分钟上下，却能把你从里到外浇透。只不过是血水而非雨水。等到达某个临界点，失血太多，人就救不回来了。这是一个医学生告诉给他的，不过当时他没留心听。在到达那个点之前的一小段时间，也可能是之后，你开始产生微醺的感觉；注意力难以集中，你真的很想闭上眼睛打个盹儿，虽说你很清楚自己多半再也醒不过来。据那个医学生说，那感觉虽说算不上开心，但也不是要命的惊恐。并不怎么疼，而且主要是你压根儿不在乎。

之前或者之后的一小段时间。他放松下来，任脑袋靠在钟房墙上。如果我死了，他心想，至少不必再对自己做的事负责。我可真不想来那么一遭，忍受旁人的大惊小怪，害自己又不快又尴尬。想到这里他微微一笑。他们会跟着那足足一英里①长的血迹追过来，匆匆忙忙地冲上钟楼的阶梯；他们会一脚踹倒大门然后发现我已经完蛋了——差不多跟逃掉了一样好。否则他会被捕，跟醉鬼和街上的粗人一起被关进牢房，度过悲惨耻辱的一晚；他会公开受审，检察官会极具画面感地描绘出他所做的那一切蠢到极点的蠢事，他会瞥见旁听席上父母的脸，并为此心碎；他会在关押死囚的监牢里经历难以忍受的漫长等待；当行刑的那个早晨到来，当第一缕阳光透进窗户，他还会感到巨大的惊恐，几乎控制不住要大小便失禁。能逃过所有这一切几乎跟完全逃脱惩罚一样好。他咧嘴一笑，低头看腿上那片湿漉漉、亮闪闪的红色。来啊，他说，再流快点。

最少最少，如果他死了，就不必再面对父亲的质问：他究竟以为自己在搞什么名堂？到底是中了什么邪？这总归是挺不错的。好吧，爸爸，是这样的。我去了讲堂，不是去听我该听的课，而是因为想认识姑娘的话，那地方最好。我认识了许多姑娘。不是靠机缘巧合，是专门去找的。我遇到姑娘就

———————————
① 英里为英制中的长度单位。1英里=1.609千米。

像胡昂表兄和他那群贵族兄弟在树林里遇到野猪：带着精心训练的猎狗，目标明确。讲堂的走廊真是好地方——请别把这话当作建议，爸爸，我可不愿你也落得和我一样下场，死在哪儿的钟楼里。总之，你在讲堂走廊遇到的姑娘简直完美：出身上流社会、聪明、迫不及待要挑战传统。家里允许她们独自出门，而你只需要做一件事：留心她们刚刚上的是哪门课。如果是文学，你就跟她们聊晚期矫饰主义诗歌中对意象的运用；如果是自然哲学，就对萨洛尼努斯的非实体原理做一个详尽的批判。只要预先读一点基本的背景知识，小菜一碟。

　　爸爸，我遇到了一个姑娘。这人其实挺有趣的，她对塞吉美如斯农业改革中的社会因素有很多看法，而且我还挺喜欢她关于百分之十土地税的意见。不过聊归聊，正事总得办，于是我就缩短学术讨论去了她家，因为她父亲肯定要等议会散会才能回来。多谢你一直拿政治烦我，我对此倒也有几分了解，所以我知道他们要辩论产权法修正案。这题目比火山还烫手，他肯定要辩上一整晚，不到天亮不会回家。完美。

　　恐怕我是永远没机会知道辩论结果了，爸爸——也许你可以写张小纸条烧给我，就像神殿里为死人祈祷那样——不过我猜贵族派应该在第十六条上妥协了。真讽刺不是吗？作为冲动的年轻激进派，这结果正好遂我心意。但假如辩论经过真的如我所想，那么正是他们太早妥协害我丢了性命。这么说来我算不算是为公平分配公共用地的事业牺牲了性命呢？真要这样倒好了，不过我觉得应该不算。真可惜。在我人生中某些无可救药的浪漫时刻，我会说这一事业是值得为它去死的。我猜这取决于你如何解读"事业"①这个词。事业的意思是首要因素，没错，但这并不会为我在革命英雄万神殿赢得一席之地。当然了，我之所以成为冲动的年轻激进派，也不过是为讨讲堂遇到的

---

①　英文中的 cause 既指某种事业、使命，也指引发某事的原因。

那种姑娘欢心罢了。

总之呢，爸爸，关键就是她父亲提前回了家，而我俩当时正干得起劲儿。最可悲的地方就在于她这人其实毫不出奇。她又是呻吟又是哼哼，可我看得出来她的心思完全不在这上头，于是我想，管她呢，赶紧结束我好回家。于是我就把她翻了个身，又把节奏加快了一点点。就在这时，门开了。

我能想象她父亲会怎么想。她号叫的声音肯定整栋房子都能听见，在他听来准像是有人发出了非常惊恐和痛苦的尖叫，于是他快步跑上楼，发现声音来自他女儿的房间。他一脚踹开门，只见我压在她身上、抓着她的手腕；我的动作活像添煤的烧火工，她的叫声活像有人在谋杀她。那可怜的男人还能怎么想？

我所看到的情形是这样的：门砰的一声开了，门口出现一个又高又壮的大胖子，他盯着我，就好像我是个叫人难以置信的怪兽，长了角、尾巴和獠牙的那种。有那么几分之一秒我俩就那样死盯着对方，然后我听见一声清脆的轻响，是刺剑与剑鞘尖上的包铜相互摩擦的声音。

你还记得在学校学击剑吗，爸爸？他们最先教的是敬礼。你朝着对手彬彬有礼地鞠躬，从头上拿起帽子，用左手舞个花胡哨——在这方面我一直无可救药——接着你站直了，用缓慢、高雅的动作把剑带到起式。当时可不是那样。一听到剑出鞘的嘶嘶声，我立刻从她身上跳下来——蹲着跳，跟青蛙一样。他冲上来的时候我正在半空，剑刺中我左膝上方大约六英寸①的位置。剑刺进肉里我并不觉得痛。人家都这么说，你不会相信，但事实确实如此。我能感觉到剑在我身体里，我落地时还感到它被抽出去。我记得自己当时想，完了，我死了，就好像我完全放弃了似的。可我的双手在到处乱抓，而右手正好摸到了先前扔在地板上的裤子。

---

① 英寸为英制中的长度单位。1英寸=2.54厘米。

还记得吗，你教过我达维雅努斯式拨挡——左手拿披风缠住对方的剑，为自己争取一点点时间。原来用裤子也一样有效。他发出一种好像是咆哮的声音，把剑回撤，我的右手摸到了我刺剑的剑柄——先前我把它连皮带一起搭在椅子上的。我从剑鞘里抽出剑来，正好撞翻椅子、又正好在他第三次冲上来时挡了他的道。我趁机向后两次兔子跳，为自己创造出一点空间。他第四次冲上来，冲到一半时他就死了。我看见他眼里的光熄灭、看见他脸上惊奇的神情，这时我才意识到自己刚刚完成了教科书一样标准的半转身。你，就是侧移避开对手的进攻线路，同时反刺一剑。那一剑正好刺穿了他的脑袋侧面。就像祖母过去常说的那样，一只耳朵进一只耳朵出。

你想象一下那场景吧。我浑身光溜溜，鲜血涌出来顺着腿往下流，手里拿的剑消失在一个男人的脑袋里——彻头彻尾的陌生人，这辈子从没见过他——又从他脑袋的另一头钻出来。大约三十秒之前，我还在百无聊赖地跟一个姑娘做爱，而她之所以跟我搞，似乎主要是为了看看自己能叫多大声。一切都发生在电光石火间，大部分情节都像是活喜剧，而我的人生就此永远改变——现在看来不仅是改变，还差不多要结束了。

另外我们也别忘了我的对手。对于悔恨之情我一直持嘲讽的态度，再说那混蛋想杀我呢。然而即便如此，我向你保证，我当时的感受主要就是被这可怕的事惊呆了。一部分是因为我不必停下来思考也知道会有严重后果，但主要还是对暴力导致的死亡感到极端的厌恶。天啊，把一个人从耳朵刺个对穿，多叫人恶心！法律上有个术语，叫严重猥亵行为。我刚刚的行为完全符合这一描述，除此之外我真不知道还有什么行为配得上这名号。

然后他就往侧面倒下去，他从剑上滑落时差点害我手腕脱臼；而我根本没思考，我跑了。我从他身上连滚带爬往外跑，好像还踩了他的脸。我一心只想逃出去，逃离那恐怖的景象。我冲出门外，发现自己站在某个楼梯平台上，我能看到楼梯顶，还有个老头正从底下往上爬。我把他撞倒了，当时心里竟还很不安。我跑下楼梯，前门开着。我跑到街上。

如果你看见这么一个流着血的裸身男人，一手抓着裤子、一手拿着出鞘的刺剑，看见他从人行道朝你冲过来，你会怎么办？没有不尊重你的意思，爸爸，不过你的答案大可以自己留着，因为它肯定是错的。我来告诉你吧：你会站着一动不动，张大嘴巴瞪大眼睛，眼看着裸男从你身边冲过去。他们就是这样的，那些诚实体面的同胞，他们无暇思考眼前这一幕究竟是喜剧还是悲剧，于是呆立在原地动弹不得。至于我呢，我还从没赤脚奔跑过，至少自打我长大有记忆以来从没有过。说起来还挺叫人吃惊的，赤脚的摩擦力其实很强呢，我记得自己还注意到路面是多么暖和。总之，长话短说，我望见了修正派殉道士之塔，我记得的下一件事就是挣扎着爬上楼梯，朝钟楼跑。我以为到那儿就安全了。对，没错，实在很蠢。可当时我真心觉得这主意不错。

总之，爸爸，这就是我死的地方。对此我非常高兴，主要原因在于，等他们把这一切都告诉你，等他们告诉你说你儿子犯了强奸和谋杀罪，但赶在人家逮捕他之前就死了，那时你就可以不相信了。你不必看我承认说没错，我确实做了这些无比愚蠢的事；当然，实际上并不是强奸，技术上讲也并非谋杀，但相比我真正犯下的罪，也就是我那纯粹的、极致的愚蠢，这两项小过错你应该是很容易原谅的。你可以带着信心走进坟墓，相信事情另有隐情，相信存在某种完全合理的解释，能证明我是完全无辜的，只不过没人知道罢了。所以我真的不介意，爸爸。真的，相信我，这样更好些。

他抬起头。他听到了靴子踩在楼梯上的声音。

"你知道那个幻想吧。"富兰特泽士字斟句酌道，"你没有穿过玉米市场回家,而是抄近路从奴隶市场走,正好看到一个美貌的年轻姑娘被出售,你马上就爱上她了。"

柯尔布罗微笑道:"啊,那一个。"

"对。你把她买下来,放她自由;而她说我不要自由,我觉得我爱上你了。于是你们就结婚。你的余生都教她欣赏艺术、文学和古典音乐,而她天生就喜欢这一切。"

柯尔布罗说:"你娶了你的奴隶,是不是?"

"只是幻想罢了。"

"即便如此——"

"事实上,"富兰特泽士打开玫瑰木的匣子,拿出一把黄铜算筹,"并不完全是那样。"他把算筹分成五个一堆,"不过其中确有相似之处。"

除了下象棋的时候,这还是他头一次让柯尔布罗哑口无言,哪怕只为这个也值了。他在算板上排出三排算筹,柯尔布罗说:"继续。"

"嗯,首先嘛,她不是奴隶。"

"啊。"

"过去曾经是,但那是很久之前了。另外我猜她也不是什么姑娘了,她三十七。"

柯尔布罗皱起眉头,"不是奴隶也不是姑娘。那她是什么?"

富兰特泽士又放下三个算筹,两个在千位那行,一个放在百位那行。他说:"她曾经当过妓女。"

"曾经?"

"退休了。已经退休好一阵了。"

"原来如此。"

"如今她在办公室干活。"

柯尔布罗放下笔，"妓院的办公室。"

"对，但总归是办公室。她负责记账，还兼管家务方面的事。你知道，采购酒啊、蜡烛啊，衣服送洗之类的。"

"在妓院。"

富兰特泽士叹气，"我跟她相识，"他略有些心浮气躁，"是在音乐会上。"柯尔布罗爆发出短促的大笑，但富兰特泽士没理他，"是在新神殿救助难民的慈善音乐会。布林伽斯大人家的乐团，演奏的是《奥尔霍迈诺斯长笛奏鸣曲》。"

"管它演奏什么，"柯尔布罗说，"她跑去音乐会做什么？"

"听音乐，"富兰特泽士回答道，"她很喜欢音乐。"

"当真？"

"对，当真。"富兰特泽士卷起右手的袖子，免得扫到算筹，然后开始计算，"我迟到了，去座位时踩了她的脚。"

柯尔布罗叹气。这口气叹得很长，最后的三分之一纯为制造效果。"这让我联想到，"他说，"帕拉戴苏斯关于园艺的警句。"

"是什么来着？"

"你可以领妓女去学文化，但你没法子强要她思考。"[①]

富兰特泽士弹了弹舌头："反正呢，幕间休息时我为踩到她脚向她道歉，而她非常和气，我们就聊起来。"

"然后？"

"然后就没了，"富兰特泽士说，"可后来我又在希兹瑟姆的后矫饰主义画展上遇见了她。"

---

① 英文中的"园艺"（horticulture）与"领妓女学文化"（whore to culture）同音。同时整句话（You can lead a horticulture, but you can't make her think）也是个文字游戏，模仿了谚语"强按牛头不喝水"（You can lead a horse to water but you can't make it drink）。

"还是个艺术爱好者呢。"

"对。我们一起看展览。我得说,关于宙克西斯对光影的运用,她的观点非常有趣。"

"那还用说,"柯尔布罗说,"然后你们就上床了。"

"根本没有。"

"那就是之后上的。"

"好几周之后,如果你非要知道的话。"

"免费吗?"

富兰特泽士叹气。柯尔布罗扮鬼脸:"抱歉,"他说,"不过请你原谅,我希望保留一点点置疑的权利。你多少岁来着?"

"五十一,"富兰特泽士厉声道,"比你小两岁!"

"啊。"

"但身体比你强多了。我每周游泳三次,大多数日子还去铜门的学校击剑。剑术老师说我状态保持得很好。"

"他们解开提贝里亚斯三世木乃伊的绷带时也是这么说的。"

"她并不嫌我太老。"

"她自己也不是什么春天的小鸡仔了。"

"年龄并不重要,"富兰特泽士说,"只要两个人对彼此有着深刻、真挚的感情。"

"完全正确。"

"我不指望你能明白,"富兰特泽士写下计算结果,接着便把算筹一股脑扫回匣子里,"在我这个年纪,过了这么大半辈子,而且说实话日子还挺苦,我觉得我也该得到点幸福了。"

"那是自然,"柯尔布罗转开眼睛,"只不过这或许不是获得幸福的最佳方法。"

"见鬼,你又知道什么?我认识你这么多年,你一直过得很悲惨。"

柯尔布罗耸耸肩——虽说肩膀大幅度摆动,却丝毫不带否认的意味。"我是你最老的朋友,"他说,"更不必说还是你的生意伙伴。在这种情形下,悲惨是我的责任。"

富兰特泽士扭头怒视他,"你是担心她会掌握我那部分股份。"

"对,"柯尔布罗回答道,"还有别的。"

片刻冰冻般的僵持,然后富兰特泽士咧开嘴。"不用担心,我跟你担保,她是个可爱的姑娘。你会喜欢她的。"

"我尽量。但我可不跟你保证什么。"

"你尽量就好,我也不能要求再多了。"富兰特泽士打开蓝色的大账本,在一页纸的顶端写下日期,"她明晚要为我们做晚餐。愿意的话你可以带上赞茜。"

"去妓院?"

"不是,蠢货。去我家。"他从罐子里捻起一撮细沙撒在湿的墨迹上,"你觉得赞茜会来吗?"

"等我把事情告诉她以后?"柯尔布罗的笑容犹如日出般灿烂,"世上再没有什么力量能拦得住她呢。"

"如何?"

柯尔布罗脱下外套挂在门后的挂钩上。"如果你一定要知道的话,"他说,"我认为你的选择非常聪明。"

富兰特泽士望着他重复道:"聪明。"

"聪明。甚至可以说是明智。"

"明智……"

柯尔布罗点点头,他在自己的凳子上坐下,"我认为她代表了一种可靠的中到长期投资,回报相当可观,同时风险因素较低,处于可接受的范围内。"

富兰特泽士翻个白眼,柯尔布罗摘下手套,将两只手套叠在一起放在桌沿上,然后拧开了墨水瓶的盖子:"真的,"他说,"起先我还抱着怀疑的态度,不过——"

"明智,天啊。"

柯尔布罗耸耸肩。"你是个中年单身汉,有自己的一套习惯,对女人毫无经验。突然间你决定要恋爱了。虽说我个人并不建议这类行动,但假如你觉得自己非如此不可,那么你确实选对了恋爱对象。"最后他又补充道,"我觉得是。"

"你觉得。"

柯尔布罗看看笔尖,伸手从口袋里掏出削笔刀。"对,"他说,"而且赞茜也同意。事实上她觉得你很走运。她还有个建议,"他把手伸进另一个口袋,"这东西你也许用得着。"

他拿出一本书,很老了,封皮开裂,边也卷起来,书脊中部用羊皮纸仔细修补过。富兰特泽士拿起书,眯细眼睛看看书名,看完扬起眉毛。

"最初的所有者,"柯尔布罗说,"是我父亲。"

"啊。"

"很对。即便如此,"柯尔布罗接着往下说,"我估摸着在这个题目上,大致的标准是没多大变化的。当然了,我本人并没有读过。"

"当然。"

"你就稍微看看,随手翻几页。里头有图。"

富兰特泽士红了脸,"我也不完全是生手,你知道。我曾经有过——"

"我信，"柯尔布罗说，"没想暗示不是这样。但是赞茜说，而且我也同意——那什么，经验上的差距可能会带来问题，你明白我的意思吧。从事任何新活动都是如此。一点点背景阅读总归是有用的。"

富兰特泽士看着那本书，仿佛担心书会咬自己一口。然后他一把抓起书塞进抽屉里。"谢了。"他说。

"别提了。"

"我不提，"富兰特泽士郑重回答道，"永远不提。你也一样。"

大家一致同意，总的说来婚礼相当迷人。新娘穿的是端庄朴素的蓝裙子，还戴了深色面纱，让几乎所有人都大失所望。她没邀请任何客人。她坐有遮盖的老式轿子从自己的住处去到神殿，四个轿夫穿的是"银匠/钟表匠"行会的号衣，但谁都没好意思打听这是为什么。

柯尔布罗和赞茜以一支埃斯坦比舞开场，小个子男人和大块头女人动作十分优雅，不单配合默契，几乎可说是心有灵犀。好一会儿工夫大家都站在原地呆看，最后亏得检测实验办公室的艾斯提亚吉斯夫妇领头加入进去，从那往后地板上就连落脚的地儿也不剩了。第二支舞由富兰特泽士和他的新娘开启，是缓慢而正式的四对方舞。他的任务大体就是站在原地纹丝不动，所有了解他的人都认为这非常合理；她则表现出绝佳的舞蹈才能，对此谁也没觉得惊讶。

跳完舞是音乐，由喀耳切多尼亚演奏；再接下来是第二学院的西斯塔梅努斯大师表演书法。不过压轴的还是一场单手刺剑的表演赛，对阵双方是去年"金百合"的决赛选手：格斯·耳寇迈－布林伽斯和苏伊达斯·德泽尔。对于新郎这完全是意外之喜，他事前毫不知情。比赛由柯尔布罗一手安排，击剑行会很乐意将它列为正式比赛，以此向曾经的三冠王致敬。比赛采用开刃的剑（是新娘送给新郎的礼物，一匣碗状护手的上佳刺剑，来自古老的梅尊廷）。比赛每局三分钟，头六局两位选手都无懈可击，到第七局德泽尔终于在耳寇迈－布林伽斯右手的手背上划出一道半英寸的口子，借此赢得比赛。优胜奖是绣着行会徽章的丝手巾，外加五十枚诺米斯玛塔金币，由即将卸任的协会主席颁给获胜者。主席还发表了简短而诙谐的演讲，说假如富兰特泽士年轻二十岁，这两位参赛者谁也别想出头，等等。来宾报以礼貌的掌声，仆人拿来食物给两位剑手吃。

之后富兰特泽士为主席斟酒，他说："当然了，那全是胡说八道。即便在我巅峰时期，这两个小坏蛋也能轻松解决我。这是变老的好处之一：再也不必跟年轻一代认真较量。"

主席睿智地点头，"自打我们那个年代到现在，比赛是变得多了。当然大家嘴上都抱怨，但我觉得这不是坏事。想想看，自从我们取消业余选手资格之后，步法进步了多少啊……"

"我同意，"富兰特泽士说（他注意到妻子脸上露出甜美的耐心表情，于是明白自己跟主席聊天的时间太长了），"这事没法两全。击剑的水准比十年前进步了十倍，唯一的危险只有一个：如今大家光看，不愿亲自下场了。我们这个国家正在变成——"

"亲爱的，"他妻子打断他，"议员像是准备要走了呢。"

于是富兰特泽士只好去跟议员道晚安，他一走派对就迅速降温，大家三三两两起身告辞。柯尔布罗和赞茜在外头等自己的轿子抬过来，柯尔布罗对赞茜说："有件事可真不好意思承认，但我至今不晓得那讨厌女人的名字。仪式的时候我仔细听了半天，可不消说，他自然是嘟囔过去的，而现在我当然不好再问他了，可我也不能一辈子管她叫'你的好夫人'吧。也许你恰好有听到……"

赞茜说:"斯帕吉雅。"

"什么?"

"斯帕吉雅,"她慢慢重复道,"斯——帕——"

"老天爷。"

"这是瑟莱忒人的名字,"她说,"意思是'玫瑰'。或者如果你把'帕'的音拖长,就变成了'血肠'。我猜他肯定已经给她想出爱称了。非有不可,不是吗?"

他们的轿子出现在上轿的踏脚木旁。两人爬进轿子里,这时柯尔布罗问:"刚才那个不是卡努斐克斯家的孩子吗?"

"对。奥多,最小的那个。"

"天哪,我都不知道富兰认识这种人。"

"击剑认识的,"赞茜解释道,"你从不击剑实在可惜,否则咱们说不定也能认识几个体面人,而不只是你那些讨厌的生意伙伴。见鬼,"她的一只脚从踏板滑落到一摊冰水里,"看,全是你害的。"

苏伊达斯·德泽尔早早离开婚礼径直回了家。路上他经过了壮哉骄阳、阿卡狄奥斯之美妙启示、仁慈与贞洁酒馆,可他甚至没有停下来闻闻门上的味儿,在婚礼上他也滴酒未沾。

"怎么样,"他开门进屋,她劈头就问,"你赢了吗?"

他点头,"五十诺米斯玛塔。"

"谢天谢地。"

他一屁股坐进唯一一把能坐的椅子里闭上眼睛。"开刃的剑,"他说,"他们要我们用见鬼的开刃剑比赛。我真看不出来这种事情有什么必要。太野蛮了。"

"钱。"她提醒他。

"什么？哦，没错。"他把手伸进口袋，最先拿出来的是手帕，他朝手帕皱眉头，把它扔到地板上；接着他掏出装着诺米斯玛塔的钱袋递给她。她一把抓过去，轻轻地解开绳子后立刻开始点数。

他说："都在里头。"

"你数过？"

"那些是体面人。"

"没有这种东西。"金币嗒嗒地拢在她手掌里，"五十。"

"我怎么说来着。"

"现在下一步。"她在地板上坐直，用银行家一样娴熟的手法把诺米斯玛塔分成几摞："付房租十块。给塔度锡安十块——咱们欠他十五，不过让他见鬼去。三块付人头税。十二块是上个月欠佣人的钱。十四块给你表兄哈默——哪怕只为让他别烦我也值，每回我从门里往外探个头他都要扑上来，我受够了。"她拿起一枚诺米斯玛塔，"而这就是我们过活的钱，直到你能挣到更多钱为止。"

他瞪大眼睛，"你开玩笑吧。"

"一个诺米斯玛塔，"她沉着脸确认道，"哪怕你只看一眼酒瓶，我也要杀了你。明白？"

他叹口气说："我还以为咱们日子过得不错。"

"噢，是不错，"她回答道，"至少照咱们的标准是不错的。整整一个诺米斯玛塔，真他妈富得很呢。当然我们还欠着煤钱、水钱和窗户税，不过这些人我还能再拖个一星期。"

他苦哈哈地说："对不起。"她没应声，只是从地板上爬过去捡回手帕。

他说："你喜欢就拿去。"

她查看一番，"能卖出九个特拉齐。"

"它值——"

"九个铜特拉齐，"她说，"对于住在布勒米奥的我们它就只值这么多。"她把手帕翻过来，用指甲抠手帕的镶边，"主席去了吗？"

他点点头。

"你跟他说了没有？"

他回答时带着防备："我稍微暗示了一下。"

"你跟他说了没有？"

"没直说。"他拉下脸，"那是社交场合，好吧？大家喝酒闲聊、走来走去，这种时机场合不适合求情找活儿干。"

"你没跟他说。"

"我明天就去他办公室，"他怒道，"行了吧？"

"随你便。"

他十分夸张地叹气，靠回椅子里扫视房间。其实没什么可瞧的。除了椅子和床垫（床架被治安官的手下拿走了），屋里只剩建在墙里的炉子和空的无花果木箱，箱子上放着三英尺高、有三个把手的纯金奖杯，借给每年斯科利亚共和国的击剑冠军保管一年。她用它装擦屁股的白菜叶子。

他说："你也可以回去工作的。"

她看着他，怒不可遏。"相信我，我倒挺愿意呢，"她说，"至少身上能暖和，好过冻死在这冰屋里。可惜他们现在不雇人。也许明年春天。"

他睁大眼睛，"你问过了？"

"别幼稚了，苏伊达斯。"

"我不是叫你回去做那个，"他笨拙地说，"我想的是也许你可以一周出去工作几天，在商店之类的地方。直到咱们情况好转就行。"

"苏伊达斯，"每回她认真生气的时候声音总是很轻柔，"我曾经是王宫剧院的第一女高音。就因为在钱的事情上你屁用处都没有，你以为我就会去商店累死累活吗？别做梦了。"她停顿片刻，让他明白自己接下来的话绝不是开玩笑，"如果我回去工作，我就离开你。看你了，你自己选。"

他望着她，"看在老天的分上，松莎①，"他满心疲惫，"你以为我愿意咱们过这样的日子吗？只不过……"

他没把剩下的话说出来，说了也没用。她下了最后通牒，而且完全合情合理。他从来没法跟她争，因为她有个叫人抓狂的本事：她总是对的；而苏伊达斯击剑太久了，只要对方干净利落地击中目标，那他是没法抵赖的。

"如何？"

"很公平，"他说（听了这话，她的表情变得晦暗不明），"我明天就去找主席，保证。无论有什么活儿我都接。"

她想听的显然不是这个，所以当晚睡觉时一直背对着他，而他则一夜没合眼，努力思考除了击剑自己还能做什么。可他想不出来。不等天亮他就爬起来，拿杯子当镜子刮了脸。他另外的那件衬衫被压在床垫底下保持平整，想拿出衬衫就一定会吵醒她；时间这么早，吵醒她可不是什么好主意。幸亏天冷，也就是说头天晚上他没怎么出汗，所以昨天的衬衣勉强还能穿。他扣上佩剑的皮带，但略想了想又把皮带摘下来——他怕在街上遇到治安官的手下。

在睡梦中，他听到有人一遍遍喊他名字：季若特、季若特、季若特·布锐埃纽斯。他睁开眼睛，结果看见了光，这倒出乎他意料之外。

他说："我没死。"

---

① 苏伊达斯的昵称

"的确。"女人的声音，很可能就是刚才喊他的那个声音，不过他不确定。"实在没有正义可言。"

片刻的迷糊；接着是喜悦——自己毕竟没在钟楼里流血至死；然后是对自己所作所为的可怕回忆，以及对接下来遭遇的想象。

那声音说："看着我。"

他转头过去，脖子痛。

中年女人，两鬓已有缕缕灰色；长相普通、神情严厉，立刻让他觉得自己很蠢。她穿着黑衣，身上隐约有玫瑰的香气。

"你在第二学院的病房，"她说，"你流了很多血，现在仍然很虚弱，但修士们说你会活下去的。"她朝他微笑，笑容像古代雕像一样冰冷，"或许你想听的不是这话吧。假如我是你，我情愿在他们找到我之前就死掉。"

"抱歉，"他说，"我好像不认识你。"

她脸上的肌肉做出大笑的动作，却一点声音也没发出来。"你当然不认识我了，"她说，"你从没见过我。你杀了我丈夫。"

噢，他心想。"我很抱歉。"

"你很抱歉，"她重复一遍，"那感情好。"她从床边的桌上拿起水罐和杯子，倒了点水递给他。"别怕，"她说，"我没下毒。喝吧。"

听她一提他才发现自己渴得要命。他喝水，水顺着下巴往下流。

"我真的很抱歉，"他说，"关于你的——"

"不，你并不觉得抱歉。"她的态度很平静，仿佛在纠正某个微不足道的错误，"你为自己感到抱歉，而且非常难堪。你根本不知道应该如何向被你杀害的人的未亡人道歉。"她放下水罐，在直背椅里稳稳坐好，双手交叠放在大腿上。"我丈夫，"她继续往下说，"是头猪猡。他这人粗野无礼，喜欢恃强凌弱，又总跟家里的女佣人闹笑话，不顾家到了可耻的地步，在金钱问题上也毫无用处。我嫁给他二十七年了。你之所以在这儿而不是在牢房，是因为我去找了地方的行政长官，请他对你发慈悲。理论上讲，你是被转交给我看管，直到法庭决定如何处置你。实际上呢，你的命运多多少少是交给我来决定了。"

他盯着她。她直视他的眼睛，眉头微微皱起，仿佛他是她一时冲动买下的什么物件，买完又不大满意，还嫌钱花得太多。他又想起一件事，"对你女儿我也非常抱歉。"

"哦，她啊，"她耸耸肩，"我从她嘴里套出了真话。她从来骗不过我，虽然她老要尝试。我早知道不该允许她去大学，可她父亲固执得很。"她停顿片刻，仿佛在花时间让自己的决定正式生效，"如今我身处一个很有趣的位置，"她说，"我可以决定接下来会怎样。一旦我选定事件的某一个版本，大家就会把它当作真相接受下来，谁也不会去质疑它。我可以决定那究竟是强奸和谋杀还是愚蠢的误会以及过失杀人。通常情况下，只有无敌骄阳才能在事后改变历史的走向，但这一次，祂似乎将这一能力下放给了我。你肯定能想象，为此我已经考虑了好一阵子。"

她再次停下来看他。她在制造悬念，完全是出于坏心眼，只因为她有这个能力。最后她稍微将身体前倾——她的坐姿里带出点母性的感觉，就好像准备念故事给他听似的。"我倒很有几分愿意让我对先夫的厌恶影响我的决定，就这样放过你。"她继续往下说，"要是知道杀死自己的人可能逃脱惩罚，他肯定要气急败坏，而他生气时总是那么浮夸。但另一方面呢，我们在这座城市也是有头有脸的家族，要是让人觉得可以随意杀害克里索斯托马斯家族的族长，同时还不必遭受惩罚，那也是不行的。另外，"她弯腰从地上的天鹅绒包里拿出刺绣的小绷子，"还要把你也考虑进去。"

她又不说话了，利用这段时间把一根红丝线穿进针眼。他母亲也这样。她老在做针线活，如果不绣点什么简直没法思考。

"我跟你父母谈过了，"她接着说，"你母亲有些歇斯底里的倾向，至于你父亲……倒提醒了我。"她从包里拿出一张叠起来的纸，"他让我给你的。拿去，读吧。"

他接过纸展开。不是他父亲那难看到极点的笔迹，是由专门的文书所写的正式文件。

鉴于吾子季若特·布锐埃纽斯以他邪恶和不可原谅的行径永远地玷污了他自己和他的家族，并鉴于遵照吾父吉罗姆·布锐埃纽斯之遗嘱及后述列出的其他各家族信托，上述吾子季若特将继承此明细中详述的某些产业，此契书证明我，唐克雷·布锐埃纽斯，彻底剥夺上述吾子季若特对一切现存或未来获取之动产与不动产之继承权与所有权，此动产与不动产原本——

"你愿意的话，"她柔声说，"等过段时间他平静一点，我可以替你说说情。但事实仍然没有变，"她接着又说，"就连你自己的父母都同意说你基本上是个无用的人。我觉得你父亲怪他自己，而你母亲怪他，不过这当然跟我无关。关键在于，"她停下来，一丝不差地找准下针的位置，"你对社会可能毫无价值；而我丈夫呢，虽说有那许多缺点，却是个对社会有用的人。你也许不关心时事，但他其实是赎罪派的精神领袖，非常激进，而且还相当理想主义，这点很不一般——只可惜他每晚回家的时候从不把他的启蒙思想带回家。但事实就是事实：从政治的角度讲他是个好人，甚至有可能算得上伟人，多半就是因为这个我才一直忍受他。而你把他给杀了。"

接下来的沉默太压抑，他觉得非说点什么不可，尽管无论说什么大概都会让他更难受。"对不起，"他说，"这些我都不知道。"

"你当然不知道。就算你知道也不会有任何区别，因为那时候我丈夫正舞着剑想杀你。男人就是这样，"她补充道，"从来不管最佳解答，只管寻求最简单的回应。"她把绷子拿到嘴边，咬断最后一英寸的线，动作干净利索，活像老鹰，"就因为你，土地改革法案、奴隶法案，很可能还要加上济贫法案，这些法案在这次会议期间全部无法通过，也许永远无法通过了。我猜你也许不在乎，但我在乎。这就是为什么，"她舔舔下一根丝线的线头，"你要去佩尔米亚。"

他睁圆眼睛。"请原谅，"他说，"但你的意思肯定不是——"

"正是。"她表情不变，而他突然如坠冰窟。"恭喜，"她接着说道，"你被选中代表共和国。"

他听不明白，"作为外交使节吗？"

她露出货真价实的微笑，不过这并没让他好受些。恰恰相反。"老天爷，当然不是。"

3

"这次前往佩尔米亚，是自大战开始以来第一次得到官方许可的正式访问，"主席说，"你能想象吧，光安排相关事宜就跟噩梦一样，但现在看来还真要成行了。据格里瑟流斯议员说，这是我们这一代人最了不起的外交成就。"他拔下酒罐的塞子，"说实话，除了大战，这是我们和佩尔米亚人唯一的共同点。"

"我都不知道他们喜欢击剑。"

主席哈哈大笑，"他们痴迷于此呢，绝对的痴迷。甚至比咱们更甚。他们成天谈的就是击剑。格里瑟流斯说，走进鲁兹尔·毕耳的随便一间酒吧，里面的人肯定在聊全国赛的最新赛报。社会的每个阶层，从矿工到山地那些大贵族，人人都着了魔似的。佩尔米亚的每个小孩长大都想当剑手。"

苏伊达斯盯着酒罐。人家还没请他喝酒，所以他也还没机会拒绝。"这我倒从没想到过，"他说，"我猜是因为我们当时就没把他们当人看吧。"

"你参过战？我还以为——"

"童军，"苏伊达斯面无表情，"我在第十五军团。"

主席问也没问就倒了两杯酒。酒的颜色很红，就像另外那种红色液体；又清澈又丰满又莹润。他告诉自己，我会接过酒杯，但我不会喝。

"总之呢，"主席继续说道，"不必我说你也知道这里头牵扯到多少事。如果成功——唔，谁知道呢？我们可能会被写进历史书里呢，你跟我两个。如果失败，我们很可能会挑起又一场战争。就有这么要紧。"

"噢，得了吧，"苏伊达斯说，"不过是击剑罢了。"

主席很慢很慢地转过身来，仿佛肩上扛了木头。"你想错了，"他说，"你一定要理解这件事的重要性。半个参议院都想再打一仗。老天可怜我们，他们到现在都觉得我们能赢。他们以为佩尔米亚已经快跪下了，只要再加一把劲就能推倒。"

"说不定确实如此呢。"

主席脸上的肌肉抽搐了一下。"我儿子本来在第七军团当上尉，"他说，"要是他还活着，上个月一号就该三十二了。看在老天的分上，德泽尔，你上过战场，你知道那里什么样。"

苏伊达斯耸耸肩，"我反正是不急着穿回军装的。"

"还不止咱们这边，"主席把一杯酒放在苏伊达斯椅子旁的桌上，"佩尔米亚人也快绝望了。整个国家乱成一团，他们完全不知道接下来该怎么办才好……"

苏伊达斯皱眉。只要能避免，他是尽量不去听新闻的。"是因为在科里斯·安鲁找到新矿那档子事吗？"

"完全正确，"主席用力点头，"当然了，还要过一阵子才会真正显出厉害来，直到合同过期的时候。那之后么……"他耸耸肩，"如果你夺走了整个国家的生计会怎么样？谁也说不清，过去从没有过这样的事。有些人说再没有比这更棒的事了——我们最老的死敌跪倒在地、饿毙街头。另外又有人说这是等在门口的大灾难：多少万愤怒的佩尔米亚人山穷水尽、孤注一掷。银行自然想要和平，贵族则说现在是干掉他们的最佳时机，七年前咱们就该这么干了。"他打个寒战，无助地摊开双手，"可我们自己难道是什么政治、社会稳定的楷模吗？眼下的局势，我真的不知道该怎么想才好，其他人也都一样。但如果我们能稍微做点什么有益的事，任何事——嗯，该怎么做就很明显了，不是吗？"

苏伊达斯并不觉得有什么明显的，但他管住了嘴巴。"我说不好，"他说，"如果那边的情形真像你说的那么糟……"

"这活儿的报酬是两万五千诺米斯玛塔。"

这句话好像迎面而来的一耳光让他闭了嘴。主席看着他微笑。"如果我说错了请你纠正，"他说，"不过我仿佛觉得你能用得上这笔钱。"

"对。"

主席缓缓点头，"那你是同意去了。"

两万五千诺米斯玛塔。"是的。"

"好极了。"主席皱着眉转开眼睛，"你能答应我真是高兴。如果你拒绝，我得到授权可以对你恐吓勒索、设圈套，万不得已还可以诬陷你谋杀之类。我知道，"他看见苏伊达斯张开嘴哑口无言，赶紧补充说，"跟我打交道的这些人，他们——这么说吧，你简直没法想象在文明社会还会有这样的人。天晓得他们能干出什么事，而我是一点也不急着想知道的。不过我猜，既然这次的事情如此重要……"他摇摇头，"我会保证你拿到钱。你出发去佩尔米亚的当天，钱就会存进以你的名字所开的银行户头里。你一回家就得到授权，可以把钱取出来。或者，万一——嗯，万一事情不顺利，你还可以在遗嘱里把钱作为遗赠留给别人。我会亲自确保遗嘱被执行。"

苏伊达斯看着对方,"简直是发疯,我是职业的剑手,而不是——"

主席说:"我知道。"

　　银行决定没收金塔尖神殿,将它改建成自己的总部。不消说,这一决定在学院①和大众中都引发了强烈的愤怒。银行对此的回应是,这一举动完全合理,并且合乎逻辑。他们急需更大的办公场地,这是毋庸置疑的。十二年前学院借了银行七百万诺米斯玛塔,用于支付战争税并装备三个劫掠团。原本学院指望劫掠团能在战场上缴获战利品、掠夺被占的敌国城镇,借此获取丰厚的利润,谁知这三支部队在第一次正式交锋时就被消灭了。除此之外,学院支付战争税,作为回报得到了财政部发行的战争债券,而债券在"大崩盘"后价值暴跌、与垃圾无异。因此从现实角度看,学院无力在中、长期偿还借款。银行采取现实主义的态度,同意学院在之后二十年中仅支付年息,然而二十年的利息有五年都不曾支付,也就意味着妥协达成的协议无效。对于银行来说,唯一可信的担保就是学院的地产。银行持有九座首都大神殿的抵押权,他们找来第三方对九座神殿估价,金塔尖神殿价值五百万诺米斯玛塔。银行愿意接受神殿,以此抵消全部债务。又因为银行需要的是许多办公室而不是一个巨大的礼拜堂,因此银行别无选择,只能将神殿改建。不过他们非常乐意在合理的限度内尽量用一种和谐的方式去完成这件事:神殿的内部材料将大致保持不变,只是加入新的隔间。金塔尖神殿享誉整个文明世界,它那著名的湿壁画、浮雕和马赛克都不会遭受任何损伤或改造。每一年还会指定五个开放日,让大众可以入内参观,这可比教会长老们从来愿意许可的时间更多呢。最后,假如在今后五十年内,学院发现自己有能力偿还最初的借债外加取消抵押赎回权之前累积的利息,银行将把神殿物归原主,并在归

---

　　① 即《借人以图》(收录于《紫与黑:K. J. 帕克短篇小说集》)中主角所在的学院。

还之前恢复神殿的原貌。他们感到自己的做法实在再公道没有了。

对此公众表示同意，学院则不敢苟同。通过第4/23号公民投票，支持移交神殿的选区在十七比五的投票结果中占了多数，移交正式生效。由于牧首拒绝签署移交文件，银行向法庭申请执行令，土地登记处直接更改了登记。在银行正式接管的那天，三个修士企图把自己铐在羚羊门上点火自焚。其中两个也许是火绒匣子有问题，也许是决心不够坚定，不过第三个被严重烧伤了。还好现场有银行的护卫在，他们用自己的头盔从西玛库喷泉取水把火扑灭了。

建筑师计划将东回廊改作董事会的会议室，但至少需要十八个月才能交付使用，因此董事会暂时在礼拜堂聚会。礼拜堂里有出自老西奥法诺之手的绝美马赛克天花板，还有众所周知的糟糕音效。这天正好下着大雨，总共有四十六个水桶被拿进房间接雨水，避免进一步损坏镶嵌细工装饰的地板（据传为克里索法内斯的手笔，AUC①三世纪）。加在一起，那声音活像是畏畏缩缩的初学者在演奏巨型乐器。

第一个钟头处理日常事务：正式没收勒卡斯家和布勒米亚斯家抵押的地产，外加好几百处产权转让与抵押盖章生效，房子都归了现房客。接下来银行的主席与首席执行官米赫尔·兹米瑟斯宣布，卡努斐克斯家族已经支付了借款的最后一期本金与利息，其债务从此偿清。他亲手在赎回契据上盖下银行的印章，并派专门的信使将契据送给卡努斐克斯将军。

接到这一任务的信使骑马直奔浇灌者位于蓝水的乡间别居，途中只停下来一次，在银行位于脊口十字路的小站换马。他把契据和兹米瑟斯主席的附信一同交给管家，后者在收据上签了字。接着信使取道蒙萨瑟尔回城，在蒙萨瑟尔，他去隐修院前门的"圣母领报之喜"喝了一杯，巧遇修院院长的

① 拉丁语ab urbe condita的缩写，意为自建城之日起纪元。

酒侍,大战时两人在同一支部队服役。酒侍把听到的消息报告给院长,院长立刻书面通知了牧首的随侍牧师,后者又在座堂当晚的集会上把事情讲了出来。

"我只奇怪一件事,"其中一位司铎评论道,"就是他等了这么久才把这该死的债还清。谁都知道浇灌者借大战赚了不少,他肯定不缺钱。"

"因为税,"他的一个同事提供思路,"跟非国家机构借的战争贷款,在偿还利息时享受基本税率的税收减免。这种事我还当你知道呢。"

司铎耸耸肩,"反正也无关紧要。我倒想看他们把老头赶到大街上去。走不出五码①他们就会被暴民绞死。"

院长皱起眉头,他和将军是拥有共同高祖父母的表亲。"卡努斐克斯家、弗卡斯家、再加上巴达内斯家最老的那支,如今的老世家差不多就只剩他们了。而弗卡斯家也远不如从前,我听说在大战快结束那段日子,他们被迫卖了不少地。"

副院长说:"猜猜是谁买去了。"

院长说:"这我倒没听说。"

"正是呢。表面上看一切都规规矩矩、正大光明,但其实何必打那麻烦呢。如今还有谁能买它?谁都没钱。"

另一个司铎哈哈大笑,他是个体格硕大的秃子,留了一把长长的黑胡须。"银行也一样没钱,"他说,"至少不是银行自己的钱。钱全是从西帝国借来的,利率叫人咋舌。如今的情形再明白不过,可谁都不愿承认。我猜他们都在担心,一旦承认自己就非得做点什么不可了。"

"在这一语境底下,他们是指谁呢?"院长柔声问,"从实际的角度看,如今银行就等于是政府。难道他们会为了手续不规范这种事追究自己吗?这

① 码为英制中的长度单位。1码合0.9144米

我实在无法相信。"

大个子司铎无助地挥动双手："要是人民真正理解眼下的局势……"

院长朝他微笑。"我亲爱的兄弟，"他说，"你向来有种天赋，能以如此简化的视角去看待复杂的问题。在处理教义问题时这是很有用的利器，但你最好还是别碰政治和经济吧。人民如今的处境比过去一百年里都要强呢。"

一阵短暂而难堪的沉默，然后副院长说："短期看或许的确如此。"

"胡说。"院长闭起眼睛，片刻后重新睁开，"我们真的不能允许自己去贬低对手的成就。银行的动机纯粹是一片好心，同时在公共福利方面，他们取得的成就远远超过了我们和我们的贵族朋友有史以来所做的一切。这是无可争辩的事实。"

"一片好心，"有人重复他的话，"总的说来我是不大相信的。"

"当真？"院长给对方一个困惑的眼神，"我确信他们的动机简单又直接。他们借给贵族数千万诺米斯玛塔，好让贵族能有钱打仗；后来银行意识到我们快输了，而假如我们输掉战争，所有借款都不必偿还，他们就完了。他们还能怎么办呢？难道不是只能取消抵押的赎回权、让贵族破产、接管实质的政治控制权、尽快结束战争？噢当然了，这样做需要极大的勇气和相当天马行空的想象力，但客观看来他们也只有这条路可走。接下来，曾经当权的特权阶级失去了一切，自然要反扑，银行便做了唯一合乎情理的选择：他们花钱买到了普通民众持久的爱。他们把土地的终身保有权卖给过去的佃农，又因为农民是不可能有钱买土地的，他们便提供两百年的抵押贷款，资本偿还延迟七十年开始。从现实角度看，农民等于是把过去交给山地大家族的租金转而交给银行；一切似乎都没变，同时一切都永远改变了。这是每个政治家的梦想，而他们找到了一种不流血的方法把事情悄悄办成了。对于兹米瑟斯和他手下的人，我实在抱有最高的敬意，真希望他们是我们的同伴，而不是死对头。可是有什么办法呢。如果你们指望弗卡斯家、指望我的表亲赫雷克领头反抗，把银行家从金色塔尖赶出去，我怕你们要等上很长时间呢，这期间你们倒不如做点有用的事。"

在他头顶的圣幛正中央，月之女神脸颊上那唯一一滴银色的泪珠反射出十二盏铜油灯的亮光。油灯置于围绕低处"苦路"的基座上，过去本来是纯金的，不过那是在修会也被征收战争税之前。院长坚持说铜灯更亮，因为铜的反光效果比较好。

"政府很软弱，"大个子司铎插话说，"这是谁都晓得的。他们在议会拿不到多数，所有一切都只能靠全民公决，这样治国是行不通的。只需要遇上一件坏事他们就会失去民众的支持，议会也会通过不信任案，他们就出局了。这事三百年前曾发生在左纳拉斯，它还会再发生。问题在于在此之前他们还会造成多大伤害。"

"请你先定义什么叫伤害，"院长平静地说，"因为很显然，在政治上他们已经被束缚了手脚，除了他们已经做的，他们也做不了什么了。他们犯了一个错：以为一旦获得权力，就能像童话故事里的王子一样长此以往幸福地生活下去。然而权力的本性就在于它是一个持续的进程。而且，正如我刚刚所说，他们实在也做不了什么。"

"就是这样他们才会把一切毁掉，"大个子司铎固执己见，"我们现在最需要的就是强大的政府。"他突然意识到自己有点声嘶力竭的意思，便停了一停，"要是他们犯个错、都城的人起来反对他们……"

"又来了，"院长黯然道，"指望奇迹发生。虽说在处理一般性事务时我常常建议大家祈祷，但在如此重大的事情上我却不愿依赖它。另外还有一个小小的细节：你打算向谁祈祷。我忍不住觉得你的祈祷垫是朝着我那位表亲赫雷克的方向呢。我想我已经说得很清楚了，想靠他是没有指望的。军队不会替我们收拾这个烂摊子。近代历史里的所有灾难，只这一件不是军队的直接责任，我可以向你们担保，军队丝毫不想卷进来。"他低头瞟了一眼自己的指甲，当天早上他在葡萄园干活，没时间收拾整理，所以指甲很脏，而且参差不齐。"我建议你把祈祷留给无敌骄阳，毕竟我们在这里不就是为了这个吗，至少明面上是这么说的。"

有位年老的司铎，之前一直没有开口，这时上身前倾，把双手整整齐齐地叠放在大腿上。"我们目前的处境确实很糟糕，这我同意，"他说，"不过他们的处境就比我们强吗？这难道不是问题的关键所在？我的建议是，既然我们已经走了这么远、失去了这么多，为了避免可怕的浪费，最后这一里路一定要继续走完，如果是下坡就尤其应该继续走。"

院长朝他微笑，"许多人都抱着这一看法，无论在议会内外。我听说这样的人在银行内部都有一两个呢。"这话让所有人都全神贯注地竖起耳朵，但院长却抬起一只手，"这叫我想起了阿托奇斯国王与神谕的故事。"见大家一脸茫然，他点点头，"阿托奇斯国王向女先知请教，他应不应该与唐特·弗进行最后一场大决战。她回答说如果他决定上战场，他会颠覆一个伟大的王国。后来果真如此——他颠覆的是他自己的王国。据说他的遗言是关于预言如何模棱两可的说教，不过既然他的尸体至今没有找到，这遗言多半是后人杜撰吧。如果我们挑起另一场战争，我基本确信我们会摧毁一个伟大的国家，说不定是两个。这一确信可不足以令我去支持任何一种行动方案。"

副院长故意一板一眼地收好自己的文件。"总得有人做点什么，"他说，"总的说来我宁愿行动的是我们。我并不真的信任贵族，对银行我只有轻蔑，这样一来就只剩下敌人了；而他们眼下这种状态，根本无法就任何事情做出理性的抉择。从任何角度看这都不是理想的情况，但这就是我们如今的处境。就如巴温提乌斯在《绳子》中所说，如果你在海里要淹死了，又不会游泳，那么往下沉的时候干脆顺手抓条鱼。"

"事实上这是《两兄弟》里的话。"院长竖起一根手指，表示会议正式结束。但谁也没动弹。"我建议我们就此散会，两天后再聚。我并不认为到那时事情会有任何改变，不过总还是可以祈祷么。"

仍然没人动弹，于是院长就收拾好自己的文件走出门外。他穿过院子、爬上十七楼自己的小房间，瘫坐在椅子里按摩膝盖。每天都更困难一点点，哪怕只是走路、爬楼梯这样的寻常小事。相比之下，那些非同寻常的大事，比方说以和缓的动作引导一个国家的命运，那不过是孩童的游戏罢了。他伸手去拿放在书桌另一头的墨水瓶，稍一迟疑，又转而拿起自己那本《更高的虔敬》。这是他十四岁那年亲手抄写的，如今就嫌字太小了。不过书里的每个字他都铭记于心，所以看不清也没关系。他背诵了五篇次要短祷、奇异忏悔，外加针对迟疑不决的两段祈祷词。然后他掀开用铰链连在墨水瓶上的瓶盖，提笔开始写字：

辛巴图斯，蒙萨瑟尔之院长，救赎中的知己，寄语
布雷纳尔特·塔佩兹乌斯议员，向你致意。

他犹豫不决，便抬起头，稍微仰起脖子看向窗外。窗户修在墙上很高的位置（这是为了防止闲散和分散注意力），而且又对着马厩的房顶；要想看到背后的小山，你得站在椅子上才行，而这件事院长已经整整五年不敢尝试了。窗户两旁挂着古老的圣像，早已被过去几个世纪所点蜡烛的烟熏黑。清洁圣像是不对的。你只需要知道神圣的形象存在于灰尘和油脂底下就够了，要是当真看见它们，人可能会被它们的美引入歧途。院长叹了口气。当初是他硬缠着父母要加入修会的，因为他热爱素描和绘画，喜欢看美丽的图

画。他在缮写室待了九年,他抄写装饰的迷你《弥撒经》至今仍被认为是世上最完美的版本。然而这时他却被调去了财务室学记账,免得他的灵魂被美彻底玷污、无法挽救。结果他在记账上竟比绘画更有才能,这当然完全是意外。奇怪的是,替修会节省和赚取大笔银钱,倒并不被认为是通向傲慢的致命诱惑。

毫无疑问你能解释。

他停笔。塔佩兹乌斯议员出了名的虔诚,可他毕竟还是议员,大概不会乐意被人教训,哪怕对方是他在无敌骄阳中的神父。他把那张纸放到一旁——以后可以用它给书的封皮做衬里——另起一页。

听说我的表亲赫雷克·卡努斐克斯完全偿清了他欠银行的债务,也不再有任何抵押。这一消息自然令我欢喜;同时我也略感困惑,因为听说不会追究他延迟分期付款所欠的利息,也不会处以罚金。你跟我一样清楚——比我更清楚,因为你是显赫的政治家,我只是一个完全与世隔绝的修道士——假如我们想要和平,就必须控制住鹰派;而对于军事贵族,唯一可能控制他们的手段就是债务和留置权。我那位表亲赫雷克十分富有,他借着大战发了大财,又用这些钱改善自己的产业(科学种植之类的),他也因此拥有许多资产,现金却不多。他是可以、也应该通过延展性债务加以控制的,而这一能够左右他的方法现在是失去了。

当然,我倒并不认为我那亲爱的表亲是天生的危险分子,事实上我还相当喜欢他。我们一起长大,在击剑、单棍、射箭和摔跤上他从来都是我的手下败将;如今我们是极少会面了,但每逢有机会见面,我总不忘提醒他。拳去他比我强，但只是因为他的臂展稍长一点。现如今，作为无敌骄阳的勤勉仆人，我在总体上谴责他的血腥职业，同时却也赞赏他在保卫国家和真神方面扮演的角色。另外下象棋我也时常打败他，这件事他自然不愿让太多人知道，毕竟他可是名声卓著的战术家。

关键在于维护大原则。其他贵族成员想必也会对你的委员会提出类似的清偿请求，下次做决定时你无疑会牢记我刚刚提到的问题。

现在来讲讲另一件更加要紧的事。去年你好心赠我的玫瑰竟十分适应我们这里贫瘠的土壤，应昂·谢尔辛的牧首一再要求，我已经切了一株送给他。他是极称职的园丁，因此我很有信心，在我们有生之年，塔佩兹乌斯玫瑰将散播到整个西帝国全境，被全帝国的人欣赏。

他写完信、撒上细沙，将它放在那一摞待封印的信件上。他还有别的信要写（总有写不完的信、读不完的报告、查不完的账目和无数等他同意或驳回的请愿书），然而只是写这一封信他就已经筋疲力尽。他琢磨着自己是不是要死了——只是笼统地想想。也许他正以一种隐秘的、有尊严的方式慢慢死去，死于某种完全可以接受的病症。这种事该去问医师兄弟，但他当然不能问。或者他可以去图书馆查查医书，但他同样放弃了这个念头：要查书他就得请图书管理员替他找到相关书籍再带来给他，这等于是向全教团宣布他出了毛病。最后他决定，最明智的做法就是假定自己时日无多，同时热切盼望等来惊喜。尽管存在种种证据，但经过通盘考量，他还是推测自己不会马上就死。无敌骄阳（这个与他相伴一生的神祇显得那么熟悉，同时仍然基本无法理解）显然还有更多的工作要交给他完成，但又觉得有必要给本已经十分困难的任务进一步增加难度，所以又给他添了身体虚弱这一负担。称颂祂的名，见鬼。

晚祷时他努力集中注意力，可整个问答期间他都心事重重，还是副院长拍了拍他的肩膀他才意识到仪式结束了。他没有与修会的兄弟们一起在饭堂用餐，而是要了面包、奶酪和黑茶带回自己的小房间。为了让头脑清明，他任炉火熄灭，脱下长袍只穿衬衣坐着，直到浑身冰冷、双脚失去知觉。然而这并没有什么用处。于是他像打湿了毛的狗一样把心事甩掉，拿了些日常的报告翻看。有一份文件吸引了他的注意，那是议会外交分委会的会议记录。他把之前忘吃的面包和奶酪吃下去，茶已经凉了，于是他喝了点水了事。

在他书架的第二层有一本《模仿神圣》，又老又旧，模样很是凄惨。自制的木板书盒和猪皮封面多年里修过好几次，而且修书的那些人显然并非以装订书籍为业。在封面内页按农民的做法记着家谱，他父亲一脉九代人的出生、婚姻和死亡都记录在上头。最早的记录是用橡树瘿沾了油灯的煤灰写的，如今已经变作淡棕色，几乎难以识别。最后加的条目位于书页最靠右的位置，是他本人精妙的连笔草书，黑色墨水，大写字母是红色。由他添上的是赫雷克·卡努斐克斯的四个儿子：

斯法克特里乌斯（生于AUC1577年）

柯尔特曼度乌斯（生于AUC1579年，死于AUC1598年）

斯特勒乔（生于AUC1581年）

奥都勒森图鲁斯（生于AUC1590年）

他掰着手指头做算术。小奥多今年该有——怎么，已经二十四了吗？对于他所打算的事，这年纪倒是正好合适。他上次见到奥多是在十二年前，奥多的半生之前。他记得那是个瘦弱、忧伤的男孩，虽然觉得冷却不肯表现出来；象棋下得不错；如果家里人允许他继续学习，或者能成为不算太糟的音乐家。一张寻常的贵族面孔，很容易遗忘，典型的贵族家庭小儿子。

啊，他暗想，可惜了，但也没办法。无论如何，至少还剩下斯法克特里乌斯（他对他一无所知）和斯特勒乔（在斗鸡和赛狗的圈子里很出名），他俩可以把家族的姓氏传下去。如果我自己有儿子，我会派他去；可我没儿子，所以只好拿小奥多凑合。再说了，一旦赫雷克决定了要做什么……

（院长自然从未对任何人提起这件事，但他时不时会梦到弗罗斯·维尔让被淹没的情形。水倾泻而下，速度之快、水量之大，哪怕城市并未被围成铁桶一般，也没时间疏散任何人。据保守统计，当时死掉的人有七万之众，然而那种估算方法并未把赤贫的市民、流浪汉、从周边乡下逃难来的人——基本上就是一切没有登记投票又不属于某个行会的人计算在内。梦中他站在集市的广场上——他从未去过弗罗斯·维尔让，但不知为什么却能清楚描绘出它的模样——他抬头看群山、看天上的云，只不过那并不是云，而是大片大片的水。水缓缓朝他落下来，就好像无数双没有形状的、扭曲的手，在威胁他的同时也在哀求。每回做这个梦他都会命人替亡者专门做一场追思弥撒，点上蜡烛，启用完整的礼仪队，两支合唱团同时上场，外加双倍的救济金施舍给穷人。他不大确定做这些是不是真有用处，只能祈祷无敌骄阳能将所有这些事后的弥补转换成某种积极的结果。）

我们家族早该尽自己的一份力了，院长如此下了决心，然后又写了一封信。

经过三周的治疗，学院的医院宣布季若特·布锐埃纽斯伤势痊愈、可以出院。他遵照人家的命令前往击剑行会的会堂，有人在那里等他。一个打扮利落、穿行会号衣的年轻人领他去了他的房间，那是一间位于三楼的小屋子，只有一扇又长又窄的窗户，地上放了一张床垫，白墙很干净。床垫旁放了一摞衣服，他认出那是他自己的衣裳。衣服顶上是一把崭新的刺剑，一看就很贵。

他暗想，她是动真格的。他开始琢磨要不要拿着刺剑杀出去逃掉，不过只片刻工夫理智就占了上风。只有傻瓜才会想要杀出击剑行会，再说就算出去了他又能去哪儿呢？

此情此景之下，他却仍然很想抽出剑来查看一番，不过他抵挡住了诱惑。他转而拿起衣服一件件叠整齐，然后就坐在床垫上等着。他等了好久，什么也没发生。真希望手头有本书，哪怕只是《圣歌集》呢。

过了好久才有人来，不是之前那个年轻人，不过那人穿着相同的号衣。对方领他原路返回，下了两层楼，来到一个宽阔的大理石平台。那人替他打开一扇镶板门，于是他走进门里。

门后的房间装饰极其精美，他这辈子见所未见。他猜想这里过去大概是小礼拜堂之类。墙上满是湿壁画，从地板一直延伸到天花板，都是常见的主题：骄阳的荣光、人成圣、最后的审判、第二次大分裂。假如他集中注意力，多半能识别出作画的艺术家都是谁，但此刻这样做似乎毫无意义。天花板是在金色背景上嵌的马赛克，露出无敌骄阳那毫无瑕疵的完美面容；日神的目光穿透他，看着某种比他更有趣的东西。屋里总共有五扇宽大的高窗，窗帘是紫色锦缎，绣着各种纹章。打磨光亮的橡木地板上铺了梅尊廷和东帝国的地毯，他简直不忍下脚；随便一张地毯都能买下一片不错的山间农场，连农场里的牲畜和谷仓里的一切全部包含在内。屋里还有四张椅子，椅子的腿和扶手细到极点，镀了金，配红丝绸软垫。一把椅子空着，另外三把上分别坐了两个男人和一个姑娘，哪一个他都不认识。

其中一个男人约莫三十岁，比常人略高，胸膛厚实，细软的浅色头发垂到肩头，头顶处已经有些稀疏。他长着一张好看的方脸，下巴则显出性情中软弱的一面。他一只手上有道闪亮宽大的伤疤,从拇指和食指交会处向内延伸一英寸。另外那个高瘦的年轻男子与季若特年龄相仿,正坐在椅子上低头看自己的手。此人深色皮肤,脸孔很窄,鼻子特别长而且直,还长了一双大耳朵。季若特进门时他抬头微笑,笑完就又低下头去。那姑娘大概是三人中个头最高的,上身长、肩膀宽、脸孔线条锐利、长相普通、沙色短发拢在耳朵后头。她穿着男式骑马装,衣服稍稍小了些,细瘦的手腕从袖口支出来,一双大手手指挺长。她先是冲他怒目而视,仿佛认定许多事情都是他的错;接着她又将双臂紧紧环抱在胸前,目光转向一扇拉着窗帘的窗户。

年龄稍大的男人缓缓站起身,就好像骑马太久双腿发僵似的。"我猜你是季若特·布锐埃纽斯吧。"他说。他的长元音带点口音,活像是镀银底下露出了青铜的光。

季若特点头,"这就是击剑队吗?"

那人咧嘴笑,"就是我们了。我是苏伊达斯·德泽尔,这位女士是伊瑟姿·布林伽斯,那边那位是奥都勒森图鲁斯·卡努斐克斯大人。"

高个年轻人嘟囔道:"请叫我奥多就好。"说完又转开了眼睛。他穿着美丽的灰色天鹅绒外套,左侧的翻领上有块印记,似乎是不久前洒了什么东西在上头。

"坐。"苏伊达斯指着空出来的那把椅子说。季若特暗想,也许他以为自己在驯狗吧。他坐下来等着。苏伊达斯皱皱眉,然后接着说道:"这事儿的来龙去脉你清楚吗?"

这问题可不好回答。"我们是国家击剑队,要去佩尔米亚巡回比赛,"他说,"大致就这些。"

苏伊达斯点头。"我们了解的情况也差不多,"他说,"只除了一点。我不知道你是怎么回事,但我们三个其实都不算是志愿参加的。你呢?"

季若特看着对方。他当然听过这人的大名,不过从没见过他击剑。德泽尔是西帝国的姓,但他的口音纯是都城人。看上去,这人的可靠程度跟一座摇摇晃晃的绳桥差不多,不过鉴于如今的形势,季若特倒并不因此就反感对方。

他说:"我是被人鼓励加入的。"

"他杀了一个议员。"那姑娘说话了。她嗓音低沉,但毫不含糊,"不是吗?"

季若特张开嘴,不过似乎发不出声来。

"所以据我猜想,"那姑娘继续说道,"不来你就得上绞刑架。你选没选对现在还不好说。"

苏伊达斯满脸茫然,随后就好像没听见她说话一样接着往下讲:"我是队长,算我活该。我还不知道你是使什么的。是剑盾吗?"

季若特摇头,"刺剑。"

"噢。那我们就是两个刺剑、一个长剑、一个女士小剑。"他耸耸肩,"水准如何?"

季若特想了想。"唔,"他说,"反正是超出了我自己的想象。"

姑娘说:"否则也不会让他来了。"

季若特看得出来,苏伊达斯越来越烦那姑娘了。苏伊达斯问:"我倒不记得在比赛里见过你的名字。"

"我没参加过,"季若特回答道,"父亲不准,说是会害我无心学业。"

"所以你其实没有比赛水准的经验?"

"没有。"

"好吧。"苏伊达斯点点头,"越来越妙了,算了。"他发现自己站着,似乎意识到并没有这个必要,于是重新坐下,"她说的是真的吗?"

"是！"那姑娘大声应道。

季若特点头，又补充道："其实也算是自卫。"

"算是，"苏伊达斯跟着念了一遍，"好吧，反正不关我的事。"说完他坚定地修正道："不关我们的事。似乎等会儿会有人来告诉我们些什么。他们应该不怎么着急，因为我们已经在这儿很长时间了。"他望着天花板皱起眉，"依我看，既然要做队友，那我们就应该尽量互相了解了解。"

那姑娘大声地问："为什么？"

苏伊达斯做个鬼脸，"我知道刚开始的时候你会觉得她烦人，"他说，"不过一旦你稍微多了解她一点，你会发现她烦不烦人都一样。那么从我开始吧。我是苏伊达斯·德泽尔，我三十岁——"

姑娘喝道："我们都知道你是谁！"

"行吧，"苏伊达斯缓缓转身，"那你来。"

姑娘说："见你的鬼去。"

"谢谢，很有帮助。你？"他看着那个瘦削的年轻人，季若特发现他在努力阻止自己皱眉，"唔，说说吧。"

瘦削的年轻人作势起身，旋即改了主意。"我是奥多，"他说，"我父亲——"

苏伊达斯打断他："我们知道他。"

"对，当然。那个，我二十四岁，我有两个哥哥，还有一个大战时战死了。我似乎要负责使长剑，不过我其实不怎么行。我哥哥斯特勒乔——"

"就没人觉得奇怪吗，"那姑娘径直打断他，像针穿过布那么容易，"为什么他们要派浇灌者的儿子参加亲善使团？要么是开玩笑，要么他们其实是想挑起另一场战争。"

奥多脸涨得通红把头转开，苏伊达斯瞪着眼没说话。接下来是漫长而痛苦的沉默,怎么看都像要永远持续下去似的。最后那姑娘说:"好吧,反正我是觉得奇怪的。你们剩下的人也不是什么多机灵的最佳候选,一个谋杀犯、一个醉鬼——"

"还有一个你,"苏伊达斯说,"的确。看得出来,咱们肯定能相处愉快。也许我们最好还是静静坐着等人来吧。"

"随你高兴。"那姑娘斥道。她拿出一本书,季若特发现她看书时几乎伸直了胳膊。苏伊达斯叹气,靠在椅背上闭起眼睛。奥多背对着所有人。季若特将双手放在膝盖上,努力想研究墙上的画作,然而他的注意力总是滑开,活像光滑的鞋跟踩在冰上。

过了仿佛永远那么久,门开了。一个长胡子的光头男人走进来,他穿着某种袍子,像是出席特定场合的正式着装。他走进门,看看他们四个,然后(季若特清清楚楚看到他的表情变了)明显地蔫下去。但此人显然拥有坚定的意志,他清清嗓子,微笑着说:"女士们、先生们,欢迎来击剑行会。"

苏伊达斯明显认识他,奥多多半也见过他,那个布林伽斯家的姑娘则完全当他不存在。他往前走了两步,发现自己没有椅子可坐。奥多立刻跳起来去墙边站着。新来的人略一迟疑,然后走过去坐下,他还把椅子挪了挪,好让自己隔开几英尺距离面对其他人。季若特断定这人是天生的教书先生。

"我的名字,"新来的人说,"叫基弗雷兹·巴达内斯,我是行会主席。当然,你们中有些人是认识我的。"他躲避苏伊达斯目光的动作像舞蹈家那么利索,"首先我想感谢你们参加这个计划,我代表行会感谢你们,说实在的,也要代表共和国感谢你们。"他说这话时满脸一本正经,季若特对他的敬意大幅攀升,"你们将要着手的工作,它的重要性再怎么强调都不为过。毫不夸张地说,未来的和平就在你们手中。它就有这么重要。"

毫无疑问,这恰好就是最不该说的话。苏伊达斯冲着天花板眉头紧锁,奥多的一张脸白得像鬼,而布林伽斯家的姑娘则把书翻到下一页。季若特竭尽全力保持纹丝不动。

"我本来希望能把你们的教练兼领队介绍给你们认识,"主席接着说道,"可惜眼下是办不到的,所以目前你们只能先拿我凑合。喏,我敢说你们都有很多问题,我会竭尽全力为你们解答。"

他停下来四下看看。自打世界诞生的那一刻起,恐怕还从没有过这样彻底的寂静。

富兰特泽士结束工作回到家,发现有个警备队的队长坐在自己最喜欢的椅子里,椅子背后还站了两个武装卫兵。队长没有起身,斯帕吉雅不见踪影。

"吉勒姆·富兰特泽士?"

"是我,没错。"

"你被捕了。"队长竖起一根手指,两个卫兵就像象棋的棋子一样往前移动,站到与富兰特泽士并肩的位置。

"请你再说一遍?"

"作为公民,"队长看着富兰特泽士的肩膀上方开始背诵,"你有权向裁判官提起申诉。假如三十天内你的申诉未被处理,你有权向本市行政官提起申诉。你必须如实回答我可能提出的任何问题,否则将被指控妨碍司法公正。明白?"

富兰特泽士盯着对方,"我做了什么来着?"

队长点点头,仿佛刚刚收到了行动信号。"持有淫秽刊物,违反AUC1471年之《性犯罪与亵渎法案》。"他伸手从身后拿过一本书,是柯尔布罗送给他的结婚贺礼。

富兰特泽士问:"这个?"

"据法案第七条，它属于被禁止的文档。"队长脸上毫无表情，富兰特泽士几乎确信对方是在强忍着不笑出来，但他知道不是。

"可是谁都有——"富兰特泽士说到一半停下。"不是我的，"他说，"从没见过这东西。肯定是某个仆人的。"

队长露出略不赞同的神情，"我们扣留了你的用人质询，"他说，"另外还有你妻子。"他停顿片刻，给对方时间理解这话的含义，"我真心希望你会对我们的调查予以充分配合。"

富兰特泽士已经很久很久没有体会过真正的恐惧——说起来，上一回还是在大战期间呢。他立刻识别出了这一情绪，他知道它会让他的音调变高、很可能还会让他浑身冒汗，症状类似轻微发热，只不过进程快得多。他绝对无法撒出令人信服的谎话。他说："是我的。"

队长再次点头。"当然是了，"他说，"你的生意伙伴作为新婚礼物送给你的。他在衬页上题了字。我必须请你陪我一起去警备队，你会在那里被正式起诉。"

他们让他坐进密闭的马车，谁也没说话。等到了警备队（他压根儿不知道那是在哪儿，真可笑，明明他在都城生活了一辈子），人家先搜身，虽然非常礼貌，却也十分彻底。他们收缴了他那把象牙手柄的迷你削笔刀，然后领他走下一层石头阶梯，来到一个两旁排满牢房的长走廊。他能听到有人在不断砸门，大概是某个犯人吧，可其他人都好像什么也没听见似的。他们把他关进一个白色的小房间，房间像个纸盒子，有石头窗台，可是没有窗户。

牢房里冷得要命。肯定就是因为冷他才浑身发抖，只不过这似乎很难解释他为什么还在出汗。

他坐到窗台上，后来另一个队长开门叫他跟自己走。他由队长和三个卫兵押着回到走廊，爬上四层楼，通过一条天花板很低的通道，走进一扇门里。

那个房间跟他的牢房一样白，一样没有窗。屋里摆了一张桌子和两把椅子，其中一把椅子上坐着一个穿修士服的老头，正借着放大镜读书。他抬头微笑，很客气地向队长道谢，仿佛把对方当成侍应生。队长走出门外，随手关上门。

"吉勒姆·富兰特泽士，"老头说，"快请坐。我就不站起来了，请你见谅，如今我的膝盖不怎么好使。我叫辛巴图斯，是蒙萨瑟尔的院长。"

富兰特泽士迟疑了一秒钟。那人又老又虚弱，而且屋里只有他俩。有那么半秒钟工夫，他琢磨着要不要卡住那老傻子的脖子，把他当成人肉盾牌逃出去。这主意简直蠢到无法形容。他坐下来。

"你的事交由我处理，而不是世俗的法官，因为从技术上讲，性犯罪和亵渎属于教会管辖的范畴。"院长说，"当然，一般情况下我们会把自己的权威下放给世俗力量。他们让你等了很久吗？"

富兰特泽士老老实实地说："我不知道。"

院长点头。"我的错，"他说，"他们派了马车来接我，不过如今我行动起来是慢得很了。那么多楼梯，"他扮个鬼脸，"不过现在我来了，你也来了。我猜你大概奇怪这到底是怎么一回事吧。"

"是的。"

院长微笑着合上手里的书，是富兰特泽士那本《卧房的奥秘》，柯尔布罗送他的那本。"我已经好多年没见过这本书了，"院长说，"先父有一本。我还记得有一次走进房间，他正好在看。他脸色通红，还大声斥责我进房间之前没有先敲门，过了好久我才明白是怎么回事。"他用食指把书推到桌子中央，"说实话，我都忘记它的内容多么温和了，跟如今自命为文学的那些东西真是没法比。一半篇幅都是对无敌骄阳三个面向之个体性所做的严谨辩论——其实写得很不错呢。有时我真想在布道时引用里面的话，而且不说引文来自哪里，看看哪些渊博的兄弟知道它的来处，不是很有趣吗？当然了，过去的人总是这样，无论写什么都会往里头加进大段大段的神学。"

他停下来。据富兰特泽士看，对方模仿昏聩的老头子还挺像那么回事的。他保持沉默，最后院长终于看了看他。

"很不幸，"院长继续说道，"由于某些可笑的疏忽，这本书仍然在禁书名单上，真是荒唐。"他微笑着补充道："因为都城几乎每个识字的人都曾在生命中的某个阶段拥有过这本书，虽说我猜他们中的大多数都大失所望呢。我们不可能因为你持有这本书就起诉你，我们会被哄笑声赶出法庭的。真要这样做的话那完全是浪费时间，同时还会害得执政官办公室难堪。"

富兰特泽士继续沉默。他确信人家指望他这时候会说点什么，所以他闭上嘴巴等着。

"所以呢，"院长接着往下讲，"本来你根本不会有任何麻烦，假使你没有当着两位证人对警备队队长撒谎的话。这可是货真价实的犯罪呢，我相信相应的处罚是无限额的罚款、最高三年的监禁，或者二者同时。而且检控方无须在公审期间陈述原本的案件的细节，他们只需私下作证，能取信于法官就行。所以他们可以审判你，判你妨碍司法公正，而谁也不必知道最初之所以盘问你，原因其实是……嗯，其实有点像个笑话。要我说的话，这一法律实在是恶法，很容易被滥用，可有什么办法呢，我又不是立法者，所以我说了不算。我真是替你感到抱歉，"他说，"不过看来你是给困住了呢。"

富兰特泽士看着对方。他感到一股汹涌的愤怒，但它来得快散得也一样快；紧接着就是深深的恐惧，它盘踞在他心头久久不去。现在哪怕他想开口也说不出话来了。

"我可以先告诉你，"院长抱歉似地说，"你妻子，她显然跟这件事毫无关系，据我所知她被扣留在至高启示女修院。那地方阴沉得很，不过都是些正直体面的女人——就修女的水准来说。她不会有事的，不过我猜她大概非常焦急吧，替你担忧。关键在于，"院长看见富兰特泽士抓紧了椅子的扶手，他接着说道，"在于尽快让你摆脱如今的处境。你说是吧？"

"我究竟有什么，"富兰特泽士缓缓问道，"值得别人打我主意的？"

院长稍微坐直些。"在大战期间，"他说，"我相信你曾在卡努斐克斯将军手下任职。他是我的表亲，"院长的声音里多了某种东西，不是骄傲，更像是温情，"他对你的管理才能评价很高。"

"我不过是书记员。"

"哦，不止吧。书记员是不会升任少校的。"

"我组织补给运输队，"富兰特泽士抗议道，"选择路线、预估路上所需的时间之类的。只不过是文书工作，没别的。"

"而根据我那位表亲赫雷克的说法，你非常出色。他这人可不容易被打动，这你自然清楚。"

"他一直让我觉得自己是个傻瓜。"

院长微笑起来，"那不过是他的习惯罢了。我记得他从小就特别的自命不凡。他曾经对园丁说教，直到人家忍无可忍把他赶走，然后他就跑到玫瑰花丛里藏着。对了，这事儿千万别跟人讲，他会气死的，而且他肯定能猜出是我漏了他的底。话说回来，"院长接着之前的话讲下去，"战争结束后，你在全国大赛赢了四块金牌。"

"三块。"

"抱歉，三块。但仍然很了不起。我相信这一纪录直到最近才被打破，不过我得承认，我并不关注击剑。我们这类避世的修会是不该关注这种事的，不过如今的年轻人才不管，他们都对击剑感兴趣。当年我刚开始在蒙萨瑟尔当副院长时，他们定期拿冬季联赛下注赌钱。我禁止了这项活动，结果害自已变得非常不受欢迎。"

富兰特泽士瞪大眼睛，"跟击剑又有什么关系？"

"请耐心些，"院长说，"就快说到了。你跟你的朋友柯尔布罗合作的生意，现在如何了？"

"不差吧，我猜。"

院长挠挠头。"你们把生羊毛出口到西帝国，再进口成品。请你原谅，"他接着说道，"我不过是个神父，对于国际贸易之类的东西实在丝毫也不懂。我推想你在公司的股份是继承自你父亲，对吗？"

"对，"富兰特泽士突然有种想说话的冲动，就好像说话能对他有好处似的，其实他心里明白多半不会，"生意是他和柯尔布罗的父亲搞起来的，那是大战之前的事了。我父亲死了，柯尔布罗的父亲退休了，就由我俩接手。我们一辈子都在干这个，当然，我俩去参战的那段时间除外。"

"所以你认识柯尔布罗已经有？"

"从小就认识。"

"你跟他一直相处愉快？"

"我猜他就跟我的亲兄弟差不多。自然，他娶了赞茜以后我们的关系稍微有些变化，但也没变多少。"

"啊，对，"院长点头，仿佛两人刚刚来到了某个有趣的关键点，"她是朗伽贝家的人不是吗？贝纳特·朗伽贝的小女儿。"

"没错。"

"对于商人来说，这门亲事是很不错了。"

富兰特泽士耸耸肩，"他们家在大战里损失了很多钱，我感觉他们似乎挺乐意把她嫁出去了事。当然，柯尔布罗和赞茜彼此非常相爱。"

"你知道，朗伽贝的兄弟，就是那位议员，不久之前被杀了。"

富兰特泽士点头。"大家都很震惊，"他说，"倒不是因为赞茜跟她叔叔有多亲近。不过那样一个人，竟然在自己家里被人刺死……"

"为了保护他女儿的荣誉，"院长皱起眉头，"依你看应该如何处置杀死他的年轻人呢？"

富兰特泽士耸耸肩。"我真的说不好，"他说，"吊死他也不能让议员起死回生啊。"

"你让我吃惊。我还以为你希望看到正义得以伸张呢。"

"这么么，反正已经抓住他了。"不知为什么，富兰特泽士觉得自己应该小心斟酌接下来的话，"我相信他会得到公正的审判，相信法庭会尽力而为。"

"你对我国司法系统的信心着实令人感动。"

"呃，我确实对司法系统有信心。或者曾经是有的。听着，抱歉打断你，可这一切跟我有什么关系？请告诉我你想让我做什么，我会做的。我只想离开这儿。"

然而院长似乎并没有听他说话，也可能他有点耳背。"米赫尔·朗伽贝是激进派，"他说，"你同意他那些计划吗？"

富兰特泽士露出迷惑的表情。他才刚刚被人用捏造的罪名逮捕，又被一个老疯子盘问了半天，怎么还能指望他记得清那些跟自己没多大关系的时事呢？"总的来说同意吧，我猜，"他说，"比方说，禁止奴隶制，感觉很合理。"

"继续。"

富兰特泽士想了一会儿，他仿佛一位将军，麾下的部队刚刚被敌人大肆屠戮一番，现在要收拢活下来的士兵。"我国有大约两打的贵族拥有制造羊毛布的工厂，产量高、质量低，"他说，"他们有大约一千名的奴隶使用手摇织布机，几乎无须支付额外费用，原材料也由他们自己生产，所以他们可以降低毛利，通过大批向西帝国出口赚钱。但是西帝国没有奴隶，他们有的是机器，可以完成一百个人的工作量，却只需要一个人去操作。我们本应该买入那些机器，但是做不到，因为买入这些机器不挣钱，因为那些大地主有他们的奴隶工厂。如果能消灭奴隶制，你就能从贵族手里拿走羊毛布的生意。事实上，面对帝国的竞争，这是唯一能将羊毛布生产留在这个国家的方法。如果再继续这样下去，最终我们将无法出售布料，只能卖出生羊毛，而那是不会持久的，相信我。我们会陷入跟佩尔米亚一样的困境，说不定更糟。"

"有意思，"院长喃喃道，"继续。"

富兰特泽士想停下来，想回忆一下最初的问题究竟是什么，但现在他已经控制不住自己，就好像溺水的人控制不住要舞动手臂。"还有一点，"他说，"我们有论千、论万的奴隶，基本上都靠大麦面包过活，而大麦是从西帝国进口的。这就让贸易平衡问题更加恶化。放这些人自由、把非军事区的农场给他们，他们不但可以自给自足，还能生产出可供出售的剩余农产品，这样你就朝着解决贸易逆差问题前进了一大步。除此之外，一旦我们有人住进非军事区，我们就有了很好的理由去防卫它，或许佩尔米亚人就不会老想着要入侵那里了。眼下那里空荡荡的，几乎跟沙漠一样，而我们没法把自己人送过去——我们在大战里失去了太多男丁，连自己原有的农田都种不完，更别提殖民非军事区了。消灭奴隶制就能一举两得，而且不必从国库花出去半个铜板。"

院长噘噘嘴唇。"很有新意，"他说，"你处理这些问题时完全没有借助任何道德上的论据。在我这个行当会听到太多关于善恶的观点，有时简直看不清问题的症结究竟何在。谢谢你。"他站起来，身体稍微有些踉跄，于是伸出一只手扶住桌子。"抽筋，"他说，"久坐不动对我来说实在难受。"他吃力地缓步走向房门。"我想就这些了，"他打开门说，"目前就这些。"

富兰特泽士张开嘴然后又闭上。他问："我可以走了吗？"

"那倒还不行，"院长回答道，"不过你可以在这边走廊里等，而不是回牢房去等。算是前进了一步吧，相信你也同意的。"

一个卫兵走进来站在富兰特泽士跟前。他明白了对方的意思，于是乖乖站起身。他的左脚麻了，酸胀的感觉让他大皱眉头。他走向门边，正因为不敢一瘸一拐，所以越发痛得要命。这时他停下脚步，因为有一个问题他非问不可，无论会有什么后果。他问："你们怎么知道能在我家找到违禁品的？"

院长朝他露出灿烂的笑容。"这个呀，"他说，"真是好问题。再见。"

人家给他们换了个房间。这间屋子曾经充当过武器库，至今仍有打磨过的橡木地板，闪闪发亮、满是磨损的痕迹。墙上贴着浅色橡木板，窗户的位置很高，正好可以让清晨的阳光射进来。不过有人往屋里放了椅子，又装了一个壁炉。壁炉是灰色石头砌成的大家伙，上面刻着行会的徽章，雕工相当糟糕。在房间尽头有一块大板子，用金色的小字刻了几十列姓名。季若特猜测那是过去某些比赛的获胜者的名字，不过他也懒得去看。

因为有了一起受罪的情谊，他们终于度过了阴郁沉默的阶段，只不过彼此依然不怎么说话。那姑娘把自己的书（季若特认出书名，那是两百年前的史诗，写的是东帝国统治阶级中发生的禁忌之爱，里面充满襟怀磊落的肝肠寸断，作者本人从未去过东帝国）借给了奥多，现在奥多正坐在屋子尽头的角落读着。那姑娘找到了一摞书写用的白纸，她认认真真地把每张纸折成某种抽象的动物，折好后再一点点撕成碎片。苏伊达斯正在做每天日中的练习，让人烦透了。季若特又一次琢磨起门外到底有没有卫兵这件事。可就算没有卫兵他又能去哪儿呢？再说他又靠什么挣饭吃？

苏伊达斯做完了五十个一组的单臂俯卧撑，现在开始做跳跃运动。这似乎终于超出了伊瑟姿的忍耐限度，她喝道："你非这么不可吗？"他停下来瞪她,然后突然咧嘴笑了。

"抱歉,"他说,"只不过呢,当我感觉一塌糊涂的时候,我就运动。"

"这正好可以解释你为什么这样健康,"伊瑟姿说,"我投票我们出去走廊上找人,要求他们告诉我们到底怎么回事。如何?"

苏伊达斯说:"愿意的话你尽管去。"

"好吧。你怎么说?"她并没有特别朝着任何人发问,"你,"她转向奥多的方向,"浴紫而生的先生,你怎么说?"

奥多从书上抬起眼睛。"我们可以去,"他说,"如果你觉得会有用的话。"

伊瑟姿弹弹舌头,"你呢?抱歉,我没听清你的名字。"

"季若特。还有,不,我并不觉得这么做能有任何用处。"

"行。我们就都坐在这儿等着老死好了。"

"或者饿死,"季若特说,"我不知道你们怎样,反正我是饿了。"

"那不就得了,"伊瑟姿站起来,"咱们去替年轻的季若特大人找吃的,免得他日渐消瘦。这地方肯定有厨房什么的。"

奥多说:"我觉得我们不应该不告而取。"

"谁会来阻挡我们?"伊瑟姿哈哈大笑,音调很高,声音刺耳,"我们是整个共和国最棒的剑手。有必要的话我们可以一路杀进厨房。"

"现在还不到中午呢,"苏伊达斯说。"太阳透过窗户的角度,"他解释道,"我一直在观察。据我看现在离中午还有一个钟头。"

"随你们便好了,"伊瑟姿坐下来,手臂环抱胸前,怒冲冲地盯着地板,"他们至少该给副象棋什么的。"

奥多抬起头。"请原谅,"他说,"你下棋?"

"下啊。怎么?"

"我口袋里有一套。你知道,那种小的旅行装。"

　　季若特有些吃惊。象棋是东帝国一个边远省份制作的,白棋用象牙,黑棋用的是某种硬度不可思议的木头。你可以把全部棋子放进一只手的掌心里。每个棋子底部都有一根小木头,可以插进方格中央的小洞。这样的象棋倒也能买到二手的,价钱比都城中心区域的一栋房子略便宜些,只不过它们在市场上并不常见。

　　伊瑟姿冲他瞪眼,几乎控制不住要暴跳如雷,"见鬼,你怎么不早说? 我们跟傻子一样呆坐了那么久,本来可以下象棋的。"

　　"我没想到会有人愿意跟我下。我的棋艺不大好。"

　　"好极了,我不喜欢输。"

　　苏伊达斯说:"我来跟赢家下。"

　　"可以。不过得有点彩头。五枚诺米斯玛塔怎么样? "

　　苏伊达斯皱眉,"抱歉,我没有五枚诺米斯玛塔。"

　　"没关系,你可以欠着。你呢,季若特? 你来吗? 等我干掉这两个之后? "

　　季若特想了想:"五枚诺米斯玛塔? "

　　"对。"

　　"行。"

　　伊瑟姿只用十二步就解决了奥多,不过季若特觉得他并没有认真下。他从一个沉甸甸的绿色真丝钱袋里数了五枚诺米斯玛塔出来。苏伊达斯拒绝参加,让伊瑟姿非常愤怒。为了维护和平,季若特挺身而出。他坐到迷你棋盘前,他的对手摆出标准式开局。

　　他想把这盘棋拖长,但欺骗从来不是他的强项。等他吃掉她的后(是为了自卫才吃掉的;她缺乏技巧,却很有攻击性),她已经明显要输了,但她还是继续战斗;最后季若特忍无可忍,使出一招简单明了的将军。她看着他,她的脸像牛奶一样白,嘴唇抿成细到极点的一条线。她把奥多的五枚诺米斯玛塔推到桌子对面给他，然后起身去窗边站着。

大家沉默良久。后来苏伊达斯说："愿意的话我来跟你下，不赌钱。"

管他呢，他喜欢下象棋，而且精于此道。他发现苏伊达斯棋艺很高明：他极其谨慎，有时候速度慢到令人发狂，但他的防守很难破解，尽管季若特好几次灵光闪现，使出了自己意料之外的妙招。到最后他故意输掉了。苏伊达斯感谢他跟自己对弈，但从他说话的方式就能听出他并不打算再来一局。两人把棋盘留在桌上，奥多完全没有想去把它收起来的意思。

季若特肯定是睡着了。醒来时他一阵惊恐，有片刻工夫，他确信站在门口的人肯定是刽子手，至少也是等着听他临终告解的牧师。然而新来的人径直从他身边走了过去。那是个老头子，靠一根拐杖撬动身体往前走。季若特不假思索就能做出的动作，他却需要那么多的努力和决心才能完成。他暗想，换了我的话，我会愿意费这么大的力气，只为让自己前进五码吗？

"女士们、先生们，"那人的音调又高，声音又干又清脆，他说话很轻柔，为的就是让听话的人必须闭嘴才能听见，"你们不认识我，我叫辛巴图斯，是蒙萨瑟尔的院长。"季若特看见奥多抬起头来。"你们即将参加的这场巡回比赛，我是发起者之一。不必担心，"他继续说道，"我不会跟你们布道的。我来是想介绍你们认识吉勒姆·富兰特泽士，他好心同意担任你们的教练兼领队。"

4

佩尔米亚并不是一个笃信宗教的国家，考虑到它的历史，这完全可以理解。他们在山里有几座东方教化修道院，里面有些个阴沉沉的老头子仍在背诵《七经》；此外首都还有一座火神祭台和一座无敌骄阳神殿，主要是为方便外国人。总的来说，佩尔米亚人对神圣没有太大兴趣。有些略微歇斯底里的神秘主义小教派会定期横扫东帝国，这样的教派偶尔也会在某些较小的矿区爆发，人家也便随它们自生自灭。在主要矿区则决不允许发生这类事情，因为矿区越大人口也越多，要避免引发动荡、影响产量。

所以卡洛扬主管是个不折不扣的异数。他是地位很高的董事会成员，负责核心矿区的七个主矿。然而成年后的大部分时间他都公开尊奉神圣之火，还非常虔诚。广为大家接受的说法是，他是在邱斯柔讷上学期间染上了这一习惯，当时那是东帝国排名第三的好大学，他被送去攻读数学和自然哲学。他从不隐瞒自己的信仰，也很乐意跟大家讨论道德和灵性方面的问题，但他也从未听凭信仰干扰他作为公司官员的职责，从未试图说服同事们皈依。每年他都把收入的四分之一捐给穷人，又在火神祭坛供养了一个牧职的用度，还戴了一枚刻着信仰标志的印戒。但也仅此而已。

不过卡洛扬倒确实会去参加在祭坛举行的礼拜仪式，这么一来刺客的工作就相对简单了。早晨的仪式结束后，参与者被要求列队走过祭坛的阶梯，在经过火盆时向盆内抛撒一把香。之后他们就从那扇窄门离开大楼，窄门象征的是真正属于信徒的道路，这象征的一部分就在于那扇门一次只能供一个人通过（正如没有任何导师或牧者能拯救另一个人，每个信徒都必须依靠自己的力量找到真相）。于是乎，当卡洛扬在他六十三岁生日那天早晨走出祭坛大楼、进入新鲜的空气，平时跟在身旁的保镖便会落后他一到两步的距离，对于杀手而言这样的机会已经够了。杀手上前一步，用来自梅尊廷的左手用匕首刺入他的右耳。有两个保镖追上去，但杀手轻而易举就在水果市场拥挤的小巷里甩掉了追兵。卡洛扬当场身亡。

他的死引发的第一反应是震惊。公司的主管都有保镖，因为他们职务的性质决定了他们任何时候都可能遭到攻击。然而在所有的董事会成员中，卡洛扬是绝大多数人眼中最无害的一个。他不属于任何固定的派系，又没有继续往上爬的野心，也没跟任何人结下生死大仇，另外他还广受矿工的喜爱和尊重，作为董事会成员这是很稀罕的。

由于上述原因，最明显的嫌疑犯自然就是"美与善"，所有人都能想到的、可能想伤害他的就只有这群人——仅仅因为卡洛扬是个公正而有荣誉感的人，心里装着公司和工人双方的利益。由于答案实在太过明显，很快矿场营地和小酒馆就出现了另一种意见：如果有人企图制造出"美与善"想闹事的假象，卡洛扬正是完美的目标——毕竟不可能再有别人想杀他，所以肯定是"美与善"了。嫌疑很快集中到董事会身上，因为很多人都疑心他们在暗中谋划、要全力对军事贵族的残余力量发动最后的总攻。西部矿区爆发了几次暴动，执政官派出"蓝皮肤"之后，"蓝鸟"矿死了三个矿工。东帝国方面决定将这次谋杀解读为由反宗教情绪所驱动，据此提出正式抗议，并要求彻查，还要求由火神教会的三位副主教充当观察员。与此同时，雷森家族发表声明，基本等于是说谣言属实，他们掌握了证据（但并未主动把证据与大家分享），并呼吁老战士们聚集到家族位于希尔文的城堡，准备保卫城堡、对抗公司的进一步侵犯。起先董事会别无他法，只能请大家注意谋杀的工具来自梅尊廷，表明此事有共和国或西帝国参与，或者二者都有份。不过这一假设完全没能引起公众的兴趣。

　　这件事在国家的每个角落、社会的每个阶层都引发巨大反响，乃至于调查官的报告反而没什么人注意，至少在佩尔米亚如此。调查官承认，关于杀手的身份、效忠的对象和动机，他都没有找到实质性线索。保镖们没能给出有用的描述——那人中等身材、中等体格、打扮普通、还戴了面具，他们唯一能拿得准的就是对方跑得特别快。在袭击发生前，没人注意到曾有可疑的陌生人在祭坛大楼外徘徊。此外，既然有杀手就要谈价钱、准备安全屋、还可能要洗钱——一大笔钱，但平时的消息来源在这些方面也一片空白。唯一的确凿证据就是凶杀武器；杀手把它留下了，据推测是不希望在自己离开现场后吸引别人的注意。武器本身很容易辨认，不过这类物品在佩尔米亚十分稀罕：决斗用的匕首，设计来握在左手里，主要用于挡开对手的剑。匕首的质量非同一般，表面精心雕刻了特殊的树叶与卷轴花纹，还有梅尊廷行会认可的标识以及一间著名铸剑公司的花押字。行会标识表明匕首已经有一百多年历史，因此它本身就是一件珍贵的物品，不过单它自己价值会低很多——这类武器几乎总是成套出售（完全匹配的两把刺剑和两柄匕首，供决斗时使用），整套的价值大大超出各组成部分的价格。调查官只能推测这是偷来的，小偷多半对赃物的真正价值一无所知，而杀手之所以选了它，多半因为它比较难追查到自己身上——要是在市场的刀匠铺子买把新造的匕首，那就容易追查多了。然而过去十八个月里都城都没有类似物品被盗的报告，那些专门销赃的大户也没听说有人想出售这类东西。

谋杀发生后一周，尤瑞德·阿腾在"密会"发表演讲，把这份报告拿出来利用了一番。他说，那把匕首——请各位可敬的成员原谅他在这里一语双关——那把匕首是一条双刃线索。调查官查找都城里贵重匕首失窃的记录当然很好，只不过那里的人根本买不起这种东西，就算买得起也不想要。然而梅尊廷制造的决斗套装却正好是"美与善"的城堡或庄园那种地方喜欢用来彰显身份的东西；调查官有没有花心思写信给各家族的族长，问问他们装武器纪念品的匣子里，是不是不知什么时候少了一样？特庞·马萨弗对此做出回应，他指出许多"美与善"的传家宝都在大战期间或战后一小段时间被一贫如洗的家庭给卖掉了。除此之外，至少有两打城堡和更多稍小的家族曾被敌人占领和洗劫——自停战以来，这类掠夺品很可能已经多次转手。再说了，精美的西帝国古董也不是"善与美"独霸的，实际上这类古董极少出口到帝国边境之外，因此还有一种可能性，事实上这种可能性还更大些，那就是匕首是从外国获得的（在马萨弗看来，杀手和雇用他的人无疑也是来自外国）。无论如何，难道一个大家族的成员会使用或给人使用自己的传家宝去做这种事？尤其这还会造成那位可敬的成员向密会提出的那种牵扯，这实在是完全无法想象。

每周一次，共和国委任的驻佩尔米亚代表会把一个外交文件袋送给共和国议会，这天密会的议程报告也被装在文件袋里。离开都城之前，信使照例先到裁判官的办公室，包裹被仔细拆封、检阅、重新封好。之后信使走"老西路"穿越群山，在"三角隘"越过边境，再顺着大道穿过非军事区，来到共和国的C15中途小站，在那里他将文件袋交给第二链的信使，后者连夜骑行，过C14不入,在黎明前赶到了C13。第三链信使径直去了C10（C11和C12尚未重建）,而第四链则马不停蹄,正好赶在晨会开始前抵达议会。

如此大费周章,然而反对派竟在官方信使抵达前整整两天就拿到了调查官的报告,因此得以用梅尊廷匕首的故事伏击外交部部长,后者当时都还没来得及读简报呢。

"这就意味着,"蒙萨瑟尔的院长对由银行主管组成的特别委员会解释说,"他们肯定有一条直接的通信路径,至少比我们的要快两天。大概是从黑水以南的某个地方穿山而过,完全不走非军事区。"

"不可能,"一个主管反驳道,"所有山隘都有人把守。你不可能溜过边境,除非你是鸟还差不多。"

有人提供思路:"也许他们找到了一条过去不知道的通路。"

"我觉得可能性不大,"头一位主管回答说,"任何可能通过的地点都在大战期间被找出来了。而且,"他深有感触似的加上一句,"大多数都是被敌人找到的。"

"那就是他们跟某处的卫兵有交易,"另一个人说,"就像普洛马褚斯将军说的,但凡人类修筑的堡垒,都不足以抵挡一头被诺米斯玛塔压弯了背的驴。"

"最可能的解释是钱在某个点换了手,"院长柔声说,"假如果真如此,我们查出他们手法的可能性就微乎其微了。我认为我们必须将它作为事实接受下来,不再为此纠结。"

"可是这简直叫人发疯,"有人说,"我们花了大笔钱在信使和兵站上,结果却要从对手嘴里得到消息。再说我们非得控制消息来源不可。如果民众知道了我们不想让他们知道的事,我们还怎么组建协调一致的政府呢?"

院长忧伤地笑笑,"我们能做的只是尽量去适应,若有机会就想办法让对方信誉扫地，"他说，"散布几个一看就知道是编造的故事，再让人以为它们出自对手的消息来源，只需如此就有可能稍微恢复平衡。但这是你们的专业领域，我并不在行。我更关心消息本身，而不是它传播的途径。"他停下来，目光缓缓扫过坐在他周围的那些人，"我想在座的诸位应该与刺杀事件无关吧。"

屋里一丝声音也没有。院长点头道："我基本确信你们与此无关，不过这种事情上我们还是彼此开诚布公比较好。"

"在我看来，"一个年老的主管说，"这件事对我们来说近乎灾难。任何动摇佩尔米亚政府的事——"

"卡洛扬没那么重要。"一个年轻人打断他。

"的确，但他是温和派。而你可以拿自己的性命打赌，一定会有一个极端派的人来取代他，"有人回答说，"也许是鹰派，也许是鸽派，这取决于谁能更好地将这团乱子变现。从这份报告判断，很可能会是军方占上风。似乎所有人都认为这是对手粗劣的诡计，企图借此令军方信誉扫地。"

"这就是让我担心的地方，"院长说，"就我个人而言，我倾向于相信幕后黑手就是'美与善'。他们的回应太迅速、太一致，在我看来那肯定是事先准备好的说辞。除非是他们自己安排了刺杀事件，否则他们不可能事先知道主管会被杀。在这类事情上我个人的想法比较简单，我总是去怀疑从中获利最多的一方。问题在于，我们有什么办法来应对呢？"

这个问题又引出一阵沉默，最后某人说："似乎没什么可做的，不是吗？"

"噢，办法总是有的，"院长轻描淡写地回答道，"比方说我们可以逮捕某个人，告诉佩尔米亚人说我们抓到了凶犯，他也认罪了。我们再安排他在逃跑的时候死掉，或者在自己的牢房里上吊自尽。然后我们就极其恳切地向佩尔米亚政府道歉，并承认杀手是叛变的情报官员，说是他自作主张干了这件事,而我们已经采取一切可能的措施,确保这类事情永远不会再发生。之后的一两周会吵得沸反盈天,但过段时间佩尔米亚人就会产生一种印象,认为我们是真心想要和平,并且也足够诚实,敢于承认自己的错误。当你承认自己做错了事情的时候,人家就会尊重你,哪怕其实你并没有做这件事。"

又是一片死寂。然后有人问:"我们可以这么干吗?"

院长哈哈大笑。"当然了,"他说,"不过我觉得现在的情形还不必如此。这一招最好还是留待真正需要的时候再用吧。"

"不过想法倒是不错,"有人说,"我们可以陷害某个人,比方说安德拉珀迪扎将军,甚至于浇灌者。一石二鸟。"

院长微微皱眉,说话的人这才知后知后觉地想起来,浇灌者是院长的亲戚。"我建议不要过度玩弄小聪明,"院长轻声说,"否则可能在国内造成不幸的影响。另外还有一点:针对一个非主体做假证与针对一个有权有势的人作假证,这完全是两码事。我们千万别忘了,这类事情要是被发现会有什么后果。就我个人而言,"他接着往下说,"我倾向于让这次的事件自行消散。很有可能佩尔米亚人最终会抓住犯人,如果这样的话,事情无疑会自然解决。我们要做的是在另一些更安全的方向上增加努力。"

"唔,"有人说,"你指的是击剑巡回比赛。"

"这次巡回比赛必须成功,如今它的重要性更甚以往,"院长说,"我们手头有一个机会可以直接与佩尔米亚人民接触,而不是通过他们那些分裂内讧、闹得不可开交的代表。从我们这方的观点看,我们拥有巨大的优势——即便在七十年的战争过后,草根阶层对我们的敌意也依然十分轻微。"

大家都瞪眼看他,有人问:"你确定?"

"相对确定,"院长轻声说,"而且我还花工夫研究了这个问题。我在私底下询问了村里的兄弟和城里的牧者,他们对大众的情感十分了解,我们永远难以望其项背。我尤其关注退伍士兵的观点,因为对这一问题的看法实际上是由他们形成的。而在这方面我们实在非常幸运,因为佩尔米亚人选择了用雇佣兵打仗,而不是让自己的人民作战。假如你问某个老兵,他会告诉你说他恨死了阿兰姆·查塔特,以及要是由他说了算,他会把蓝皮肤全抓起来、从地球表面完全抹掉。不过老兵们真正见过的佩尔米亚人很可能都是难民、女人、老头、孩子。我们听许多老兵讲过他们如何把自己的食物分给忍饥挨饿的村民,这类故事数量之多,简直叫人吃惊——依我看他们倒不一定真的给过食物,但既然他们这样讲,就表明他们心里是愿意的,而这就是关键。至于剩下的那些老兵么,很大一部分都对强奸和抢劫无力自保的女人感到内疚。大家的共识似乎是,大战是矿主和'美与善'的错,普通佩尔米亚人跟我们一样都是受害者。"

有人说:"恐怕佩尔米亚那边的感受会有所不同吧。"

"我觉得他们在某种程度上或者也有同感,"院长说,"至少在大战应该怪谁这件事上如此。在佩尔米亚那样一个阶级森严的社会,普通人对社会上层的怨恨通常都超过了对外敌的仇视;我坚信这就是我们之所以能停战的原因。在这一层面我们共享一个主要目标:摧毁我们各自国家的军事贵族力量、确保权力掌握在本国主要的商业利益手中。我相信我国东边的牧羊人和佩尔米亚的矿工有许多共同点:他们都怪罪自己的老板而不是外国人。除此之外,"他继续说道,"他们都痴迷于有组织运动。在他们相当悲惨的生活中,这几乎算是唯一的亮点了。"

随后又是一阵沉默,表明在场的人即便还未完全信服也都已经屈服了。院长等了一小会儿,然后说:"说到这儿,我很高兴能告诉大家一个好消息:我认定的教练人选,吉勒姆·富兰特泽士,已经好心同意加入击剑队,也就是说巡回比赛的队伍已经聚齐了人手。现在就只剩下——"

"富兰特泽士，"有人打断他，"这名字有点耳熟。"

"请接受我的祝贺，您的记忆实在超群，"院长说，"我羡慕您。如今我能记得头天晚上读的书放在哪里就不错了。正如我刚才说的，现在就只剩下巡回日期的最后细节，而这完全可以交给富兰特泽士和他手下的人去办。一旦细节敲定，我们就可以开始了。"

如果你是离开共和国朝非军事区走，那么所谓"大西路"当然要变成"大东路"。在都城东侧，柳条搭建的棚屋和半永久性的帐篷形成一条宽阔的边缘地带，凌乱不堪，大多数难民依然住在这里；然而一旦通过这片区域，大东路就缓慢而稳定地向上爬，穿过果园和育草的草甸，来到东部高原。此处曾是高山沼泽，后来花了大力气改造成贫瘠的湿地草场。仅有的树木是硬邦邦的荆棘，被风吹弯成可笑的形状；此外还有一排排紫叶山毛榉，一个世纪之前由一代乐观的改进派地主栽种。这些人先用土和泥堆出堤坝把土地分隔成小块，又把山毛榉栽进堤坝，指望它们能长成防风林。大战打到一半时，树根开始穿透堤坝侧面，渐渐将其撕裂。没有任何人想办法补救，因为谁都不在。雨水流进缝隙、冲走了泥土，风慢慢将山毛榉像烂牙一样撬起来推倒。如今大多数山毛榉都侧躺在地上，它们的须根依然埋在土里，所以它们仍然活着，但都是向侧面长的，就好像摔倒在地的老头子再也站不起来了。

走过高原后开始有小山起伏，很容易看出改进派的乐观精神在什么地方消耗殆尽。光秃秃的小山顶上只长了一点点帚石楠的木茎，而陡峭的山谷和冲沟又太过潮湿，除非是在干燥夏季中最热的那段时间，否则没法安全放牧。正因为如此，大路才沿着几乎从高原沼泽正中直穿而过的中央山脊修造，这一做法完全合乎情理。一百年前这里曾有许多小茅屋，四面用高高的山毛榉篱笆围住。这些小茅屋都是用草皮做顶，它们低矮的屋檐老早就延伸到地上、融入泥土中，最后留下一个个异常方正的长形草丘。等到房顶的木材朽烂，草丘会最终坍塌，露出熏黑的桌面或倒地椅子的两条腿在旅人眼前一闪而过。如今牧羊人会用马车载着移动小茅屋上来放牧，他们会在最容易切入泥炭层的地方停下，方便取煤烧火。高原沼泽地上只有一个地方一直有人住，就是兵站C9所在的那段路。人们在C9养了三匹马供信使换骑，站长还向旅人出售陈面包和淡而无味的啤酒，把这当作副业。战争期间C9是一座重兵把守的客栈，名叫"希望与坚韧"。驻扎在此的是第十七龙骑兵。这是一支纵深防御的骑兵队伍，任务是监视阿兰姆·查塔特和蓝皮肤的劫掠小队，有可能的话还要在他们回程的路上设下埋伏，因为那时候他们刚刚大获成功，又满载战利品，应该会比较粗心大意。可是蓝皮肤从来没到过这么远——他们说这里太冷，再说也没什么值得抢的；而阿兰姆·查塔特又从来没有那么粗心大意，因此大多数时间那一百来龙骑兵就待在希望与坚韧里想尽办法保暖。如今只有牧羊人会来C9，此外还有浪漫的诗人和商人阶层教养良好的年轻仕女——她们搭乘配备齐全的马车，用炭笔和水彩记录荒原的野性之美。

"我替咱们弄到了许可证，可以在兵站住宿，"富兰特泽士抬高嗓门，好盖过车轮的隆隆声，"所以走运的话，今晚咱们就不必露营了。"

没人答话，富兰特泽士似乎觉得自己已经尽了责任，于是心满意足，夸张地把眼一闭，尽量缩进自己的座位里。其实也缩不进去多少，因为对于他这样个头的男人来说，靠头实在是太低又太窄了。这并不奇怪，马车的设计是为搭载四位年轻女士，外加她们的颜料、画架和野餐篮，而他们却往里塞进了五个大男人和一个高大的姑娘，装备则都用绳子捆在车顶上。除了农场和送货的马车，这是唯一能找到的带轮子的交通工具。富兰特泽士声称，他们有它非常走运。

第六个旅客正在读书。季若特对此感到万分的崇敬和景仰。刚刚上路的时候他也想读书来着，可是马车一路碾在石头和坑洼上颠簸、急冲，害他直想吐，因此过去的九个钟头他都只是眺望窗外的景色。但是那第六个人——富兰特泽士说他是政治官员，此外就再也没有进一步的介绍——他舒舒服服地坐在座位上，脖子上围了一条暖和的围巾，似乎全身心沉浸在书里。伊瑟姿好几次窥探他书脊上的书名，动作几乎不加掩饰，可惜字母实在太小了。那人一副心满意足的样子，而且他个头又矮又小、手指也是又短又小，所以座位和靠头对他来说高度正合适。等他们出发三个小时以后，正好遇到凶猛的冰雹，这时他拿出一个上了釉的小锡罐，请大家吃里面的浅棕色蜂蜜蛋糕。只有富兰特泽士拿了一块，对此他似乎完全不觉得受了冒犯。他自己也吃了一块，然后把罐子塞到座位底下，后来再也没有拿出来分享。季若特暗觉可惜。因为除了那个罐子里的蛋糕，马车上似乎再也没有别的食物。

又开始下雨了，季若特忍不住想到他们的换洗衣服、击剑装备、鞋子和其他物品，全都塞在六个大帆布袋里捆在车顶上。他告诉自己，等到了兵站会有一堆暖暖和和的大火，他们可以烤干东西，还能买或者借一张防水的油布。他有点疑心，疑心这属于他时不时会对自己许下的那种不会实现的诺言，但他决定暂时不去想它。富兰特泽士在假装睡觉，政治官员在读书，苏伊达斯低头盯着自己的指尖，好像是在辨认写在指甲上的很小很小的小字。奥多坐着，双手交叠放在大腿上，似乎可以无限期地保持这个姿势——而且这个姿势让他几乎消失了一般，就好像是披上了童话故事里的魔法斗篷。伊瑟姿在抠自己左手背上的痂。据富兰特泽士说，巡回比赛要持续三个月。尽管季若特对于无敌骄阳赐予自己这样奇妙的第二次机会充满了理所应当的感激之情，因为他毕竟是把自己的人生搞到了几乎走投无路的地步，可他还是忍不住想，去关押死刑犯的牢房稍微住段时间，然后再快步走向绞刑架，说不定那样的生活其实更适合自己。

马车突然往前一冲，一声闷响，季若特发现自己跪倒在马车地板上，脑袋垂下贴着富兰特泽士的大腿。车不动了。"什么鬼……"伊瑟姿质问道。政治官员的座位靠门边，他探头看向窗外，然后叹气道："看来我们似乎失去了一个轮子！"

富兰特泽士发出轻柔的呻吟。苏伊达斯已经站起身，正优雅地从季若特背后爬向车门——刚刚马车突然停下，他却并没有被甩到车厢对面，也不知是怎么做到的。他扳了扳门把，门没动；于是他往上爬，从窗户荡了出去，动作极其迅速而优雅，完全无法分析。

"没错，"季若特听到他大声喊话，"靠人行道那侧的前轮脱落，看来轮轴断了。我们完了。"

政治官员皱着眉头把书放下（先用手帕当书签标记了位置），然后伸手握住门把——他动手时门很容易就开了。他走下马车，随手关上门。

伊瑟姿问："现在怎么办？"

季若特并未对富兰特泽士生出多少好感，但还是忍不住替他难过。他脸上的表情活像是倒霉的猎人，以为射中了兔子，却发现那其实是自己最好的朋友跪在灌木丛背后。"我一点也不知道，"他说，"离我们最近的就是兵站。但我猜他们那儿也不会有人能修理轮轴。"

"你需要铁匠，"奥多说——季若特吓了一跳，那声音像是凭空冒出来的。"得先把轮轴拆下来，把它重新焊接起来，再敲直，最后装回去。或者如果断裂的位置太短，你可能得重新打一根。有一年夏天我们去乡下的房子度假，路上就遇到了这种事儿，"他解释说，"我们困在一个不知名的小村子里整整三天。"

"三天，"伊瑟姿脸上的表情仿佛她刚刚被判了死刑，"我绝对不可能——"

"最近的铁匠多半在都城，"富兰特泽士轻声说，"也就是说我们得有一个人拿着轮轴走回去。"

"那剩下的人又怎么办？"伊瑟姿冲他发火，"坐在这儿饿死吗？"

"走去兵站吧，我猜，"富兰特泽士说，"至少兵站里肯定干燥暖和。我得送信回都城，让他们告诉佩尔米亚人我们要迟到一星期。这下一切都搞砸了，原定的日程铁定是泡汤了。"

"借过，"季若特站起身，他也没能打开门，于是从窗户往外爬。看苏伊达斯爬窗好像很简单，其实根本不是那么回事。

他发现苏伊达斯仰躺在地，半个身子消失在马车底下，正研究那截折断的钢棒。政治官员和马车夫好像凭空消失了踪影。季若特问："有多糟？"

"我见过更糟的，"苏伊达斯回答道，"大战期间我在车队待过一段时间，我们老是被这类混账事拖住。"

"奥多说我们需要铁匠。"

苏伊达斯冲他咧嘴笑。"真想修好的话那是得铁匠，"他说，"不过咱们离兵站还有多远来着，两个钟头？反正不会差很多。不算远。"

季若特忍不住要问："你怎么知道的？"

这问题似乎让苏伊达斯吃惊。"出发之前我看过地图，"他说，"一路上我还留意了地标，这样就能知道我们的平均速度大概是多少。如果我没算错的话，这里离C9大约还有二十英里——算下来正好差不多，因为如果没遇上这事，我们应该会赶在入夜之前一点点抵达，很合理。所以，我意思是说，只要能稍微修修就行，不必修多好，多半就能坚持到C9。"

季若特皱眉，"没有称手的工具，这种东西你要怎么修？"

"如果真的别无选择，很多事你就都能做到了。"苏伊达斯从马车底下把自己拉出来,身体一弹就站直了。他几乎像是很开心似的,真荒唐,就好像他刚刚交了好运,"好吧,来看看咱们都有什么。"

"比方说?"

"我曾经看过一辆破旧的运货马车,轮轴是用一截橡木门柱和一把斧头代替的,"他说,"当然,这两样东西我们一样也没有,不过原理应该差不多。"他一只脚踩上后轮的轮毂,一跃跳上马车顶,"当然,眼看就快天黑了,这对我们实在不是什么好事。知道那讨厌鬼去哪儿了吗? 还有车夫?"

讨厌鬼应该是指政治官员。"抱歉,不知道。"季若特说。他能听到车厢里传出交谈声——好吧,传出了伊瑟姿的声音。嗓门拔高、很不开心似的,中间穿插短暂的安静,应该是代表富兰特泽士的回应。车外更冷,天上还下起了小雨,可他并不觉得很想回车里。

"那就别管他们了。你要来帮忙吗?"

季若特点头,而且不知为什么,他还觉得挺高兴。也许是因为过了这么长时间他终于可以主动做点什么,而不是一味被动地承受。"要我做什么?"

"钢棍,"苏伊达斯指着行李架说,行李架的基本结构是六根钢棍,每根都有大拇指粗细,"当然了,轮轴要粗得多,所以我们得用皮带之类的东西把轮子垫一垫。真正麻烦的地方有两个,一是怎么把钢棍弄一根出来,二是怎么把它固定到马车底下。要是我们有冷凿、大榔头和一打长钉,这活儿易如反掌。"

季若特望着他,"我们有什么?"

马车里的伊瑟姿正好选在这时候对当前的情势发表了某种尖锐的看法。"动力。"苏伊达斯说,"好,车上肯定有工具箱之类的东西。长条形的木头匣子,带盖的,车夫把零碎东西全扔里头。"

季若特抬起头指了指,"你屁股底下就是。"

"干得漂亮，这小子。"苏伊达斯跳起来，"好，咱们来瞧瞧。"他站直身子，抬起一只脚用力踏在盖子上，把盖子踩破了。不知怎么的，这动作让季若特有点不安。"哦行行好吧，"苏伊达斯哀叹起来，他从箱子里拖出一大抱备用缰绳、一截绳子和一卷粗铁丝，"要是我得跟那该死的女人一起走去兵站，一路听她抱怨，那是肯定要流血的，我可以跟你保证。军队的马车从来都带一把大榔头、一把斧头、六英寸长的钉子，都是有用的东西。这些实在是……"

季若特爬到马车底下去亲眼看看情况。钢轮轴，也就是说钢轮轴剩下的部分，从两个环中间穿过，而环焊接在弹簧拱的高点。他突然明白了苏伊达斯的想法，就好像得了上天的启示似的：抽一根行李架的铁棍、用大约两打敲弯的长钉子固定在马车底部的木板上。他看出这法子在普通货车上或许能行，因为普通货车是用大块的木料，可以把钉子深深地钉进去。但供人乘坐的马车又轻又薄，钉子会从这些脆弱的木板上滑脱，或者整根钉子都穿过木板、把木板弄碎。他正准备告诉给苏伊达斯知道，但很快又意识到对方肯定没心情听这个。然后他突然再次灵光闪现。他用食指量了量断轴的直径。

他说："那些棍子……"

"怎么？"

"大约一英寸粗？"

"差不多。不过我不是说了吗，我们可以拿东西把轮子里的轴洞填起来。"

季若特咧嘴笑了。行李架的长度与马车本身相当，事实上还更长一点点，而断裂的轮轴直径两英寸多一点点。如果成功的话，他立马就能变成大家的英雄，所有人都会喜欢他了。这一刻无敌骄阳正躲在一片云背后闷闷不乐，但季若特还是朝着他的方向点头表示感激。

"下来一下好吗？"

"为什么？"

"因为我们需要的不是一根杆子,"季若特说,"而是四根。"

他们把奥多叫出来帮忙。他对他们露出感激的神情,仿佛在说他会永远把他们当朋友。

幸亏奥多远比外表要强壮。他和苏伊达斯合力抬起马车,季若特趁机从另一侧抽出断裂的轮轴,又把两块形状相似的石头垫在车下。然后他们把好不容易弄出来的行李架杆子捆在一起,拿备用的缰绳尽量捆紧。这一捆杆子被他们插进了焊接在弹簧上的钢环里。

"一个轮轴,"苏伊达斯愉快地说,"当然速度肯定不比走路快,而且还会颠得要命,可有什么关系。"

为了把轮子装回去,他们得把马车抬得更高些。伊瑟姿和富兰特泽士也被征用来当额外劳力,季若特则从旁边一堵废弃的墙捡来平整的石板塞到车下。这时天已经快黑了,于是他们就拽下漂亮的镀金黄铜马车灯点亮,光线勉强够他们干活。这活儿并不容易。另一个轮子不愿从旧轮轴上退下来,而且两个轮子都不愿被装上新轮轴。细雨变成中雨,害他们手打滑,还将他们脚下的地面变成了一层滑腻的泥巴。伊瑟姿坚持要提供建议,大多数建议都非常合理,而苏伊达斯则坚持无视她,他似乎觉得事关荣誉、非如此不可。不过终于……

"把石头扔出去!"苏伊达斯喊道,"看看效果如何。"

为了不让轮子从轮轴上滑脱,他们用多余的缰绳把轮轴两头紧紧缠起来、交叉打结,弄成握起的拳头大小的疙瘩。那是奥多的建议,苏伊达斯有些不以为然,但结果疙瘩撑住了。奥多领着马往前走;轮子嘎吱嘎吱地滚动,在两个平面上摇晃,但并没有掉下来。季若特忍不住觉得这简直就是奇迹。

奥多问:"行李怎么办?"

为了获得临时的轮轴杆，他们当然得先把行李从架子上取下来扔到地上。残留的行李架不足以捆住行李，而马车里是肯定没地方的。

"我们就只带上击剑的装备，"沉默良久后苏伊达斯说，"剩下的东西从兵站找人回来拿，他们多半很快就能撵上我们。"

木头箱子占据了他们之前放脚的地方。季若特发现自己很可能一路都得把膝盖抵在下巴底下，于是自愿跟苏伊达斯一起坐车厢顶。雨势毫无减小的迹象，但反正他已经浑身精湿，再多淋点雨也不会怎样。没关系的，他告诉自己，C9的木头大火堆一分钟就能把咱们全烤干。他又冷又湿，背痛、肩痛、指关节在轮毂上擦破皮的地方也痛，可尽管如此他却感到一种平静的喜乐，他从不记得自己曾有过这样的感觉。

"我真想知道那所谓的政治官员跑哪儿去了，"苏伊达斯用手背抹掉眼睛里的雨水，"我是说，咱们在荒郊野外呢，他却凭空消失了，没道理啊。"

可正当马车准备出发时他却出现了，他从夜色中快步朝他们走来，马车夫紧随其后。两人都浑身湿透，倒也算是一点安慰。

"你他妈去哪儿了？"苏伊达斯朝他吼，可他赶在两人能拦住他之前就从车门进了马车。车夫爬上车厢顶，却发现那里没有自己的位置。

"你这该死的可以去牵马，"苏伊达斯喝道，"不过你先要讲明白你跟那混蛋去了哪儿！"

可是车夫只是摇摇头爬下去。苏伊达斯又朝他嚷嚷了几句，但天色太暗，看不出对方到底有没有听见。马车跌跌撞撞地往前走，真可以说是一瘸一拐，就好像车底不是轮子而是脚似的。那根轮轴荒唐到难以置信，它每转四分之一圈，季若特脚下的木板就要抖一抖。

当然了，其实走路还更快些。谁也说不清已经过了多久，因为根本没有东西可以帮助判断时间。苏伊达斯自称:通过推断车轮周长做了某种科学的观察。可有一回他们碾进一个深坑里,他差点从车厢顶上被甩下去,他承认那时候他忘记自己数到了哪里,所以不消说他的结论是有瑕疵的。后来又过了很久,他开始发出忧心忡忡的絮叨。

"我们应该能看见灯光了才对,"他说,"我是说,那鬼地方就在路的右手边,又只有一条路,不可能拐错弯什么的,所以肯定就在前头,而且我们肯定马上就要到了。可现在我们总该能看见灯光了才对。他们整晚都会在房子外头点一盏防风灯,是为政府的信使准备的。"

"原来你来过啊。"季若特发现很难吐字。他又湿又冷,所以牙齿直打战,而那四叶轮轴制造出的每次颠簸都会晃动他的下巴。

"大战期间来的。当然,那时候他们可不留灯,所以你得靠位置推算法。"

"你刚刚做的那个?"

"刚刚尝试做的,"苏伊达斯说,"可那时候我并不负责干这个,所以从没真正实践过。我只知道大体的原理。就跟他们在非军事区搞的军事勘察是一样的:派一打穿得破破烂烂的人,每个人在心里数自己的步子。准得很呢。"

又过了一阵,苏伊达斯说他们最好把仅剩的那盏马车灯点起来(另外那盏在他们跟轮轴奋战期间摔碎了)。"如果错过兵站就得走回头路,那她这一路都要念叨个没完的,我敢拿性命打赌。"

完全有可能,所以他们点亮了灯。这样一来他们就能看见雨了:黄光中倾斜的金线,就像丝丝长发。不过基本上也就只能看见雨而已,它并没能帮他们找到C9。

"那是什么鬼东西?"季若特听见苏伊达斯大喊一声,后者一手拉紧缰绳一手拉住刹车,马车停下来。季若特什么也没看见。

"有东西把路堵住了，"苏伊达斯说，"如果我们碾过去，弹簧准得跟鸡蛋一样绷断。那该死的车夫以为自己在干吗？"他跳下车，季若特琢磨了一秒钟，然后跟了下去。横躺在路中央的障碍物原来是一根粗木梁的方形部分。苏伊达斯骂骂咧咧地将油灯举过头顶，然后开始嚷嚷："所有人下车！赶紧！"季若特好半天才回过神来：如果你想在黑夜中弄坏一辆马车或者货车，比方说因为你想打劫它，那么把一根梁横放在路上其实是不错的选择。季若特很不愿意承认自己竟花了这么长时间才想明白其中的关窍。

马车门开了，政治官员快步走出来。他拎着自带的油灯，是个很迷你的小东西，然而相对于它的体积而言，它释放的灯光却异常明亮。跟在他身后的是伊瑟姿，接着是奥多，最后是富兰特泽士。所有人都脚步踉跄，仿佛刚刚从深沉的睡眠中被叫醒。政治官员看见木梁，举高油灯，"依我看我们都应该离马车远一点。"他的声音很安静，但所有人都听得清清楚楚。"那边有一栋楼。"靠着天空中那略苍白些的黑暗，勉强能看出建筑的形状。"我过去瞧瞧。等我叫你们你们再过来。"

他带着光明消失了。他们看不见他，只看见一团明亮的黄色光团越走越远。伊瑟姿质问道："到底怎么回事？"

"有人把一大块木头横在路上，"苏伊达斯回答她，"大战期间我们就这么干过，为的是阻拦车队。幸亏我们只是往前慢慢挪，如果是用正常的速度，打头的两匹马保准撞断腿。但现在马只是从上面跨过去，而我及时看见了这东西。"

奥多问："谁会做这种事呢？"这显然是一个很好的问题，大概也正因为如此，没一个人尝试去回答它。"搞政治的那混蛋，老是跑得不见人影，"苏伊达斯并非专对任何一个人说话，"最好谁来告诉我他跟我们一起上路到底是为什么，否则我可要非常不开心了。"

"这是巡回比赛的条件。"富兰特泽士说。其他人全都扭头看他。"前往佩尔米亚的官方使团全都必须由一名政治官员陪同。这是他们跟我说的,"他辩解道,"谁也没跟我提过他的任何情况,就只是说他会跟我们一块儿走。"

"他让我起鸡皮疙瘩,"伊瑟姿说,"他就坐在那儿笑嘻嘻地读那本蠢书,而且他也不怕冷。我们就不能把他丢下什么的吗?"

灯灭了,季若特突然一阵惊慌。为什么灯灭了?它的消失令世界变成了一个比先前行进时黑暗得多的地方。"说起来他去哪儿了?"伊瑟姿说,"我提议让他领头,就像狗一样。"

漫长的沉默。季若特不得不从眼睛里抹去雨水才能去看,只不过实在太黑了,除了非常微妙的黑色和深蓝色渐变什么也看不见。

"大家都请跟我走吧。"是政治官员的声音,季若特听不出它是打哪儿来的。"这边。"

苏伊达斯问:"你在哪儿?"

"朝马车的反方向走。对,继续。跟着这条线走,前面是一堵石墙。我建议今晚就在这里休息,它能稍微替我们遮风挡雨。"

"而且他还能夜视,"伊瑟姿不服气道,"太不正常了。"

他们通过撞上墙的方式找到了墙。政治官员站在他们跟前。"我觉得不要再点亮油灯比较好,"他说,"如果你们不介意的话,我还建议把声音压低。当然没什么可担心的,"他声音里洋溢着喜悦,不过毫无说服力,"我觉得我们大家不如都想法子睡一会儿。"

"见鬼,这到底——"

"嘘。"政治官员柔声道。这招见效了,因为伊瑟姿再也没开口。

季若特把后背卡进墙里坐着,又把湿透的衣领拉起来裹住淌水的脸,呆呆看着无法穿透的黑暗。他不知道自己两旁各是谁。他愿意花两百诺米斯玛塔换一件武器,只不过他并没有两百诺米斯玛塔。

可是不知怎么的,反正到某个时刻他肯定是睡着了,因为他做的下一件事是睁开眼睛。他看见浅红色的光,那是黎明留下的第一块污迹。他还听见伊瑟姿的说话声。

"……乱七八糟,而我们连边境都还没走到呢。简直不敢想象等到了佩尔米亚会是什么样,假设我们能走到佩尔米亚的话。那个富兰特泽士显然毫无用处,政府的人几乎肯定不是站在咱们这边的,德泽尔自封是管事的人,但他其实是个笨蛋。我本来还以为这回的比武很重要呢,可是……"

季若特从上下文判断出她在跟奥多说话,而且其他人都不在。他扭头看,发现两人缩在墙角下,活像女人袖子里的手帕。他站起身,抽筋的感觉不期而至,害他龇牙咧嘴。他四下看了起来。

他看见马车在大约三十码之外。车子背后有一栋灰色大房子,肯定是C9。也就是说没问题了;只不过呢,如果那是兵站,伊瑟姿和奥多又为什么还在露天、还穿着湿衣服坐在地上?

他说:"打扰一下。"

伊瑟姿一句话说到一半停下来,"噢瞧啊,他从地狱回来了。睡得还好?"

"怎么回事?"

"没人,"伊瑟姿直截了当,"一个人也没有。门锁了,百叶窗也拉着。德泽尔推测那段木头是兵站的人在离开之前放下的,只不过我实在不晓得他凭什么就把自己当专家了。富兰特泽士半点用处都没有。我问他,我说也许你愿意解释一下,为什么一堆政府公仆会突发奇想抛弃了自己的岗位、也没跟任何人打个招呼就消失在了夜里……"

季若特倒是能想出一个理由。不过真要是那样该多傻啊,跟他自己迄今为止的人生又多么协调——说不定就在他们离开都城到抵达这里期间,两国再次宣战，兵站也就关闭了，留他们傻呵呵地坐在精巧的小马车里迎向第一波蓝皮肤和阿兰姆·查塔特。很显然政治官员也是这么想的，所以油灯才那么突兀地熄灭了，也因此他们才会在一堵墙背后躲了一夜。"我去去就来，"他说，"我去那边瞧瞧是怎么回事。"

"随你便，"伊瑟姿气冲冲道（他完全不晓得自己怎么得罪她了），"不过别指望那些蠢货能说出什么有道理的话。"

他从马车旁走过，发现马被从车辕上解下来了；他没看见马，心里不由好奇，不知其他人有没有发现马不见了。他越走近那栋建筑就越觉得压抑。那是座灰色的石头房子，墙壁似乎出奇地厚，只在铁皮百叶窗背后开了几扇不顶事的小窗户。门也是铁皮的，用两根宽大扁平的门闩插着，门闩上面那两把挂锁跟他的手一样大。

富兰特泽士坐在门边一个翻倒的箱子上。季若特接近时他抬起脑袋，礼貌性地点点头。

季若特问："什么情况？"

"恐怕我一无所知。"富兰特泽士回答道，"根据人家告诉我的信息，这兵站应该是开放并正常运转的。除非这不是C9，可是苏伊达斯·德泽尔说这就是C9，大战期间他来过。"

"苏伊达斯去哪儿了？"

"照看马，"富兰特泽士回答道，"那后头有个上了锁的马厩，不过他把锁撬掉了。好在阁楼里还剩了些干草，因为这附近根本没什么能牧马的地方。"富兰特泽士朝他露出凄凉的笑容。"恐怕我担任你们的领队十分不称职，"他说，"幸亏苏伊达斯·德泽尔似乎知道该怎么做。我问他我能不能帮上什么忙，不过他似乎觉得并没有什么是我能做的。"

季若特转开眼睛。他现在没心情去宽恕别人，"那我们现在怎么办？"

"我真的不知道，"富兰特泽士说，"苏伊达斯觉得临时凑的轮轴不够把我们带回城里，我们又不能留在这儿，因为既没有食物又进不去房子里。我猜睡在马厩里是可以的，可是那又有什么用呢？我们甚至不知道当局知不知道这座兵站被遗弃了，所以也没理由指望他们会派人来找我们。下一个兵站在非军事区的边缘，要往前走三十英里。可是如果这个兵站关闭了，我们也不能指望下一个就开着。而回都城也有二十七英里。"

这一大篇话，季若特琢磨着，都没有回答他最初的问题。"政治官员在哪？"

富兰特泽士皱眉，"他跟马车夫走了，没说要去哪儿。我问他知不知道为什么兵站会关闭，可是……"他耸耸肩。"问题在于，他们把我妻子关在一间修道院。我猜他们大概不会真的对她怎么样吧，可是这些人是谁也说不清的，他们什么都干得出来。"

季若特假装一个字也没听见，"所以说你觉得我们应该走回城里去？"

"我不知道！"富兰特泽士喝道，就好像对方刚刚的问题完全不可理喻，"我根本不知道我们为什么来这儿，也不知道我们应该怎么办，或者为什么一切似乎都变成了我的错。我是卖羊毛的商人，他们指望我干什么？长出翅膀来把他们载去佩尔米亚吗？"

季若特认定跟对方交流完全无济于事。"我还是去看看马车吧。"说着他走开了。

马厩只不过是这座小碉堡的迷你版，不过少了窗户，另外地板是木头的。门开着，季若特看见一个锁着的挂锁挂在仍然闩在门框上的挂钩上，不过挂钩已经被砸得稀烂。看来苏伊达斯·德泽尔找到了发泄情绪的对象。他走进去，发现苏伊达斯正从阁楼往外铲干草。

"也就是说他们是匆忙离开的，"苏伊达斯说，"撤离军事设施的标准程序是带走一切可能对敌人有用的物资。这里头尤其包括了动物的饲料。另外门边的壁架上还放着一个锡盘，里头有一块面包和一点奶酪。有人没来得及吃完晚饭。"

"苏伊达斯，"季若特说，"你觉得是开战了吗？"

苏伊达斯想了想该如何回答，"我倒也有过这念头，"他说，"尤其是在看到路上那根木头的时候。但我觉得不是开战，如果他们宣战，那应该派更多人来增援这类据点，而不是把它抛弃掉。我意思是说，两把挂锁是拦不住阿兰姆·查塔特的。另一方面，怎么会有人把兵站一锁就拍拍屁股走了呢？我想了半天也想不出来他们到底为什么这样做。"

"你觉得不是开战。"

这话引得苏伊达斯发了火，不过他努力控制住脾气，"我不过是猜的，也可能猜错。说不定就是有某个疯子发动了一场新的战争，我不知道。我只差那么一点点就要爬上一匹马飞奔回城里了。"这几句话似乎耗尽了他的愤怒，现在只剩下疲惫。"你怎么想？你觉得是开战了吗？"

季若特耸耸肩，"我半点儿头绪都没有。"他突然想要忏悔，他也不知道为什么，但这似乎很重要。"我本来应该参加大战的，"他说，"我在议和之前两个月就满了十五岁。但我爸爸认识某人，某人又认识某人，然后我就被延迟征招，再然后战争就结束了。"

苏伊达斯咧嘴朝他笑，"又不是只有你一个，相信我。你知道吗？谁也不想要那个年纪的小子，这种事我再清楚不过了。我是十五岁被征的兵，在那个年纪，你能派上的用场远远抵不上你惹出的麻烦。你会把整个小队搞乱。你跟不上步子，根本不知道自己在做什么，你让所有人神经紧张。然后就有人开始冲你吼，又有另外的人挺你，说别吓唬那孩子。再然后你就感觉很糟糕，还要打仗，一切都一团乱。所有人都怕得要命，担心如果你惹上麻烦，他们会觉得自己有义务照料你，也就是说有人会因为你而送命。天晓得打仗已经够难了，却还得照看没用的小孩。这事儿军士长和军官都知道，上头的人也知道；政客也恨这种事，因为不晓得为什么，选民都不愿意把自家的十五岁娃娃送去前线。可是贵族坚持要这样做，说什么兵力缺乏，要想办法填满定额什么的。可话说回来，打仗时候征来的兵基本上是一点用处也没有的。这是佩尔米亚人的一大优势，他们用雇佣军。我们能跟他们议和只不过是因为他们把钱花光了。所以，"苏伊达斯转身把草叉叉进草里，"别为这事儿折磨自己好吧，实在没什么大不了的，我巴不得我爸爸也认识某人。"

季若特点头。他真希望自己什么也没说，可嘴巴想往外倒什么他似乎并不能控制，"但如果现在开战，我就非去不可了。"

苏伊达斯用叉子叉起干草。"那个时候切掉自己的小脚趾是最受欢迎的，"他说，"当然了，他们会派给你强制劳动勤务，于是你整个战争期间都要待在补给站，把袋子拖来拖去。另外还有一个好法子就是刑事亵渎罪。往祭坛的台阶上撒泡尿那就是五年的牢。我听说战争期间牢里的人层次都比较高，因为穷凶极恶的家伙都选了假释入伍，所以牢里只剩下逃兵役的和几个老头子。而且犯了亵渎这种罪，他们压根不会考虑让你入伍，怕你会把无敌骄阳的愤怒引到你的小队头上。我认识一个小孩，用一把羊毛剪把自己的蛋蛋剪掉了。他们连强制劳役都不让他干，因为觉得他太怪了。所以你并不一定非得要去，就看你觉得不上战场值什么代价。我呢，我是没意见的。服兵役让我离了家，躲开了我母亲，我俩关系不太好。"他把叉子靠墙放下，坐到阁楼地板的边缘。"比战争还糟的事情可多了，"他说，"走运的话，你会没事的。"

日出后一个钟头左右，政治官员回来了，不过马车夫不见踪影。他解释说他派车夫回了城，去另驾一辆马车来，与此同时他们必须原地等待。

"这里没有食物，"伊瑟姿一字一句地说话，就好像对方是低能儿，"自从离开家，我们就什么也没吃过。"

政治官员扮个悲伤的鬼脸。"请相信，"他说，"等我们到了C11，一定会有很多食物的。"

"也就是说我们要继续走，"奥多说话了，"我还以为——"

"当然，"政治官员说，"完全没有理由因为这件事而改变计划。这自然是很不幸的事件，但是等到新马车来了以后，我们肯定可以追回损失的时间。"

"抱歉，"伊瑟姿上前一步，她比对方高出一个头，"我想知道你究竟是谁，还有你在这趟愚蠢的旅程里扮演什么角色？嗯？"

"当然，"政治官员说，"我名叫伊冯·兹米瑟斯，是受雇于外交部的协调员。我来是为了在抵达佩尔米亚之后润滑我们可能遭遇的一切困难。"最后他微笑着加上一句，"仅此而已，真的。"

"抱歉，"看奥多的表情，似乎说话比手臂骨折还让他难受，"你跟银行主管米赫尔·兹米瑟斯是亲戚吗？"

"第四代的表亲，"政治官员说，"那是一个很大的家族呢。好吧，我猜差不多就这些了。我建议在等待马车期间，我们尽可能让自己舒服一点。"

5

　　季若特回到放干草的阁楼，那里是干的。他脱下外套。外套并不好脱：湿透的羊毛变成毛毡，像皮革一样僵硬。他把外套搭在一根椽子上，其实并没有什么指望能把衣服晾干，可他觉得自己有义务尝试一番。他把自己埋进干草里，草里有很多灰尘，让他眼睛发痒。现在他感觉比坐在屋外雨里的时候还更冷，他不知道这是不是发烧的头一个征兆。

　　过了一会儿，伊瑟姿走进来，坐到一个喂食桶上。她没看见他，他也没出声让对方知道。她从衣袋里掏出一本书打开，结果发现书页完全湿透，便将它扔到地上。片刻之后季若特听到一个奇怪的声音，刚开始他没听出来，还以为是老鼠，但很快他就意识到那是伊瑟姿在哭。

　　这更加坚定了他不被发现的决心，于是他让自己保持纹丝不动。那声音似乎持续了很长时间，最后渐渐消失了。

　　"我到处找你。"苏伊达斯的声音，不过从季若特躺着的地方看不见他。季若特闭上眼睛，这样更容易集中精神去听，而且如果被人看见，他还可以假装睡着了。

"怎么?"

"咱们那位政治官员,"苏伊达斯说,"你觉得他有点古怪,对吧?"

"对。"

"我可真不愿意说这话,但我觉得你可能猜对了。"短暂的停顿,大概苏伊达斯正在找东西当凳子坐,"咱们那位政府的朋友可是跟达官显贵沾亲带故呀。"

"是吗?"

"你对时事难道一点都不了解? 米赫尔·兹米瑟斯可是银行的主席。"

沉默。季若特真希望能看见她的表情。

"还不止,"苏伊达斯接着往下说,"你可能没注意,他脖子上有些印子……"

"就好像红色的小伤疤,左侧三个,右侧两个。"

"没错,"苏伊达斯的声音变了,显然被对方的观察力折服,"我见过那样的印子。"

他停下来,大概是想制造悬疑气氛。"然后呢?"她不耐烦道。

"在大战期间,"苏伊达斯说,"高级战地指挥官会穿一种花里胡哨的胸甲,整体成型的,不是一片片拼起来的低档货。那个设计特别蠢,为的是要让年轻的贵族看起来像古代的英雄,你知道,等他们被塑成雕像或者画到画里的时候。"

"又怎么样?"

"是这样,"苏伊达斯继续说道,"脖子开口的地方设计得太小了点,经常会磨到脖子。解决的办法就是戴围巾。对文职官员倒是没问题,反正他们大多数时候都在坐着开会,可战场上那是热得受不了的,于是你就扔掉围巾,随它磨去,然后就会留下小小的伤疤。伊冯·兹米瑟斯是现役的高级军官,老资历的上尉!说不定甚至是少校。他是作战指挥官,而不是办公桌旁的摆设。"

又是一阵停顿,之后伊瑟姿说:"我看不出来这有什么……"

"你想想看,主席的表亲,在大战期间还是高级军官,这样的人为什么派他给一支运动队当保姆?"

"他在夜里也能看见东西,"伊瑟姿说,"简直叫人毛骨悚然。"

"你意思是说,"苏伊达斯回答道,"他习惯了夜间行动。另外他还有悄悄消失的本事。他不是政府的人,他是军队的人,肯定的,而且还不只是军队,是军队里面很特殊的一种人。兹米瑟斯家族并不是传统的军事家族,他们不是贵族。要想当少校,你非得出身贵族不可,除非你确实在干某种必须干好的事情上特别有能力。依我看,咱们这位朋友可是个不得了的人物。要是能知道为什么派他来就更好了。"

这次的沉默比之前更长,然后伊瑟姿说:"我觉得等马车到这儿以后,我们应该坚持让他们带我们直接回城。如果我们全都说想回家,他们肯定只能让我们走。"

"这我可说不好。"

"去你的。"她的声音抬高了一点点,略有些刺耳,还带着锋利的边缘,"你很享受是不是?你乐在其中呢,自从那狗屁轮子从那狗屁马车上掉下来。你这人到底什么毛病?所有这些破事儿你都把它当作冒险一样。他们当然只能让我们走,我们又不是犯人。"

"事实上,"苏伊达斯的声音像冰一样冷,"其中两个的确是犯人:季若特和富兰特泽士。卡努斐克斯家的孩子是因为他老爸跟他说非来不可,这跟犯人也就差不多了。我倒不知道他们对你做了什么。"

"行，那你呢？"

"他们要付我一大笔钱，我需要钱。"他补充道，"非常需要。行了吧。"

又是一阵沉默。后来季若特听到从马厩外传来一声喊。喊声再次出现，这回离他们更近了。"苏伊达斯·德泽尔，你在里头吗？"是富兰特泽士的声音。

"在。怎么？"

"能请你出来一下吗？快点。"

季若特等他们先走一小会儿，然后从阁楼跳下来，跟在两人身后出了门。门外是富兰特泽士、奥多和兹米瑟斯。

"有十二个人从西北方向靠近，"兹米瑟斯说，"不是兵，但都带了武器。我猜他们大概是强盗，或者说劫匪，随你们怎么叫都行。他们肯定知道我们在这儿，因为他们肯定看见了马车。"

伊瑟姿打破沉默，"那又怎么样？我们又没什么可偷的东西。"

"恐怕他们看问题的方式有所不同，"兹米瑟斯轻声回答道，"衣服、鞋子、任何东西。恐怕这儿附近的人日子不大好过呢。"

"让他们拿去好了，"富兰特泽士说，"只要我们合作，他们就没有理由伤害我们。"

"啊。"兹米瑟斯摇摇头，只是很轻微的一个小动作，"恐怕这并非他们做事的风格，我们别无选择，只能保护自己。"不等其他人有机会说话，他又飞快补充道，"这当然不成问题，毕竟你们全都是受过训练的剑手，不是吗？"

苏伊达斯朝他吼："我们没有武器！"

"恰恰相反。装武器的箱子就在马车上。"

"那些是钝剑！"女人喝道，"几根铁丝，尖上套个圆球，不是真剑"。

"总比没有强。"兹米瑟斯说，他的语气让其他人明白讨论已经结束，"我去开箱子。如果你们不介意的话,我还要借一把给自己用。"

"随你便,"苏伊达斯朝他嚷嚷,"对你不会有什么好处的。"

兹米瑟斯快步走向马车。"肯定是他们,"苏伊达斯说,"是他们把木头放在路上把路拦住。"

季若特问:"接下来会怎么样?"

"你猜。"

兹米瑟斯回来了,一只胳膊底下夹着一捆带鞘的剑:三把刺剑、一把长剑和一把小剑。他手里还拿着另一把剑,又短又宽,剑柄光秃秃的,上面有季若特从未见过的纹路。"拿去,"他说,"我建议我们撤回到据点。如果我们背靠据点跟他们作战,他们就没法从背后包抄我们。"

季若特已经看见对方了。那是地平线上的一打人影,他们似乎正用正常的速度行走,就好像准备前往某个地方的普通人。这怎么可能呢?这样的人怎么可能会伤害其他人?死神怎么可能是这模样?他眼看着那些人变得更大了一点点。荒唐,他心想,彻头彻尾的陌生人不会就这样溜达到你跟前、动手要杀你。世界不是这样运作的。他感到有人戳了戳自己的胳膊——兹米瑟斯递过来一把套着剑鞘的刺剑。他意识到对方想让自己把剑接过去。他伸手去拿,可是手指没法好好合拢,刺剑掉到地上。

女人说:"你到底凭什么认定——"

"请到据点去。"兹米瑟斯的声音毫无波澜。季若特想,苏伊达斯说的没错,这人是战士。这到底是怎么回事?

富兰特泽士说:"至少先试试跟他们讲理。"

"抱歉。"兹米瑟斯将一只手轻轻放在富兰特泽士的衣袖上把他拖走,就像好心的孩子领盲人走路。"事实上我是对他们感到抱歉,看在老天的分上,先生们,"他的声音里添上了羽毛般轻微的一丝不耐烦,"你们可是剑手,你们根本没有任何可担心的地方。"很奇怪,季若特觉得这话特别有帮助。这是实打实的真话呀,他心想,我在击剑学校待了那么多年学习战斗。为什么要学习呢?关键就是一旦你学会了正统的方式,你就再也不需要惧怕任何人了。所以击剑才是绅士教育中如此重要的组成部分。他意识到自己好长时间没有吸气,于是试着吸了一口,感觉就像咽下了一块泥。"布锐埃纽斯先生!"兹米瑟斯喊道。他跟其他人已经朝据点走出去一半。季若特向前一步,他的膝盖没法正常工作,苏伊达斯只好走回去抓住他的一只胳膊。

"我觉得你完全弄错了。"女人说。她的声音比平时还高,眼睛紧盯着地平线,"我觉得他们只是一群无害的牧羊人之类的。你完全反应过度。"

"数量太多,不可能是牧羊人,"兹米瑟斯说,"再说牧羊人通常也不会全副武装地走来走去。另外我们也没看见羊。相信我,这片地区没有任何人有合理的理由出现在这里。现在我请你们全都拔出剑来做好准备。立刻,谢谢。"

季若特对他的要求置若罔闻,他双手颤抖,心思完全飞去了别处——去了一间卧房,都城里他杀了人的那间卧房。他听到有人在说:"该死,怎么回事?"但他选择不去理会。朝他逼来的人已经够近了,他能看清他们的五官。他们似乎很害怕,可他们还在继续走。

我做不到,他心想。真的,我做不到。

(他试着依次回想正式比赛的每个阶段:准备、间距、攻防一体或由防转攻、后退、准备、间距。这一切他都能做。可是他的头脑非要在一盘比赛的正式动作之上又加上一个男人的形象,一个大胖子,因突然降临的死亡而惊骇、从他刺剑的剑尖滑落到地板上,电光石火间就从人类变成了垃圾。他告诉自己,如果你不跟他们打,他们就会杀了你。可他没法把这变成很有说服力的论据。)

现在他已经能把他们看得很清楚了,离他最近的是个矮子,脸很瘦,大眼睛,面孔相当精致,尖下巴。他在脖子上绕了一个装粮的口袋当作围巾,身上穿一件破破烂烂的旧外套。季若特的母亲会说这种衣服只配捐去做慈善。衣袖太短,季若特能看见对方手腕的骨头,那只手里紧紧拽着一根长铁钩,握得那样紧,指关节都发白了。他心想,老天在上,你怎么可能用刺剑跟日常的农具过招呢?哪本书里也没教过呀。这种时候却要临场发挥,真够要命的。那人看着他。那一刻季若特理解了对方。他心想,他在做的事情跟我一样,他正在心里把我从人变成靶子。他干过这事儿,好吧,我跟他两个人都干过。

而且如果换个时间地点,我们俩还可以坐下来喝几杯啤酒,比较一下各自的经历。人的大脑对人的大脑。你当时什么感觉?你第一次杀人的时候,是不是一切都太快了,完全凭本能动手,根本没时间去想?是对方先出手的吗?或者是不是你不得不抢先动手,用你的意志力去动作,就好像在寒冷的早晨把手伸进冰水里?你究竟是怎样做到让自己行动起来的?

苏伊达斯吼了一句什么。命令?建议?警告?是什么其实都没太大关系。季若特想:有一位智者形容暴力只是另一种形式的沟通;还有另外一位智者,他把击剑叫作用钢铁进行的对话。对此季若特并不太信服——除非你可以把死人叫醒,问他"刚才你觉得如何?"看着即将跟自己交战的对手,努力把对方想象成靶子,想象成击剑学校的假人——内部塞满稻草,用一根从头顶支出的绳子挂在某种绞刑架上,所有主要的脆弱区域都涂成红色。在学校里他们讲过如何评估对手,这让他联想到自己过去是怎么看姑娘的:把人想象成物品,然后你就能毫无顾忌、对他们为所欲为。

间距正在变短。经典的单手刺剑有三种间距:远距离——双方都没法碰到对方;中距离——两个人都能通过上前一步接触到对方;近距离——两个人都不必移动双脚就能致命一击。现在刚好比远距离还稍远一点,他从剑鞘里拔出刺剑——怪了，因为钝剑是不能插进剑鞘里的，剑尖的圆钮会在你拔剑的时候卡住。——并努力做出正确的动作，也就是从剑尖上方看向敌人。可是他看不到剑尖，只能看到那个人。他没办法杀死对方，因为他已经杀死了一个人。而杀死一个人，杀死所有人……

中距离。那人挥舞钩子，用双手像修剪篱笆一样做出了一个幅度很大的动作，暴露出了他的心脏、喉咙，还有另外半打主要目标。然而季若特发现自己动弹不得，他的肺似乎紧紧地收拢了。他突然感觉冷得要命。哦，好吧，他想。这时候长柄的钩子慢吞吞地绘出一条大弧线，就好像无敌骄阳由东到西走向日落。他别无办法，只能闭上眼睛，免得看见事情当真发生的样子。

他听到一声尖叫，并推测那是他自己的叫声。不过很奇怪，事实并非如此。有什么东西从前方撞到他身上。这一下完全出乎预料，他的身体不由得向后仰倒；他被自己的脚后跟绊了一下，朝后方跌下去，脑袋撞到据点的墙上。

"你他妈，"有人在吼，"到底怎么回事？"

季若特睁开眼睛，发现自己直盯着太阳，根据前情很难判断目前什么情况。谁都知道，你死的时候会来到无敌骄阳面前，善恶会被放在天平上称重，火焰的中心会传出一个洪亮的声音问你——

"说话呀？"

是苏伊达斯，弯腰站在他身前，怒不可遏。"你愣在原地，"他吼道，"你就站在那儿一动不动。还得靠伊瑟姿救你，看在老天的分上！"

就在苏伊达斯身后能看见一双靴子。已经很旧了，打了许多补丁。靴子侧躺在地上，靴桶里还连着腿。"怎么了？"

"真他妈是个好问题！"苏伊达斯冲他咆哮，"你这该死的拖累，没准会害我们谁被杀掉呢。"

一个季若特看不见的人说:"别烦他了。"音调很高,而且非常、非常紧张。

"看在老天的分上——"

"别烦他。"她显然没心情争论。季若特想:按照苏伊达斯的说法,她刚刚救了我的命。真奇怪,怎么竟会有人想做这样一件事呢?

靴筒里的腿没有动弹,而且角度也不对。他这才明白过来,它们是那个瘦脸男人的腿,换句话说,他刚刚跟对方进行的漫长交谈肯定是做梦了,或者是某种因后脑勺受到撞击而导致的反常现象。他想不起来他们最终达成的共识是什么,这叫他抓狂。

"你,"伊瑟姿站在他上方弯下腰,头发落在她眼睛上,"真是可悲。"

他唯一能说得出的话只是:"怎么了?"

"那家伙准备用一把长柄钩子把你劈成两半,幸亏我及时赶到了,而你,"她接着往下说,"完全是个废物,浪费好运气。看在老天的分上站起来,你这样子蠢死了。"

她朝他伸出一只手,他抓住对方的手被拉起来。他说:"谢谢。"

"见你的鬼去。"她说着就松开了他的手,他踉跄片刻才找到平衡。

"即便如此,"他说,"我还是很抱歉。刚刚我愣住了。我没办法——"

"这我多多少少看出来了,"她说,"你要良心发现也挑个好时候。民选的高院议员你能杀,可来个拿剪草工具的农民,突然你就变成和平主义者了。下回我可不会管你,明白?"

下回,他暗想。"你没事吧?"

"不用你假惺惺。"她走开了,季若特终于看到她背后的景象。地上躺着许多尸体,超过十具。他这才开始好奇,不知其他人是不是也像他这样走运。他环顾四周,发现奥多静静站着不动,紧盯着自己手中的长剑。在他背后,富兰特泽士坐在地上,兹米瑟斯正为他缠绷带。看来他们过关了。当然,不是季若特·布锐埃纽斯的功劳。

好吧,他心想,现在他们总得让我们回家了。

他突然感到非常需要跟谁道歉。逻辑的选择应该是富兰特泽士,他打定主意就走到了富兰特泽士坐的地方。富兰特泽士抬起眼睛朝他点点头,面露尴尬之色。(他显然知道刚才发生了什么事。)

"这样应该就行了,"兹米瑟斯说,"没问题,其实只不过是擦了一下。啊,季若特,我正准备找你说话。你感觉如何?"

"挺好,"季若特说,"听着,我真的很抱歉。"

"没什么大不了的,"兹米瑟斯回答道,他的语气抵消了字面的含义,"这种事情谁都会遇到,迟早而已。布林伽斯家那姑娘插那一手可真叫人叹为观止。舌头跟剃刀一样利,可脑子清楚得很,我是这么想的。她肯定会是这回计划的宝贵资产。我深信不疑。"

跟某个不必提起名字的人正好相反。"她救了我的命。"

"对,"兹米瑟斯看着他,他觉得自己好像被挤干了浑身的水分,"想想看,我本来还担心她会歇斯底里呢。女人有时候真像老虎。好吧。看来谁也没有受重伤。我们一到佩尔米亚我就写一份详细的报告。"

"我们还要去——"

"当然。"他显然说了不该说的话,"马车一到我们就出发,现在如果没有人再需要我做别的什么——"

"打扰一下,"奥多从兹米瑟斯肩膀后面冒出来,兹米瑟斯转身朝他微笑。"打扰一下,"奥多重复了一遍,"只不过我在想,为什么击剑匣子里的剑全都是开了刃的呢?"

他这话就好像一拳打在了兹米瑟斯脸上,但还不够力气将对方击倒。"对于我们来说倒真是好运气,你不觉得吗?"

"哦，那是当然。"奥多看起来活像家养的宠物狗，可他站住了脚没有后退，"只不过我在想，这真是有点奇怪。本来发给我们的肯定应该是钝剑不是吗？"

"啊，这个嘛。"兹米瑟斯再次微笑，他的牙齿非常完美，只不过缺了一颗门牙，"如果我真是虔诚的信徒——我猜自己当然应该要虔诚才对——我会说这是一个奇迹；不过我这人稍微有点怀疑主义，所以我情愿把这想成是办公室办事出了岔子。富兰特泽士，"说着他转过身直视对方，"申请是你递交的，你确实指明了要钝剑，对吧？"

富兰特泽士点头。

"这不就结了。我猜呢，武器库里当时没有钝剑，所以他们就拿开了刃的剑给咱们。没什么关系，等到了佩尔米亚再把它们弄钝就行了。"

他往前走，中途停下，用一只脚踢开了路上的什么东西。那是一颗人头。脖子上没有连着身体。季若特勉强忍耐，走到据点的转角处才吐出来。

"你还好吗？"奥多的声音。

他点点头。"我没事，"他说，"只不过我从没见过……"

"当然。是我的错，恐怕，"听奥多的语气，好像他是打碎了一个杯子，"只不过他们两个人同时朝我冲过来，我只好全力还击。而且当时我不知道剑是开了刃的。"

"真的没关系，"季若特听见自己这么说，然后他又补充道，"至少你没像我那样愣住。我想我欠你一声道歉。"

"我亲爱的老伙计，完全不必，"奥多靠近了一英寸，"这又不是军队，我们谁也没有签名承诺所谓的战死沙场。事实上这正好证明了你的品质。"

季若特看着他问："懦弱吗？"

"在夺取他人生命时有所犹豫。这哪里算是应该羞耻的事情呢。"奥多停下来，脸涨红了。"抱歉，恐怕你并不想听我对任何事情的意见。我想你大概情愿把这一切都忘掉吧。"

没错，季若特心想。就跟我情愿长出翅膀那种感觉差不多。不过好的，咱们还是把它全忘了吧，来谈谈天气。

"你听见他说的话了吗？我们还是要去佩尔米亚。"

奥多点头，"我猜到会是这样。从外交之类的角度讲，这次的事情太过重要了。听着，"他压低声音，又凑近了一点点，就仿佛准备要建议他们把灵魂卖给魔鬼，"你想喝一杯吗？白兰地，"他补充道，"我有一个小酒瓶，也许能，那个，让你开心些。"

"想，"季若特飞快地回答道，"多谢你。"奥多递给他一个精美的银质小酒瓶，形状是坐在地上的小狗，有蓝宝石做的小眼睛。他笨拙地拔下瓶塞吞了四口。"喝吧，"他听见奥多说，"喝完。我自己其实不怎么喝酒。所以你请便，不用客气。"

瓶子里还剩两口，然后他把瓶子还回去。"谢谢，"他说，"我感觉好些了。"

"你受了惊吓，"奥多说，"我父亲也不喝酒，但大战那些年他总是随身带着白兰地。他说这比大多数医务兵都管用得多。"

刚刚呕吐让他喉咙变得很敏感，现在那块地方被白兰地烧得火辣辣的。他虚弱地点了点头。"这我能相信。"他说。然后他又问了一个问题。他也说不清楚自己为什么要问，除非是因为好奇，"你也参加了大战吗？"

奥多摇头。"我父亲让我没上征兵名单。"他说，"我哥哥被杀以后没多久，我的征兵信就来了。"

"你自己想去吗？"

"不想，"奥多的脸扭曲成一个痛苦的微笑，"也许这只是废话，不过我是和平主义者,任何战争在我看来都是不正当的。如果再打仗,我情愿坐牢也不会去参军。"

说完他就走开了。季若特倚着据点的墙站直。白兰地让他脑子发晕,他真希望自己没喝就好了。他的衣服还湿着,就像出征士兵的老婆一样紧紧地粘在身上,羊毛打湿过后的气味叫人作呕。想想光明的一面,他告诉自己,我还活着。不过呢,在账本的另外那页上,我已经用永不褪色的墨水把自己记成了懦夫。还有,我几乎可以肯定已经把奥多得罪死了,而我的性命还是一个姑娘救的。

稍后太阳露了脸,几乎晒干了他的衣服,几乎。谁也没说话。他们靠在据点墙边或站或坐,面朝着从城里来的马车会来的方向。当然也没有东西可吃。苏伊达斯找到了水——就在据点下方一点点有道暗棕色的小溪流从斜坡上流过。他从马厩里拿了个生锈的盘子去接水,可盘子放在太阳底下,谁也不去碰它。谁也没渴到那种程度,至少现在还没有。兹米瑟斯往一本棕色小书里写东西。墨水来自一个精美的旅行便携墨案,似乎是从他那深不见底的衣服口袋深处召唤出来的;写字的笔有着象牙笔杆和黄金笔尖。两只秃鹫在他们头顶盘旋了很长一段时间,但最后还是离开了。奥多和伊瑟姿开始下棋。六步之后她失去了一个车,立刻认输、大步走开。苏伊达斯进了马厩,季若特听到一连串乒乒乓乓的声音,但根本懒得去推测原因何在。富兰特泽士就只是盯着大路呆坐,离其中一具尸体只有短短的一段距离。

天色渐暗,这时季若特听到一种声音,他确信那是马蹄踏在碎石路上的动静。他坐直了身子。这种事情众所周知是很难判断的,可他觉得声音肯定来自他们身后——来自东边,另一个方向、错误的方向。他走到富兰特泽士跟前问:"刚刚你听到声音了吗?"

富兰特泽士摇头。"不过我左耳稍微有点聋,"他说,"有时让我妻子很不耐烦。你听到什么了？"

"像是马，"季若特说，"当然也可能是听错了。"

富兰特泽士把胶在大路上的目光拉回来，稍微转头，"我以为马车最早也要明早才能到呢，"他说，"当然了，我们的信使可能正好遇上例行巡逻的队伍，或者遇上了来接手这个据点的部队。这种事情你本来以为——"

季若特打断他，"又来了。"

"你确定是马？"

"听着像。"

富兰特泽士猛一点头，仿佛接受了上好的报价。"也该来点好运气了，"他说，"我去告诉兹米瑟斯。"

他站起来走开了，季若特留在原地。他听到的声音肯定来自身后，那样的话就是来自佩尔米亚的大致方向。这念头让他发抖，尽管这当然是很可笑的——他们依然身处共和国腹地，还有整个非军事区横亘在他们和邻国之间，并且也没有任何理由要怀疑和平已经被打破。富兰特泽士在跟兹米瑟斯说话。后者仔细标记了书的页数，又盖上墨水池的盖子才站起来。苏伊达斯走出马厩，一只胳膊底下夹着一捆敲碎的木板。他大声地问："刚刚有人听到马蹄声了吗？"

这回马蹄铁敲击石头的声音清清楚楚、无可置疑。"来自我们背后，"伊瑟姿说，"不对劲。"

"不过是风的把戏罢了，"富兰特泽士说，"也可能是这边的部队之前去了东边，现在回来了。"

季若特想到了好几种别的解释，其中最令人安心的一种是来人是强盗的同伙，他们带了一辆大马车，准备把期待中的战利品运走。

"我准备往那边去散个步。"兹米瑟斯静静说道，边说边把书、笔盒和墨水池装进口袋。众人目送他走向东边的地平线，直到他的身影消失为止。现在马蹄声已经变成持续不断的声响了。

"我们应该离开建筑物，"苏伊达斯说，"他们当然会看见马车，但那是没办法的事。最佳地点是我们昨晚睡觉的草埂。很快天就黑了，应该没问题。"

"你说什么鬼话呢？"伊瑟姿问。季若特猜想问题的答案在下一个瞬间自动浮现了，所以她的脸色才变得非常苍白，"你以为——"

"咱们只管明智一点躲起来，"苏伊达斯说。他的声音又安静又严厉，仿佛上好的锯子在缓缓切割，"别，武器留下。"见奥多朝打包的箱子走去，他厉声添上一句，"如果是我想的那些人，我们必须只是平民，非这样不可。走吧。"

他们跟着他走去草埂躺下，跟头天晚上一模一样。从季若特所在的地方看不见路上的情形。光线仍然很充足，虽说太阳马上就要落到地平线之下。他心想，不可能又来一场战争的。

他听到身旁的谁抽了一口气，片刻之后一个骑手出现了，大致与季若特所躺的地方平行。骑手来到不到五码远的地方停下，坐在马鞍里稍微扭动身体，又转动头和肩膀，把脸朝向草埂。

他骑着一匹黑色公马，马的前额上有孤零零一颗白色星星，季若特从没见过这样大的马。骑手全身穿戴盔甲，不是共和国标准配备的锁子甲上衣和马裤，而是东帝国那种编织在一起的钢片，像亚麻一样柔软，据说能挡开超近距离射来的箭。他的大腿和膝盖上有钢板，脚上穿着带活动关节的钢鞋。季若特看见对方的袖口和脖子处露出了外套的毛边，浅黄色的毛边被拉出来，免得盔甲磨损皮肤；下巴底下还有一条红色羊毛围巾。圆锥形的高头盔是用一整片钢打造的——共和国的铁匠可做不来这活，他们只能把四片较小的钢板铆在一起当头盔——头盔的边缘卷曲，顶上还有一片一英尺的白色马鬃羽饰。即便整个人纹丝不动，羽饰也上下轻微摆动。那人微微打个寒战，然后抬起空出的那只手把围巾围得更紧些。围巾和头盔之间只露出一小块面孔，可以看到他的皮肤是深棕色，仿佛经过打磨、上蜡的桃花心木。他上唇上方有一道薄薄的髭须，下巴上也有一小片整齐的黑胡子。这人是个蓝皮肤。

好吧，季若特想，看来我们又开战了。至少来的不是阿兰姆·查塔特，他们是从来不留俘虏的。他自觉像个小孩子，不留神走进了大人们坐的房间，满屋大人都停下严肃而神秘的交谈转头盯着他。他注意到马鞍上的布是绿色的天鹅绒，已经磨损，还弄脏了，但是在布料市场这种布要卖十五诺米斯玛塔一码，如果你能找到卖家的话。他的左手里握着一把长矛，枪杆漆成蓝色。

那个蓝皮肤直视着他。

季若特发现自己瘫痪了。那并非对死亡的恐惧，现在他已经知道对死亡的恐惧是什么感觉，而眼下这些症状与之略有些微妙的差异。再说他已经在钟楼里面对过死亡，而死亡对他的影响远不如这个蓝皮肤的目光这样强烈。他想象如果醒来时发现床边站着天使应该就是这种感觉：敬畏、惊叹，还有某种恐惧，只不过这恐惧跟身体可能遭受的伤害毫无关系。他无法动弹，因为在这样一个生物面前乱动简直就是亵渎——除非对方命令他动；而如果对方下命令，那他就不能拒绝，否则会是同样可怕的罪行。他觉得自己仿佛在等待审判。

蓝皮肤说："打扰一下。"

谁也没动。不过季若特能感到一股巨大而躁动的能量在积蓄，活像雷暴之前的空气，就在他右手边。那个蓝皮肤微微皱起眉头。

"打扰一下，"他重复了一遍，这次稍微抬高了声音，还放慢了语速，"不过诸位不会正好是吉勒姆·富兰特泽士一行吧？"

那是最最美妙清晰、音调完美的上流社会口音，你只会在舞台或是乡间的贵族城堡听到这样的话。好吧，当然是这样了，因为那是帝国的口音。在帝国，贵族很注意保持自己的血统，就像信徒把圣人的小腿骨装在金匣子里。那人的声音本身已经足够不凡，他话里的意思反倒没人能听懂。

"趴下！"他听到苏伊达斯咬牙道，可是富兰特泽士已经站起来，露出尴尬得要命的表情。他说："我是富兰特泽士。"

"谢天谢地，"蓝皮肤说，他暴露在寒气中的那一小块脸上露出迷惑蹙眉的神情，"我们是来找你们的。我是托提拉中尉，隶属外交护送部队。我说，你们几位为什么不站起来呢？地上想必不会很舒服吧？"

他们总共有九个人，都是长枪兵，听命于民政当局，准备从非军事区的半道护送尊贵的客人前往佩尔米亚边境。托提拉中尉出示了自己的外交证件，这时兹米瑟斯突然冒出来，确认证件完全合乎规范。

"到了预定的时间你们还没出现，"托提拉解释说，"我们就有些担心。因为我们从你们在边境站的伙计那里听说了一些传闻，说在你们这一侧有强盗活动。他们原本准备过来看看你们的情况，不过我自告奋勇替他们过来，因为嘛，嗯，我无意冒犯，但是我们比你们的人可快多了。看来我们想的没错，"他意有所指似的看一眼无头尸，"不过就算没有我们你们似乎也应付自如。嗯，这是当然的。他们大概狠狠吃了一惊吧，当他们发现自己的对手是什么人的时候。"

长枪兵们随身携带一台美丽的折叠烤架，他们用铜盘在上面做饭，食谱看起来相当复杂，混合了肉干、香肠和大米。这些人似乎半点不着急，而食物的味道简直让季若特发疯。这时准下士又从便携酒瓶里往一个白蜡小杯子里量了一小杯葡萄酒加入酱汁。被人问到时，托提拉说："哦，不过是标准的野外配给罢了。不过如果你在这地方困了一整天、什么吃食都没有,我猜不管吃什么都会觉得味道不错的。"

他们还有一种软和的精小麦面包,这是伊瑟姿唯一肯接受的食物;她坐在众人围成的圆圈边缘,努力保持庄重的用餐形象。兹米瑟斯坐在托提拉中尉身旁,一个锡盘平衡在握拢的左手上,跟长枪兵们的动作完全相同。便携酒瓶里的葡萄酒十分可口,相比之下,共和国内能买到的最棒的酒都像浓盐水。

"当然了,所有人都激动得要命,"托提拉说,"说实话,我自己并不像佩尔米亚人那么关注击剑。我在学院学过一点,如果你被派驻佩尔米亚,那就非学点皮毛不可,否则根本插不进他们的谈话里。最近几个月他们满口只有这件事,你们的这次巡回比赛。全国到处都挂上了你们的画像。"

"画像,"季若特说,"真是疯了。他们怎么知道我们长什么样?"

"他们并不知道,"托提拉露出一丝笑意,"那些画像大概不能说是特别惟妙惟肖吧。不过这就是佩尔米亚的艺术传统。你们应该长什么样、而不是你们实际上长什么样,明白我意思吗?等着瞧吧。不过请一定克制,不要笑出声来,他们这里的人是很敏感的。"

"这是佩尔米亚的传统,"兹米瑟斯含着满嘴的食物说,"类似于宗教偶像的小像。永远都是圆嘟嘟的脸,穿着五百年前就过时的衣裳。"

托提拉哈哈大笑,"完全正确,一旦你不再纠结于完全不像这个小缺点,那些画像其实相当美丽。他们认为自己描绘的是灵魂而不是肉身。"

一阵若有所思的沉默,然后奥多问:"也有我的画像吗?"

"当然,"托提拉说,"穿着全副盔甲,自然是,因为你是长剑选手嘛。事实上你的画像跟你本人倒相当神似。"

奥多说:"我长得像父亲。"

"可不是么，"苏伊达斯说，"我猜他们佩尔米亚人也还没忘记浇灌者长什么样。"

托提拉低头看自己的手。伊瑟姿说："请别跟我说连我的画像也有。"

"你非常受欢迎，"托提拉高高兴兴地说，"只不过呢，"趁伊瑟姿吸口气准备回答的当口，他接着往下说道，"他们把你画成了男人，这也是当然的。"

除了苏伊达斯，其他人都忍住了没有笑出声来。伊瑟姿张开嘴，有生以来第一次哑口无言。

"艺术传统，你懂的。"托提拉小心翼翼地避开她的脸，"在佩尔米亚，所有描绘剑手的艺术都是，那个，男人。女人通常是天使或者抽象的人物形象。"他又欢快地添上一句，"不穿衣服的。但是他们希望描绘的是你作为剑手的那一面，所以只能把你画成男人。你有一把漂亮的红色大胡子，都快长到腰上了。"

这回就连苏伊达斯也懂得不要作声。托提拉接着说道："事实上画像只不过是开始。关于你们所有人都有专门写出来的书。完全是编造的。"听他补充了这一句，季若特扮个大大的鬼脸，"因为他们并不知道关于你们的任何情况么。此外还有许许多多的民谣，吟诵你们的光辉事迹。只要两块特拉齐，流浪歌手就唱给你听，就在路边唱。听说还有一部无韵诗写成的戏剧，十天前我离开乔伊奥兹的时候，有人告诉我说他们刚开始排演。到时候你们都得去看，那是很高的荣誉。"

富兰特泽士嘟囔道："我从来不晓得他们国家的人这样有创造力。"

"哦，不是的，"托提拉说，"至少只有画家是土生土长的。诗人和音乐家都来自帝国。人家告诉我说，东帝国的一切在佩尔米亚都是最流行的风尚。当然啦，本地也颇有些有才华的艺术家，他们会用胡桃汁把脸涂黑了去表演，不过这把戏谁也骗不过。"

"要是有哪个姑娘胆敢装扮起来假装是我,她会巴不得自己没生下来才好呢,"伊瑟姿冷冰冰地说,"这点我可以跟你保证。"

"事实上,演你的会是男人,"托提拉说,"佩尔米亚的舞台上没有女人。而且请听我说,我要向你发出最真挚的请求,就是千万不要为这件事闹腾,否则会被他们当成最最严重的侮辱。因为那等于是在拒绝他们给予的特殊荣誉,明白吧? 他们是一点也不会高兴的。"

"她不过是开玩笑罢了,"兹米瑟斯坚定地说,"她完全明白这次的任务有多重要,不是吗? "兹米瑟斯的声音非常安静、非常专注,仿佛恋人的低语。伊瑟姿迟疑片刻,然后飞快地点点头,"这不就得啦,并且谢谢你预先警告我们。幸亏你先提了,否则我们要吓一大跳呢。"

"总之呢,"托提拉说——别人的感激似乎让他不太自在——"等你们到了那边,一切都会是最好的,希望能弥补你们迄今为止遭的这些罪。"说到这里他坐直了一点,"我不知道你们原本打算怎样继续前进,不过如果你们没什么雷打不动的计划,"苏伊达斯发出哼的一声,托提拉似乎没有听见,"那么能否容我建议你们与我们一道过去呢? 我已经自作主张派人去我们的兵站要一辆轻便马车,明早就该到了。"

"不可能,"苏伊达斯打断他,"从这里到非军事区,那是三十英里路呢。"

托提拉微笑,"只要我们愿意,我们是可以动作很快的,你知道。比起马车,如果我让人送带马鞍的马来,速度还会更快。不过说实话,我实在不好意思建议你们骑马,因为除非你们早就习惯骑行,否则等到了乔伊奥兹,恐怕所有人的状态都不会很好。"

富兰特泽士说:"我们已经派人回去找马车了。"谁也没听见他这话,因为就在同一时刻兹米瑟斯说,"谢谢你。真是太好了,如果不会太麻烦你的话。"

"那么就这样说定了,"托提拉说,"只要你们不反对稍微赶点路,运气好的话我们很快就能把损失的时间追回来。自然的,我会先派人过去通知他们你们耽搁了。不过第一场比赛可能得提前一点。听说为了看比赛,许多矿工都专门到镇上来了,让那么些人失望可不行。"

大兵们把自己的毯子给他们用——又厚又软的羊毛毯,深蓝色——还把马厩的棚子拆了当柴烧——他们自己没敢拆,因为那是政府的财产。他们睡在马厩里,蓝皮肤在屋外站岗,以防强盗的朋友回来。季若特刚要睡着,苏伊达斯走过来在他身旁坐下。

他说:"这帮人还挺不错,你觉得呢?"

季若特点头,"反正他们是竭尽所能要对咱们好。"

"哦,那是不用说的,"苏伊达斯静静说道,"蓝皮肤做事从来不会半吊子。你已经见过他们的装备了,在战场上他们也有最不可思议的医疗支援。你该看看他们的战地医院,而且每个连都配一个医生,你简直没法相信他们的本事。我们那些所谓的医生,死在他们手里的伙计比敌人杀掉的还多。而蓝皮肤会把你缝回去,让你几个星期之后就能站起来。我认识一个人,被人从战场上捡回来时已经死了四分之三,蓝皮肤找到他,把他带去自己的医院,现在他跟新的一样了。"

季若特皱眉,"是我们的人?"

"当然,"苏伊达斯说,"而且他们把俘虏照料得也非常好。食物、衣服、住处都比俘虏自己的部队还强,那是不消说的。这些人实在不可思议,这些蓝皮肤,在很多方面他们让我们显得像儿童或者野蛮人。"

"我还以为你恨他们。"

"啊,这个嘛,"苏伊达斯打着哈欠仰躺下来,"关键在于他们遵从命令,立刻服从、绝不质疑。当然,正因为这样他们才变成绝好的士兵。所以说如果上头要他们照看你、好好待你,他们就会执行。但是如果命令下来,要他们杀掉所有的俘虏，他们也会立刻动手，一秒钟也不会停下来琢磨。烧掉整个镇子、强奸妇女、杀死小孩，他们根本不会想到要违抗命令。而且你也看得出来为什么——对他们来说这些都不成为问题，毕竟他们比咱们强那么多，对于他们来说，这不过是把滚水倒在蚁丘上。

季若特用胳膊肘撑地支起上身。他说："我想象不出来托提拉中尉会屠杀平民。"

"托提拉根本没参加大战，"苏伊达斯回答道，"他太年轻了，在帝国年满十八才能入伍。可是如果人家要他割开我们的喉咙，三分钟之内我们就全死光了，这我可以跟你保证。总的说来，我觉得我还是更喜欢阿兰姆·查塔特。面对野蛮人的时候，你至少很清楚自己处在什么位置。大战中有两回，阿兰姆·查塔特接到命令屠掉全村的人，结果他们抢走了能拿走的一切，可是一个人也没杀。他们是这么说的：杀这么多人，简直跟做苦工一样，对咱们有什么好处呢？杀小孩也没有荣誉可言，小孩子的指骨根本不值得串起来。"

"什么？"

苏伊达斯哈哈大笑。"那是他们计数的方式，"他说，"他们割下左手的食指，把指骨串成项链。太小的骨头他们不想要，因为会被人嘲笑，当然了，如果上头要他们抹平某个村子，十次里面有九次他们都会动手，但也有时候人们会撞上大运——如果阿兰姆·查塔特觉得活儿太重、钱没付够的话。他们大概非常不喜欢被剥削吧。"

"你们两个声音小点行吗？"伊瑟姿从马厩另一头喊话，"咱们有些人还想睡觉呢。"

6

　　轻便马车抵达时，季若特还在睡。他睁开眼，发现马厩里空空如也，于是走出门外。轻便马车就停在据点前。他从没见过这样的东西。

　　它比他们驾来的那辆车要小，可是搭载乘客的车厢却大多了，它蹲在弹簧上，仿佛一只热切的狗。马车的轮子薄到不可思议，而且非常细。车辕上套了六匹马，两两成对：一对灰色、一对栗色，还有一对花斑马。车身被刷成了明亮的红色。

　　"我们先回去把你们之前丢下的行李捡上，"他听见托提拉在说话，"在你们抵达乔伊奥兹之前应该就能带着行李回来。这期间毯子什么的你们可以继续用。很抱歉，只能让你们先凑合凑合。"

　　"请别道歉，"富兰特泽士回答说，"毕竟我们还在共和国境内，如果要怪谁的话，也应该是怪我们。怪我。"他带着忧愁的微笑补充道。

　　"我觉得你们做得非常棒，"托提拉说，"你们临时拼凑的轮轴很了不起。换了我在你们的位置，我敢说我是想不到这个法子的。"

"可以动身了吗？请问？"伊瑟姿打断他们，"我们越早出发就越早赶到。而且那里应该有可以洗漱的地方吧。我觉得自己活像是在粪堆底下埋了二十年。"

座位棒极了，有坐垫，柔软舒适，椅套用的是一种类似天鹅绒的布料，而且就连奥多也有足够的空间放腿。"这只是普通的驿马车，"托提拉抱歉似的说，"我跟驿邮那边征用的。不过它应该能把你们送到乔伊奥兹。这些小东西结实得很，专能应付糟糕的路况。当然了，等到了佩尔米亚，我们就可以把你们转到更舒服一点的车里。"

"哦，"伊瑟姿道，"这么说他们佩尔米亚就没有烂路了？"

"路是帝国工程师造的，"苏伊达斯说，"不是吗？"

"这个嘛，很多都是，"托提拉回答道，"当然那是在大约三百年之前了，在独立之前。大战期间我们稍微把它们修了修，方便货车在矿山之间往来。"

季若特发现自己几乎没办法保持清醒。轻便马车比他睡过的任何床都更舒适，他几乎感觉不到车身的移动。靠垫似乎自动塑造成了他后背的形状、承担起他的重量，让他感觉自己仿佛变成纯粹的智力，净化了肉身的一切粗重需求。他觉得自己简直能就此写出一份神学小论文，只要他能坚持不闭眼。

"谁也没跟我说过什么画像，"伊瑟姿愤愤然，"我不喜欢这些人。你们注意到了吗？他从头到尾都不看我，哪怕是在我跟他说话的时候，就好像我根本不存在一样。"

"帝国的社会对女人抱有一种相当不同的态度，"兹米瑟斯安抚她，"极其敬重，自然是，骑士精神这个概念几乎就是他们发明的。但日常生活里男人和女人并不怎么打交道。我猜他大概有点怕你吧。"

伊瑟姿发出一种表示难以置信的声音，挺像苏伊达斯的呼噜声（他卡在角落里睡得正沉），只不过稍微高一些、尖一些。"确实，他们在很多方面都跟我们大不一样。"富兰特泽士说,"记得我们接待过一个从东帝国来的商贸代表团,就在大战刚刚结束的时候——"

"我猜我们不会有太多机会跟他们打交道,"兹米瑟斯接着往下说,"如今在佩尔米亚,帝国部队的实际数量非常少,只有大约五个团,其中两个还是工程部队。事实上,是佩尔米亚人负担不起费用了。阿兰姆·查塔特也一样:七年之前他们就给足了钱打发他们回老家。大部分阿兰姆·查塔特都已经离开佩尔米亚,但我听说在南部还有几个小分队,给他们惹了不少麻烦。我很高兴地说,那地方离我们要去的地方非常之远。"

"佩尔米亚人自己又怎么样呢?"自从遇到托提拉中尉,奥多的话多了不少。季若特猜想他俩都很高兴能跟同一阶层的人交谈——哪怕其中一个人的肤色不同,而另一个人又是浇灌者的儿子。他隐约记得弗罗斯·维尔让曾是帝国的城市,是在佩尔米亚脱离帝国独立之前建造的。

"哦,他们倒还好,一旦你跟他们熟起来,"兹米瑟斯说,"基本上他们跟我们差不多,只不过他们在七百年里都是帝国的行省,而我们从未被征服过。这么说吧,我们之间的共同点比差异更多。"

"哪怕在打了七十年的仗以后吗?"伊瑟姿问,"我觉得很难相信。"

"大战正好是我们之间一个巨大的共同点。"兹米瑟斯回答道,"他们不想打,我们也不想打,是两边的大家族坚持要打仗。我想你会发现,他们埋怨的不是我们,而是自己的上层阶级。"他调整了一下摊开在膝盖上的毛毯,那模样实在很像是在马车里稍微活动身体的老妇人,简直叫人无所适从,"真正起作用的是王水反应。它改变了一切,也是它带来了和平。"

季若特问:"什么?"

兹米瑟斯微笑,"王水反应,"他重复了一遍,"是东帝国自然哲学家的发现。通过某种化学物质就能从低等级的矿里得到银子,用传统工艺没法提纯的那种矿。这也就意味着今后东帝国在国内造银会更便宜，无须再从佩尔米亚进口。作为回应，佩尔米亚人只能大幅降价。他们的经济完蛋了，没钱继续打仗。同时帝国也不需要再为了自己的利益去扶植过去的贵族统治阶级，因为他们不再依赖佩尔米亚的银供应。于是呢，军事贵族失势了，矿主接管了国家。也就是跟我们一样的那些人，"兹米瑟斯补充道，"那些可以讲道理的人。所以我们才需要这次这种争取民心的活动去赢得工人阶级，让他们明白我们只是普通人，跟他们一样。这么一来他们就不会再有兴趣参加另一场战争。"

苏伊达斯醒来时浑身是汗。他睁开眼睛。他在轻便马车里，其他人全死了。

不对，那是另外那次，这一次其他人只是睡着了。这有着微妙但极重要的区别。兹米瑟斯的脑袋往前耷拉下来，鼻子埋进围巾里。伊瑟姿的头枕在奥多肩上（倒要看看这两人醒来时会是什么反应）。季若特的脑袋靠在车厢的木板上，张着嘴巴。富兰特泽士坐得笔直，即便在睡梦中也采取一切可能的措施，避免跟任何人有身体接触。苏伊达斯深吸一口气，然后噘起嘴唇把气吐出去，就好像他刚刚幸运地逃过一劫。

他做了一个梦，是以前没做过的梦，虽说主题跟通常的那一套也不乏关联。他梦到了昨天的战斗，是从远处观看，仿佛在分析一个很有潜力的学生在战场上的表现。他看见了敌人，那是个独眼男人，穿着邋遢的破外套——过去军队发的那种，也就是说对方跟他一样也是老兵。那人很高，还很瘦，手里拿着一把砍刀。（这里的人拿砍刀对战。愿神怜悯他们。）

苏伊达斯从没用刺剑杀过人，不过这是小儿科。对手朝他走来，本能地摆出一个粗糙的低部后位起式，大概是指望能在六分位找到向上劈的机会。苏伊达斯很配合地也来了个低部起式，吸引对方缩短距离。那之后他只需要从对手右臂下方刺入，防守进攻一气呵成，在胃的上部刺出一个利落的小洞。刺完他后退了一步，因为濒死的人有时会发起最后一次猛扑。但这人是不会再扑上来了，于是他快速缩短距离，仔细将剑尖对准对方的锁骨中央；他轻柔而坚定地将剑尖往下推，直至碰到骨头。小菜一碟。

而且理应如此，这是不消说的，因为面对皮肤柔软的猎物，刺剑是人类发明的最佳杀戮工具。他记得自己从死人的肩膀向前看，就在那人向后跌倒之前。前面没有更多目标了。尸体从剑上脱落时，剑柄上传来轻微的拉力。这时候苏伊达斯吸了一口气准备用来尖叫，并且睁开了眼睛。

两万五千枚诺米斯玛塔，他告诉自己。

他再次呼气，缓慢而连贯，免得自己过度换气。两万五千枚诺米斯玛塔是足够好的理由，它代表了未来，而他已经很长时间没有未来可言。这笔钱够他在城里时髦的街区开一家高档击剑学校：一间镶木板的长厅、许多的练习室、一个饭厅和厨房。楼上那层则是舒适的公寓，她住在那里会很高兴。那是踏实而令人愉快的退休生活。再也没有开刃的剑，永远没有，从此以后他只拿钝剑。

他还记得打开箱子时胃部如何抽搐，因为箱子里的剑全都开了刃——这是武器，不是运动装备。他也想过仅仅解除对手的武装就好。这是很容易的，假如对手拿的是刺剑、长矛或者单手剑，哪怕是长剑也没问题。可那混蛋非得拿把砍刀。（这里的人拿砍刀对战。愿神怜悯他们。）

一切都结束后，他把它捡起来看了看。那是寻常铁匠打的东西，两英尺长的刀身，一寸半宽，有弧度，只一侧开刃，非常锋利。刀身略微扭曲，锻造时留下的瑕疵和淬火的痕迹并没有完全锉掉，唯一一根深血槽的内侧也没有打磨光滑。因为这东西大多数时候都被用来砍小树、修篱笆、偶尔杀头猪，你是不会为这种事大费周章的。在佩尔米亚，每个谷仓里都有这么一把砍刀。

他从一具尸体上拿了一根围巾,把它包起来塞进木箱。光看着它都让他恶心,但你永远说不清会不会遇上什么情形,需要把这种东西派上用场。它们总能派上用场,不是吗?

他努力想象大厅高高的窗户,窗前挂着绘有人像的锦缎窗帘。人人都去德泽尔的学校,想学击剑只有那地方最好。你知道吗,他曾经是刺剑冠军呢!他们说这话时会带着一丝惊奇,因为谁能想得到呢?那个总是开开心心的秃头胖子,脸上挂着热情又明亮的笑容,行为举止也那么讨喜,可那人居然当过职业击剑选手?

知道吗,他还参加过大战呢!不,他们不会说这个。他们不会有任何理由去说这个。

要是现在能有杯烈酒,要他拿什么换他都愿意。可是他答应过她,而且他知道,哪怕他只是看一眼酒瓶她也会晓得。然后等他回家的时候,就会发现人去楼空,屋里只有一封用词考究的短信。他意识到自己在不断地把右手握紧又张开,就像医生教他的那样,那个增强筋腱力量的动作。

那么,他问了自己一个问题,想借它分散自己的注意力:一个斯科利亚的拦路劫匪拿着一把佩尔米亚的砍刀做什么呢?这问题并不怎么费脑筋,尤其那人还穿着军队发的大外套。砍刀当然是大战期间捡来的,许多人都把它们当成纪念品、战利品带回了家。这种东西在农场很有用,他们是这么想的。战场上也能捡到剑啊、矛啊之类军队发的破烂货,但它们都太不经用了。好多人甚至开始自己动手仿制砍刀,因为它们实在特别有用。

可不是么。他看看自己的疤,那是一个蓝皮肤的医生缝起来的。那些蓝皮肤真是棒极了,只要你能赶上他们心情好的时候。

而现在我们要回佩尔米亚,他心想。世上所有的傻事里,我单挑了这一件。为了两万五千枚诺米斯玛塔。这个数字本身也够可笑的。事情肯定不止表面上那么简单。毕竟除非脑子发昏，谁也不会……

他希望其他人醒过来，好帮他止住这些在脑子里不断打转的念头。人是没办法这样生活的，总是在你自己的头脑中被围困，就好像浇灌者打开水闸之前的弗罗斯·维尔让。他故意一不小心碰了季若特的脚，可对方只哼了一声就继续睡了。

可是，他告诉自己，过去也会改变，就像其他的一切那样。你离过去越远它就越模糊，直到你抵达某个点，那时你的记忆就变成了不可靠的证据，除非有证人替你作旁证。而如果没有证人——好吧，记忆也算是财产，毕竟如果没有其他证人对它宣告所有权，记忆就属于你。那么把它稍加扭曲、磨平边缘、往上面加一个圆钮让它不再尖利，这么干也不犯法。只有傻瓜才会把没有刀鞘的匕首放在自己口袋里。

或者那也没什么关系，只要你能不睡觉，或者像他这些年遇上的那些出奇走运的家伙，睡醒以后从来不记得自己的梦。而且也只有傻瓜才会回佩尔米亚，哪怕是为了两万五千诺米斯玛塔，除非他真的非这样做不可。

他往窗外看，正好看见一个蓝皮肤头盔上的白羽毛在一点一点晃动。

好吧，至少来的不是阿兰姆·查塔特。有时候住在他们楼下的租户会用藏红花和大蒜烧鱼。上一回他们这样做的时候——他自己是完全不记得了，但似乎是松莎想办法从他身边溜了出去、跑去了行会的总部。四个受过训练的剑手才从他手里把剑抢下来，其中一个还被伤得很重。这一切只是因为鱼和藏红花的气味，因为这气味混杂了雨后空气的甜香。阿兰姆·查塔特经常吃鱼。真奇怪，他们明明是内陆的游牧民族。不过他们似乎在海岸边的某个地方用皮毛交换淡鱼干。佩尔米亚人知道他们喜欢吃，就把这当作标准的配给食物供应。当然了，那个时候他还在喝酒，只不过（据他自己的记忆）出事的那天晚上并没有喝。他用的武器（这是他唯一记得的一件事）就是一把砍刀。是他带回家的纪念品,因为他觉得也许能派上用场。不消说,他带回来的不止这一把,但其他的他都没告诉她。

死掉的老兵的砍刀在车顶的箱子里,跟其他武器放在一起。他几乎能感觉到它的存在,感觉到它在看着他。当然了,砍刀基本上只不过是一把长得太胖的匕首,谁也不会想到用这鬼东西去击剑。只不过在勒卡佩鲁斯的《防御的真正艺术》里有一页插图,两个人穿着寻常的衣裳,各拿一把弯曲的大匕首面对面站着。在那一页上并没有通常那些技术性的描述:准备动作、步法、可能的防御与反击之间的切换等等。那一页上只有一句话:这里的人拿砍刀对战。愿神怜悯他们。

(想到这里他才记起,其实在他自己的行李箱里就有一件战争纪念品,用厚实的蓝布仔细包裹,放在那件干净的衬衫和他精心挑选的、稀罕的击剑教材底下——教材是他准备带去佩尔米亚出售的,走运的话,行会的图书馆永远不会发现丢了这几本书。可是他的行李箱在轮轴折断时已经从马车上扔下去,附近又有这么多强盗,恐怕他再也没机会跟它重逢了。这样多半更好些,毕竟只有傻瓜才会带一把砍刀进入佩尔米亚。)

轻便马车碾到了一个坑或者一块石头上,马车略往前冲了一下,几乎无法察觉,却足以惊醒富兰特泽士。他睁开眼睛盯着车厢对面,脸上露出震惊和极其悲伤的神情。那神情一闪而逝,就像起风的晴朗日子云从太阳表面飘过。苏伊达斯觉得自己完全理解对方的感受。

他同情地说:"还在这儿。"

"什么?"

"没什么,"苏伊达斯说,"顺便说一句,你没错过什么大事。"他朝窗外瞟了一眼,"如果我猜得没错,我们离边境还有大约一小时。这东西像风一样快。"

"我睡了很久吗？"

苏伊达斯点头。"旅行的最佳方式，在梦中旅行，"他说，"免了一路傻坐。最糟糕的方式当然是走路。我从来都讨厌走路，太原始。"

"我自己倒是喜欢散散步，"富兰特泽士温和地说，"我和妻子会在傍晚去河边走走，我们有只狗，你知道。"

"随你高兴，"苏伊达斯回答道，"我说，边境那边似乎有些我们的人。那时候我们就能知道到底是怎么回事了。"

富兰特泽士露出担忧的神情，"你什么意思？"

"这个嘛。"苏伊达斯不大清楚该从哪儿说起。他已经在脑子里把各种问题咀嚼了很长时间，所以不可能指望其他人能像他这样明白。"你不觉得很奇怪吗？"他说，"我们来到我们自己国家的兵站，而且别忘了，那是很重要的一站，不是什么附属分支。结果发现兵站已经关门大吉，一个人也没有，路上还设了陷阱？嗯？"

"自然是很不方便的了……"

"首先，"苏伊达斯坚定地说，"在没有明确命令的情况下，抛弃军事设施是严重失职，为这事儿他们可以绞死你。其次，他们知道我们要来对吧？你提前派人通知了，他们应该在那里等我们。"

"人家是这么跟我说的。"

"可不是么。而且所有人都不停地说这次的任务多么多么重要，不是吗？可是等我们到了那儿——自然稍微比预定的时间晚了一点，但是走过那条路的人都知道，一路上可能发生各种事把你耽搁下来——然后怎样呢？哈，那地方彻底关门大吉，半个人也没有。你就不觉得奇怪吗？哪怕只一点点？"

"这个嘛，的确。"富兰特泽士说，"但你似乎想暗示说这里头有些见不得光的勾当，而我更倾向于把这理解为沟通失误。"

"你觉得这样的解释说得过去？"

"哦，毫无疑问。"富兰特泽士说，"大战期间，我在卡努斐克斯将军手下供职。我负责好几个部门的物资运输，那之后再也没有什么事能让我吃惊了。我们有一条法则，是某个很有智慧的人想出来的，我一时想不起他的名字。一百次里有九十九次，表面看来像是叛国或恶意的行为，最后都只是单纯的无能。"

苏伊达斯平静地点头。"然后还有一帮强盗凭空冒出来，正好就在我们在那里期间，"他说，"这都只是巧合而已。"

富兰特泽士想了想该怎么回答。"并不真的是巧合，"他说，"我猜他们——嗯，这就是他们谋生的方式，而且他们干这行当已经有一阵子了，他们派了人在路上望风——"

"他们选择的伏击地点，"苏伊达斯盖过他的声音，"是在政府兵站的后院。除非他们知道那里一个人也没有，否则那就是最傻最傻的选择了。那个兵站本来应该有一整队士兵，专干追捕和消灭强盗的活儿。明明有一英里又一英里空荡荡的旷野，他们随时可以攻击我们。根本说不通。"

富兰特泽士皱起眉头。"那么，"他说，"他们肯定知道兵站关闭了。"

"好吧，可是我们出发前你最后做准备的时候，你找了人先过去告诉他们我们要来了。并没有人找到你，跟你说兵站关闭了，对吧？"

"没有，"富兰特泽士承认，"没人跟我说过。"

"好吧，那么当你派人过去的时候，就在我们出发前两天——"

"我们出发的前一天。"

"前一天，而在那个时候兵站是开着的，也没有任何人听说计划要将它关闭。我们抵达的时间比原计划晚了十二个小时左右，并不算太久，结果那地方已经空空如也，路也给堵住了。而且，"他又补充道，"还有一帮强盗在兵站附近徘徊，所以他们肯定知道兵站关闭了，可政府却不知道。如何？"他添上一句，"这不可能是什么过渡办公室的书记员搞砸了那么简单，对吧？"

"可能的，"富兰特泽士慢吞吞地说，"比如出于人员轮换的原因而做的常规调动，相关部门的低级官员忘记通知中央办公室。"

"那你派去送信的人呢？就算军队的人正准备换岗，你派去的人难道不会提起吗？——哦，顺便说一句，等过两天你们这些人过去的时候，那地方应该已经关了。"

"或者他们以为我们早就知道。"

"强盗又怎么说？"

"他们看见部队离开，"富兰特泽士说，"觉得正是好机会。马车会在兵站停下，攻击静止的马车比拦住移动的马车容易多了。尤其是，"他开心地补充道，"他们自己又没有马。"

苏伊达斯想了想，然后摇头，"我觉得不是。"

"这么说肯定是那些强盗，"富兰特泽士又添上一句，"是他们把木头放在路中间的。"

"嗯，对，"苏伊达斯说，"那根木头，它正好在你的'攻击静止的马车更容易'理论上戳了一个洞。他们只需要把木头放在路中间，就像你说的那样，然后马车就能停下来，根本不需要跑来跑去。"

富兰特泽士耸耸肩。"那么或许是军队离开兵站时把木头放在路上的，"他说，"这种事情我哪知道，但说不定这是标准的操作程序呢。"

"在和平时期不会。"

"那就肯定是强盗放的。"

苏伊达斯烦躁地叹气。"然后呢，"他接着说道，"然后又是谁出现了呢？蓝皮肤，出现在国境线我们这一侧。他们根本连非军事区都不应该进入，更别说我们国家境内了。"

"哦,托提拉中尉全都解释清楚了,"富兰特泽士坚定地说,"他的证件也完全符合规范。而且他出现算我们走运,"他又添上一句,"否则的话——"

"然后还有他,"苏伊达斯轻声说着朝兹米瑟斯的方向点头,"你肯定也注意到了,每次有什么坏事发生,他就凭空消失到不知哪里去了。"

"他是有证明文件的政治官员,由外交办公室临时委派来的。"

"行。最后一件事,"苏伊达斯的双手开始乱动,左手拇指揉搓着右手上的伤疤,"在C9和非军事区之间有多少个兵站?"

富兰特泽士稍微睁大眼睛,"七个。"

"我们已经快到边境了,途中一次也没停过。"

片刻的沉默,之后富兰特泽士说:"托提拉说了,他想追回损失的时间。"

"在兵站停车可不是随你高兴做不做的。至少对于深处斯科利亚国土的佩尔米亚兵不是——你必须在兵站停下来出示文书。而我们一直没有离开大路,所以并不是把途中的兵站全绕开了。即便托提拉决定不遵守规定、只管往前骑、不停下来出示通行证,兵站也总该有些反应。守备部队应该赶紧派骑手来追我们,或者穿过田野赶到前头去通知下一个兵站拦路。可是并没有。从这里我能得出的唯一结论就是,在C9和非军事区之间的所有兵站都关闭了。"他停下来给富兰特泽士机会说话,对方没有回答。"那么,"他说,"为什么会有人这么干呢?"

惊慌的神情出现在富兰特泽士脸上,但很快就过去了。"这是完全有可能的,"他说,"有时候所有的兵站都会同时关闭,出于某种原因。别问我原因可能是什么,"他飞快加上一句,"我可不是专家。"

"你曾经是。"

"那是七年之前了,而且那时还在打仗呢,如今肯定跟那时候不一样了。

同样的，也可能没人想起来要告诉我这件事，说这次关闭兵站的行动正好要在我们出发去佩尔米亚的时候进行。不仅如此，"他看见苏伊达斯张开嘴巴，径直接着往下说，"当地的强盗很可能知道兵站关闭的时间表，并且利用它进行自己的营生。事实上，如果确实存在一个常规的关闭计划，强盗是肯定要把它利用起来的。还有可能佩尔米亚人也知道这件事，而我的办公室却不知道，这就可以解释为什么佩尔米亚的小队会在这里待命，他们是来为我们的人民提供保护的，"他用力加上一句，"出于相互合作与信任的精神。如何？"他问，"这是可能的，不是吗？"

"反正你好像真的信。"

"总强过你的猜测，"富兰特泽士说，"某个针对我们的巨大阴谋，涉及政府的好几个分支。那不但需要耗费巨大的人力物力，还要雇用非常不可靠的执行者，例如普通的强盗。更不必说为达成目的，这样的阴谋实在过于复杂，简直荒唐可笑。如果有人想杀我们，"他轻声补充道，"有许多容易得多的办法，还有许多方便得多的地方。除此之外，"他的口气非常温和，"我们还活着。我就问你了，如果真有人那么神通广大，能编织出你所想象的那种规模的阴谋，他们竟会杀不死我们吗？他们不会费这么大的功夫，然后却指望一小群拿着农具的强盗去打败斯科利亚国内四个最厉害的剑手。"

苏伊达斯满脸不悦地看着他，但不悦很快化作微笑。"这倒提醒了我，"他说，"木箱里的剑，它们怎么突然像被施了魔法一样，从钝剑变成了开刃剑呢？"

富兰特泽士缓缓摇头。"我并不觉得这会对你的论点有所帮助，"他说，"如果我预谋要谋杀我们，我才不会偷偷把我们的假武器换成真的。适得其反，你不觉得吗？"

苏伊达斯怒火中烧地盯着他看了一会儿，然后突然哈哈大笑。"对不起，"他说，"无聊的时候我就开始东想西想。多半你想得更对，"他补充道，"我还记得在大战期间有一次，我们把食物带给围困弗罗斯·维尔让的部队。人家还说雷内克河上的桥已经修起来了，因为我们早就让他们把桥修起来，已经说了不知多久。于是我们就到了那儿，结果发现没有桥，然后一群工程师出现了，告诉我们说他们刚刚才得到命令要开始修桥，然后当然了，命令又被取消了，因为浇灌者把雷内克河往东移了七英里，我们不必再过河了，我猜这次大概就是那种情形吧，遇到莫名其妙的事，我就编出这么个绝妙的理论——"

"我记得那座桥，"富兰特泽士打断他，"想让他们把桥修起来的就是我。"

"说笑吧？"

"没有，真的。我负责向弗罗斯·维尔让运送物资。一座简单的桥，只要几个人一周就能建好，可我们的车队却要绕个大圈子、多走两天的路，简直太可笑了。当然了，将军不许在那里修桥，因为他计划要把河改道，可是我在军队指挥链上的等级太低，没人告诉我大局的构想，所以我花了很长时间和精力去游说上头支持这个我认为完全合理的项目。当然啦，我完全是浪费时间，还让自己显得像个傻子。"他微笑起来，"我还记得那时自己多么愤怒，而且那个愤怒在当时显得特别不合时宜，因为淹没弗罗斯·维尔让不消说是大战中最伟大的胜利，而我却因为它妨碍了我的桥而快快不乐。过后我自然看出自己多么可笑，可是在当时那时候……"

马车减速，苏伊达斯拉下窗户把头伸出去。"看着像是边境，"他说，"有一座据点，路上修了一扇门，还有两个当兵的。"

"这不就是了，"富兰特泽士开开心心地说，"一切正常。"

苏伊达斯根本懒得跟他争辩，他在观察那些士兵。他尝试着设身处地：假如自己是边境上的卫兵，突然迎面来了一队事前没听说过的蓝皮肤骑兵，而且还是从斯科利亚境内出来,他会如何反应? 时间太短,他没法恰如其分地重建一系列如此复杂的情绪,但他基本上确信自己肯定不会站在原地满脸无聊,而那两个大兵正是如此。

他伸手过去用食指戳了戳兹米瑟斯的鼻翼。"醒醒。"他说,兹米瑟斯哼了一声,睁开眼睛,"到边境了。"

"什么? 哦,妙极了。我最好去跟兵站的军官说句话。"

兹米瑟斯从他的旅行毯下方滑出来,钻出马车。苏伊达斯努力竖起耳朵,可是听不见说话声。他问:"大战期间,你在卡努斐克斯手下供职?"

富兰特泽士说:"没错。"

"多长时间?"

"大约八年,那之前我在总司令部。"

苏伊达斯点头,"那就不是战地军官了。"

"不算是。我的确有很长时间都待在前线附近,不过——"

"反正他们在开门了,"苏伊达斯说,"要不我出去看看能不能——"

"最好不要。"

富兰特泽士声音里的某种东西让苏伊达斯迟疑,正好这时兹米瑟斯回来了。他爬进马车缩回自己的毯子底下,动作无比顺溜,让人无法相信他曾经离开过。马车开始移动。

"谢谢你叫醒我,"兹米瑟斯说,"嗯,我跟队长稍微聊了两句。托提拉的队伍会一路护送我们到乔伊奥兹。他们还安排了一辆货车在非军事区里等着我们,车上有食物、帐篷、毯子之类的。往后就不会这么艰苦了。"

苏伊达斯质问:"为什么所有的兵站都关掉了?"

兹米瑟斯连眼睛也没眨。"愚蠢的误会,"他回答说,"队长都跟我解释了。每三个月左右,兵站就会做一个入侵演习,其中一部分就是关闭兵站网络、追踪模拟的入侵部队。就好像大战期间阿兰姆·查塔特前来洗劫时那样。看来似乎是有个傻瓜安排了一次演习，然后谁也没想到要跟我们提提这事。"

苏伊达斯看着他。他确信兹米瑟斯一直在睡觉，直到自己叫醒他为止。"好吧，"他说，"倒也说得通。"

"的确。这件事情我得在报告里提一下。当然了，佩尔米亚人也会听说这档子事。恐怕我们会显得很傻。在我们自己的国土上，还得靠他们来营救。我估摸着这消息会在某些地方引起大动静呢。可话说回来，本来还可能更糟的，"他微微一笑，"我猜这条路你是很熟悉了。"

苏伊达斯回答道："很久之前。"

"哦，从你那时候到现在，应该也没多大变化。路上的坑可能更多了，我猜。因为实在没钱做道路养护。"

苏伊达斯冷冷地挤出一个笑脸，什么也没说。过了一会儿，兹米瑟斯拿起自己的书开始读，这次书籍上的题目刚好能看见。潦草的棕色手写字体：《佩萨尼乌斯与蓓蕾妮丝》。苏伊达斯忍住了没笑，他还记得松莎在书商市集买过一本，作为礼物送给她妈妈。这本书有许多缺点，其中之一是动不动就吟诵剧毒的伤感浪漫诗。兹米瑟斯手头这本，一看就知道是自制的版本，虽说苏伊达斯完全无法想象这位政治官员亲手抄书的情形：在城市图书馆的书写室，从东向的高窗洒进的阳光越来越暗淡，而他依然坐在高脚凳上一字一句缓缓抄写。更可能是这样吧（他逐渐坠入梦乡，同时幻想出另外一种可能性，尽管他自己也承认并没有任何证据显示事情确实如此）：也许这本书是从某个被诬陷入狱、判处死刑的政治犯手里收缴来的。兹米瑟斯读它是出于一种扭曲的愿望，想要弄清死去的书主人的想法。嗯，这反正也是一种理论，不是吗。

　　读书的不止兹米瑟斯一个。伊瑟姿随手翻开《政治理论之原则》，英勇地进攻左手那页的第一段。字体是普通的帝国现代标准体，每一个字她都认识，可是当这些字用这种特定的顺序组合起来，似乎就击败了她的头脑，类似三分位的巧妙拨挡。

　　我们通常称之为民主的这一制度，确切地说，其更准确的名称应是一个选择性的、甚至于在许多情况下是精细化的寡头政治，其中之民主要素，只在于其为统治特权阶层遴选手下时的程序，而这一程序通常还是随机的、毫无道理可循的，或因其他原因而很不可靠。更进一步的削弱因素包括：候选人借以获选与晋升的审核过程——自我设限的小团体、各种形式的资助、事实与间接的腐败；投票程序、选举人团、监督以及收到票数达到何种比例才构成真实有效的权力等问题；标榜代表人民的这样一个团体，可以在多大程度上便宜行事、以解散政府或延长其任期、以增选委员、以结成联合政府。当我们研究此类民选性的民主与基于出生、财产或派系的寡头政治，并将二者的立法模式彼此对比，我们发现二者存在相当程度的关联性，此种关联表现在——

　　她皱眉重读一遍，还是不怎么明白。可是那个讨厌鬼兹米瑟斯读了这本书，而且好像是读着玩儿的。如果他能读懂，那她也能。即便如此，当初答应跟他换书看的时候，她确实没想到这笔买卖这样不划算。她微微抬起头，看见那讨厌鬼已经把《佩萨尼乌斯》读了好几页，怎么看都好像乐在其中的样子。最后她决定，再不济至少他能看懂她写的字，这确实已经很了不起了。

　　她把书合上又翻开，学的是鲜花市集算命人的手法，这样能算出你会嫁给谁。具体说来就是你随手翻开书,看左手边那页第一个词的第一个字母,那就是你未来丈夫名字的首字母。

尽管(Although)。

不过当然了,做这种事你得先接受训练,或者至少是有着山地血统的老年农妇,否则是不会起效的。她朝书瞪眼睛,强压下想把它扔出窗外的冲动。不过当然啦,这里头还是有一点回旋余地的,因为传统并没有确切说明这个首字母是你唯一真爱的名还是姓。她又试了一次。

总的说来(Generally)。①

她微笑起来;又一个迷信暴露了真相。

她往下读。

总的说来,军事独裁从诞生时就包含着自我毁灭的种子。只需就西帝国在第六与第七AUC之兴衰变迁进行省思,就不免要形成以下观点,亦即——

见了鬼了。她发现自己用了好大力气抓着书,指甲在书页上掐出了半月形的痕迹。她告诉自己,我才不会被一本书打败。她把整个一章都读完,然后合上书,把它放回口袋里。

根据家族的传说,她的曾曾祖父是隐士。那个年代有种风尚,富有的贵族会用各种奇特的建筑装饰自己庄园的土地——破败的城堡、被遗弃的修道院、僻静所。她家一连好几代人都在一处庄园当农工,那家的主人照例去东帝国做了趟大巡游,回家以后下定决心要胜出其他人一筹。他让人在小山顶上修了一根柱子,四十英尺高、俯瞰装饰庄园的景观湖。位于首都往东很远

---

① 这群伙伴中,名字以A开头的是奥多,以G开头的是季若特。

很远的中邦，主人曾骑马穿越了那儿的大沙漠的一部分。那里有一些最极端的苦修者，他们远离俗世，完全与世隔绝，整日沉思。为此他们会爬到大大小小的柱子顶端，纹丝不动地坐在那里，沉浸在冥想中，一次好几年。主人认定那才是真正的格调。所以柱子刚一立起来，他就宣布准备雇佣一个苦修者去柱子上坐着。不需要任何证书或者过往经验，因为这苦修完全是为了做给人看的。此人的职责仅仅是每当可能有人往这边看的时候就静坐不动。食物和水会通过一架长梯子，每周运上去两次（柱子顶上有一个巧妙隐藏起来的凹陷，地面上的人不会看到罐子和篮子）。冬天的时候，申请者还被允许在苦行者的破烂衣服底下穿上厚厚的羊毛紧身裤。伊瑟姿的曾祖父在一切事情上都没什么用处，他是整个庄园唯一一个提出申请的人。他被录用，并且恪尽职守、兢兢业业。他做了两年，直到新鲜感消退，主人允许他下来。主人给的报酬相当慷慨，他一次性拿到了这两年积攒下来的钱，虽说这笔钱被他喝掉了很大一部分，但还是剩下不少，足能做起小本经营的干货买卖。他的妻子和女儿把生意打理得极其成功，以至于他的孙子竟然上了学，后来在银行部门出人头地。

伊瑟姿经常觉得非常懊恼，可惜自己没能继承祖先静坐不动的本事。她时不时会想起他，想象他将目光扫过壮观的美景——湖、大房子、府邸内的园子，还有背后的群山。就仿佛一个神圣的观众，几乎就像是无敌骄阳本尊。他拥有了老爷们的闲暇，享受着他们花了无数时间、精力和金钱创造出来的景观，而且景观完整的模样只有他能看见。如果是某一类性格的人，待在那上头可能会感到相当幸福，只要不下雨的话。他只需要观察和收集数据，缓慢地、科学地检查并提炼自己查到的结果，将它们塑造成连贯而整合的理论，以此解释——白日梦就在这里戛然而止。不过那种耐心，那种只是去看而并不需要参与的能力，这是很不错的，她常常这么想。当然了，他们从没

121

把她带上去过，因为她怕高怕到要死；而且就算他们能把她拖上去，她也会在五分钟之后从柱子顶上跳下来，因为她根本无法忍受这样的无聊。反正她这辈子大概是不会有类似的机会了，如今再没人有如此豪富。

窗外的景致逐渐变化。之前几个钟头马车一路平稳爬升，现在似乎到了某种高原。道路沿着一道宽阔山脊的顶部向前延伸，同时缓缓地向下落；她猜想应该是落入一道深深的河谷。往路的另一侧看，小山坡被石楠花染成紫色，偶尔夹杂一小片黄色的金雀花；又有些绿色的小沟，那是小溪的水道。哪里都见不到一棵树。很远之外她能看见群山的白色峰顶。

她试着想象，这一大片空旷地带如果变成地图上的线条会是什么样子？最后她得出结论，它们会汇入非军事区，也就是过去所谓的争议地带，那是大战的起因和主要竞技场。她从家庭教师那里学到了与此相关的一切，那是个厌世的瘦小男人，秃头、白胡子稀稀拉拉。他不但很受人推崇，而且要价便宜。他告诉她说，问题在于当两百年前东、西帝国打成平手的时候，两国没能在这一部分协商出一个边界。那不过是一片无足轻重的高原沼泽地，他们不愿让和谈因为这种东西而破裂，于是就同意将决定推后，成立一个边境委员会，随后双方各自发表了单方面的胜利宣言。他们又达成非正式协议，在委员会的报告出炉之前，双方都可以把这片地方当成夏季牧场——毕竟这地方也做不了别的。委员会慢条斯理，还没等它宣布自己的结论，阿兰姆·查塔特就冲入东帝国，同时苏索尼人进攻了西帝国。斯科利亚和佩尔米亚这两个前沿行省抓住机会，借着由此引发的混乱脱离了各自的帝国主人。两个帝国赶走了入侵的野蛮人，但同时也都元气大伤，无力夺回失去的行省（本来也不算什么了不起的损失）。斯科利亚和佩尔米亚宣告并维持住了独立，同时发现自己还继承了帝国大战的一小部分遗产。斯科利亚的人力大大超出佩尔米亚，立刻就占领了争议地带，并把它分给了国内最大的几个家族。这些家族都把自己的牧羊人送去放牧。没过多久，佩尔米亚第一次发现了大型银矿，他们的军事贵族突然意识到自己也有钱打仗了。

这人讲故事是挺在行的，这点伊瑟姿承认。但等她开始阅读这方面的书籍，就意识到事情并非如此简单直接。斯科利亚的历史学家提出了相当令人信服的证据，表明那块地方曾经属于几个半游牧部落，而斯科利亚人自称是这些部落的后裔。佩尔米亚的作家则请大家注意某个宏大城市的废墟，如今那座城市几乎完全消失了踪迹，但是在过去的宏伟建筑上刻着早已失传的中宙克赛特语，据说佩尔米亚人在被东帝国征服之前说的就是这种语言，那是一千年前的事了。还有一件事她的家庭教师也没说——很可能他自己都不知道——那就是在帝国大战之前，西帝国的勘察人员曾经报告在争议地带发现了规模相当庞大的铁、铜、铅矿。当然并没有人就此采取行动，因为这些矿都在遥远的山区，而西帝国缺乏地下开采的技术，想开采这些矿藏成本太高。然而地下开采正是佩尔米亚人的拿手本领。因此逻辑的结论当然是，正是因为这个原因，他们才会为了一片不怎么宽阔的二流牧场进行如此漫长和艰难的战争。

她想到了这一切，然后又带着这些想法往外看了一眼。她依然觉得窗外只是需要尽快穿越的空旷地带，丝毫不能引起她的兴趣，也不具备任何潜在价值。这里没有房子，一栋也没有，这样的空旷让她不安。她觉得就连她那位了不起的祖先在这儿也会发疯的，因为除了石楠花根本没东西可看。没有任何迹象表明这里曾经住过人，你甚至不禁要怀疑人类是否真的存在于世界上的任何地方。她打了个哆嗦，再次把书翻开，很快就睡着了。

她又做了经常做的那个梦，弗罗斯·维尔让被淹没的梦。梦到弗罗斯·维尔让简直没道理，因为只有父亲曾在她很小的时候跟她讲过一次这个故事。或许是她的想象力抓住故事，把它变成了真实的事件。她想象自己站在市集的广场，但其实那是都城的面包市集。她抬头看周围的群山，结果看见一大片白色和蓝色的水朝自己落下——实在不可思议，因为她自己的经历中完全没有类似的东西，可是那景象毫无疑问非常鲜活，而她也从未有过哪怕片刻的怀疑，她知道那是什么，就好像一个抽象的概念突然转化成了实体。那不是冰，因为它下落时还在动；那也不是瀑布，因为所有的瀑布都有某种形式的侧面，而梦中落下的水是完全不受任何局限的。再说她也根本没见过瀑布，只不过在一本教科书里看过一张图（画得非常糟糕，说它是什么都有可能）。她站在原地，脖子往后仰，从底下看水落下、落下、落下。她无从判断水的速度，因为它太大了，完全没有形状，所以你并不会得到它越是靠近就变得越大的直观印象。她并没有感受到逃跑的冲动，因为她知道逃跑是没用的。水太大了，根本没指望能逃开。她又看到水中有一道彩虹，说起来还挺漂亮的；她本能地知道，等彩虹来到她身边，她就会淹死并醒来。她知道在这里淹死就是在另一侧醒来。由此可以引申出好些相当令人着迷的问题——生命的本质，死亡和复活；醒来以后她很愿意继续研究一番（可是等过后她想思考这些问题时，她的头脑显得那样混沌、迟缓，她感到梦中的连接、洞见以及直觉的火花都逃开了，这让她非常愤怒）。她模模糊糊地知道有生以来认识的所有人都站在她身边，只要转头就能够看见，包括那些已经死去的人在内。但她并不转头，她的目光一直锁定在坠落的水上。还有一点，在她内心很深很深的地方，她对浇灌者感到强烈的愤怒：他怎么能做出这样一件完全非人的事情，就只是为了赢得一场战争、只为了稍微改变地图的画法。

这一次当水不断地落下、落下、落下时，她知道自己认识站在身旁的那个人，那个也在抬头往上看的人，他是浇灌者的儿子。不是奥多，而是那个她隐约知道死在大战里的儿子。这一次的梦是无声的，但她确信他嘴里嘟囔着什么：为了所有这些人，送自己的独生子去死——这当然很荒谬了，因为谁都知道卡努斐克斯将军有四个儿子,只不过当然其中一个死在了战场。水喷涌而下碰到她,她睁开眼睛看见了奥多,对方的头搁在隔板上,眼睛闭着,稍微淌了点口水。她意识到刚刚那是一种文字游戏,浇灌者的儿子和无敌骄阳,无敌浇灌者之子,太阳的儿子①每天晚上都被送去为了人类而死,每天早上又再度复活,借此荣耀自己天上的父。不知为什么,她觉得非常心烦,就好像她在跟自己玩愚蠢的文字游戏,并且还费尽心思玩输了。

奥多已经醒过来,现在正看着她。她意识到自己肯定是发出了某种声音。似乎她经常做这种事,在睡梦中说话甚至尖叫,不过倒不一定是做噩梦。

他问:"你还好吗?"

"没事。"

"你发出了一种——"

"对。"她喝道,"但现在没事了。"

他畏缩了一下,而她突然觉得自己挺傻。她心想,也许我把我的梦怪在了他头上,真要这样就太蠢了。她记起来他带着象棋,又记起她已经读完了自己带的书,还用它换了一本自己真心不想读的书,虽说这件事她是永远不会承认的。前头的路还很长,因此最好还是跟浇灌者的儿子搞好关系,这对她自己有利。

她瞟了他一眼,想对他微笑。而他正面对巨大的困难,无法决定应该将目光投向哪里。他不能看她,因为她刚刚才呵斥了他,可是他们面对面坐着,而这又是一个密闭的狭小空间,他唯一真正的选项就是看向窗外。"你介意我把窗帘拉下来吗?"她一面问一面站起身,用力一扯把百叶窗关上,"太阳照进我眼睛了。"

太阳当然并没有照进她的眼睛。他嘟囔着表示同意。现在他连窗外也

---

① 英文中"太阳"(sun)与"儿子"(son)同音。

看不成了。她朝他露出最最亲切的友好微笑。

她问:"下盘棋怎么样?"

他本来想故意输掉,可他的棋艺还没那么好。不过他总归还是把这一盘拖长了。她一直战斗到最后。他本想制造和局,结果没留神走出一步却发现是将军。她朝他瞪眼,但又问:"再来一局?"

"只要你愿意。"

下象棋赢棋是他无法控制的事情之一,就好像身为他父亲的儿子。赢是自然而然的,想输才要费脑筋,而且他也缺乏那种策略上的华丽风格,没办法想输就能输得令人信服。如果对手水平不高或者棋艺平平,通常倒还不怎么困难。但是伊瑟姿这种人,水准刚刚好让事情变得尴尬,对他来说就真的很麻烦。第二盘他尽量做长远的考虑。根据第一盘对她的了解,他打造了一个复杂而影响深远的战术。她喜欢攻击价值高的棋子,于是他就为自己的后设计了一个美丽的陷阱。最后她终于上了钩,却又在过程中牺牲了她自己的后。于是乎他在主要的棋子方面就有了相当大的优势(原本他的计划是让自己的后被吃掉,好让她能随心所欲地大肆屠戮)。于是他又赢了,这回相当快。

"真高明,"她的声音是彻头彻尾的寒冰,"像那样牺牲你自己的后。我完全上当了,不是吗?"

"其实我只是一时没留神。"话一出口他就知道说错了话。用精妙的计谋智胜她已经够糟糕了,犯下愚蠢的错误然后又以绝对优势获胜,这就更糟上十倍。他完全不知道该如何挽回。但她主动提出再来一局,而他下定决心,这回无论如何一定要让她赢。

可惜他的计划没有成功。他设计让她的马捉双,她本应该在三步之内将军的,可是十步之后她瞅了他一眼,那眼神几乎剥掉了他半张脸皮。看完这一眼她就投降了。他问:"再来一局?"

"好吧。"

无可避免的屠杀再度上演。他开始胡思乱想,也许她是故意让我赢,专为让我受罪。说不定她下象棋是彻头彻尾的天才。这个假设并不像看上去那么荒谬。有了他双手奉上的那些机会,对方需要很高超的技巧才能输呢——说不定她就是喜欢让对手难堪和内疚。他父亲从来都坚持说,战争的第一要义就是定义何为胜利:想明白你要达成的目标究竟是什么。这取决于她下棋的目的是什么,很可能对她来说输棋的好处远远胜过赢棋。当然了,谁都知道他父亲的棋很臭,跟有潜力的低级军官或者敌方的将军下棋时,他从来都输。可是当然了,借着输棋他能获得宝贵的信息、了解对方的强项;相反,如果他赢了,那只不过是向对方展示自己比对方更聪明,而这一点他早已知道了。

这次认输以后,她拉起了百叶窗帘眺望窗外。而他则再一次确认了自己刚刚的怀疑:太阳是在马车的另外那一侧。

可是爸爸,他听见自己的声音说,我真的对战略、战术和战争的艺术不感兴趣。别犯傻,奥多,那个声音很轻柔,带着仁慈的轻蔑,战术和战略就是一切。它们是整个生命。战争不过是其中很小的一部分。接下来——这或多或少是一个直接的联想——他又听到了自己的声音,离现在差不多有一年了,他告诉她,我从不跟我父亲争执。那就像跟大海争执一样。还记得那个跟大海争执的男人的故事吗,丽萨?记得他的下场吗?她皱着眉说不记得,于是他微笑道:他全身都弄得很湿、很湿。这是他倒数第二次看见她。她说他没有脊梁骨,还因为他并未表示反对而朝他嚷嚷。

一切。好吧,他的确是他父亲的儿子,至少在这个方面是的。哪怕只是站起来关门或者拿一盘饼干请大家享用,他都会预先想好脱身的策略。

（而且在他内心深处一直、一直回荡着母亲的声音：从来没人暗示说你笨，奥多。只不过……这一次，她超凡的语言表达能力终于不再灵光，只能含义不明地挥舞双手，我们本该送你去受牧职，可实在是你祖父不肯。他琢磨了一下这个问题，这并不是他当天第一次想起这事，每天他都要想上好几遍。他父亲是他自己父亲的儿子，就这样往上推。然后再回到丽萨的声音：可怜的奥多。在这该死的土地贵族家庭里，你继承的远远不止土地呢。）

至少再没有什么东西拦着他往窗外看了。他看见高原的沼泽，空荡荡、阴沉沉的一片紫色。（在东帝国这是皇帝专属的颜色，如果普通人穿紫色衣服，那就是叛国罪。很早之前他母亲那边有位祖先，就因为一条进口围巾里织进了浅紫色的条纹而被处死了。不知为什么，整个家族都为她感到非常骄傲。）假如他对古代史的记忆准确无误的话，阿陶夫大帝的坟墓就在这附近。当然了，想眺望窗外搜索它的身影是没用的，因为它早已淹没在历史中了，像许多别的东西一样。如果你对历史有恰当的感受力，那么当你经过这里，经过所有征服者中最伟大的那一位被埋葬的地方，你应该能感觉到一种轻微的震颤。他检查自己的灵魂，没有震颤。哎，好吧。

他的念头，不停回到与强盗作战后，自己问的那个问题上。那问题一直没人回答，而且除他以外似乎也没人感兴趣。为什么打包在箱子里的钝剑变成了开刃的剑？他想到了各种答案，而且他知道只要自己愿意，他能把其中任何一种陈述得合情合理、令人信服。这种事情他是会的；家里花了大价钱，替他请来斯科利亚境内钱能雇到的最好的逻辑学家和修辞学家。他们的论点是，如果一件事情非常可信，以至于你真诚地相信它，同时还有足够多的其他人也真诚地相信它，那它肯定就是真的。他从来没能驳倒这一条（只有一部分是因为他的教养太好，没办法反驳自己的师长），但他也从没真正接受过这个论点。有人在木箱里放进开刃的武器，而不是钝剑，要么是因为疏忽大意,要么是有意为之,但在他确实知道这一问题的答案之前,假定、相信或接受关于他自身处境的任何观点都是对科学方法论的犯罪。可是其他人好像并不为此特别烦恼。他们似乎很乐意从上方一跃而过,就好像是棋盘上的马。

（如果我是一枚棋子,他心想,我会是哪一个呢? 自然不会是王或者后了,也不是马,因为无论我多么努力,我都没法跃过任何事情,或者从直角去接近问题。我也不够凶猛和强壮,所以不能做车;而卡努斐克斯的儿子又是绝对不可能做卒子的。那么看来我肯定是象了。本来也应该是的,只可惜祖父不肯同意[①]。）

他意识到自己直愣愣地盯着伊瑟姿,幸亏她似乎并未留心。她盯着窗外,完全沉浸在对石楠花的省思之中。**长相普通,她母亲会说,多半人比外表更漂亮些,斯特勒乔的判决会是这样,然后他还会立即添上一句,别做梦了小弟弟,你拿出棺材本都高攀不上呢。**当然了,他压根儿不会去考虑那么长远的事。苏伊达斯不喜欢她,至少两人一直在斗嘴,苏伊达斯还在她背后说了一些话。丽萨会注意到他在看她,并且报以微笑,她微笑的那种方式会让他巴不得自己没生下来才好。父亲多半看不见她,因为她的父亲是银行里的什么。对于那些没有出生在世家的人,浇灌者一般会无视,除非他们是当兵的。

他心想,她是真的不想待在这里。苏伊达斯来是因为他需要钱,季若特是因为不来就得上绞架,我来是因为我收到了上级长官的直接命令。但是据他所知,并没有任何类似的强制性原因限制她。他猜想大概是别人恐吓或纠缠不休才逼她来的,或者也可能她当时确实想来,借此离开家和家人。事实上,这个解释看起来相当合理。奥多不太确定女人平时究竟做些什么。在卡努斐克斯家,她们似乎主要是做针线活,而弗卡斯家的女儿们会画素描,

---

① 国际象棋中的象是bishop,也就是"主教"。

还演奏适宜的乐器（木管乐器是不行的，因为淑女不能像牛蛙一样把脸颊撑开）。他完全无法想象伊瑟姿做任何这类事情。

她注意到他了。现在切断目光的接触已经太迟了。她瞪着他问："怎么？"

"抱歉？"

"你盯着我看。怎么回事？"

哦，好吧，他心想，有什么不可以呢？"我只不过在好奇，"他说，"是什么原因让你来这一趟的？"

她看他的眼神混合了惊恐和着迷。就好像他刚刚吻了她，或者扯了她的头发。"什么？"

"对不起，"他立刻道歉，"当然了，不关我的事。我只不过是好奇。"

他赌赢了。她内心交战片刻，然后稍微放松了一点点。"如果你非要知道的话，是因为父亲让我选。好吧，其实不算是选择，更像是威胁。嗯，或者说虚张声势。是这样的，他们想把我嫁给银行里父亲那个部门的某个蠢货，因为政治的什么关系，我敢说这种事情你是明白的。我才不干呢，我气急了，可母亲竟还帮腔：哎，亲爱的，你当然知道自己不会更年轻了。在你这岁数大多数姑娘什么什么的。然后我就对他俩炸了脾气。我父亲就问，那么如果你不要结婚的话，你这一辈子又准备做什么呢？我能想到的就只有击剑，因为我十六岁时是女子青少年击剑冠军。我母亲哈哈大笑，但父亲露出奇怪的表情，还提起他们准备派一支队伍去佩尔米亚，他说有些大人物来见了他，问他我能不能去，但是他拒绝了，因为我正准备要嫁人。于是我就说，那行，我就去佩尔米亚那蠢地方。那之后嘛，嗯，我也没法再反悔了。反悔就只能嫁给父亲介绍的那个小丑，也就是说我这辈子就算是冲进下水道了。然后我就想，好吧，能有多糟呢？我是说，相比嫁给一个蠢货而言。所以我就来了。"

奥多缓缓点头，"你喜欢击剑？"

"喜欢的,说起来。至少赢的时候我喜欢。你呢?"

他皱起眉头,从来没有人问过他这个问题,他也没料到自己竟会需要回答这样的问题。感觉有点像是问你享受呼吸吗? "喜欢,"他回答道,这个答案让他自己稍微有点吃惊,"我喜欢击剑,就像喜欢象棋一样。"

"你喜欢赢。"

他轻轻地摇了摇头,"击剑的时候你必须集中注意力,你不能让自己去想任何其他事情,你必须独自待在自己的头脑里,我想我喜欢的就是这个。"

她皱起眉,仿佛没能完全理解,但却仍然被他所说的话吸引,而他竟为此感到非常开心。"我也是,"她说,"还有一点,我喜欢用全力去戳别人,并且之后还不会惹上麻烦。"

他很懂行似的点头。"你该试试长剑,"他说,"你会喜欢的。"

"不许。不淑女。"

"真可惜。要是允许你用长剑,你肯定很厉害。"

之后的片刻是他了解的那种时刻:在进攻、反击、斜削分剑后,双方旗鼓相当、转位退回到远距离。一般来说,此时你会对自己的对手感到尊敬和某种温情,这是用钝剑对抗才有的特殊的奢侈。之后通常会有一个长时间的停顿,双方选手都想引诱对手来发动下一次攻击,因为攻击时是你最脆弱的时候。他父亲曾说,人们战斗时正是他们交流最多的时候。

(你知道吗? 有一次她曾经对他说,你父亲并不真的知道一切事情的首尾。

的确,他回答道,他对刺绣的了解就非常少。)

"你父亲是卡努斐克斯将军。"

对,这我知道。"是的。"

她庄而重之地看了他一眼。"大战期间我哥哥哈默在你父亲的部队里,"

她说，"十五岁参军，一路晋升为轻骑兵的中尉。然后你父亲派他的小队去夺取一座桥。可是他并不是真的想要那座桥，不过是为了声东击西。就好像下棋的时候你牺牲你的后。"

我知道接下来会是什么。又一个死去的兄弟，而他要为这死亡负责，因为他的出生，因为他所继承的一切。他仅剩下一个选择：要么打出自己死去的哥哥这张牌，要么退回到防御工事背后。

"他很走运，"伊瑟姿接着往下说，奥多屏住了呼吸。"他们占领了那座蠢桥，还赶走了敌人。然后他们就坐在那里等着剩下的部队赶上来。可是谁也没来。他说他觉得自己傻透了，就好像被姑娘放了鸽子，而他手下的人都看着他。他开始想会不会是他弄错了桥。好吧，反正他们就一直等，天渐渐黑了，哈默一点也不愿意夜里待在外头、待在远离部队的地方。因为在外头可能会被阿兰姆·查塔特偷袭，或者其他任何事情都可能发生。于是他就领着自己的小队回了营地，每个人看见他们都非常吃惊，因为大家都以为他们肯定死了。结果呢，是你爸爸搞砸了，敌人没有上钩，他们没有把机动后备部队或者我不知道那叫什么东西的调过去保护那座桥，所以等你爸爸发动主要攻势的时候，他可大大地吃了一惊呢。"

奥多点头，"后来他们赢了吗？"

"应该赢了吧。就算那天没有赢，之后也赢了。"

"那你哥哥还好吗？他活到战争结束了？"

"哦，是的。哈默这人一直很走运。他娶了弗卡斯家族旁支的一个远房穷亲戚。所以你看吧，他算是靠自己的本事出人头地了。"

奥多咧嘴笑，"不像你。"

"可不是么。你呢？你难道不应该已经被结了亲吗？"

"我是我父亲的机动后备，"奥多回答说，"其实也不完全是这样，我更像是他的纵深防御。他留着我以备不时之需,等他需要迅速靠联姻结盟的时候。你永远要有一支后备部队,他是这么说的。"

"啊,"她若有所思地看着他,"也就是说迄今还没遇到紧急情况。"

"还没遇到他非得派出重骑兵才能解决的紧急情况。"他吸口气又说,"我本来以为你要说我父亲害死了你哥哥,我经常听到这种事。"

"嗯,"她说,"我猜是会这样。"她耸耸肩,"哈默本来是要上军事法庭的,并且要因为擅离职守被绞死,可是谁也没再提这件事。反正他是不能留在那里的,他说他有责任把手下人安全带回去。"

"他是个好军官,"奥多回答道,"他做了正确的选择。"

"但是完全没用。计谋并没有奏效。"

"那并不是他的错。而且他用了自己的脑子,救了整整一小队的骑兵。我敢说父亲是赞成他的做法的。事实上我确信如此。如果我父亲不满意的话,你哥哥肯定会知道的。"

她弹弹舌头,"要是大家都只是下象棋就好了,对每个人都大有好处。"

"我父亲的棋下得特别烂。"

听了这话她咧嘴一笑,"比我还烂吗?"

"你能杀得他片甲不留。"

她哈哈大笑,声音本身并不动听,然而带给奥多的快乐却胜过干净利落、被判定有效的一击。季若特醒过来,他眨着眼睛问:"怎么回事?"

"没事,"伊瑟姿说,"为什么问?"

"我还以为听到有人尖叫。"

奥多憋住了笑。伊瑟姿恨恨地剌了季若特一眼,然后把脑袋埋进《政治理论之原则》里,直到马车停下来过夜都没再抬头。

"解释给我听，"辛巴图斯院长语气冰冷，"为什么C9会被遗弃、路也被阻断。我实在迫不及待想听听你的说辞。"

富尔科·弗卡斯张开嘴又再闭上。他不太确定自己为什么来，也不大清楚这个凶猛的老神父有什么权力盘问自己。但他从打仗时学到经验，明白识别敌人要看他眼里的神情，而不是看你在哪里遇到他、或者他恰好穿了什么衣服。再说了，神父不会有胆量对总参谋部的成员表现出如此明目张胆的轻蔑，除非他很清楚自己拥有压倒性的力量作后盾。虽说弗卡斯不知道这力量是什么，但这并不表示它不存在。

"我能怎么说呢？"他尝试用微笑去软化对方。没用。"就是那种愚蠢的误会。难免发生的。很不幸，这次刚好发生在这样一个特别不方便的时候。"

他等着对方回答，可是院长没有说话，也没有动。弗卡斯觉得自己快被沉默压扁了，为了打破沉默，他继续往下说道："标准的行动程序是兵站的驻军每次驻扎三个月，三个月之后就有别的部队来接替他们。接下来的六个月他们会被派去执行其他任务，过后再被派回原来的兵站。基本上我们一共有三班经验丰富的兵站卫兵，就这样轮换。之前刚好轮到驻扎兵站的这一班卫兵换岗，可是出于某种我们仍在调查的原因，替换他们的部队却没有接到行动命令。驻扎兵站的那班士兵等着下一班来换岗，可是对方没有出现，于是他们就关闭了据点，行军回了大本营。当然了，他们这样做是绝对不应该的，"弗卡斯飞快地补充道，"他们应该留在原地，直到前来替换他们的部队抵达为止。但他们就是走了。自然的，我们会在团队内部展开调查。"

院长看着他，刻意保持身体静止不动，就好像担心最最轻微的动作也会惊跑这个稀罕又警觉的猎物。漫长的停顿之后他说："得知这样的事情竟然可能发生，我感到相当的惊讶。我本以为军队等于一丝不苟的纪律以及沿指挥链传递的命令，我本以为一切都建立在这个基础上。"

"啊，这个嘛，"弗卡斯尝试比画一个含义模糊的手势，并且立刻为这一做法感到后悔，"在战争期间的确如此，但在和平时期，军队就是相当不同的一种动物了。不再有同等的紧迫感，假使你允许我这样说的话。而且，让我对你完全开诚布公吧，人员的素质跟大战期间也不能比了。"

没有反应。弗卡斯发现自己又开始说话了，事实上他是在慌里慌张地喋喋不休。

"大战那时候，你明白，"他听见自己是这样说的，"我们手头有最优秀、最机灵的人，无论他们愿不愿意参军都得来；现在呢，我们只能拿志愿者凑合。而且也没有经费，所以我们负担不起我们想要的那种人，他们去银行干能挣到五倍的薪水。还有那些旧家族。他们倒是有使命感和公共服务意识的，可是在大战期间他们几乎全被抹干净了，剩下的人也得留在家里，去经营他们自己的庄园。"这并不是他原本想说的话，事实上这等于是为检方提供证据，还有所夸大，可是他感觉那个可怕的老绅士想听的就是这个，所以便觉得自己非如此说不可。"反正呢，"他又傻乎乎地添上一句，"他们现在没事儿了，而且正一路平安前往佩尔米亚。过去的就让它过去吧。"

那之后不久辛巴图斯院长就放过了弗卡斯将军，后者赶紧逃了。院长给自己倒了一杯水，借此缓解喉咙的痛楚。他几乎确定弗卡斯说的都是他自己相信的真话，然而这种情形反倒比一大堆谎言更加令他不安。

第二天是复活节庆典。他咬紧牙关熬了过去，跟在队列里走完了通向高祭台的路，尽管每一步都极其痛苦，但他既没有跌倒也没有被迫扶着别人。仪式过后他照例要对见习修士讲话（人家为他准备了一把椅子，但他冷冷地拒绝了），在仪式之后到讲话开始之前的那段时间，他背靠墙坐在自己小房间的地板上祈祷，希望疼痛能停止。他还是继续痛，表明这一次的祈祷没能求来恩典。那天晚上他睡不着，于是爬下床，唤人来为自己生火。火烧得特别旺,两步之外能让你皮肤剥落。他把椅子摆在火跟前,然而热气似乎也不再有效,于是他下定决心将疼痛作为神与自己的交流接受下来,不再想它。毕竟现在这痛还比不上肾结石那时候,而他可是带着肾结石生活了一个月呢。整整一个月后他的祈祷才得到回应,疼痛突然停止,当时他正跟教团的教士们在一起。

既然他醒着,又坐在椅子里,书桌就在面前,而且想睡着是完全没有指望的,于是他决定不如做点有用的事。桌上放着一小叠信函(又薄又脆的羊皮纸,让他联想到过去生日时母亲为他买的面饼),他拿起最上面的那封。写信的是科尼苏斯小修院的院长,替自己的一个修道士请求许可,那人预备发愿进行五年的柱顶苦修。同时信里还温和地暗示说,竖起必要的柱子必然意味着一笔不小的花费,假如申请得到批准,蒙萨瑟尔或许愿意出一份力。

虽说疼痛难忍,辛巴图斯却咧嘴笑了。他一直觉得柱顶苦修有点可笑,但那大概是因为他自己家族的历史。在已故的摄政王执政时期,他的曾曾祖父痴迷于装饰性隐修建筑的风潮,花一大笔钱建了一根装饰柱。不仅如此,他还付了极慷慨的报酬,让一个柱顶苦修士坐在柱子顶上,而他家其实根本没那么多闲钱做这种事。柱子的遗迹仍然留在原先的小山上,俯瞰着如今浇灌者的乡村宅邸。他十二岁那年还去看过。那东西实在奇妙。它像烟囱一样被造成中空的,这最主要是为了卫生;在柱子底座底下有一个七英尺深的积水/渗水坑(小山是白垩质地);这同样也意味着苦修士的食物、水和其他生活所需可以用篮子和绞车送上去,而且送吃送喝从步行小径上都看不见(大家至多只会从步行小径往那里看,不会再靠近了)。烟囱内部还留着当时的铁梯子,所以说苦修士完全可以在夜深人静或者平时无人注意时偷偷下来伸展腿脚。他那位表亲的长子,斯法克特里乌斯,有一次告诉他说自己爬过柱子,发现顶上有一个非常巧妙的小壁凹,空间足够让一个人舒服坐着;大概是好让苦修士躲雨吧。总的来说，听上去倒像是十分愉快的生活。他忍不住好奇，不知道过去那些严苛的圣人们会不会也在自己的柱子里修建了这类有助于安逸生活的设施，好奇他们会不会其实作了弊。他希望他们没有。

他再一次阅读陈情书，然后在背面写字。陈情被批准，但温和的暗示却被坚定地无视了。他把它放到书桌的另一侧，然后又伸手过去再次把它拿起来。他在刚刚写下的批注底下添上一句：**柱高不得超过二十五英尺**。越接近地面大家就越容易看见，也就越难作弊。他告诉自己说，这真是信仰的一个美丽讽喻，一个人企图通过诚实地模仿其他人作弊的行径获得救赎。

下一封信是某个小组委员会发来的。在西帝国西部某个他从未听说过的偏远地方出现了一种微不足道的异端邪说，来信大谈教义的正统性，对这一异端严加鞭挞。这大概就是对他祈祷的回应吧，因为虽说疼痛不减，这封信却让他一下子睡着了。

7

季若特醒过来朝窗外看。

"天啊,"他说,"这是怎么了?"

"没怎么,"苏伊达斯说,"我们到佩尔米亚了。"

看起来有点像是采石场,只不过非常之大,事实上它一直延伸到目力所及的尽头。道路在山谷中央延伸。在一大片荒芜的页岩当中,光秃秃的石头山拔地而起。周围偶尔有一点黄色的草、几簇灰色的蕨类植物,半棵树都看不见。不时会有像房子一样大的岩石从地上冒出来。除此之外这地方毫无特征,就只是阴恻恻的一片。

季若特问:"这里原本就是这样的?"

"可别在主人家面前说这种话,请你。"兹米瑟斯喃喃道,"他们对自己的国家抱有强烈的自豪感。"

季若特看着他问:"自豪什么?"

兹米瑟斯笑而不答。

他们在上午过去一半时停下。进入佩尔米亚后，在停车的地方季若特第一次见到了稍微像是水道的东西。棕色的涓涓细流流淌在深到荒唐的沟里，两岸排列着死去的水草，有五英尺来高。托提拉手下的一个人用绳子放了一个木桶下去，给马打水喝。

奥多问："到处都是这样吗？"

"不是的，"富兰特泽士打开轻便马车的车门，"佩尔米亚的东部比较像我们自己的国家，只不过那里地势很高，又平，夏天的时候草能长到及腰。"他钻出车外，大家都跟着他出去，这时才意识到身体多么僵硬难受。"这片地区一直没能从东帝国统治时代完全恢复，"富兰特泽士接着往下说，"它被拆分给了许多不在这里居住的地主，这些人以为在这里放牧大群山羊是不错的主意。为了得到羊毛，我听说是。这里产出的羊毛特别细，能制作奢侈品级别的布料。等到山羊把所有的草都吃掉，风就把表层土刮走了。在那之前听说这里曾是一流的耕地呢。不过在五十年战争期间人都跑光了。"

季若特皱眉，"什么东西来着？"

"五百年前的事，"奥多说，"不过那并不是真正的战争，更像是一系列的边境小冲突。"

"太可怕了，"伊瑟姿说，"我们回马车里去吧。"

一行人坐在马车里沉默了很长时间，然后伊瑟姿看着富兰特泽士说："你对佩尔米亚的历史倒是很了解。"

富兰特泽士不以为意，"我读过一本书。"

"那我们第一站要去的那个镇子是什么样？"

"乔伊奥兹，"兹米瑟斯极顺溜地插进来，"那是佩尔米亚的第三大城市，当然它也一样是因为采矿兴旺起来的小镇。大部分区域仍在重建中，"他微微一笑，"大战期间咱们可没让它好过，不是吗，德泽尔？"

苏伊达斯朝他皱眉，过了一会儿奥多说："那是阿兰姆·查塔特突袭斯科利亚的主要基地。后来我父亲决定——"他停下来。

"的确，"兹米瑟斯说，"我们发动了强攻。那是卡努斐克斯将军第一次指挥重大作战，也是大战里我们第一次真正的胜利。不过我可以保证，你们要住的地方至少会有四面墙和一个房顶。"

轻便马车突然停下，惯性让季若特从座位上飘起好几英寸。"又怎么了？"伊瑟姿喝道，然后她看见了苏伊达斯的表情。后者紧盯着窗外，他脸上的神情介于恐惧与饥渴之间。季若特抻长脖子，从他肩膀上方看过去。

他看到一个骑马的男人，很可能是一群人中的一个。马很小，不比小孩骑的小马驹大多少，骑手的个头也很小，看上去非常年轻，最多不过十六岁，上嘴唇和下巴上有几缕金毛。他戴顶毛皮帽子，帽子遮住了眼睛和脖子；蓝色的羊毛长褂拖到脚踝上。他赤着脚，马也没上鞍子，但马脖子上挂着箭袋，另有一把没上弦的短弓从袋子里支出来。他的手指修长而精致，像是女孩子的手指。他微笑着听某人说话，然后哈哈大笑，整张脸都点亮了。他的鼻子又长又直，眼睛是浅蓝色。季若特想起了无敌骄阳长子的圣像。

他悄声问苏伊达斯："是他们，对吧？"后者点头。

"是什么，"伊瑟姿问，"从我这儿什么也看不见。"

"阿兰姆·查塔特，"兹米瑟斯轻声说，"请你们大家全都坐着别动，也别出声。根本没有什么好担心的。"

季若特继续盯着窗外看。他万万没料到阿兰姆·查塔特竟然如此美丽。这根本说不通啊：那人像天使一样美，可是坐在他身旁的苏伊达斯却像弓弦一般绷得死紧，他还能看见兹米瑟斯的左手在极轻微地颤抖，最后不得不拿右手把左手紧紧盖住。托提拉的声音传来，比平时更高亢，明显能听出紧张。

就连蓝皮肤也畏惧他们，而他们还是站在同一边的呢。可是他确信托提拉能一把拧断年轻骑手纤细的脖子，就像拧断一朵花的茎。

他听到好几个男人哈哈大笑，接着托提拉又说了句什么，之前那个骑手突然就走到了看不见的地方。车轮继续向前滚动，并且很快加速。

"你们两个什么毛病？"伊瑟姿质问，"跟见了鬼似的。"

苏伊达斯恶狠狠地瞪了她一眼，她不由得往后缩了一两寸。"只不过是日常巡逻，我猜，"兹米瑟斯柔声说，"不必担心。"他稍微转头看向苏伊达斯，"恰乌至达？"

苏伊达斯点点头。"我觉得是，"他说，"要不然就是洛辛霍勒。反正是北边的。"

"你确定？"这个问题似乎很重要。

"哦，我能确定，"苏伊达斯缓缓吐出一口气，"相信我，阿兰姆·查塔特的部落我熟得很。东边也有几个部落穿蓝色，但他们不会打赤脚。而且看骨骼结构也是北边人。"

"嗯，好吧，"兹米瑟斯说，"小打小闹的雇佣兵宝宝。"

伊瑟姿瞪大了眼睛，"他刚刚说阿兰姆·查塔特。"

"没错，"富兰特泽士的声音既紧张又安静，"从你坐的位置看不见他们，伊瑟姿，不过刚刚我们被半打阿兰姆·查塔特骑手拦下来了。后来托提拉中尉给他们看了些文件，然后他们就让我们通过了。"

"文件？"苏伊达斯质疑道，"他们根本不识字。"

"他们认得出印章，"兹米瑟斯说，"再说了，我们是由一队佩尔米亚骑兵护送的。"

伊瑟姿问："那他们为什么还要拦我们？"

"因为他们有这个本事，"苏伊达斯说，"他们喜欢吓唬别人，尤其喜欢吓唬蓝皮肤。"他微笑起来,"他们跟帝国打了好多个世纪,时打时停,偶尔有那么一两次,蓝皮肤也赢的。"

兹米瑟斯亲切地说:"我们现在已经到了国境线的另外一边,那个称呼请别再用了。"

苏伊达斯扮一个悲伤又愤怒的鬼脸,"我不晓得还能管他们叫什么。"

兹米瑟斯哈哈大笑,"叫帝国军就行。或者最好是什么也别叫。这样谁也不会觉得受了冒犯,而我们说不定还真能干成点什么事呢。"

"等到了那个叫乔伊奥兹的地方,我要做的第一件事,"说话的是伊瑟姿,但并没有特定的对象,"就是泡澡。我好几天没好好洗澡,都臭了。"

苏伊达斯抬起头说:"是的。"

她瞪他,"你也一样。"

苏伊达斯耸耸肩,"我在军队待过。"

"那又怎么样?"

"是我的错,"富兰特泽士喃喃道,"这趟旅行归我安排,结果一路上都是彻头彻尾的灾难。"

他指望别人反驳自己,可是谁也没说话,过了一会儿兹米瑟斯说:"别拿这些事责备你自己,兵站的轮换显然出了问题,这是没办法的事。"

"我本来应该确保一切顺利的,"富兰特泽士坚持道,"确认再确认。对不起。"

"那好吧,"兹米瑟斯说,"如果你真觉得受不了,等到了乔伊奥兹我可以写信回去,让他们另外派一个人来。当然,前提是你确实觉得自己失败了。"

富兰特泽士看着他。"不用,没必要,"他静静地说,"只不过从现在开始,我要更努力一些。"

兹米瑟斯说："要的就是这种精神。"

之后大家沉默了很长时间，最后奥多说："是我的想象吗？还是我们真的在往上坡走？"

季若特朝窗外瞟了一眼，结果差点把自己呛着。在马车他坐的这一侧，窗外空无一物，只有空气。

"非常正确，"兹米瑟斯说，"乔伊奥兹是建在小山上的。好吧，不止小山。大战期间咱们在这儿可费了大力气。他们弄断了路，我们只能把路重新修起来，一边修佩尔米亚人还一边往我们头上滚石头。当然，路现在已经完全重建好了。"他看见伊瑟姿投来惊恐的目光，于是补充了这么一句，"佩尔米亚人真是超级棒的工程师。短短一段时间竟能做成这样，实在不可思议。"

"我把百叶窗放下来大家不会很介意吧？"奥多往外看过以后就这么问，"恐怕这高度我看了有点头晕。"

大家纷纷表示完全不介意，而且后来所有人都坐着一动不动，直到很久之后马车终于停下来为止。门开了。托提拉站在门外，满脸欢快。

"乔伊奥兹，"他说，"来吃点东西吧。"

太阳刚刚开始西斜，阳光呈现柔和的红色。他们所在的广场三侧都是高大的石头建筑，建筑的柔黄色正好与太阳的红色相配。广场的第四面敞开，有巨大的阶梯将广场与下方的下城连接。这里的视野不同凡响，你能看到好大一片红瓦房顶、绿色穹顶、钟楼、火柱和直冲云霄的砖砌烟囱。不过乍看似乎缺了些东西，仿佛棋盘上空出的格子。再仔细观察你就会发现那些是尚未重建的废墟。在广场中央竖着一根火柱，少说一百英尺高。

"为你们准备了欢迎仪式，"托提拉说，"在行会大厅，不过我猜你们大概想先清洗一番。"

一小队人正穿过广场朝他们走来，领头的是两个矮小的秃头男子，穿着红色的长袍，身后跟着一个穿灰色天鹅绒的巨人，再往后则是一排穿黑褂子的老头。季若特想逃，却又想不出能去哪儿。那队人停下来，双方距离很近，他都能看见秃头男人袖口上镀金的纽扣。那个巨人从两个秃头男人之间走上前来，清了清嗓子。

"我们代表击剑行会以及乔伊奥兹的自由民，"他的音调相当高，还带着一种奇特的鼻音，"欢迎你们来到我们的城市。"

没人动弹。我们不是该说点什么或者做点什么吗？季若特心想。可偏偏谁也不知道该怎么办。直到我们说出该说的话、做完该做的事儿，什么也不能发生。我们可能要在这里待上一辈子了。

兹米瑟斯捅了捅富兰特泽士，后者张开嘴又闭上，最后说："谢谢你们。"

他该说的显然不是这话。但在片刻震惊的沉默之后，两个秃头男人猛一点头，大步朝兹米瑟斯和富兰特泽士走去。兹米瑟斯向后出溜一步让出路来，留下富兰特泽士接受对方冰冷粗犷的拥抱。然后一个小男孩从不知什么地方蹦出来，手里拿着一把硕大的银钥匙。他把银钥匙递给其中一个秃头男人，后者把它给了富兰特泽士。富兰特泽士盯着钥匙看了好一会儿，最后把它塞进口袋里。季若特听见兹米瑟斯轻声呻吟。随后那队人原地转身，大步走回了他们出来的那栋建筑，把剑手和托提拉的手下留在除他们以外空无一人的广场上。

富兰特泽士问："我做错了什么吗？"

"是的，不过算了，"兹米瑟斯快速答道，"抱歉，我还以为人家已经跟你讲解过外交礼仪。不用担心，咱们进去吃点东西。"

季若特从没见过这样大的房间。只需挪动两张桌子，你就能在里头举行小型的障碍赛马。这么大的地方全归他们使用。

"我这就跟各位道别了。"托提拉说。他的声音高高升上巨大的拱形房顶，从荣耀之火神那华美非凡的金色马赛克图像上反弹下来，又追着自己的尾巴蹿进柱子之间，过了好一会儿才消失，"我猜很快就会有人来告诉你们接下来要怎样。"

顺着黑白瓷砖的地板看过去，很远之外有张桌子摆在台子上。桌上放了杯盘，而房间里剩下的桌子都没放东西。奥多说："看来是要我们自己动手。"周围的环境似乎并没有震住他，这让季若特好奇他家的房子内部是什么样。他四下寻找兹米瑟斯，发现后者不见踪影。脚步声传入他耳中，响亮得难以置信，他推测那是托提拉离开的声音。

他们尽量放轻步子溜到台上。桌上摆着面包和奶酪，老长的红色香肠，还有一个银色大缸子，季若特猜测那就是佩尔米亚著名的美食：发酵白甘蓝。里头的液体是泥水样的棕色，季若特发誓他看见有什么东西动了。

"愿神保佑我们。"伊瑟姿轻声说。她拿了两片面包放进盘子里。

季若特打量食物，最后确定奶酪大概没问题。他四下搜索能用来切奶酪的东西。什么也找不到。"抱歉，"他说，"谁带了小刀？"

没人应声。遵照兹米瑟斯的指示，他们把一切有可能被视为武器的东西都留在轻便马车里了。季若特弯腰用指甲敲敲奶酪，结果发现严密包裹奶酪的硬壳像石头一样硬。他转而打起香肠的主意，可是香肠太大，任何可以划归人类的生物都别想把它吃进嘴里。所以说就只剩下面包和腌甘蓝了。他拿了三片面包，感觉就像嚼木头。他用一杯水把面包冲下去，水的味道怪怪的。欢迎来到佩尔米亚。

"他又消失了。"伊瑟姿从他身旁冒出来。他发现她稍微啃了一口其中一片面包的面包皮。"你都没留意吗？"

"多半是去跟佩尔米亚的官员会谈。"

"胡扯。他溜去客栈了,这会儿多半正吃着烤羊羔肉呢。老天。"

"怎么了?"

"瞧。"

他顺着她的手指看过去,只见奥多正在大嚼腌甘蓝。他发现她盯着自己,露出虚弱的微笑。他包着满嘴的腌甘蓝说:"其实没那么难吃。"

"那东西怎么能吃。人类根本没法消化。"

富兰特泽士说:"佩尔米亚人吃它。"

"不能说明任何问题。"

富兰特泽士耸耸肩。他盘子里摞了一小堆甘蓝,此外还有一片木头面包,但他并没有动口。他满怀希望道:"欢迎仪式上多半有吃的。"

"你这么想的根据是什么?"

他没回答。伊瑟姿摇摇头,把盘子往桌上一惯,双手抱胸。"这怎么行,"她说,"我们据说是重要的客人不是吗?那么为什么他们把我们扔进这个羊圈里,除了陈面包什么都没得吃,也没有地方梳洗?监狱也比这儿强。"

季若特淡淡地说:"那倒不见得。"这句话让她闭了嘴,而这正是他希望达成的效果。当然了,其实他并没蹲过监狱,或者即便进去过,那期间他也一直神志不清。不过她是不会知道的。

奥多突然问:"这到底是什么地方?"

季若特曾经问过自己同样的问题,只不过忘了回答。"不知道,"他说,"我猜是什么行会的房子吧。"

"击剑行会,也许是,"苏伊达斯插话,"嗯,它确实够大。要是把这些桌子都挪开,那就是第一流的击剑厅了。而且这也说得通,不是吗?听说我们算是他们的击剑行会邀请的客人。"

伊瑟姿把一只脚踩在地上拖过一段距离，"在这儿击剑倒是没问题，我承认。"

"看。"苏伊达斯指着对面的墙。墙上贴了深色木板，木板上有许多列日期和名字，每一列都老长，"过去的冠军，我猜是。"

"好吧，那就明白了。"伊瑟姿飞快说道，"我说，跟这地方比，家里的行会大楼简直是鸡窝。这地方比较像神庙。"

"只不过地板比神庙强，"苏伊达斯说，"照明也好。"他一面四下打量一面低声计数，"能容下一千观众，完全没问题。"

"不止，"季若特说，"那儿还有楼厢，瞧。"

"而且这儿都还不是首都呢，"伊瑟姿说，"有人花了一大笔钱在上头。"

"从前他们有很多钱可花，"富兰特泽士说，"当然，是在大战之前。"

伊瑟姿走到地板中央。"可惜装备都不在，"她说，"否则咱们可以练练。在马车上坐了那么久，我都吃惊自己竟然还能动。在家我每天都练三小时体式。自从七岁到现在，我从没这么长时间不练习。"

苏伊达斯咧嘴笑了，"你想练体式尽管练。"

她瞪他一眼，"你在旁边看着我才不练。"

"等我们比赛的时候，这里头会有一千二百人呢。"

"那不一样。"

奥多抬头看高窗。"我们应该能借几把钝剑，"他说，"如果这是击剑行会，他们肯定有钝剑。不知道你们怎样，不过我喜欢在比赛之前先找找装备的感觉。"

"我想知道我的钝剑去哪儿了，"伊瑟姿说，"首先它们相当贵。有人去我家取的。现在大概被扔在某个中转办公室了。"

"基本上无论给我什么我都能打，"季若特说，"不过她说得对，比赛之前我们需要练习。"

富兰特泽士发现大家都望着自己,于是闷闷不乐地说:"我去看看能不能找人问问。"

苏伊达斯在一张桌子的桌沿上坐下。"好好吃顿饭,再给张床好好睡一晚,外加用比赛时的装备好好练习一番,"他说,"否则我可不上场。"他又严厉地补充道,"如果我们能达成一致是最好的。我意思是说,如果我们全部拒绝,他们也没什么办法可想。"

季若特转开了眼睛。

"我们不想闹事,"奥多说,"不过你说的那些不算不合理,我敢说这些都会有的;只不过他们不大懂得沟通罢了。我猜兹米瑟斯现在正在安排呢。"

"但不应该是他来安排,"苏伊达斯说,"他是政治官员,不是领队。这种事情应该富兰特泽士处理。"

"噢,他啊,"伊瑟姿说,"他压根儿没用。"

"小声点,"苏伊达斯静静地说,"他回来了。"

富兰特泽士站在门口,思考该怎么说。他们已经注意到他了,所有人都看着他。噢,好吧,他暗想。他往前走,感觉仿佛自己刚刚跑了一大圈。

他说:"计划有变。"

他们等着他说下去。最后苏伊达斯问:"然后呢?"

"欢迎仪式,"他咬字非常清楚,"被推迟了。"

"是吗?"

富兰特泽士点点头,"仪式会在比赛后举行。地点就在这里,行会的大厅。"

布锐埃纽斯家的男孩似乎松了一口气。苏伊达斯·德泽尔耸耸肩。"没问题，"他说，"那比赛什么时候打？"

"大约一小时之后。"

大家的反应基本如他所料。伊瑟姿尖叫："什么？"苏伊达斯和季若特瞪着眼不说话。奥多·卡努斐克斯任脑袋耷拉下去，就好像他早料到会发生这种事。本来还可能更糟呢，他告诉自己。一般说来，已发生的最糟的情形总是比预想的最糟的情形要强那么一丁点。

"这简直——"伊瑟姿刚说了几个字，就被苏伊达斯略一摆手打断。天生当军士长的料，这人真是。

"这我们不能接受，"他带着平静的愤怒说，"我们奔波了好些天，一直没能好好休息，我们没有练习、也没吃上东西，装备也没来……"

富兰特泽士感到自己的胃抽了一下。他以为接下来的话会尖利刺耳或者微不可闻，但他的声音竟非常清晰："事实上，你们需要的东西都有了。"

他没指望他们能听懂。但奥多·卡努斐克斯抬头直视他，而他有种感觉，不知怎么，反正奥多知道了。

"我真的很抱歉，"富兰特泽士接着说道，"问题在于，日程是事先安排好的，嗯，谁也没想到我们会在路上耽搁那么久。好多人赶了好几天的路来看比赛。如果我们延迟，几乎肯定会引发暴乱。我知道事情非常突然，但我们确实无法可想。对不起，情况就是如此。"

"富兰特泽士，"奥多仍然直盯着他，"我们的钝剑在哪儿？还有面具、击剑夹克那些东西？"

这次他的声音差点哽咽。他假装咳嗽掩饰过去。他说："你们不会用到钝剑。"

伊瑟姿尖叫、苏伊达斯咆哮、季若特瞠目结舌，这时富兰特泽士意识到一旦把话说出口，他就感到平静多了。他从都城一路带来的这头怪兽终于放出来了，它脱离了他的掌控。压力的释放令他喜悦，喜悦中又混杂着羞耻。

"佩尔米亚人不用钝剑，"他抬高嗓门盖过他们的声音，"除非是练习和儿童比赛。在专业级别是绝对不用的。所以他们才给我们带了开刃的剑。我们要用的就是这个。"

无比漫长的沉默。最后伊瑟姿问："他们想让我们用真剑对打？"

"恐怕是的。"

苏伊达斯已经从最初的震惊中恢复。"太野蛮了，"他说，"我拒绝。"

"对不起，但我们现在是不可能退出的，"富兰特泽士柔声说，"在这片广场背后的广场，有一千多人在等着。大多数人已经等了一整天。如果我们现在说退出，几乎肯定要流血的。"

"见你的鬼，"苏伊达斯大发雷霆，"如果我们拿开刃的剑上场比赛，那是百分之百要流血的，我可不干这种事。你可以告诉兹米瑟斯那混蛋——"

"富兰特泽士，"奥多轻声开口，立刻就让苏伊达斯闭上了嘴，"你刚刚才听说的吗？还是说你一直都知道？"

有些问题真的极端重要，而这就属于那种问题。在这类情形底下，富兰特泽士告诉自己，讲真话不一定总有益处。"不，"他说，"他们刚刚打了我一个措手不及。他们以为我们早知道了。我去找他们要钝剑，就像你们要求的那样，而他们看着我问，你要钝剑做什么？对不起，"他添上一句，"显然是在沟通上发生了最最可怕的差错。但现在我们没有任何办法可想。你们得用开刃剑打，就是这样。"

两个佩尔米亚人——个子矮小、黑胡子、白色紧身上衣、灰裤子——搬来木箱放到地板中央。他们盯着斯科利亚人看了几眼，仿佛自己对面的是神与魔，然后就飞快地走了。

"我们可以拒绝，"伊瑟姿再次老调重弹，"我们只需要站起来说抱歉，出了个非常愚蠢的错误，我们今晚不打了。他们能怎么样呢？"

没人回答她。苏伊达斯揭开箱盖，任它砰砰落地。他伸手从里面拿出一把刺剑，然后脸上露出奇异的神情。

"富兰特泽士，"他说，"另外那把刺剑在哪儿？这里头只有一把。"

"那是给季若特的。"富兰特泽士倾身从他手里拿走刺剑递给季若特。后者接过来，手忙脚乱中险些把它掉在地上。

"那我要用什么？"

富兰特泽士说："你不会用刺剑比赛。"

"这不是发疯是什么，"苏伊达斯抱怨道，"我是斯科利亚的刺剑冠军呢。"

"对，但刺剑在这儿没那么受欢迎。"富兰特泽士听着自己说出的话，可那仿佛是别人的声音，"他们这边真正喜欢的是佩尔米亚长匕首，而斯科利亚这边除你之外……"

（这里的人拿砍刀对战。愿神怜悯他们。）

"这太可笑了，"伊瑟姿的声音又高又刺耳，"你怎么可能指望他比赛自己不懂的项目，尤其还是用开刃的武器。简直不可理喻。"

苏伊达斯的脸变得牛奶一样白。他后退一步，绊在自己脚后跟上跌倒，一屁股坐到地上。奥多上前，伊瑟姿吼道："别碰他！"

富兰特泽士觉得自己快吐了。"对不起，"他听到那个声音说，"但你必须上。我真的很抱歉。"

"太蠢了，"奥多说，"我替他。"

片刻绝对的沉寂，然后富兰特泽士问："你说什么？"

"我替他上场。你看不见吗，这可怜人都快发羊角风了。"

他感到胸腔里仿佛有个握紧的拳头缓缓张开了手指，逼迫他的肋骨打开。"不行，"他说，"你不懂……"

"我懂长剑，还有剑盾。能有多大区别？"

"你要参加长剑的比赛，"富兰特泽士抓住救命稻草，"你不能两样都上。"

"好吧，就让苏伊达斯上长剑，我来用那什么佩尔米亚匕首。我不介意。剑盾我也相当拿手。"

"没有盾，就只是匕首。"

"不必担心，"奥多的音调只有最轻微的变动，那声音冰冷又凶猛，不容任何人反对，"我就边打边学好了。"

富兰特泽士直愣愣地盯着他，然后低头看苏伊达斯，后者还坐在地板上，"你不能让他替你，"他说，"他会死的。看在老天爷的分上，他可是将军的儿子。"

死寂。最后奥多静静地说："谢谢，我想这事我们都已经知道了。而且我真的不介意。苏伊达斯可以用长剑，我用佩尔米亚匕首。季若特是刺剑，伊瑟姿是小剑。惯例是怎么样的？"

富兰特泽士望着他，好像他说的是另外一种语言。"什么？"

"计分规则。开刃剑怎么计分，我意思是。我们一直打到有人被割伤为止还是怎么？"

"比这还复杂得多。"说完富兰特泽士就意识到不对，假如他事先不知道要用开刃剑比赛，他就不应该知道开刃剑的规则，"每种武器都不一样。事实上，"他说（他的牙齿开始打战），"我自己也并不完全清楚。他们给了我们一本规则手册……"

伊瑟姿重说了一遍："他们给了你一本规则手册。"

"但里面全是技术术语，没人真的明白到底什么意思。真的，我需要去见佩尔米亚的官员，让他们解释给我听。"

他发现奥多直视着自己，没有愤怒、仇恨或轻蔑，根本没有这些人性的东西。他只不过是消息来源，而且还是不很可靠的消息来源。"好吧，"奥多轻声说道，"你去找人问问再回来告诉我们。我们不会逃的，我保证。"

富兰特泽士离开后谁也没说话。苏伊达斯慢吞吞地站起来走开去。伊瑟姿转身压着嗓门道："奥多……"

"没事的，"他的回答十分坚定、平静无波，"我和父亲在家也用开刃剑对打。"

她瞪大了眼睛，"你们什么来着？"

"他说想学习击剑，这是唯一的办法。从我十七岁那年我们就一直这么练，而且从没伤过对方。只要专注于距离就行，这是最重要的。只要你不在攻击距离内，你自然不会被击中。"

她猛地转身背对他。季若特正好挡了她的路。"你去跟他说！"她喝道，"我的话他不听。告诉他他这是犯傻。"

"别看我，"季若特说，"我根本不想拿真剑跟任何人打。"

暴怒渐渐从她脸上消退。她说："你不会有事的。"

"你不记得上次了吗？我愣在原地，全靠你……"

"不会有事的，"这话不是安慰，倒更像命令，"不过是击剑比赛而已，对吧？击剑你是会的。"

"用开刃剑我可不会。我可能会被杀，可能会——"

"他们又不会打到至死方休，"伊瑟姿决定地说，"不可能这样，因为行不通，否则剑手很快就消耗光了。这可是有组织运动。肯定有适当的规则。"

"对，可我们不知道规则是什么。太危险了。"

不知为什么，这话让苏伊达斯哈哈大笑。"还有你，振作起来，"伊瑟姿凶猛地说，"你不能让奥多替你上，他根本没见过这个什么佩尔米亚匕首呢。"

她犹豫片刻,"不过你是见过的,对吧? 富兰特泽士说——"

"没关系的。"奥多用肩膀开路从她身边挤过去,但又没有真的碰到她——季若特不由得被他的动作吸引了目光,那实在是异常精妙的步法。他弯腰抓住苏伊达斯的手腕,把他拉起来。"苏伊达斯,听我说,你用长剑没问题吧? "

苏伊达斯皱眉,仿佛这一问题涉及复杂的精神算术,最后他点点头。

"很好。那么就此决定。就这么定了。"看见伊瑟姿张嘴,他把最后一句重复一遍,于是她把嘴闭上,"我们都知道自己要做什么,富兰特泽士也马上会带着计分规则回来,所以现在我们可以想想这事要怎么做。不过是击剑,"他说,"击剑我们很在行。谁也不会受伤的,我保证。"

他的话过后有片刻的静默,然后伊瑟姿问:"你真的拿真剑跟你父亲练习吗? "

奥多点点头。"他很厉害,"他说,"年轻的时候他曾经连续五年蝉联军队的击剑冠军。他说用钝剑只能教会你一件事,那就是怎么样当个好输家。"

第一场是单手刺剑。富兰特泽士介绍当地的规则时,观众还在陆续进场。他花了好一阵子才讲完,然后他问:"明白了吗? "

季若特摇头,"没真明白。"

"一点儿也没有? "

"没。"

富兰特泽士深吸一口气。"以卸掉对手的武器为目标,"他说,"这你能做到吧? "

季若特点点头。

"解除武装能替你赢得比赛,"他说,"如果被刺中了你就停下来。别动,扔掉剑；这样就能结束比赛。跟对手保持距离。"他直起腰。有个人进场，观众正在为他欢呼。"而且千万千万别杀了他。明白？"

季若特无助地看他一眼，"我尽量。"

"别光尽量，"他说，"如果我们中的某个人杀了佩尔米亚的冠军，基本上我们就死定了。尽全力争胜，但是看在老天的分上一定要当心。好吗？"

对方的人已经来到地板中央。季若特站起来。膝盖似乎无法承担身体的重量，于是他只好往前走，否则就要往前栽倒。他深吸一口气，可呼吸却卡在了喉咙里。"他们直线击剑。"富兰特泽士在他身后喊。他完全不明白这是什么意思。

他的对手身材高大，大概二十七岁，窄脸、小鼻子、清澈的棕色眼睛。他穿着一件绿色衬衣，上面有牛角做的深色纽扣。季若特稍微放松下来，他喜欢跟比自己高的对手打，而且他看得出来对方很紧张：那人额头上流下一道道汗水，而且他把带鞘的刺剑握得那样紧，指关节都突出来了。不过他穿着磨旧的鞋子，这可不是好兆头，这种鞋很可能非常舒适，或者能带给他好运。他脸上和手背上都没有伤口，这就摧毁了季若特最心爱的理论，关于在这个可悲的国家如何得分的。等季若特前进到即将进入长距离的位置，对手脸上就露出微笑：紧张、礼貌、很有教养。季若特回以微笑，然后端正了表情。敬礼的动作倒是跟国内差不多，这个发现让他高兴。不过他自己是搞砸了，他把左手横过了身体，本来应该与左膝齐平的。要是在家，他这样准得被吼一顿。

他们直线击剑。什么鬼？大家不都这样吗？

对方已经拔出剑等着他，可他不知道该怎么办。人群里有人笑出声来，也许跟他无关，不过是他们自己人在讲笑话。他只能靠猜，并且摆出动真格的基础起式：高部第一式，双脚靠得太拢了一点点，略微露出了胸部。好吧，那混蛋还是有可能上当的，虽说可能性不大。

可他上当了。他一个长刺，一只脚和一只手同时向前，两条长腿和一只长胳膊瞬间就拉近了距离。季若特感到自己的后脚向右移动，他随着它扭转身体，眼睛只盯住对方刺剑的剑尖部分。他看见对方的剑尖从自己身侧滑过，感觉到自己的手腕转动、自己的剑停下来，但他不敢把视线从对方剑身的末端挪开。他看见它落到地上，发出的撞击声仿佛铁匠铺子。他顺着自己的刺剑剑身往下瞄了一眼，这才意识到他击中了对手持剑的胳膊，剑尖从肘部上方两英寸处刺入，从肌肉和骨头之间穿过、从另一侧刺出。他迅速抽回剑、快退两步，就好像指望赶在任何人发现他做了什么之前把剑收回去。

一片死寂。对方看着他：震惊、恐惧、愤怒。**他们不知道什么叫半转身。**这念头像一柄大锤击中季若特。他们直线击剑，也就是说他们不知道可以往侧面踏步。

在很远很远之外，有人开始鼓掌。那是一种重击般的沉闷声音，就好像在一英里之外的山谷对面，有人驾车撞上了围栏的立柱。他数出五下掌声，然后其他人加入进来，一片轻快的啪嗒，仿佛雨水落在板岩房顶上，再然后是潮水与轰雷，响亮到令人不快。他的对手盯着自己的胳膊——血流得到处都是，他伸手捂住伤口，血从指缝中渗出来落到地板上，每一滴都溅成肥硕的一摊。季若特用力吸气，他急于道歉，可是嘴发干说不出话来。他想说我不是有意的，我只不过是想避开你的剑，结果我忘了剑是开刃的。这时他突然意识到自己其实刺偏了。半转身他练过无数次，闭着眼都能让剑尖正中目标，误差不超过半英寸，而这一剑原本应该是对着喉管去的。他刺偏了十八英寸，否则他的对手不等倒地就会咽气。

两个穿着华丽长袍的男人匆匆赶来，将他的对手拉走，留季若特一个人站在场地中央。他盯着对手之前所在的地方，盯着落地的刺剑和那一摊湿漉漉、黏糊糊的血。他感到羞愧,就好像小孩子没憋住尿,顺着腿流下来了。他想告诉他们,这是意外;跟上回一样,意外,误会,本能。只不过这次大家在鼓掌、欢呼、吹口哨和挥手。在他视界边缘能看到好多人挥舞着约莫八英寸边长的方形木板。他意识到那是他的肖像,至少是他们画的想象中的他,这念头险些害他的心脏停止跳动。有人抓住他的左腕把他拽下场;他倒退着走路,刺剑的剑尖擦刮着黑白两色的地砖。

"干得漂亮,"富兰特泽士的声音在他耳边说,"不过下回尽量拖一拖好吗? 我们可不想显得好像在卖弄似的。"

伊瑟姿的对手是个深色皮肤的苗条姑娘,比她矮了一个头;还有一件跟击剑无关的事: 她带着一种宁静之美,仿佛圣像上的天使。不过她同样显出了惊恐的样子。这完全可以理解,毕竟刚刚季若特只一剑就结束了比赛,动作那样迅捷、精微,几乎没人看清到底怎么回事。行礼时她的胳膊直哆嗦,然后伊瑟姿刚刚摆出低部第三起式,她就向后滑了三步。伊瑟姿原地站定,在漫长的十秒钟里,什么都没发生。然后佩尔米亚姑娘开始拉近距离,每次向前蹭半步,正好就在完整距离之外停下,活像是撞上了一堵看不见的墙。这时能听到一个奇怪的声音,不过那其实是伊瑟姿在弹舌头。

观众席上有人在擤鼻涕、有人在剥鸡蛋壳、有人在开瓶盖。有谁喊了一句什么,那绝非友好的鼓励,引来一片爆笑。佩尔米亚姑娘脸涨得通红,她快速向前迈步,只一步就拉近距离攻过来。伊瑟姿退步拨挡,佩尔米亚人干净利落地转位,佯攻高位、向低位横扫,伊瑟姿以教科书般精准的动作格挡、还击。这是真正的击剑。观众安静下来。

奥多看得出来,伊瑟姿尽了最大努力避免击中那个佩尔米亚姑娘。她做得很棒;比很棒还要好——她令人信服。她计算好了进攻的时机和位置,逼迫对手纵深防御，自己的右肩则始终保持向前、向上，完美的侧身，真正做到了把目标缩到最小。这是很美的表演，但并无战术可言；她想把佩尔米亚姑娘累垮，因为（既然不懂规则）这是她唯一能想到的法子。佩尔米亚人脑中显然有两种想法在交战：一方面她想尽量远离那个意图杀死自己的魔女，可同时她又对自己的防守丧失了信心，所以企图通过不断进攻来控制比赛。看得出来，几乎每一次佩尔米亚姑娘攻过来，伊瑟姿都忍不住想转位、反击。她展示出了令人震惊的自制力，而且还得加以掩饰，不让观众和对手看出来。

伊瑟姿的战略终于奏效。佩尔米亚姑娘越来越疲劳，她脚步拖沓、过度攻击。伊瑟姿放过了两次机会，大概是因为她还不能完全确定。然后她缩短距离，以初学者等级的技术解除了对手的武装；她挑飞了那可怜人的剑，自己的剑尖轻轻压住对方脖子侧面，直到对方尖叫着认输。奥多意识到她刚刚明白了自己有多棒，今后的日子跟她一起可有的受了。

她缓缓走下场，小心不去看背后疯狂欢呼的观众。"怎么回事啊？"她喘着气问他，"我十二岁那年都比她强。"

奥多咧嘴一笑，"我只能假设他们在引诱我们彻底放松警惕。"

"他们太菜了。"

"希望如此，"奥多说，"我真心希望如此。"

伊瑟姿想把鞋踢掉，但它们粘在了她脚上。她一只手扶住他的肩膀，抬起一只脚慢慢把鞋扯下来，"不是说他们国家对击剑狂热得很吗，"她说着脱下另一只鞋，然后松开他，脚趾在地砖上舒展，"下一个是谁？"

"苏伊达斯，"奥多说，"然后是我。"

行礼行到半中，他突然福至心灵：假装他是学生，而你在教他击剑。

这下就简单了。老师能让学生照自己想的去做；他永远比学生强、永远控制着局面，但老师会努力把学生引出来、鼓励他要对自己有信心，直到老师敲开他手里的剑、绊他的脚、朝着仰面朝天倒地的学生咧嘴笑。学生会抬起头，顺着轻靠在自己脖子上的剑的血槽往上看。信心，不错，但又不能过于自信。除开少数可笑的意外，双方都毫无受伤的风险，因为指导者总是完全清楚自己在做什么。

而且作为表演也非常精彩。苏伊达斯迫使学生使用剑刃，绝不给对方可能刺击的空间；同时他一直用自己的剑尖罩着对方，以防万一出什么岔子。他教会对方为什么不能允许自己被挤压、教他近身分剑的妙处、杠杆原理的极端重要性以及动作的精炼。他任对方凶狠地劈砍，直到那把美丽的十八型长剑的剑刃变得仿佛像农场上用旧的锯子，然后他就趁着器械优势给对方上了几堂入门课。等对方明显已经过于疲惫，再也学不到什么了，他就引诱他做了一次大幅度的长刺，自己往侧面横跨一步，趁对方从身旁踉跄过去时用剑镡把他敲晕，因为说到底，羞耻才是最好的老师嘛。

"这些人真是废物。"苏伊达斯开开心心地说。他用力把长剑插回鞘里，自己瘫到一条长凳上，"而且观众爱死咱们了。你就听听看，嗯？"

奥多正听着，但他对身后噪声的解读略有不同。刚刚苏伊达斯花里胡哨地鞠躬、大步下场，赛场的管理人员把昏迷不醒的选手拖走，那之后人群里的声音就起了一点点变化。他的结论是他们并不在乎刺剑、小剑和长剑，他们不是来看这些的。

富兰特泽士站在他身旁，他拿着一个裹在布里的东西。"这一把应该是很好的，"他正说着，"我跟行会主席借来的，这是他自己用的砍刀。"

奥多的喉咙不大对劲，又紧又痛，他怀疑这是喉咙发炎的先兆。他想了想，然后意识到那多半是恐惧；真正的恐惧，不同于伴随他一生大部分时光的轻微焦虑。这时候跟它结识，时机真是太棒了。

富兰特泽士把布包放在桌上，发出砰的一声。奥多盯着它看，把布揭开。布缠住了什么，而他意识到自己的手在发抖。观众齐声高喊，听上去像是谁的名字。他专注用心把手稳住，揭开包裹布。

那东西活像是农具。柄是两片没打磨的木头（他猜是白蜡木，只不过他对这类事情其实并不了解），铆在柄脚上，而柄脚只不过是刀身的延长部分。刀身的长度在两英尺上下，约莫与大拇指同宽，单侧开刃，略有弧度。刀尖呈刨削型，刺起来用处不大，一侧刀刃是假刃。半开刃的刀。真正的刀刃非常薄，剃刀一般锋利。用来修剪灌木、削尖围栏的桩子是很不错的，只不过用的时候要留神：如果一不小心手滑一下，你就可能害自己受重伤。单看着它都让他有点恶心想吐。

他听见自己说："这就是砍刀了，对吧？"

富兰特泽士回答道："看来是的。"

你只有疯了才会拿这种东西对打，或者身处绝境，或者买不起真正的武器。上头连十字护手都没有，没有任何东西能阻挡对方的刀在交剑时贴着你的刀往上切开你的指关节。他看不出用它能怎么防守、招架，至多只有一、两招极其危险的拨挡。而且它又很短，似乎重心偏向刀头，也就是说几乎肯定快得要命。而这就是一千二百佩尔米亚人来看的比赛。

富兰特泽士说："他们好像已经在等你了。"

他拿起砍刀，可不知怎么的它从他手里滑落，哐当一声掉在桌上。他本能地往后缩，暂时失去自控力，注意力全在锋利的刀刃上，哪怕最轻微的接触它也能割开他的血肉。*看在老天的分上，振作起来*；他脑海中的声音与父亲的略相似，正好足以使他服从。*如果你连自己的武器都害怕，等你面对对*

手的时候就只好求神保佑了。他伸出手去,手指紧紧缠绕刀柄;很坚定,仿佛有力的握手,仿佛与屋里唯一的朋友兼盟友握手。

长剑很简单,很安全。你有三英尺长的钢可以躲在后面,还有两只手去引导它。不止,你还有很棒的护手,用长剑你能挡住一支小小的军队。而这东西简直荒唐。他抬头看富兰特泽士,发现对方与自己同样惊恐。他微笑道:"祝我好运。"

"当然。"

"啊,好吧。"他迈步上场。

苏伊达斯发现,奥多的对手身高超过六英尺,身体精瘦,肩膀很宽,还剃了光头。他脸上有一道愈合得不太好的伤疤,从左边眉毛一路延伸到下巴。他穿着无袖的白衬衣和及膝的紧身裤,赤着一双脚。他前臂上有些较小的伤疤、浓密的黑发底下也有些白色线条,活像是躲在灌木下的动物。在旁边观战的苏伊达斯没听清他叫什么,虽说每个观众都在高喊他的名字;有点像朗格罗斯,但又不是。跟他站在一起,奥多显得像个姑娘。

这里的人拿砍刀对战。

苏伊达斯想看,但他做不到。他的眼睛闭起来了,纯粹的巨大声浪兜头压下;于是他又回到佩尔米亚,变成十九岁,天上下着雨。

后来,过了很久之后,他才打听出是怎么回事。浇灌者,本世纪最伟大的战术天才,派了一支骑兵小队去夺取一座桥,为的是声东击西、引开佩尔米亚的步兵部队。可是事情出了岔子。骑兵成功了,他们占领了那座桥,佩尔米亚人将步兵沿大路撤回;而浇灌者以为路上会空空如也,派了补给车队从路上经过。

倒也没有关系,因为等浇灌者明白过来,他立刻就派了三百龙骑兵去收拾佩尔米亚人的步兵。后者被消灭干净，再也不能给他们找麻烦。然而在那之前……

他们赶着车迎面撞上了对方。真是一出喜剧。佩尔米亚人以为那是自己这边的车队，他们以为佩尔米亚人是己方的辅兵。最后双方已经很近了，车队的人看到了对面军官上衣贴边上的军衔标志，这才意识到事情不对头。可如果他们埋着头继续走，多半真能蒙混过去。可是某个带了弓的蠢货射了一支箭。佩尔米亚人先是显得十分惊愕，接着就明白过来。斯科利亚的货车也算是配了武器的。双方交手，时间非常短。

他一开始就做了正确的选择。他跳下自己那辆车的货厢拔腿就跑，这是老兵油子教他的。本来一切顺利，只可惜下了雨，而雨水把车辙底部变成了滑腻的烂泥。他滑了一跤，双手膝盖落地，等他想爬起来时，剑鞘末端也卡在了两脚的脚踝中间，害他再次跌倒；再然后就有一个佩尔米亚人朝他冲过来。

那人看起来并不可怕。他不是战士。战争进行到那时候，佩尔米亚已经开始从矿里拉人，直接把他们送上前线。他没穿制服、没有盔甲头盔、没拿矛也没拿盾；手头只有一把短剑，或者说是一把长匕首。他一只脚穿着靴子，另一只脚光着，靴子多半是陷在泥里了。

苏伊达斯·德泽尔自诩剑客。政府出钱给他买了一把崭新的十五型，他至今没机会用在任何人身上。十五型是政府发的最棒的单手剑，大家都这么说。那个佩尔米亚人挡在他面前，挡了他的路，而他非走不可。苏伊达斯跳起来拔出剑，摆出漂亮极了的高位前部起式。

佩尔米亚人用穿靴子的那只脚踢他左腿的膝盖。他栽倒在地。

他落在很深的泥里，那是货车车轮压出的车辙，快到他腰那么高了。车辙壁把他陷在里头，泥太软，没有可以供他蹬上去的立足点。他举剑，结果被佩尔米亚人一脚踢飞。剑打着转、划出对称的弧形轨迹飞到他视界边缘。佩尔米亚人抬起右手向下一挥，苏伊达斯下意识地抬起自己的右手挡在脸上。砍刀最前面的一寸刀刃割开了他拇指和食指之间的皮肉。并不疼。佩尔米亚人抬手准备下一击，这时苏伊达斯明白了为什么不觉得疼：他要死了，他已经死了，死人的身体是没有感觉的。他的膀胱和括约肌松弛下来。他张开嘴。死亡带来的恐惧在他身体里汹涌而上，比任何疼痛都更可怕。

很显然，致命的一击并未落下，因为苏伊达斯·德泽尔还在，十年之后他还活得好好的。他记得的下一件事就是在一顶搭帐篷里醒来，他躺在床上，眼前是一个蓝皮肤医生疲惫的棕色面孔，对方刚刚花了半个钟头时间把他的右手缝回去。他记得医院的帐篷、关战俘的围栏，还有交换战俘，每个细节都清清楚楚。被交换回去之后，他重新志愿入伍，硬是挤进了一个不错的线列步兵团，在前线度过了战争的最后两年半时光。他一直在计数：十七个蓝皮肤、二十三个阿兰姆·查塔特、四十六个佩尔米亚人。他带回家七枚英勇勋章，一张战地委任状（没有退休金），还有一个棺材一样大的长条梨木箱，要两个人才能搬动。起先他把箱子放在床边，等后来酗酒害得他留不住钱，他担心治安官要来没收他的财产，就把箱子送去了舅舅家。总共在五个地方打了封条，免得老头抵挡不住诱惑。其实箱子里的东西并不值钱，至少在斯科利亚不值钱。在佩尔米亚也许还值点钱：七十三把砍刀，其中一些几乎是崭新的。他把剩下的砍刀保存在另一个安全的地方，一个谁也不知道的地方。

情况不妙。最初的灾难性接触之后，奥多专注于躲避。可那佩尔米亚人像猫一样灵活，而且一点也没露出疲惫的迹象，他自己则不好说。他不敢冒险抹掉眼睛里的血，怕佩尔米亚人砍掉暴露出来的那只手；这就意味着他只能眯着眼睛看，而他恰恰需要看得非常清楚。他努力无视观众席上传来的嘘声，但渐渐开始受它影响，因为他们没想错。他的确是懦夫，他的确吓得屁滚尿流，而且他离自己生命的终点只隔着一个小小的失误。

佩尔米亚人朝他咧嘴，佯攻左侧、向右侧闪，把他给骗过了；在最后关头他不知怎么身体一缩、避开了刀切下来的线路。他原地往后跳，险些跌倒，千钧一发之际找回平衡。砍刀嗖一声从他鼻尖前划过。

毫无意义，他暗想，而且固执到愚蠢的地步；就好像一个棋手，自己只剩下王，对方还有一个后两个车，可他却沉着脸，一心只想自己，非要把这盘棋下到底。他的身体继续移动，距离迅捷、尖利的刀锋只隔着一张纸的距离。他能感觉到自己的专注力在一点点流逝。放弃是很容易的，让佩尔米亚人展示不言自明的胜利、展示他比他更强；继续战斗是不诚实的行为，就好像所有人都知道是你干的，你却申辩无罪。

佩尔米亚人再次骗过了他，他也不知道自己怎么知道的，但他看见砍刀过来，并且知道这次自己没法完全躲过。他感觉到砍刀擦过身体，不知道是哪个部位。他立刻放松下来，并听到了自己的砍刀哐当落地的声响。观众席上山呼海啸，他滑到地上，落在一摊什么东西里。他闻出那不是血，于是羞愧难当。这样落败真是棒极了。

更多噪声，震耳欲聋，彻头彻尾的陌生人在欢庆他的惨败。然后有人抓着他的脚把他拖走了，而他还活着。

"别为这事苛责自己，"富兰特泽士正说着，"谁都会输的，迟早的事。"

一个帝国的外科医生正为他缝合脸上的伤。痛得钻心，可他纹丝不动、一声不吭，因为他太羞愧，不允许自己畏缩。伊瑟姿在一旁看着，可他视线模糊，看不见她的表情。或许看不见更好。他左腿的裤管暖烘烘的，而且湿透了。他本应该觉得自己死了才好，可他做不到。软弱到不能死、耻辱到没法活。医生身体前倾——有一刹那他还以为对方要吻他,但那人只是一口咬断了缝合线,然后就转开去。"他很快就会好起来。"他听见医生说。不,他不会的。永远不会。

"你真幸运,"富兰特泽士说,"再往下四英寸他就要切开你的颈静脉。结果呢,你只需要留点胡子就行。"

季若特正从富兰特泽士肩膀上瞅他。他见过葬礼上的人这么干,在他们向惨白冰冷的死人致敬道别的时候。在季若特身后,兹米瑟斯正跟三个穿深红色裙子的人大声说话。他哈哈大笑,其中一个人用力点头。

"总之都结束了,我们基本上也算安然无恙,"富兰特泽士接着往下说,"在不久之前我可远远不敢这样指望呢。好了,请你原谅,我得去跟佩尔米亚人谈欢迎仪式的事。干得好。"

干得好。他是想幽默吗?

眼下这个世界最大的问题或许就是里面挤了太多太多人。富兰特泽士刚走伊瑟姿和季若特就过来立在他头顶。"你还好吗?"伊瑟姿问。季若特站在她身后一步——长距离——脸上挂着"在痛苦的人面前感觉很尴尬"的表情。

他点点头。他有很好的借口不必说话,尽管那其实等于在撒谎:伤口才刚刚开始发僵而已。

伊瑟姿说:"你干得不错,没让自己被杀掉。"

他用哼哼外加夸张的龇牙咧嘴让她闭上了嘴。"抱歉,"她说,"你不能说话,我明白。我要去跟讨厌鬼说说。那根本不是击剑,那是……"她张开嘴,不过她选定的词也许太大了,没法从齿间挤出来。"我去跟他谈,"她说,"我会确保他听进去。"

她轻轻拍了拍他的肩膀,他浑身不自在。她迅速转身走开。季若特朝他点点头，然后跳起来跟过去。奥多使劲眯紧眼睛，但这样一来就扯动了前额的伤口，伤口才刚刚要开始结痂。从两处伤口他都能感觉到自己的心跳，就好像伤残是他仍然活着的唯一证据。

"我们完全可以对自己感到满意，"兹米瑟斯说，"事情的进展非常顺利。"

他显得自在极了：一手拿葡萄酒杯，裙子底下穿着刚刚熨好的衬衣，招待会在他身后按部就班地热闹着。他在微笑。他让富兰特泽士想起蜥蜴。

"事实上，"他继续说道，"鉴于目前的情形，简直看不出怎么还可能有更好的结果。四场比赛我们赢了三场，而他们赢了自己唯一在意的那场，没死人，所以我们仍然是朋友。一切安好，我想我们完全可以说自己开了个很牢靠的好头。"

富兰特泽士想不出能说什么。幸亏对方也没想要他献言。

"我跟他们的管理委员会聊过了，"兹米瑟斯接着往下讲，"私下里说说，他们完全不介意我们在刺剑和长剑上打得他们屁滚尿流。正相反。他们似乎很担心目前的风潮，在他们看来那是柔弱的西方方式。要是我们能让他们的剑手对刺剑失去兴趣，那是再好不过了。他们自己使砍刀就行，因为砍刀是传统项目，管理委员会也乐意。长剑在这边一直都是小众项目，而且我们也不算完全羞辱了他们，所以他们并不放在心上。至于姑娘，对于女人参加体育比赛，他们的态度说是摇摆不定都是最轻的。女人参赛的确有很长的历史，这是真的，但是……"

富兰特泽士一面点头一面发出"我在听"的哼哼。他环顾整个房间，哪里都不见苏伊达斯的踪影。他意识到蜥蜴闭嘴了，便努力回想对话进行到了什么地方。

"我哪儿也没见着德泽尔那小伙子，"兹米瑟斯说，"他真的该到处跟人说说话。他毕竟是我们的全国冠军。"

富兰特泽士靠点头蒙混过去。

"再说那到底怎么回事?"兹米瑟斯又问,"本来应该德泽尔比砍刀的,不是吗?因为我可是把这事儿炒得很热呢:我们国家的冠军、他们国家的项目。下回你再更改比赛策略,也许最好先跟我说一声。"

富兰特泽士好容易挤出一句:"是临到头才决定的。"

"那行吧。"兹米瑟斯若有所思地看着他,仿佛在思考作为食物他是不是符合安全标准,"而且我们也应该留点好货给首都的大赛,所以这样倒也不错。或许到下一站应该让布锐埃纽斯打砍刀那场。"

"我不——"富兰特泽士把自己截下来,然后吸口气,"我不认为他能行,"他说,"怕是不安全。"

作为理由这似乎够了。"啊好吧,我们可不想搞出那种事,"兹米瑟斯说,"那就这样吧,下一站美特继续用卡努斐克斯打,把德泽尔留到最后的大决战。没错,我对此非常满意。"他朝富兰特泽士微笑,他大概以为那是温暖的笑容吧。"祝贺你,"他说,"你确实应对得很好。"

我什么也没做,富兰特泽士想这样嚷嚷。也幸亏他没有,否则听起来倒像是被人拖走的囚犯。他喃喃道:"谢谢。"

"不过你最好还是别在这儿闲荡了,去找德泽尔,"兹米瑟斯补充道,"我知道他已经很长时间没碰过酒,可如果他现在又喝起来,时机可是再糟糕不过了。"

富兰特泽士倒没想到这个。"我去找他。"说着他就逃了。

奥多随便挑了个佩尔米亚人,他清清喉咙,然后微笑着问:"打扰一下,请问那什么在哪儿?"

佩尔米亚人看着他，倒并非不友好，只是迷惑。"抱歉？"

"那个……唔。"

"那个什么，请问？"

"我想小便。我该去哪儿？"

佩尔米亚人皱起眉头朝一扇门指了指。"谢谢。"奥多往门走去。

屋外的空气里带着雨水的气息。奥多四下看。天色很暗，半掩的门漏出微弱的光线，这片光之外的地方就很难看清了。他解开皮带、放下裤子。

"奥多？是你吗？"

他呆立在原地。苏伊达斯蹲在暗处的地上，他没瞧见。他嘟囔着道歉、拉起裤子，苏伊达斯慢吞吞地把自己从地上拽起来。

苏伊达斯问："你还好吗？"

"哦，本来可能更糟的。"

苏伊达斯摇摇头，他的脸仍然在阴影下。他说："会留疤的。"

"不必担心。我反正也不是什么美男子。"

苏伊达斯稍微退开一点。"关键在于，"他说，"要找到办法去处理它。就我而言呢，我杀了我能找到的每个佩尔米亚人。然后，战争结束后，我就喝酒，喝到脑子一片空白。这两个法子我都不推荐。总的来说它们制造的麻烦比解决的问题更多。"他又添上一句，"对不起。"

"对不起什么？"

"随你便吧。"苏伊达斯摇摇头，"这当然于事无补，但我真的很抱歉。"他突然哈哈大笑，"真荒唐，不是吗？我们又来了佩尔米亚，只不过这回的命令是不准杀死佩尔米亚人。真能把人搞迷糊呢。"

奥多仔细打量他，"我父亲说你是战争英雄。"

"他这么说？那就一定是真的了，不是吗？"

"我答应来的时候，我问他同行的都有谁。他找人打听了。他让我读了通报，关于那次你——"

"可别读到什么信什么，"苏伊达斯说，"而且再也别提起那档子事，请你。"他补充道，"好吧？"

"当然。"

"妙极了。现在我就留你安心撒尿。你肯定快憋爆了。"

人家提供给他们的住处过去曾是神庙，建于帝国出现之前，建于它分裂成东、西两部分之前。诸神的名字依然清晰可见，它们被刻在丢失了雕像的基座上、写在已经褪色成一片空白的画像底下；不过所用的语言和字母都早已被人遗忘，所以谁也不知道它们的含义。来的每个人都分到一间小教堂当睡房：巨大的方形房间，拱顶高得不可思议，只摆了窄窄一张普通小床，此外没有任何家具。也没有壁炉。倒是提供给他们每人一个铁做的小炭盆，军队用的那种。

"无论如何也别用那鬼东西，"苏伊达斯警告他们，"没烟囱。不到明早就会被烟呛死。"

伊瑟姿抬眼看头上拱顶的腹部，她打个冷战，决定冒险：与其冻死还不如在睡梦中毫无痛苦地窒息而亡。她很容易就把那东西点燃，用的是她从家里带来的最后一点点火绒。炭盆释放出浅浅的橙色光芒，要读书远远不够，而且感觉不到任何热度。她把床单和仅有的一张薄毯从床上拖下来，当成绷带一样裹在自己身上，然后想找个角落蜷缩起来。但她的房间是环形的，没有角落。

季若特的房间纵贯两层。有一块抬高的区域，类似舞台，那里曾经摆着高祭坛。地板是带纹路的绿色大理石。他躺在床上，立刻就睡着了。

奥多的小教堂被用作击剑行会图书馆的编外藏书室。地板上到处是一摞摞的书，你能拿它们建造工事、抵挡一整支军队。屋里还有一盏油灯。他点亮了灯，随手拿起一本书，然后上了床。他倚在床头上，免得脸碰到枕头。那本书是《剑手之镜》较早的一个版本。书本身奥多很熟悉，但这个版本比他父亲的那本早了一百年，书上画的全是火柴棍一样奇怪的小人，而不是伴他一起长大的那些肌肉发达、胡须绝美的半神半人。另外书里描绘的起式和动作也略有些差别。他一页页慢慢往后翻，最后看到一幅图，两个人面对面站着，各拿一把长弯刀。**这里的人拿砍刀对战。愿神怜悯他们。**他拿起自己从欢迎会上解救出来的面包和奶酪，躺好了开始阅读。

8

虽说冷，苏伊达斯终于还是睡着了。这晚的梦是他偶尔会梦到的场景：弗罗斯·维尔让的毁灭。梦里的他站在一座桥上，低头看湍急的河水。河突然往上抬升，就好像睡醒了似的；水把桥托起来，将桥上的他一起卷走了。他一扭头就看见了弗罗斯·维尔让，河水正要把他带去那里；他骑在河上，就像骑兵骑在马背上。他升得那么高，整座城都在他脚下，他就好像在接近瀑布的边缘。透过稀薄的水雾他能看到街道、建筑，还有大群大群的人抬头仰望自己。**这我也没办法**，他心想，然后波浪开始下落，街道和人越来越大。不过没关系，他只需要去桥的那头就安全了。他迈出一步，结果有人挡住了他的去路，是一个左手拿砍刀的佩尔米亚人。他转身，可是另一侧也被同一个人堵住了——不应该这样啊，因为将军已经派了人来，要不惜一切代价占领这座桥的。他伸手去拿自己的砍刀，可是砍刀不见了。

富兰特泽士睡不着，于是就躺在床上替妻子担心，她可是跟六十个恶狠

171

狠的老修女一起困在女修院里呢。那里肯定很冷（斯帕吉雅厌恨寒冷），而且每小时都会敲钟、叫修女们祷告，而她是最讨厌睡觉被打扰的，她会像老虎一样咆哮起来，而且她们光吃面包和咸粥，所以可怜的姑娘肯定饿坏了。就这么翻来覆去想了三四个钟头，他爬起来点亮油灯，坐在床沿上开始琢磨该拿奥多怎么办。

兹米瑟斯也分到一间房，但他没在里头睡觉。

季若特是被托提拉中尉叫醒的，后者穿了镀金的典礼用盔甲和及地的紫色斗篷，斗篷还镶了白色毛领，看起来真是分外美丽。"早餐，"他说，"在高坛。"

"在哪儿来着？"

"出门左转，"托提拉说，"沿走廊一直走，直到看到一对青铜和白银大门。直接进去，不会走丢的。"

正如他所说。那地方大极了，墙上装饰着描绘地狱之苦的湿壁画，房间中央摆了一张桌子，活像汪洋中的小岛。伊瑟姿已经到了，还有富兰特泽士。他们在吃蜂蜜蛋糕。

"早，"富兰特泽士神采奕奕地招呼道，"托提拉中尉，你不来跟我们一起吃点吗？"

托提拉微笑，"正在执勤呢，很可惜。我只不过想来告诉你们一声，上面派我护送你们直到美特。希望你们不介意。"

"好极了。"富兰特泽士说。伊瑟姿剐他一眼，"你对我们一直无微不至。"

托提拉微微一笑，利落地转身；他大步走出房间，鞋跟落在黑色的页岩地板上咔嗒作响。季若特坐下。还剩一块蜂蜜蛋糕，另外就是磨盘那么大的一块面包和高高的棕色石头罐子。

他问:"罐子里头是什么?"

"腌甘蓝。"

"啊。"他伸手想拿面包,发现没有可以用来切面包的东西,于是拿了最后那块蜂蜜蛋糕。

"政治官员兹米瑟斯,"伊瑟姿说,"不见踪影。我去他房间看过了,他的床昨晚没睡过。当然,我是假定他平时也在床上睡觉,而不是头上脚下倒挂在天花板的钩子上。"

季若特皱眉,"天花板上有钩子?"

伊瑟姿点头,"倒正好是有的。多半是为了挂香炉。"

"挂什么?"

"用来点香的东西。我有个表亲当了神父。"她解释道。她扭头问富兰特泽士,"所以说,他在哪儿?"

"抱歉,我可一点也不知道。我自己也想找他谈点儿事呢。"

他们听见脚步声,发现是奥多走过来了。他显得很疲惫,胳膊底下还夹了一本书。"你来太晚了,"伊瑟姿跟他喊话,"全被我们吃光了。"

奥多坐下,从口袋里拿出一把折叠刀。他切下一片面包问:"罐子里——"

"猜。"

"腌——"

"对。"

"好吧。"他咬了一口面包,发出的声音跟季若特想象中磕断牙的声音完全一样。他说,"食物的事我们得想点办法。"

"我猜这得找托提拉中尉,"富兰特泽士说,"帝国的东西挺不错的,而且那还只是野外的配给口粮。顺便说一句,他是我们的护卫了,至少直到美特为止。"

奥多使劲咽下食物、清空口腔，"有谁知道我们什么时候出发吗？"

"恐怕没有，"富兰特泽士说，"这正好是我要跟兹米瑟斯谈的事情之一。"

伊瑟姿问："苏伊达斯在哪儿？"

季若特说："我谁都没看见。"

"逃了，多半是。开小差。或者跑出去找香肠了。我倒不介意，只要他给咱们也捎点回来。"她转过头，一把抓起奥多靠在腌甘蓝罐子上的那本书，她朝着书脊眯起眼睛，"你读的什么？"

"《基本剑术之原理》，"奥多回答道，"在我房间里找到的。里头有好多书。"他朝她微笑，"不过没有诗集。除非你管一万五千行描写战斧格斗的无韵诗也叫诗。"

"读过了，"她回答道，"舅舅给的生日礼物，"她解释说，"倒也不完全是废物，因为羊皮纸的质量很好，厚实得很。我用磨石把字迹磨掉，拿它当了摘抄本。"

"那是挺不错的。"奥多轻轻拿回她手里的书合上。对面墙上画着一支死人军团，穿着盔甲的骷髅，正在屠杀市集上的人。他们挥舞的宽刃短刀倒有点像砍刀。"其实里头有些很有趣的东西。比方说瑟帕拉特时代后期的古文献。我听人说起过，但从没想到真能看见抄本。"

"把你的口袋装满，"伊瑟姿含着满嘴的食物说，"肯定不会有人发现它们不见了，而我们前头的路还长呢。"

奥多似乎有些震惊。富兰特泽士抿了一口牛奶（这是唯一的饮料），他说："我得跟苏伊达斯说句话。我去看看他在没在房间里。"

他走了以后伊瑟姿说："也不知到底是怎么回事。"

"抱歉？"

"这个嘛，"伊瑟姿说，"我猜咱们那位光芒四射的全国冠军遇上大麻烦了。如果还没有的话也应该会有。"

奥多说:"可是他赢了。"

"他根本就不该比长剑的,"伊瑟姿斥道,"他本来应该比那个什么短刀,可他当了缩头乌龟。完全崩溃了。要不是你出来救场,天晓得会怎么样。"

奥多转开眼睛。伊瑟姿不耐烦地叹气。"就是不应该啊,"她说,"我们其他人来是因为我们没有选择,可据我所知,他来是因为人家要付他一大笔钱。再说他不是应该会用那什么镰刀的吗。"

奥多静静地说:"砍刀。"

"随便吧。可结果呢,他一看见那东西就跟没了骨头似的,而你差点送了命。"

季若特看看奥多,他柔声说:"我想他自己也知道的。"

"那不是他的错,"伊瑟姿说,"我觉得你做得非常好。"她接着往下讲,目光没有落在他身上,反而越过了他,"毕竟你从没见过那东西,而且又是开刃的。关键在于,你本来不应该被逼得去救场的。我意思是说,德泽尔可是职业剑手。"

"我们谁都不知道要用真剑比赛,"季若特说,"而且你永远料不到自己什么时候会崩溃。相信我。"

"真的没关系,"奥多说,"我意思是,如果现在在打仗,而我们都是兵,那我们——"

"但现在不是打仗,我们也不是兵,"伊瑟姿怒视他,他转开眼睛,"我还以为我们之所以来,就是为了不用再打仗、也不用再当兵。为了这个目的,我们需要有人知道该怎么拿大匕首击剑。"

奥多咧嘴一笑,"那我就出局了。"

季若特飞快说:"还有我。"

"不过真的没关系，"奥多赶在伊瑟姿再次滔滔不绝之前说，"我练习单剑和剑盾好多年了，动作上没多少差别，而且苏伊达斯的长剑也比我强。"

"是吗？"

"他很棒，"奥多说，"而且很明显，出于某些我们不知道、就算知道多半也无法理解的原因，他对砍刀有心结，也就是说他不能比那个。硬逼他上场等于是让他去送死。到那时候，"他直视着伊瑟姿说，"我们就全都麻烦了，不是吗？"

"这我可不明白，"季若特插话，"他们拿开刃剑比赛，对吧？所以时不时肯定有人会死。既然你拿真剑打，这是没法避免的。可人家却跟我们说别杀了任何人、也别被杀，否则就要打仗了。这怎么说得通。"

奥多摇摇头。"依我看这跟逻辑没多大关系，"他说，"再说了，我的印象是这儿的人虽然拿开刃剑比赛，但不会被杀或者受伤。"

季若特一扬眉，"为什么这么想？"

"这个么，首先是我们昨晚的那些对手。他们已经是成年人了，跟我们差不多大，说不定还年长些，但他们身上并没多少伤疤。如果他们这里是死斗，我们的对手就该是一群年轻人了，因为谁也不可能活到能刮胡子的年纪。"

伊瑟姿提供思路："也许他们开始得晚。"

"我觉得不是，"奥多回答道，"你看见的，他们的水准很说得过去。"

"他们是废物，"伊瑟姿说，"所以我们才会赢。"

"他们的水准够好了，肯定是年轻时就开始练的。"奥多说，"我不知道你们俩怎样，但我自己是从六岁就开始练剑了。"

伊瑟姿承认，"七岁。"

"六岁，"季若特说，"可是也许他们之前一直用钝剑练习，直到年满十六什么的。我也不知道。不过你提到的伤疤倒是很有说服力。你要是捣鼓开刃剑，时间长了不可能不受伤的。"

"除非你真的非常高明，或者从小时候起就接受训练。或者很可能兼而有之，"奥多将身体微微前倾，"还有我昨晚看到的那些书，里头完全没有提到钝剑。而且也比我们习惯的做法更强调准备和距离。想想看，我认为我们之所以会赢，或者你们俩之所以会赢，是因为你们比赛的方式远比他们习惯的比赛更有侵略性。这很合理。我们的击剑很安全，所以我们不怎么在乎冒险——你判断失误、弄错了，你会被扣一分，仅此而已。你俩都很出色，而且你们的防守都非常牢靠，但你们击剑的方式仍然是用钝剑的方式。他们的整个思路都要保守得多。"

"这我注意到了，"季若特说，"他们个个都是'等他朝我攻过来'。我感觉他似乎没料到我会那样强势地攻过去，也没料到会那么早。"

伊瑟姿思忖半晌，然后猛一点头。"我看很可能就是你说的那样，"她说，"值得记在心里。一上来就猛攻……"

"我反正也是这样的，"季若特说，"我清楚防守是我的弱项，所以我从来都尽量挤压对手。"

"多半就是因为这个才选了你，"奥多说，季若特突然就安静下来，整个人都不动了，"不过你还是要当心才好。"

"而且他也证明了自己能应付开刃剑，"伊瑟姿说，"唔，至少这一次没问题。"

季若特本来准备还嘴，临时又改了主意。奥多极轻地朝他点点头，仿佛在说没事的。"总之，"奥多继续说道，"回到最初的问题，我认为他们这里的确是用开刃剑比赛，而且不会惹出过分的乱子，而人家指望我们也能办到。这就像拳击，"他接着往下说，"你很容易就能赤手杀人，但拳击手并不会彼此杀来杀去。他们知道该怎么保护自己，而且也不会想着要干掉对方，只要把对方击倒就行。对我们来说会很困难，"他又说，"我真希望有人在出发前给我们提个醒就好了。"

"富兰特泽士是知情的，"伊瑟姿冷冷地说，"我知道他早晓得了。"

奥多耸耸肩，"如果他们事先告诉我们，那是永远别想组成队伍的。反正我们也只能尽力而为了。砍刀的事也一样，"他看着伊瑟姿说，"我们得边打边学，仔细想明白我们要怎么做，而且，我建议，在下回开赛之前多多训练。当然这只是常识罢了。"

伊瑟姿看着他，突然哈哈大笑。"对不起，"她说，"不过你真该看看你自己。光看着你就让我想敬军礼呢。"

奥多转开头去，脸红得要命。"抱歉，"他说，"我没想要……"

"完全不必介意，"伊瑟姿说，"有人决定出来牵头也是好事。而且我真的不在乎那人是谁，只要不是我就行。"

苏伊达斯不在房间里，而且自从欢迎仪式之后就没人记得见过他。富兰特泽士慌了神，他跑到院子里，托提拉的手下正在清洗轻便马车。托提拉没在。

富兰特泽士厉声问："这里谁管事？"

"长官。"一个非常年轻的士兵跳起来立正，他穿着全副铠甲，围巾裹着脸，只露出鼻尖，"扎左少尉，长官。"

"见到苏伊达斯·德泽尔没有？"

"确认。"富兰特泽士推想这是军队的行话，表示是的。"今天清早我看见他离开了大楼。"

富兰特泽士扮个鬼脸，"你不会恰好问了他要去哪儿吧？"

"我没能向他提问。他是从一扇窗户爬出去的。"扎左停下来看着他，"你还好吗，长官？"

"没事，"等喘上那口气以后富兰特泽士回答道，"哪扇窗？"

扎左指给他看。"他爬上屋顶，然后我就看不见了。"他迟疑片刻，又补充道，"我有向兹米瑟斯上校报告。"

兹米瑟斯上校说道："是吗？"

"是的，长官。大约一个小时之前。他说他会处理的。"

富兰特泽士缓缓吐气，直到把肺里的空气排空。"谢谢你，"他说，"你帮了大忙。"

"是，长官。"

一秒钟也不能浪费。第一站，市集，来的时候他就看好了。他只偷到一样可能值点钱的东西，就是几把银调羹，是在欢迎仪式上揣口袋里带走的。后来他在房间里点起油灯检查，发现上头刻了某种徽章，这倒挺碍事。但这镇上肯定有能干的金工能磨掉简单的雕刻、帮他处理干净。银子让人很失望——恐怕在佩尔米亚这种东西不会值钱，就好像盐水在海上没有价值。不过他想买的东西反正也便宜。

他很容易就把调羹卖给了一个满头白发的胖子，对方给了他一小枚诺米斯玛塔和四枚货车轮子那么大的铜币，表面已经完全磨光了。从重量判断它们产自东帝国，大概自佩尔米亚独立就一直在流通。佩尔米亚人是不用银子铸钱的。

找人买砍刀也没问题，可选择惠顾哪个摊位却叫他好生为难。那可不只是一两个或者半打摊子那么简单。他在鱼市跟人问路，对方指点他去了一个围墙围起来的大院子。他从高高的铁门走进去，发现里头挤满了卖砍刀的小贩。有大概一秒钟工夫他失去了平衡，这时间不短，他开始踉跄，不得不伸手扶墙免得自己跌倒。大家都在看他，他们的表情说：这就喝上了，也太早了点儿。有一两个人好像认出了他，但这是没办法的事。

感觉就像被巨大的噪声震聋了耳朵，只不过被压垮的不是他的听觉，而是另外一种感官，他本来不知道它存在，至多只有一点模糊的猜测。院子里有至少二十个摊位，只是桌子而已，桌面上随便铺一大块布就算货架。砍刀直接摆在桌上，每张桌上都有二三十把。他过去从没留心，但砍刀其实有许多不同样式、风格、品种和亚种；带血槽的、不带血槽的、带双血槽的，有些弧度很大，有些几乎是直的。有的刀尖是圆润的弧形，有的是锐利的刨削刀尖，有的刀身是两条平行线，有的刀身朝着刀尖方向略微变窄；有的完全不带护手，有的是简单的十字护手，还有的柄脚延伸出去形成一根老鼠尾巴，再折回去构成护指。桌子摆满了院子的三面，苏伊达斯站在院子中央，觉得自己仿佛在面对陪审团。根本没法从中选出一把。他全都想要。

但眼下这是不可能的，而他极其需要砍刀，因为如果他不赶紧给自己弄一把，他很快就会停止呼吸了。他们会追过来，这他很清楚，所以说时间不多。他朝最远的摊子走过去，强使自己将双手垂在身侧。

桌子后头坐着一个男人。他看苏伊达斯的眼神似乎表明他心里有什么事情难以决断。苏伊达斯把钱币放在桌上问："这些能买到什么？"

"什么？"

问题出在他的口音，而且他说话还含混不清。他放慢速度重复一遍："这些能买到什么？"

男人耸耸肩，"你想要多少？"

蠢问题。"一把，"他又改口道，"两把。"

"好吧，"苏伊达斯觉得对方琢磨了好长时间，"这把和这把怎么样？"

这有点像是在婚礼上，男人站在神台前，第一次面对那位戴着面纱的新娘,这时候有人问他,这姑娘还行不? 或者他还想再看看、再挑挑别的? 但苏伊达斯看了。第一把没有血槽,比一般的砍刀略长了一英寸左右。弧线相当明显,假刃大约有大拇指那么宽,形成好用的剑尖。它的黄铜十字护手差不多有食指那么长,毫无装饰,相当厚实。刀柄可供双手齐握,柄的末端是个短粗的鸟头状钩子作为剑镡。刀把是寻常的白色木头,上面有三颗钉子。有人曾想把它弄得好看些,就在背面锉了些沟和槽,不过弄到半中就放弃了;倒也好,因为那人的品位不怎么样。刀身上有锻造的痕迹,还有两处熔渣留下的印子,此外还有在农场磨刀石上磨出的印记。他把它往上拿起来约莫半英寸,然后像摸了滚烫的东西一样立刻松开手。

那人问:"你不是那些斯科利亚人里头的吗?"

"我? 不是。"

"你口音像是斯科利亚人。击剑比赛我看见你了。"

苏伊达斯说:"不是我。"

另一把的刀身几乎是直的,刀把处一英寸宽,然后逐渐张开,到假刃底部是一又八分之三英寸。刀身上有三条浅浅的血槽,长度是刀身总长的四分之三。没有护手,只有简单的鹿角状剑柄,角枝顶部形成最基础的刀头。从刀尖往下两指,刀刃上有个小小的缺口。

苏伊达斯嘟囔道:"挺好。"

那人点点头,"我再送你块布把它们包起来。"

"谢谢。"

"你真的不是剑手吗? 你跟其中一个真的很像。"

"如果我是斯科利亚人,我自己多半是知道的。"

那人耸耸肩,拿一块布绕着两把砍刀缠了三圈。就算裹起来你也知道那是砍刀,不可能是别的。"那,"男人说,"你是哪儿人?"

"梅森布罗希亚。"

"从没听说过。"

"远得很。"

"那好吧。给。等到了美特祝你好运。"

他把包裹夹在胳膊底下,转身原路返回。他没太想过要怎样才能回到楼里,咬着两把刀爬墙对他没什么吸引力,可径直去找守门的卫兵也一样。不过这回他不必做决定了:他走到院门前,发现兹米瑟斯正等着自己。

兹米瑟斯说:"我估摸着能在这儿找到你。"

他真想跑。"听起来好像你在找我。"

兹米瑟斯耸耸肩说:"你不该偷勺子的。"

"什么勺子?"

兹米瑟斯不理他。"买勺子的人直接把它们拿去了行会,"他说,"他知道会有不错的赏钱,只要他能描述出卖家的模样。很难想象还有什么比这更丢人。也许你忘了,我们是这个国家的客人。我们的目的是改善外交关系,而不是制造外交事件。"他停下来叹口气,摆出一副更加悲痛的表情,"下回你想花钱,你就来找我。明白?"

布底下是两把砍刀。他从它们身上汲取了力量。"明白。"

"我跟他们说,你想要钱是为了出去找姑娘,"兹米瑟斯说,"他们有点不以为然,不过我猜想这对他们来说比较容易接受些,总比告诉他们真相强。你得控制住你自己。"

苏伊达斯退了一大步,来到中距离,"谁也不是完人。"可兹米瑟斯只是放声大笑。"你还是快回去吧,"他说,"富兰特泽士在找你。他以为你开了小差。"

见过富兰特泽士之后，苏伊达斯去找吃的。他找到了剩下的早餐：几块石头一样硬的面包和没人动过的腌甘蓝。他打开罐子，舀出中等分量的一份，嚼也不嚼就直接咽了下去。

"你真是勇敢。"他没听见奥多接近的声音。

"我饿了，"他一抹嘴，"再说也没那么难吃，只要你别嚼。大战的时候我们经常吃。嗯，否则就只能吃老鼠。可是如果你已经累了一天，你根本不会有时间或者精力去抓老鼠。"

奥多看见了桌上的布包，但他什么也没说，"我一直想跟你说个事。"

"没问题。对了，脸怎么样了？"

"发僵，"奥多回答道，"不过他们觉得已经开始愈合了。听着，关于砍刀这东西，你能教我吗？"

有一会儿工夫苏伊达斯唯一能做的就是瞪眼。"拜托了？"奥多说，"因为我完全没有一点概念，而且我真的不想再像昨晚那样被打个措手不及。我想的是我们可以搞两把这东西，然后把刀刃磨掉，这样就可以安全地练习了。你是懂砍刀的，对吧？"

苏伊达斯犹豫了片刻才点头，"一点点。"

"那你懂的就比我多了一点点那么多。我猜它大概类似于单剑。"

"不，并不是。"

奥多点点头，"那么幸亏你告诉我了。如何？会对我大有帮助的。"

"当然。"苏伊达斯意识到自己在使劲搓手，手都搓疼了，"那也就是说……"

"对，"奥多说，"反正你使长剑也比我强，所以这么安排也算合理，对吧？"

他搓手是因为手上的伤疤在发痒。他说："我不喜欢砍刀。"

"这我看出来了。"奥多努力不去看对方的疤,苏伊达斯则尽量用左手大拇指把疤盖起来,"那么,你怎么说?"

"有什么不可以的?"他微笑,那种刻意大大咧开嘴的笑,"我让富兰特泽士去给咱们弄两把那鬼东西。应该没问题。那东西在这国家都泛滥成灾了。"

奥多同样没朝桌上的布包看。大概他跟自己的父亲学会了让东西隐形的本领。圆通和手腕,绅士的教育。

伊瑟姿问:"非去不可吗?"

"对,"富兰特泽士显得十分悲伤,"人家等着我们呢。毕竟我们赢了比武:三胜一败。"

一阵肃穆的沉默。然后奥多说:"好吧,总不会比拔牙还难受。什么时候?"

"大约一小时之后。已经聚了很多人了。"

这可不是开玩笑。广场上挤得水泄不通,猫可以踩在人肩膀上斜线穿过。而且每个人似乎都拿着一张粘在棍子上的画像。

"马车在哪儿?"他们站到行会门口,伊瑟姿压低嗓门问,"我没找见。"

"我也没看见,"季若特说,"不过我猜在那儿。"

他朝蓝皮肤组成的两条细线点点头,后者正从人群中开出一条狭窄的通道。他们把长矛放平用来推人。

伊瑟姿扮个鬼脸,"如果他们喜欢咱们的时候是这副样子,我可不愿变成不受欢迎的人。"

富兰特泽士挤到最前面领头,托提拉中尉断后。"请大家注意,"他说,"不要逗留,也不要停下来挥手。现在,数到三。"

他数到三,富兰特泽士走出门外,巨大的声浪扑面而来、屏蔽了世界。

除了挣扎向前的士兵的背甲，季若特什么也看不见。走到半路上，伊瑟姿突然完全停住脚步。她一面摇头一面喊话，可谁也听不清她说的是什么。奥多抓住她一只手把她往前拉，季若特轻轻在她腰上推一把。苏伊达斯想从士兵们头顶往前看。他在数数。

马车关上门，他们勉强又能听见彼此说话了。这时苏伊达斯说："差不多平手。"

"什么？"

"画像，"他说，"我们所有人的画像基本一样多。可能你的稍微多一点点，"他朝伊瑟姿咧嘴，后者对他怒目而视。

马车向前行驶。季若特简直无法理解车怎么还能挪得动。等他们离开广场后，他回头透过窗玻璃往后看，结果发现一群阿兰姆·查塔特的骑手列队跟在他们后面。原来佩尔米亚人也怕他们。他暗暗提醒自己把这事告诉父亲。

伊瑟姿说："这些人都是疯子。"

"可不是么，"苏伊达斯道，"他们竟然最喜欢你。"

她假装没听见。"你们能想象有任何事情能让我们的人变成那样吗？根本无法想象。"

"他们是很情绪化的民族，"富兰特泽士说，"而击剑又非常流行。"

伊瑟姿朝他横眉竖眼毛，这时她注意到一件事。她问："讨厌鬼呢？"

"谁来着？"

"抱歉，那位政治官员。他不在。他去哪儿了？"

"他稍后来跟我们会合，"富兰特泽士说，"似乎他得留在乔伊奥兹跟什么人会谈之类的。"

"好啊！"伊瑟姿大吼一声。奥多发现她真心开心的时候笑容很漂亮，"自从离开家到现在，这是我听到过的最棒的消息。"

富兰特泽士想扮出不敢苟同的表情，只不过并不很成功。"这期间，"他说，"托提拉中尉为我们充当联络官。"

苏伊达斯朝他咧嘴笑："联络官是什么东西？"

"我不是特别明白，"富兰特泽士承认，"但我敢说托提拉知道。他像是个非常能干的年轻人。"

"哦，蓝皮肤可是能干得要命，"苏伊达斯说，"相信我。"

大家尴尬地沉默了一会儿，然后奥多说："不知大家有没有兴趣，反正我一不小心把那边行会的书装了好些在我包里。当然，书必须还回去，"他瞟了眼富兰特泽士，飞快地添上一句，"等我们到了下一站就还。不过我们路上先读一读也不会有害处。"

苏伊达斯哈哈大笑，"我猜全是击剑的书吧。"

"恐怕是的。但毕竟也能读读……"

"多谢你，"伊瑟姿说，"肯定比看风景强。"

季若特笑了，"有点荒凉，呃？"

"让打仗显得更蠢了，要我说的话，"伊瑟姿说，"我意思是，怎么会有人想要这么个破国家？"

他们在帝国修的大道上跑了四个钟头——大道被巨大的页岩和碎石堤道垫高，完全水平、笔直地从山侧穿过；它十分壮观、令人敬畏，同时也非常、非常乏味——最后季若特建议做游戏。大家沉默片刻，然后伊瑟姿故意打个大哈欠说："那就玩儿吧。"这时富兰特泽士拿出自己跟奥多借来的书开始阅读。苏伊达斯咧嘴一笑说："好啊。你们想玩什么？"

奥多建议："狗和青蛙怎么样？"

"什么？"

"小时候长途旅行时我们经常玩这个，"奥多说，"很简单。假设我当狗，我在心里想出一本书、一出戏或者别的什么的名字，然后用狗的语言说出来，你们来猜我说的是什么。所以，举个例子，《多利切鲁斯归来》用狗语说就是汪，汪—汪，汪—汪—汪—汪。然后你当青蛙，所以用青蛙的语言就是——"

伊瑟姿坚定地说："不玩这个。"

季若特说："玩参照系怎么样？"

停顿。苏伊达斯说："提醒我一下，基本规则是什么。"

季若特点点头，"这个嘛，如果由我开始，那当然该我来选。但假设我选了引言，就说我先引用早期矫饰主义的一句诗吧。所以我就说，呃，我想想，比方说'神庙之劝诫啊，仅在于言语'。然后你们都必须各说一句早期矫饰主义的诗。但好玩的地方在于，假设我以'马克森提乌斯来到阿普－艾斯卡托瑞之门'开头，我是把它当作修订主义的英雄民歌来说的，而你拿'被偷走的小金鸡'反击我，你就改变了参照系，对吧，因为马克森提乌斯和小金鸡都是佩瑞布勒普图斯的西西纳的湿壁画，所以我就必须接另一幅北部印象派湿壁画，而原本我以为接下来还是修订主义民歌的，这时候如果我接不上，那你就赢了。"他停下来，大家都看着他，"不一定是艺术和书。也可以是常青藤王冠的赢家，或者河流或者任何东西，随你高兴。一旦投入进去，这游戏真的很好玩。"

"谎言和丑闻怎么样？"伊瑟姿建议说，"这个谁都会。"

季若特说："我不会。"

苏伊达斯伸伸腿，把兹米瑟斯空出的空间利用到底。"我知道有个好游戏，"他说，"名字叫突然死亡。以前在军队的时候经常玩。"

其他人面露疑色，不过奥多说："讲讲看。"

"挺简单的，"苏伊达斯说，"说出一件你绝对不会做的事，任何情形底下都不会做的事。然后我来想一种你会这么做的情形。就这样。来吧，"见其他人都安静下去，他补充道，"逗个乐子。至少你不必知道任何地方的任何一条河的名字。"

"好吧，"季若特突然说，"那我先来。我绝对不会吃我兄弟，在任何情况下都不会。"

伊瑟姿瞪他一眼，"你根本没兄弟。"

"行。那就我父亲吧。只不过拿我父亲举例不大好，因为我们关系不佳。"

苏伊达斯摇摇头。"想象中的兄弟一样可以，"他说，"好吧，这个怎么样？"他在座位里舒服坐好，双手环抱在胸前，"你和你全家乘马车在山里走，距离任何地方都有好几英里，而你们傻到没带应急的储备食物就出门了。车撞坏了，哪儿也去不了，马也跑了，别指望再找回来。撞车的时候你兄弟受了致命伤。他用最后一口气恳求你照料老母亲和不能走路的瘸腿妹妹。你能怎么办呢？走到最近的村子要花五天。你手头能吃的东西只有四条面包。于是你把面包留给女人们，出发去村子里求救。可你自己也需要食物，否则还没走到你就死了。这不只是你自己的性命——自己的性命你根本不在乎——关键是你母亲和妹妹。为了救她们你什么都肯做，对吧？而你兄弟已经死了，他又是肉做的。"他停下来微笑，"如何？"

沉默。如何季若特说："这也有点太扯了吧？"

"有可能发生的，"苏伊达斯回答道，"这种事不是不可能。如何？我赢了吧？"

季若特耸耸肩。"算是吧，"他说，"但你那场景实在太离奇了。我是说，这种事情现实里不会发生的。"

苏伊达斯哈哈大笑，"哦，这可说不准。我意思是，瞧瞧我们几个。我们乘着马车在山里，距离任何地方都老远。之前马车已经出过状况，所以你总不能说车子坏了不现实。这种事情是会发生的，相信我。"

"这游戏我说不好，"伊瑟姿说，"有点叫人毛骨悚然不是吗？"

奥多说："我想到一个。"

苏伊达斯朝他点头，说吧。"

"我绝不会，"奥多说，"在任何情形底下都不会，杀死我父亲。"

"哦，老天爷，"伊瑟姿嘟囔起来，但苏伊达斯不理她，"这个简单，"他说，"我们都知道你父亲是谁。他是个伟人，对吧？习惯了被人尊重。我猜尊严、荣誉这种东西对他很重要了。那么，"他继续说道，"他得了一种特别讨厌的病。就是你在妓院里不当心就会染上的那种病。"奥多倒抽一口气，但苏伊达斯说，"假设，记得吗？好。这病让他残废，他几乎不能动了。只要看见他大家就能猜出他的病是哪里来的，所以除了其他一切之外还有耻辱。疼痛难以忍受，而且没有片刻的喘息。他不能动、不能说话，只能躺在那里看着你，而你知道他想要的就是结束这一切，要你帮他摆脱痛苦。你爱你父亲，你是个好儿子，那么你会怎么做？"

"说得不错，"奥多低头看自己的手，"如果真到那一步，我猜……"

"这是当然的，"苏伊达斯说，"这就是这个游戏的关键。关键就在于如果逼不得已，没有任何事、任何事，是我们绝对不会做的。如果你说不是这样，那你不过是在自己骗自己。你可以说什么好坏善恶说一整天，那只说明你迄今还没有遇到非做不可、别无选择的情形。我意思是，那些本来也都是废话。所谓善恶，其实里头至少一半都是你要做某件事的原因。你可以举上一大串例子，通常会说它们是最可怕的罪行的，而我能提出各种情况，在那些情况底下，做那些事不仅完全正当，而且根本就是正确的选择。嗯？"

"好啊,"伊瑟姿怒道,"这个如何?我绝不会,无论什么情形都不会,把我的朋友出卖给敌人。"

苏伊达斯哈哈大笑。"小菜一碟,"他说,"这样如何?你参加了叛军,结果被政府的兵抓住了。他们来到一个村子,把所有人的女人和小孩都赶到一个大坑边上排成一排,然后他们跟你说:把你朋友的名字告诉我们,否则我们就杀光村民。那里有大约一百人呢。你怎么办?"

伊瑟姿摇头,"我不会开口。"

"什么?"苏伊达斯瞪大眼睛,"你准备让他们杀死一百个平民。"

"对,"伊瑟姿说。

"可那简直……"

"杀他们的不是我,"伊瑟姿说,"而是那些当兵的。我不为他们犯的罪负责。再说了,就算我说了他们多半一样要杀了他们,就为找点乐子。可是虽说他们是恶人,并不代表我也必须变成恶人。"

苏伊达斯朝她大皱其眉。"跟她说她错了,"他说,"快,告诉她。"

"很显然,"伊瑟姿说,"他们同意我的看法。"

"我倒不敢说同意,"季若特喃喃道,"但她说的也有些道理。其他人做的事不能怪在你头上,对吧?"

"这种事你自然清楚。"

季若特猛抽一口气,但他没有动。奥多睁圆了眼睛。伊瑟姿说:"你说什么?"富兰特泽士装模作样地把书翻到下一页。

"这个么,就我的情况而言,"季若特语气温暾,"显然是可以怪到我头上的。如果你指的是我杀死的那个议员的话。是我激怒了他。"

苏伊达斯点点头,"那么你应当一动不动,让他干掉你。"

季若特说:"可以这么说吧。"

"但那样你就错了。他那是在行私刑。他应该叫警备队来,而不是对你拔剑。"

"你等于是说如果一个人不反击,他就是在帮助与教唆针对他本人的谋杀," 奥多柔声说,"这倒是个有趣的观点。"

伊瑟姿哈哈大笑,季若特摇摇头,"不过是一团乱麻,仅此而已。我被本能控制了,我猜他也是。我觉得我们俩谁都没有做出理性的决策。"

"我们还不如玩谎言和丑闻呢," 伊瑟姿说,"这游戏太蠢了。"

"啊," 奥多说,"我们都来了一回。也许你也想试试。"

苏伊达斯耸耸肩:"听你的。" 他想了一会儿,然后说,"哎,我想不出来。抱歉。但我觉得没有什么事是我一定不会做的,如果非做不可的话。"

季若特瞪他,"你根本没用心。"

"啊,那好吧。我绝不会,在任何情形底下都不会,杀死我自己。或者在自己生命受到威胁的时候放过救自己一命的机会。喏," 他说,"如何?"

伊瑟姿轻蔑地看他一眼。"行," 她说,"你得了一种特别邋遢的病,就快死了——"

"大战的时候," 苏伊达斯说,"我得过高山热。那是痢疾的一种,还带胃痉挛,痛到什么程度你根本想象不出。得这病的人几乎必死无疑。我的小队正被阿兰姆·查塔特追赶;他们只能把我抛下。我在路边躺了三天。我有一把小刀。我考虑过。那三天里我很少想别的。我还活着。因为一旦你死了,好吧,那就是死了,一切都完了。于是我不停跟自己说,我就再等一个钟头,等太阳越过那块石头,然后我就动手。然后我又再推迟半个钟头、然后再二十分钟。第三天半夜,我发现痛得没那么厉害了。" 他弹弹舌头,"不是我自己治好了自己,只不过是运气好。我没赢过任何人,但我也没直接认输。我是这么想的,这场高烧已经够要我命了,难道还要我再给它帮忙吗,那才见了鬼呢。"

大家沉默片刻，然后伊瑟姿问："是真事吗？"

"是。"

"你得过高山热？"

"对。"

"老天爷。"她转开眼睛，"那好吧。整个世界上你最爱的那个人要死了，但是如果你替对方死对方就能得救。如何？"

富兰特泽士啪的一声合上书。"我看你们实在也够了，"他说，"如果你们非要玩游戏，我们就玩霜冻。这是我的最终决定，"他厉声添上一句，"怎么说？"

于是他们就玩霜冻，玩了三个钟头。奥多和伊瑟姿是叫方，他们赢了，二十七局对二十五局。

苏伊达斯问："重赛？"

"想都别想，"伊瑟姿回答道，"我笑得肚子痛死了。再说你这人输不起。"

苏伊达斯满脸严肃地说："必须的。"

后来其他人都睡着了，奥多问苏伊达斯："你当真得过高山热吗？"

"当然没有。否则我早死了。"

"啊。"

苏伊达斯在座位里稍微挪动身体："不过我亲眼见过有人死于这个病。他被抛下，就像我之前说的。我留下陪他。三天之后我割断了他的喉咙。到处都是阿兰姆·查塔特，而他也不可能好转。"他耸耸肩，看着就跟没骨头似的，"别告诉她。"

"自然，"奥多皱眉，"在大战期间——"

"这些事我宁愿不再谈了。"

"当然。只不过,恕我冒犯,是你先提起的。"

"游戏就是这么玩的,"苏伊达斯说,"我想赢。"

奥多哈哈笑。"我完全理解,"他说,"你喜欢留一个空隙,把对方引进来。"

"这就是砍刀的全部秘密,"苏伊达斯回答道,"一等我们有五分钟空闲我就做给你看。"

客栈没有马。托提拉气坏了。跟他们在一起时他控制着脾气,但他们听见他朝店老板嚷嚷;过了一会儿老板告退出来,他们看见那人微微发抖,嘴唇上还破了道口子。

"不必担心,"托提拉轻描淡写地跟他们保证,"进入度卡沃茨有很长一截下坡,我们轻而易举就能把时间追回来。只不过是一点小小的不便,仅此而已。"

客栈是一栋灰色石头盖的方房子,坐落在一条出奇平坦的地带。平地位于两座陡峭、荒芜的大山之间,刚好被大路分割成完全相等的两半。客栈里有间卖啤酒的酒吧,挤满了从矿山往厄尔巴·弗雷斯科的精炼厂运矿石的货车。"别进去,"店老板的老婆警告说,"他们会把你们拥抱死的。"于是他们就去了信使的餐厅,这里专门招待替政府送信的人和其他有公干的重要人物。餐厅比季若特父亲的房子稍小一点点,布置却华美多了:两台巨大的橡木高背长靠椅、四把精雕细刻的橡木椅子、精美的地毯和挂毯。季若特觉得这里十分奢华,但同时又带着家常的感觉。

"当然,你们知道这是为什么吧,"苏伊达斯说,"所有这些东西都是大战时抢来的,所以才他妈这么眼熟。这些东西全都来自斯科利亚的某个大家族。"他转身对奥多说,"很可能是你的某个远房亲戚。"

"但这也太可怕了,"伊瑟姿说,"我们得跟谁说说。我意思是,如果它们属于国内的某个家庭,那就应该还回去。这是偷盗。"

苏伊达斯哈哈大笑。富兰特泽士说:"最好别操心这种事。会引得对方反感的。"

"那还用说,"苏伊达斯高高兴兴地说,"再说了,咱们自己人不也一样,谁家没几样小小的纪念品呢?"

"可这是政府的楼,"伊瑟姿反驳道,"完全不一样。"

苏伊达斯懒得跟她辩,这时店老板的老婆端着一个托盘走进来。托盘上放着一条面包、一个带木头塞子的大陶罐、一块闪闪发亮的白色奶酪和高高的一叠蜂蜜蛋糕。蛋糕竟还能下咽。

"马有消息了吗?"富兰特泽士问。可店老板的老婆只是露出悲伤的微笑,仿佛对方问的是生命的意义,然后她就走掉了。

苏伊达斯跟富兰特泽士要钱。富兰特泽士跟托提拉借了些,于是苏伊达斯就从酒吧拦了个马车夫,跟对方买了两把砍刀。外围的一幢房子里有砂轮。薄薄的刀刃消失在黄白两色火花形成的暴风雪中,钢铁上被热气渗透的地方留下蓝色的痕迹。

"就这么凑合吧。"苏伊达斯说。他们的击剑厅是空闲的干草棚子,地上铺了厚木板,略有些斜,被他俩的体重一压就往下弯曲,看了让人不安。阳光从打开的门透进来,门离外面的地面十英尺,底下是铺鹅卵石的院子。

"那人说之所以不再用这地方,是因为托梁全烂了,"苏伊达斯说,"我讨厌在摇摇欲坠的楼里战斗。又多了一件事得操心。"

奥多决定不去追问这话背后的故事。他说:"应该没事。木板看着挺结实。"

"等你突然消失的时候我会拿这话提醒你。好，站立时双脚与肩同宽，跟平时一样。不，再侧一点。就这样，你已经会了。"

"你确定这么着是对的？"

"你那个，"——苏伊达斯冲上去朝他挥刀；从右到左划出宽大的对角线。奥多赶紧往左后方退，千钧一发之际躲过了脑袋被砸烂的命运——"是传统的击剑思维，"苏伊达斯一面横着身体朝侧面挪动一面说，"砍刀不一样。它更多是关于——"他向前长刺，刀向上切，从右向左。奥多原地往后跳，躲开这一击"——空间而不是线，"他继续说，"击剑是关于线，和圈。砍刀——"他的脚和刀同时攻入，刀在空中划出水平的半圆，"——砍刀更多是关于空中的形状。关键就是把你周围的空间变成一片死亡地带，任何凡人都别想活下来。"

他再次发动攻击。奥多后退、发现自己的背抵住了墙。刀刃朝他砍下，有一个倾斜的角度，从左到右。他左边没有空间可供闪躲，而如果他朝右躲，刀刃会跟着他过去、撵上他。他的手腕和手肘感到一股冲击，发现自己下意识抬起刀刃挡住了对方，右手握把、左手抓着刀尖。他根本不记得自己有决定这么干。

苏伊达斯退后一步说："现在你明白一点了。"

"可这样做是错的，"奥多说，"如果拿开了刃的刀这么干，我会把自己左手的手指割出见骨的伤口。"

"对，"苏伊达斯说，"好了，再来。"

花了一点时间，奥多渐渐明白过来：没有防守可言。如果你想挡，你就得用上双手，然后害自己一辈子变残废，而且还只能挡一次。所以没有防守。代替防守的是进攻和躲闪，理想状态是二者同时进行，也就是说在躲避对手攻击时，你形成并发动自己的攻击。他明白了，这就是区别所在，这也是为什么他在乔伊奥兹一败涂地。你不能只是承受，砍刀的比赛纯是侵略。

"欢迎来到砍刀的世界，"两人停下喘气时苏伊达斯说，"你没法保护自己。唯一的出路就是杀死对方。"

"太可怕了。"

"对，"苏伊达斯说，"而且过一阵子它就会变成一种生活方式。另一方面呢，"他挺直后背、撤退到长距离，"对你的反应速度和评估他人的能力简直大有好处。除非对人性有完整的理解，否则你在这个游戏里撑不过两分钟。"

他毫无预警地攻了上去，但奥多已经不在原位。他从苏伊达斯左手的细微动作读出了即将到来的攻击，于是合身往右边扑过去。如果他理解错误，那就会把自己正正摆在苏伊达斯的刀下。

"你什么意思，"他问，"生活方式？"

苏伊达斯反手向上砍他下巴，以此作为回答。他躲过了，但只在毫厘之间。"本能，你瞧，"苏伊达斯说，"全是本能。我跟你打赌，季若特干这个肯定出色，如果有人愿意买根脊梁骨送他。"他挥刀、奥多躲闪，"砍是基本的人性，"苏伊达斯再次围着他绕圈，"刺剑、长剑、单手剑，那些打着玩儿的项目全是刺。你压抑了砍的本能，因为砍其实效率低得多，真正能搞定对手的是刺。但砍刀不适合刺，除非是交剑转位的时候。就好像十个世纪的科学击剑根本没存在过。"他用缓慢的大动作佯攻，给出的线索比大市场还明显，而奥多差点就上当了。"难怪佩尔米亚人使不来刺剑，"他说，"完全是另一种语言。"他后退两步放低砍刀，"好了，"他说，"现在你试试向我进攻。"

"事实上我情愿继续——"

苏伊达斯摇头。"你仍然在像剑手一样思考，"他说，"你想先练防守再学进攻。可是根本就没有防守，这就是砍刀的整个精髓。如果你理解不了，你就没机会赢。"

苏伊达斯开始移动。奥多松开手指,砍刀砰一声落在地板上。"我可以用这招,"他说,"毕竟这只是体育项目。又不是真打。"

"那就是弃权。你输了。"

"有些事情比输更糟。"

苏伊达斯盯着他,仿佛他是某种智力测试。然后他咧嘴笑起来。"对,但我们来是为了要赢,"他兴高采烈地说,"而我要教你怎么赢。如果你的破刀躺在那破地板上,我就教不成了。同意吗?"

"有道理,"奥多承认,"咱们从头开始吧。"

兹米瑟斯是夜里不知什么时候到的。他们在信使房见到他,当时他已经快要吃完早饭:冷野鸡肉、烟熏奶酪、黑麦面包和一碗水果,都是从他自己带的篮子里拿出来的。他们故意不去问他去了哪儿,他也没有主动提供信息。

"有个让你们高兴的消息:美特的观众已经爆满。事实上行会恳求我再多加一站比赛,但我拒绝了。再多曝光对我们也没有额外的好处。"

"很好,"伊瑟姿说,"没的看就不会失望。"

"来自乔伊奥兹的反馈极其正面,"兹米瑟斯继续说道,"你们大获成功,"他微笑着说,"你们所有人。"

奥托抬起眼睛。"这倒让人安心,"苏伊达斯说,"我从没想到佩尔米亚人竟然输得起。"

"不过呢,"兹米瑟斯继续道,"骄傲自满是绝对不行的。我希望你们都已经找时间好好练习过了。"

"请你原谅,上校,"伊瑟姿直视他的眼睛,但并没看出任何反应,"不,我们并没有找着时间练习。我们被困在马车里一整天,刚吃了点东西就又上路了。我简直能听到全身僵硬的肌肉在朝我尖叫呢。现在我建议你调整日程，在我们在上千个佩尔米亚人跟前拿开刀的武器拼死战斗之前，至少让我们去某个地方休整一整天，伸伸腿、练习练习。再来点能吃的食物也没害处。"

兹米瑟斯朝她露出慈悲的灿烂笑容。"我哪儿会对你们练习的时间、方式指手画脚呢，"他说，"毕竟你们才是击剑冠军，我可不是。我只是说你们真的应该尽量多做准备。准备工作总能带来收益的，我敢说。"

后来，在他们等人把马车驾到大门来的那时候，奥多对苏伊达斯说："我觉得兹米瑟斯才该去比砍刀。以攻为守那一套简直被他搞成了艺术。"

苏伊达斯沉吟道："刚才她叫他上校的时候……"

"对，我注意到了，他没反应。"

"他没否认。"苏伊达斯拿起自己的包。它似乎比奥多上回看见时重了不少、鼓了不少，"你知道，我倒很有兴趣晓得他在大战期间是做什么的。"

"有什么特别的理由吗？"

"我收集人家的战争故事。"苏伊达斯说着站起来。他拎起包，包里发出轻微的金属碰撞声。

他们在大圣堂唱阿瑞奥帕吉提库斯的《替亡人做的庄严弥撒》；声音穿过四面石墙和大理石地板，刚好还能听清。这是他最喜欢的音乐之一。他真心希望不是为他唱的。

最后来了个医生——不是修院的医师兄弟，甚至不是另一个修会的某位兄弟，而是俗家人：而且还是卡努斐克斯的家庭医生。那人块头特别大，约莫四十五岁，肩膀和后背跟熊一样，一双手是辛巴图斯院长这辈子见过的最大的手。假如他是来替你扛起一栋快倒塌的大楼，好让你能连滚带爬地逃命，那你想都不想就会信任他，不过这点在眼下似乎派不上什么用场。

他问："是什么问题？"

"我病了。"

医生叹口气，"好吧，咱们来瞧瞧。"啊，辛巴图斯暗想，态度生硬，不爱东拉西扯的那种人。比起甜腻的微笑型他倒更喜欢这一型，不过说到底其实也没多大差别。

过了一会儿他问："是什么？"

医生耸耸肩，"我不知道。"

令人耳目一新的全新思路。"这话什么意思？"

"意思是我不知道，"医生重复了一遍，"我恰好是斯科利亚最顶尖的三个医生之一，但假如医学是地理，那么人类这个种族的地图是这样的：上面标注了三座城，中间是大片空白，还画了许多海蛇。我认为是你的心脏出了问题，但也可能是另外一打东西，其中一半都微不足道，另一半则几乎肯定致命。你说你多少岁来着？"

"七十二。"

医生点点头，"如果有存钱的话，我建议花掉。"

"我宣誓守穷的。"

"那就不必操心这个了，"医生摇摇头，"很抱歉，我必须告诉你，你时日无多。但我仿佛觉得你已经知道了。"

"哦是的，"辛巴图斯说，"大家都知道。不过任何大致的估数我都愿意听一听。"

"两个月到九个月之间，取决于诸如压力、精力的消耗和饮食之类的因素。不过呢，你倒像那种衰败的废墟，出于习惯的力量，有时候就是不肯倒下。"

院长点点头。"我长大的那栋房子里有块地板就是这样，"他说，"等它终于折断的时候，木匠说它好几年前就该断了，简直是奇迹。谢谢你，医生，你帮了大忙。"

"不必谢我，"医生穿上外套，"是你那位将军表亲派我来的。"

"啊。那么他如今身体如何？我好久没见他了。"

"健康到令人生厌。"医生回答道，"担心儿子，当然了。不过除此之外好得很。"

"哪个儿子？"

"奥都勒森图鲁斯。"医生皱眉，"你没听说吗？"

院长坐起来一点，"我知道小奥多在佩尔米亚。"

"也就是说你没听说最新的进展。"

"看来的确如此，"辛巴图斯说，"而无知对我的健康很有害处。你讲的是什么意思？"

医生把硕大的身躯放低到一把细腿的小椅子上。"你知道他是被派去比长剑的？好吧，现在他们让他比砍刀。将军气得发狂。"

院长叹口气，"恐怕我对剑术格斗没什么了解。"

医生解释给他听。讨厌的疼痛正好选了这时候醒过来舒展身体，让院长难以集中精神。

"等等，"院长说，"你意思是说奥多他……"他不得不停下，竭尽全力不让自己龇牙咧嘴。

医生看着他，"你没事吧？"

"有点抽筋。"院长说。这几个词似乎太过庞大，很难脱口而出，"所以他真的有可能会……"

医生没听他讲话，"怎么回事？哪里痛？"

"不过是抽筋，"院长悄声说，"我不会有事的。告诉我……"

可医生已经走开了。他转过背去，调了一种什么东西，"喝下去。马上喝。"

"但我不渴。"

"见鬼，叫你喝你就喝。"

只要能让他满意就好，让他别再瞎忙、好好回答他的问题。"好了，"辛巴图斯说，"为什么奥多在比这个什么砍刀？似乎完全……"

他睡着了。医生密切关注他一会儿，然后起身走出门外。

"他犯了心脏病，"他告诉副院长，"我及时给他吃了药，他应该能挺过来。这次应该能。"

"这次？"

"这不是第一次了，也不会是最后一次。如果他还想保留哪怕一点点活下去的希望，他就必须完全静养，一点不受打扰。不见任何访客。我要留下来看护他，所以我得送信给卡努斐克斯将军，告诉他我暂时不回去了。另外还得从我的药房取些药来，等下我写张单子。记住，除非我点头，谁也不许进去。明白了？"

9

"鲁兹尔·索斯,"兹米瑟斯宣布,"不在我们的行程表上,不过我们比预定时间提前了,所以有资本休息休息。我跟托提拉中尉谈过了,他已经派人先去安排,只要运气别太差,你们就能独占一个地方安静待着,还能练习练习。"

想得美。离小镇还有一英里的时候,他们遇到一支阿兰姆·查塔特小队,护送镇议会和镇长来迎接他们。

"肯定会很惊险,"镇长说,"但是有了你的人再加上这帮人——"(他朝阿兰姆·查塔特的方向把头一点,后者已经下马,仰躺在微弱的阳光下)"——只要我们掐准时间,应该没问题。"

这是一片草甸,洒满肥嘟嘟的红罂粟,他们坐在折叠椅上。椅子是议会带来的,除此之外他们还带了一张桌子、一块桌布、本镇政府的银器以及一大篮子食物。一个高个青年拿银罐子给大家倒酒,看他那样仿佛是在伺候众神。"能有机会这样认识诸位,真是荣幸之至,"镇长第七次说。伊瑟姿给他一个轻度厌恶的眼神。

"没问题，"兹米瑟斯兴致很好，"毕竟这就是我们来佩尔米亚的目的，为了促进友谊和理解。"

"完全正确，"说话的是个小个子，镇政府的书记员之类的角色，"蒙你们好心从繁忙的日程里抽出时间来拜访我们的社区。这是本镇有史以来最重大的事件了。"

"所以才这样的拥挤，"镇长可怜巴巴地咧嘴一笑，"全镇人都上街了。他们一听说你们要来……"

接下来是漫长的作战会议。镇长摊开地图，托提拉和兹米瑟斯制订作战计划。他们要在这里等待，直到夜幕即将降临，然后绕半个圈子，从南面进入鲁兹尔·索斯，因为一般人绝对料不到他们会从这个方向来。"这样我们就能出其不意，"托提拉说，"可一旦消息传开，场面肯定会非常混乱，所有人都会想赶过去。"

镇长点头，"爆发点多半会在这里，"他戳戳地图，"玉米交易所。唯一的出路是铜门，而它相当窄。如果你们的人能在这里把它堵住，在火祭坛旁边，他们就别无选择，只能绕远路，经过制革厂、沿绵羊街往上。我们再派一支阿兰姆·查塔特小分队驻守在这里……"

兹米瑟斯摇头："或许会有至少一部分人爬到墙外，试图从这边这扇门进入，我们不能完全排除这种可能性。"他把指尖放在地图上，"尽管我极不愿意分散兵力，我还是认为明智的做法是部署一道散兵线守住这片区域，两到三个连的兵力。虽然没法挡住他们，但可以拖慢他们的速度，为我们争取时间把马车驶进墙内。"

托提拉热切地点点头，"那么，如果我们留下马车，步行穿越这条小巷……"

兹米瑟斯喃喃道："风险很大啊。"

"应该没问题，"托提拉说，"如果我们派车夫赶着马车继续前进，假装好像要从这条街走……"

镇长说："亚麻场。"

"对，亚麻场。他们看见马车，以为剑手还在车里，于是就会跟过去，而我则领着剑手穿过这些小巷，然后从这里钻出来，几乎就在行会大厅的正对面。如果我们动作够快，不等他们明白过来我们已经平安抵达了。"

兹米瑟斯皱眉。"有一个问题，"他说，"假设你能把他们带进去、关上门，那也仍然有好几千歇斯底里的人围在外头，而你只有一扇门、一把锁和一道门闩去抵挡他们。你的手下仍然困在玉米交易所，而阿兰姆·查塔特则在镇子另一头。到时候谁来阻止他们冲进行会大楼呢？"

议员们对看一眼。"我们来，"镇长说，"当然还有守备队。守备队可以提前在行会外集结，这不会引起多少怀疑，他们会觉得那是理所当然的。所以，等中尉带领剑手从小巷上来，守备队会在这里把他们带进去，并且守住大门，直到你们帝国军从玉米市场赶来。"

苏伊达斯看出奥多按捺不住、很想加入讨论。他伸手按在他胳膊上。

"交给他们，"他悄声说，"不是你的战争。"

奥多犹豫片刻，然后笑了。"说得对，"他说，"不过真好笑不是吗？我们在计划一场军事行动，用来对抗那些真心喜欢我们的人。"

"不过是战略罢了，"苏伊达斯回答道，"你不是说你父亲总这么说吗？一切都是战略。"

奥多点头："我家的一个世交跟我讲过父亲设计追求母亲的故事。完全是《战争艺术》里的法子。问题在于她父亲也读过那本书。洛伊克叔叔说最后那变成了父亲这辈子打得最艰难的一仗。"

苏伊达斯看着他，"但他赢了。"

"哦没错。灵机一动、侧翼包抄，接着是坚定的围城战。似乎还涉及另外一个男人。据我所知他最后被发配去了北边前线。不知道他有没有活下来。"他有点紧张地哈哈笑，"我猜所以才有那句老话：在情场和战场，一切手段都是公道的。"

"不，"苏伊达斯说，"并不。"

计划也可以算是奏效了。镇长保证说暴乱不怪任何人。要托提拉的手下挡住后来估计大约总共七千的人群，同时还不能使用长矛锋利的那头，那实在是强人所难。年轻的扎左下令撤退、避免流血，这是正确的决定。同样的，也不能责备阿兰姆·查塔特朝涌上大街的人群冲锋这件事。他们很可能不大明白情况，他们中的大多数人都还不懂当地的语言；所以，当看上去似乎怒气冲冲的一大群人径直朝他们冲过去，他们的反应是完全可以理解的。幸亏死的人只有寥寥几个，而且谢天谢地受伤的人也很少——这本身就表明阿兰姆·查塔特并无恶意，他们的出发点只是自保。无论如何，现在剑手已经安全进入行会大楼，又有守备队和托提拉的手下把守入口，同时人群虽说没有要散去的迹象，但相对还算平静。不过呢，假如剑手们能好心费点功夫，为大家稍微表演表演，那情形更会大大不同。自然不是正式的比赛，那是太过分了，表演赛就行；毕竟兹米瑟斯不是说他们需要练习么。

"不，"富兰特泽士通报过对方的请求后，伊瑟姿断然拒绝，"绝对不行。"

"我宁愿不要，"季若特说，"自然我是很愿意帮忙的，可是……"

"要不就用钝剑比上几场如何？"奥多建议，"这是不会有什么害处的，对吧？"

富兰特泽士面露失望之色，"恐怕他们想看的不是这个。"

"他们看不出差别的，"苏伊达斯说，"好吧，也许最前排的几个人能看出来。但绝大多数人距离太远，根本不可能看见剑尖上有没有小圆钮。"

"可砍刀怎么办？还有长剑？"

"一样。五码之外你根本看不出剑刃是不是钝的。你可以安排老实本分的人坐满前排——那些当地有头有脸的人，他们是不会惹麻烦的。而剩下的人根本看不见。告诉他们要么这么办要么就什么也没有。如何？"

季若特说："这主意我听着不错。"

"反正总比真剑强，"伊瑟姿承认，"虽说不穿击剑衣、不戴面罩，就算用钝剑比我也没兴趣，除非迫不得已。"

镇长和行会官员不情不愿地同意了，不过对于使用专门的钝剑比赛他们一口回绝，因为（据他们说）那是谁也骗不过的。替代方案是使用真正的武器，只不过磨钝剑尖和刀刃，而且要磨得尽量看不出来。伊瑟姿抱怨个不停，她指出磨过的小剑只比开刃的小剑稍微安全一丁点儿而已，可富兰特泽士露出忧伤的微笑，对她的话置若罔闻。（"真可惜，"后来奥多对苏伊达斯说，"伊瑟姿说的很多事都一语中的，可因为话是她说的，大家就假定那只是无病呻吟，不去听它。当然了，如果她别老是抬高嗓门嚷嚷也会好些。"）她到处找兹米瑟斯，想跟他申诉，但后者又消失了。

"你们想过没有，"在等人磨剑的时候伊瑟姿问，"钱是怎么处理的？"

季若特抬起头，"钱？"

苏伊达斯笑了，"入场费你指的是？我得承认，我的确转过这念头。"

"应该是行会留下了，"奥多说，"作为使用行会大楼的费用。"

"那他们可赚大发了，见鬼。"苏伊达斯尖利地回答道，"乔伊奥兹有多少人来着？九百？一千？钱可不少。"

"不止。我数了座位有多少排，"季若特说，"这种事你最清楚，国内一般是怎么安排的？"

"基本上都是固定的报酬，"苏伊达斯说，"就算没人来看也保证能拿到手。偶尔也可能是从入场费里分成。但我们不大愿意这样。我们喜欢知道自己能拿多少。"

"组织这次巡回比赛政府肯定花了很多钱，"奥多说，不过他的心思显然不在这上头，"也许他们是拿一部分收入抵了花销。"

苏伊达斯哈哈大笑。"咱们瞧瞧，"他说，"食、宿、护卫队、马车，全是佩尔米亚人提供的。你们这群人一个子儿也拿不到。兹米瑟斯是军官，他已经拿了薪水。不，我可看不出来。"

"你是拿钱的。"伊瑟姿指出。不知她有没有注意到周围温度陡降，反正她没有表现出来，"很大一笔钱。"

"当然，这我承认，"苏伊达斯怒道，"否则再没有什么东西能引诱我来——"

"所以也许，"伊瑟姿接着说道，"我们那份都用来支付你的报酬了。"

"我们并不知道佩尔米亚人有没有给我们的政府哪怕一分钱，"奥多赶紧插进来，"所以做这种推测完全没意义。"

"我要去问富兰特泽士，"伊瑟姿说，"因为如果钱换了手，而且全给了他，那可不公平。唔，不是吗？"

苏伊达斯刻毒地看她一眼。"你可以这么想，"他说，"我是唯一一个他们需要给报酬的。你们其他人他们都是免费弄来的，因为各种原因。"

季若特瑟缩了一下。伊瑟姿张嘴想说什么，不过也许恰当的词语尚未发明，而她感到现有的语言难以表达她情感的强度。奥多说："说这个并没有什么用。唔，对吧？"

"你们当然没关系，"苏伊达斯回答道，"你们不需要钱，你们都不需要。

钱自然而然就有了，就好像每次呼吸就有空气。而我们有些人——"

"在拿自己的性命冒险，好让你能大赚一笔，"伊瑟姿说，"而你甚至没有做人家雇你做的事。本来应该你去比那恶心的砍肉刀的。"

"听着，"奥多说——这是他第一次抬高嗓门，其他人立刻就闭了嘴，"我们都不能肯定他们有收入场费。对吧，不是吗？所以这场愚蠢的争论根本毫无意义。而且就像他说的，我们不需要钱。我们应该为此感恩，而不是互相挑刺。"

伊瑟姿瞪着他，"你就没有一点原则吗？"

众人被这话惊得呆了片刻，然后苏伊达斯捧腹大笑。"抱歉，"他说，"可我觉得这一仗你必输无疑。据我观察，小卡努斐克斯大人是很有原则的，就像狗肚子里有虫一样。只不过它们跟你的原则不大一样，没别的。"

"够了！"奥多喝道。然后他又柔声说："请别再说了。如果我们非要为这事大吵一架，那不如等我们平安踏上回家的路以后再吵吧。它能等到那时候的，我非常肯定。"

伊瑟姿耸耸肩，苏伊达斯咧开嘴。"不可思议，"他说，"咱们这位浇灌者的儿子，一心想的却是维持和平。这可不是卡努斐克斯家族的方式，嗯？"

奥多转身盯着他看了好几秒钟才说话："正相反，我的家族一直以此为唯一的目标。当然了，"见苏伊达斯转开眼睛，他又补充道，"我们总是通过将敌人赶尽杀绝来达成这一目标。不过背后的想法才是最重要的。"

结果并没有击剑比赛。原计划季若特和伊瑟姿上第一、第二场，两人等在行会大楼主厅顶层的小前厅，突然富兰特泽士冲进门里，满脸惊恐。他解释说发生了一件可怕的事，街上到处是暴乱分子，大楼里的人已经被疏散，他们绝对不可以出去。

"你说的什么鬼话,可怕的事?"伊瑟姿问。

"我真的不知道,"富兰特泽士说,"但肯定很严重。消息是托提拉告诉我的,他像是吓呆了。依我看能让那年轻人这样的事不会很多。"

季若特说:"你说到暴乱,是因为我们?"

"还是那话,我真的不知道。托提拉准备让他的人在大楼外列队,不许任何人进入,所以我们应该还算安全,只要我们别到处乱走。"他四下一看,仿佛刚刚才意识到什么,"其他人呢?"

"奥多说要抓紧练个十分钟,"季若特说,"比赛用的武器他要找找感觉。苏伊达斯在哪儿只有天晓得。"

富兰特泽士闭上眼,然后重新睁开。"如果他们进来,"他说,"别放他们走。为什么大家就不能老实待着,我真的搞不懂。"

几分钟之后苏伊达斯走进来。他说:"街上有暴众。"

"知道,"伊瑟姿说,"而且比赛也取消了。"

"好极了,"苏伊达斯说,"为什么?"

"因为暴众,"季若特说,"富兰特泽士刚刚来过。发生了不知什么灾难性事件,我们得留在这间屋里。"

"见他的鬼去,"苏伊达斯说,"我要去看看是怎么回事。"

等他回来时,奥多已经游荡归来,看上去神色紧张,像是受了惊吓。"我站在一扇窗前往外看,"他解释说,"有人朝我头上扔了一块铺路的石板。那底下可热闹呢,相信我。我还以为他们喜欢我们。"

"倒不是专门针对我们,"苏伊达斯说,"我从后门溜到街上去了,谁也没想到要派人守着后门,门也没锁。这安保工作真是漂亮。反正呢,好像是当地的一个矿主叫人杀了。我是从没听说过他,不过在这片地方他似乎是仅次于上帝的第二大善人。所以才暴动了。"

"妙极了，"伊瑟姿说，"依你看有人在处理这情形了没有？"

苏伊达斯耸耸肩。"守备队好像跟其他人一起在砸雕像、烧房子。"他说，"托提拉的人守在前头，倒也没人急着要跟他们干仗，所以我们还好。我奇怪的是那些阿兰姆·查塔特跑哪儿去了。如果他们决定对人群出手，大屠杀可就难免了。"

季若特打个哆嗦，奥多问："会有这种事？"

"说不清。他们也许会认定这是政治事件，跟他们无关，或者他们也可能认为他们的职责包括维护治安，要是这样的话街上的任何活物都只能求神保佑了。危险在于他们可能会杀得忘了形，或者也许会有蠢货企图反击，那样的话任何事情都有可能发生。我并不完全确定他们能分清佩尔米亚人、帝国人和斯科利亚人。在他们看来我们长得都差不多。"

季若特不安地挪动身体，"你刚刚说烧房子……"

"我看见离这儿不远的天上有一片橙色的光，想来总不会是日落，"苏伊达斯说，"这个国家的人全是击剑狂，所以我觉得他们应该不会想要烧掉击剑行会，但火这种东西往哪儿烧可说不准。我们真的应该考虑稍微往后门靠近，以防万一。"

于是他们就占领了一间文件储藏室，正好就在通往后门的通廊上。富兰特泽士好容易才找过来，满心不高兴。"我到处都找遍了，"他说，"不是告诉你们留在前厅吗。"

"我们认为制订一条逃生线路比较好，"奥多说，"怎么回事？你打听到了吗？"

富兰特泽士点点头，他找了个包装箱坐下。"有个名叫阿术克的议员被刺杀了，"他说，"兹米瑟斯刚刚告诉我的。他似乎是个很重要的大人物，内阁的资深成员，而且在当地很受爱戴。消息一传出来大家就发了疯。他们只好派了阿兰姆·查塔特去恢复秩序。"

没人说话。过了一会儿门开了，兹米瑟斯走进来。"我们得离开大楼，"他的声音又轻又快，"不会有事的。托提拉派了一打得力部下保护我们，而且小街上也还算平静。"

富兰特泽士的眼睛睁得滚圆，"你确定这么做好吗？"

"比留在这儿强，"兹米瑟斯说，"情形不太妙。基本上镇长已经控制不住局面了。阿兰姆·查塔特在喷泉广场杀人，从那里退回去的人愤怒极了，根本不在乎砸的、烧的是什么。另外，"他静静地补充道，"他们似乎把阿术克被杀的事怪在主和派头上。我不知道这是真是假，但反正这念头已经钻进他们脑子里了，所以按照暴众的逻辑我们已经成了敌方一分子。如果我们留在镇上，托提拉说他无法确保我们平安。要帝国军人承认这种事可不简单。所以我们要走了。别想着回去收拾东西，"他瞟了旁边的苏伊达斯一眼，"等我们到了城墙之外，他们会想办法替我们找个交通工具。"

小巷里静悄悄的。兹米瑟斯举起油灯，季若特看见扎左领着五个帝国兵列队等在巷子里。扎左嘴唇破了，右手上有血迹，有个大兵右肩的盔甲被扯松，落下来挂在腹部上方。每个人都满脸惊恐。

兹米瑟斯问："托提拉在哪儿？"

"他不来了，"扎左说，"抱歉，我只知道这么多。我想现在由我指挥了。"

兹米瑟斯皱眉，然后季若特看见他把这消息抛开，"你准备带我们走哪里？"

扎左飞快地念了一串街名，兹米瑟斯似乎感到满意。他点点头，于是六个帝国兵形成一个方阵，把剑手围在中间。"等等，"苏伊达斯说，"我们都没带武器。如果情况真有那么糟……"

兹米瑟斯摇头。"我们在外国的土地上，"他说，"我们不参加战斗。所以才有这些士兵。如果你们中的一个杀死了佩尔米亚人，哪怕是出于自卫，那也是灾难性事件。"

"噢行啊！"伊瑟姿怒道，"那要是佩尔米亚人杀死了我们中的一个又是什么？"

"令人深感遗憾，"兹米瑟斯说，"好了，我建议行动起来，趁街上还没人。"

摸黑走在方阵里很困难。季若特两次踩了前面那人的脚后跟，对方一声没吭。他们靴子的声音听起来吵得吓人，而且是周围唯一的动静。有那么一会儿工夫季若特心里冒出个念头，觉得整件事是个巨大的恶作剧——根本没有暴乱、暴众、燃烧的房子，过一会儿扎左和兹米瑟斯就会捧腹大笑，说他们上当了。但紧接着他就想起苏伊达斯和奥多也看见了暴众，还有扎左脸上还受了伤。他们不会伤害我们的，他告诉自己，我们又不是这儿的人，发生的事不可能跟我们扯上任何关系。他想问还要走多远，可又不敢作声。

奥多戳戳苏伊达斯的胳膊，"我猜你外套底下大概没藏着两把砍刀吧？"

"没有，"苏伊达斯直视前方，"只有一把。"

"喔。我本来是开玩笑的。"

"当真。"苏伊达斯压低嗓门，"在我们和凶残的暴众外加阿兰姆·查塔特之间只隔着半打蓝皮肤，我倒看不出有什么好笑。"

"兹米瑟斯不是说了吗……"

"去他的。"

他们往右转、然后往左转、然后又左转。他们穿过两栋大楼之间的院子，看见三具尸体躺在鹅卵石路面上：两个男人一个女人。其中一个男人少了一条胳膊，不过害他丧命的大概是脑袋上的伤。谁也没说话。

过了一会儿——季若特完全说不清是多久——兹米瑟斯说："我以为你说要带我们走王后巷。"

扎左回答道:"这就是王后巷。"

"不,这不是。这是窄门。王后巷在那边,左手边。"

停顿,然后:"你确定?"

"没关系,"兹米瑟斯的声音锐利又紧绷,"我们可以从制革厂背后穿过去。这样就能从刚过孤儿院的位置走上王后巷。"

"你能确定吗?我以为——"

"你对这个镇子有多熟,中尉?"

"事实上我是第一次来。不过我看了地图……"

兹米瑟斯坚定地说:"下个路口左转。"

制革厂的后门被推倒,季若特看见人行道上有几枚硬币,被油灯一照闪闪发亮。他猜想扎左也看见了,于是没吭声。

他们转上了一条宽一点的街道,护卫加快了脚步。不知为什么,街道变宽让季若特感到比较安全,虽说他明知不该如此——街越宽就越可能是主干道,因此也就比较可能遇到暴动者,或者遇到前往某处部署的阿兰姆·查塔特。他费了很大力气不让自己去想它,可他的胃开始收紧,膝盖软弱无力,就好像得了重感冒。他往后瞟了一眼,看见油灯照亮了奥多的脸,至少是奥多的半张脸。他看起来好像只有十二岁。

"到顶上再左转,进入旷野路。"兹米瑟斯说。他的声音听起来比刚才欢快,几乎有些兴奋,"如果我没记错的话,马房就在旷野路和制桶巷交会的那个拐角。"

扎左没回答,季若特猜想他根本不知道自己在哪儿。然后兹米瑟斯说:"该死,这是棉花街,我们是往哪儿——"他的声音戛然而止。路上站着一帮人,至少有两打,全都看着他们。

扎左立刻止步,伊瑟姿撞上去,害他打个趔趄。"后退,"兹米瑟斯焦急地说,可扎左回答道:"最好别。"他们前面的人群没动弹。

"我是军衔最高的军官,"兹米瑟斯说,"后退,马上。"但扎左朝自己肩膀后方点点头。季若特扭头一看。更多人从他们背后来了。

扎左深吸一口气。"我来应付他们,"他说,然后又添上一句,"请让我来。"兹米瑟斯一言不发地退回原来的位置。

前面的人——季若特这才发现里面有男有女——仍然没动。他们看着那几个士兵,仿佛这辈子也没见过这种东西。季若特明白过来,这仿佛是某种机械机制,如果我们不动,那他们也不动;但我们的任何动作都会推动他们,就好像凸轮带动轴承释放弹簧。要是我们以为自己是在跟人类打交道,那将是可怕的错误,或许是最糟糕的错误。这里没有理性可言。这是机械,是象棋。而我们不可能永远留在这儿。

也可能可以。时间似乎放慢了脚步,而恐惧——它并没有离开,这是没指望的——但它变异了,变成一种强烈的、让人生疼的专注。季若特发现自己的视觉和听觉都更加敏锐,他能看见对方面部和衣服的细节,听见远处一只狗的叫声。他听见面对他们的那群人里有个女人哈哈笑。他立即想,*没关系了,他们会让我们通过的*。这时他看见一个男人弯腰捡起了什么东西,也许是他刚刚掉地上的。那人直起身向前走了一步,然后把右臂拉到自己背后,再从肩膀上往前一甩。季若特看见那东西在空中划出大弧线、打着圈儿朝他们飞来。无论那是什么,它都在隔他们老远的地方就落了地。只听一声粗重的声响,仿佛石匠的铁锤敲上了石头。人群里有几个人发出欢呼,仿佛取得了某种胜利。他听见扎左说:"稳住。"声音快快不乐。然后他好像钻进了扎左脑子里,仿佛年轻的少尉是在用季若特的脑子思考。*他们没带武器*,他的思路是这样的,*他们是平民,不过是乌合之众。全副武装的士兵冲上去他们是不会守在原地不动的。他们会逃跑,然后一切就都解决了。*

　　季若特能跟上他的思路，但他知道对方想错了。他想大喊一声，别，停下，但他的嘴巴没法工作。他感觉到这个决定在扎左脑中成形。

　　"听我数到三，"扎左说，"所有人聚拢。一……"

　　扔石头的人再次弯腰，正准备再捡个什么东西来扔。"二、三。"季若特终于发出了一点声音，但还不等它变成话语，他就感到有人在他腰上猛推了一把，他发现他自己开始奔跑，为的是不被后面的人踩踏。

　　扔石头的人没有立刻发射。在他身后，人群的动作十分奇怪：站在前排的人想往后退，站在后面的人在向前挤，想看得更清楚些。扔石头的人甩动胳膊，季若特眼看着一个小点变成了一个形状，又变成了一个腌核桃的罐子（真是蠢得没边了），就跟家里的那种一模一样。好吧，当然了（它打着转飞过来，越变越大），因为它们都是从西帝国运来的，所有的核桃来自西帝国。罐子的速度衰减，仿佛停在空中不动了。它开始下落。季若特把头扭开，他听到碎裂的声音，有什么东西嗖嗖地从他面孔旁飞过，他脸上一阵刺痛。

　　他抬头看，发现扎左头盔一侧染上了红色的尘土和亮闪闪的液体。他意识到那是罐子里的醋。扎左似乎压根没感觉。人群正在把自己压扁：前排手忙脚乱地想要逃开，后排还想往前挤，把中间的人压得动弹不得。不，停下，季若特想。那感觉就像是坐在失控的货车上朝一堵墙直冲过去。你这蠢货，你看不出来吗，我们要撞上了？

　　然后他的下巴撞上了扎左头盔的背面，又有某个重得要命、硬得要命的东西撞上他的背。他感到自己的肋骨收紧，肺里所有的空气都被挤出去，就像是水被从海绵里挤掉。他想吸气，可是他的肺太空了。某种液体溅到他脸上，直接落进了睁开的眼睛里。他看不见了。前方的障碍松动，他向前冲。有什么东西打中了他的脸。他疼得无法思考。

又来了，苏伊达斯心想。

就在撞击之前，他尽量侧转身体，用肩膀去受力。这是他很早就学会的一课（当你被安排在队列第二排时应该怎么做），又因为这个动作完全出自本能，所以他还有时间去思考。比较成问题的是空间，所有人都挤在一起，你什么事儿也干不成。唯一的解答就是制造空间，通过一切必要的方式。

完全出于巧合，冲击力将他的右手往下推，越过了他的腰。他的手指撞上了卡在皮带底下的砍刀的刀柄。他决心抽刀的时候并非有意识地抉择，更像是有人抓住他的手，让他手指合拢在刀柄上。然后他的胳膊就接管了控制权。

他没有往下看，因为他不想把眼睛从周围的情况上挪开。在他正前方是一个背对他的佩尔米亚人，穿着蓝色外套，大概就是踩着他脚的那一个。他看也不用看就把砍刀的尖端压在蓝外套上，再稳稳地往里推送。他听到一声尖叫，并推测这就是刚刚行动的后果。蓝外套倒下了。他往旁边一拉抽出砍刀，等刀脱出以后，惯性让他的胳膊正好来到一个适宜进攻的位置。他眼前是一个男人的脑袋侧面，光秃秃的峰顶、灰色的山坡。他一刀砍下去，又准又狠。

季若特跟一个老头面对面。老头嚷嚷着什么，这时一把刀切开了他的头，他就死了。

人群仿佛在抽搐——有事情发生了，可季若特看不见到底是什么——人群向内收缩，仿佛吸气时的胸膛。死人失去支撑、向前翻倒，最后落在季若特的肩膀上。他眨眨眼（他的眼睛仍然被那种又热又黏的东西糊着）、扭动身体想把死掉的东西从身上弄掉，就好像对方是只蜘蛛。然后肯定有人踢到了他的小腿，他站立不稳往前倒，脑袋撞上了另一个脑袋，后者尖叫起来。

他用自己的左胳膊乱抓，抓住的那东西扭来扭去，但还不足以把他甩掉。他站在一个凹凸不平的柔软物体上，那东西也在动。地面是由人构成的，他心想，这念头实在可笑极了。

富兰特泽士彻底昏过去一两秒钟。等他睁开眼睛，正好看见一个拳头直奔自己而来。他奇迹般的把脑袋挪开了。挥拳的人撞到他身上，失去平衡向前冲，可是并没有足够的空间供他倒地。

他看见伊瑟姿一面尖叫一面抬起一只手挡在自己的脸前面。一个佩尔米亚人在挥舞砍刀，并不是专门针对她，只不过是随意乱挥，就好像修剪黑莓丛，只不过她正好在他跟前。奥托一步踏到她身前，填满了佩尔米亚人挥刀所需的空间。那人的手而不是刀刃落到奥多肩膀上。奥多抓住对方的胳膊。他想夺下砍刀，而佩尔米亚人则想挣脱。不知什么地方有个女人号叫起来。在他身旁，有个蓝皮肤想从剑鞘里拔出剑来，可是根本没有拔剑的空间。

一只手从不知哪里冒出来，从他脸上拖过去，真叫人恶心。他一口含住一根手指的指尖，用尽全力咬下去。

等苏伊达斯意识到问题出在哪里时，他简直想哈哈大笑。扎左冲锋时，人群之所以没有四散奔逃，是因为他们根本无处可逃：他们背靠着一堵墙。扎左等于是想挤压固体呢。

他能意识到这一点是因为他从人群中砍出了一个洞。见了鬼了，他盯着那堵墙想。这时一个女人想挠他的脸，于是他只好先去对付她。他心里琢磨：现在怎么办？

还有一个困难：天色太暗，几英尺之外就再也看不清楚，几英尺以内也只能看出大概的轮廓而非细节。他费尽力气杀出的那条路开始合拢，把他困在了远离其他人的地方。他听到一个女人的尖叫，像是伊瑟姿的声音。他感到了过去熟悉的疼痛，那种发自内心的痛楚，短暂而尖锐，提示他自己又失去了一个同伴。紧接着他专注力大幅提升，因为他的头脑自动压抑了那个事实。他心想，我得出去才行。往前往后都走不通，那就只能往旁边走。

他突然感到非常、非常疲惫。他不知道人群向左右延伸出多远，所以他做了一个有意识的决定：往右走。因为他是右撇子，向右挥刀更容易些。他抬起砍刀时能感觉到刀把抵住了刚刚生出的水泡。正因为这个，有些人会戴手套，但他不喜欢手套。戴着手套是没有多少控制力可言的。

一个长胡子的男人把脸转向他喊了一句，他没听清。那人似乎并不太害怕，反而很愤怒。就好像在责怪苏伊达斯什么。这可太荒唐了。见他的鬼，他想，你越早开始就越早完事。他选中目标，砍刀挥出。

苏伊达斯·德泽尔原本不想去打仗。当时他年方十五，舅舅跟他提过，只要他勤勤恳恳干活、掌握这门生意，那么等时候到了就可以继承马房、马匹和货车。那是一个舒适稳固的未来，他对此十分期待。

因为之前有过相关经验，他们把他分到了运输部队。也对。既然军方同时征用了马匹、货车和车夫，逻辑上倒也说得通。舅舅当然是气得要命，不过他安慰自己，小苏伊达斯不会有事的，毕竟他只不过是运送一桶桶面粉到距离前线很远的补给站，不大可能会遭受什么伤害。

然而卡努斐克斯将军打出了大战中极高明的一仗，把骚扰补给线的那伙阿兰姆·查塔特孤立、全歼。佩尔米亚人另找了天晓得来自哪里的阿兰姆·查塔特替代原先那伙人。过了好久新来的阿兰姆·查塔特终于抵达，他们属于不同部落的不同派别，而且他们解读命令的方式也不大一样。命令要他们瞄准将食物和装备带给卡努斐克斯麾下第五军的补给线，然而他们却把这些富有战略意义的目标抛在一边，跑大老远去非军事区甚至斯科利亚境内劫掠。这些行动并没有多少军事价值，造成的损失和动荡也在可接受的程度内。将军要考虑更重要的问题，对付这些阿兰姆·查塔特的任务就下放到了师级。然而师级也没人清楚事情归谁管：这不太像是机动纵深防御，快速反应也压根不想沾手，公路维护则愤怒地驳斥说自己是工程兵、不是金光闪闪的骑士。最后命令一路往下飘，落到了交通部门一个资历尚浅的上校桌上，后者手头没有相应的权力，对此一筹莫展。

墙的尽头有扇拱门，门后是又长又窄的长方形院子。他跌跌撞撞冲进去，迎面撞上一组台阶。他"噢"的一声向前摔倒，前臂着地。随之而来的疼痛让他知道自己擦伤了膝盖和胳膊肘，这是他当晚第一次受伤。

他挣扎起身，用光了最后一点力气。他在黑暗中摸索，终于找到砍刀，然后一屁股坐在最底下的那级台阶上。这种事不该再落到我头上，他心想：我已经服了兵役、去了一趟佩尔米亚又回了家。但是肯定有什么地方出了岔子，因为我又回来了：回了佩尔米亚、单打独斗、拿着一把砍刀。就好像我从没离开过。

他应该站起来开跑，但他做不到。擦破的膝盖是很合理的借口。待在这儿喘口气——他知道自己的做法大错特错，他违反了大脑的直接命令，准要捅出大娄子；可管它呢，他一辈子都尽力去做合乎情理的选择，就为了能活下来，可看看他如今什么下场。

有人来了。他伸手去抓砍刀，一时没找到；他惊慌失措，直到手指合拢在刀柄才平静下来。就好像爱得发狂的年轻人在摸索女朋友的手，以确保她还在身边。集中注意力，他告诉自己。他纹丝不动。

"噢拜托，"黑暗里有个声音说，"行行好。"

苏伊达斯像猫一样咧开嘴，他等了一会儿，直到时机恰到好处，然后他说:"当心台阶。"

他听到对方猛抽一口气，紧接着是一声短促的尖叫。这时奥多已经很近了，连脸都能看见。"苏伊达斯?"

"是我。"

"谢天谢地。"

奥多站直身子。他两只手里都抓着东西:右手是砍刀，左手是伊瑟姿的手腕。她是被他拖着走的，活像一麻袋谷子。"其他人……"

苏伊达斯摇头，这是对死者的传统礼仪。"你怎么样?"

"我自己也不知道，"奥多的声音有些含混，被他下意识捏在手里不放的砍刀正往下滴血，月光一照闪出湿漉漉的光，"我们现在怎么办?"

"好问题，"苏伊达斯身体略微前倾，"伊瑟姿? 你还好吧?"

奥多代她回答:"她受了点惊，不过没什么大碍。我们看见有条缝，就冲过来了。"他深吸一口气再吐出去，"我们真的应该离开这儿。"

"行。你想去哪儿?"

"唔，回去……"

苏伊达斯摇头。"我们离开的时候行会大楼已经被围住了，"他说，"疯了才回去呢，再说我们根本找不着路。也不能去找当局，恐怕原先管事的人不会剩下什么了。据说有辆马车在某个地方等着我们，可我一点也不知道那地方在哪儿。我浑身是血，估计你也一样，所以想不惹人注目都难。除非情势改变，否则明智的做法是假定遇到的所有人都是危险的敌人。"他停顿片刻，然后补充说，"那好吧，换了你老爹会怎么做?"

"尽快出城，我猜，"奥多用"累到懒得跟你吵"的口气回答道，"你怎么想?"

"没想法。我什么也不知道。"

奥多沉默片刻，然后他说："好吧，这院子是朝北的。"

"是吗？"

"我觉得是。我只稍微瞄了一眼地图，不过我是那种看一次就能记住的人。我认为我们离镇子北缘已经很近了，所以继续往北走应该能出去。很快就能知道有没有走对，因为前头有条运河。如果我们在大约半英里过后横跨运河，那就说明走对了。"

"了不起，"苏伊达斯说，"好吧，你来当军官好了。准备好了？"

他站起来。奥多看见他手里拿的砍刀，似乎这才想起自己手里也拿着刀。"我们应该把它们扔掉，你觉得呢？"他说，"扮成受害者比较好。"

"想都别想。"苏伊达斯乐呵呵地回答道。他把砍刀别在皮带底下，拉过外套把它罩住，"既然我留着我的，你干脆也留着你的。行了，咱们出发。"

他们穿过院子从另一扇拱门下出去，来到一条宽阔的街道上。街上一个人也不见。"见鬼，"苏伊达斯嘟囔道，"走哪儿？"

"嗯，"奥多回答道，"我一时想不起街名，但我觉得这条街是直通向镇外的。如果我没记错，很快就会有座桥。"

他们一言不发地走了一阵，伊瑟姿活像是疲乏的老狗，被绳子牵着跟在他们身后。苏伊达斯说："你看过地图。"

"在行会大楼。他们随手乱放，我就瞟了一眼，出于一般性的大原则。我喜欢知道自己在哪儿。"

"遗传，"苏伊达斯说，"此时此刻我对它深深感恩。这好像就是你说的那座桥。"

"妙极，"奥多说，"看来我们确实走对了呢。"

过了一小会儿奥多说："那时候一错眼，季若特和其他人就不见了——"

"别想了，"苏伊达斯说，"不是你的错。"

他们又默默走了一阵，奥多突然停在原地。

苏伊达斯问:"怎么?"

"看。"

借着月光，苏伊达斯唯一能看见的只是一排排木桶，"看什么?"

奥多前进几步又再次停下。他兴奋地说:"木桶。"

"我看见了。你什么毛病?"

"木桶。也就意味着制桶匠。制桶巷。"

"你说的什么东西，我一点也没明白。"

"马房，"奥多说，"就在旷野路和制桶巷交会的拐角。我听见兹米瑟斯这么跟那军官说的。"

"什么乱七八糟的!"苏伊达斯喝道。可奥多已经在到处乱瞅，"我们刚刚走的那条路，"他说，"肯定就是旷野路。我想起来了，旷野路从马戏场一直通往北门。"他像小男孩一样哈哈笑，"我们绕了正方形的三条边，"他说，"本来已经快到了，就在刚才……"

"你确定?"

"瞧。"

前头有一块黄色的小方块:一扇窗。奥多抓起伊瑟姿的手把她往那边拉;苏伊达斯跟上。在亮着灯的窗户旁他们发现了两扇高门，借着门里透出的光线他们看见铺路石上有散落的干草，还有一堆东西无疑是马粪。

奥多说:"马房。"

"开玩笑吧。"苏伊达斯喃喃道。他从奥多身旁挤过去，握紧一只拳头用力砸门。接下来的片刻四周毫无动静，可怕极了，然后他们听到脚步声。门打开。"你们来了。"一个声音说。是兹米瑟斯。

兹米瑟斯说:"你们不该一下子就晃得没影了。"

这回的马车比之前的轻便马车更大、更重,还有更多装饰。座位是红色的皮革,门上还绘着徽章。车里一股子霉味。有两匹马已经套在车辕上,正等着马夫牵出排头的两匹马。

"你们走了以后,"兹米瑟斯正说着,"阿兰姆·查塔特来了。情形就变得有点难看。"他耸耸肩,表示"这种事也难免","我把富兰特泽士和季若特弄出来,就径直朝这儿来了。"

"那个什么少尉……"伊瑟姿忘了他的名字。

"扎左,"兹米瑟斯说,"多半没能逃出来。你瞧,阿兰姆·查塔特并没有立刻发起冲锋,他们先待在外围放了几轮箭,把人打散些。天色很暗,这不消说,所以他们根本不知道自己在射谁。我们就是那时候离开的。当然,我们听到冲锋的声音了。真是气数,"他补充道(季若特不禁好奇,在这么一个时刻他是从哪儿信手拈来这么一个词),"他们搞出那么大乱子,谁也不会留心某些尸体上的刀伤并非来自头顶上方。"他责备似的看了苏伊达斯一眼,发现毫无效果,于是就转向奥多,后者低头看脚。"这回的事我们就不再谈了,"他接着说道,"但我请求大家,今后——"

"等等,"苏伊达斯打断他,"你觉得今后还会发生这类事情?因为如果是这样……"

"就我所知这只是孤立的事件,"兹米瑟斯说,"源于一次极端行为和特殊的地方形势。不过呢,假使再发生类似事件,我相信你们不会再像今天这样了。我的意思表达清楚了?"

苏伊达斯给他一个难以解读的表情。奥多嘟囔了一句什么,大概是道歉。

伊瑟姿说:"要不是奥多把我拉走——"

"你就会像我们其他人一样被阿兰姆·查塔特搭救。而现在在我看来这件事就这么结束了。我建议有空的时候大家都好好反思,从中吸取显而易见的教训。"

"抱歉,"季若特打断他,"我们的东西怎么办?"

大家沉默片刻,然后苏伊达斯哈一声笑出声。兹米瑟斯不理他。

"如果你们的个人物品在对行会大楼的进攻中幸存下来,并且有机会让人去取的话,我自然会安排。不过目前我们必须假定它们已经遗失。不必担心,我敢说我们的主人会很乐意提供替代品的。"

"那些当兵的呢?"伊瑟姿问,"扎左手下的其他人。"

"不知道,"兹米瑟斯轻快地回答道,"啊,看来马车已经准备好了。没有护卫,恐怕,不过这或许不是坏事。这种时候带着士兵只会引来注意。"

车夫是个秃顶的老头,穿了一件硕大的外套。他带着一个约莫十四岁的男孩坐在车厢顶上,多半是他孙子。男孩在吃苹果。

苏伊达斯关上门,马车启动。苏伊达斯问:"我们去哪儿?"

"从北边出城,"兹米瑟斯回答道,"然后穿过小路往东走,直到走上往东通往美特的主路。大约五英里之后有个驿站,在那儿我们可以找人去前面送信,要一队护卫。"

季若特很想知道托提拉中尉怎么样了,但是问也没用。他意识到扎左少尉,或者还要加上托提拉中尉,外加不知多少护送他们的蓝皮肤,这些人都为了保护他而死掉了。这念头简直不可思议。当他比较年轻的时候,有时也会犯起浪漫劲儿来,幻想为朋友献出生命是多么的伟大。他详细地想象过一两次,设计了各种场景以符合戏剧化的要求。在这些小故事里时间总是很充裕——有意识地抉择、高谈阔论、永别、临终遗言。然而人竟然可能落入这样的境地，事情突然逼到眼前，你都没时间去理解到底怎么回事，这时却要求你为一个彻头彻尾的陌生人牺牲性命，在他看来这想法实在怪异。他暗想：是否在某一时刻，扎左、托提拉，或者他们中的随便哪个人，他们意识到了自己要葬送在这回的乱子里？他们有没有看到逃命的机会，并出于高尚的动机放弃了？又或者死亡仅仅是像洪水一般扑面而来，远处看不见的堤坝决口、他们被席卷而来的大水冲走、根本没机会选择？当然了，如果你是大兵那自然另当别论。按理说你是受过相关训练的，或者最少最少你早就通盘考虑过，并认定这事（不管这是什么事）值得为它承担风险。保护并服务弱者和无辜民众，反正就是诸如此类的东西。而一旦你做了决定、签了名字、拿到军服，那么人家就假定你对未来可能遭遇的一切都是同意了的。毕竟现在是和平时期，不愿意的话谁也不必参军。可即便如此……他忍不住想象扎左少尉在无敌骄阳的天庭做最后的报告——*我死了，是为了季若特·布锐埃纽斯能活下去*——而在扎左周围挤满了天堂里的大、小天使，他们全都盯着他，就好像觉得他脑子不大好使似的。

苏伊达斯问："怎么停车了？"

这问题很傻，兹米瑟斯也就没理会。他站起来，从奥多身上倾身过去拉下窗户；后者一动没动，却成功地将身体缩到了平时的一半大小。片刻之后兹米瑟斯重新坐下。

他说："不知道。"

伊瑟姿说："那你不觉得你该去弄弄明白吗？"

兹米瑟斯叹口气，他再次站起来，从奥多脚边挤过，爬出马车外。过了很久他才回来，这期间谁也没说话。

"车夫说他只准备走到这里为止，"兹米瑟斯道，"他想把我们留下，自己

225

回镇上去。我告诉他这是不可接受的。"

"然后呢？"

兹米瑟斯说："他就坐着。"

苏伊达斯说："我去跟他聊聊。"

兹米瑟斯回答道："这恐怕不是什么好主意。"

奥多建议："我们可以给他钱。"

"我们没钱，"富兰特泽士喃喃道，"对吧？"

"很不幸，确实没有，"兹米瑟斯说，"我觉得我们别无选择，只能坐等。迟早会遇到巡逻队——我们终于上了主路——我会让指挥官征用这辆马车。那之后应该就没问题了。"

"要是他决定把我们拉回……"季若特意识到自己已经忘记了那个镇子的名字，"拉回我们来的那里。那个，他是那儿的人，所以——"

"见他的鬼，"苏伊达斯突然说，"我去跟他谈。"

"坐下，"兹米瑟斯厉声道，过了一会儿苏伊达斯瘪下去，就像被从火上拿开的滚水，"让我提醒你，"兹米瑟斯又说，"现在是和平时期，我们身处友邦。拿剑尖解决交通问题不是可接受的行为。"

伊瑟姿抱怨道："可我们总不能就干坐着。"

"恰恰相反，"兹米瑟斯斥道，"我们没有任何办法，除非你愿意下车走去美特。不过我不建议这么做。这条路是由阿兰姆·查塔特巡逻的。我有官方的文书，他们会尊重。恐怕我并没有多余的副本可以借给每个人。"他停下来——季若特几乎能听见他在从一数到十，"我们就安安心心地坐着，直到巡逻队来，好吧？到时候问题就解决了，我保证。"

"好么，"苏伊达斯怒道，"那如果他像季若特刚刚说的掉头回城去怎么办？"

"那么我全权委任你爬到车厢顶上割开他的喉咙，"兹米瑟斯愉快地说，"但他不会。因为我告诉他如果这样我们就不付钱。"

"可是我们本来就没法付钱给他，"伊瑟姿几乎是在尖啸，"我们本来就没——"

"拜托，"兹米瑟斯满脸疲惫，"别那么大声。这事他又不知道。等巡逻队找到我们，马车就会被政府征用，费用也就不是问题了。我完全承认，"见伊瑟姿挥舞胳膊比画出绝望的手势，险些把车门砸穿，他便补充道，"如今的情形远远说不上理想，却是在控制中的，而且过不了太久我们就能继续上路。在那之前我们必须保持耐心和平静。就这样而已。"

大家沉默良久，最后奥多说："上校，等我们到了有光照亮的地方，我希望向你挑战象棋。我觉得你会是强劲的对手。"

伊瑟姿咯咯笑。兹米瑟斯说："恐怕你会轻松获胜的。我棋艺平平。"

"当真？"苏伊达斯弹弹舌头，"我还当你准是大师级的战术家。"

"的确。而黄金法则就是不打赢不了的仗。除非我确信能伏击对手的棋子，在它们摆上棋盘的路上就把它们像绵羊一样宰掉，否则我是不会同意比赛的。"

先是高强度的恐惧，接着又是同样高强度的无所事事，季若特睡着了。马车外的说话声把他吵醒。

"嘘，"苏伊达斯嘘他，"是他们。阿兰姆·查塔特。"

季若特拼命去听。他能听到声音，但分辨不出任何词句；兹米瑟斯似乎很开心，偶尔还哈哈笑，另外一个声音仿佛音乐一般，音调很高，语速飞快。感觉倒像是老朋友久别重逢。

"不是巡逻队，"苏伊达斯轻声说，"他们是从镇上来的，来找我们。"

季若特突然浑身发冷。他仔细听兹米瑟斯的声音，再结合他对这人的了解，他判断对方正在进行一场高水准的表演，十八般武艺全用上了。但他不知道表演的目的何在，是想说服阿兰姆·查塔特不要逮捕他们还是哄对方护送他们去美特。他只知道一件事：在这一刻，为了那个特定的目的，他看重兹米瑟斯超过世上任何人。

过了很长时间，他听见兹米瑟斯和那个声音一起哈哈大笑；紧接着门开了，兹米瑟斯爬进车厢。他随手关上门，坐下来拉过外套紧紧裹住身体。

"如何？"

"没事了，"兹米瑟斯说。他的声音变了，显得疲惫，甚至像是受了惊吓。

"他们到底是想？"

"好几件事。首先城里发生了一起事件，在距离马房不远的地方，有六个帝国军和三打佩尔米亚人被杀，他们想知道我们对此能不能提供什么线索。"他停下来喘口气，"我说我对此毫不知情。总之他们准备要征用马车，而且要跟我们一起走，至少同行一段路。他们已经派了人去前头通知巡逻队。"就在这时马车开始向前走，"看来他们把自己的独特魅力用在咱们的车夫身上了。"他补充道，"我警告过车夫的，可他不肯听。"

他们在黎明前不久遇上了巡逻队。季若特被喊声惊醒。马车猛地往前一冲，又像撞上墙似的停下，把他甩到奥多腿上。谁也没说半个字。

过了一会儿喊话结束，他们只能听见许多匹马飞奔离开的声音。随后有人用力敲门。兹米瑟斯默默地起身走出去。他去了相当久。

回来以后他跟大家解释了情况，他们第一次听到他如此紧张。他说发生了一点小小的误会。巡逻队——

苏伊达斯说："阔塞尔哈特兹。"

　　兹米瑟斯用力把头一点:"正是。不同部落,"他接着说道,"事实上这完全是概念错误,但我们先不去纠缠细节了。部落至少有一打,查塔特只是其中之一,但我们管他们所有的国家都叫阿兰姆·查塔特,主要是因为这是我们唯一能念得明白的名字。总之镇上的卫兵是阿兰姆·查塔特,这儿的巡逻兵则是阿兰姆·阔塞尔哈特兹。这两个部落一向不对付。虽说双方都受雇于佩尔米亚人,但这个理由完全不足以阻止他们互相斗到死,全看他们乐意。"他深长缓慢地吐气,"幸亏巡逻队的数量超出咱们的护卫三倍。从胜算上看不公平,"他解释道,"所以巡逻队不能挑事,除非查塔特主动进攻他们才能还手。而查塔特差点就动手了,"他的声音略有些颤抖,"不过他们的队长说不行,因为他们的首要职责是把——呃,我们,把我们交给巡逻队,因为这是上头的命令。工作先于享受,可以说是。当然了,要是反过来就完全不同了。查塔特是不管胜算公平原则的,只有阔塞尔哈特兹才遵守它。了不起的民族,"他深有感触似的加上一句,"不过复杂得很。"

　　马车继续前进。伊瑟姿问:"把什么交给巡逻队?"

　　"抱歉?"

　　"你刚刚犹豫了。本来你准备说什么的?"

　　兹米瑟斯耸耸肩。"好吧。从技术上讲我们现在是俘虏。护送第三方俘虏是重大的职责,"他抬高嗓门盖过伊瑟姿愤怒的咆哮,"优先于部落世仇的义务。如果我们只不过是尊贵的客人,那他们就非攻击阔塞尔哈特兹不可了,而我们现在也全都没命了。没关系的,"他接着说道,"等到了驿站我就把这事理清楚。"

　　"好得很,"苏伊达斯轻声说,"那么,我们到底算谁的俘虏?"

　　"阔塞尔哈特兹,"兹米瑟斯说,"命令是把我们交给巡逻队。他们已经照做了,因此阔塞尔哈特兹必须接收我们。他们是不大乐意,不过他们会遵命行事。"

奥多清清喉咙。"哪个驿站?"他问,"肯定不是你之前说起的那个,好几个钟头之前就已经过了。"

"很对,"兹米瑟斯说,"是路上的下一个驿站。之前的那个两天前被阔塞尔哈特兹烧成了白地。"

好长时间没人开口。然后苏伊达斯高高兴兴地说:"知道吗,我很高兴大战已经结束了。如今从一个地方旅行到另一个地方,压力减轻了好多呢。"

10

驿站是白色的方形建筑,屋顶是平的,就坐落在路边,在两面峭壁之间那一英里宽的平地上。房子周围没有任何附属的场坝、院子、花园,所以活像是被人无意中扔在那里的,类似货车上落下的木头箱子。远远看去它不过是间小茅屋,但越是靠近它就越大。伊瑟姿说:"简直跟新年神殿差不多呢。"季若特想了想,然后说它多半还更大些。

奥多说:"作为中转站,它确实显得相当宏伟了。"

兹米瑟斯打个哈欠。"原先是大教堂来着,"他说,"建在一座城市的中央广场上。"他坐直些,伸手指向窗外,"看见远处那条线了吗? 好几百年前那是一条河。这片平原曾是佩尔米亚的粮仓。但是河改了道,城市就被遗弃了,现在连它的名字都没人晓得,就只剩下了那东西。帝国拿它作关栈。佩尔米亚人接手以后本来想把它拆掉,可它太大了,他们也就放弃了。大战期间这附近还打过一场仗。"

"瑟蒙,"奥多说,"也就是说这里肯定是……"

"非常正确，"兹米瑟斯赞许道，"这是旦泽的瑟蒙。不是你父亲打的仗。"

奥多问："我们打败了，对吧？"

"这名字有点耳熟，"苏伊达斯说，"不过我从没加入过第三军。"

马车停下，苏伊达斯打着哈欠伸展身体，兹米瑟斯越过他伸手开门，"上回听说这里驻扎着一个小队的帝国军。没准我能说服他们带我们去美特，比阿兰姆·查塔特强。我尽力，不过我说，别抱太大希望。"

驿站大门少说有十二英尺高、六英尺宽，绿色的青铜上装饰着浮雕饰带——人头、有翼的狮子和鸟头的人类。就在门的正中央，有人用树胶粘了一块木板在门上。木板上写着用另一扇。兹米瑟斯径直走到门前，用指尖轻轻一推。门开了，非常顺滑，一点声音也没有。"在这儿等着，"他对把自己夹在中间的两个阿兰姆·查塔特说。奇怪的是那两人竟显得很紧张。说完他就走进门里。

"你们发现了吗，"奥多轻声说，"车夫换了。"

季若特往后看。车厢顶上坐着一个老头，外套比他的个头大了两个号。但他不是在马房接上他们的那个老头，而且他身边也没有十四岁的孙子。

"好吧，"片刻的沉默过后苏伊达斯说，"另外那个车夫不肯继续走，于是他们就换了一个。"

"什么时候换的？"奥多问。"阿兰姆·查塔特的巡逻队总不会带着后备的车夫以防万一吧。"

"中途我们确实两次停下打水，"富兰特泽士温和地说，"也许是那时候换的。"

伊瑟姿指出："两次都是在荒地里。"

富兰特泽士叹气："你想暗示什么？"

"我没暗示任何事，"奥多说，"我只是想提一提，万一有关系呢。"

季若特意识到阿兰姆·查塔特聚集在一起，正好把他们和马车隔开，心里不由得有些不安。那些人在用一种轻柔的高音彼此交谈。苏伊达斯说："我感觉他们似乎不大乐意进那房子里去。"

伊瑟姿悄悄说："他们什么时候走了我才是要开心坏了。"

"你会开心的。啊，他回来了。"苏伊达斯说。门开了，兹米瑟斯走出来，"如何？"

"这里驻扎着一队帝国军，"兹米瑟斯疲惫地说，"之所以这里由帝国军驻守，是因为阿兰姆·查塔特不肯留在这儿。霉运什么的。我觉得他们好像不喜欢这儿的绘画艺术。总之，帝国军不可能把阿兰姆·查塔特留在这儿驻守、自己送我们去美特。不过呢，"他吸口气继续说，"阿兰姆·查塔特也不会带我们去美特，因为这是他们辖区的尽头。帝国军的那位军官说，他会派人去路上的下一站，从那里借五个人，再派五个他自己的人给我们，他们两边最多也就能匀出这么多人了。这支联合小队会带我们去美特。幸运的话四十八小时后就能出发。在那之前我们只能困在这儿。抱歉，但我尽力了。"

富兰特泽士扮个哀伤的表情，但季若特和伊瑟姿都咧开了嘴。"两天时间休息，"伊瑟姿说，"我一点也不介意。"

"我们预定要在美特比赛呢，"富兰特泽士说，"如果在这儿耽搁两天，那就赶不上了。"

"你听到的那个微弱的声音是我的心碎了一地。"伊瑟姿开心道，"那，在这个鸟不拉屎的地方想洗澡，大概一点指望也没有吧？"

恰恰相反。浴室是方形的，内部贴着大理石，天花板高到不可思议，上面描绘着海战主题的湿壁画，中帝国古晚期风格。总共九个浴缸并排摆放，全都是用整块玄武岩挖成的。四根雕刻出凹槽的大理石柱子支撑起斑岩建造的大水箱，柱子上仍能看出曾经镀金的淡淡痕迹；一列铅水管从水箱往浴缸里注水。浴室里冷得像冰，还隐约有一丝臭鸡蛋味儿。

驿站的指挥官是个极精致的年轻帝国上尉，名叫波迪拉。他迎接他们时穿的衣服实在很像僧袍，只不过兜帽边缘镶了一圈老虎皮。他脚踏红色靴子，脚背上并排着九列鹰头形状的银钩。这人本来长相极美，只可惜他的鼻子几乎被连根削掉了。

（"也就是说他卷进了帝国的政治内斗，"兹米瑟斯解释道，"参与阴谋和密谋的贵族，被逮住了就要被削掉鼻子。意思是他们依然可以做现役军人，但永远得不到晋升，也不能竞选重要的公职。行话叫作'皇帝陛下神圣的慈悲'。尽量别盯着看。"他好心地添上最后一句。）

晚餐是在邮件收发室吃的，那是个带穹顶的房间，天花板比家乡的"胜利塔"还高。波迪拉坐在一张长餐桌的首位——"过去我们用它来给邮件分类的"——客人挤在他那头的周围，大约二十个帝国士兵在桌子末端安静地用餐。他们吃的是迷迭香烤羊羔肉，外加白面烤饼，稍微不大新鲜。

"就我听说的情况看，你们能全身而退实在幸运，"波迪拉含着满嘴食物说，"听说阿兰姆·查塔特发了点儿疯，把一群当地人砍了。他们不大高兴。我还没听说别的地方有什么麻烦，不过事态如果不扩散到其他大型矿镇，那就要算是小小的奇迹了。当然，你们不必担心。你们的下一站是美特对吧？在那儿不会有事，完全是另外一类地方。"他停下来，羞答答地瞟了奥多一眼，"似乎我有幸与卡努斐克斯将军的儿子共进晚餐。"他说。

奥多抬起眼睛，闷闷不乐地点点头。"奥都勒森图鲁斯·卡努斐克斯，"他说，"幸会。"

"念军校时我研究过你父亲的战役，"波迪拉说，"我哥哥还在钩河之战跟他打过。"他那口气就好像两人是一起念书的交情,"过去我哥哥总说他很有战术头脑,高明之极。"

大家注意到他用的是过去式,但谁也没说什么。"他对你们的人评价很高,"奥多显得有些尴尬,"有一次他告诉我说,他这辈子只怕过两样东西,其中之一就是帝国的重骑兵。"

波迪拉似乎很高兴,"另一样呢?"

"我母亲。"奥多回答道。波迪拉觉得这笑话棒极了。他想跟奥多讨论维尔让三角洲战役那些比较精妙的细节,但奥多礼貌地拒绝了。"恐怕我是家族里的老百姓,"他说,"谈到我父亲的战斗,我的无知令人发指。我敢说你对它们的了解远胜于我。"

后来人家领他去了他的房间(在三楼,一尊巨型雕像的躯干从地板上冒出来、消失在天花板背后,表明当他们把上层空间分割成楼层时,他们不愿或者没能摧毁雕像,于是只好绕着它修),他发现枕头上放了一套书:《因圭奥末对斯科利亚的卡努斐克斯之战役的评述》(一到五卷)。他叹口气,轻轻把书放到地板上。

早餐摆在警卫室,空间狭小、天花板低矮。屋里挤满桌子椅子,三面墙都摆着一架架长枪,刀刃锃亮,山茱萸木的枪杆刚刚抹过油,闪着微光。第四面墙上是一幅壁画,跟他们在别处见到的湿壁画和马赛克图案风格迥异。在白色的背景上,画面的色彩惊人的艳丽,笔触粗糙却活力四射。画作的标题用一英尺高的字母写在顶部中央:《希纳斯的光荣胜利,15/7 1435 AUC》。画的主体是战斗场景。左边一支红、蓝大军,火柴棍一样的胳膊、腿,小绒球似的脑袋,他们朝着一条弯曲的蓝线行军,那应该是一条河。同样的弯曲蓝线在画面中央又画了一次,红、蓝火柴人正痛殴一小群绿、橙火柴人。在画面右侧，红蓝押着长长一列绿橙去一个灰匣子似的建筑，然后砍了他们的脑袋。在最右边，头颅堆出的金字塔旁有一行潦草的金色小字：伟大的佩尔米亚永远胜利，打倒斯科利亚人。

"早上好，"波迪拉笑容灿烂，"希望你们昨晚睡得还好。"

"非常好，谢谢。"富兰特泽士刻意不去看那幅画。他还企图阻挡苏伊达斯的视线，可惜他个头太小，而苏伊达斯又太高了。伊瑟姿直盯着正前方桌上的那盘香肠。

"请坐，"波迪拉说，"恐怕饮料只有葡萄酒和山羊奶。这地方根本弄不到果汁，水呢也不值得冒险去喝它。"

他们坐下来。苏伊达斯盯着壁画皱眉。奥多问："借问一句，那是斯梯邦·乌罗什的画吗？"

波迪拉欢快地点头。"大战期间他在这儿驻扎过，"他说，"你喜欢？"

"我父亲收藏乌罗什，"奥多回答道，"家里有很多，所以我算是跟它们一起长大的。"

"当真，"波迪拉露出钦佩的表情，"我还以为稚拙派在佩尔米亚之外不怎么为人所知呢。"

"其实呢，"奥多说，"我相信他正好收藏了这一幅的姊妹篇。希纳斯，不过是从右向左的。他要是看见了肯定会喜欢。"

苏伊达斯哈哈大笑。季若特问："很有收藏价值吗？你们说的那些画？"

"我相信它们在帝国被大大低估了，"波迪拉说，"不过最近大家对稚拙派的兴趣有所增加。我自己不久前很幸运地得到了一幅布雷纳的画。再过比方说十五、二十年时间……"

苏伊达斯说："我们的掌旗军士在希纳斯丢了一条腿。"

"我父亲当时还年轻，是骑兵中尉。"奥多说，"不过他那侧的军队没有参加最激烈的战斗。崩溃的是左翼。"

富兰特泽士清清喉咙。"我在想,"他说,"有没有可能借间屋子给我们练习呢?因为我们接下来两天都会在这儿……"

波迪拉朝他眉开眼笑。"我正想跟你们说这事呢,"他说,"我和我手下这些人——好吧,我们最多也只能说是热心的业余爱好者,跟你们打自然是远远不够格的。但如果你们愿意,而且如果能对你们的训练计划有所帮助,我们很乐意给你们当练习对手。"他稍一迟疑,然后飞快加上一句:"当然了,如果你们觉得不合适,我们完全理解。"

"哪里,对我们大有帮助呢,"富兰特泽士说,"大有帮助。你觉得有没有可能借些装备给我们呢?我们自己的似乎弄丢了。"

装备不成问题。季若特挑了半天,好容易才下定决心选中一对钝剑,质量一流的梅尊廷,由波迪拉的副官贡献。挑长剑苏伊达斯无从下手,干脆闭上眼睛随便拿了一把。小剑只有一把没开刃的,但它美极了;看见它伊瑟姿整张脸都亮起来,而剑主人则红了脸,恳请她把它当成礼物收下。这里没有砍刀,不过奥多自己已经有了一把。

季若特跟波迪拉赛了五场。后者水准不错,但明显是老派风格,季若特的直刺对他来说像是完全出乎意料的震惊;他站在原地,低头看自己胸口上拱起的剑刃,好像在思索这鬼东西怎么可能到那儿去了。季若特把这招教给他,还顺便教了他侧步和直线上的转右脚闪躲。"等你回帝国老家,那是再也没人能挡得住你了。"

"我是不会回家了,恐怕,"波迪拉静静地说,"搞得太烫手,害我自己待不下去了,恐怕是。不过不说这个。"

苏伊达斯在显摆。他花了一个钟头练习解除对手的武装,而他本来就已经很厉害了。同时他还发现那幅画让他越来越心烦。"去它的,"他把刚刚夺过来的剑还给那个摸不着头脑的蓝皮肤,"咱们来试试别的。"他把自己的剑靠在墙上,脸上露出微笑,"好,我要你来杀我。"

"抱歉?"

苏伊达斯皱眉。"你听见了。你有武器,我没有。来试试砍掉我的头。假装现在还在大战时期什么的。"

那个帝国士兵望了波迪拉一眼,后者点点头;于是他上前一大步,摆出高位后部起式,然后愣住不动了。苏伊达斯叹气。

"见了鬼了,"他说,"你想象我是个无力还手的老头子,而你准备把我砍成两半。来吧。"

帝国士兵从高位后部起式转到中部起式。"哦,看在老天的分上。"苏伊达斯说着一脚踢向对方胫骨。帝国士兵向前趔趄,他趁机抢过对方的剑、把他推倒。然后他伸出一只手拉对方起来。

"见鬼,我说,我怎么不记得你们这些人在考塔山有这么羞涩呢。"他说。那个帝国士兵看着他。"你参加过大战吗,大兵?看你年龄像是够了。"

帝国兵轻轻点头。苏伊达斯咧开嘴。"我也打了,"他说,"我是守在山脊顶上的那群混蛋之一,你们的指挥官朝我们扔过来半个旅呢。当然我们把你们砍成一片片地赶下去了,不过那么一会儿工夫仗还算打得挺有意思。你不会正好参加了那一战吧?"

帝国兵默默地摇头。富兰特泽士清清喉咙,但没人对他感兴趣。

"也幸亏你没去。"苏伊达斯说,"好吧,别跟一坨布丁似的傻站着。杀了我。"

帝国兵冲上去,使了一记长刺。这次是认真的,既有速度又有角度。苏伊达斯险险躲开,只一个大拇指的宽度,然后他夺下对方的剑,把对方从肩膀上扔出去,"这才像点样子,"他从地板上把剑踢给对方,"再来。"

帝国兵没动,他看着波迪拉,后者耸耸肩。于是他站起来、捡起剑、再度长刺。他学得很快。他没给苏伊达斯留下侧面移动的空间,但就在季若特以为这一剑要刺中目标的时候,苏伊达斯双手张开往前伸、在剑身两侧合拢;他把对方的剑拉到自己头顶,迈步走到剑底下,用力踩上对方的脚背。帝国兵瘫倒,苏伊达斯拿着他的剑退后一步。

"要想空手夺剑,又不想把自己的手割伤,就这么做,"他对整个世界宣布说,"这是最棒的招数之一。只要能做到,你就只比不死之身稍逊一筹。问题在于,除非你第一次尝试就能完全做对,否则你下半辈子都只能用大拇指挖鼻孔了。"

波迪拉轻声咳嗽。"不介意的话请别损坏我的兵好吗?"他说,"他们也许不算什么,可我也没有别的兵了。"

"也许你能教教我。"奥多跨出四大步,走到苏伊达斯和帝国兵之间,后者完全没有想从地上爬起来的意思,"看起来,这招数我像是用得着。"

苏伊达斯看着奥多,好像不明白他在说什么,然后耸耸肩:"当然。我们需要一根又薄又长的木片。上尉?"

波迪拉十分乐意提供协助。头三次奥多戴着厚手套,但总也抓不住要领;苏伊达斯三次击中他的太阳神经丛,打得他喘不上气。最后伊瑟姿冲苏伊达斯嚷嚷起来,他还咧嘴直笑。

"当然了,戴手套是没法弄的,"他说,"摩擦力不够。现在试试赤手。"

这回奥多抓住了假剑,好不容易把它弄偏了。他开心地笑起来,苏伊达斯则嘲笑他。"没错吧,"他说,"再来一次。"

帝国军都围拢来看,苏伊达斯似乎不大乐意,嘀咕着什么可不想把自己的绝招教给敌人。但奥多逼他又来了一次,这回他一只手里扎进一根老长的木头碎片。

"这是因为你还是想去抓，"苏伊达斯告诉他，"应该是挤才对。再来。"

奥多没再犯同样的错误。接下来四次他都完美地缴获了木片，这时他说："可以用剑试试了吗？"

"随你，"苏伊达斯说，"你说了算。要是手指断了可别怨我。"

奥多退后一步，季若特把磨钝了剑刃的长剑递给苏伊达斯。苏伊达斯摆出低位中部起式，然后拉近距离；但这次他没有刺，而是举剑朝奥多头顶砍下去。奥多完美地接住剑身并往上抬，然后进步挡住苏伊达斯的双臂。

"现在你算是懂了。"苏伊达斯说，"知道自己能行，于是你就真的有可能做到了。"

"有点像飞行，"奥多回答道，"我们用砍刀试试好吗？"

苏伊达斯皱眉。"多谢你，我可不准备把我那把不算太烂的砍刀磨钝，"他说，"天晓得什么时候会派上用场。"

"没关系，"奥多说，"不用磨。"

苏伊达斯看着他。"问题在于，"他说，"我自己从没拿砍刀试过这招。刀刃的形状不同，平衡也不一样。我不知道行不行得通。"

奥多朝他微笑。"就像飞行，"他说，"我愿意试试，只要你愿意。"

富兰特泽士开口说话，同时伊瑟姿也说："奥多，别犯傻。"可奥多根本没听。苏伊达斯又看他一眼，"我不喜欢这主意。我们把刃磨掉。没必要冒这种愚蠢的风险。"

"我觉得关键就在于冒险，"奥多温和地说，"否则就不是真正的练习了，只不过是游戏。"

"我们的武器库里有个大砂轮，"波迪拉很快地说，"我派军械师去做，花不了多少时间。"

奥多摇摇头。"没有风险，"他说，"真的。如果我们不能做对，那还不如不做。"

苏伊达斯露出惊恐的神情。"抱歉,"他说,"那样的话你得另外找人陪练。砍刀不是拿来闹着玩的。"

"剑也一样,"奥多柔声说,"求你了,苏伊达斯。而且别放水。在美特要跟我打的佩尔米亚人可是来真的。"

看苏伊达斯那模样几乎像准备撒腿逃走,但他稳住了。"那随你便吧。我去拿砍刀。"

"用我的。"奥多拉开外套,只见他皮带底下支出一把砍刀的刀柄。他抽刀递给苏伊达斯,后者接刀的动作就好像那是某种让人恶心的东西。他将食指绕在护手上,又后退一步问:"准备好了?"

"等你。"

苏伊达斯挥刀。他尽了全力,手腕略微转动,好让刀刃来到恰当的角度,力量依次透过肩膀、手肘和手腕发出,就好像把砍刀当成了鞭子。他从四十五度角攻入,以获取最大的剪切力。奥多原地不动,然后,等到最后一刻,他合拢了双手。他在刀刃距离自己脖子还有大约八分之三英寸时将它接住,再把它往侧面一扭、利落地从苏伊达斯手里夺走,就好像摘苹果。

奥多说:"谢谢你。"苏伊达斯瞪着他看,"这招确实非常有用。你多半会救我一命呢,说真的。"

苏伊达斯后退一步,就好像防着奥多攻击自己。他的眼睛盯在砍刀上。他在发抖。

奥多问:"我们再试一次好吗?"不知为什么,季若特心想:真残忍,这是我这辈子听过的最残忍的话了。"看在老天爷的分上,"伊瑟姿号起来,"拜托你们把那东西收起来好吗?趁还没人受伤。"

季若特察觉自己在等兹米瑟斯站出来制止他们,可兹米瑟斯不在,他又消失了。于是他发现自己往前走,轻轻从奥多手里拿过砍刀。他听见自己说话,好像是说:"真不可思议,你刚刚从空中接住砍刀那一手。你们俩一定要教教我,等我们弄到一把可以用来练习的钝刀马上就教。"

奥多含义不明地笑笑。苏伊达斯依然满脸空白,活像刚从湖里捞出来的死人。季若特意识到自己握着砍刀,他觉得很不自然,而且他强烈地意识到它的存在,强烈到令他害怕。他想松开手指任它落下,又怕它会在下落的途中割伤自己的小腿。其他人似乎也不想要它。他往周围看了一圈,最后把它递给了波迪拉上尉。上尉把它放在一张桌上。

伊瑟姿用力砸门时,奥多睡得正香。

"是苏伊达斯,"伊瑟姿说,"你最好来一趟。"

"怎么了?"

"赶紧。"

他从床上爬下来,注意到床头柜上的刀鞘是空的。他想了想,他记得很清楚,波迪拉把砍刀还给自己了。"等等,"他说,"靴子找不到了。哦在这儿。"

苏伊达斯在邮件分拣室。他站在地板中央,手拿奥多的砍刀摆出低位中部起式。他没闲着:一尊真人大小的雕像,大概是前帝国时期的某位女神,如今躺在地上,脑袋被砍掉了;一张桌子被削成了一片一片,好几扇门的门框上也有深深的刀痕。

"我觉得他是睡着了,"伊瑟姿悄声说,"可他眼睛又睁得老大。"

奥多点点头,他把食指放在嘴唇上往前走,小心翼翼不发出任何响动。即便如此苏伊达斯似乎也听到了什么,他原地转身,面对奥多的方向,并从低位中部起式换到了低位后部。奥多原地止步仔细观察他,然后再次迈步。苏伊达斯的目光刚好越过他,就好像在看某个与他并肩而立的人。伊瑟姿把拳头塞进嘴里。

奥多停下来，刚好在长距离之外，"德泽尔上尉。"

苏伊达斯露出困惑的表情。奥多等了一会儿，然后说："军士。"

"长官。"

"你他妈以为自己在干吗，军士？"

苏伊达斯看着他——正眼直视，却看不见他。伊瑟姿从他的表情看出他在迷惑声音是打哪里来的。"长官？"

"退下。解除戒备状态，军士。马上。这是命令。"

苏伊达斯没动。奥多皱起眉，沿着一个紧凑的圆形绕着他转了半圈。然后他突然上前，一拳打中苏伊达斯脑袋侧面，动作快到伊瑟姿压根儿没跟上。砍刀落地发出哐当一声，但苏伊达斯还站着。奥多又是一拳，这次他终于倒地。他抽搐了两下，然后躺着不动了。

"伊瑟姿，"奥多声音高亢，还微微发抖，"去找医生。"

"我不知道——"

"去找医生，"他重复道，"赶紧。"

蓝皮肤的医生正在为奥多包扎指关节。"没大碍，很幸运，"他说，"本来很可能折断的。"

"我没事，"奥多又说了一遍，"真的。"

"当然当然，"医生疲惫地说，"好了，这样应该就行了。今后一两天尽量别用这只手。你应该更小心些，"他补充道，"大家还等着看你比赛呢，大赛那天你可得健健康康的才行。我也想去的，可是票卖光了。"

奥多恶狠狠地瞪他一眼。医生离开，奥多问："他情况如何？"

富兰特泽士抬头冲他皱眉，"你打倒他的时候真的非得那么用力不可吗？"

"打了两拳呢，"伊瑟姿说，"他不肯倒下。"

"这到底什么情况？"季若特问，"他是睡着了还是什么？"

富兰特泽士叹气。"似乎不是第一次了，"他说，"他的——唔，跟他一起生活的那个女人，她告诉我们说他过去也干过这种事。不过她说他已经不这样了，过去六个月都没再发过病。"

"我父亲的团里有个人，"奥多说，"从各方面看都是模范士兵，父亲说他是军队里最勇敢的人。但有时他会在半夜起来，去营地的另外一头杀马。他根本不知道自己在做什么。等他醒来，人家跟他讲，他根本没法相信。我记得最后那人好像自杀了。"

"多谢你，"伊瑟姿喝道，"我们正需要知道这种事呢。"

"对不起，我并不是想暗示说——"

富兰特泽士大声地咳嗽，"医生认为这是他体液中胆汁的不平衡造成的。他开了些药来纠正这个情况。他告诉我说这类病人完全可以治好。似乎全看饮食。盐吃得太多，水果不够。"

苏伊达斯醒来后盯着大家看，好像从没见过他们。然后他问："怎么回事？"

富兰特泽士张开嘴，但奥多抢了先。"你在梦里到处走，"他说，"你脑袋上挨了一下。医生说不会有事的。"

苏伊达斯皱眉，"我做了什么吗？"

奥多微笑，"没什么大不了的。"

"谢天谢地，"苏伊达斯说，"松莎有一次说我拿剑威胁她，以为她是阿兰姆·查塔特。为这个她差点离开我。"他吐口气，躺回枕头上，"幸亏不是这种事。"

奥多咧嘴笑。"根本不是。"他说,"你还记得任何细节吗?"

"不太记得,我在做梦,"苏伊达斯挠挠头,紧接着就龇牙咧嘴,"梦到我在泡澡。说起来,正好就在他们这儿的那个棒极了的浴室。然后干涸的河里又有了水,水从水箱朝我射下来。我以为自己要淹死了。"

"医生说你盐吃得太多了。"

苏伊达斯哈哈大笑,"这是他们的口头禅,这些蓝皮肤。要么是盐吃太多,要么是蔬菜吃得不够。这事儿和大便,他们简直痴迷于此。不过医术还是很高明的。"

"我们走了,好让你歇歇,"富兰特泽士说,"咱们的护卫要过一天才会来,所以你就躺着,尽量睡会儿。"

苏伊达斯朝他露出一丝微笑。"我这种情况,"他说,"你确信让我睡觉是好主意?"

那天下午稍晚,兹米瑟斯出现了。自上次消失以后他新染上一点小感冒,多半就是因为这个他才没有理会伊瑟姿的问话。她问他去哪儿了,而他只是往一张很大的绿色丝帕里擤鼻涕。

"坏消息是,"他说,"动乱确实扩散开了。好几个大镇子和至少三处重要矿山都发生了暴乱,这还只是这片地区。好消息是阿兰姆·查塔特仍然忠于政府,他们用自己魅力独到的方法在处理暴乱。这对我们是挺好的,"他补充这句时瞟了一眼旁边的苏伊达斯,"也就是说咱们自己在鲁兹尔·索斯留下的那一小块麻烦会融入更大范围的屠杀里,不留痕迹。多半不会有人再去想它了。"

富兰特泽士脸上露出微微期待的神情。他说:"如今这么大的乱子,我简直不敢相信佩尔米亚人还想继续这次的比赛。"

"当真？"兹米瑟斯朝他笑，"你怎么会这么想？"

"我觉得他们现在最不想要的应该就是一大群心情激动的人聚到一起了。击剑比赛正好可以成为导致暴乱的触发点。他们肯定得取消整个计划，不可能有别的选择。"

"我看不会。"兹米瑟斯的语气活像宽容的父母在否定孩子们特别异想天开的建议，"你看见的这些人对击剑有多狂热。事实上，要想引发暴乱，最稳当的办法就是取消比赛。不，等我们抵达美特，所有这些瞎胡闹应该都烧得差不多了，而我们则继续完成我们需要完成的任务。对此你半点也不必怀疑。"

新护卫队的指挥官是库尼瓦上尉。大约四十岁，秃头——半根头发也没有，活像刚用滚水烫过——块头特别大，仿佛根本就是另外一个种族的生物。他们之前遇见的所有帝国军人好像永远都在挨冻，他是第一个例外。他穿着镶毛边的外套，戴着围巾，但没戴帽子和手套。他左手食指少了最上面的两个关节。

"去美特的路上把时间追回来应该不成问题。"他态度欢快，声音非常低沉，季若特几乎敢打包票说脚下的地板在震动。"我们可以在恰乌至达离开主路，从山里穿过去。我知道一条山道，能在铎索尔外把我们带回路上。"他停下来，想看看有没有人敢反对，看完他又继续说道，"你肯定就是奥都勒森图鲁斯·卡努斐克斯了，将军的儿子。认识你很荣幸。"

奥多勉强笑笑，"看来你参加了大战吧。"

"十年，"库尼瓦说，"开始时我是个年轻少尉，最后变成了隶属总参谋部的上尉。不用说，我研究过你父亲的所有战役。事实上，"他接下来的话里带出些许羞怯，这态度于他活像是龙头上戴草帽那么合适，"我还就贝尔科斯战役写过一篇小小的论文。巧得很,我身上正好带着一份。如果你能稍微浏览一下,再告诉我你的看法,我会感激不尽。"

奥多答话的声音里有一丝微弱却毋庸置疑的沉重和疲惫:"当然,我非常乐意。"库尼瓦的脸一下子被喜悦点亮,刹那间变成了一张美丽的面孔,完全出乎所有人意料之外。

"我一点头绪也没有,根本说不上来好还是不好。"稍后,当马车在主路上颠簸时奥多这样宣布,"他提到的事情有一半我都没听过。"

"你只需要说写得真好,棒极了。"苏伊达斯说,"他会永远对你忠心耿耿。"

"对,可是如果他问到具体细节怎么办? 他立刻就会明白我对那倒霉的贝尔科斯之战压根没有半点了解。"

"当真?"兹米瑟斯看着他问。

"千真万确,"奥多回答道,"我父亲没怎么谈起过。"

季若特说:"那是一场大胜,不是吗?"

奥多耸耸肩,"我猜是吧。不过我觉得那不算是他特别喜欢的一场仗,如果你明白我意思的话。"

季若特注意到富兰特泽士盯着窗外,他平时不这样,他说会害他晕车。兹米瑟斯说:"我对这场仗倒是了解一点。你愿意的话我可以粗略读一遍,再替你总结几条笔记。"

这话怎么听也像是小小的慈善之举,半点不掺假,但奥多却犹豫了。"你肯定不愿费劲读这一大篇的,"他的话倒是很客气,"别的不说,文字就糟糕透顶。"

"啊,"兹米瑟斯微笑,"我猜猜。花哨的拐弯抹角,从头到尾都是文学典故,还老爱引用一千年前的作者。能用十二个字的地方就绝不情愿只用一个字,哪怕这十二个字得靠坐在盖子上往下压才能勉强塞进去。"

奥多微笑,"差不多。"

"这些都是帝国军事文学所推崇的标志性特征。"兹米瑟斯说,"从通报到补给申请,他们写的东西全部如此。他们在军校就学这个。除非你能大量炮制这玩意儿,否则别想晋升。"

伊瑟姿说:"太蠢了。"

"一点也不,"兹米瑟斯认真答道,"这是帝国军方采用的精妙过滤器,把那些市井无赖从军队指挥系统的较高层级里剔除出去。"

"这也一样蠢。"

"你显然没有好好学过帝国历史。"兹米瑟斯说,"好几百年前,他们有大概一个世纪都在断断续续地打内战。九十二年里换了七十四位皇帝,其中自然死亡的不多不少刚好两个。这一切都是因为有才华、有野心的人不断晋升,最终控制了外省的大军,然后就利用它来夺权。帝国差点因此覆灭。"他停下来擤鼻涕,"但如今你有多少才华多少野心都屁用没有。你得能平衡一组对子同时引用恰当的后现代诗歌,否则永远升不到少校以上。咱们外边那位新朋友多半就是这么回事。他显然经验丰富又能干,可他那口东帝国口音硬得拿刀也劈不动,对我们倒是好消息。"他开开心心地补充一句,"他在这边窝了十七年,这次是个大好机会,可以让人刮目相看,或许还能被召回国内。他会使出浑身解数,一点不用怀疑。"

"好极了,"苏伊达斯没好气道,"只要他是站在我们这边的。"

季若特还在看富兰特泽士。自从兹米瑟斯提出要看那篇傻论文,他就一直盯着窗外,一动也不动,就好像动物盼着躲开掠食者的注意,因为心里明白自己跑不过对方。他提醒自己他来不是为了照顾任何人,只要照顾好自己就行了。可即便如此,他还是希望奥多或伊瑟姿能留意到富兰特泽士,并且做点什么。或许奥多毕竟还是察觉了什么，因为他把书举到与鼻子齐平的地方又开始读起来。兹米瑟斯友善的提议显然遭到了拒绝。不过兹米瑟斯似乎完全没受任何打击，他用那巨大无比的手帕擤鼻涕，然后闭上眼睛，下巴落在胸口上，仿佛睡着了。奥多继续阅读，但时不时他会抬头从书顶上往外瞅，就好像把书当成了城垛。他看的是兹米瑟斯的方向。

鲁兹尔·索斯暴乱的消息传回斯科利亚，银行主席召集了紧急内阁会议。

他告诉董事会，目前的情况很糟糕。据他所知，阿术克部长遇刺后出现的爆炸性的义愤完全是自发的，而且扩散到了佩尔米亚社会的每个阶层。自发的爆发，就其性质来说也就缺乏聚焦点和方向；人民非常愤怒，但他们至今也不知道自己的愤怒是针对谁，更没人知道要如何才能平息他们的怒火。而这，他指出，既有好的一面又有坏的一面。坏处在于，直到他们下定决心，或者由别人替他们把决心定下，否则谁也不可能做出连贯一致的反应，也不可能知道该站到哪一边。好处在于这让他们有了一点点时间，可以尽量理解当前的情形。

"具体说来，"他接着往下讲，"恐怕我们没有多少事可做。街上的暴众对我们的任何看法都毫无兴趣。事实上，我会说我们可能做出的最糟糕选择，就是在这一阶段显著地插手事态。最新的报告说军队依然忠于政府，很显然，只要军队还在他们这边，他们迟早会把暴动压下去，事情就会回归正轨。"

"确实如此，"有人插话说，"但我们也不能忘记佩尔米亚军队的性质。他们几乎全部是雇佣军。"

"的确。"主席说，"而在目前，佩尔米亚唯一有钱支付他们薪水的实体就是政府，所以他们当然会继续忠于政府。如果动乱能及时扑灭——不要等到它化为有组织的反对势力，在它还只是一群人扔石头的阶段就掐灭它——那么这件事就算这么了结了，我们也可以回到原地。但如果暴众找到领袖，领袖手里又有钱，那么之后的发展就多多少少可以预料了。会有一场快速竞拍，赢的人获得佩尔米亚。"他停下来喝口水，"真的，"他接着往下说，"从这个层面讲其实很简单。假如我们想未雨绸缪、准备好一组应急预案，我们只需要看钱在哪儿就行。"

"抱歉，"另一个人说，"但是不是也该弄明白谁杀了阿术克部长，以及原因何在？这也会有帮助吧？"

主席摇摇头，"未来的历史学家或许会对此感兴趣。眼下我们需要知道的是谁会赢，而我能看出三种可能的结果：其一，没有兴起团结一致的反对力量，政府获胜，我们回到原点；其二，出现反对力量，它的出价比政府高，于是接管政权；其三，出现反对力量，但政府赢得竞拍并继续掌权，反对力量转为防御，扎下根来——在矿山发动罢工之类的——于是变成烦人的僵持，直到有事情发生变化、力量的平衡发生偏移。"

"好吧。"有人说，"我们希望出现哪种？"

主席叹口气。"好问题，"他说，"我们对佩尔米亚现政府也说不上多么支持，但换别人可能糟得多。有理由相信，如果说暴民真的有所偏向，那就是主战派。然而如果政府能存活下来，那也只可能是借助军方。士兵和前线军官都是蓝皮肤和蛮子，但高级指挥官基本上都是佩尔米亚自己的军事贵族，换句话说就是主战派。同一枚硬币的两面。"

有人说："那么我们想要的就是僵局。"

"并非如此，"主席悲伤地回答道，"僵局只能暂时延缓危机，让危机得以壮大，等最终爆发时声势只会更大。"一阵紧张的沉默。然后有人说："我们现在说这个不是有点为时过早吗？我们并不知道事态是扩散了还是局限在鲁兹尔·索斯。说不定最后发现那只是地方上的一点小麻烦,不足为虑。如果我们反应过度,那无疑才是最糟的不是吗。"

"有道理,"桌子远端的一个人说,"除非我们清楚知道那边究竟什么情况,否则不可能制定相关政策。我是说,如果暴乱扩散到其他采矿镇或者甚至到了城市,那对我们来说确实就是问题了。但我们并不能确定一定会这样。我们现在只能耐住性子,看那边到底会怎样。"

之后,投资政策主管图尔库因·博尤阿内在紧贴南院的小回廊找到了主席,后者正坐在一张石凳上,边看文件边吃面包夹奶酪。他问:"刚刚是怎么回事?"

主席悲伤地笑笑。"你不会想知道的,"他说,"相信我。"

博尤阿内在他身边坐下。"多半不想,"他说,"听着,我是你这边的。怎么回事?"

主席叹口气,把文件放在铺着地砖的地上。"管他呢,我敢说,反正过不了多久你就会知道的。我们遇到麻烦了,而且是我的错。"

博尤阿内冲他咧嘴,"有位智者曾经说过,没有什么麻烦是解决不了的,你只需要一句和气的话、一笔五位数的酬金或者三英尺锋利的金属。你做了什么?"

"我把银行的钱借了四千万诺米斯玛塔给佩尔米亚政府,"主席说,"而且事前没有告诉任何人。"

有一会儿工夫博尤阿内完全感觉不到时间的流逝。"我们并没有四千万诺米斯玛塔。"

"现钱的确是没有。大部分是以银行股本担保的信用额度。如果人家要我们兑现,那么某人,多半是帝国,最后就会拥有银行了。"

博尤阿内缓缓吸气再吐气。"你是中了什么邪,竟干出这种事?"

主席朝他微笑。"绝望。"他回答道,"图尔库因,银行快垮了。我还没跟任何人讲,因为我实在说不出口,可我们离悬崖边就只有这么远。我们发给了小农和小工坊太多的长期借贷,这个国家的几乎每个人都跟我们借了钱,而我们只好用未来的税收做担保去向帝国的大银行借,可我们明知道那税是收不上来的,因为这个国家支付不起,就这么简单。这件事大家心里都明白,可谁也不敢大声说出来。与此同时,这个月月底之前我得付二十五万给南门神庙看守者,然后还要找十一万给凯西流斯兄弟会,诸如此类。我们的借方还回来的钱远远不够,而我总得拿点什么给帝国人啊。然后我就有了这么个异想天开的疯狂念头。为什么不假装有一大笔钱,把它借给佩尔米亚人,然后用利息付清我们欠债主的账呢?"

又是好长时间的沉默。最后博尤阿内问:"看在老天的分上,为什么借给佩尔米亚人?"

"他们问我借啊。"主席的嘴角咧得更开了,"他们也破产了。大战期间他们把未来的银矿收入卖了,用来支付雇佣兵的报酬。接下来的二十年他们再挖多少银子出来都没用,因为挖出来的东西都不是他们的,它已经归东帝国了。"他稍做停顿,给对方时间消化他刚刚的话,而博尤阿内脸上的血色褪得干干净净。"与此同时,他们在自己国家腹地养了好几千蓝皮肤和阿兰姆·查塔特,他们非得付钱不可,否则天晓得对方会干出什么来。他们真的需要钱,相信我。"

"可是……"博尤阿内晃晃脑袋,仿佛想让脑子清醒些,"他们要能还我们钱那才见了鬼了。帝国不再买他们的银。王水反应——"

"没关系,"主席说,"本来就是假装出来的钱,大部分是,所以就算我们失去它……"他哈哈大笑,"佩尔米亚人用佩尔米亚政府债券向我们支付利息,而西帝国的银行很乐意接受这些债券,作为我们欠债的利息。可如果佩尔米亚政府垮台……"

博尤阿内闭上眼睛。"我完全是作为朋友跟你说这话，"他说，"如果我是你，我就回家收拾行李。而作为银行官员——"

"仍然有可能会没事的。"主席静静说道，一束阳光透过回廊尽头画着玫瑰的彩绘玻璃照进来，仿佛红色的火焰照遍他全身，"你知道非军事区地底下藏着多少银、铁、铜吗？天知道还有别的什么。只要我们能签下协约就好了，然后佩尔米亚人就可以进入非军事区，正式宣布对矿产的所有权、出售未来收益、把四千万本金还给我们，我可以用这笔钱偿清欠西帝国银行的债务，突然之间一切就都没问题了。奇迹。魔法棒。我想的就是这个，图尔库因，而且这简直是天才的主意。我知道它是的。我们可以在一个月之内就把一切都签字敲定，只要能先签下那该死的蠢协约。"他叹气，"本来已经快要成了，"他说，"多亏了我在佩尔米亚内阁的那位同盟，那位志同道合的朋友，过去六个月里他一直在动用关系、威逼利诱。"

博尤阿内龇牙，"阿术克部长。"

"那人真是个英雄，"主席说，"最棒的，他真的理解有些事是不得不做的。我简直想不出谁这样愚蠢，竟会杀了他……"他似乎找不到合适的词，"愚蠢，"他重复道，"这就好像从火上拿起烧红的铁，然后戳进你自己的眼睛。这么一件蠢笨到极点的事，跟自杀没两样。我简直无法想象……"他停顿片刻，"好吧，我当然可以想象。阿术克的主要目标是让军事旧贵族与矿主达成和解，顺便为大战末期被赶出国外的流亡者争取大赦，让他们回国。流亡者的土地和财产已经被私自瓜分，许多当权的人都有参与。如果流亡者被赦免，这些东西全得吐出来。依我看你不需要再去别处找动机。不幸的是，正是这些人帮我们缝补出和平，他们也是我们如今必须打交道的对象。"

博尤阿内点点头，"也就是说主和派。"

"正是。真是可耻呢，好人却是一帮小偷和贪污犯，可我们又能怎么办呢？反正这就是过去三周我扛在肩上的秘密。"他缓缓转过头去看博尤阿内，"现在我告诉了你，你准备怎么做。"

"我？"博尤阿内似乎被这问题惊了一下，"首先是忘记这场对话。"

主席并未信服，"我不大确定你能忘得掉。"

"我可以试试。另外我还可以推迟总审计。"主席睁大眼睛，博尤阿内哈哈大笑，"你把这事儿给忘了，对吧？"

"老天怜悯我，没错，我忘了。我说，你真能办到吗？因为不然的话……"

"我的脑袋会和你的并排钉在城门上的某个地方。"博尤阿内深有感触似的说，"依我看，我别无选择。还有，我们真的应该把这事儿再告诉其他几个人。如果我们想加快协约签署的进程——"

主席动作飞快，博尤阿内根本没时间反应。不等他往后缩，主席已经一手抓住他的衣领，把领子扯得绷紧在他脖子上。"就说你发现了，说你惊骇极了，说事情结束后一定要回头算账。但在那之前，如果想挽救银行，你非得要他们协助不可。我去说是没用的，他们会气得听不进去。但外事委员会的哥伊达斯和马尼亚西斯，他们会听你的。"

博尤阿内点点头，"我想的是兰保特·美泽兹乌斯。他能推动协议通过。"

"他会？"

"如果他想娶我侄女的话。"博尤阿内冷冷地回答道，"听着，交给我。我还是不敢相信你干了这件骇人听闻的事，但既然你已经干了，我们只能尽量争取最好的结果。与此同时你得把你在佩尔米亚的联络人用起来。"他停下来露出担忧的神情，"如果你还有别的联络人的话，我意思是。"

主席缓缓点头。"两个，"他说，"都在内阁。两人都不愿意直接插手，不过如果阿兰姆·查塔特有可能宣布自己敞开接受报价，我猜他们的干劲也会更足些。我会给他们施压，让他们重启定约谈判，你只要确保到时候我们这边也上船。如果我们能联手做起来，而且佩尔米亚仍然有一个能跟我们谈生意的政府，我们或许能全须全尾地熬过这一关。否则的话，我们不如找人送张客客气气的便条给浇灌者，问他是不是愿意来组建政府。"

博尤阿内回家后写了七封信，其中五封交给仆人去送，另两封交给了自己的两个儿子。他们本来正在学习，被父亲叫去送信到城市另一头，心里并不乐意。但他们很了解父亲，看了他脸上那异于平日的表情就知道跟他争也没用。

这件事处理完毕，博尤阿内穿上一件薄外套（太阳露脸了），步行去了小山上的"最长一天"修道院。如今门房已经认识他，点头便开了门。

博尤阿内问："他怎么样？"

"在他这个岁数是好极了，"门房有些戒备，"老地方。"

博尤阿内在有围墙的菜园里找到了伯父，他跪在地上替洋葱拔杂草。听到碎石小径上的脚步声，他坐起来四下张望。

"哦，"他说，"是你。"

"恐怕是的，"博尤阿内答道。不知怎么的，穿修士长袍的伯父总让他觉得自己又变成了十二岁，"你有时间吗？我有事得问你。"

老头耸耸肩。"我不过是修会里的普通兄弟，时间多的是，"他酸溜溜地说，"你才是忙到不行的大人物。今天有何贵干？"

博尤阿内叹口气，缓缓跪下，他小心翼翼地跪到两行中间，免得压坏洋葱。他伸出手，手指合拢抓住一把嫩绿色的青草，轻轻往上拉。他说："我刚刚跟主席谈过话，内容非常令人不安。"

老头弹弹舌头。"那孩子是个傻子，"他说，"我真后悔晋升他，应该让他永远留在抄写室。"

博尤阿内哈哈大笑。"好吧,你确实升了他的职,"他说,"所以我猜这事你跟任何人的责任都一样大。真的,我应该逼你结束退休,回来把事情解决掉。"

老头抬高双手。"绝不,"他说,"在银行四十年对我已经很够了,多谢你。你根本想象不出我在这儿比在银行开心多少。"

"每天早上三点起床做早弥撒?"

"院长特许我不必早起,"老头一本正经道,"因为我的膝盖。好了,那蠢孩子到底又干了什么?"

"他借了四千万给佩尔米亚政府。"

老头好一会儿一动不动,五秒钟,或者六秒。然后他放声大笑。

"我收回刚刚的话,"最后他说,"那孩子倒有些想象力,胆量就更不用说了。"

"我们并没有——"

"当然没有了,"老头说,"我猜他是用银行股本做担保吧。"

博尤阿内点头。"为了让佩尔米亚人能支付向东帝国雇佣蓝皮肤的费用,还有阿兰姆·查塔特的佣金。"他说,"可如今佩尔米亚境内发生了可怕的暴动,政府可能会垮台。要是那样的话……"

"嗯,我也听说了一些。"老头故意含糊其辞,让博尤阿内直想揍他,"所以,我瞧瞧,佩尔米亚政权仅剩的希望就是争议地带的矿藏。大约他的想法是赶紧签订协约、让佩尔米亚人出售期货、偿还借款,这样就能把四千万想象中的诺米斯玛塔变成四千万真钱。对,我喜欢。这主意挺不错。"

博尤阿内瞪圆眼睛。他认识伯父五十二年,可这老怪物依然能叫他吃惊。"你喜欢?"

老头耸耸肩。"我要是还在银行，多半也会这么干，"他说，"毕竟除此之外也根本没有别的法子可想。什么也不剩了。大战耗光了一切。用这个法子我们能确保和平，还能获得真正的偿债能力，二者本来都是完全没有指望达成的。祝福这孩子，我毕竟还是没有看错他。我从来不会看错人，"他添上一句，"这是我唯一的天赋。"

"可是伯父……"

"除此之外还能怎样？"老头严厉地质问道，"假设目前的情形不变，银行年内就会倒闭。然后军事巨头就会发动政变，拒绝承认我们的外债，害我们同时卷入与西帝国和佩尔米亚的战争。我们会打败佩尔米亚，西帝国会打败我们，我们求助于东帝国，然后变成东帝国的附属国。卡努斐克斯和他那帮人原本就打算这样，他信任东帝国人，他们根本就崇拜他，他觉得自己十年之后就能当上帝国军总司令。而且东帝国人来管理这国家，毫无疑问会远胜我们，毕竟他们手头有资源。"他微微一笑，轻轻拉出一根荨麻：食指和拇指用力捏住它的茎，让它没法扎他。"我早就接受了这个结局，"他说，"事实上我读了很多关于火崇拜的书呢。我这个岁数自然是不大愿意再改信别的教了，不过有所准备总是好的。"

博尤阿内眨眨眼，就好像太久直视明亮的光线。"你早该告诉我，"他说，"说起来我是管理这个国家的人。要是谁都不告诉我任何事，我要怎么管理国家呢？"

"要是你懒得自己去发现事情，"老头不以为意，"那我是一点不会同情你的。要是我跪在洋葱地里都能猜出来……"他耸耸肩，"好吧，就这样了。而且真的，我看不出有什么问题，只要你们能强行通过协议。"

"可是暴乱……"

"总共五个镇子，"老头说，"在西北的采矿带。而且我相信蛮子把事态控制得很好。只要不再发生别的什么，依我看不是什么克服不了的困难。毕竟佩尔米亚的总理和内务部长不还在你口袋里揣着吗？"

博尤阿内好歹吸进半口气，刚够问出那个过去五十年来大部分时间都困扰自己的问题。"伯父，"他说，"所有这些事你到底是怎么知道的？"

老头扮个悲伤的鬼脸。"图尔库因，你这个笨蛋，"他说，"你是个好孩子，可你一直都没真正掌握基础算学。我们大致知道佩尔米亚有多少雇佣兵。"

"我们知道？"

"对，"老头坚定地说，"而且我们知道佩尔米亚付给他们多少钱。四千万是不够的。"

博尤阿内皱眉，"不够吗？"

"老天，当然不够。大概三分之二，说不定还不到。"他扯出一根羊蹄草，结果发现带出了一颗洋葱，便皱着眉头把洋葱插回松软的土里，"那么你以为剩下的两千万是谁借给佩尔米亚人的？"

博尤阿内尚未从震惊中恢复，还来不及思考这话背后隐藏的含义，这时老头戳戳他的肋骨，自己慢吞吞地站起身。一个年轻修士站在园地边，脸上露出的惧意不止一点半点。

"怎么？"老头问。

"院长神父想见你，"修士说，"在他的书房。如果你方便的话。"

"不方便也得方便，"老头说，"你认识出去的路对吧，图尔库因？我侄子，"他对年轻的修士解释道，后者紧张地笑笑，"他正要走。"

博尤阿内回家的路上走得很慢，就好像他并不真的愿意走到。时间已经很晚，守备队正在清道，好让乡下运食物来的货车可以进城送货。再过两个钟头，西门和黄铜市场会挤满你能想象出的每一种带轮子的交通工具，它们参与构成了这个巨大无比而且完全是刻意打造的结构，为城里这一大群没有土地和牲畜可以喂养自己的人提供食物。许多年前，那时还在大战期间，他还是个小孩子，他曾问父亲如果所有这些货车都不来了会怎么样。父亲告诉他不必担心，城里有三个公共粮仓，外加一打私营的玉米铺，食物足以支撑整座城市一个月。对，他回答道，但要是货车一个月都不来呢？那时会怎么样？唔，不会的，他父亲不耐烦道。对话就这样结束了。基本上就是因为这件事他才得出结论，老政府必须下台，必须让别人——最后银行当了这个别人——掌权，认真对待这类事情。

好吧，他心想。当初浇灌者开闸放水的时候，弗罗斯·维尔让的城市粮仓里还剩了三年的粮呢，对他们又有什么好处吗。战争必须避免，不惜一切代价，无论如何也要避免。因为战争杀人、烧毁城市、蒸发金钱、耗尽资源、毁灭一切。主席是懂得战争的，所以他才决定把斯科利亚从军事贵族手里接过来——而且这大概也是为什么他会借给敌人四千万，尽管银行并没有四千万，或者四百万，或者四十万。当敌人朝你的脑袋砍下来的时候，你就举起胳膊格挡，哪怕这意味着失去自己的右手。

可即便如此……

还有他伯父，多半是斯科利亚历史上最高明的金融家了，他从银行辞职进了修道院（他同时也是斯科利亚最著名的无神论者），因为他不同意银行插手政治。当时谁也无法理解：银行当然要插手政治了，在每时每刻、每个层面都要插手，因为银行有钱，而没钱的话政治根本运转不起来。但老头看出了谁也看不见的一条线，并且拒绝跨过那条线。自那时起，他们所有人都很努力地不去思考那件事。

（"好吧，"他记得自己拼命想说服伯父不要辞职，"那教会插手政治又怎么说？不是一样糟吗？"

"很奇怪，我对这个倒没什么意见。"

"可你连无敌骄阳都不信的呢。"

一个悲伤的表情，表示"你该懂的"。"哦得了吧，图尔库因。从什么时候起宗教团体跟信仰扯上关系了？"）

11

觉图斯兄弟,过去在俗世时被叫作丹克瑞德·博尤阿内的,坐在院长的椅子旁等后者醒来。

"对不起,"院长花了一点时间才认出他,"我让你等了很久吗?"

觉图斯微笑。"我在给洋葱除草,"他说,"同时跟我的傻侄子说话。有人打断真是乐意之至。"

院长点点头说:"佩尔米亚传来了令人不安的消息。"

"确实。"觉图斯说,"而且还不止。"他犹豫了一下。辛巴图斯院长气色差极了:惨白消瘦,皮肤绷在骨头上,活像在太阳底下晒干的毛皮。可话说回来,这事正该告诉给他,别人都不顶事。"银行借了四千万诺米斯玛塔给佩尔米亚政府。"

有片刻工夫他担心院长没听懂;担心他已经过于虚弱,不再能够处理这等规模的信息。一系列复杂的思绪从他头脑中穿过:新院长——再也没有比这更糟糕的时机了;六七个可能的候选人,瞬间就掂量完毕,全都有所不足,也就意味着他只好自己来做,而他又真的不想做;然后是如何让自己当选,以及选举必然牵涉到的所有妥协、威胁、烦恼。所以,当院长微笑着说:"这倒有趣。跟我讲讲。"他真是大大地松了一口气。

于是他讲了。讲完后院长沉默了一会儿,然后皱眉道:"你得过去,你明白吧。"

"去哪儿?"

"佩尔米亚。"院长闭上眼睛又睁开,"我实在非常抱歉。我知道你会感到很有负担,但是——"

"没关系,"觉图斯说,说得太快了些,"一直想去看看那地方,说起来。"

院长微微一笑。一般都认为谎言会从他身上弹开,就好像箭从回火的盔甲上弹开一样。"真是可惜,"他说,"你一直没有找到信仰。我很幸运。我真心信仰无敌骄阳。这样一来做那些非做不可的事就容易多了。"

觉图斯耸耸肩,"我信仰修会。"

"二者不完全一样。信仰修会就好像相信正义,或者相信人类普遍的兄弟情义。它带给你责任,而不是替你带走责任。不必说了,今后信仰仍然可能找到你的。这次的事情或许就会打破平衡,我也不知道。"

觉图斯微笑,"你这么想?"

"噢,我抱着很大希望,"院长柔声应道,"毕竟再也没有什么比清楚明白的奇迹更能导向信仰的了。而奇迹正是我们需要的,"他微笑着补充道,"一个在重要性和规模上前所未见的奇迹,连你这样强硬的怀疑主义者也能说服。而我呢,我则是怀着平静的信心,因为我有信仰。"他闭上眼睛,双手交叠在胸前;觉图斯觉得他模仿死人倒是很像,也可能他是在提前演练。"明天来见我,"他说,"在你出发之前。"

当晚回去自己的小房间之前,觉图斯去了缮写室,他找一个欠自己人情的兄弟讨了一片废弃的羊皮纸,又借了笔和墨水来用。他得把字写得很小才能全部写下。写完他去了门房,门房的小侄子正大嚼剩饭,这是违反规定的。

"恰好是我想见的人。"他开开心心地说,男孩企图用手遮住高高垒起的冷芜菁泥,"帮我个忙,把这个送去银行。告诉他们是重要的东西,给博尤阿内主管,是他伯父给他的。去吧,"他说,"食物会在这儿等你回来的。说不准我还会利用我跟餐室的交情,找两根香肠给你呢。"

他说到做到。但男孩没有吃。他小心翼翼地把香肠包在左脚的袜子里,带回家去给了妈妈。

人家跟他说,等到了你自然知道。留意找一座形状像倒扣水桶的小山,小山顶上有座废弃的塔。

他一直在留意。可是,还用说吗,只要你一直盯着看,最后佩尔米亚的每座小山都会像倒扣的水桶。不过他至今还没见到山顶废弃的塔。可话说回来,一路上经常起雾,又有狂风大雨,而且他们当然没走预先计划要走的那条路,又有些时候他实在太困,没能一直醒着。另外还有一个问题,要用什么借口让马车停下、自己溜出去一个钟头同时又不会引人注意?他越想越觉得不可能办到;可人家告诉他说这事至关紧要,无论如何也要去形状像倒扣水桶的小山顶上,到废弃的塔里,看有没有留言在等着他。这是我们跟你联络的唯一机会,或许需要警告你发生了什么没有预见到的灾难,又或者通知你计划有了大变动。

远处能看见一长串小山。全都很像倒扣的水桶,而且全都太远,看不清顶上是不是有废弃的塔。

自然的,发生鲁兹尔·索斯那档子可怕的事件之后,一切都会变化,这是不消说的。但信息从斯科利亚抵达倒扣水桶需要多长时间?受过训练的一流信使,直奔目标,中途不停并且经常换马——但是在佩尔米亚境内这是做不到的,除非佩尔米亚的驿站也有相似的安排,专供传递十万火急的外交信函。不,别傻了:这种恰恰不能摆上台面的非官方信息是不敢用官方渠道传递的。这么说来,没准儿信息已经被佩尔米亚人截获也未可知。因此就算他真找到倒扣的桶,他也很可能发现一队蓝皮肤在等着逮捕自己。最好的情况也是信息已经被调包,语言经过精心修改,正好颠覆整个任务。

请停车,内急。当然可以这么办,可单说腼腆却不足以解释为什么他下车后会走出三英里地还爬上了一座小山。迄今为止他能编出的最佳理由是**我肯定迷路了,绕了好多圈子。**但如果停车的地方是一马平川的平原,只远处有一溜蓝色小山的影子,这借口可就骗不过任何人了。真的,怎么可能指望他办成这种事呢。你总以为他们会训练人来专职干这个,而不是依靠不情不愿的非专业人士。

这让他想起了给他做最后交代的那个人的笑脸。**我们对你很有信心。虽说你缺乏知识和经验,但你的动力却完全足以弥补这上头的不足。毕竟你是还想再见到她的,不是吗?**

而如果没有废弃的塔、没有信息、没有大变动,那他就别无选择,只能去做他被派来做的那件事。这样一件大事,单想想它那难以想象的规模也让他胆战心惊。**我实话实说,这项任务又可怕又危险。失败的话你会死。如果你成功,那只有天晓得往后你怎么受到了良心的煎熬。**那张咧嘴笑的脸,在一张普通的原木桌子对面,被一盏没有好好修剪灯芯的油灯照亮。真的,我实在想象不出有任何东西能诱惑我去干这事,哪怕他们威胁要杀了我的孩子们。不过很显然,你这人更容易拿捏些。

(他不知第几次考虑要不要告诉其他人,把自己交到他们手里,跟他们解释这次任务真正的目的是什么,乞求他们帮他找到脱身的方法。毕竟他们基本上都是好人。伊瑟姿心地善良，而且天生就很有正义感。奥都勒森图鲁斯·卡努斐克斯似乎至少为自己的姓氏感到内疚，如果觉得有必要，他是会为其他人挺身而出的。他们会帮他的，不是吗，尤其当他们意识到自己两眼一抹黑撞进了什么样的事件里，意识到即将发生什么，而且他们自己就身在震中。有三四次他都张开嘴准备说点什么，但每一次他都僵住，时机就这么过去了。他想象过他们脸上的表情，他们的目光，那没有问出口的话——你怎么可能答应这样一件事？再说了，其实他并不了解他们，不比他们对他的了解更多，而他们显然是不了解他的。如果他们了解他，他们早就掐死他，把尸体藏在沟里了。）

如果我尽量不去想它，它就会自动消失了。

他能看到许多小山，在马车外很远。他心里没有任何有意识的念头，只是扫视它们的形态。它们看起来正像是一排倒扣的水桶。其中一座小山上似乎还有座废弃的塔，但最后他发现那只是棵特别大的树罢了。

"距离美特还有十英里，"兹米瑟斯高高兴兴地宣布，"再一个钟头就能到。"

于是，左边领头的那匹马瘸了脚，这简直是不可避免的事。根据库尼瓦上尉的意见，是它故意往自己内侧的蹄子里嵌进了一块石头。他的一个手下骑马去美特找替换的马来，三小时之后他们就能重新上路，所以完全没问题。这期间他们不如下车伸伸腿，呼吸几口新鲜空气。

季若特前后走了走，又看了看风景，然后就找了块大石头坐下。无论往哪个方向看都只有黑莓，一人高，纠缠在一起难解难分，一直延伸到目力所及的尽头。显然不时会有人来把它们砍掉一些，免得它们吞没道路，否则根本别想穿越平原。他不禁奇怪，黑莓竟会长成这模样的。

"木炭，"兹米瑟斯解释说，他晓得答案季若特一丝一毫也不觉得奇怪。他什么都知道，"七十年前这里是一大片森林，从美特一直延伸到柯尔宾口。然后他们建了美特的大冶炼厂，当然就需要烧炭了。也是因为这个他们才把冶炼厂建在这里，因为紧靠着取之不尽的燃料嘛。"他抬起一只手遮挡午间的阳光，"结果呢，燃料用尽了。地底下剩了成百万的树桩，他们压根儿懒得清理。他们烧掉枝条的时候树就死了，烧枝的灰又让土地变得很肥沃，于是黑莓就占了这地方。我猜再过一百年左右，树桩大概就会腐烂，到时候也许可以清掉这满地垃圾，犁地翻土。不过我也不抱什么希望。到现在灌木的根多半已经往土里长出一英里了，所以你永远别想摆脱它们。谁都以为土地是杀不死的，但看来佩尔米亚人做到了。"

"所以这一切都是为了银矿。"

兹米瑟斯摇头。"铁，"他回答说，"这里曾经有大规模的铁矿层，不过现在已经采光了。军械工坊用的铁都是这儿来的，大战期间。"

季若特再次举目四望，他看见一片黑莓的汪洋，泛滥的洪水一般，带锯齿边缘的波浪。"不过倒也有些用场，"兹米瑟斯还在说话，"它帮美特躲过了奥多他爸爸。他没法穿过这里，于是就转向南边干掉了弗罗斯·维尔让。对我们来说倒是幸运，因为不消说是弗罗斯·维尔让替我们赢了大战。如果按照他原先的计划打美特，如今我们多半还在打仗呢。"他突然仰头大笑，就好像刚刚解决了一个又长又复杂的问题，却发现它其实非常简单，"妙不可言，不是吗，事情最终的走向，而且完全是因为一些你本来以为压根无关的东西。佩尔米亚人建起东帝国这一侧最大的军械厂，结果它却替我们赢了大战，而这一切都多亏了满地惹人嫌的黑莓。我猜这就跟下象棋差不多，只不过你的对手能考虑到九十步以后，所以等他把兵往前移一格你干脆就可以认输了，因为你等于已经被杀得一败涂地。说不定我下棋这么菜就是因为这个，"他露出愉悦的笑容，"我缺乏耐心。我家的象棋高手是我妻子。我已经放弃跟她过招了。两步之后我已经能看出她打的什么主意，于是我就认输。能把她逼疯。"

季若特从没想过兹米瑟斯会做诸如替自己讨个老婆这样有人味儿的事。他突然很想了解她。她多大？漂亮吗？她怎么可能受得了跟这么个男人一起生活，哪怕他几乎从不回家？

骑手带回了一匹马和城里的消息。城里发生了暴乱，几处政府大楼被烧成白地，包括法院和军队的营房。经过激战，阿兰姆·查塔特最终恢复了秩序，但暴徒冲进了军械库，被他们拿走的武器足以装备两个团。目前还不清楚他们是不是准备把武器用起来，也可能拿这些东西只是因为它们相对容易搬动，同时又值钱。当然，取消击剑比赛是绝对不可能的。正相反，比赛非如期举行不可，否则还会发生更多暴动。"基本上，"库尼瓦说，"他们想靠你们把局面安抚下来，让人们的心思从政治上转开一会儿，让暴众有机会冷静冷静。"

富兰特泽士满脸惊吓地嘟嘟囔囔，大致是问当局能否保证他们的安全。库尼瓦宽容地笑笑。

"这方面大可不必担心，"他说，"他们调来了我过去那个团，还有另外两个团，外加一支大规模阿兰姆·森霍分队。至少有一打市议员要来看比赛，还有三个政府部长。你们去的是佩尔米亚最安全的地方。"

谁也没说话，气氛一时有些尴尬。最后伊瑟姿说："好极了，现在我们只需要担心那些被允许用尖锐的武器杀死我们的人了。谢谢你，你真是让我放了心。"

库尼瓦显得有些惊诧，苏伊达斯见了哈哈大笑。"总之呢，"兹米瑟斯赶紧说，"他们国内的政局实在跟我们无关。谢谢你，上尉。我们什么时候能出发？"

库尼瓦皱眉。"有个小问题，"他说，"等新马的期间我让手下人检查了马车，以防万一，结果发现右前侧弹簧支架上有根螺栓折断了。也亏得是现在发现，"他补充道，"如果等我们起了速再断开，说不定要闹出大乱子呢。我本来指望现在已经修好，但看来还没有。不过不会太久了。"

伊瑟姿重重叹气。就连兹米瑟斯也纵容自己先皱了皱眉才说："啊，这也没办法，而且我敢说你手下的人都在尽力而为。而且就像你说的，也亏得是现在……"

"我在想，"库尼瓦的脑袋偏转十度，脱离兹米瑟斯、聚焦到奥多身上，"不知你有没有能找着工夫稍微看一眼我关于贝尔科斯的评论？"

奥多一脸难为情。"我正想跟你说呢，"他说，"真的非常对不起，我简直不知道自己怎么会那么蠢，但我好像把它弄丢了。我到处都找遍了，我自己的每个口袋、座椅背后，可就是找不到。实在是太抱歉了。"

"一点关系也没有，"库尼瓦说，"我还有好几份呢。不过你有没有？"

"我读了，当然。棒极了，文笔也很美，简直让人身临其境。"他朝库尼瓦露出热情又坦荡的笑容，"你知道，过去我从没完全理解贝尔科斯战役的动力结构——那还是我父亲在给我讲解呢，可现在我对于事情如何展开有了更明确的概念。对，谢谢你，我非常喜欢你的文章。"

强烈的喜悦在库尼瓦眼里熊熊燃烧，同时喜悦中又夹杂着胆怯。"如果我引用你刚刚的话你看可以吗，"他的语速有点太快，"我是说，如果你不介意的话。当然如果你不愿意我是完全理解的……"

"哦，你请便，"奥多说，"你可以说我把它推荐给所有真心想理解贝尔科斯战役的人。"

稍后兹米瑟斯告诉他："知道你做了什么吧。你刚刚给了他回帝国的车票。来自浇灌者儿子的首肯。"

"对，"奥多一脸和煦，"我琢磨着把他争取到我们这边来或许是不错的，只要可能的话。"

"争取是肯定争取到了。那人会毫不迟疑地把命给你。"

"真的吗？"奥多皱眉，"那他可就永远回不去家了，他的目标不是要回去吗。不过我觉得这样一来他会更有动力保护我们，而且跟敌人交朋友也是绝对没害处的。"

兹米瑟斯咧嘴笑，"你父亲的金玉良言？"

"我的，其实是。不过我觉得应该是真的。"他打起哈欠，用手背掩住嘴巴，"父亲有一次告诉我，他在一处火神祭坛的图书馆发现一系列六百年前的色情书，无价之宝，应该是在克诺特河战役期间。他立刻派人把书送给了指挥佩尔米亚重骑兵的帝国指挥官，因为他知道对方收藏这类东西，好像是那人这辈子最大的爱好。三个月之后他把佩尔米亚人困在美萨特吉斯山谷里，他跟对方协商，费尽力气想让对方投降，免得他还得打进去把他们撵出来。他偷偷跟那个收集黄书的人取得联系，然后利用他做内线，最终达成了对自己很有利的协议。"奥多微微一笑，"我猜在他对战役的公开评述里忘记提这件事了，但我敢说这是真事。那些书他留了一本，被我发现了，我九岁的时候。他说：永远别忘了敌人也是人。这一点你几乎总是可以想办法利用的。"

兹米瑟斯直视他的眼睛。"我收藏瑟瑞厄的瓷器，"他温和地说，"尤其是表现主义晚期的出品。"

"我会记住的，"奥多说，"万一哪天在哪儿遇着了呢。你知道，这种事是说不清的。"

兹米瑟斯转身要走，又停下来回头看。"你跟你母亲说了吗？"他问，"那本书的事？”

"天啊，当然没有，"奥多回答道，"我跟父亲说了，但母亲我可没说。我在我家类似于调停的人。顺便问一句，贵吗？我是说瑟瑞厄的陶器。"

"瓷器，"兹米瑟斯说，"对，很贵。"

"没关系，"奥多开开心心地说，"我家有很多钱。"

在马车里睡觉的季若特被歌声吵醒。起先他以为肯定是天使，但他睁开眼睛往窗外看，发现是一大群阿兰姆·查塔特，他们在马车周围排成紧密队形，护送它进入美特。他一辈子也没听过这样美的声音。

一行人先得等城门开启，然后才能御马踏上空无一人的宽阔街道。街道两旁全是灰色石头搭建的高大建筑，在每个大路口都能看见士兵：大多数是帝国军，也有几个阿兰姆·查塔特——没骑马的时候他们看起来活像假扮士兵的小孩子，在一起嬉笑打闹。偶尔还会在人行道上看见尸体，显然是被人拖过去摆整齐的，脸朝上，三三两两地并排摆放。死的大多数是年轻男人，但季若特特别注意到有个老妇人，稀疏的灰发，喉咙上的洞足能让季若特把手伸进去。他们从某种凯旋门底下经过（不过这凯旋门是很老了，饱经风霜，表面的浮雕人物只剩下模糊的外形，柔和的圆脸上看不出五官，手脚也都不见踪影），季若特看见凯旋门上拉了一条横幅，上面写着欢迎斯科利亚击剑队。

马车爬上一座小丘，来到一个广场，只不过是三角形而非四方形。广场尽头被一栋巨大的建筑占据，看起来活像城堡，中央的大门比他们刚刚进城的城门还大。他们的马车驶进门里，来到城堡中央一个铺鹅卵石的大庭院。一小群穿绿色天鹅绒袍子的老头在等他们。此外还有一张桌子、一队穿绿色号衣的乐师和几个手持花环的孩子。马车停下。"击剑行会，"兹米瑟斯一边伸手过去开门一边解释，"谨言慎行。"

老头子们演讲时他们就只能站着。季若特努力想听来着，可结合刚刚看到的情形，他们的话显得分外荒唐——两个伟大国家之间的和平与理解，带着兄弟情义与信任携手向前。前四个老头的话基本上都差不多，第五个老头盯着奥多头顶上方约八英寸的空气，说的是和解的必要性和原谅敌人的美好之处，哪怕敌人做出了人所能想象的最令人发指的行径。接下来孩子们献上花环——叶子扎着季若特的脖子，害他浑身发痒——乐师们演奏了某种极其舒缓漫长的音乐，期间老头子们全都纹丝不动。到最后季若特也没弄明白桌子是用来干吗的。

兹米瑟斯再次在仪式期间金蝉脱壳，不知去了哪里，这当然早在大家预料之中。伊瑟姿后来说自己一直像老鹰一样牢牢盯着他，可上一秒钟他还在，下一秒他就不见了。她简直无法想象谁能在不到一秒钟时间里穿过那么大个院子，除非是某种魔法。"而且佩尔米亚是严格禁止巫术的，"她补充道，"我记得过去读到过，而且相关法律至今有效。也许我们能想办法让人把他抓起来，捆在火刑架上烧死。"

一个又高又瘦、脑袋活像骷髅的老头子默默领他们去了房间。他们的房间在大门侧边一座塔的最顶层。季若特的房间让他联想到自己杀死议员后醒来的那间牢房，只不过这里的窗户更小、窗户的位置也更高，而且床还不如牢房的舒服。靠墙立着一个又长又窄的玫瑰木匣子，带银扣和银合页。匣子里装了一把他见所未见的美丽刺剑：碗状护手而不是圈状护手，刻凹槽装饰的象牙剑柄，球形剑镡有沙果那么大。它仿佛飘在他掌心，几乎不与皮肤接触，而剑尖似乎在拉着他往前走，就好像急切的小狗拉动主人手里的绳子。他到处找铸剑师的标记却找不到。他把它放回匣子里，然后向无敌骄阳祈祷，希望对手可别也有这么一把剑。

当晚在主大厅旁的一个小厅举行了欢迎仪式。伊瑟姿比过去任何时候都更不乐意见陌生人,于是只管到处找吃的。最后她找到了,那是在离门最远的那个角落,食物摊开在玉米田那么大的一张桌子上。奥多也在桌前,一脸悲伤地大嚼腌甘蓝菜。

"我只能断定他们真的喜欢这东西,"他说,"不可能再有别的解释。"

桌上摆了七种——七种——腌甘蓝,装在美丽的银碗里,碗上雕刻了行会过去会长的家徽。此外还有一大堆看起来硬邦邦的面包卷,一块直径一码的圆盘奶酪,穿着雪白的硬壳盔甲。"别担心,"见伊瑟姿无言地瞪眼,他轻声说道,"我跟库尼瓦上尉提过了,等会儿他会在警卫室给我们弄点吃的。好像他们今晚吃羊肉,芥末胡椒做的酱。"

伊瑟姿感激地点点头。"就跟那死老头说的一样,"她嘀咕道,"和解与原谅敌人的美妙之处。给我一盘烤羊肉,很多事我都能原谅。"

"不过呢,"奥多说,"如果我们不在这儿吃点什么,那就太不礼貌了。"他拿起一个盘子,用一把镀银的长柄勺舀了点腌甘蓝扔在盘子里,勺子的形状仿佛梳理羽毛的天鹅,"假装嚼一嚼,然后整个吞下去。基本上吃不出什么味道。"

"面包卷呢?"

"最好别,"奥多认真道,"刚刚我失手掉了一个在地上。它碎了。吃这种东西当心舌头被割成破布条。"

她好不难过地看他一眼,伸手接过盘子,又从甘蓝大军中分离出两根沙色的放进嘴里。奥多赞许地点点头。"富兰特泽士跟我说,"他说,"比赛会在主大厅举行,明晚,三千观众。而且他们会把平开的大窗开着,好让人可以跟院子里的人转述情况。据我听说的消息看,他们估计几乎全城的人都会来。"

"没问题，"伊瑟姿说，"到目前为止我觉得除了当兵的我只见过四个人。你觉得这城里真住了人吗？"

"宵禁，"兹米瑟斯凭空出现在距离伊瑟姿胳膊肘几英寸的地方。她惊了一跳，险些摔了盘子，"黎明之前和日落之后任何人不许上街。明天会取消宵禁，好让大家可以来看比赛。但宵禁期间要是有人在街上被逮住，那他就得跟当兵的解释了。似乎很奏效，"他继续说道，"自从宣布宵禁一直风平浪静。他们希望最糟糕的时期已经过去了。"

奥多问："那这里这些人又是谁？"

"一半是击剑行会的人，所以他们本来就住这儿。其他人都有通行证——当地士绅、市议员，没一个大人物。真正的重要人物明天才来，政府部长、矿主那类人。"他拿个盘子堆上一大撮腌甘蓝，"到这儿以后你们俩谁见过苏伊达斯·德泽尔吗？"

"见过。"伊瑟姿皱眉，"说起来我也不大确定。我进来的时候好像看见他在门边跟一个穿蓝褂子的老头说话，可是——"

"我没见过他，"奥多打断她，"怎么了，有问题吗？"

"德泽尔？对，通常都有。告诉我，"他压低嗓门，"我们这回出门以后，你们谁见他喝过吗？我是说葡萄酒、烈酒，那之类的东西？"

奥多想了想，又看看伊瑟姿。后者摇摇头。"没见过，我觉得没有。"

"我也没见过，"兹米瑟斯说，"所以我才担心他。"

"因为他没有？"

"对，"兹米瑟斯放下盘子，"我们招募他之后跟他那姑娘好好谈了谈。很有趣的女人，非常聪明。总之她说他有两种喝法。第一种基本上只是帮自己放松放松心情，而她已经差不多把这毛病给治好了。另一种是有事情真的让他心烦意乱，或者勾起了回忆，这种时候她总是确保家里有一瓶酒。两害相权，可以说是。真的，我简直看不出她怎么能受得了他。"他走开了，他们看得出他瞄准了大门，跟箭一样。然后他转身说："如果真看见他了你们就告诉我，好吧？"

昭然若揭，这是苏伊达斯被带到自己房间之后的反应，真是**昭然若揭**。他一点也不怀疑这是兹米瑟斯特意安排的：他的住处位于九十英尺的高空，只有一道螺旋阶梯供人通行，派一个卫兵就能轻易守住。也好，他心想，反正他很享受挑战，而他体内累积的能量都快冒出来了，正好需要想办法耗掉些。

自从加入击剑队他还瘦了，这也算他运气。换了三周之前，想从那扇窄窄的窗户挤出去，他非得擦掉一大片皮肤不可。

等到了外面他就站在刀锋一样薄的窗沿上，指尖找到墙上最最微小的缝隙帮助保持平衡。他斟酌片刻，决定往上走。之前时间不多，他只稍微瞟了一眼，但他记得塔顶有一栋方形角楼。角楼很可能是装饰性的，仍然只有他上楼的那条路可以下去；但它也可能是实用性的，能通向垛墙（而从垛墙也许有一条狭窄的通道通往对面的塔，当然也可能没有。得到了才知道。）天上还下起了雨，这下更有趣了。

苏伊达斯·德泽尔恨死了爬高。可惜他爬高又很在行，也就是说在做行动计划时爬高是切实可行的选项。他往上摸，寻找两块石头之间的沟槽。这种老房子的外墙上，水会积在勾缝里把灰浆腐蚀，深度刚够嵌进指尖。**明天我这双手就算废了**，他心想，可惜。

爬到差不多一半的时候，他遇到一片地方没有可供落手的地儿。他尽量向上延展，再把手指轻轻落在石头上，可感受到的只有平滑、完整的花岗岩。

与此同时，他感到双脚正渐渐从落脚的缝隙里往外滑。不奇怪：他全身的重量都压在靴子脚趾处的接缝皮上，就是鞋底与鞋面缝在一起的那地方。那一刻他意识到自己可能会因此而死。之前他从没想过这一点，但现在这么一想，死亡是完全可能的，毕竟并没有任何规定说天下的每面墙上都必须有方便抓手的地方。他也不可能再往下，因为得在没有地方抓手的情况下找到下一个落脚处。他随时可能失去平衡，那时就完蛋了。

对此他非常平静，倒叫他自己吃惊不小。对死亡的恐惧从来都带给他更多精力，让他的行动速度加快，似乎远远超出身体的能力极限，还会把他的反应和思维进程加快到相当不可思议的水平。可这回他只是想：哦，并且意识到原来自己其实不怎么在乎。他能感觉到所有的责任、其他人对他的爱以及自己未能实现的潜能，它们就像孩子的小手一样想把他往上拉。这只手已经尽力了，可确实不够。尤其他心里也没有自责。*我试图爬墙，结果没爬上去，仅此而已。*

这时他左手食指的指尖嵌进一条缝里，剩下的手指也找到了这条缝，他把手收紧——他能感觉到肌腱过度用力受了伤，但感觉不到疼痛——然后一股似乎与他毫无关系的力量将他往上拉，让他可以抬起膝盖、在墙上摸索落脚点。找到了。那之后不久他就趴到了垛墙顶上，然后又移动重心往前翻，身体落到角楼潮湿的石板上。他瘫软在地，心里奇怪：*刚刚是怎么回事？* 可他完全无法理解。先前他比大战期间的任何时候都更接近死亡，而现在他安全了，同时挖空心思也想不明白这之前发生了什么。

不必担心，反正他已经上来了，花费无数精力、受了无数伤，终于抵达了。有片刻工夫他惊慌失措，因为他想不起自己为什么想上来；然后他记起来：从角楼也许可以上垛墙、再去对面的角楼、走下无人把守的楼梯进入世界。

没那么简单。正如他之前所担心的那样，角楼完全是装饰性的，既没有活板门也没有通往垛墙的通道，它只是一个略带坡度的铅皮房顶，周围环绕着蠢头蠢脑的锯齿状垛口。他往下看着将这座角楼与隔壁邻居相连的那截垛墙；大门就在垛墙正下方，而他突然想起来，大门上方有面钟。而关于钟有件事是千真万确的，他开心地想，那就是它们必须上发条；又因为只有傻瓜和走投无路的人才会搞那些毫无必要的田径运动，所以说墙内侧肯定有一条路可以很容易爬上钟那里。天色太暗，从他所在的地方什么也看不见，而且也可能他想错了，也可能行会的普通成员每周一次拿把长梯子来给那鬼东西上发条，可是管它呢。如果整个西帝国的几百万人都能相信太阳是神，那他又为什么不能相信存在一道给钟上发条的楼梯呢。要有信仰，他告诉自己。充满信心地去相信奇迹。

他绝对没办法从角楼侧面往下爬，不过跳下去也没多高。麻烦的地方在于要落在一堵相对较窄而且还看不太清的墙上（因为下雨还很滑）。他咧开嘴。正常人会留在原地，等太阳升起、底下有人出来走动再大声呼救。于是人家就会拿梯子帮他下来，到时候他肯定也已经编好故事，解释自己为什么会上去。哦没错，正常人是会这么做的。正常人不会爬到垛墙上、只靠猜就自愿往下跳……

看在老天分上，苏伊达斯，他仅剩的几个朋友经常这么说，*为什么你非要穿军队发的大笨靴子？你看起来活像庄稼汉。因为*，他从来没说过答案，*我的脚已经习惯它们了。因为当我穿着它们的时候我完全知道自己能干什么不能干什么。*所以，比方说如果某个时候我需要攀爬垂直的立面，或者从塔上往下跳十英尺落到一堵窄墙上，我就能把活下来的可能性提到最高。结果他落下的位置刚刚好。他弯曲膝盖吸收落地的冲击力，整个人蹲在墙上，活像围栏上的猫。他满心惊奇，而且大大松了一口气。

又因为他有信仰,所以钟的背面还有一个平台从墙上支棱出去,平台带顶,还有排水沟;他从墙上跳下、顺着平台顶往下滑、抓住排水沟将身体荡到平台上,就好像这是他在击剑厅演练过一百遍的招式。然后他就发现了一段狭窄的楼梯,还带扶手呢。看吧,信仰。现在他恨不得朝无敌骄阳三鞠躬,只不过太阳已经下山很久了。

他双手揣在兜里蹦蹦跳跳地走下楼梯。他开心得不可理喻,就好像在某个重大问题上证明了自己的正确。院子尽头能看见一块块方形的黄光,那当然是欢迎仪式了。他微微一笑,心里暗想,这可真值得好好干一杯呢。不过我现在已经不那么干了,他迅速向自己保证。他拍拍膝盖和袖子上的灰尘和污垢,又下意识地伸手去摸砍刀的刀柄,然后才记起来,不对,我把它留在房间了,故意的。然后他穿过院子、走上通往主大厅的阶梯。

门口有个守卫。"没关系的,"苏伊达斯说,"我是剑手之一。"

守卫看看他,"唔,那还用说,击剑行会嘛。请柬。"

"我没有。"

"那你就不能进去。"

苏伊达斯叹口气,"他们在等我。我是客人之一。斯科利亚的击剑队。"

"是吗。"守卫似乎对他的手背很感兴趣,它们血淋淋的擦破了皮。他并不记得伤了手背,不过当时他担着别的心事。

"听着,"他说,"你去找富兰特泽士,或者兹米瑟斯,他们会替我担保的。我就在这儿等,行吧?"

"谁?"

"好吧。你干吗不带我去见你的长官?"

这倒是可以安排,只不过需要花些时间,而这些时间苏伊达斯都花在了一间上锁的木炭地窖里。最后门终于开了,富兰特泽士站在门口瞪眼,"你去哪儿了？我们担心坏了。"

苏伊达斯咧嘴笑，"我肯定是在哪儿转错了弯。迷路了。在这里头转了好几个钟头。"

"你的手怎么回事？"

"黑漆漆的，脚下打滑摔了一跤，真不敢相信对吧。我说，你能不能跟他们说说我是谁，把我弄出去？这里头脏得要命，我可没衣服换。"

两人被持戟的士兵护在中间朝院子那头走，走到一半时富兰特泽士说："而且你全身都湿透了。"

"在下雨。"

"所以你在户外做什么？"

"跟你说我迷路了。这地方跟小镇子一样大。"

富兰特泽士好不伤心地瞅他一眼，他问："你喝酒了吗？"

苏伊达斯哈哈大笑，"没有，当然没有。愿意的话你可以闻闻。"

"不，不必了，我相信你。"富兰特泽士突然停步，"苏伊达斯，你没干什么蠢事吧？"

"次数远远超出你的想象。"苏伊达斯咧嘴笑，"不过最近没有。至少我觉得没有。怎么了？你以为我干了什么？"

"我们到处找你。你没跟其他人一起下来参加欢迎仪式招待会。"

"就这个？这就是我的反人类罪？"苏伊达斯抬腿朝阶梯走，"你振作些好吧？人总有散步的自由，哪怕是在该死的佩尔米亚。"

从他有印象时起季若特就被困在一个角落里，跟一个秃顶的高个男人和他那球形的妻子谈论园艺。他对园艺完全不了解，对园艺的兴趣比了解还更少，而且他也不大确定这些人到底是谁；他们的确跟他讲过，可他的大脑挡开了他们所说的一切，就好像羊毛挡开雨水。他感觉对方似乎稍微算个什么人物，所以他不能光说个"失陪"就走开。他有位住在乡下的表亲有时会跟他说起玫瑰，把他烦得半死；他多么希望自己当时稍微听进去一点点。可他没有，而且现在也来不及了。

然后，就好像无敌骄阳冲破云层，兹米瑟斯出现了，他抓住他的胳膊肘说："季若特，有个人我想介绍给你认识。部长，您会见谅的，我敢说。"

就这么简单，围困解除。趁兹米瑟斯把他往屋子对面拖的当口，季若特悄声问："那是谁啊？"

"他没说吗？那是巴鲁什部长。跟你说话的是佩尔米亚第四号人物。生产部长。怎么了？他跟你说了什么？"

"一大篇给杜鹃花科堆肥的东西，"季若特回答道，"抱歉，我可没记笔记什么的。"

兹米瑟斯哈哈大笑。"过来冒充一下漂亮小伙子，陪陪战争部长的老婆。"他说，"她喜欢年纪比自己小一半的美貌年轻人，我们手头最接近的就属你了。而且我听说你很能搭讪不该搭讪的女人。"

季若特觉得这话大概是自己活该，"我还以为政府的人要明天才到。"

"计划有变。我们得到的是官方的假消息，大家都一样。就是她，那边那个老鹰一样的女人。"兹米瑟斯推了季若特一把，差点害他栽倒，"为了斯科利亚，"说完兹米瑟斯就消失了。

那女人转过来冲季若特微笑，露出满口的牙。她问："你是谁？"

季若特告诉对方。

"我对击剑并不真感兴趣，"她说，"告诉我，卡努斐克斯家的男孩是哪个？我倒很想认识认识他。"

季若特四下一看，找到了奥多的后脑勺。他说："我替你介绍。"

跟奥多说话的是个上了年纪的矮子，那人原来就是这女人的丈夫。季若特抓紧机会逃跑，他迅速四下打量，发现没有追兵，于是安然撤退到摆食物的桌子旁。他在那里找到了伊瑟姿，她放射出的不友好屏障季若特从五码之外就能感觉出来。她稍微把屏障放松，容他靠近。

她问："见到苏伊达斯了吗？"

"还真见了，"他说，"他刚刚才跟富兰特泽士一道走进来。怎么？"

"他们在找他。我不晓得为什么。"

"好吧，他们找到他了。"季若特看看食物，看完就意识到自己并不饿，"我注意到他的手了，"他说，"伤痕累累，就好像打架了什么的。"

伊瑟姿睁大眼睛，"你猜他会不会是想逃跑没跑掉？"

季若特耸耸肩。"不知道。我觉得不像。我是说这地方肯定比监狱还难出去。如果他想逃，比这好的机会有的是。"

她从盘子上拿了一个面包卷，戳了几下又放回去，"你知道吗，之前在马车里，奥多读的那本蠢书。"

"军事评述。"

"你有没有注意到富兰特泽士有多紧张？他像是担了老大心事。"

季若特不大确定该说什么好，"我还以为是我想多了。"

"也就是说你也发现了。"

"而且我觉得总的说来还是我想的对。他多半只是受够了，一动不动坐那么长时间。"

"不对，"她的眼睛闪闪发亮，"我也看见了。他肯定是有心事。"

季若特装模作样地叹口气，装得有点过了，"你是不是整天就盯着我们其他人？我可没想到我们那么有趣。"

"你个废物！"她呵斥的语气太激烈，他不由得退了一步，"我们被拽过来，扔进这堆愚蠢可怕的事件里，而你就任它发生。我不明白怎么能有人这么想。看在老天的分上，季若特，街上摆着尸体呢。你就从来不把任何事情当真吗？"

"好吧，是有尸体，"季若特没来得及拦住自己，"但那是他们的问题，跟我们无关。又不是我们的责任，而且我们也做不了什么。这不是我们的国家。而且……"

他及时停下了。好吧，也许并没有太及时。她冷冷地瞪着他，"而且什么？"

好吧，就算他不说她也会替他说的。"而且他们是敌人。如果他们愿意自相残杀，随他们去好了。"他等了一等，但她没说话，"怎么？你不可能假装大战没有发生过。还有，如果他们在自相残杀，他们就没工夫杀我们。"

伊瑟姿转过身去，季若特强烈感觉自己根本不存在。他体会到深深的疲惫，就好像他背了一整天重物，没人准备接过去。"听着，"他对着伊瑟姿的后脑勺说，"我并不恨佩尔米亚人。他们怪得很，还有他们怎么吃得下他们弄的那些食物我永远不会懂，但他们只是人。他们的政治跟我一点关系也没有。我不想来，也不想卷进去。我还以为你理解呢。"

她转身的速度太快，差点撞到他身上。"季若特，你真蠢。"她说，"你不明白吗？这里头有事，而我们深深陷进去了。兹米瑟斯老是消失不见。那个被谋杀的人。我们到了哪儿，哪儿就有麻烦。这事儿跟大战有关，他们还想再打一场，而且在利用我们来达到目的。击剑巡回比赛，老天，我们来是为了让情况变得更好，可结果现在街上躺着死人、到处都是兵，而我不理解……"

季若特叹气。"全是你的想象，"他说，"你绷得太紧，压力太大，因为——唔，光是来佩尔米亚这一样已经够了，然后我们又发现我们要用真剑打，简直就是野蛮，再然后又有暴动之类的事儿。不过我并不觉得有什么暗中进行的阴谋诡计。只不过是一团乱，没别的。"

"你说的不对，"她说，"你心里清楚，只可惜你没种承认。"

他知道自己理应感到愤怒，但他心里连一丝一毫的怒气或怨恨都没有；他知道愤怒是自己无力承担的奢侈品。"你这么想我很遗憾，"他说，"而且我希望你想错了。"这话还不如说给墙听呢。他转身走开，心里琢磨着还要多久才会允许他们离开。他四下看看，想找人说话。苏伊达斯被一圈佩尔米亚人围在中央，他咧嘴微笑、哈哈大笑，而他们跟他一起似乎也非常开心——大概是他的崇拜者，因为能认识斯科利亚的击剑冠军而心花怒放。富兰特泽士被乌罗什部长和他老婆压制在一个角落（也许他懂园艺吧），而奥多则不见踪影。他正这么关注着大家，这时来了个又矮又方的佩尔米亚人，一头灰色长发扎成马尾辫。他不知从哪里冒出来，咬定他是季若特·布锐埃纽斯。

他说："对，是我。"

"你比刺剑。"

"没错。"

佩尔米亚人点点头，"为什么？难道苏伊达斯·德泽尔不是你们国家的刺剑冠军吗？"

哦见了鬼了。"对，没错，"季若特说，"但我们需要苏伊达斯去比砍刀，所以——"

"可是他比的是长剑，比砍刀的是奥都勒森图鲁斯·卡努斐克斯。"

"啊，他俩对调了。总之呢，苏伊达斯不可能又比长剑又比刺剑，所以他们就找了我。"

他的回答显然未能令对方满意。"我关注斯科利亚联赛已经有段时间了，"那个佩尔米亚人说。"从没听说过你。他们为什么不找格斯·耳寇迈–

布林伽斯来比刺剑呢？他是今年锦标赛的银牌选手。"

"我猜他大概走不开，"季若特深感疲惫，"而我正好有空，所以……"

"你到底参加过职业比赛没有？你的名字没在斯科利亚行会的名册上出现过。"

"职业的倒不算，不。抱歉，我好像没听见尊姓大名？"

"图乔曼。负责文化与宗教事务的国务卿。"喔，季若特心想。"如果选了德泽尔那为什么又是卡努斐克斯来比砍刀呢？我不明白。"

"这个嘛。"季若特敞开心门，指望从宇宙中攫取一粒灵感的火花，"奥多过去从没用过砍刀，但在练习的时候我们发现他极其出色——"

"他在乔伊奥兹的表现并不令人信服。"

"他有点紧张。总之呢，他一直在练习。明天可有好戏看呢，我保证。"

图乔曼部长面露怀疑之色。"希望如此，"他说，"你会发现此地的观众很有鉴赏力。我留意到你是倾向于维萨尼学派的。"

是吗？而维萨尼学派又是什么鬼东西？"有一点吧，我猜。不过大部分我都是随机应变。"

他说错话了。"这我不能接受，"部长说，"我读过了你在乔伊奥兹比赛的文字稿。你综合了四个风格迥异的经典击剑学派的元素。这就是我来这里看你的主要原因。"

文字稿？"你跑了这么远就为来看我？"

"来看实战中的后正统维萨尼单时技术，对。我一辈子都有读到相关的内容，但从没亲眼见过。"一个严厉的表情，"我真心希望你不会让我失望。"

说完这话，部长随便编了个借口向他告辞，然后大步走开了。留在原地的季若特嘴里默念后正统维萨尼单时技术，预备等下拿奥多的书查一查。他非常希望翻译过来就是躲开对方的剑保住自己小命的意思，因为他反正是准备这么干的，观众有什么期待谁管它。

"你知道，其实这些人也不算太坏。"苏伊达斯从他背后走过来。他手里拿着个玻璃杯：纯水。"我刚刚跟一个人聊了一会儿，他在南边某个地方组织商业巡回赛。猜猜看他跟我开的价是多少，刺剑，用钝剑比。"

季若特稍微挪远些，"猜不出来。"

"五千诺米斯玛塔。每场一千，刺剑。还不止呢，他对钝剑完全没意见，一点也没有。似乎只有行会坚持必须使用开刃剑，而行会只控制着全国大约三分之一的击剑活动。赌剑的人是不介意的，有意见的只是那帮神经兮兮的纯净主义者。这儿可有不少赚钱的机会。还不算表演赛、私教课、政治背书……"

"政治？"

"哦，在佩尔米亚是一笔大买卖呢。他们付你一大笔钱，让你说自己多么多么景仰某个政治家。五百诺米斯玛塔，他们估计我能拿到，因为我是斯科利亚的冠军什么的。如果后两场比赛我表现出色，价码还能再升一升。我得说，这么一来整件事就完全不一样了。在这儿待上十八个月，我一辈子的花销都能赚出来，我可以退休，开一家时髦的击剑厅，下半辈子就给——唔，给你这种人吧，我猜——当教练，而且再也不需要上场动真格的。刚才跟我说话的有个干瘪的小矮子，他说只要百分之五的佣金他就能替我安排妥当，而且完全不用碰开刃的剑。"他停下来皱眉，"老天，可千万别再打仗，坏了我的好事。"

季若特瞪大眼睛，"你在认真考虑留在佩尔米亚？"

"你不明白，"苏伊达斯的声音突然变得又轻又硬。"抱歉，季若特，但你是一点概念也没有的。钱对你来说从来不是问题，对吧？钱一直都有，你从来不必想它。如果你一个大子儿也没有可就不一样了，相信我。好吧，我对穷已经厌烦透顶。它拖着你，吸干你的精力，直到你除了钱再也想不到别的，而如果我只需要在这鬼地方待十八个月就能摆脱它——直说吧，我别无选择。"

"可我还以为你——"季若特咽下了后半句，但苏伊达斯完全明白他的意思。

"这次来的确有钱拿。对。两万五。这是一大笔钱，但还不够。松莎……"他停下来皱起眉头，似乎在努力回忆什么。"不够，"他说，"够我花五年。可五年以后呢？安全起见，我需要两倍这个数才能开起击剑厅，否则长远看只会让情况更糟。不，就是这地方了。愿神保佑佩尔米亚，要我说。多好的国家，多美的人，而且让我们祈祷不会再有一场战争。"他深吸一口气，变成笑声吐出来，"我从来都不赞成战争，用它去处理问题简直蠢死了，总是把事情闹得更严重，还有人……反正吧。"他四下瞧瞧，伸手从旁边一张桌上抓起装满葡萄酒的酒壶，"我觉得应该为此喝一杯。你觉得呢？"

"苏伊达斯……"

"哦去你的。"他犹豫了一下，然后把酒壶放回桌上，"反正我会认真考虑考虑，"他说，"我意思是，十八个月算什么呢？偷苹果判的刑也比这个长呢。"

最后，正当他放弃希望时，招待会终于结束了。它就像严冬一样慢慢解冻，首先是大人物退场，留下凡夫俗子彼此激动地交谈，交流自己刚刚遇见了谁谁谁；这时季若特意识到由于外交礼节，他自己也算大人物，所以可以离开了。他朝门口走去，两个身着镀金薄甲的帝国兵立刻来到他身侧就位。他们占据的位置——彼此完全平行，在他肩膀后方大约六英寸——唤醒了过去的记忆。

他问："我被捕了吗？"

"护送，长官。为了保护您的安全。"

在你根本没想到自己有危险时却被告知你受了保护，这是会有点让人不安的，不过他来佩尔米亚时间已经不短，懂得不去为这种事烦心。他允许自己被护送到院子对面，走上狭窄的螺旋楼梯，全程只略微感到一丝轻微的不自在。上楼时一个卫兵领头、另一个断后，季若特不禁觉得真正的危险就在这里——踩到他的保护者、或者被保护者踩了脚，然后滚下致命的楼梯摔死。他们替他开了门，退后让他进屋。关门以后他竖起耳朵使劲听了半天，并没有听见钥匙在锁里转动的声音，不过他也同样没听见咔嗒咔嗒往楼下走的脚步声。

（好吧，他暗想，又来了：困在一座塔顶，一门之隔就是当兵的，而且依然固执地活着。他开始琢磨，他的生活是故意选择了这个模式、想借此向他阐明某个观点吗？或者这只是生命天然容易形成的形态，就好像扔出去的绳子自然会落下变成一圈一圈？）

他懒得脱衣服，于是就直接躺在床上（这床给铁匠当砧子倒很合适），他闭上眼睛要求睡意降临。不消说，睡眠坚定地拒绝到来。他的脑子开始琢磨各种各样的事情，就像乌鸦在尸体上左一口右一口。他想起了横死的两个政治家（一个斯科利亚人一个佩尔米亚人）、大东路上被意外遗弃的兵站、兹米瑟斯凭空消失的本领、奥多弄丢了借来的书，还有苏伊达斯的手背。他得出了好些结论，但没有一个结论让他安心。可他还是决心努力去理解它们，他这么做着就睡着了。

他被喊声惊醒：一个愤怒的大嗓门在高声下命令。他坐起来，发觉进门时还点着的油灯已经熄灭，然后他试着分辨那些暴怒的声音里的话语。再然后他的房门开了，光线像洪水一样涌进屋里，借着这光他分辨出一个帝国军的头盔。

他喃喃道:"怎么了?"

"抱歉,长官。不必担心。只是检查一下您是否平安。"不是之前的护卫,

"我没事。外头什么声音?"

"不必担心,"卫兵重复了一遍,"您请休息,长官,明天是大日子。"门关了,灯光退出门外,之后从一数到十的时间里外面都静悄悄的。然后又有另外一个人吼起来,声音来自稍微不同的方向,他还听见了楼梯上奔跑的脚步。

特德尔中尉打开的下一扇门属于苏伊达斯·德泽尔。人家告诉他要小心留意这个德泽尔,但开门后他发现他坐在椅子上,膝盖上放了一本书,正垫着书写信。

德泽尔说:"见鬼,什么事?"

"例行检查,长官。"特德尔回答道,"只是确保您一切都好。"

好吧,反正人家付他薪水也不是因为他演戏逼真。他关上门,提醒守在门外的卫兵任何人都不准进出(其实他们根本不用人来提醒)。接着他沿走廊继续前进,下一扇门背后是奥都勒森图鲁斯·卡努斐克斯,浇灌者的儿子。这可是今后可以讲给孙子们听的,特德尔心想。不过小卡努斐克斯睡得正香,所以也没事。特德尔冷得打了个哆嗦,他退出门外,去检查下一个房间:击剑队的领队,富兰特泽士。他相应调整了自己的行为方式。

"出了一点事,"他回答对方那个意料之中的问题,"是其中一位客人。不过一切都在控制之下,不必担心。抱歉打扰了您休息。"

他关上门,不给富兰特泽士机会继续提问。还剩最后一扇门。这事儿有点尴尬,因为最后一位住客是女性,因此需要遵循不同的规范。他敲门,等着。

片刻之后门打开一条缝，一个长相普通的年轻女人朝他怒目而视，"见鬼，怎么了？"

"只是确保您没事，小姐。"

"我为什么会有事？"

"没什么可担心的。晚安，小姐。"

"等等。"她很有发号施令的天分，"刚才的嚷嚷是怎么回事？"

"抱歉，小姐。不过是演习。"

"胡说八道。出了什么事？"

"谢谢您，小姐。抱歉打扰您了。"

他稍微用膝盖顶住房门，把它轻轻关上。他走开时两个卫兵直视前方，可一旦他走到安全的距离之外，他们就会捧腹大笑。他诅咒他们提前晋升，以后再遇到拥有外交身份的暴躁女人就该他们去礼貌应付了。他回到守备室，在那里他遇到了洛佐上尉，当晚的值勤官。后者满脸的疲惫和惊恐，正十万火急似的到处找墨水瓶。特德尔从书桌抽屉里拿出墨水瓶递给他。

他问："长官，到底怎么回事？"

"该死的好问题，"洛佐笨手笨脚地，抓紧瓶塞用力拧开，把墨水撒在桌上，"似乎是有个部长蠢材让自己被人杀了。我们觉得是。我们并不确切知道。现在主要是要把这地方完全封锁，每个人都要待在自己房间里，在得到进一步通知之前无论如何都不准任何人离开。我们觉得他们是想把这事儿暂时瞒下来，直到能调来足够多的阿兰姆·查塔特为止。当然了，等最后消息传开去……"

他不需要把话说完，"真的吗？哪个部长？"

"不知道也不关心，"洛佐回答道，"我现在只想送一份情况报告给师部，让他们派人来管事，把我自己解放。"他朝桌上的那滩墨水皱眉，就好像完全无法想象墨水是怎么弄到桌上去的，"斯科利亚人全都安全地限制起来了？"

"是的，长官。"

"倒也算是有件顺心事，我猜。要是他们中有谁也害自己送了命，那会怎么样才是只有天晓得，一分钟也不用我们就又要开仗。"他的眉头皱得更紧，转身看特德尔，仿佛对方是站在圣山上的先知，"你猜他们是不是就为这个来的？"他问，"为了被杀，好挑起另一场战争？"

"我……"这可不是帝国军的中尉应该琢磨的问题，"我不知道，长官。"

"不过的确会有这个效果，不是吗？"

可问题一旦问出来，就让人心痒痒的非回答不可。"你觉得佩尔米亚人邀请他们来就是为了这个吗？"

"或者斯科利亚人派他们来就是为了这个。"洛佐一动不动地坐了片刻，就好像担心自己骤然移动会吓跑上天昭示的完美真相。然后他大幅度耸动肩膀。"反正也不关我们的事。如果他们想打仗，那我猜就让他们打去。上回打的时候你在吗，特德尔？"

"不在，长官。"

洛佐点点头。"你还太年轻。好吧，你也没错过什么好戏。基本上就是一团糟。斯科利亚人就是一帮原始人，只不过他们的将军恰好是十二个世纪以来最伟大的战略家，所以跟他们打简直头痛。前一分钟你还把他们当羊宰，下一分钟你就被他们包围了，只能躲在壕沟里。至于佩尔米亚人……"他哈哈大笑，"我老做同一个噩梦，我从阴曹地府回人间，看到了我自己的墓碑，上面有我的名字、军衔、番号，底下用花体大字写着：他为佩尔米亚献身。这种事情可真能叫你死了也不安生，你不觉得吗？"他叹口气，抬笔沾沾墨水，"解散，中尉。去找个人保护保护，好样的。"

这是长官的直接命令，但特德尔并不想遵守。他回到塔里走来走去，把卫兵们搞得心烦；最后他终于确定自己在那儿做不出什么有用的事来，于是就回了门楼，因为他假定如果有人想找他，对方凭逻辑也会去门楼找。另一场战争：他倒是不期待这个，但这也是一个需要面对的事实。战争里军官会死，他们的下属会得到晋升去取代他们。和平时期只能指望衰老、疾病和名誉扫地，而他并不准备等那么久。不过真正上好的公共秩序危机呢，这他倒还没仔细考虑过。他不免记起了那些宏伟光辉的伟人故事，他们也是在发生骚乱的时期开启了职业生涯，他们临危不乱、当机立断，最后力挽狂澜，并因此获得了奖赏。不过他们中的大多数人倒是都不需要在挤满阿兰姆·查塔特的密闭空间里施展才华。而且在这类非常情势底下，一个人的职业生涯既可能加速向前也可能毁于一旦……

夜风害他打个寒战，他想起小卡努斐克斯房间里有多冷。简直无法想象人的大脑在那样冷的温度底下如何正常运转。一旦感觉不到自己的手指，他的思考速度就会显著减慢。幸亏门楼里升了好大一堆火。他坐在火前，慢慢活转来。他仔细听了半晌，但门对面并没有躁动喧哗的声音。他觉得总的说来这样也好。明天机会多的是，而且还有光照亮。

不过那句他为佩尔米亚献身……他勾勒出洛佐说这话时的表情，忍不住笑出了声。

12

伊瑟姿看见窗外有团红光。完全可能是日出，只不过并不是。

她告诉自己，这里是全城最安全的地方。必须是，这里头可挤满了政府部长呢。这个逻辑听起来非常有道理，直到她想起或许外面纵火的人想对付的正好就是政府和政府的部长。

当然了，眼下的局面完全不可接受，他们竟会被困在这么个局面里，深陷不知是革命还是什么事里头。不消说，无论巡回比赛原本有什么意义，在这么些乱子过后肯定也早就说不上了。因此唯一理性的选择就是先把他们安全送到远离人口中心的地方（她觉得乡下是不会暴动的，那么多活儿要干，而且除了自己的谷仓也没东西可烧），然后再尽快送回斯科利亚。可是不：他们就在这儿，城里最大的目标。行会大楼已经很有些年头，地板是木头，墙上贴着橡木板，能烧好多天呢。棒极了。

她看看房门。她知道门外有卫兵——无疑是为了保护她，那两个人会为她英勇献身，就在她自己也被杀死之前的几秒钟。这就是男人的逻辑。她琢磨着能不能径直往外走，当他们不存在。他们会动手把她拦下来送回屋里吗？通盘考虑下来她觉得很有可能，而她又提不起兴致跟他们打。只有一个卫兵的话也许可以，还得再加上奇袭，两个就算了吧。再说就算能摆脱他们，她又能去哪儿？她当然可以想象自己混迹于人群中、悄悄溜进小巷、接近无人把守的城门；可实际上在她和边境之间隔着太大一片佩尔米亚，她该吃什么？睡在哪儿？一个可怕的事实就是她的未来不受她自己控制，除非人家另行通知。这念头让她恶心想吐，但她把它咽进肚子里。

所以：像个乖乖女一样坐着别动，等别人来找你。她捏紧拳头，直到她开始担心自己会弄断手指。为什么大家非得这么蠢？

她想到奥多。无论他这人到底如何，反正他并不蠢。对于浇灌者的儿子，应急方案和退路肯定就像第二天性。好多次进入密闭空间时，她都注意到他在观察那个地方的布局——别的门、绕开家具的路线、卫兵的分布位置。如果有办法脱离这个陷阱，奥多·卡努斐克斯肯定能找到，而只要有可能，他会觉得自己有义务带上她，他们。她想起来，他的房间跟她的只隔了一个门。值得记住。

窗户卡住了，但是在一番短暂而激烈的搏斗之后，她付出两个指关节表皮的代价，终于把窗户打开了。冷空气像冰水一样溅在她脸上。她一动不动，闭上眼睛，但什么也听不见：要么是太高、要么就是太远。这多半是好事，如果暴动者在围攻行会大楼，她觉得自己肯定能听见动静。她想起了街上的兵。帝国军穿着盔甲。帝国的一副胸甲上有超过一千片小钢片（这是听谁说的？她一时想不起来了），以极高明且精细的手法串在一起，它能随身体移动，同时又不会留下利器可以刺透的缝隙。不过在一大群愤怒的暴众跟前它们似乎并不能保护你免受伤害，就好像弗罗斯·维尔让的城墙也没能保护城市不被洪水淹没。那么多被压抑的愤怒，足能碾压一切。说到底还是看数量、容量、体积、数字，以及一个有决心开闸放水的人。怎么会有人能做得出这种事呢——打开大门、发动战争、释放一旦释放就再也无人能控制的洪水？她想象不出来，也实在不愿去想。她吮吸擦破皮的指关节，努力不去想被剑砍伤的骨头会比这痛多少。或者头上挨一砍刀，或者被宽剑深深刺入、肋骨被撬开。好吧，至少明天的比赛肯定要取消了，不过她其实并不害怕明天的比赛，哪怕是用开刃的剑。与单个对手在适当的规则下较量，这至少是可控的，规则再怪也总有规则。在乔伊奥兹的比赛开始前，他们把剑刃放进滚水里，就好像医生在手术前用开水给手术器械消毒。她记得听人说过，战场上受伤的大多数人，都是之后因为血液中的毒素慢慢死去的。

有人敲门。她惊了一下，紧接着就为此鄙视自己——嗜血的暴徒多半不会敲门的，不是吗？——然后有人转动门把。是富兰特泽士，满脸的迷惘。

"怎么？"她问。

"是暴动，"他说，"我刚刚请我们的朋友库尼瓦上尉来见我——他不该来的，但我觉得他喜欢我们，因为奥多夸了他的书——"

"他怎么说？"

"有个政府部长被杀了，"富兰特泽士回答道，"库尼瓦也不知道是哪一个，不知道是什么时候、是在哪儿。他说他们本来想封锁消息，至少等到天亮，不过似乎没成功。街上聚了好多人，他们派了阿兰姆·查塔特去，现在还不知道哪边占了上风。库尼瓦说我们得待在这儿，直到秩序恢复。什么时候才能恢复秩序就没人晓得了。这期间只要保持冷静并且——"

"要是再有人叫我保持冷静我就尖叫，"伊瑟姿喝道，"他们无权就这么把咱们锁起来。你去告诉他们我们是斯科利亚的外交使节，我们有我们的权利。我可没兴趣被锁在塔顶安安静静地乖乖坐着。库尼瓦是上尉不是吗？他肯定比守这楼梯的人职位高。"

"他就等在门外头，"富兰特泽士说，"愿意的话我可以请他进来，你自己跟他说。不过我建议别这样。他紧张得很，而这栋楼里似乎只有他还算有点在乎我们，惹恼他就太不明智了。"

这话的逻辑她勉强接受。"好吧，"她说，"我就坐在这儿等人家来谋杀我好了。那你准备做什么？我注意到你并没有被锁在自己房间里。"

"我是联络员，"富兰特泽士满心不自在，"负责我们和帝国军的沟通。"

"那不是兹米瑟斯的活儿吗？哦不用说了，他又不见了。"

"他跟行会当局在一起。"两人目光相交，伊瑟姿心想：他也受不了那讨厌鬼。他怕他，"他们为我们想尽了一切办法，我保证。不会有事的。"

他这是跟谁说话呢？反正不是她，她觉得。这时她突然想道：不会再有更好的机会了，这会儿比大多数时机还强呢。"富兰特泽士，"她说，"他们拿什么要挟你的？我是说除了你妻子之外。还有别的，对吧？"

他露出又惊又怒的神情，但现在想撤剑逃跑已经迟了。"说呀！"

她几乎能感受到他在崩溃。他仅有的那一点点力量也彻底弃他而去，他一屁股坐到椅子里，双手从扶手上垂下去，脑袋歪向一侧。有片刻工夫她还以为他心脏病发作了。"告诉你也没什么，"他说，"反正说不说也没差别，我猜。而且你也不会告诉他，因为告诉他对你没好处。哦，管它的。"他抬起头，她从未想过一个人竟能扛着那么多的痛苦。她巴不得自己身在别处，在很远很远的地方。

"我在大战里是管交通的军官，"他说，"在贝尔科斯战役期间，我隶属卡努斐克斯将军的幕僚团。"

噢，她心想，"就是库尼瓦那本书写的那场仗。"

他点点头，"就是它。我猜我的名字多半在书里，事实上我确信肯定在。你瞧，那场仗是我无意之中赢下来的，因为我一不小心犯了一个愚蠢的错误。将军派了一支骑兵小队去进攻一座桥，那是声东击西的障眼法，他们不该成功的，但他们成功了。他们赶走了守桥的佩尔米亚分遣队——不是帝国军也不是阿兰姆·查塔特，我估计是强征入伍的矿工，所以他们才会逃，而不是守住阵地赶走我们的骑兵。反正将军派人给我一张字条，叫我别安排补给队走某一条路；那条路离桥太近，脱队的敌军可能会撞上我们的货车惹出麻烦。好吧，我当时压力很大，我非得把补给送去前线不可，否则前线会乱成一团的，可又没有时间绕远路。我就想了，桥那边只是佯攻，其实不会有大批敌军为了逃跑从那条路通过，于是我仍然让补给队走了那条路，又把卡努斐克斯的字条塞进一堆文件里。如果之后被问起来，我就说从没见过它，说不知哪个蠢文书把它归到其他地方去了。"他停下来咽了一大口气，就好像刚刚从深水里冒出头，"好吧，那条路上果然有佩尔米亚兵，整支佩尔米亚小队，疯了一样想逃离我们的骑兵。他们转过路上的一个弯，我们的货车赫然就在眼前。我觉得他们本来是无心恋战的，但他们害怕极了，而货车上有个傻瓜射了一支箭，就这么打起来了。他们杀光了运输队、破坏了货车然后跑了。我的错。"

伊瑟姿看着他，"你说是你赢了……"

"哦对。"他朝她咧开嘴，"当时我觉得那简直是最最不可思议的好运气。你瞧，大约半小时以后，九百帝国重骑兵从那条路冲上来。他们突破了我们的防线，正准备绕到侧面包抄我们的步兵主力。如果被他们通过，我们会被杀得片甲不留，输掉这场战斗，说不定整个大战也就这么输掉了。可砸烂的货车把路堵死了，他们过不去。他们下了马，想把满地的废物搬开，但没过多久他们就意识到已经太迟了：等他们把路清出来、开始冲锋，他们面对的肯定不会是毫无觉察的步兵部队的尾翼，他们会径直冲向弓箭手和野战炮兵。所以他们放弃了计划。他们回到马背上离开了战场——因为老天知道这是唯一合理的选择，中途还顺手捡了几个活过佩尔米亚人进攻的受伤车夫。其中之一就是——"

伊瑟姿的眼睛睁得滚圆，"苏伊达斯·德泽尔。"

他朝她咧嘴笑。"没错。十九岁，车夫的助手。他被砍成了重伤，本来应该死于失血过多，可蓝皮肤把他捞起来，带回他们的一所战地医院。有个很高明的医生把他缝好了。六个星期过后，他又能走路了，他们就放了他。他们觉得那么一场遭遇之后，他是再也不会给任何人惹麻烦了。"富兰特泽士闭上眼睛，"他们想错了。苏伊达斯加入了第十四陆上辅兵队。你听说过他们吗？"

伊瑟姿摇摇头。

"好吧，那是很该听说的。他们是散兵单位，并不要他们做什么，只是走在正式的军队前头给敌人捣捣乱就行。可是由于某种奇怪的偶然，那个单位的每个人都——好吧，我猜原因在于让他们聚在一起的情势。他们全都是幸存者，你瞧，来自其他被彻底消灭的单位。经历过那种事情的人大多数都当了逃兵，或者被派到离战斗很远的地方。剩下少数例外就被调进了第十四陆上辅兵队。他们全都一样，一心想找机会杀敌，除此之外他们什么都不在乎。简直不可思议。他们会朝一整支帝国军队冲锋，从帝国军中间穿过，就好像对方根本不存在。他们会进攻阿兰姆·查塔特的阵列——而且他们是步行，而那些野蛮人是骑马的——把对方撕成碎片。很快卡努斐克斯就意识到自己手头有一支什么样的队伍，然后就开始用他们执行，嗯，基本上就是自杀式的任务。只不过他们总是完成任务活着回来，然后就吹牛、嚷嚷，直到再被派出去。最后苏伊达斯被晋升成低级上尉，第十四的第三把手。顺便说一句，跟你同坐一辆马车的就是这么个人。他们说过去他腰带上系了个皮袋子，味道臭得很；里头装满了他杀掉的佩尔米亚人的小指头，他准备把皮肤和肉清理掉,学阿兰姆·查塔特那样把骨头串成项链。不过没等他找着工夫它们就腐烂了。我不知道这事是真是假,不过我听好几个跟他一起在那个单位的人说过。"

他停下来,仿佛彻底用光了自己知道的词语。伊瑟姿打量他片刻,然后问:"他知道吗?"

"知道是我把他送到佩尔米亚人跟前?不,当然不知道。他要是知道我现在已经死了。但卡努斐克斯当然知道——他原谅了我,因为那场仗他赢了,他觉得这是个大笑话。兹米瑟斯也知道,我敢说他知道。大概就是因为这个才选了我来这儿。如果我走错一步,如果我不老老实实完全照他们说的做,他就把我卖给苏伊达斯,而那……"他停下来,"所以你就明白了,为什么库尼瓦把书给奥多的时候我那么害怕。"

伊瑟姿点点头,"所以你就把书偷走了。"

"天啊,没有。我想偷的,可是你别想抓住奥多·卡努斐克斯不防备的时候。不,不知为什么他自己把书给丢了,又告诉库尼瓦说书不见了。"他摇摇头,"我祈祷那是出于同情,我希望是这样,但他是卡努斐克斯的儿子,我实在无法相信……"他抬起头微微一笑,"所以现在你明白了。他们利用我妻子把我弄来,跟苏伊达斯·德泽尔关在一辆马车里,就是这样了。我完全被他们捏在手里,丝毫不敢违拗他们。而苏伊达斯正一点点地崩溃,他们肯定知道这是免不了的,等他终于崩溃的时候才有大麻烦呢。我猜我来就是为了背黑锅的,因为队伍应该由我负责,所以是我的错。本来当然也是的。最可怕的就是这个。我看着苏伊达斯,我知道是我害他经历了那一切。他是我犯下的错,无可逃避。这是正义。"

伊瑟姿意识到此刻自己最主要的感受就是难堪。一个受人尊敬的中年男人在距离她不到一码的地方土崩瓦解,这实在太叫人心烦意乱了。这种事就不该允许它发生，太过亲密，无法忍受。她想找个借口把他打发走，把他推到走廊里，让他可以在私底下有尊严地自毁，让自己免受看着他的折磨。但这似乎并非可选项。她深吸一口气，用力咽下厌恶和轻蔑，又压低嗓门，硬挤出一点同情心。"他不会发现的，"她说，"兹米瑟斯不会告诉他，否则会毁了整个任务。他的工作是确保一切顺利。只不过是虚张声势，吓唬你。"

富兰特泽士哈哈大笑，那是一种碾磨麦子一般的可怕噪声，"我看不是。我并不认为这次任务是为了和平与和解。依我看我们来是为了挑起另一场战争。"

"别傻了，"她说，"我们怎么可能？"

"通过被杀，"富兰特泽士说，"或者苏伊达斯可能发狂，开始乱杀人。你知道他在暴乱期间做了什么，他根本控制不住自己。只要手里有把砍刀他就会忍不住把人剁碎，只因为他们在他跟前。老天爷，你这傻姑娘，你自己看不出来吗？派一支击剑队来佩尔米亚，这主意从一开始就很可笑，本来就没指望能收获什么好结果。他们肯定早就知道这边的情形有多糟，而他们还故意送了一支万众瞩目的外交使团到佩尔米亚腹地。他们想要打仗。"

伊瑟姿逼自己微笑，"那么这个他们到底是谁？"

"军事贵族，"富兰特泽士立刻回答道，"卡努斐克斯那帮人。他们恨银行，可人民爱银行、恨他们。可如果打仗，银行就会垮台。银行没法开战，它根本不懂得怎么打。于是银行只能把军事贵族找回来。他们知道佩尔米亚人很弱，几乎到了要打内战打得四分五裂的边缘，这是完美的机会。卡努斐克斯那帮人之所以丢了大权只是因为他们没钱了，可如果他们能迅速打赢佩尔米亚人、吞并非军事区、同不满政府的矿主达成协议，那就能靠矿产弄到大把钱。他们可以卖掉采矿权、恢复自己失去的财富、夺回权力，今后一千年都会是他们的天下。我只是不明白怎么就没有别的人看出来呢，这事显而易见到这种程度。"他转头看她，咧嘴朝她露出死神一样的笑，"如果你想要证据，那么问问你自己：否则的话他们为什么会选我？我是个没用的废物，根本做不来这事。他们选我是因为知道我会搞砸，而且我是完全可以牺牲的。如何？你看不出来吗？就是我说的这样。"

她看着他，竭力让自己平静而坚强。这就好像抵住门，虽然有人在对面拼命推。"你真笨，"她说，"你忘了一个非常重要的因素，而且是那么明显的因素。"

"真的吗？请说，愿闻其详。"

"奥多·卡努斐克斯，"她柔声说，"如果我们是来送死的，或者哪怕有很大可能会被杀，你真以为浇灌者会允许他自己的宝贝儿子来参加吗？如何？"她模仿他刚刚的口气，十足地残忍，"你真觉得会吗？真的？"

她看出他在跟这想法搏斗，就好像摔跤选手想把对手摁倒在地。"我不知道，"他说，"他是个无情的人。失去自己的儿子——他做得出来的，为了争取同情。"

"胡说八道，"伊瑟姿说，"你也清楚这是胡说八道。得了吧，富兰特泽士，有点常识。卡努斐克斯将军为什么是伟大的战略家，你知道吗？他从不浪费资源。他不会为了赌一把或者做个姿态就把人命白白扔掉。他保存力量，只做必须要做的事，一分不多一分不少。对于那样的人，对于那样的家庭，儿子是很宝贵的资源。你需要你的儿子去做你不能放心交给其他任何人的事，你需要他们去联姻。只要你还能靠别的法子达成目的，你就不会把他们白白浪费。"她稍微停顿，让自己的论据渗进对方心里，"你刚刚那些话太可笑了，跟演戏似的。不，有一件事是肯定的，如果奥多来参加这次比赛，他父亲肯定相信来这一趟没有危险。这样一来你的整个理论都摔得稀烂了，不是吗？"

"好吧，"他开始反击：受伤、愤怒，"那他们为什么选我？我们出来这么久，我什么也没干成。我就只是坐在马车里碍事。他们根本不需要我。兹米瑟斯——"

"是伪装成外交人员的军队情报官员，"伊瑟姿打断他，"间谍。这你是知道的。要你来就是让你当傀儡，没别的。过去的击剑冠军，又是能干的行政人员；所以他们才选了你。不是因为他们密谋要拿你去喂狮子。苏伊达斯那档子事不过是为了让你老实听话，很可能还因为兹米瑟斯喜欢折磨人，只要不影响他干正事。他就是那种人，看看他你就明白。"

他把头转开，她突然想起了那个古老的童话：蠢女孩打开了神给她的匣子，全世界的邪恶都从匣子里飞出来，只除了希望，因为希望在匣底。她奇怪一开始希望又跑到匣子里做什么，为什么它要跟其他所有的坏东西待在一起。然后答案浮现，她又奇怪自己之前怎么那么傻：希望之所以在匣子里，因为它也一样是邪恶的，多半还是最邪恶的那个呢；它沉甸甸地满载着恶意和痛苦，就算匣子开了它也没法爬出去。"想想吧，"她说，"你捕风捉影把自己吓得半死，其实根本没事，我保证。"

"对不起，"他说出的话仿佛带着参差的边缘，划破了他的舌头，"我猜是我脑子糊涂了。当然了，将军是不会让奥多出事的。大家都说他是他唯一真心在意的儿子。如果奥多安全，我们应该都不会有危险。"

"而苏伊达斯是他们非选不可的，他是斯科利亚的冠军，我们几个人里头很可能只有他是佩尔米亚人听说过的，他们派他来是理所当然的事。而且他们知道他们能说动他参加，因为他太需要钱了。"

富兰特泽士感激地点点头，"你知道吗？他在我婚礼上打了一场表演赛。是给我的惊喜，我的生意伙伴一手安排的。他们以为我会喜欢。要是我当时就知道来我家的是他，我肯定要——"

"你什么时候发觉的？发觉是他，我指的是。"

"在马车里，抵达边境之前。他问我我在大战期间是做什么的。而那之后，日复一日地被迫坐在他身边，在那该死的马车里……"

"这件事根本没有任何理由要让他知道，"伊瑟姿说，"相信我，他不会知道的。"

"奥多——"

"奥多处理掉那本书，是因为他是个体面的正派人。"她真的说了这句话吗？对，似乎是说了，那也就是说她应该是相信这话的啰。她有些吃惊，但总的说来倒并没有不高兴。"让苏伊达斯知道了会惹出各种各样的麻烦，毁掉至少两个人的生活，这么干他能捞到什么好处？很幸运，他够机灵，看出了危险所在，并且采取了必要的行动。不过要我说他也只能这么干，换我我也会的。"

他起身朝她点点头，朝门边走去。"对不起，"他再次道歉，"我不该把我的麻烦压在你肩上。我太傻了，而且失去了看问题的正确角度。"

"没错，"她说，"但是没关系。现在你干吗不去找那库尼瓦上尉，让他弄明白到底发生了什么事，还有我们什么时候才能离开这地方。要是我还得继续待在这恶心的小房间里，用不了多久我就会发疯的。"

终于摆脱富兰特泽士以后，库尼瓦抓紧那一小会儿工夫去了门楼一趟，打听到了不少东西。信使们送来了消息：城市各处都发生了暴动，不过阿兰姆·查塔特依然忠于政府，并且干得很漂亮。伤亡惨重，没错，但不打破蛋壳又怎么煎鸡蛋呢。等天亮应该就可以召回阿兰姆·查塔特，换上帝国军，甚至佩尔米亚当地民兵，不过市长不准备冒险。只要有任何迹象表明还可能发生暴动，他就会让阿兰姆·查塔特继续留在街上，随便死多少人都没关系。与此同时呢，他们尽一切努力要把还活着的部长送出行会大楼，只等确认周围的街道已经安全就动手安排。还活着的部长？老天爷，你还不知道？

"就在这儿，"库尼瓦重复道，"两个人都死在行会大楼里。招待会结束以后换衣服的时候被割了喉咙。好吧，大家都以为他们在这里很安全。毕竟整个地方都封锁了。任何人进出都得接受检查。"

富兰特泽士花了好长时间才反应过来，"杀他们的是……"

"这里头的某个人，没错。"库尼瓦努力保持耐心。这是对对方的极大尊重，而且完全是浪费。富兰特泽士瞪着他，嘴巴张开又闭拢。"也就是说，就我们目前掌握的情况判断，凶手还在大楼里，因为没人离开过。我们派了人到各处勾名字。我们手上有完整的名单，大门关闭前进了大楼的每个人都在上面，而且现在也都还在。所以说凶手……"

"老天啊，"富兰特泽士说，"太可怕了。你们一定要——"

"我们尽了全力，"库尼瓦说（他平静的声音开始变得尖利、硬化，就像过度弯曲的弹簧），"我们确保每个人都被限制在各自的房间内，门口有卫兵站岗。算你们走运，你们的人全在北塔，守得铁桶一般，要想进出至少得先经过三道岗。政府的人在西塔，那鬼地方一样守得很严。目前我们猜测凶手是混进了行会的员工里，多半是厨房。为了准备招待会的饮食，他们从外头雇了些帮手。当然事前他们应该彻底检查这些人的底细，可天晓得检查是不会滴水不漏的。所以，我们干的第一件事就是把所有仆人都聚到一间练习大厅，现在我们正挨个审问他们，也就是说其实只是时间问题了。而一旦找出凶手，运气好的话就能知道他背后是谁，然后就真的能做点什么了。"他停下来喘气，然后拿出自己最最随意的口气问："你不会碰巧知道你们的政治官员在哪儿吧，兹米瑟斯上校？没别的意思，只不过招待会进行到差不多三分之二的时候他就不见了人，之后再没人见过他。事实上我们唯一没找到的就是他了。当然不是说怀疑他什么的，但我们总得弄明白他怎么了。"

"他不见了？"异想天开的希望在富兰特泽士脑子里往上直蹿。也许兹米瑟斯死了，被刺客杀了，躺在某处的地板上，或者尸体被折起来塞进柜子里，跟墩布和扫帚在一起。"没有呢，抱歉，自从招待会我就没见过他。大部分时间我记得他都在，但之后么，不，我记不得……"

"我们可以把他从嫌疑犯名单上划掉，"库尼瓦继续说道，"因为从尸体的状态我们基本能确定案发时间，而我们基本肯定当时他还在派对上；至少部长们回到自己房间、卫兵封锁通往房间的走廊时他还在派对上。所以除非他能穿墙，否则他是没有嫌疑的。"他耸耸肩，"谁知道呢，说不定他是被召去执政官府邸开简报会了，然后谁也没想起来该跟我提一句。所以应该不用太担心。我是说，反正他也不是什么高危目标。"

我就能想到有一个人愿意他死的，富兰特泽士暗想。不过那人是个懦夫，所以我们不必管他了。他尽了最大努力装出关心的样子，"等你们找到他了请一定告诉我。"

"当然，"库尼瓦回答道，"这之前我猜我就继续跟你汇报情况，没问题吧。我们准备把你们的人从房间里放出来，找个接待室让他们待着。这样我们还可以继续密切保护他们，同时又不必老把他们隔离在那么狭小的空间里。或许你愿意好心跟他们解释一番，免得他们觉得太受委屈。"

库尼瓦准备的接待室是"碎斑躺卧厅"，他们发现这房间简直美得让人受不了。四十根刻有凹槽的斑岩柱子从红纹大理石地板上拔地而起，向上逐渐变细。柱子上凹槽的线条继续延伸，变成拱形天花板上的花纹，让它们显得好似树叶的脉络，而柱子就变成了茎。房间在东翼三楼的尽头，三面墙上都装了彩绘玻璃窗，涌入屋内的彩色光线与石头的红色和粉色完美融合。第四面墙覆盖着《藉火升天》的马赛克画。红色和金色的光线照在一座小喷泉的涟漪上，光线如镀金镶嵌物琢面里的火光一样跳动。屋子正中央立着镀金雪花石膏制成的基座,基座上什么也没有。在万里无云的时候,正午的阳光会透过其中一扇窗照在嵌入墙内的一面镜子上,而镜子的角度经过精密计算,于是一根灿烂的金色柱子就会被投射到基座上——那燃烧而不吞噬的火。行会是在独立后不久的"去国教化"危机期间从火神祭司手头得到这栋建筑的,他们用这间屋子存放已经完结的档案。档案都已经清走,准备比赛后在这里举行招待会,而现在当然是没有招待会了。

"反正这算是好事,"听说比赛正式取消的消息后苏伊达斯说,"谁知道呢,说不定现在他们会清醒过来,放我们回家去。到处是暴乱什么的,很显然之后也不会再比了。"

"行会可不是这么说的,"富兰特泽士提醒他,"原先预定在鲁兹尔·毕耳举行的比赛并没有取消,他们专门跟我确认过了。"

"太蠢了,"伊瑟姿说,"我们过去,然后他们再宣布取消,于是我们就白白跑那么远。"

"他们很有信心暴乱不会蔓延到首都,"富兰特泽士说,"毕竟那里是主和派的据点。等刺杀的消息传到毕耳,那里的人不会扔石头,反而会在街上跳起舞来呢。"

奥多之前一直带着迷惑的表情望着马赛克壁画,这时他转过身来。"但万一出现更多麻烦,"他说,"事态进一步发展,我指的是。比方说有人决定杀几个主和派的领袖作为报复……"

"行行好,别说这种话,"富兰特泽士哀号起来,"听着,我比谁都想回家,但目前来说没这个可能,所以我们只好随遇而安,去毕耳尽量比得漂亮些。说实话,这次的任务成不成功我根本不在乎。依我看事情很明显,新近这些突发事件过后,比赛已经没有意义。现在的关键在于国内那些人对我们的看法,而如果他们认定我们没有尽全力,他们是不会高兴的。"他停下来吐气,就好像想要举起远远超过自己能力所及的重物，"库尼瓦上尉确信我们的生命安全并没有直接危险，一旦我们离开这儿往毕耳走，我们就会离开危险区域，进入相对文明的地带。似乎毕耳跟我们之前去过的地方都不一样。它不是矿镇。大家说它简直跟在帝国差不多。"

伊瑟姿已经盯着他看了好一会儿，这时候她问："兹米瑟斯在哪儿？"

富兰特泽士瑟缩了一下。"他跟本市的执政官开会去了，"他说，"据库尼瓦说，他等于是被单方面晋升为斯科利亚大使了。我不晓得到底怎么回事，但似乎他不会跟我们一起去首都。"

伊瑟姿满脸笑容，苏伊达斯高兴地号了一嗓子。"喏，这才真叫好消息呢，"他说，"几乎够补偿必须去毕耳那鬼地方要受的罪。"他停下来皱起眉头，"我猜他会去那儿跟我们会合吧。"

"多半。"

"噢好吧，也不能指望事事如意，我猜。可即便如此，"他从飘窗上一跃而起，顺着地板蹑步过来，"那么我们什么时候离开这破地方继续上路？有消息吗？"

"今天晚些时候，大概是，"富兰特泽士回答道，"这完全取决于安保情况，自然是。库尼瓦说他一有消息就告诉我。"

那天上午十分沉闷。谁也不想下象棋，也没书可读，又没人想聊天。苏伊达斯不知从哪儿找到一把小刀，把自己的名字刻在了雪花石膏基座的底部。富兰特泽士对此发出了温和的外交抗议，但好像并没有人听见他说话。苏伊达斯刻完以后奥多扭头看了一眼。"拼错了，"他喃喃道，"德泽尔里不是有个u吗？"

伊瑟姿放声大笑，苏伊达斯把小刀扔到房间对面，走到角落里坐下。小刀落地的地方离季若特不算太远，他飞快地站起来："我说，既然我们困在这儿无事可做,而且似乎还得在鲁兹尔·毕耳比赛,也许我们该练一练。也许能帮我们醒醒神,说不定。"

伊瑟姿打个哈欠。"干吗不呢?"她说,"只要能弄几把钝剑。应该没问题,这儿可是击剑行会。"

富兰特泽士马上说:"我去想办法。"他一路小跑出去,很快胳膊底下夹着各类钝剑回来了。剑太重,被他失手掉在地上,落地后轻轻弹远,就像活过来了一样。

"好极了,"伊瑟姿说,"季若特,你可以跟我打。见鬼,没有小剑,我只好用刺剑了。"

苏伊达斯找到一把长剑的钝剑,又长又沉,顶端套了个硕大的圆钮。"奥多?"

"抱歉,"奥多回答道,"不过我想还是算了,如果你不介意的话。我似乎拉伤了后背的一条肌肉,多半让它休息一阵会比较好。"

"行。"苏伊达斯的目光在屋里一扫,"富兰特泽士,"他说,"来跟我对打。"

富兰特泽士瞪着他,"我恐怕……"

"哦得了,只不过是练习。我得把我的步法弄弄明白。"

"已经十五年了,"富兰特泽士说,"我真的觉得我不会对你有什么用处。"

"我会手下留情的,保证。得了,我说,你曾经也是击剑冠军呢。而且我仿佛记得有人说你是击剑队的教练?"

富兰特泽士慢慢吞吞地走到房间尽头,他看也没看就随手拿起一把长剑的钝剑,费力地抬剑摆出中位起式。"我真的觉得这主意不怎么样,"他说,"长剑我从来不行,哪怕是年轻的时候。"

苏伊达斯往右手手掌上缠了块布,抓稳剑柄。"别抱怨了,"他说,"你会想起来的,相信我。好了,你来用高部前位起式攻击我。"

他举起钝剑摆出低部后位起式,然后朝对方点头。富兰特泽士绝望似的看了他一眼,然后变招成高部前位起式攻过去。太快了,奥多一直在专心看,却也只勉强看清:与眼睛齐平的快速刺击,结果只是佯攻,很快转化为向左平移和朝向右膝的低位下劈。苏伊达斯只险险挡住——根本没机会组织步法——结果却发现那记下劈也是佯攻,富兰特泽士再次平移,刚好给自己制造出足够的空间可以往上劈向对方下巴。苏伊达斯最多只能后退一大步,完全扔掉自己的架势;钝剑的剑尖擦着他的皮肤而过,只擦了一点点,但他的平衡没了。他踉跄着后退,富兰特泽士把钝剑狠狠惯进他肚子里。他跌倒,左肘重重落地,他看见富兰特泽士站在自己头顶,双手回缩准备朝着一侧眼窝发动最后的致命一击……

富兰特泽士觉得自己仿佛突然醒了,他感到一种胆战心惊、难堪至极的惊惶,就好像你在开会或者晚宴时睡着了,而且你知道所有人都在看你。他看看自己双手紧握的那把剑,又看看瘫倒在自己脚下的那个人。他知道奥多刚刚大声喊了自己的名字。

"太抱歉了,"他说,这时他意识到自己仍然全身紧绷准备最后一击,于是立刻让双臂软下去,"亲爱的老伙计,你还好吧?"

苏伊达斯瞪他。"见鬼,你以为自己在干吗?"他嘟哝道,"你打断我肋骨都有可能呢。"

富兰特泽士松开一只握剑的手好拉苏伊达斯一把,剑从他另一只手里滑下,乒乒乓乓地落了地。苏伊达斯屁股贴地往后挪,自己爬起来。

"太抱歉了,"富兰特泽士又说了一遍,"我只是……"

"不用,没事,"苏伊达斯后退一步,"我的错。我没有看懂你的动作。不过我跟你说,如果刚刚那是你十五年没碰剑的样子,那我很庆幸没在你认真击剑的时候遇到你。"

"那是意外，"富兰特泽士说，"你肯定是脚踩滑了什么的，或者你还没准备好。是我的错。"

"别再道歉了，见鬼。"伊瑟姿说，"我全看见了，你打得他四脚朝天，真真正正的四脚朝天。"

苏伊达斯弯腰捡起自己的钝剑。"我觉得应该再来一次，"他说，"这回我尽量不被打得找不着北。"

"不，绝对不行，"富兰特泽士说，"你确定没事吗？我之前还问过他们有没有面罩和击剑服，可是……"

"我来跟你打吧，"奥多跨到富兰特泽士跟前捡起钝剑，"结果我的背没我想象的那么痛。抱歉，我刚刚太娇气了。"

"别理他，他不过是充好汉。"伊瑟姿的声音里隐藏着严酷的决心。富兰特泽士猛转过身去瞪眼看她，可她的目光投向了他身后。"苏伊达斯，这回尽量别睡着。他岁数比你大一倍，体重也比你重了快一倍，所以你说不定还有那么点赢面。"

他明白她的意思。跟他打，她是想说，然后你就不会再怕他了。这里头有种直白的逻辑，正符合伊瑟姿的性格：她眼中的世界是直来直去的线条，是原色构成的。可是等苏伊达斯对他冲过来的时候，那可不会是用长剑。他手里会是一把砍刀，到那时就算有两个小队的阿兰姆·查塔特，最多也只能稍微拖慢他的脚步，如果他们竟蠢到跑去挡他道的话。

这时他脑子里突然冒出个可怕的念头。他瑟缩着退后，可是太晚了，它已经来了，已经孵化、已经在移动。"好吧，"他说，"如果你认为对你有帮助的话。可你得保证手下留情。如今这岁数，我跑上楼梯都喘不上气。"

苏伊达斯先是哈哈笑，然后微笑。"我也一样，"他说，"不过看在老天的分上可别告诉松莎,她会逼我吃生菜叶子和芹菜的。"他举剑摆出前位中式,"你准备好了就可以开始。"

　　于是富兰特泽士发现自己又开始击剑了,而且直到对抗的过程中出现自然的停顿他才觉得有些喘不上气。他的移动很好,手腕和前臂的转动又快又干脆,他能看清自己的攻守线路、读懂自己的对手。他说自己长剑不行是骗人的。他一直喜欢长剑胜过刺剑(不过一方面他在学校的老朋友波诺内斯长剑比他强,另一方面使刺剑时从来没人能击中他)。他守住一个紧凑的内圈,阻碍苏伊达斯的移动,总是逼他转身,确保他没法猛攻,否则就逼他露出破绽,让自己能以防、攻一体的动作反击。他发现自己能想到两招甚至三招之后,是他在控制节奏,距离和速度都是他说了算。苏伊达斯对他极为尊重,一直关注他的剑尖、集中精神。富兰特泽士突然起了冲动,决定近前卸了对方的剑。他先是佯攻,迫使苏伊达斯与自己交剑,任对方使出优于自己的力量,然后一个侧滑,小腿肚绕到苏伊达斯前脚的膝盖内侧,就这么把对方放倒在地,就好像只是扳动把手那么容易。苏伊达斯摔倒时他心底涌出强烈的喜悦,强烈到可笑,仿佛他刚刚凭借这一个极高明的动作就解决了自己的所有问题。这时苏伊达斯滚向侧面,一只脚迅速伸出,钩住他两腿膝盖,他就像被砍倒的树一样落了地。他后背着地,地板像锤子一样打过来,有一阵子他无法呼吸。他终于把空气拉进肺里、睁开眼睛,他看见苏伊达斯站在自己头顶,咧嘴笑着朝他伸出一只手。刚刚那个可怕的念头,本来几乎被喷涌而出的喜悦冲走,现在卷土重来。苏伊达斯的手握住他的手,像钳子一样有力,他也下定了决心。他非这样做不可。没别的办法。

　　"我说,"他听见奥多在自己背后某个地方说话,"如果等我们到了毕耳我的背还在闹毛病……"

　　"那一扔简直棒极了,"苏伊达斯说,"你得告诉我是怎么做的。我一点也没读出来,直到我屁股落了地。要不是你忘了移动脚步,你已经把我收拾了。"他一直咧着嘴,心情愉快;他在为他开心,因为转瞬间他已经把他当成了朋友和能够一较高下的对手。不过这毕竟就是这出戏的目的:促进死敌之间的友谊与理解,直到时机成熟。

季若特与伊瑟姿击剑。她不大适应刺剑的重量和长度,"不过没关系,"她安慰他,"等我换回小剑,我就会觉得它又轻又快了。"可即便如此她也得了七分,而他是六分。他怀疑自己到底有没有尽力,最后断定多半是有的。

"亏得我不必跟你真打,"他在两分之间的间隙说,"你很厉害。"

"我比你高、比你轻,"她回答道,"而且肌肉又不顶屁用。还有,你站得太开了,因为你老想找机会侧步。只要我保持在你的内侧你就碰不到我。"

这他倒没想过,不过的确如此。"谢谢,"他说,"我会记着。再来?"

他们又比了三分,季若特全赢了。"看吧,"第三分之后她说,"现在轮到你了。我什么地方做得不对?"

"抱歉,我没留意,"季若特承认,"光忙着躲了。就我看你好像并没有做错任何事。"

"那为什么刚刚你连赢三分?"

"因为我比你厉害吧,我猜是。"

她朝他龇牙。接下来的三分非常激烈,但终于都被他赢下来了。险胜。"我觉得我看出来了,"他说,"你过于努力了。"

"抱歉?"

"你不肯跟着节奏来,"季若特解释说,"没必要进攻的时候你也在进攻,即便我的防守很严密。你应该更多迫使我来攻你。"

她摇摇头。"不是我的风格。"她说,"我攻强守弱,所以我就进攻。"

季若特点点头，"而且你能给出好建议，你自己却并不接受；你能读懂你的对手，却读不懂自己。好吧，反正是你问的。"

"我没想听诚实的答案，我只想让你帮我安心。"

"你做得挺好。"他说。下一分她狠狠击中他的太阳神经丛，害他坐在地上喘了老半天。

稍后，两对人都把自己累得精疲力竭，他们坐在窗边，享受疲惫而满足的沉默。后来苏伊达斯说："你们觉得这地方有东西吃吗？我饿死了，而且我们一整天都没吃饭。"

"我得到的消息是厨房的员工全部被捕。"奥多说，"库尼瓦是这么跟你说的吧，富兰特泽士？"

"而且正在被帝国军审讯，"富兰特泽士确认，"真这样的话他们需要很长时间才能恢复到可以干活的状态。再说你肯定也不愿意让刚刚被蓝皮肤收拾过的人碰你的吃食。不卫生。"

"好极了，"苏伊达斯怒道，"有些人简直不懂得体恤其他人。"

奥多温和地说："我看厨子们肯定不是为了不让你吃饭才把自己弄去受拷打。"

"我说的不是他们，是当兵的。"苏伊达斯道，"先让他们烤了面包再审问不行吗？长远看来不会有什么差别，而且还能免得我们饿死。"

"来到佩尔米亚真是大大提升了你的道德水准，"伊瑟姿道，"不过我同意。如果他们要把整个厨房的人都关起来，至少也该先安排别人做饭。"

苏伊达斯哈哈大笑。"天哪，"他说，"我们这对话听起来就跟回了军队一样呢。我记得有一回，我们快到克诺特河时中了埋伏。我那伙人逃掉了，可整个行李运输队都被杀得干干净净。我们把他们好一通抱怨，骂他们丢了自己性命不算,还把咱们的东西也全弄丢了。基本上大家一致同意,先被阿兰姆·查塔特干掉算他们走运,否则落在我们手里才有他们好受呢。"他转身看着富兰特泽士说,"你之前跟我说过的,我忘了,你参加过大战吗?我猜肯定有。"

"参谋,"富兰特泽士说,"远离前线。"

"好运气,"苏伊达斯回答道,"我本来也想干那个。知道要被征召入伍的时候,我就自愿加入了运输部队。那时候其实我还要再过六周才到岁数呢,征兵的军士冲我挤挤眼就让我通过了。我当时想的是,如果我等着他们来找我,天晓得会被弄到哪儿去。最后当然没能像我想的那样,不过至少我努过力了。"

"如果再打仗……"奥多已经好一阵子没说话,"你还会参军吗?"

苏伊达斯摇头。"死也不去,绝对的。"他说,"我会扔下一切,用最快速度把自己送过西边边境。你呢?我猜你是没办法的。"

"我不想当兵,"奥多说,"不过我确信父亲是不会让我去送死的。"

伊瑟姿看了他一眼,"是吗?"

"哦是的,"奥多微笑,"他知道我要是当兵肯定糟糕透顶。总得考虑家族的名声吧。我只会让咱们的人失望。季若特,你呢?"

季若特想了想。"嗯,多半会吧。"他说,"不过我跟你想的一样,苏伊达斯,我会早早加入,希望能分到某个比较合理的地方。说起来我想过申请当工兵。好像他们让工兵军官做很多技术训练。走运的话,等我通过所有的能力测试,仗已经打完了。"他停下来转开眼睛,"你为什么问这个?你觉得概率大吗?另一场战争,我指的是。"

"战争是那种时不时就会发生的荒唐事。"奥多轻声回答道,"我意思是说,除了少数几个跟我父亲一样的人,谁也不想打仗。它会造成很大伤害,几乎会摧毁佩尔米亚，很可能斯科利亚也会一起毁灭。很多人会死，还有更多人会留下一辈子的残疾。哦，而且我们负担不起，接下来的好多代人都会一贫如洗。所以是的，总的来说我觉得战争基本上是无法避免的。"

13

"他们已经清了道，等会儿一路驾车过去，"库尼瓦安慰他们，"不会遇到任何麻烦的，我保证。"

载他们驶出行会大门的是一辆白、金两色的美丽马车，行会会长参加典礼的座驾。他们来时坐的马车已经被烧成了灰，不过会长保证说很愿意把车借给他们，最近他也不打算去哪里，所以他们需要用多久就用多久。两个车夫都穿着行会的号衣，通常车夫两旁还会坐着会长的两个小听差，这回换了两个全副武装的帝国兵。地方太小，他们坐不大稳，只能紧紧抓住栏杆，每次转弯都会晃来晃去。库尼瓦在马车里，坐了兹米瑟斯的位置。护送他们的是一队十五人的阿兰姆·查塔特。

上车之前季若特好好打量了他们一番。他们很年轻——据他估计，年纪最大的那人也不过十九岁——没留胡子，浅色卷发垂到肩上，即便按照阿兰姆·查塔特的标准也算个子矮小。他们穿着收腰的全袖亚麻衬衫，既不穿盔甲也没带武器；不过他们的弓袋和剑鞘就挂在马鞍上。他们彼此交谈，语速飞快，偶尔爆发出银铃般的笑声。季若特猜测他们在玩阿兰姆·查塔特人喜欢的一种文字游戏。他爬上马车时又注意到领头的那个阿兰姆·查塔特人，在他的马和马鞍之间夹着一块脏兮兮的红棕色料子，刚好就在马屁股上。有种深色黏稠的东西顺着马身上的短毛往下滴。头皮。

"没事。"库尼瓦说，他没有拿出素日那种优雅的派头。阅兵专用的镀金胸甲换成了日常作战的盔甲。它看上去很旧了，非常舒适，小钢片也漆成黑色，免得被汗水腐蚀。"他们是洛辛霍勒，一旦混熟了你就会发现他们其实挺讲道理。而且他们跟替佩尔米亚干活的其他部落派别也没有进行中的争执，所以没问题的。"

他们走的是东西向的主路"绳道"。出城后他们往正东走，路很宽，也幸亏如此，因为路上到处是砸烂的货车、马车、市场的摊位和小贩的货摊，还有些东西似乎是随手从住家和商店里拽出来，然后用刀砍成碎片或者用拳头打烂的。还有尸体，那么多的尸体：男人、女人、小孩、马，竟然还有狗。这场景竟然看着眼熟，真是太古怪了，最后季若特想起了常做的那个梦，在梦的最后一幕，洪水退去，留下满地残骸。

"他们当然不可能成功。"库尼瓦已经说了好一阵，但季若特一直没留心听，"他们没有领袖、没有物资、没有武器、没受过训练、没有作战计划。只不过是一群怒气冲冲的人，都不明白自己让自己陷入了什么样的状况。只要军队继续效忠政府，这类事情是永远不可能成功的。而我们当然是要继续忠于政府的。"

伊瑟姿嘀咕道："只要他们能继续付钱。"

"正是。"库尼瓦似乎并不觉得这句话有什么不对，"而且他们是提前付钱的，所以我们的忠诚至少在接下来的三周里都完全有保障，到那时这出闹剧早就耗光能量了。再说了，如果军队的忠心动摇，一般说来几乎总是始于下级军官——我和跟我同级的那些人——因为他们受不了对自己的同胞下杀手。在这里显然不会有这类困难。事实上对于前线的低级军官这还是大好的机会呢。这种行动里面你是很容易崭露头角的。所以你们看,"他带着温暖的微笑做出总结,"完全没必要担心。"

"那边,"库尼瓦随手指向左手边窗外,"那就是维尔让山脉。正好可以看见一点点,瞧。"

奥多乖乖伸长脖子,其他人一动不动。

"而那边,"库尼瓦指的似乎跟之前完全是同一个方向,"那道大山脊背后,就是普雷塞尔湖。当然从这里看不见,不过反正就在那边。"

"天啊!"奥多温和地说。他拿起自己的书(佩桑纽斯的《战争艺术》,波迪拉借给他的,总比什么都没有强),摆出一副专心读书的样子。

"真可惜,"库尼瓦继续说道,"我们已经比原计划晚了,要不然可以绕过去看看的。我自己当然看过,很多次呢。那地方现在相当美,从某种角度说;完全被遗弃了,当然是,就连主要的大公路也开始长草。唯一能看见的就是孤儿院医院的尖顶,从水面中央伸出来,就跟老大一根大柱子似的。除此之外那就只是一片平静的湖水,映着山的倒影。"

这段话之后他安静了一小会儿,季若特开始打瞌睡,这时正好有一队士兵朝他们来的方向行军,是帝国军。"第十七,"库尼瓦告诉他们,"去美特的,大概是。本来这个月末他们就该回家了,不过我猜肯定要继续雇佣他们一段时间。就像大家说的,因祸得福。"

季若特能看见苏伊达斯捏紧了拳头,虽说他脸上的表情毫无波澜。伊瑟姿打个哈欠。奥多翻到下一页。富兰特泽士的目光投向另一侧的窗外,望着远处的一排小山。

"说起来，"库尼瓦用锐利的目光直视季若特，"如果可以的话，我想请你们大家帮个忙。这事儿有点，呃，尴尬。不过我想现在我们彼此也够熟了。"

这话抓住了伊瑟姿的全副注意力，奥多放下书，苏伊达斯问："哦，什么事？"

"是这样。"库尼瓦犹豫片刻，然后一口气说下去，"我一直好奇你们的人为什么管我们叫蓝皮肤。"所有人都僵住了，"我倒是不介意的，你们明白，完全没关系。只不过呢，我们的皮肤又不是蓝色，我们的皮肤是深棕色。就好像你们的皮肤明明是杏色的，结果我们却管你们叫红皮肤一样，这讲不通嘛。"①

大家集体沉默片刻，最后奥多清清喉咙。"真是巧了，"他的声音比平时高，"我自己也有过同样的疑问，所以就问了父亲。他说当我们的人第一次遇见你们的人的时候，他们送回来的报告里说你们的皮肤是蓝莓的颜色，蓝莓刚要成熟的时候。不过'快成熟的蓝莓皮肤'实在太长了，所以就简化成了这样。反正他是这么跟我说的，我也不知道是真是假。"

库尼瓦先是一脸茫然，接着露出微笑。"多么令人愉快，"他说，"恰巧我自己就特别偏爱蓝莓呢。谢谢你，我本来也不会问的，只不过就是感觉太奇怪了。倒不是觉得侮辱人什么的，只是不确切。"

这话像刽子手的斧头一样砍断了对话。季若特低头研究鞋子，奥多继续研读《战争艺术》（他读了关于对敌人最弱处发动直接正面进攻的部分，并且忍住了没笑）。苏伊达斯闭起眼睛假装睡觉，可听呼吸就知道他根本没睡着。伊瑟姿一动不动地坐着皱眉，富兰特泽士继续凝视窗外。

---

① 蓝皮肤（blue skin）在英语中是对黑人或黑白混血人种的蔑称，带种族歧视的色彩。在帕克宇宙中同样存在一群"蓝皮肤"，他们就是罗珀人。

下午晚些时候，他们逐渐接近一片巨大的陡坡，道路开始抬升。库尼瓦告诉他们（并没有任何人问他）这就是恰乌至达高原。主路是绕高原而过的，但他们会直接爬上去。"能替我们节省大半天时间，"他向他们保证，"这么一来就能赶上原计划了。"

季若特把脑袋伸出窗外。据他看马车正笔直地朝一堵垂直的石墙驶去。他问："你确定？"

"有条山道的，"库尼瓦说，"从这里看不见，路很窄，而且被挡得严严实实。但确实是有路的，我走过好多次。"

奥多合上书，"你说的那条路是不是一条山间窄道，一侧很陡，进去大约半英里有个急转弯的？"

"对。你知道这地方？"

奥多摇摇头，"不是我，不过父亲年轻时候曾被堵在这条山道里，那时他还是中尉。敌人——事实上应该就是你们的人，上尉——他们放我们的人进去，等他走到大约一半的时候用大岩石堵住了路两头，再从山道顶上用弓箭和轻型火炮把他们打成了肉泥。总共大概三百人只有一打左右逃出来，我父亲就是其中之一。"

库尼瓦一脸震惊，"我不记得在我读的战史里提过这件事。"

"那是当然，写战史的是我父亲嘛。"奥多咧嘴笑，"这可算不上是他最光辉的时刻。那次他是指挥官。他告诉我说，他犯了如此愚蠢的错误，如果世上真有正义可言，就应该送他上军事法庭然后吊死他。他说只看一眼那地形就该明白了，那地方简直就好像无敌骄阳专门设计来伏击蠢货的。"

库尼瓦的眉毛都快碰到头发了。"你真叫我吃了一惊，"他说，"不过那肯定是在他职业生涯早期，想必是他最初几次指挥……"

"并不是。他已经三十岁，不该再犯这种错，他是这么跟我说的。可他叔叔是那个地区的总指挥，于是他们就把这件事给遮掩过去了。"

库尼瓦直摇头，就好像刚刚看见神在一家商店门口吐了一地。"啊好吧，"他说，"幸亏现在是和平时期。"

部落首领迷惑道："你是神父？"

觉图斯兄弟判断如果要跟对方解释修士和神父的区别会非常麻烦。他说："对。"

"圣人。"

"对。"

觉图斯努力不去盯着对方看。部落首领是个矮子，五英尺高，一寸也不多，一双手小小的，跟姑娘的手一样，圆脸上布满深深的皱纹，头顶几乎全秃，后脑勺稀疏的长发辫成了雪白的马尾。他的岁数估摸在六十到九十，浅蓝色眼睛，奶白色皮肤，上门牙缺了一颗。他穿着一尘不染的白衬衣，蕾丝衣领，天鹅绒的及膝紧身裤，正是七十年前西帝国流行的款式。他打着赤脚，坐的是马腿骨制成的沉甸甸的折叠椅。

"请原谅，"部落首领说（他说一口完美的帝国官话，带东帝国上层口音），"但我感到惊奇。这实在不是什么灵性领域的事件。"

觉图斯微笑，"有些时候灵性与世俗的界线会变得模糊，你不这么想吗？"

部落首领皱眉。"不，"他说，"在我们那儿，神父关心道德和伦理的问题。他们不管政治。也不管钱。这两样是严格归属世俗生活的。"他耸耸肩，"啊好吧。"他说，"要是我们大家全一样也不行啊。实在抱歉，我连礼貌都忘了。你愿意喝点什么吗？恐怕眼下只能随便凑合，不过倒还有些维萨尼干白尚能入口。"

觉图斯已经许多年没有机会喝进口葡萄酒了。"谢谢你,"他说,"你真是太客气了。"

部落首领点点头,对面角落里有个人便移动到帐篷门帘处爬了出去。

"实在感谢你能见我,"觉图斯说,"尽管我来得这样仓促。"

"我的荣幸。"部落首领说,"现在,有什么我能效劳的呢?"

他左手中指上戴着一枚戒指,好大一颗红宝石。对宝石觉图斯不过是业余爱好,但他确信那是真货。而如果是真的,其价值应该在两万诺米斯玛塔上下。别盯着看,他提醒自己。"这件事颇有些棘手。"

"我料想也是。所以你的政府才派了神父来是吗?"

"我来这里并非代表政府,"觉图斯说,"不算是。我代表的是升天学院,基本上就是学院在斯科利亚的分支。我说的任何话都不应理解为斯科利亚当局或者银行的态度。"

"噢,"首领稍微有些迷惑似的,"好吧,我会记得的。我们能为无敌骄阳做点什么?"

觉图斯坐在椅子里扭了扭身子:最简单的木头凳,竖了一根窄窄的木头当椅背,却相当舒适。"我听说你们与佩尔米亚政府的合同就快到期了。"

"再过六周,是的。"

"我们在想……"一个男人出现在觉图斯手肘旁,他端来铜托盘,托盘上摆着一个装满酒的杯子。杯子是人头骨做的,缝隙用银和黑金填满。

"我的前任。"首领说,"抱歉,你刚刚说到?"

觉图斯小心翼翼地端起杯子,特别当心没洒了酒。"你知道,我听说过这些,"他说,"但从没见过实物。用银子填充的时候是怎么避免烧焦骨头的呢,我一直想不通。"他把它拿在手里转了一圈,"多美的银丝细工,"他说,"一定请你见谅,以前我曾经收集精雕的银器。"

"留着吧，"首领说，"不必客气。你刚刚正要说到你们想要什么。"

觉图斯抿了一口酒。美味极了。"你们是否愿意考虑来替我们工作呢？等你们跟佩尔米亚人约定的期限结束之后。"

首领皱眉，"我以为你刚刚说你们不是政府。"

"我们不是。"

"原来如此。那么无敌骄阳要雇佣军做什么呢？"

觉图斯喝完酒，花了一点时间品尝后味：干涩，带一丝苹果的香气。"为了保护我们的利益，"他说，"我们拥有大量土地，很大一部分都靠近非军事区边缘。同时在非军事区内我们也有长期存在的权益，只不过因为打仗的关系当然无法提出主张。可是现在呢，佩尔米亚的局势越发动荡，现任政府可能垮台，整个国家可能滑入乱局，我们不得不考虑我们的佃户可能面临的威胁。"他食指的指尖拂过杯口压印浮凸的莨苕叶和涡卷。"比方说强盗，"他接着说道，"流窜的团伙、遣散的军队——政权突然垮台时会发生各种情况，这你是知道的。"

首领点点头。"所有这一切你们的政府不会处理吗？想来政府的意义就在于此。"

"当然，"觉图斯道，"理论上讲的确如此。但银行很可能优先考虑其他问题，它的资源也可能要用在别的地方。我们喜欢自己照料那些依赖我们的人。幸运的是，我们负担得起。"

"我承认，这一点我也想到了。"首领说，"说得粗俗些，我们可不便宜。"

觉图斯将酒杯放在地上。"自然的，我修会在斯科利亚境内的资源有限，"他说，"但我们已经与西帝国境内的兄弟们商谈过，你我可能达成的任何协议都会由学院无条件担保，事实上也就意味着由帝国担保。所以钱不成问题。"

首领微笑。"请你原谅，"他说，"我不过是个头脑简单的牧羊人，所以我不会假装对国际事务有任何了解。但即便如此，要西帝国的国教为一个分裂出去的分支教会的活动背书，而且这个分支教会还处于仍被官方归为帝国反叛的国家之内，这里头必定有些很复杂的门道，而你无疑是绝不愿意跟外人袒露的。"他抬起双手略微晃动手指，这手势大约代表了某种意义，但觉图斯毫无头绪，"而你想必也明白，阿兰姆·诺·维伊历来对两个帝国都严守中立，正如我们对斯科利亚和佩尔米亚也一直保持官方的中立。我们出现在佩尔米亚纯粹是商业上的安排，与我们的政策没有丝毫关系。假如我做出任何可能被解读为打破这一中立立场的行为，那就是严重的越权行事。"他转动戒指让宝石来到手指下方，然后收拢手指把宝石握进拳头里，"鉴于以上情况，我想我必须把你的建议反映给我的上级。应该不会很久，"他补充道，"我们的通信系统相当高效。"

确实如此，觉图斯暗想。而在斯科利亚，有多少头脑简单的牧羊人会使用解读和越权这类字眼？"我非常理解，"他说，"不过假定他们判断这样做不会造成长远的外交影响，你觉得他们同意的可能性有多大？"

"这轮不到我讲，"首领回答道，觉图斯知道全斯科利亚的围城机和攻城锤都别想在那微笑上砸出哪怕一点点凹痕，"不过一旦收到他们的消息，我立刻就告诉你，这是不必说的。现在嘛……"

稍后，觉图斯来到他们为他准备的帐篷（他还从未在帐篷里过夜，垫子是丝绸的，不过他知道躺在地上自己肯定睡不着），他给辛巴图斯院长写了一份简短的报告：*你的猜测很准确。他们收到了另一方的开价，但对方是谁、开价多少我毫无头绪。我觉得他信了我关于学院的话，不过要说核实我看他也是做得出来的。你想要我怎么做？我什么时候能回家？*

他把写好的报告通读一遍，然后倒了四分之一品脱①令人愉悦的维萨尼干白在骷髅头杯子里（他们竟还替他准备了一个漂亮的黄檀木小匣子来装酒杯，合页做成跳跃的雄鹿的模样）。他喝了两口。回去以后杯子得交给修道院的司务官，但酒绝不会剩到那时候，对此他的决心十分坚定。

你多半比我更了解情况，他写道，但我见到的这一位，他相信政府能够度过危机，只要乱局不蔓延到首都。他说大多数阿兰姆·查塔特的合同都跟他的合同同时到期，但依他看动乱不可能持续那么久。我认为处在他的位置，他的判断应该是可靠的。据我打听到的消息，政府已经授权阿兰姆·查塔特自由决定使用何种程度的暴力。似乎是阿兰姆·查塔特坚持要求的，否则他们就不愿插手。我得到的印象是他们并不真的赞同所谓交战规则这一概念，他们认为交战和规则是彼此矛盾的。

他忘记了真正的酒劲儿是很大的。他觉得自己变傻了。他确信还需要加进些别的内容，可想到的每一件事他都觉得辛巴图斯肯定已经知道了——当然是假设院长还活着的话。他打个冷战，起身又往火盆里扔了几块炭。如果辛巴图斯死了，老家还有别人了解全局吗？他觉得非常值得怀疑；谁都晓得辛巴图斯喜欢藏着掖着，哪怕是相对无关紧要的事情。而像这次这么重要的事……别的不说，那边有谁是院长信任的？他努力回想，但是失败了，就连他自己也被他排除在外。但如果事情进行到一半辛巴图斯死了呢？这个复杂的机制是他一手促成的，也只有他了解，它还会继续朝着那无人知晓的终极目标迈进，到时候很可能会有灾难性的后果。

好吧，那他最好活下去，否则我们都要完蛋。觉图斯躺在堆得老高的垫子上，感觉天旋地转。看来这么着不行，于是他用手肘撑地背靠到帐篷的柱

---

① 英、美计量体积或容积的单位。用作液量单位的英制1品脱＝0.5683升，美制1品脱＝0.4732升；美制用作干量单位的1品脱≈0.5506升。

子上。他知道自己睡不着，心事太多了。比方说，还有谁在跟阿兰姆·诺·维伊协商要雇佣他们？为什么？对方能付得起多大的价钱？会不会是佩尔米亚的贵族？有了阿兰姆·查塔特协助，他们几天之内就能推翻政府。当然了，他们没钱，但这有什么关系吗？一旦夺回政权，国家的金库可以随他们使用，而且他们还能出售非军事区的期货。但阿兰姆·查塔特也许想要先款后货？他意识到这个问题自己忘了问，而它至关重要。应该让别人来做这件事，他告诉自己，最好那人至少有半个脑子。

他把信封好，站起来走到门帘边，笨拙地跪下（因为给洋葱除草，他到现在还浑身僵硬），然后爬出帐篷。一个卫兵俯视他，脸上的表情勉强可以算是不带褒贬。觉图斯把身子立起来，朝对方露出微笑。

"我需要……"他停下来，用手语表达我需要拉屎具体该怎么做？但卫兵露出理解的笑容，抬手指了指营地边缘。这些阿兰姆·查塔特人，真是个顶个的聪明，他心想。但也别太聪明，否则我们大家就麻烦了。

他走出到二十码开外蹲下，祈祷自己的动作能够令人信服。没等多久他就听见有人柔声咳嗽，又有一个声音轻轻说："如果你并不只是在装，那我可以等会儿再来。"

"你来了！"觉图斯朝对方喝道，"我这儿有封信，给辛巴图斯院长的。紧急。你能？"

"当然，"那声音回答道，"你走的时候把它留在地上。你那边进展如何？"

"这我不能告诉你。"装腔作势，不过有何不可？"美特的情形如何，你知道吗？"

"控制中。剑手已经上路。一切都好。你最好回去了，除非你愿意待在这里期间一直假装严重便秘。"

"谢谢你，上校。"他有点犹豫。天色很暗，而他也并不真的认识对方。"是上校对吧？"

"这我不能告诉你。快回去，别等他们派人来寻你。"

兹米瑟斯等了半小时才去拿信，之后他便迈着缓慢而稳定的步子回到一条小溪旁的路上，先前他捆住了马的两条腿，把马留在这里。他整夜骑行，等光线够亮能看清字了，他就从口袋里掏出信来。信当然是用蜡封口的，但对付这种事情总不会没有办法。他最喜欢的法子是用一根细金属丝，烧到红热，从蜡中间拉过，事后再抹些制弓的鱼胶恢复原状。不过他懒得费事。会面的时候他就在帐篷外面听着，正如他所料，那老傻子毫无进展。他完全能想象辛巴图斯在读信时脸上露出略微厌烦的表情（假设辛巴图斯还活着的话，不过先不忙往那儿想吧）。事实上这封信完全可以递出去，它完全无害，也不会改变任何事。

他在四十七英里界碑处与信使碰头。那是个年轻英俊的帝国兵，穿着镶毛边的骑装，天气稍微有点冷，他冻得上下牙直打架。"把这封信带去C7，"兹米瑟斯命令对方，"极端紧急。采取一切必要措施防止它落入不恰当的人手里。明白？"

帝国兵点头，又说："这一封是给你的。"他递给兹米瑟斯一个小方块，羊皮纸被折了一遍又一遍，把它尽可能缩小。

兹米瑟斯说："谢谢。"

帝国军朝他敬礼，然后拨马离开。兹米瑟斯叹着气目送对方走远。收买帝国兵贵到让人破产，尤其现在手头又紧。佩尔米亚平民其实也一样好用。虽然他不清楚蓝皮肤到底得了多少报酬，但平民只要十分之一肯定就很满意了。不过他也看得出采用标准操作程序的逻辑；对付敌人和对付议员一样，都要买你能负担的最棒的人手。他展开对方给他的信，读信时皱起了眉头。

"对不起，我没明白。"库尼瓦第五次这么说道。

伊瑟姿叹气，"哦天啊。听着，我们换个别的玩好吧？"

"别，请再讲讲，"库尼瓦露出困扰的神情，"我想学，真的。能不能请你再从头到尾说一遍，我保证专心听。"

他们已经在窄道里行驶了将近一个钟头。"好吧，"奥多拿出一种他们之前没听过的耐心语气，又和缓又轻柔，季若特不禁怀疑这是不是表明他很快就要彻底失控。"其实是很简单的。我说：'部长的猫是乖乖（affable）猫'——形容词是 a 开头的对吧？坐在我旁边的人就说：'因为他不生气（angry）'。也是 a 开头的，但意思却正好相反。唔，"他补充道，"大致相反，反正。然后坐在他旁边的人——照我们的坐法就是伊瑟姿——就可以说，比如'部长的猫是蓝色（blue）的猫'——你瞧，蓝色是 b 开头的——接着坐在伊瑟姿旁边的富兰特泽士就说……哦，我也不知道……比方说'因为他不是棕色（brown）的'。然后你就说……"

"抱歉，"库尼瓦无地自容道，"我还是不懂。棕色并不是蓝色的反义词。"

"对，但如果你是棕色的你就不可能是蓝色，所以也算。所以现在你就可以接下去说，比如'部长的猫是开心（cheerful）的猫'……"

"因为他不暴躁（cross）。"库尼瓦的笑容像日出一样灿烂，"可以这么说吗？"

"可以。"伊瑟姿闭眼片刻，"我敢说你这回是真懂了。好吧，我们可以继续了吗？该谁了？"

"苏伊达斯，"季若特说，"g 打头。"

苏伊达斯打哈欠，"我说，我觉得我还是看看窗外就好。"

"你敢！"伊瑟姿怒喝一声。苏伊达斯耸耸肩："好吧，行。部长的猫是蛮不讲理（gratuitous）的猫。接吧？"

"因为他不……"库尼瓦咬着嘴唇、五官扭曲，"对不起，"他说，"我想不出来。"

"苏伊达斯，行行好，"伊瑟姿怒目圆睁，"他第一次玩，你非得挑这么难的字眼不可吗？"

"非常公平啊，"苏伊达斯回答道，"完全符合游戏规则。但凡玩游戏我自然都是想赢的。"

"那好。你来想一个。"

"又不该我接，"苏伊达斯扬扬得意，"抱歉，上尉，你出局了，我得十分。那么现在由我重新开始对吧？部长的猫——"

"安静，"奥多说，"听。"

车厢顶上的人听得清楚得多。两个帝国兵伸手去抓压在行李底下的盾牌。车夫扭头去看呼喊声来自哪里，看见以后他惊恐地睁大眼睛，然后又回头看路，刚好来得及拉紧缰绳，因为马车一甩，冲进了那个逼仄的拐角。一支箭从他脑袋旁飞过，在空中转动发出柔和的嗖嗖声。帝国军四下寻找他们的阿兰姆·查塔特护卫，这才第一次发觉护卫不见了。

伊瑟姿说："车停了。"

苏伊达斯眼睛瞪得老大。他用稳定而锐利的声音说："所有人下车。"

"别傻了，他们在放箭，"库尼瓦从富兰特泽士上方倾身过去，手忙脚乱地想放下百叶窗，"这儿是开阔地，没有掩体。"

苏伊达斯身体稍稍前倾，左手略微回撤，一拳打在库尼瓦下巴尖上。对方的脑袋往后仰，闭眼滑回自己的座位里。"留在车里我们都得死，"他柔声说,"走吧。"

他往旁边挪开一点,弯曲一条腿把膝盖收到下巴底下,然后脚后跟踢向车门。门啪地开了,苏伊达斯把地面当成深水,用跳水的动作跳了下去。"来啊。"他一面挣扎起身一面喊,然后就左右闪躲着飞跑起来。

富兰特泽士茫然问道:"可是护卫呢?"

"死了,多半,"奥多回答道,蹲在门边往外瞅,"最好赶紧出去,伊瑟姿,下一个是你。"他跳下马车,双脚落地,然后迅速转身抓住伊瑟姿的手腕把她拽出来。一支箭从他脑袋旁飞过,擦着马车顶滑开了。"富兰特泽士!"他大喊一声,然后拉着伊瑟姿开跑。

库尼瓦坐直身子,他盯着打开的车门,又注意到空出的座位。"该死,"他一边哀叹一边往门外冲。他跑出五码,然后双膝落地。他还活着。

富兰特泽士盯着季若特,后者摇摇头。富兰特泽士略一犹豫,然后打开对侧的车门,像没骨头一样落了地,迅速爬到马车底下。

季若特坐着纹丝不动。*我才不出去*,他能听见自己脑子里只有这么个念头。他看见奥多全力冲回来,抓住库尼瓦的脖子和一只胳膊,把他拉起来往前扔,逼他自己跑起来。两人跌跌撞撞地跑得没了影。一支箭射中马车侧面,让马车微微颤动。季若特看见半英尺三角形的尖端从木头的缝隙里探出头来。在他心里,那支箭是射中了他的膝盖,有膝盖窝那么深,痛得受不了。他留在原地,脑中有个声音说:*其他人都走了,所以他们肯定以为马车已经空了。所以我坐着不动就好,目前*。他在发抖,他恶心想吐、浑身冰冷。他仿佛听见母亲的声音,他第一次学游泳那时候:*别那么娇气*。可他满脑子都是水:水遮住眼睛、水灌进耳朵和嘴巴里,其他人好说歹说他也不肯放开岸边的大石头。当时他想:*这里很安全*。然后他叔叔掰开他的手指,一根接一根,直到他再也抓不住了,他掉进水里,绝望地胡乱踢腿,水涌进他的鼻子里,他呛了好多水……

他趴到地上往座位底下缩进去，尽可能缩到最深处。

后来苏伊达斯记起自己手忙脚乱地爬上窄道侧面的石壁——有几次他一脚踏空，膝盖落地，被尖利的页岩把皮肤割成了肉泥——不过再之后的记忆完全消失了。等他最终回过神来，就好像睡醒一样，他发现自己站在一具尸体上方，手里握着一把砍刀（他说不清砍刀是哪里来的）。他的脸和手湿漉漉黏糊糊的。他希望那是别人的血。

有人用砍刀杀了四个阿兰姆·查塔特。不管是谁动的手，这人都太用力了，一般来说这都是恐惧和惊慌失措的迹象。那人砍穿了一个阿兰姆·查塔特人的右腿，砍刀去势不减，在对方左腿上留下一道深深的口子。而苏伊达斯脚下这个人只差一点就完全身首异处。苏伊达斯皱眉。

他尽力让头脑清明，想弄明白眼前的情况。有弓箭手从这儿上头朝他们射箭，但死人并没有带着弓箭。马车停了，所以可以推测前面的路被堵住了。他一点也不知道敌人到底有多少，也不知道他们在哪里。他既没有盾牌也没有盔甲，却还直挺挺地站在天际线上。

他赶紧跪下来四下打量。从他所在的地方能看见马车顶，上头横躺着一具尸体。马仍然套在车辕上，都已经死了。峡谷对面的一侧是笔直的石壁——要是他从另一扇门逃就好了，因为那边不可能站着弓箭手，所以很容易掩护。但他当然是跳了左手边的门，因为它离他坐的位置最近。蠢材。

不对啊，他心想。他们赢了，所以他们还躲着干吗？

从他所在的位置并不能完全看见马车，刚刚箭飞来的角度也不可能是从这里射出的，也就是说弓箭手肯定在更低一点的地方。他并没有理由认定他们还在原地。

他扭头看另外那个方向，视线穿过高原。那里完全是开阔地，由光秃秃的石头构成的平坦高地。如果他们是阿兰姆·查塔特，他们肯定会骑马。在平地上步行的人面对骑手是半点胜算也没有的。另外其他人说不定也还有活着的，可能性虽小，却也存在。

破皮的膝盖开始发僵，不知他最近做的哪个动作还拉伤了后背的肌肉，但他别无选择。他瞟眼死人，希望能找到盾牌或者能充当盾牌的东西，可这些死人简直毫无用处：衬衣、裤子、赤脚、带着马刀或单手斧，对任何人都没有屁用。他突然想到一个点子，皱皱眉又耸耸肩，然后伸出左手抓住了旁边那个死人的脑袋。它仍然由一层皮连在脖子上，苏伊达斯用砍刀把皮切断。他紧紧抓住长发把脑袋甩了甩，这样头发就在他手上缠了两圈。这当然不是盾牌，但也比没有强。

他开始顺着山壁往下走，不禁奇怪自己先前到底怎么上来的。页岩简直就是液体，只能托住他不到一秒钟就开始往下滑。最后他干脆撒腿跑，跟页岩比赛看谁先落地。眼看就要输了的当口，他纵身往下一跳。

他落地很稳，现在他来到窄道的路面上，距离马车大约十码。他看见三个人，阿兰姆·查塔特，他们跪在马车旁，用马刀往车底戳，还哈哈大笑。苏伊达斯想不通他们在干吗，不过那其实不重要。谢天谢地他们竟没听见他一路跌下来的动静，所以他可以杀他们个出其不意；奇袭、砍刀、再加上某个可怜虫的脑袋做盾牌，他祈祷这就够了。

他没有径直朝他们冲过去，而是静悄悄地绕远十码左右，最后来到马车头部，死掉的马躺着的地方。这样他们于他就是一路纵队而不是横着一排，他可以一次对付一个人而不用担心被四个人围攻。当然他并不知道对面是不是还有更多阿兰姆·查塔特，但这是很快就能弄清楚的，如果他能活到那时候。

离他最近的人看见他，立马跳起来，行云流水般从手脚落地的姿势转为低部前位起式的变化式。苏伊达斯两大步上前缩短距离，脑袋盾牌砸向对方右臂。他品味着那人闪躲时惊恐的表情，这一闪就露出了脖子左侧。苏伊达斯留意这一刀没有太用力，免得加重背部肌肉的伤势。

朝第二个人逼近时他心想：我喜欢这把砍刀，重心向前、平衡很好，不知我从哪里搞来的。第三、四个人一起冲上来；他用人头砸中左手边那人的脸，同时一刀斩向右手边那人的左大腿背面；他把左手边的阿兰姆·查塔特杀死在地，右手边那人暂时可以不必理会。他从马车侧面往外瞅，发现还有两个阿兰姆·查塔特。他们速度很快，他差点失手，不过还差了点。

他回去解决掉被砍断左腿肌腱的那人，然后后退一步观察情况。他的位置太过开阔、暴露，而且如果还有弓箭手藏在远处，现在也没有敌人可以给他当挡箭牌了。不过什么也没发生。他数了数：上头四个，下头六个，总共十个。通常阿兰姆·查塔特派出的半支小队是十个人外加军官。该死。

"苏伊达斯？"马车在喊他名字。他盯着马车看，"苏伊达斯，是你吗？"

"富兰特泽士？"

"我在这儿底下。"

他花了几秒钟才明白过来，不由哈哈大笑。"你这小丑，"他说，"没事了，你可以出来了。"

"不行，"富兰特泽士说，"我出不来。"

苏伊达斯这才明白阿兰姆·查塔特跪在泥里做什么。"你还好吧？"他问了个蠢问题。

"你得把我拉出来。"

苏伊达斯想了想。"你先留在底下，"他说，"我觉得还有个混蛋在附近。"

"苏伊达斯……"

"我尽快回来找你。其他人呢？"

"不知道。抱歉。"

"别动，"苏伊达斯说，"我尽快回来。"

他从马车前退开几步，不过他并不知道接下来该怎么办。那混蛋手头肯定没有弓，否则早射箭了。要是他还留着他妈生他时给的脑子，就该骑上马赶紧……

对了，马。如果我是阿兰姆·查塔特，我会把马留在什么地方？哪儿都没有马的影子。肯定不是在身后马车过来的方向，否则可能会被他们发觉。那就肯定是在前头了，拐弯过去以后。

原来最后那个人是有弓的，不过要么是射术不精，要么是太过紧张，总之没能瞄准。那人躲在堵路的那堆石块背后，竟是个不好对付的角色。他先用大动作击打打掉了苏伊达斯手里的砍刀，然后一个长刺。苏伊达斯非常镇定。他向右平移，用人头挡开那一刺，然后一拳打中了脖子和下巴相交的那个点。最后他捡起砍刀，趁那人还在挣扎着想爬起来时结果了对方。十加一，这下对了。

这时他低下头，看了看躺在自己脚边的那个人。那人落地时上身是侧躺的，但髋部和双腿却扭转向上。砍刀斩断了脖子，一直到骨头才停下。这一刀很不错，力量够足但又并不过分，算是弥补了之前几次技巧上的缺憾。那人头发上有一滴滴肥硕的鲜血正在凝固。真奇怪，人竟然会专门留意这种事。他右手上戴了一枚漂亮的弓箭手指环，可惜摘不下来。

苏伊达斯站直，忍不住龇牙咧嘴，他有一侧肩膀肯定出了毛病。他发觉人头仍然缠在自己左手上。那张脸替他挡了好几刀，又被当成钉头锤使，所以比刚才更邋遢了。他转动手腕解开头发，等它落地就一脚踢开。

击剑练习，他心想。好吧。他发觉自己心中波澜不兴，不禁觉得可笑，毕竟这可是要命的情形。

富兰特泽士，他想起来，哦见鬼。他跑回马车旁，发现富兰特泽士背靠马车坐在地上，季若特站在他身前。只一眼他就看出两人基本没有大碍，至少还能继续前进。

"季若特，"他说，"其他人，知道在哪儿吗？"

季若特摇摇头，"我看见奥多和伊瑟姿一起跑了，然后他又跑回来拉走了被射中的库尼瓦中尉。不过那之后就……"

等等，苏伊达斯暗想。他在心里画了个几何图形：瞄准线。"你当时在哪儿？"

季若特想转开目光，但却好像无能为力，"在马车里。"

苏伊达斯先是皱眉然后咧嘴一笑。"真机灵，"他说，"富兰特泽士，你怎么样？伤了吗？"

富兰特泽士摇摇头，"他们拿刀戳我，但是刀不够长。他们一直在笑。我以为他们会把马车翻过去，不过他们大概没想到。"

"不过你没受伤。"

"抽筋，"富兰特泽士说，"动不了。亏得季若特——"

"抽筋！"苏伊达斯炸了，"混蛋，我还以为他们砍了你的脚什么的。"

"抱歉，我……"

"算了，"苏伊达斯说，"起来，看在老天的分上，瞧你那副可怜样。我们得找到伊瑟姿和卡努斐克斯家的孩子，还有那蓝皮肤。抽筋，老天爷。"

季若特看着他问："怎么回事？"

"什么？"

"敌人。怎么回事？他们哪儿去了？"

苏伊达斯发现砍刀还握在手里，他很不愿意放开它，但还是把它插回刀鞘(他腰上挂着刀鞘,所以砍刀想必就来自这里)。"死了,"他说,"至少我觉得是死了。我找到了十一个,十加一,通常的半支小队的数。"

"你杀了十一个人?"

他语气里透着惊讶,让苏伊达斯想笑。"啊,显然是的,否则我也不会站在这儿了。你们俩去那边找,我从那头往回找。"

季若特找到了奥多,或者应该说是奥多找到了季若特。奥多从一块石头背后跳出来,把他推倒在地,两根拇指正准备往季若特的喉管压下去。这时他突然愣住,然后放手说:"抱歉。"

片刻之后伊瑟姿出现了,脸白得像纸不过并没有受伤。"库尼瓦死了,恐怕,"奥多说,"苏伊达斯和富兰特泽士呢?"

"他们没事,"季若特揉揉脖子,"苏伊达斯把敌人杀了,全部。"

奥多的表情不像是放心,倒有些担忧似的,不过他说:"那好。车夫呢?还有卫兵?"

季若特根本没想到他们。"不知道。"说完他就想起那几具不属于阿兰姆·查塔特人的尸体,"怕是没躲过,"他补充道,"他们把拉车的马也杀了。"

"什么?"奥多似乎大吃一惊,"好吧,苏伊达斯呢?他还好吗?"

"哦他没事。"季若特突然想到他们身处荒郊野岭,马、食物和水一样也没有,"奥多,到底怎么回事?我还以为阿兰姆·查塔特——"

"显然不是。"奥多静静地说。

苏伊达斯觉得仿佛听到汩汩的水声,类似水烧开的声音。是伊瑟姿在哭。他吓了一跳,赶紧挪远些,就好像担心被传染。"我们得找到他们的马,"他厉声说话,仿佛抓住了她的错处,把前因和后果连上了,"他们总不是走来的,你可以拿命打赌。"

奥多也盯着伊瑟姿,他点点头,"我猜是拴在拐角背后的什么地方了。在那里不会被看见,也不容易被声音给惊到。"

"对,没错!"苏伊达斯喝道,"你干吗不跑到前头去找找?"

"我去,"季若特听见自己说了这话,然后撒腿就跑。他爬过石头砌起的矮墙时突然想到也许苏伊达斯猜错了,敌人不止十一个,说不定还有两个后备的守着马。可不知为什么,他觉得自己宁肯冒险也不愿跟朋友们待在一起。他停下来到处看,又竖起耳朵听。没动静。前头是一条直路,窄道的两侧是光秃秃的峭壁。要论藏东西,大概刚够藏六只跟石头颜色一致的小老鼠,还得先教会它们坐着纹丝不动。十一匹马绝无可能。

"肯定在附近,"苏伊达斯听了他的报告咆哮道,"而且应该很近,阿兰姆·查塔特最讨厌走路!"

"也许是有人用车把他们载来的。"富兰特泽士说。这是好长时间以来他头一次说话,说了也跟没说一样。苏伊达斯朝页岩坡上跑了一小段,很快就一脚踩滑滚下来,手脚乱舞的样子可笑极了。最后他后背落地、四脚朝天。谁也没笑。他跳起来踢了一块石头一脚。石头滚远。他说:"太蠢了。"

"他们留了人看着马,"奥多说,"那人带着马跑掉了。"

"总共有十一个人!"苏伊达斯怒吼。季若特瑟缩,奥多一动不动,"我猜他们至少有十二个人,"他静静地说,"我想我们只能步行了。"

伊瑟姿一言不发地往地上一坐。富兰特泽士说:"我觉得我们应该留在原地。佩尔米亚人迟早会发现我们没到,然后派人来找我们。"

"哦,老天爷!"苏伊达斯冲他吼,"你以为这些人是谁派来的? 阿兰姆·查塔特替谁卖命? 嗯?"

奥多皱眉,"苏伊达斯……"

"而你也可以先闭嘴。拼命的时候你在哪儿? 真可悲,你们这帮人。"

"对，"奥多静静地说，"但我可以既可悲又正确，而朝我们嚷嚷并没有用处。你说得对，我们不能留在这儿，但依我看附近没有马。我们真的该赶紧动身了。"他弯腰捡起一把马刀，"没用惯这种东西，不过我猜原理是一样的。走哪边？"

"当然是往前，"季若特说，"毕竟他们以为已经干掉我们了，所以不会有人在前头守着。"

"不，什么蠢话，"苏伊达斯斥道，"我们根本不知道他们可能从哪个方向来。"他停下来思考，谁也不敢冒险建言。伊瑟姿走到一边抱了几把马刀回来。"不过也不如就往前走，"苏伊达斯说，"真的，去哪儿都没多大区别。这个国家恐怕并没有任何安全的地方。"

"那好，"季若特抬高嗓门应了一声。他突然非常生气，尽管他不清楚原因何在，"那我们干脆回去。斯科利亚就在那个方向上。"

"我们现在需要的是，"奥多用之前那种"稳住脾气"的语气说，"一个能搞到食物和水的地方。如果可能的话还要马，换或者偷都行，然后或许还能找到一点机会弄明白到底怎么回事。苏伊达斯，我们之中只有你对这个可怕的国家稍微有点了解。有什么建议？"

苏伊达斯耸耸肩，"我从没来过这么远。我们都没来过。我只晓得去鲁兹尔是先直走，到大路以后再向东。具体多远我说不上来。不过平原上有农场，"他补充道，"至少打仗那时候是有的。在佩尔米亚这就算是上好的耕地了，基本上是他们仅有的还能凑合的农田。"

"那我们就走那边，"奥多说，"问题解决了。"

他们维持着脆弱的沉默，就这么走了两个钟头，这时伊瑟姿发现前方扬起一片尘云。他们赶紧从路上跑进一道浅沟里，作为掩体它根本不够用，但也没有别的地方可躲。等了仿佛一辈子那么久，那片尘土越来越大、越来越近，最后他们发现那是一辆敞篷大马车，拉车的是四匹黑马。车上有两个人：一个秃头的大个子和一个穿鲜绿色号衣的年轻人，应该是车夫。苏伊达斯将一根手指压在嘴唇上，他们等马车从身旁驶过。然后苏伊达斯一跃而起，手一撑从车后方跳上去，往前一步把车夫踢下了车，然后抓住缰绳把马拉住。秃子张着嘴僵坐在原地，奥多走上前去朝他微笑。

"实在非常抱歉，"他说，"但我们需要你的马车。"

车夫正从地上爬起来。他刚站直就又摔倒，像是从车上落下时伤了一条腿。秃子没动也没说话。

"我们是官方委任的外交使节，"奥多说，"所以一旦到了鲁兹尔·毕耳，给你造成的一切不便和一切费用都会补偿给你，这是不消说的。你是刚从鲁兹尔·毕耳来吗？"

秃子的眼睛钉在奥多手握的马刀上；这时奥多想起他们身上都溅了好些已经干掉的血，尤其是苏伊达斯。"其实并不像看上去那么可怕，"他兴高采烈地说，"我们运气不好，遇上了强盗。我们把他们打退了，但他们先弄坏了我们的马车，又杀了我们的马，而我们真的必须尽快赶到鲁兹尔。我向你保证，你非常安全。"

秃子还瞪着眼睛，不过眼神变了，"你们要去鲁兹尔？"

"对。我们在那边有非常重要的约会，绝对不可以错过的。"

"是你们，不是吗？"秃子说，"斯科利亚人。击剑队。"

死一般的寂静，总共三次心跳那么长。奥多张开嘴，但是说不出话来。苏伊达斯突然放声大笑——声音很可怕，就像愤怒的猎食者的咆哮。伊瑟姿的脸通红，她嘟囔道："对，是我们。"

"老天，"秃子说，"我本来想去看你们比赛的，可票都卖光了。老天。"

"这么着吧,"苏伊达斯站在那人头顶,活像是森林里最高的那棵树,"你带我们去鲁兹尔,我们他妈就替你弄全场最好的位置。"

"真的?"

"我以人格担保,"苏伊达斯满脸庄重地把右手放在自己心脏上方,"咱们的领队有办法。不是吗,富兰特泽士?"

"我敢说是可以安排的,"富兰特泽士说,"而且我们当然还会——"

"那就这么说定了,"苏伊达斯坐到他身边,"你开心,我们也开心,大家都他妈乐上了天。你们,上来啊,见鬼的!"他朝其他人吼,"总不能让这位绅士老等着吧?"

马车的主人名叫果斯达蒂·布朗科,他是采矿工程师,刚刚退休,大约十八个月之前妻子去世,住在鲁兹尔·毕耳一个比较好的郊区,对击剑简直痴狂,从小就关注比赛,不过当然他本人并没怎么参加过,缺乏技巧和耐力,不过很爱看——好吧,击剑就是他的命根子,一直都是,不过退休之前他也没太多机会去现场看,他最常驻扎的那个镇子,托塔斯·帕兹,他们肯定没有听说过,差不多就在乔伊奥兹和美特正中间,那里经常举行热身赛。这是大好的机会,能赶在未来的明星出名之前看见他们,所以这些年来他谁都见过了,杜山、斯梯邦·莫科、珀里萨,那珀里萨他竟然见过两次呢,特别走运——那次他有两周的假,妻子回了娘家,于是他就驾车去美特看他跟那谁的比赛,他们当然明白他说的是谁,对了,柯尔塔,这份记忆他到死都会珍藏在心底,可如果有人告诉他有一天他会跟斯科利亚的国家击剑队同乘一辆马车,啊,他一定会当面大笑他们异想天开;至于说鲁兹尔行会前排的座位,真的,这种事是不会发生在他这种人身上的,根本不可能,这简直就像是美梦成真,不过要是换了十年前谁又能想到他有生之年会看到斯科利亚的击剑队来到佩尔米亚呢，因为嘛，他们明白的，大战那档子事，不过大战当然他是错过了的，因为他的职业是属于后备，而且他个人对斯科利亚人民完全不怀恶意，就他看来那些都是过去的事了，事实上他断断续续关注斯科利亚的击剑已经很多年，一直想看斯科利亚的比赛，他们的技巧真是不可思议，不过当然读人家的描述和现场看是完全不一样的，而这难道是可能的吗，坐在他身旁的这位绅士竟然真的是苏伊达斯·德泽尔本人吗？

据季若特判断，奥多大概快死了，坐在他左手边的佩尔米亚秃子正用持续不断的喋喋不休将他一点点毒杀。奥多右手边坐的是伊瑟姿，板凳太窄，伊瑟姿只能往奥多这边挤，简直等于坐到了他腿上，而尴尬显然像钉子一样钉进了他的灵魂。季若特突然意识到奥多喜欢伊瑟姿，相当喜欢。他不得不抬起一只手到脸上捂住嘴巴，免得自己咧开嘴笑起来。

苏伊达斯则正好相反，季若特从没见他这样开心。他四仰八叉地摊开在座位上，一条腿挂在车厢一侧，双手整整齐齐地合拢在胸前，活像摆好的尸体。他依然满身干掉的血，而且还在笑。富兰特泽士在欣赏沿途的景色，让人觉得奇怪，因为这周围根本就难看极了。每回马车碾过一个坑或者石头，马车夫都会呻吟，因为他的断腿没有接好，一晃骨头就会戳进肉里。

至少巡回比赛是不可能再继续了，季若特告诉自己。苏伊达斯气头上暗示的那些话，据他看来似乎很有道理；而假如果真如此，也就是招待他们的主人派了阿兰姆·查塔特在路上截杀他们。多半又是政治，主战派想挑起事端，不过他又觉得这样的解读实在过于简单化了。但也没什么关系。关键是要记得他们被主人抛弃和背叛，只能靠自己，因此也就不需要再对主人履行任何义务。既然他们有能力走到这一步，他们自然有能力回家去。

可这么说来他们为什么又在朝鲁兹尔·毕耳走呢？不过季若特虽说心

里奇怪，却并没有把话问出口，毕竟这儿还坐着个佩尔米亚人呢，不过他确信奥多和苏伊达斯两个总有一个心里有数，而且总的说来他也并不介意蒙在鼓里，因为他觉得自己肯定会被吓得魂飞魄散。他信任奥多，或者应该说他看不出任何理由要不信任他。他显然继承了不止一点他父亲的领导力和战术才能，而且他似乎还想办法控制住了苏伊达斯，至少目前是控制住了。至于伊瑟姿，她太沉默，不禁让季若特感到危险。要么是崩溃了，要么是在积蓄能量准备大爆发，无论哪种都于事无补。富兰特泽士显然已经不必再考虑了。信任卡努斐克斯家的人，他告诉自己，斯科利亚人遇到危机时都是这么干的。但即便如此他依然感到疑惑。逻辑的选择当然是割断秃子的喉咙、把他扔下马车，然后掉转车头往边境前进。不过大概要等等再说吧。只需要耐心就行，耐心等待，一切都会好的。

于是他就耐心等待，而他的耐心也得到了回报。下午慢慢走向夜晚，影子越拖越长，秃子终于说累了睡着了，他的脑袋往前耷拉下去，落在几层下巴构成的巢里，他还开始轻声打鼾。等确信他确实睡了，季若特就上身前倾，尽量靠近奥多。

"奥多，"他说，"我们这是去哪儿？"

奥多回答道："鲁兹尔·毕耳。"

多奇特的答案。他往旁边瞟了一眼。苏伊达斯低着头，正从左手手背的汗毛上挑出一片片干掉的血，"为什么？我们当然不想去那儿的吧。"

"哦，依我看我们是想的，"奥多轻快地说，"当然，我们会严重迟到，但这是没法子的。他们只能重新安排比赛时间，仅此而已。"

季若特感觉仿佛脑袋上挨了一脚，"苏伊达斯？"

"只能去那儿，"苏伊达斯头也不抬，"既然他们想杀我们，那我们在乡下是五分钟也熬不过去的。对于我们来说，唯一安全的地方就是有很多很多目击者的地方。想想看，"他补充道，"他们为什么在荒郊野外伏击，对吧？他们想把事情推到强盗身上，或者也可能推给反对派，我不知道。我倒不是说我们在鲁兹尔·毕耳会很安全，但那儿比其他任何地方更有希望活下来。"他抬起头咧嘴一笑，"等我们出现的时候有些人肯定要气疯了，"他说，"我真想看看他们发现我们没死时候的表情。"

"去那儿还有可能跟我们自己的人联系上，"奥多接着往下讲，"兹米瑟斯，比方说。我看他肯定早就做过安排，一旦情况不妙要怎么把我们弄出去。我真不愿意这么说，但他大概是我们最大的指望。反正苏伊达斯说得很对：要是我们坐辆小马车在荒野里乱窜，那才是帮他们省事呢。"

秃子突然哼哼着打个哆嗦，他睁开眼睛，然后眨了几次眼又打个哈欠。他问："我刚刚是不是打了个盹儿？"

"有吗？我没留心，"奥多回答道，"抱歉，我走神了。"

"没关系。"秃子大度地说。他朝右手边瞅瞅——目力所及之处全是荒凉的石头地——然后欢快地点点头，"快到高原边上了，"他说，"很快就是下坡。然后再一小段路就到鲁兹尔。"

季若特忍不住问："你怎么看出来的？"

秃子咧嘴笑，"那边，看见了？地平线上。看见那些小山了吗？"

的确，那边是有一片浅灰色的污渍，说它是几座小山也说得过去。"然后呢？"

"右边数第三个，那是斯括珀达。一旦看见它，你就知道自己快到了。"

"抱歉，"季若特说，"恐怕我的眼神远不如你。"

"噢，能看见的，就跟你脸上的鼻子一样。模样有点像是倒扣的水桶。"

季若特耸耸肩，"这么说这条路你很熟了？"

"哦是的，我在这片地方长大的。小时候经常跟爸爸一起来，他是个送货的。大多数时候都是军队的货，不过他并不是军人，独立承包商。拉银矿挣了好多钱，结果大战爆发了，你们明白的。"

季若特绞尽脑汁想找点话说。"你真是好心，"他说，"愿意送我们。想必完全打乱了你原先的安排。"

秃子高高地耸肩。"哦，我非常乐意，真的。能有机会认识斯科利亚的国家击剑队——"

"说起来你原本准备去哪儿来着？"伊瑟姿似乎回魂了。

"我？哦，不过是去趟美特。我有些表亲住那里，我喜欢时不时去瞧瞧他们。"

"你真勇敢，"伊瑟姿说，"毕竟是内战时期呢。"

"噢，算不得内战吧，"秃子说，"不过是一群闲汉、无赖在无事生非罢了。当局很快就能把他们压下去，你们等着瞧吧。我们很幸运，我们拥有很棒的安保力量。我知道自己当然是偏心自己国家的，但我觉得我们的警察是全世界最棒的，请别介意，我敢说你们国家的警察也很好。但任何时候只要出麻烦，我们的警察是可靠得很呢。"

"那么说你并不替你的表亲担心了？"伊瑟姿问。

"担心？不，没什么可担心的。他们都是明理的人，他们知道不要上街去。"

"当然，"奥多说，"这种时候就该待在家里别出门，但凡明理的人都会这么干。"

那人明明很胖，行动起来却异常迅速。不等奥多有机会阻拦，他已经打开车门，差一点就成功跳车了。不过苏伊达斯抢先抓住了他，这时他又从不晓得哪里掏出一把匕首想戳苏伊达斯的手。奥多抓住他的手腕，可那人往后滚下了马车，所以奥多只能撒手。苏伊达斯往前一跳，把砍刀的刀刃抵在车夫脖子上。"停车，"他说，"奥多。"

奥多已经下了车，正弯腰看那秃子。他哀叹："脖子断了！"

"操，"苏伊达斯回答道，"算了，反正还有车夫。"

可车夫要么是什么也不知道要么是不肯说，哪怕苏伊达斯拿出了自己最有说服力的招数。最后伊瑟姿逼他停手。他放弃了，让车夫继续赶车。

苏伊达斯重新坐下，"好吧，至少咱们还有马车可坐。"

季若特问："那家伙到底是什么人？"

"来逮我们的人，"苏伊达斯耸着肩说，"或者来确保我们死了的人。车上没钱，否则他也可能是被派来付钱给阿兰姆·查塔特的。"

"或者来接他们的，"伊瑟姿说，"既然他们自己没骑马。"

"也许。"苏伊达斯打个哈欠，"我猜长远看来都没什么区别。反正我们有了交通工具，所以总比先前强。"

他们在车旁睡觉，努力不去想食物。天色终于大致变成神庙湿壁画上救赎者外袍上中等亮度的那种蓝，他们便一致同意宣布天已经亮了。苏伊达斯赶着马退进车辕里，然后他们去叫醒车夫，却发现对方在夜里死了。

"这也太蠢了，"苏伊达斯说，"他不过是断了条腿。"

"看来恐怕比断腿更严重些，"奥多严肃地说，"反正现在也没别的办法了。苏伊达斯，这种事情你是懂的，你能赶车对吧？"

"当然，"他朝他咧嘴笑，"就跟过去一样，而且这马车很不错，说起来。我建议如果可能的话就留着它。回家能卖几个钱呢，假设我们能回家的话。"他翻身跳上车厢顶，抓住缰绳。"来吧，"他说，"想走的就上车。"

富兰特泽士还盯着车夫的尸体。奥多停下脚步扭头看了一眼。"内出血，也许是，"他说，"虽说医学的事我是一窍不通的。"

"我觉得多半是我们，"富兰特泽士回答道，"无论我们到哪里似乎都会死人。你们没注意到吗？"

"我猜内出血的可能性更大些，"奥多轻快地说，"不过如果你真那么觉得，我建议回家后可以找个神父咨询咨询。恐怕宗教的东西从来不是我的强项。"

那天早上苏伊达斯欢快得叫人心烦，又是唱歌又是唠叨，似乎全不在意根本没人听。季若特判断这多半是坏兆头，不过他懒得多想，把它归为奥多的问题，因为奥多似乎管起事来了。他无法理解怎么会有人愿意管事，但他很高兴这人是奥多；如果要他把自己的人身安全交到苏伊达斯手里，那他委实放心不下；而富兰特泽士这人又毫无用处，至于伊瑟姿……这下就能看出为什么军事贵族统治斯科利亚这么久了。他们或许并不能算精于此道，但很可能比咱们手头的任何人都更在行些。尤其如果非要再打仗不可的话。

有什么东西抓住了他的目光：很漂亮，像火花，一缕金黄的闪光。他坐直身子，伊瑟姿肯定看出他表情不对，因为她问："季若特，怎么了？"他抬手一指，"那边。"

"苏伊达斯，停车。"奥多说，不过这话并无必要，苏伊达斯已经动手把马拉住。正当季若特说服自己相信之前的一切不过是自己的想象时，奥多问："如何，你觉得是什么？"

"我什么也没——"伊瑟姿刚开头就被苏伊达斯打断，"帝国军，肯定是，除了他们还有谁会穿着浮夸的镀金盔甲到处神气活现？"

"同意，"奥多说，"那么他们为什么在那边而不是在路上？"

富兰特泽士猛抽一口气。"关我们什么事？"苏伊达斯说，"帝国军是站在我们这边的，不是吗？"

奥多看着他说："这可有点想当然。"

"不，并不是，"苏伊达斯回答道，"他们拿政府的钱，我们是政府尊贵的客人，因此他们有义务保护我们，护送我们去首都。我建议咱们过去自我介绍。"

"我愿意同意你的看法，"奥多静静地说，"如果我知道他们为什么不走在路上。"

"我怎么知道？"苏伊达斯怒道，"也许是操练。他们动不动就爱搞操练，那些蓝皮肤，而现在是和平时期。和平时期当兵的干吗？操练。"

伊瑟姿说："我觉得这主意很糟糕。"

"谁也没问你！"苏伊达斯吼回去，季若特看见奥多抖了一下，"听着，外头说不定还有阿兰姆·查塔特在找我们。如果被他们在路上追上，又没人保护，我们就死定了。蓝皮肤必须保护我们，他们相信什么荣誉承诺之类的狗屁东西。根本不必多想。"

"本来是的，"奥多平静地回答道，"如果他们是在沿大路行军的话。"

"我还是什么都没看见。"伊瑟姿说，"他们在哪儿？"

苏伊达斯发出一种粗俗的声音。奥多指给她看："看那边，看见地上的小凹陷了吗？跟着那条线往前看，你会看见——"

"看见了，"伊瑟姿说，"对，没错，整整一个纵队呢。"

"一百二十五人，"苏伊达斯背书似的说，"一个连，标准的帝国重步兵快速反应分遣队。一百二十个大兵，四个军士加一个中尉。"

"通常在出现紧急情况时被派去支援骑兵中队，"奥多说，"而直到我们弄清是什么紧急情况之前……"

"看。"富兰特泽士从他身旁挤过去，指着地平线。那里扬起了一片灰尘，刚好勉强能看见。

"那应该就是他们的骑兵，"苏伊达斯说，"咱们去鲁兹尔的座驾。"

奥多说:"咱们就在原地等等看。"

"对,并且让他们越走越远。不,我可不干。听着,马车开不到开阔地上去,车轴受不了。我们得自己走。他们的移动速度很快,我们现在就得赶紧追,明白?"

奥多说:"再等等。"

"去你的。"苏伊达斯跳下车往前走,步子快极了。奥多准备起身,但富兰特泽士把他拉回去坐下。他甩开富兰特泽士的手,跳下车去追苏伊达斯。苏伊达斯一门心思往前赶。等距离足够近,奥多就合身扑了上去。他落在苏伊达斯背上把他压倒在地,不等他伸手去摸砍刀就用胳膊肘抵住了他的脖子。

"放手,我喘不上气了。"

奥多放松力道,苏伊达斯扭转身体一脚踢向对方胸口,然后跳起来跑掉了。

"哦,见鬼。"伊瑟姿追过去。

富兰特泽士说:"马。"

起先季若特不明白他说的什么,后来他抬头一看,发现缰绳松松垮垮地扔在车厢顶上。他扑过去抓住缰绳,然后回头喊话:"我该怎么办?"

"我不知道。"

怎么会这样,季若特心想。他双手把缰绳抓得死紧,手都勒疼了,同时又尽可能让缰绳保持静止。富兰特泽士朝他喊:"当心。"结合当前的形势,这大概是有史以来最无用的建议了。季若特脑子里浮现出各种画面,像记忆那么鲜活:马突然惊跑、从他手里把缰绳拽走;马车碾在一块石头上翻了,他自己被甩到空中……

"没事了,我抓住它们了。"富兰特泽士站在领头的两匹马的脑袋旁,手抓住套在它们嘴边的圆环。季若特抬头看，同时意识到自己在哆嗦。他实在不愿被富兰特泽士看出来，尤其是刚刚阿兰姆·查塔特进攻时他的反应那么丢人。他问："你能看见那边什么情况吗？"

"看不见。"

苏伊达斯正挥舞手臂朝步兵纵队跑，就在这时，扬起的灰尘化作骑手。他多少想到会这样，所以并没有停步。直到看清骑手是阿兰姆·查塔特他还在继续跑（因为这里是佩尔米亚，阿兰姆·查塔特和蓝皮肤是一个阵营的）。骑手的队列一分为二、分开来绕过去把步兵纵队包围起来，他推测这只是炫耀，友好的较量，阿兰姆·查塔特的某种古怪习俗，兹米瑟斯这样的专家一定三言两语就能解释清楚，还要附送一个高高在上的微笑。

蓝皮肤大概也是这么想的。针对骑马的弓箭手他们有精心准备、时常演练的应对方法，但直到第一轮箭已经飞上空中他们依然在成一列纵队行军。不用说，等他们明白过来已经晚了。转眼就有三分之一的蓝皮肤倒地送命。

他们尽力了。他们结成数个方块，单膝跪地举起盾牌，长矛伸出。骑手在他们周围奔涌，仿佛被淹没的街道上的一股激流，打着旋拍打墙壁，寻找敞开的门窗。大浪退去，然后重新涌回来，这次弓箭手换成了长枪手。建筑不够高、挡不住水，但这并不是建筑的错。帝国兵一丝不苟地实践了平日里演练的战术，几乎直到最后的悲剧时刻都保持着完美的纪律。

苏伊达斯意识到自己直挺挺地站在开阔地上，立刻像石头一样坠了地。在他心里有个念头声音比谁都大，盖过了他本该赶紧考虑的那些事：世上没几个活人亲眼见过阿兰姆·查塔特打蓝皮肤，我真是荣幸。一直好奇谁会赢。现在我知道了。

没道理啊。他僵在原地动弹不得，因为这事儿完全没道理：阿兰姆·查塔特打蓝皮肤，这就像胳膊打大腿。他眼看着骑手放慢速度，从小跑变成步行速度，他们在地上搜索幸存者，挨个刺死或者射杀，然后还下马来进一步确认（注重细节，值得赞美的品质）。他们把每具尸体都翻转过来，并不偷、抢死人的财物，只是细致的医学检查，确保生命之火完全熄灭。他们不慌不忙地做完这些事，完事后捡起自己这边死掉的几个人、收拢箭和折断的长枪，上马离开了。

14

"为什么？"伊瑟姿问。

很长时间没人说话，最后苏伊达斯说："内战。这是唯一可能的解释。"

"不完全是，"奥多说，"我猜我们离内战还有两到三天。刚刚看见的应该是内战前的准备，没多大区别，但并不完全一样。"

苏伊达斯耸耸肩，"你怎么看出来的？"

"他们很小心地收走了所有证据，"奥多回答道，"连尸体上的箭都拔出来了，你注意到了吗？就好像他们不希望有任何人能证明是他们干的。"

"我不明白，"伊瑟姿说，"费这功夫做什么？"

奥多身体前倾，下巴托在手里。"我认为帝国军仍然忠于政府，"他说，"我猜步兵纵队是去美特的，暴动已经平息，他们去从阿兰姆·查塔特手里接管美特。"他停下来咧嘴一笑，"如果暴动确实平息了的话，其实谁知道呢，不过这完全是另外一码事了。但派出这队阿兰姆·查塔特的人不希望美特出现一队帝国军，所以就派人在没人的地方把他们一网打尽。至少要一天时间才会有人发现尸体，再过一天消息才会传回鲁兹尔政府的耳朵里；再说并没有任何物理证据表明是阿兰姆·查塔特干的，所以幕后的人完全可以抵赖。他们甚至可以把责任推给第三方——比方说斯科利亚，我随便乱猜一个。这就至少是三天甚至四天，他们可以趁这段时间把一切都布置妥当，然后全力开战。反正我是这么解读的。当然我只是猜测而已，不过我觉得这里基本上包含了我们所知道的一切信息。"

"你老说他们，"伊瑟姿打断他，"他们是谁？"

奥多微笑。"好问题，不过呢，综合各种可能性判断，这些人想跟斯科利亚开战、又有足够的钱买通阿兰姆·查塔特背弃已有的合同。我对佩尔米亚的政治不够了解，没法给出名字，不过大致就是这样。"他一边叹气一边挺直后背，"不是政府，也不是矿主，那么还剩谁？"

"有关系吗？"伊瑟姿的那声怒喝火力十足，所有人都抬头看她，"我意思是对我们有关系吗？哦得了，别那么盯着我。听着，我现在根本不关心会不会打仗、谁在玩儿什么把戏这类屁事。我又累又饿，身上跟猪一样臭，同一身衣服我都不记得穿多久了，我浑身都像有蚂蚁在爬，到处都在痛，而且我想回家。这是唯一重要的事，政治什么的狗屁蠢事算什么。我惨到已经不觉得害怕，只觉得自己可怜死了。而且我也不是兵，我是平民女性，所以我根本不该受这些罪。听着，我们有马有车，还有人能驾车，我们不欠任何人任何东西。我们就回家去好吗？拜托？"

没人说话。苏伊达斯咧嘴笑，富兰特泽士盯着自己脚上的鞋子，季若特在等别人开口，而奥多看着他，脸上混合着同情、难堪和烦躁。她耸耸肩。"看来是不行，"她说，"那么你们全都见鬼去。你们都是蠢货。"

奥多张开嘴，季若特心想，他要跟她解释，这多半是最糟糕的选择，除了像苏伊达斯那样哈哈大笑。但奥多显然改了主意。他摇摇头说："对不起。"

季若特猜想这大概不是他第一次被迫做这种事。他在老家不是有个姑娘吗？那姑娘是死了还是把他甩了？就在他出发前不久？他记不清了，而且自然又不能问奥多。

"你对不起，"伊瑟姿学了一遍，"行啊。这真是帮了好大的忙，奥多。我本来以为你稍微比其他人蠢得好一点点，但显然我想错了。哈。"

苏伊达斯朝她微笑，"你说完了吗？"

"暂时。"

"很好。"他丢了笑容转向其他人，"我看过地图，据我回忆，从这里驾车去鲁兹尔只有不到半天的路程，但我们显然不能这么过去。我建议我们扔了马车步行。马车过不去崎岖的地方，也别想在任何地方跑赢他们，而步行更容易隐蔽。同意吗？"

他看的是奥多。富兰特泽士说："同意。我意思是说，很有道理，我看得出来。"苏伊达斯转头看季若特，后者点点头转开了眼睛，"奥多，"苏伊达斯道，"你怎么想？"

"我宁愿先不忙扔掉马车，"奥多缓缓回答道，"我不喜欢走路，而且这双靴子磨脚跟呢。"

"奥多……"

"时间我们浪费不起，"奥多态度尖锐，"首先我们得吃饭喝水。瞧瞧周围，嗯？这看起来像是能找到食物的地方吗？我看不像。再说我们得趁内战还没真正打起来之前赶到鲁兹尔。我不是说到那儿就安全了，但肯定比在这儿外头强。在这儿你也许能应付，苏伊达斯，你是兵，你干过这种事。我们剩下的人是干不了的。再说了，"他稍微放柔声音，"我们又不是军事单位或者政府使团，我们不过是马车里的四个男人和一个女人，看起来根本不像有价值的目标。那两方人马又为什么要浪费时间找我们的麻烦呢。"

"因为事情就是如此，"苏伊达斯说，"我清楚，因为我就干过。打、杀平民的事我都干过，就只是因为我能。习惯成自然，我猜是，"见伊瑟姿瞪自己，他便添上最后那句，"一旦你开始杀佩尔米亚人，有时候很难停下来。而且说不定他们的靴子你穿正好合脚呢。相信我，奥多，有我这样的人在，你绝对不会想在路上被拦下来的。"

"我说的是如果我们留着马车，我们活下来的概率会更高些，"奥多说，"我并没有说这概率有多好。我们不是你，没法饿着肚子行军六天。另外就算我们在路上遇到当兵的，他们也完全可能是帝国军，而他们是不干坏事的，对吧？"

苏伊达斯耸耸肩，"如果有军官盯着，多半不会。但你也看到刚刚那些蓝皮肤的下场了。就算遇上了、他们也愿意带上你，可有阿兰姆·查塔特在附近他们也没办法保护你。老天，拜托你理智些。我们俩都清楚其他人会听你的，因为你他妈是浇灌者的儿子。别胡闹了，我们赶紧上路。"

"半天，"奥多说，"你自己说的，从这条路去鲁兹尔只要半天。走路要多久？三天、四天？"

"骑兵思维，"苏伊达斯的口气让这几个字仿佛最厉害的侮辱，"埋着头朝弓已经上弦的弓箭手冲锋。好吧，随你乐意，我们鲁兹尔见，如果你们能平安抵达的话。"

他停下马车，把缰绳扔给奥多，自己跳下去。"等等，"奥多说，"我弄不来这东西。"

"学，"苏伊达斯扭头喊道，他直着腿走得飞快，"你这样机灵的男孩儿肯定没问题。"

"奥多。"伊瑟姿哀号，但他坐着一动不动，只管看着苏伊达斯的背影，直到那变成灰色岩石中的一个小点，缓慢而稳定地朝地平线上移动。那里有一长串低矮的小山，其中之一倒很像是倒扣的水桶。"见鬼。"奥多说，然后他驱马小跑起来，动作十分内行。

"我简直不明白你，"伊瑟姿第十次说道，"你居然就这么让他走了，难以置信。"

奥多已经放弃回答了，结果却好像让情况更加恶化。他直盯着前面的路，道路正缓缓爬上一片又宽又缓的峭壁。他真诚地希望鲁兹尔·毕耳就在山脊背后。

苏伊达斯离开已经三小时，路上一个人也没遇见。这倒没什么可奇怪的，因为在内战早期人们一般不会再一切照旧；他们也在远处看见过几次飞扬的尘土，但都不是冲着他们来的。几匹马都很听话，道路笔直、路况也很好，太阳照在天上。欢迎来到美丽的佩尔米亚。

伊瑟姿说："我们得回去。"

"看在老天分上你能不能闭嘴？"这是很长时间以来富兰特泽士第一次说话，这些词仿佛是突破了他意志力的防线冲口而出的。"对不起，但你跟我一样心里清楚，我们不可能回去。这简直是发疯。"

"事实上她说得没错，"奥多的语气里有种怪异的超然，就好像他是作为旁观者发表评论，"我本来应该去追他的，我们也应该回去找他。可惜我等得太久，恐怕现在想找也找不到他了。我做了错误的决定。责任都在我。"

"奥多……"也不知伊瑟姿原本想说什么，反正她改了主意，或者断定已经没必要再说了。她往座位上一瘫，这时马车正好来到坡顶。

"啊，"奥多说，"到了。"

他们脚下是一座城，活像摆在沙盘上的模型。它是完美的正方形，规则到不自然，它的四条边都被更大的绿色正方形包围，同时它还被整整齐齐地分割成较小的正方形,边缘各是一条笔直的棕色道路。如果兹米瑟斯在,他会跟他们讲解什么叫帝国的网格式规划模块,还会说鲁兹尔是除帝国各行省之外最好的代表作。季若特觉得它看起来一点也不真实,活像是为舞台画的背景。就连规则分布的灌溉水渠也是一条条直线,而且是明亮、欢快的蓝色。要是允许人类这样不整洁的东西住进去,那也只能是描画精美的小泥人——模范的模型公民,他想到这里忍住了没笑——仔细摆放,好突显建筑的特色、彰示大楼的宏伟。他突然好奇不知浇灌者从制高点看到的弗罗斯·维尔让是否就是这副模样,在他开闸放水之前。

"那是鲁兹尔?"富兰特泽士紧张地问,"你确定?"

"不可能是别的地方,"奥多显得筋疲力尽,"靠的更多是运气而不是判断力,还晚了两天,但我们总也算成功了。"

"你成功了,"伊瑟姿坐起来眺望城市,"是你把我们带来的,我却只晓得跟你抱怨。对不起。"

"不必,"奥多说,"我错了,你是对的,我不该慌了神。"他摇摇头,"好吧,我猜我们最好去让他们知道我们到了,希望见到我们他们会高兴吧。"

他们的确高兴。最开始没有:三个满身血污的野蛮人,外加一个头发像蛇一样的姑娘,风尘仆仆,坐着富人的马车从闹麻烦的方向驶来,起先那些在方方正正的田里干活的农民老是瞅他们,露出满眼敌意;等他们到了城门口又遭遇了一点尴尬,因为守门的蓝皮肤显然不信他们的话,幸亏他们还肯派人去找当值的军官,而军官手头有失踪的斯科利亚巡回击剑队的描述。当然,描述极不准确——奥多的身高和眼睛的颜色弄错了,富兰特泽士压根没有提到,而按照描述伊瑟姿应该是男的。不过负责收取入城费的佩尔米亚人是击剑迷,最近他只干了两件事:一是反复重读乔伊奥兹比赛的报道,二是哀叹鲁兹尔的比赛为什么要取消。他亲自替他们担保，并且一把抱起季若特在他两边脸颊各亲了一口（季若特靠他最近），又领他们到了门楼顶楼他自己的住处。季若特已经认定他想独霸他们了，但最后想必他作为公民的责任感占了上风，因为他派了人去给行会送信，告诉会长斯科利亚人到了。那之后他发起了一项对照试验，看在官方的欢迎团抵达之前他能往他们喉咙里塞下多少蜂蜜蛋糕、杏仁饼干，以及香葱奶油奶酪起酥泡芙。

他们去行会坐的是一辆全封闭的马车，窗户被百叶窗遮得严严实实，男仆排成一行，形成人墙遮挡尊贵的客人，不让外头的人看见。"你们根本想象不到，"等马车开始沿宽阔的街道行驶，会长助理就告诉他们，"我们听说你们被困在美特不来了时，我们手头差点闹出暴乱呢。卖了一万八千张票。我被叫去执政官府邸，他们都开始讨论如果事态失控要封锁哪几条路了。"

再次看到街上人来人往，感觉十分奇怪，而且令人不安。季若特忍不住掀开了百叶窗的一个角，但会长助理请他别这样。"一旦你们终于抵达的消息传开，外头就会乱成一锅粥，"他说，"我不得不诚心诚意地向执政官保证，直到把你们安全送到楼里我们才会放消息。"

奥多清清喉咙，"既然说到公共秩序。"

行会助理轻快地比画了一个大幅度的手势。"哦，这里是不会发生那种事的，我可以跟你们保证。我们鲁兹尔人都是上好的奥美特。的确，在这里你们算是安全到家了。唔，当然前提是没人看见你们或者发现你们是谁，否则五秒钟之内你们就会被拥抱到窒息。"

伊瑟姿问："奥美特？"

行会助理犹豫了一下，露出不自在的样子。季若特意识到这是因为她是姑娘，想必他是不应该跟陌生女人说话的。"奥美特党，"他说，"政治。有奥美特，还有KKA。我们是奥美特，而你们来的那地方是KKA的老巢。所以他们那儿才有那么些麻烦。"听他的口气就好像那是一种讨厌的传染病,而且是对方故意染上的。"不过你们不用为这种事烦心,在鲁兹尔,击剑可比政治重要多了。"他咧嘴笑,"所以才禁止剑手参加市政选举,否则城市都要归他们管了呢。当然基本上他们肯定比咱们如今守护者理事会的那些猪脑子强,但这也不说明什么。这话可别告诉别人,"他补充道,"作为行会的官员,我当然是必须完全中立的。"

季若特没话找话,"KKA是什么意思?"

"Kaloi kai agathoi,"会长助理回答道,"这是东帝国的古语,意思是'美与善'。而奥美特在西帝国的古话里也是这个意思。别问了,"他添上一句,"复杂得很。不过基本上就是咱们恨他们,他们也恨咱们。这国家没有分裂的唯一原因就是大战。当然还有击剑,只不过击剑经常也是随党派划线的。幸亏钱都在咱们手里,虽说也不多。好,到了。"马车在减速,"那,我就直接带你们去浴场。热水日夜不间断供应。我猜你们都想好好泡个热水澡吧。"伊瑟姿发出了轻微的呻吟。

房间里有一摞干净衣服等着富兰特泽士,衣服顶上还放着一封信,他认出了笔迹。他三大步跨过房间,将信一把抓在手里,然后就僵在原地。他的手抖得那样厉害,几乎没办法拆信。

斯帕吉雅致意她的吉勒姆:

她们放我走了。我简直不敢相信。她们本来说我得一辈子待在那里的。可是今早女修院的院长在晨祷后来找我,说我可以走了。现在我已经回了家,在我们的房子里。

我没事。好吧,我觉得自己瘦了不少,而且她们还剪了我的头发——真的很抱歉，但我也没办法。头发会长回去的，我保证。自从回到家我除了吃东西什么也没干，我已经忘记真正的食物是什么滋味了。政府派了个可怕的小矮子来——他说了自己是谁，但我没记住——他带来三十诺米斯玛塔和一个亚麻小包给我。他没说是为什么，只叫我签字，于是我就签了。总之，我就是想告诉你我没事，我很安全，而且手头也有钱，所以请别替我担心。

他们告诉我说你也没事，还说一切都非常顺利。你真的没事吗？真的顺利吗？如果能有法子送信回来，请赶紧写给我。我想你。

他想坐下，结果错过了床，一屁股落了地。他没动。感觉就像从噩梦中醒来。他试着去想苏伊达斯，那个他决心要狠下杀手的男人。现在这念头显得无比荒谬，再说苏伊达斯也走了，兹米瑟斯也走了，他的麻烦在阳光下烟消云散，就好像那些在凌晨时困扰着你、仿佛无法克服的困难，等白天再想起来却显得那么可笑。他在鲁兹尔·毕耳，一座文明的城市，平静、自持、安全。再过一两天他们就会举行击剑比赛，那之后就能回家了。斯帕吉雅平安无事，他完成了自己的工作，也就是说赢得了赦免，就算再打仗他也太老了，不可能再逼他参军。他完全没料到能这样，希望如此渺茫，但他做到了，成功了。

他太虚弱，根本站不起来，但没关系，他非常乐意在地板上多跪一会儿。

稍后他试着把自己的所见所闻讲给他们听：阿兰姆·查塔特屠杀蓝皮肤，被他们抢了马车的那个人，所有的一切。他们听了，但他觉得对方并不相信，只是出于礼貌的缘故没有直说。

"总之，"他总结说，"苏伊达斯·德泽尔觉得如果离开我们自己走，他走到的机会更大些。他决心已定，我们谁也劝不动他。于是他就离开了我们，而我们则继续走。"

他们看着他。"能否请你在地图上指给我们看看，"一个留着整齐白胡子的老头说，"我们可以派人去找他。"

"我试试，"富兰特泽士说，"但我没法保证能说对。那地方平得很，又没什么地标，所以我也只能靠猜。"

有人问："他带了水和食物吗？"

"恐怕没有。我们自己也没有，所以也没东西可给他带。"

他们露出担忧的表情，富兰特泽士真想哈哈笑，想告诉他们：没事的，我们并不想找到苏伊达斯，我们想让他死在外头，免得他再伤害任何人。稍后他努力想为这念头感到羞愧，但他做不到。他们给他看地图，而他确实诚心诚意地去猜了。这是不怕的，因为地图他根本看不懂。"大概在这儿附近吧，我猜，"他告诉他们，"反正是这一圈。"

"你们离开他以后，马车的速度有多快？"

"很难讲，"他的回答完全诚实不虚，"奥多——奥都勒森图鲁斯·卡努斐克斯——他在赶车，你们可以问问他。有时候马走得相当快，也有时候路况太差，它们就走得很慢。熟悉那条路的人也许能帮上你们的忙，不过我们当然从没去过。"

他们完全理解，并感谢他的帮助，于是他就去会长的休息室找其他人。他走到两条走廊交会处，来到一幅炫目的金色马赛克画的正下方（画的是一位壮美的神祇，富兰特泽士完全不知道对方是哪位大神），在这里他遇到了两个人，都是刚才跟他说过话的。

"你在这儿呢，"其中一个说，"好消息。我们把比赛时间改在了明晚。"

好消息？好吧，总的来说也算是的。这一切越早了结越好，他们所有人都能尽早回家。能活着赛完的人，至少是。"好极了，"于是富兰特泽士便说出了这样的回答，"非常好。"

"另外我们把比赛场地改在了普洛科皮乌斯竞技场，"另一个人说，"那里有一万个座位，所以比在这儿还能多挤进两千人。那是非常好的竞技场，"他声音里多了一丝先发制人的气势，"音效上佳，而且去年才几乎彻底翻修过，去年大火之后，所以完全不会有任何问题。"

如果富兰特泽士是马，这时候他的耳朵肯定会往后倒。但他只是微笑着嘟囔道："好极了，不错。"然后就向前一步。但他们还不准备放过他。

"所以我们现在只需要，"第一个人说，"你们修改过的队伍名册。"

富兰特泽士一脸茫然："抱歉？"

"如果苏伊达斯·德泽尔不能来，"另外那人说，"你显然需要重新安排上场名单。我猜其中一个剑手只能兼赛长剑了。"

哦，富兰特泽士心想。"自然的，"他说，"我会跟队员们讨论，然后尽快给你们答复。"

"那就好极了，谢谢你。"两人都对他露出灿烂的笑容，"当然，我们需要尽早知道，因为要向外公布嘛。还有一个简短的仪式，并不会很盛大，不过应该会有不少人来。大致就定在明天中午如何？

如他所料，大家听了消息并不高兴。

"我就不用考虑了，"季若特说，"就算拿钝剑我也不比长剑，更别说开刃的剑了。抱歉，不行。"

富兰特泽士本来看的也不是他。他等着。

"不，"过了很久奥多终于开口，"不行，我非常抱歉，但我恐怕做不到。或者如果你真的想让我比长剑，那就得另外找人比砍刀。"富兰特泽士眼角的余光瞥见季若特往后缩，他都懒得转头去看，"而我认为他们来主要是为了看砍刀，所以我还是比砍刀的好。你只能告诉他们我们不比长剑了，就这样。"

这一次富兰特泽士面对的是行会的全体理事会，他们盯着他看了半天。

"恐怕这是不能接受的，"最后有人说，"抱歉，我完全理解这对你们来说有多么困难，但我也的确奇怪怎么你们来巡回比赛却一个替补也没带。当然这不该由我来说三道四。但我们必须坚持，必须要有人比长剑。我敢说等你把这一立场解释给你的人听，你们肯定能想出解决的办法。"

苦苦哀求，富兰特泽士猜想，多半不会有任何用处，还不如求天不要下雨呢。"我去问问他们，"他说，"不过我真的没法打包票。"

"我们对你很有信心。"他们说。这话对他毫无用处。

于是他又回去，这次是非常漫长的沉默，所有人都转开视线。最后伊瑟姿说："可这不是很明显吗？只能你上了。"

有片刻工夫富兰特泽士想不明白她指的是谁。然后领悟像一把大锤砸了下来。

"这主意倒不坏，"奥多转身面对他，"对，很完美，所有问题迎刃而解。"

富兰特泽士张开嘴，可声音似乎不听使唤。伊瑟姿朝他开心地笑。"我们知道你能行，"她说，"我们见过你跟苏伊达斯打。你连他都能打赢，对付个把佩尔米亚人当然没问题。"

"老天爷，"他的声音尖利又高亢，"我老了，一直没训练，我已经二十年没打过比赛。我会送命的。"

奥多皱眉。"依我看你是太小瞧自己了，"他说，"就像伊瑟姿说的，你已经展示过你能做得很好。你可不只是击退了苏伊达斯，你打败了他。"

对，但那是因为我想杀了他……这话是不能说的，最后他只憋出一句："公开比赛不一样，"但这理由根本不够，"万一他们派个年轻力壮的恶棍来对付我呢？岁数只有我的一半、身材比我高一倍？我半点希望都没有。"

季若特摇头。"长剑完全看步法,"他说,"跟苏伊达斯打的时候你的移动很不错。"

"年轻的大块头恶棍正适合你,"奥多说,"肌肉发达、头脑简单。如果你还不放心,找机会练练平移。再说长剑比赛里较矮的一方其实占优,你可以缩短距离从内侧打。啊,这些不必我说你也知道。"他朝富兰特泽士安抚地笑笑,"据我看,佩尔米亚人在技巧上大约落后我们三十年,所以你不必担心会遇到什么没见过的招数。长剑跟刺剑不一样,也不需要耐力。贴上去,速战速决,你不会有事的。"

绝望之下富兰特泽士试图侧面包抄。"也许我可以比刺剑,让季若特去——"

"不。"奥多非常坚定,毫不动摇,"他刚刚才说了他长剑不行。但你是行的,你已经证明过了。除此之外唯一的选择就是你去比砍刀,我来比长剑。不过我不推荐这样做。"

"再说了,"伊瑟姿补充道,"说不定根本不会走到那一步。苏伊达斯也许能赶上呢。他们派了那么多人去找他。也许他们能找到他,那你的麻烦就结束了。"

于是他去找委员会告诉他们由他比长剑。他们露出惊诧的表情,又说这样很好。"事实上,"其中一个人绷着一张脸说,"这样非常好。毕竟我们答应过会有斯科利亚全国冠军出赛的。"

"他们最喜欢看有人退役之后又回来比赛最后一场,"另一个人补充道,"给整个进程加进了一丝紧张,你不觉得吗?"

他们被带到行会的军械库挑选武器。军械库在地下,要沿着狭窄的螺旋石梯往下走五层。地板已经被磨得很滑,墙上挂着牛角灯,抛洒出黯淡的光线。楼梯底端是一扇青铜大门,需要两套钥匙才能开锁,还得两人合力才能推开。门背后是一个天然形成的巨大洞穴,照明靠的是从极远处的玻璃天花板上透下来的两束光。墙上满布半透明的石灰岩硬壳,不过"我们似乎并没有受潮的问题,"他们的向导保证说,"只要放东西离墙远远的就行。"

这地方是博物馆、艺术展厅和神庙,同时还是监狱和坟墓。独立的架子摆在洞穴中央,就在光束正下方,被周围的黑暗衬托,光线显得极为耀眼,就连最小、磨损最厉害的字也能看得清——制作者的名字、纪念胜利与退役的贺词、召唤诸神或好运道的符咒;有的直接刻在剑脊上,有的栖息在大片的莨苕与涡卷纹中间,在剑身靠近剑柄未开刃的部位,还有的雕刻在血槽内。长剑是立着放的,借十字护手挂起来,免得剑尖触地弯折。刺剑和小剑则横放,每支用五个挂钩支撑。砍刀论打放在漆成黑色的木桶里,活像水里开出的花,数量是长剑或刺剑的五倍。伊瑟姿压低嗓门对奥多说:"苏伊达斯会爱死这地方的。"奥多咧嘴一笑。

他们的向导说:"请随意。"

奥多从离自己最近的木桶里随手抽出一把砍刀,然后四下一扫想找东西擦拭刀身。季若特沿着放刺剑的架子缓缓走过去,不时拿起一把剑感受重量,再把剑放在左手食指的关节侧面以确定剑的重心,又把剑举起来用手掌击打剑身,看哪个部位最适合格挡。富兰特泽士瞪着眼看了好一阵,然后取下一把细瘦的长柄十八型长剑,他失手把剑落在地上,马上像受惊的绵羊一样往旁边跳开,又赶紧弯腰把它捡起来说:"这把就行。"也没再做进一步检查。伊瑟姿看了很长时间都没伸手,最后选了一把银柄的克里希玛德①,这是老式的剑,手感略沉,但是剑身强部很强韧,利于压剑和拨挡。"有钝剑吗?"

---

① 流行于十七世纪至十八世纪中期的一种小剑,剑身的强部更宽,通常有数条血槽,自血槽尽头开始剑身急速变窄。

她问，"你知道，用来练习的。"

她显然是说了叫人难堪的话，但他们的向导太过礼貌，不会去解释。"我相信是有一些的，"他说，"在东院的击剑厅。那是青少年练习的地方，"他终究忍不住加了这么一句，"我想是给十三岁以下用的。"

去东院要走很远。击剑厅充斥着汗水、湿羊毛和煮甘蓝的味道，磨光的木地板上画了线和圈，还整整齐齐地标注了数字和字母，以便指导者向新手解释脚应该落在哪里。所谓的钝剑原来是木头做的，年生日久、破破烂烂，用布条、兽皮和胶水随便补起来了事。但它们也曾是质量上佳的剑，重量和平衡都恰到好处。奥多说："这很好，谢谢你，"他的声音又干又硬，"我们可以用这个房间来练习吗？"

他们的向导露出稍显惊恐的表情。"啊，可以，如果你们愿意的话。但我们已经为你们准备了长厅。大型比赛之前的练习一般都在那里。"

"这里就行，"伊瑟姿坚定地说，"另外能不能让人送点吃的来？还有，如果你能想办法找些面具和手套，那就太棒了。"

对于如此伤风败俗的要求，向导显然担心自己会做出有失礼数的回答，于是一言不发地溜掉了，留下他们成为新领地无可争议的主人。他离开后，一种无法言喻的平静笼罩了他们，就好像那其实是一次伟大的胜利。伊瑟姿走过去，仔细把双脚摆在4和6上。"用这法子教步法其实相当聪明，"她低头看着地板上画的虚线如此宣布道，"当初我学步法时要是有这种东西就好了。"

"我家有差不多的，"奥多说，他的心思显然在别的地方，"不过要小些。"他用手抠着砍刀刀刃上一块变硬的油脂，"乡下大宅北塔最上层。那间屋当击剑厅很合适，因为是圆形，而且采光又好。"

富兰特泽士拿起一把长剑的钝剑，闭起眼睛摆出高部后位起式。奥多清清喉咙，但富兰特泽士似乎并没听见。"我准备好了，随时可以开始，"奥多说。没反应。他又说了一遍。

"抱歉？"富兰特泽士睁眼看他。

"对打啊，"奥多说，"我们俩。基本上就是帮你热身，找找感觉。"

"我只做几个练习就好，谢谢。"富兰特泽士回答道。他再次闭上眼睛，极流畅地向左大幅平移，同时架势也从前中转为高右。奥多从没见人这么干过。

季若特在墙上找到一个手脚大张的人形，是用模子印上去的，上面有白色的小数字标明理想的目标部位。他拿它玩儿了一会儿，每次都在身体已经进入长刺姿态、重心转到抬起的脚上时才现想一个数字。十次中有七次正中目标，另外还有两次也很接近，足以造成伤害。他知道如果再来十次，他肯定会因为太想击中而失手，于是便转身找伊瑟姿，后者正借着地板上的数字玩复杂的几何跳房子。他问："来比几分？"她思考了好一会儿，他没料到这决定有这么难。最后她说："好吧。我倒确实需要练练迎击刺，如果你不介意被杀几次的话。"

季若特耸耸肩。"行，"他说，"之后我们可以做几次侧步吗？"

她皱眉道："你的侧步非常好，根本不必练。"

"对，但我喜欢做。"

奥多花了些时间练习八种劈斩，缓慢启动然后加快速度。可是练了一会儿非但没有进步，反而越来越糟，于是他停下来看其他人。季若特在努力协助伊瑟姿，后者全神贯注，每重复一次都有进步。至于富兰特泽士，似乎在同一个看不见的对手进行复杂而困难的战斗。那绝非随机动作，而是一段完整的叙事；隐形的对手不时会使出很难招架的招数，但富兰特泽士处理得非常好。他双眼紧闭，大部分时间双脚都精准无误地落在数字上。奥多看出他的风格里有两个弱点,并不致命,但值得一提。他决定待会儿告诉富兰特泽士,等这场看不见的战斗结束以后。当然,前提是富兰特泽士能幸存。

他听见啪的一声。是季若特把伊瑟姿逼到了墙边,凶猛地长刺。她一个半侧步(季若特的绝活),在他从身边冲过去时轻轻戳了戳他的肋骨。他的钝剑大力撞到墙上折断了。伊瑟姿捧腹大笑,这实在不大明智。季若特恶狠狠地瞪她一眼,走到奥多身边去了。

奥多说:"你本来打得很好的。"

"因为她是姑娘,"季若特懊恼道,"我忍不住要挤压她。是我活该,我猜。"

"对,"奥多说着把手里那把木头砍刀扔给他。季若特一把抓住刀柄,握法很完美,连他自己都吃了一惊。他低头看看手里的砍刀。奥多说:"不介意吧?"

"当然,"季若特一面回答一面朝奥多的脑袋猛砍。奥多没有移动脚步,把头一偏堪堪避开。他说:"你准备好了就开始。"季若特听了朝他咧嘴笑,"你不介意的话我就只进攻,"季若特说,"我可以打人家,但是挨不了打。"

"这样就行。"奥多说着大步平移,避开了本来会把他下巴打成碎片的一击:从左下向右上。那之后他就应付自如了,最后是季若特需要停下来喘气。

"吓人的东西,"他把木头砍刀在手背上转着,"它让你想拿它砍人,使劲砍。"

奥多点头。"说到这个,"他说,"希望他没事。"

"喔,他不会有事的,"季若特不大自在,"我只可怜那些撞见他的人。"

"我们本来应该回去找他的,"奥多坚定地说,然后朝左后方飞快地一跳,避开朝脑袋上猛劈下来的砍刀,"悠着点。"他责备道,说着他又赶紧朝右边扑,因为季若特的砍刀径直朝他脸上招呼过来。

"我休息一会儿可以吗?"季若特说,"我喘不上气了。"

奥多咧嘴一笑。"你确实气喘吁吁,"他说,"没关系,你可以——"

季若特再次挥刀,而奥多愣住了。他没料到对方会这样,有几分之一秒工夫他就这么直愣愣地盯着那沉甸甸的木头玩具朝自己飞来。季若特想收力或者让刀偏开,可时间根本不够。他张开嘴准备尖叫——

而奥多接住了刀身,用双手手掌把它夹住往旁边一拉,从季若特手里把砍刀摘出来。季若特向前踉跄着冲到他身上,下巴撞上奥多的肩膀,他感到下牙狠狠撞上了下嘴唇。他往后倒退,嘟囔着想道歉,可嘴巴里全是血。他摇摇晃晃,奥多伸手抓住他,稍微用力帮他站稳才松手。他左手里仍然拿着砍刀。

季若特说:"对不起。"

"不,没事的,"奥多说,"你还好吧? 有血……"

"嘴唇咬破了,只不过是,"季若特嘟囔道,"听着,真的,我不是故意……"

"没事,"奥多坚定地重复道,"我完全知道那是什么感觉。哪怕只是木头做的,可你就是想挥出去看会怎么样。"他松手让砍刀落地,用脚把它推开,"听说大多数佩尔米亚乡下人无论去哪儿都会带一把这鬼东西。这个可怕国家的人竟然还没死光,真是奇迹。"

奥多和富兰特泽士比了一分。富兰特泽士以佯攻和猛烈的长刺开头,接下来不断进攻,就好像海浪不断拍打悬崖。最后他打着旋从上往下劈,刚好切过奥多左耳的耳垂底部。奥多立刻喊了得分,丢掉自己手里的钝剑退后两大步。"你赢了。"他一面喘气一面抹了抹眼睛里的汗水。

富兰特泽士似乎惊呆了,"真的?"

"毫无疑问。"他抬起两根手指碰碰耳朵,然后伸出来,"瞧见没? 真流血了。得分,获胜。"

富兰特泽士把后背往墙上一靠，慢慢滑到地上。"我那样时间长不了，"他说，"实在没那个力气。"

奥多去他身边坐下。"不，你的做法完全正确。不断去进攻、不断逼迫对手，就像刚才那样。如果气力有限，把它浪费在防守上才是疯了。只要确保你守紧内侧，然后就持续进攻直到得手为止。"

"不可能成功的。我做不到。"

"你不会有事的。"奥多小心翼翼地揉揉耳朵。他的耳朵通红，还肿起来了，季若特觉得自己在房间另一头都感觉到耳朵散发的热度，"而且对方肯定始料不及。开始之前尽量装出又老又弱的模样，然后就猛攻过去。那混蛋一点胜算也没有。"

简短的仪式，正午时分，在普洛科皮乌斯竞技场，并不会很盛大，他们是这么说的。为了抵达现场，天刚透光他们就被人领着穿过厨房和马厩的院子，又被赶进一辆送洗衣物的货车。那是个嘎吱嘎吱的老东西，柳条编的货厢侧壁很高，大包大包的脏衣服会直接从楼上的窗户扔进货厢。精干的手艺人在货厢大约一半高处装了一个夹层，于是底下就成了隐藏的隔间，低处还有一扇小门可供出入。至于大小么，小矮子坐在里头刚好可以不必低头。等他们进去以后，门就从外面关上、锁好，货车绕四方的院子行驶，不时有一包脏衣服扔到他们头顶的地板上，每回货车都会摇晃，最后伊瑟姿说自己过去从没想到砧子的日子竟然如此难熬。奥多缩在车厢一侧，用铅笔刀在柳条上挖了一个小洞。

"门开了，"他告诉其他人，"我们出门了。我看不清……神啊。"

伊瑟姿喝问："怎么了？"

"这么多人。"

　　头天夜里开始就有大批人聚集到行会大楼外。可惜他是蹲在地面附近的高度，假使他是坐在门楼的塔顶上，那么对于人群的规模还会有更完整的印象。人群挤满了大楼四面的宽阔街道，谚语里的那只松鼠可以从人的肩膀上绕大楼一整圈也不必落地。通往行会广场的主干道在两个方向上都堵出半英里远——挤在人堆里的每个人都明白自己不可能接近行会大楼，他们连行会的墙都看不见，更不必说剑手们进出的样子了，然而他们显然感到非来不可，而且越近越好，乃至全然不顾被闷死、挤死或踩死的现实风险。到处都看不见护卫或者士兵，但这不成问题。人跟人之间挤得那么可怕，出手攻击或者扔东西这种事根本不可能办到。

　　运衣车以水渗透厚布的速度穿过人群，最后终于转上了一条相对还算空旷的小巷，接着便开始了无比漫长、痛苦的旅程。它穿过由各种小街小巷、篱笆间的过道、院子和出入口构成的老鼠洞，最终来到胜利广场。普洛科皮乌斯竞技场就坐落在广场上，它的墙壁高高耸立在周围房屋的屋顶之上，活像是一顶奇丑无比的帽子。这里也一样挤满了人，七十五码深，于是他们只能回到迷宫般的巷道里，朝东南偏南整帆抢风行驶，最后来到总督旧居的界墙边。总督的旧居是个高墙围起的灰匣子，有中等规模的农场那么大。墙上有道暗门，刚好够运衣车挤过去（通过时他们感觉到轮毂擦到了门柱），进门后就到了内外两道防御墙之间的人造峡谷。运衣车在修剪得一丝不苟的草坪上快速前行，大约四分之一英里过后，他们右转进入一条长地道，然后终于重见天日，来到了竞技场的场地上。一个穿浅绿色袍子、面露忧色的男人替他们开门。"也该到了，"他一面嘟囔一面把他们赶进亮得刺眼的阳光底下，"我们已经开始着急你们跑哪儿去了。"

　　他们在车子里待了四个小时，现在距离简短而并不会很盛大的仪式不到一小时了。"开门之前我们得把你们安全带到有掩体的地方，"一个人解释道，

"如果竖起栅栏之前就被他们看见,那是非流血不可的。"

穿过十五英亩①的沙地就来到带立柱的壮观门洞前,往左转有扇隐蔽的小门,门背后是木质螺旋阶梯,上去就到了位于墙高处的木地板平台上。穿过平台有一条狭窄的过桥,牵了根绳子当扶手,走过去就是靠墙而建的方塔侧面的门。门背后是一个平台,有一段又长又宽的大理石台阶往下延伸,台阶底部有扇门打开着,透进光线。平台上放了三把折叠椅和一张桌子。"坐,"向导一面往外走一面吩咐他们,"还有,看在老天的分上千万待在这儿别动。如果你们到处乱跑,我们可没办法保证你们的人身安全。"

季若特、富兰特泽士和伊瑟姿坐了椅子,奥多勉强坐在桌沿上,他自己不舒服,桌腿也明显被压弯了。外面有声音传来,模糊不清却又震耳欲聋,介于参议院里的愤怒争执和大海的闷声咆哮之间。他们默默坐着,感觉似乎坐了很久,几乎不敢有任何动作。时不时会有喇叭吹响,又有好几声无法解释的响亮撞击声,就好像塌了一堵墙或者有人在拿攻城锤砸青铜大门。季若特从桌子上方倾身靠近富兰特泽士,他悄声问(他不敢大声说话,怕外面的人听见了跑来围攻这座塔):"仪式上到底要我们做什么?"

"不知道,"富兰特泽士回答道,"我问过了,但他们没答。"

伊瑟姿气恼地哼了一声,嘟囔着什么穿得像风车一样站在一万个人面前。季若特不得不承认她言之有理,因为人家给她的衣服实在不衬她。最宽宏大量的解释是他们仍然没闹明白她其实不是男人,但袖子裁成那样,再丰沛的想象力也很难替他们找到辩解的理由。如果她在起风的日子站到高处,最后会被刮到哪儿去那是说不清的。不过他本人的衣裳也强不了多少,所以他的同情心有限。富兰特泽士也换了衣服,可不知怎么给人的感觉竟毫无变化。至于奥多——好吧,除非你已经很了解他,否则要察觉他的存在都很

---

① 英制中的面积单位,1英亩=4046.86平方米。

困难。

喇叭在他们头顶正上方吹响，人群山呼海啸。奥多用嘴型说听起来像是*有动静了*。一个男人出现在他们进来的那道门里，怒冲冲地朝他们猛招手。"好的，"富兰特泽士喊道，"我们准备好了！"男人惊恐万状地把一根手指放在嘴唇上，然后头也不回地顺着宽阔的台阶往下跑。

"啊，"季若特在奥多耳边喊话，"我们是跟上他还是怎么？"

奥多耸耸肩，抬腿往下走。那人已经下到底，他回头看他们，抬起双臂在头顶挥舞，仿佛在驱赶一大片三英尺长的蜜蜂。*看来是的*，奥多无声地说。他领头走下去，其他人可怜巴巴地跟在他身后。很快他们就跌跌撞撞地走出门外，阳光像一把大锤打中他们。

"就这样？"他们被塞回运衣车里时伊瑟姿愤怒地质问。"就完了？两分钟……"

奥多低头进去，把自己压缩进她身旁的座位里。"对我来说已经很够了，多谢你。结束了我很高兴。"

季若特的耳朵里还在嗡嗡响，"你们看见那地方的规模了吗？太大了。明天我们击剑的时候谁能看见动作啊？"

"两分钟，"伊瑟姿气得脸色发白，"受了那么大的罪，结果只是走出去，跟个老头子握手，再走回去。这些人实在是——"

"热情，"奥多微笑道，"哦得了，也没那么糟呢。至少没让我们发言什么的。"

"也幸亏苏伊达斯不在，"伊瑟姿说，"他肯定要——"

她的话戛然而止，之后的好几分钟都没人开口。最后季若特说："奥多，外面什么情况？"

"看不见,"奥多回答道,"有人进来把我挖的洞堵上了。这才叫关注细节呢。我父亲保证会赞赏。"

"再挖一个。"伊瑟姿命令他。但奥多摇摇头。"两次就太不礼貌了,"他说,"尤其他们已经清楚表明不允许这样做。"

又是一阵沉默。在以步行速度前进了一两分钟之后,他们的速度降至爬行。"你觉得他还好吗?"季若特问,"说真的?"

奥多坚定地说:"如果真有人能活下来,那肯定就是苏伊达斯。"

"如果他还活着,"伊瑟姿说,"他们肯定已经找到他了。"

"根本不是,"季若特怒道,"那边是一英里接着一英里的开阔地,他可能在任何地方。"

"这么长的时间就连我也能从那儿走到毕耳了,"伊瑟姿回敬道,"面对事实,季若特,我们不会再见到他了。而且是那蠢货自己的错。"

奥多摇摇头,"我本来应该——"

"他自己的错,"伊瑟姿冷冷地重复道,"如果当时你去拦他,他多半会攻击你。他只差一点点就要完全失控了,一眼就能看出来。"

季若特说:"也许他回家了。"

奥多皱眉,伊瑟姿看他。"这我倒没想到,"奥多说,"还真有可能,说起来。这也就能解释为什么他们没找到他,因为他不想被找到。"

富兰特泽士开口说话,但马上又用手捂住了嘴。他的眼睛睁得大大的。

伊瑟姿道:"可他说了我们该来这儿的。"

"改主意了,"季若特急切地说,"苏伊达斯那人,他肯定是想到自己一个人走的话能回去。对,我打赌就是这样。毕竟如果他死了,尸体也该找到了呀。"

"有可能,"奥多沉吟道,"我不知道。他真会就这么撒手不管回家去吗?"

季若特说:"如果他受够了的话,会的。"

"也许。可仅仅几天之前他还说有多少人想请他来,他在认真考虑定居佩尔米亚,参加职业击剑比赛。还记得吗,他跟我们说他在这里能挣多少多少钱来着?"

伊瑟姿鄙夷地看他一眼,"也许内战改变了他的想法。"

"这儿附近倒是没什么内战的迹象,"奥多说,"当然了,他并没有看见这些。否则我看有很大可能他会想要参加明天的比赛,然后跟给钱最多的人签合同。而且我也祝他好运,"他添上一句,"可怜的家伙太需要钱了,他要是来给外头这些疯子打表演赛,准能赚到一大笔钱。"他耸耸肩,"我真的不知道。自然我希望他平安无事,而且要说有人能从这儿走回斯科利亚,那肯定就是他了。"

他久坐不动,浑身僵硬,他从来都不习惯坐着不动。他还觉得冷,不过他已经学会无视这种事。至于饥饿,好一阵子之前他就不再关注了。最糟糕的是他觉得无聊。他用指甲敲打砍刀的刀身,制造出沉闷的嗒嗒声,就好像落在房顶的雨点。

"苏伊达斯·德泽尔?"

那声音吓了他一跳,因为它出其不意,还因为它耳熟。不知为什么他屏住了呼吸。

那声音又叫了一声:"苏伊达斯?"

好吧,他边想边慢慢站起来。当然了,天色太暗,根本看不见人影:没有月亮也没有星星,通常说来他的夜视能力很好,但眼下真的是一点光也没有。他说:"这边。"

短暂的停顿,然后:"知道吗,你这话对我用处不大。这边是哪边?"

他终于看见了对方：比周围颜色略深的一团模糊。"你正前方。"他一直等到听见结结实实的撞击，外加几乎微不可闻的抽气声，然后才说："小心，这儿有道堤。"

"对，谢谢你，我发现了，"语气很不好，"见鬼，这样就行了。你能听清我说话吧？"

"清清楚楚，"苏伊达斯回答道，"我说，这他妈到底？"

"那么说你找到了。"

"对，找了老半天，"苏伊达斯说，"什么鬼指示。像倒扣水桶的小山，你一看就会明白。我问你呢。"

"反正你找到了。"

"他们直接告诉我它就紧挨在毕耳旁边不行吗，"苏伊达斯怒道，"我就不必好几天都盯着地平线了。而且我跟你说，地平线上到处都是像见鬼的倒扣水桶的小山。"

"啊，这个嘛，"那声音说，"那是因为直到最后一分钟之前我们也不知道。我们只能依着别人告诉我们的话去推进。"

"你可以先告诉我。"

"我也不知道，"兹米瑟斯跟他讲道理，"直到他们通知我。那之前我跟你一样蒙在鼓里。"

苏伊达斯通过鼻子大声喷气。"你也可以提一提你是我的联络人，"他说，"我们在同一辆该死的马车里坐了那么久。"

"本来不是我的，"兹米瑟斯回答道，"最后一分钟才临时换了我。从这你大概就能推断，"他补充道，"事情有点乱。本来要来见你的人被困在美特了，因为暴乱的关系。他们能及时把消息传给我大部分也是靠了运气，否则我俩现在都会在毕耳，而且完全不知道接下去该怎么办。"

苏伊达斯花了一点时间拨开心头的烦躁。"好吧,"他说,"那我来这儿到底是为什么?"

兹米瑟斯沉默良久,然后问:"你脱身时没遇到麻烦?"

苏伊达斯大笑:"你说的麻烦是指什么? 我不晓得你是不是知道,不过蓝皮肤的两个连在大约四英里之外被阿兰姆·查塔特砍得稀烂,就在前天。"

"哦,这我知道。继续。"

"好吧,"苏伊达斯说,"我们恰好看见了。其他人慌了神,不知道该怎么办。我假装受够了,我们有辆马车在路上走,我就说我们应该扔了马车步行去毕耳。他们自然不肯,于是我就大摇大摆地独个儿走掉了。"

"撞大运,"片刻之后兹米瑟斯说,"好借口。"

"啊,我猜是比停车我要撒尿更可信些。总之废话就不说了。到底怎么回事? 我该做什么?"

"嗯,"兹米瑟斯的声音低了些,但依然清晰可闻,"迄今为止最新的背景情况你已经知道了,我猜?"

"我以为我知道,"苏伊达斯回答道,"但现在我有点怀疑了。"

"后来又有一些新发展,"兹米瑟斯字斟句酌道,"大部分我都不拿来烦你了,因为跟你其实无关。不过说到你要做的事,基本上跟我们离开斯科利亚时差不多。我们有理由相信我们的队伍里有一个人——"

"剑手?"

"对。我们队伍里有一个人是来惹麻烦的。你的任务就是阻止那家伙。或者那姑娘。我们也不知道是哪一个。抱歉。"

"你们不知道?"苏伊达斯显得很惊讶,"你们应该知道不是吗。人手就是你们这帮人挑的。"

"对,是我们挑的,"兹米瑟斯回答道,"而且我们还以为自己很精明呢。

但显然并非如此。有人给我们透了个风，消息来源绝对可靠。其中一个剑手有完全不同的盘算，如果不加阻止会导致灾难性后果。基本上我们知道的就这些。我知道这不算很多——"

"这倒是实话，"苏伊达斯斥道，"所以你意思就是，我们中有一个人在替——替谁卖命来着？见鬼。"

"这个问题非常好，"兹米瑟斯镇定自若，"问题就在这里，如今有太多利益团体想闹事，我们这边他们那边都有。我猜在现在的大背景底下，所谓闹事就意味着挑起另一场战争。但就连这点也不过是我的猜想而已。"

"可如果你们是在我们出发前就收到风声……"

"确实如此。稍微可以缩小范围。不大可能是眼下暴乱的首领，因为据我们所知，我们离开斯科利亚的时候根本还没有暴动；一切都始于美特的刺杀。"

苏伊达斯皱眉，"也许那——"

"不，我觉得不是。哦抱歉，还忘了一件事。无论最后的大动作是什么，它都会发生在毕耳。这不是从最初的消息来源得到的消息，"兹米瑟斯补充说，"消息来自别处，但我们认为是某个跟最初消息来源有关系的人，如果这么讲说得通的话。换句话说，无论是什么，它都还没有发生。"

苏伊达斯叹口气。"行吧，你们这帮人，就不能在离家之前先告诉我吗？"

"啊，"兹米瑟斯透出一丝歉意，"我们本以为到这时候会有更多、更好的情报，所以才提前安排了这次碰面。可我们没有，或者就算有它也被困在了美特，所以我才替那个本来该向你介绍情况的人来这儿，而且我也没什么有用的话可说。恐怕这并不是情报部最出彩的时刻。"

苏伊达斯对情报部发表了一些看法，兹米瑟斯哈哈大笑。"我很同意，"

他说，"而我还是副主管呢。可话说回来，谁都不完美，而且公平说来，打从一开始我们手头就没什么线索。基本上我们能肯定的就是刺杀很可能在我们离家前已经计划好了，而暴乱是自发的，谁都没有预见到。眼下的情形也是如此。"

苏伊达斯想了想。"好吧，"他说，"那么阿兰姆·查塔特为什么要对蓝皮肤下手？这又是怎么回事？"

"这么说吧，"兹米瑟斯在斟酌字句，"我们认为阿兰姆·查塔特中的某些部落派别——也许有阔塞尔哈特兹，很可能还有阿兰姆·诺·维伊——已经换了完全不同的管理者，可以说是。由于目前的合同即将到期，他们便提前替自己另找了雇主，并且可能提早开始干活了。"

"不大可能，"苏伊达斯回答道，"合同过期之前他们是不会换边的，事关荣誉。"

"完全正确，"兹米瑟斯说，"但各个部落派别之间的血仇也一样关系到荣誉。可惜我们对这类事情了解不多，它显然相当重要，不过我们认为当二者出现冲突时，报仇的义务优先于履行合同直至到期的责任。我们认为，"兹米瑟斯强调，"但假如果真如此，那么操纵比方说诺·维伊去进攻查塔特本部也就不是不可能的。而且他们当然会把查塔特的盟友也包括在内，在这里指的就是帝国军。"

"说不通。蓝皮肤也是诺·维伊的盟友。"

兹米瑟斯叹气。"这很复杂，"他说，"而且这些马背上的游牧民最喜欢死抠律法，这种思维的人恰好就喜欢这类精细到极点的解读。我经常说，如果有外人能钻进这些混蛋脑袋里，搞清楚他们的脑子到底是怎么转的，那人距离统治世界就只有一步之遥了。我现在担心的是这件事说不定刚好就发生了。不过这个邪恶的天才到底是谁，我承认自己毫无头绪。多半等我们找出真相的时候已经太迟了。不过不用管这个，这不是你的问题。你只需要关心我们这一小群欢快的朝圣者里头是哪一个人准备搞死和平，以及这人打算用什么法子、又能怎么阻止。"

之后的沉默延续了很长时间，以至于兹米瑟斯喊了一声"苏伊达斯？"看他还在不在。

最后，"你有没有想过，"苏伊达斯说，"你那个隐秘的叛徒可能是我？"

"我第一个想到的就是你。"

"多谢。那又是什么让你改变想法的？"

"我并不完全确定我的想法有没有变，"兹米瑟斯回答道，"我只能这么说，如果最后真的是你，你的松莎会发现没了眼睛和舌头是很难在戏院发展的。顺便说一句，如果你没能解决问题也一样。哦，当然我们还会杀了你，但我猜这你倒并不太在乎。"苏伊达斯听到微弱的窸窣声，就好像有人站起来了，但他对声音的准确位置不够确定，不可能采取任何行动，再说周围又漆黑一片，中间还挡着一道堤坝，"顺着这道堤走半英里，有匹马拴在门柱上。鞍袋里有一堆地图、楼层布局图、最可能的目标，诸如此类的东西。如果你现在出发，天亮前就能到毕耳。其他人都在行会大楼。替我跟他们带个好。"

苏伊达斯等了一会儿，但再没有别的声音传来，也看不见任何东西。

他费了一番功夫才找到马。他应该往下游走，结果走反了方向。后来他终于找到马、伸手去解绳子，马咬了他。

他们决定比赛当天不练习，避免拉伤肌肉。人家告诉他们说马车会在正午之前来接他们。上午剩下的时间他们就玩"围剿"。

"跟象棋有点像，"季若特解释说，"我是说，你用棋盘玩，但走法不一样，而且可以双打。其实双打更好玩。过去我们在学校老玩这个。"

富兰特泽士不想参加,但伊瑟姿和季若特不停地烦他,最后他发现答应要比坚持拒绝更省力。他和季若特一组对阵奥多和伊瑟姿。人家让他们在高级休息室等着,屋子中央有个长方形大理石做的什么东西,他们把奥多的迷你棋盘摆在上头。只有三把椅子够小、够轻,方便搬动,所以奥多就跪在地上。

"主要的区别,"季若特解释说,"就是白棋永远都输。这是规则。"

"哦,"奥多说,"我们是什么棋来着?"

"白棋。"

"啊。"

"对,"季若特说,"但执白更容易。我是说更容易赢。"

"可你刚刚不是说……"

"关键是输的方式。"季若特告诉他,"其实很简单的。每次你们吃掉我们的一枚棋子,我们就可以吃掉你们一枚棋子,只不过我们可以自由选择吃哪个。如果我们多吃了一枚你们的棋子,就可以再多走一步。十个来回以后,如果我们还没赢,我们就能拿回被你们吃掉的所有棋子,同时我们所有的卒都变成车或者象。如果那之后的两步我们还没赢,你们就失去除王以外的所有棋子。再然后,如果再过两步我们还没打败你们,游戏就自动结束。这样你们就赢了这一盘。"

大家沉默片刻。伊瑟姿说:"我没听懂。"

季若特又讲了一遍,几乎跟之前一字不差。"执白很简单,"他补充道,"只要尽量别吃我们的棋,尽量拖延时间。一旦上手你就会觉得容易了。"

奥多在笑,"这下法真怪。"

"其实不怪,"季若特说,"如果你是白棋,获胜的关键就是千万别赢。如果你是黑旗，那就跟象棋差不多，只不过棋子移动的方式不一样。"

他们玩了一局。开始时伊瑟姿抱着强烈的怀疑态度，每次发生任何变动她都要说："好蠢。"但接近尾声时她已经完全沉浸其中。奥多下得非常好，尽管一看就知道他根本没把输赢放在心上。季若特努力想赢，但富兰特泽士老是犯一些很基础的错误。双方各走十四步之后，白棋的王还在棋盘上。

伊瑟姿紧张地问："意思是我们赢了？"

"对，"季若特说，他不大开心，"干得漂亮，"他嘟囔道，"你们上手很快。"

"我以前玩过类似的东西，"奥多说，"只不过棋子不一样，而且是在椭圆形棋盘上玩的。名字我记不起来了。"

"再来一局，"伊瑟姿说，"快点，季若特。这回你们俩可以走白棋。"

执黑的奥多和伊瑟姿十足地冷血无情，整盘棋总共只持续了九步。"执黑更容易，"奥多说，"不过执白更有趣些。再来一盘？"

季若特似乎兴趣不大，但不等他开口富兰特泽士突然说："有何不可？"说着就开始摆棋子，"我们再下一次白棋，如果你们不介意的话，"他飞快说道，"我觉得我就快弄明白了。"

白棋在第八步上告负。季若特满脸兴味索然，富兰特泽士重新摆好棋子。"再来一局，"他说，不是建议的口气，"我们下白棋。"

"可你们已经下过两次白棋了，"伊瑟姿反对道，"该我们了。"

"我们下黑棋。"奥多坚定地说。伊瑟姿狠狠地瞪他一眼，不过没说话。奥多先走。富兰特泽士让一匹马越过了自己那排卒形成的墙。伊瑟姿走出一个象。富兰特泽士把马放回原位。

"等等，"季若特说，"该我走。"

"抱歉！"富兰特泽士大声道，毫无半分诚意可言。奥多移动象，从白棋的墙里拿走一个卒。富兰特泽士再次移动马，走法跟之前一样。

双方各走十步之后，白棋只剩下王和一个孤零零的卒，而卒也在下一步送了命。没有黑棋可复活，因为白棋一个子也没吃。黑棋的所有卒都变成了车和象。奥多说："将军。"

富兰特泽士恶狠狠地朝棋盘瞪眼。"可是不公平，"他说，"白棋赢不了。不可能赢。"

"没错，"伊瑟姿说，"开始之前季若特就是这么说的。"

"对，可是你们俩赢了第一局。"

"啊，那个，"奥多微笑地说，"新手运气好。"

有一瞬间季若特确信富兰特泽士会把棋盘掀翻，但那一刻过去了，他往椅背上一靠。"好吧，"他说，"我猜也是我活该，竟想下赢浇灌者的儿子。我早该晓得行不通。"

这话让伊瑟姿非常生气。"不只是他，"她说，"我也在的，别忘了。"

富兰特泽士懒得回答，这让伊瑟姿更加生气。季若特开始收拾棋子。"你也是，"富兰特泽士又朝他发起攻击，"你老是犯低级错误。"

"是吗？"季若特疲惫地说，"好吧，只不过是游戏罢了。"

"我早料到你会说这种话。"

"本来就是啊。"

"哼。"富兰特泽士突然起身走开去。片刻难堪的沉默之后，奥多说："我说，这个大理石的东西，不是桌子，是棺材呢。瞧，上头有字。"

"别傻了，"伊瑟姿说，"谁会把棺材放在休息室中间？"

"依我看……"奥多没把话说完，他站起来道，"要是能知道现在什么时间就好了。"

"肯定快中午了，"季若特说，"我觉得好像已经困在这屋里好几天了。"

"再来一盘，"富兰特泽士转身面对他们。**我从没见他这样过**，季若特暗想,或许只除了他跟苏伊达斯对打那次。"来吧,"他摆出一个大大的笑容,毫无喜悦之意,"反正我们也没别的事可做。"

伊瑟姿忧心忡忡地看他一眼,奥多在皱眉。"如果你坚持的话,"他说,"不过老实讲,我更愿意把剩下的运气留到今晚。"

"很好,"富兰特泽士说,"那你就不介意我打败你了。"

"我觉得我们好像错过了重点,"季若特说,"这是为了好玩,不是你死我活的决斗。"

"是好玩的,"富兰特泽士冷冷道,"现在我们再多玩一点,反正是消磨时间。"

"哦见鬼,就依他好了,"伊瑟姿紧张地说,"奥多,摆棋。"

"行,"奥多说,"这样吧,我们这次换人组队。季若特,你和伊瑟姿对我和富兰特泽士。"

"我的好玩不是这样的,"富兰特泽士说,"不换。"

富兰特泽士和季若特执黑。两人各走了五步,然后奥多移动马,"将军。"

所有人都盯着棋盘,然后伊瑟姿略不自在地哈哈笑。季若特完全糊涂了,他盯着白棋的马说:"疯了这是。白棋不可能赢的。"

奥多柔声道:"我们刚赢了。"

富兰特泽士一把抓起黑棋的王,低头看棋盘。他似乎有很长时间都一动不动。然后他小心地把王放平在棋盘上,又站起来朝奥多伸出一只手。"干得漂亮,"他说,"谢谢你跟我下这一盘。"

奥多略犹豫片刻才跟他握手。"乐意之至,"他说,"我保证,真的只是侥幸。运气罢了。"

富兰特泽士僵硬地点点头。"连续四次侥幸,"他说,"更可能的解释是你的确是高手。而这也是想象得出的。"

奥多轻轻抽回手，"我父亲总说，要知道谁是真正的好手，就看那人是不是只要没赌钱的时候就总输。不过他应该会喜欢这种玩法的，等我们回了家我一定要教他。"

富兰特泽士脸上露出一种笑着皱眉的表情，就好像奥多刚刚讲了个很好笑的笑话，只不过格调不高。"确实如此，"他说，"而且等这一切结束，我们回到斯科利亚，你们都得来我家，跟我和斯帕吉雅共进晚餐。她一定想认识你们的，我知道。"

奥多把棋子放回盒子，又把盒子塞进口袋。伊瑟姿打着哈欠站起来。"现在肯定应该快到中午了吧，"她说，"希望他们比赛前先给咱们吃饭。"

季若特深有感触地说："我觉得我什么都吃不下。"

奥多说："最好还是别吃吧。"

"胡说，"富兰特泽士走到门边一把硕大的橡木雕花椅上坐下，抬起双脚放在旁边的小桌上，"当年我参加比赛的时候，我们每次都在赛前先吃三道菜的午饭，再加一瓶上好的白葡萄酒。对谁都没坏处，向来如此。我之前的冠军米切勒·宙克西斯，他坚持先喝清汤，再吃羊里脊和水果派。一流的剑手，当然跟你们不是同一个时代了。"

"我听说过他的名字。"奥多礼貌地回应。其他人似乎都没在听。

"当然，我打败了他，"富兰特泽士接着说道，"我注意到他有一个小倾向，每次他的外侧受到压迫，他就容易面朝对方。我永远不会忘记当我刺出制胜一剑后他脸上的表情。那之后他丧失了信心，完全放弃了击剑。真可惜，我很想再跟他比赛一回的，单为证明我不是侥幸。"

伊瑟姿瞅了奥多一眼，表示："他说这些干吗？"奥多看见了，但没有回应。季若特起身穿过房间，他倚在那不是桌子的大理石长方形上，假装对上面刻的字感兴趣，虽说字迹磨损得厉害，根本无法辨认。富兰特泽士将双手交叠放在大腿上，眼睛闭起来。季若特从他的呼吸判断出他并没有睡着。

　　终于有个管家来告诉他们该走了。这时富兰特泽士已经真的睡着了，他发出巨大的哼哼声醒过来，然后满眼惊恐地到处看，直到弄明白是怎么回事。这期间伊瑟姿缠着管家要先回房间打理头发，最后奥多只好抓住她肩膀说："走了。" 于是她便叹口气跟了上去。季若特断后，他没来由地开心。再一场，他脑子里有个声音说，然后这事儿就了结了，我们都可以回家去。那声音活像是她母亲，小时候好几次她跟他撒谎时就是这样。

15

"我都不知道他们喜欢击剑，"他们听见行会会长悄声对战争部长说，"过去从没听说他们对此表示兴趣。"

"啊，看来他们确实有兴趣，"部长回答道，"而且不必压低声音。他们不会讲我们的语言。"

当然，他的想法是完全错误的；但阿兰姆的三个代表（傲泽耳、阔塞尔哈特兹和诺·维伊人）小心守护着这个秘密，而且他们早已学会忍住不笑，还知道当某人发表了特别不幸的言论时应该往哪儿看。双方在知识上如此不对等，有时候代表们觉得自己简直像在作弊。他们了解佩尔米亚人的一切，而佩尔米亚人却连他们的名字都懒得问，因为他们预先便假定自己反正也发不出那些音。

傲泽耳的代表用阿兰姆语问："我们到底是要看什么？"

"斗剑。"诺·维伊代表回答道。

"啊，"傲泽耳人皱眉，"是某种比武的审判吗？"

"我觉得不是，"诺·维伊人说，"据我所知，比试的双方无冤无仇。很多时候他们甚至素未谋面。"

阔塞尔哈特兹代表问："那他们为什么要打？"

"好让大家可以看，"诺·维伊人告诉他，"好像是。"

"荒唐。"傲泽耳人说。

"是野蛮才对。"阔塞尔哈特兹人纠正道。

"对。"诺·维伊人舒舒服服地坐好，双手交叠放在大腿上。他九十一岁了，坐得稍微久一点就膝盖痛，"但这是他们国家痴迷的东西。几乎像是宗教。普通人整天只谈这个，反正人家是这么跟我说的。"

"我很好奇，"阔塞尔哈特兹人说，"他们只跟外国人打吗？或者佩尔米亚人也跟佩尔米亚人打呢？"

"哦，这次是例外，"诺·维伊人肃然道，"特殊的机缘，自大战爆发前至今，第一次有外国的队伍来佩尔米亚打。通常都是佩尔米亚人对佩尔米亚人。所以才这么激动。"

阔塞尔哈特兹人摇摇头，"不过他们大概不用真刀真剑吧。"

"那是肯定要用的，"诺·维伊人说，"锋利的真家伙。我听说在斯科利亚并非如此，但在佩尔米亚这是一定的。"

"那他们如何避免受伤呢？"

"大概很难避免吧，据我想象。啊，第一部长带着他的手下来了。你见过他是吧，悉彻姆？"

"说过几句，"傲泽耳代表回答道，"在一次招待会上。"

"你对他怎么看？"

"蠢材一个。"

诺·维伊人转过身去，彬彬有礼地朝第一部长鞠躬，对方也点头致意。

"没错，"诺·维伊人说，"但除此之外呢？"

"软弱、迟疑、畏首畏尾，"傲泽耳说，"智力刚好够他知道哪些事非做不可，但又太害怕他自己的人民，所以不能动手去做。依我看最主要的是他害怕再打起仗来。说到这儿……"

"现在不说这个，"阔塞尔哈特兹人满脸愉悦，"那边那个男人，我仿佛记得他是财政部的，似乎懂一点阿兰姆语。多半不足为惧，但不必要的风险还是尽量避免吧。等斗剑结束我们再谈。"

"哦天啊，"傲泽耳人说，"希望千万别流血。看到血我就恶心反胃，他们还当我们是吃小孩的凶狠蛮子呢。"

"你得尽力，"诺·维伊人坚定地说，"如果你老是转过头不看，他们会觉得奇怪的。"

"瞧。"阔塞尔哈特兹人坐直身子，"有人出来了。"他一手遮在眼睛上，"那是卡努斐克斯家的孩子吗，你们觉得？"

"我觉得不是，"诺·维伊人抬高了嗓门，因为坐在他们四周的观众全都在高声咆哮，"第一场是刺剑，我记得，斯科利亚派的是——"

傲泽耳人打断他，"刺剑是什么东西？"

"据我所知是一种又长又薄的剑，剑刃是钝的。你可以用来刺，但是不能砍。"

"多么奇怪。抱歉，你刚刚想说什么来着？"

"嘘，"阔塞尔哈特兹人小声说，"他们好像要开始了。"

季若特完成了敬礼——略有些僵硬，但是完全合格——然后摆出高部第一起式。这个姿势他不可能坚持太久，但他希望也不必太久。他的盘算是引诱敌人从比中距离再长个一英寸左右的地方长刺，然后自己侧步或者半侧步，一招制胜。

没动静。他从自己下垂的剑尖往对面看过去。吓坏了，季若特判断。这可不好。他指望轻蔑的咄咄逼人呢。

游戏规则就是，白棋永远都输。而他已经下定决心要执白。

事实上这决心很早就有了：在钟楼里，当他一壶一壶往外漏血的时候。那时候他的想法是通过死亡来作弊，不给对方机会活捉自己。有点像是一旦失去第一个重要棋子就立刻认输；白棋总输，但至少你能以自己的条件结束，落败但并非被击败——只是一点细微的差别，但也并不更糟，而当你执白，你至多只能把目标锁定在细微的差别上。

那傻子就那么站在原地。季若特有些气恼，他退后一步，以便掩护自己从高部第一起式转到中部第四起式。这不是他偏爱的准备式，但用来等待更舒服些。同时还能传递给对方一则信息：**你本来有机会的，你让机会溜了，现在你得自己想办法了**。很远之外有人咳嗽，过后又是死一般的寂静。

剑尖很锋利，季若特提醒自己。缺乏耐心是可以致命的。让他来你这边，他紧张得要命，不像你。让他主动。只一次也好，让其他人高尚去。

白棋总是输；他真希望有人早一点想到把这点告诉给他就好了，因为除非你提前知道了，否则你不可能理解任何事不是吗？白棋赢的方式就是输。这是规则。

他知道了答案，或者以为自己知道了：为什么兵站被遗弃，为什么强盗竟被允许在斯科利亚的土地上大摇大摆，为什么他们如此深谋远虑、恰好在那个时间出现在如此靠近军队前哨站的地方。他已经知道了，或者至少想出了一个合理的理论，足以解释为什么兹米瑟斯经常不见踪影，为什么阿兰姆·查塔特会攻击自己的盟友帝国军。他一直有所怀疑，但关于白棋的真相使得他看到了过去忽略的关联，这关联很可能是他之前有意忽略的。他好奇那佩尔米亚人是不是知道自己执黑。看样子他似乎并不知道，但也许他早就明白在游戏中永远都可能出现意料之外的元素，奥多下最后那盘棋时已经证明了。剑尖，他再次提醒自己，很锋利。不过我有一个优势。已经死掉的人你是不可能再杀死他的。

当然，这话严格说来也不对；再杀死他是可能的，如果他疏忽大意的话，你可以让他死得透透的。这种事只要能够避免，我们自然是不愿意让它发生了，对吧？不过假如真的发生，至少我们也可以安慰自己说，反正也没多大关系。那时候死、现在死、到家半小时后死，谁他妈在乎，不是吗？

他左腿向前一步，佩尔米亚人后撤。他上身微微前倾，刚够用自己的剑尖轻敲佩尔米亚人剑首两英寸。观众们哈哈大笑。那个佩尔米亚人在发抖。你到底能有多可悲。

不用说，整件事都是个圈套，一场"围剿"，就像他们玩的象棋游戏一样。他好奇他们是怎么逼迫或者哄骗那姑娘答应做这件事的。想来他们应该没告诉她说她父亲会死。大概他们把事情说成好像他们的目标是季若特，或者说服她相信议员肯定会杀了他，并由此惹上麻烦。反正也没关系了。当然他原本应该猜到的。现在回想起来，那姑娘是太容易搞上床了。当时他还觉得是因为自己魅力无边呢，所以真的，都是他自己活该。

佩尔米亚人长刺。好糟糕的进攻，他的动作那样封闭、防护那样严密，攻击不过是临时加的添头。他连持剑的手臂都懒得动，只是简单后退一步，佩尔米亚人就立刻退回原位，跟之前毫无偏差。观众再度哈哈大笑。他能看到敌人面红耳赤。这人随时都有可能哇哇大哭起来呢。太蠢了，季若特心想。我是白棋，不应该要我忍受这种屁事。他缓缓放低手里的剑，最后把剑尖搁在地板上。那佩尔米亚人只是站在原地干瞪眼。观众席上嘘声一片。他们憎恶自己的选手，现在哪怕他赢下比赛，他们依然会把他当成懦夫去鄙视他。哪怕他赢下比赛，但他不可能赢。

季若特想忍住不笑，可他忍不住。他站在那里，放低了剑，哈哈大笑；佩尔米亚人朝他冲过来。这回的长刺很不错，刚好比中距离稍短，还照顾到了他的外侧，让他难以侧步。他只能后退并同时拨挡，保持剑尖向上，手上的动作尽可能小。有几分之一秒的时间可供他反击，但他放弃了；佩尔米亚人再度长刺，但这次有点过于投入。不等他回过神来，季若特移动后腿、扭转身体，然后身体不再听他控制。他的确努力想把剑拉开，但他做不到，因为他练习过太多次侧步了。他的手臂知道该做什么，而且一门心思要完成，根本不管大脑发出了相反的指令。佩尔米亚人走到剑尖上，剑尖擦着他胸廓下沿进入他的身体，他自己的惯性使剑插入极深，远超季若特手臂所能及。这蠢蛋把自己给杀了，季若特暗想，并利落地退回一步任对方跌倒。

"哦天啊。"傲泽耳人轻声道。在一片不自然的寂静中，他的声音跟打钟一样清晰，"这样合规矩吗？"

诺·维伊人耸耸肩，"是，也不是。"

然后他们开始欢呼，在季若特看来这简直下流。他拉一拉刺剑的剑柄（然而尸体扭曲，剑身弯折，没办法一下子抽出来；他松开剑柄，反正也不是他的剑）。他们在为他欢呼，他们爱他——爱是不管你干了什么的，它丝毫不讲道德——而假如他有这能力的话，他会命令阿兰姆·查塔特关上大门直到把他们全部杀死。为了表达他的轻蔑，他团团一圈朝他们鞠躬，腰弯得极低。之后他穿过沙地回到自己出来的那扇门里，一次也没回头。

季若特冲进门来时富兰特泽士正坐在楼梯上。他跳起来喝问："如何？"

"该你了。"季若特推开他往里走。

一个矮个佩尔米亚人一屁股坐到诺·维伊人身旁的座位上,这人头发又粗又硬,鼻子老大。他气喘吁吁、汗流浃背。"真抱歉,我来迟了。"他用还算合格的阿兰姆语说,"我是你们的翻译。"

"好极了,"诺·维伊人如此回答,另外两人对看一眼,"你可以跟我们讲讲比赛是怎么回事。恐怕我们一点也看不明白呢。"

"没问题,"佩尔米亚人说,"正好我非常关注击剑,的确是非常关注。现在嘛,"他身体前倾往下瞅,"那是吉勒姆·富兰特泽士,替斯科利亚出赛长剑。他曾经是斯科利亚的全国击剑冠军。"

阔塞尔哈特兹人问:"作为剑手他是不是太老了点?"

"啊。"佩尔米亚人咧嘴一笑,"剑手就像葡萄酒,越陈越香。我见过伟大的马庭·杜山卫冕冠军,那时他七十一,对手当他孙子都够了。我跟你们说,其中一个人是脚朝前离开场地的,而且那人不是马庭。真是不可思议的男人。所以这个富兰特泽士我对他期待很高。"

"抱歉,"傲泽耳人问,"但你难道不想佩尔米亚人赢?"

"什么?哦,对,自然的。不过咱们这么说吧,我不抱什么希望。对了,那边那个就是咱们的孩子。鲁加·杜山——马庭的曾侄子。倒也有几分老头子的风采,不过我一直觉得他后脚的力道弱了些。"

阔塞尔哈特兹人皱眉道,"这话究竟什么意思?"

"嘘。"佩尔米亚人整个人往前趴,"要行礼了。"

季若特一路上了楼梯,从问他"怎么样"的伊瑟姿身旁走过,接着穿过楼梯顶的平台出门上了过桥。奥多不见踪影,不过他最后才上场。他低头看下方的竞技场,只见两个小人正在移动,活像是流水表面的虫子。不消说,他根本不知道自己要找的是什么。

这场景令他稍微清醒过来,他命令自己思考。陷阱——嗯,没错:为了杀死一位议员,因为他准备推动通过反蓄奴法案和其他给人带来不便的举措。尽量以最丑陋的方式杀死他,免得杀手被对手塑造成殉道者。更好的法子是根本不要惩罚杀手,而是送他去佩尔米亚。只不过他是到不了佩尔米亚的。他们谁也到不了。

好好想想。剑手中了埋伏,被强盗杀死,而且是在斯科利亚的领土,离边境线还远着呢。为什么?因为如果他们死在斯科利亚,他们就不可能死在佩尔米亚;如果他们没有死在佩尔米亚,他们就不会成为烈士、不会成为开战的理由……

因为不能允许他们抵达佩尔米亚,因为如果他们到了佩尔米亚——

他听到咣当一声,声音很响,一路传到了过桥这里;金属对金属,是格挡,而且是不怎么雅致的格挡。他懒得低头看。

他也中了圈套:他要杀死议员,没错,然后他自己也要死,一石二鸟。为什么选他?季若特·布锐埃纽斯有什么特出之处?正因为他平庸无奇,对任何人都没有价值,尤其是名誉扫地之后。所以他是可消耗品。所以他可以派上两次用场。

青少年时期还算是不错的剑手,从没认真在上头花过心思,但也够好了,在佩尔米亚看来是像模像样的。然后在前往毕耳的途中死在某个行会大楼里,死在剑尖上。他想了想,然后摇摇头。似乎还不够。

也许是方向错了。那好吧,其他人。苏伊达斯·德泽尔,因为他在战争里的可怕遭遇,因为当置身砍刀、蓝皮肤和阿兰姆·查塔特中间时他是准保要发疯的——制造事端、当众出丑、挑起战争。奥多·卡努斐克斯,因为他父亲放水淹了弗罗斯·维尔让以及那么多的妇孺，而且因为他的死是绝对会招来报复的。伊瑟姿，因为他们需要一个姑娘，同样是可消耗品，因为佩尔米亚人简直没有人性，他们不仅杀成年男人，也一样杀年轻姑娘：不，这个理由太弱了。但他想不出更好的理由，不过也没必要把链条的每个环节都补完。富兰特泽士：他肯定有点什么问题，只不过他不知道是什么。再加上季若特·布锐埃纽斯，走到哪里都是对人类最基本体面的玷污。不，还没轮到他，还要再等等。

兹米瑟斯。他想了想，会不会整件事只是为了把兹米瑟斯弄进佩尔米亚，让他有借口四处游荡，做他需要做的不知什么事，同时避免过多引起注意？兹米瑟斯上校，政治官员，派他来的是银行，或者神庙，或者军事贵族的残余力量，来给阿兰姆·查塔特出个比佩尔米亚人更高的价钱。他消失了，阿兰姆·查塔特的骑手抹掉了一整支帝国军连队。不，感觉不对。很接近了，但不完全对。

底下的观众同时抽了一口气，接着就是震耳欲聋的咆哮。多半对某个人来说代表坏消息。不过无关紧要。现在他知道了，唯一重要的只有一件事：*你如何落败*。

"季若特？"他回头看见奥多，"你在这上头做什么？"

"看比赛。"季若特回答道。

奥多点点头，"我也是。恐怕情况不太妙呢。"

季若特压根没想到富兰特泽士可能会输。他往下瞅，可他甚至看不出哪个虫子是他的同伴、哪个虫子是敌人。当然了，当初浇灌者也正是这样从维尔让山高处往下看的，在他判断打开水渠的最佳时机的时候。季若特说："他不会有事的。"

"希望如此，"奥多说，"要是他出了事，我只能祈求上天原谅了。毕竟是我说服他参加的。"

富兰特泽士已经很接近了。他抵达了每个旅行者都熟知的那个点,在漫长的旅程过后,家园的地标遥遥在望,但还没真正到家:有一点点欣慰,因为他知道前方的道路已经明白无误,不再有疑惑;同时也有疲惫和沮丧,因为还得再走一段。

他格挡,再一次;动作笨拙,无可救药,但刚刚好没让对方的剑刃碰到自己的皮肤。他的格挡让出一次低位刺击的机会,对方刺过来,他堪堪格开;这又无可避免地引向朝着下巴的一记上劈,对方砍过来,他堪堪用十字护手接住。他已经完全没力气了。他过度换气已经十分严重,他淹没在空气中,尽了最大努力也喘不上气来。用不了多久了,要么他会昏迷倒地,要么对方的进攻会最终奏效。他的防守已经退化成本能的左支右挡,既没有招式可言也谈不上什么战略意图。从这里接着打他绝对赢不了。他是在深水中胡乱扑腾却游不上来的人,他踮起脚尖站在被淹没的房间里,不让不断升高的水灌进嘴巴和鼻子。他已经非常接近再也懒得防守的阶段,但他还不够精疲力竭,他的对手也不够强,而他的神经反射还不允许他现在就把自己的王放倒。他再次格挡,然后意识到自己判断失误、门户大开;可对面那蠢货老半天也没看见空隙,等他看见已经太迟了,空隙已经合拢。他真想大喊一声笨蛋,可他没那么多气可以喊话,尽管他正论桶地把空气吸进肚子里。

又一劈:从上往下,背后有许许多多的力量,只因为角度太烂全都浪费掉了。他把它挡开,可他抬不起剑来反刺,于是只能让剑不明不白地悬在半空;而对面的小丑一剑砸下来,震动顺着剑柄往上传,让他手肘的筋腱也跟着唱起来。要是他还剩了摘花那么大的力气,他都能从这里一剑劈开那蠢货的喉咙;结果他只能又一次挡住对方粗野的劈砍,然后又一次;他握剑的手指活像是人吊在悬崖上，或者是弓箭手拉满了一张对自己来说太重的弓。他的敌人连喘都不怎么喘，但却放弃了思考，只顾像个初学者一样乱来，徒劳地想突破老师的防守，而老师则得意扬扬地笑着，把每一次势大力沉的打击都轻松化解。**不是这样的，笨蛋，你赢了**。但对方显然看不出来。

又一劈：教科书上的第四式，水平、从左往右、交叉手；软弱、迟缓、不推荐；通常被比作用镰刀割草。富兰特泽士想抬剑去格挡，可剑实在太沉了。他后退一步，那蠢货竟有办法错过了目标；他浪费在那一击上的力气害他脚步踉跄——他被自己的剑往前拉，就好像一根短绳牵着一只不听话的狗——脚的侧面着地，脚踝一扭，他摇晃片刻然后向旁边摔倒。富兰特泽士想把剑挪开，可到这时候那可恶的东西至少有一吨重。他唯一能做的就是让剑尖继续朝下，这样等那笨蛋摔上去时，他至少不会把自己变成烤肉串。最后他有点像是坐到了剑刃上——是假刃那一侧，太不走运，因为真刃在经过二十几次不负责任的格挡之后已经像棍子一样钝了。富兰特泽士松手，但是伤害已经造成。剑刃深深切入那白痴的屁股，他像破了洞的大坝一样往外流血。

（这就是为什么击剑时必须非常小心，因为意外在所难免……）

那笨蛋摇晃片刻，然后栽倒。最后他坐在泥里时仍然在富兰特泽士的剑上，鲜血从被割开的屁股往外喷。有一刹那整个世界都屏住呼吸，然后观众开始欢呼。

富兰特泽士累得动弹不得，否则他也一样会栽倒在地。可是往前翻是要力气的，而他是半点力气也没有了。自己赢了的念头一点点清晰起来，就好像毒芹汁从脚趾慢慢爬上脖子。这也太可笑了。

观众的吼声像拍打岩石的波浪般撞击着他的脑袋，他恨他们。愤怒和仇恨几乎满溢，可他什么也做不了，直到他的胸口不再剧烈起伏。然而这会儿他的呼吸似乎毫无效果。无论拽进多少空气，他仍然急需更多，而且无法得到。他想让自己倒地，可就连这也做不到。于是他只能站在原地，过了好久，喘息的频率终于放慢——也他妈该是时候了。他意识到自己会活下去。

他看看对手，那蠢货一直没动。他坐在一大摊血里，怎么看怎么像爱吃甜菜根的人尿了裤子。一开始富兰特泽士无法理解那张蠢脸上的愚蠢表情，然后他反应过来：那恼人的痴傻目光是在求饶，他的命握在胜利者手里，是杀是放全在对手一念之间。

"站起来，蠢货。"富兰特泽士开始往回走。他强撑着走出了五步。

他们把他抬进门里时，伊瑟姿以为他肯定死了。她感到腹部一阵尖锐的疼痛，喉咙哽咽，眼前一片模糊。她没料到自己会这样。

他们把他抬上楼梯顶的平台，伊瑟姿看见他的嘴唇在动，虽然他的眼睛一直闭着。她没看见有血。他的皮肤是一种发蓝的灰色。

"富兰特泽士？"她喊道，"你还好吗？"

富兰特泽士用气恼而微弱的哼哼表达了自己对这个问题的看法。于是她抓住一个抬着富兰特泽士身下门板的人（到这时候她才注意到那是门板）："他怎么回事？受了重伤吗？"

那人只管瞪着她：废物。富兰特泽士睁开眼睛。他的嘴唇又动了，但她什么也听不清。"什么？"她朝他喊。他看着她，她看出说话对他而言有多么费力。"什么？"

富兰特泽士用一种尖利、破碎的声音说："该你上了。"

"什么？噢。"她完全忘了这件事，"我说，你？"还好吗？显然并不好。会不会在接下来的二十分钟里孤零零地死掉？这她只能自己去猜了，"你就在这儿休息，"她说，"我会回来的。保证。"

他并没有显出喜出望外的样子，不过受伤的人应该有这特权。她四下看了一圈，找那把破剑，找到以后一把抓在手里，又拍了拍脑袋确保头发没从发卡里爆出来，之后便三脚两步跑下了楼梯。

"老天，"傲泽耳人说，"是女人。"

"哦是的，"翻译用力点头，"佩尔米亚击剑一直有仕女组，已经，嗯，大概七十年了。当然她们只比小剑，但有些人技艺很高超呢。至于斯科利亚人……"

"剑是没开刃的对吧？"阔塞尔哈特兹人并非提问，更像是寻求保证。然而翻译再度点头。

"哦是的。听说在斯科利亚，正规的击剑比赛是用钝剑，不过我个人觉得难以置信。"

诺·维伊人皱眉，"钝剑？"

翻译得抬高嗓门喊话，因为佩尔米亚的姑娘刚刚走出来了。"剑尖有圆钮，确保安全。我们是不用的。说实话，那东西只配给小孩玩。"

她约莫五英尺六[1]，苗条而美丽，从头到脚穿的都是红色天鹅绒，黑色的直发用一把象牙梳别住。她行礼的动作是伊瑟姿见过最优雅的，而且行礼时她还面露微笑。不是讥讽而不怀好意的笑，也不是得意的咧嘴笑，那是出于习惯露出的礼貌、友好的微笑。伊瑟姿暴躁起来：我怎么可能跟这种人打。

她告诉自己：别看剑手，看剑。于是她就把目光转到剑上。那把剑又薄又坚固，三角形区域有几根血槽，比她的克里希玛德要轻，但同样适于拨挡。剑尖是根针，一个几何学上的悖论，它按照数学的规律逐渐变窄，一直来到那个争议地区；在那里，零点零零一被进一步细分成零——这是不可能发生

---

[1] 约1.67米。

的事，但依然是真的。这我能打，伊瑟姿断定。事实上非打不可，否则它会杀了我。

这时一个念头毫无预警地突然冒出来：这个佩尔米亚女人很可能是比她更强的剑手，而她完全可能死在这里。这并非她头一次意识到自己深陷险境，但前几次她都太忙了，没工夫去琢磨：与强盗的战斗、乔伊奥兹的击剑比赛、美特暴乱期间也有两次。但现在死神就站在她面前，一身红色天鹅绒，漂亮得像画儿一样，优雅地行礼并摆出中部第四起式。她的自信、她完美的平衡、她伸出的右手的稳定。这个女人会杀了我，伊瑟姿心想，而且我也拿不出什么办法。

她想到扔下剑跑掉，试了一试，结果失败了。她的手指凝固在剑柄上，就好像在严冬的户外抓握金属。某种她无法理解的东西不允许她逃走或放弃；这让她气得要命，愤怒到想要战斗。但事实无可逃避：佩尔米亚姑娘比她强，对方一定会赢。她感觉不到自己的脚。麻痹。

佩尔米亚人前进一步，接近远距离。伊瑟姿感到自己的后脚向后滑，前脚跟上。佩尔米亚人缓缓朝她靠近，她往后撤。整个世界都消失了，只剩下佩尔米亚人的剑尖。她盯着它，但她知道自己并没有真的集中精力。她脑子里一片空白。她忘记了与击剑有关的一切知识。她的双脚自发地移动，事先既没有接到她的命令也没有得到她的首肯。

佩尔米亚人长刺。伊瑟姿将它挡向左侧，她动了剑把，但剑尖保持不动。佩尔米亚人以平顺的动作迅速脱离，然后再次长刺；伊瑟姿只得在高处拨挡、强使剑尖朝下，而当佩尔米亚人再次脱离并再次猛地长刺，她别无办法，只能往后跳到远距离，而这根本算不上答案。她感觉到惊慌在体内汹涌，淹没了所有久经练习的条件反射和本能反应。她拼命想松开手让剑落下，但她的手指紧缩在一起不放。佩尔米亚人长刺，她想半侧步，却忘了该怎么做；结果她做出一个笨拙的右后平移，只刚刚好让自己摆脱麻烦、有时间应对直接朝眼睛水平过来的下一次长刺。她完全不知道该怎么办，但在最后一刻，她的左手往外一弹，反手将剑刃打偏。佩尔米亚人猛往回拉，伊瑟姿这才意识到自己刚刚错过了一招连防带反刺的完美机会。

不过佩尔米亚人似乎被这一手给镇住了，以至于她退回去准备新找一条线。*振作起来*，伊瑟姿命令自己，*老天爷*。话是很勇敢，却无法改变事实：她的对手比她高明，而且她刚刚用尽了一年份的运气。

她突然想起了富兰特泽士，想起他像疯子或者醉鬼一样朝苏伊达斯扑过去的样子——根本没有技巧可言，而且论能力苏伊达斯比他强太多了，可最后富兰特泽士赢了。当然在这里是行不通的；佩尔米亚女人会利用她的攻击性来对付她，再说小剑是不可能靠这种办法赢下来的。啊对——伊瑟姿突然咧嘴一笑——但你不会赢。所以没关系。

佩尔米亚人在绕圈，选择新的线。这人显然是完美主义者，打定主意要尽可能利用这辈子最重要的一场比赛，在一万个内行的鉴赏者面前显摆技巧。伊瑟姿后脚用力蹬在沙地上，右臂猛向前伸，活像是想把手扔到佩尔米亚人脸上。这招很蠢，因为她门户大开，一个侧步或者半侧步就能杀了她，或者以一招挡开她的剑并同时反刺也行。但她的剑尖以极高的速度对准佩尔米亚人的左眼去了。对方拨挡，并以精准至极的动作制造出空间。但没有关系。伊瑟姿再次长刺，比刚才更用力、更疯狂，她知道自己会死，可是说实话，有什么关系？她感到前臂有条肌肉撕裂了——这样长刺是不可能不伤了自己的，所以没人这样做，所以没人练习过如何防守。对方以强有力且精准节俭的拨挡挡开她的剑身，把她留在了致命反击的直线上。她毫不理会，再度刺出。佩尔米亚人再次拨挡，这回不如之前了，她想绕到伊瑟姿的内线。见它的鬼。伊瑟姿完全舒展身体长刺，佩尔米亚女人的剑尖击中了她的嘴。

看见富兰特泽士倒地时,季若特纹丝不动地站了几秒钟,就好像他本来在城里走着,现在突然发现自己迷路了。然后他顺着过桥往回跑,想当然地认为奥多会跟过来。

他来到楼梯顶平台时,把富兰特泽士抬出竞技场的佩尔米亚人正把他放在地上。他推开其中一个人跪下。"富兰特泽士,"他说,"你还好吗?"

"没事。对,还好,不过是累坏了。伊瑟姿怎么了?她在干吗?"

季若特完全把她给忘了。"我不知道。我去看看。"他有点犹豫,"你在这儿没事吧?"

"没事。快去,快。"

她不会有事的,他一面嘟囔一面手忙脚乱地往楼梯底下跑,她不会有事的。他能听到观众倒抽气和喊叫的声音,但这并不能说明什么,他知道他们完全可能替斯科利亚人欢呼。他来到阶梯底部、把门推开,正好看见……

近视的阔塞尔哈特兹人身体前倾,他问:"怎么了?"

翻译皱眉,"我也不大确定。"

奥多爬回过桥上,他听见众人倒抽冷气发出轰鸣,不禁愣在原地。他往下看,但是没时间了。是我的错,他告诉自己,然后开跑。

他在门前停步。他浑身沾满灰尘,衬衣肩部撕开一道口子,是刚刚挂在窗撑上弄的,真是蠢到极点。这么一身并不适合出现在一万人面前,然而观众制造的噪声表明他已经没时间打理自己。他徒劳地拍拍膝盖和大腿,并告诉自己说反正大家都离得老远,不会有人看见的。

之前他把砍刀留在桌上,但现在桌上躺着富兰特泽士。没发现有血。

"你看见我的砍刀了吗？"他问，富兰特泽士瞪眼看他，"本来放在这桌上的，但是……"

"地板上，"富兰特泽士说，"什么情况？"

"抱歉，我没看。"奥多双手膝盖着地往桌子底下瞅。"啊，找到了，谢天谢地。"他左手拿刀站起身，"伊瑟姿在外头？"

富兰特泽士看他的眼神，他一点也没法叫屈。对方点头道："大概轮到你上了。"

"好。"奥多点点头，不知为什么，这动作显得特别假，"对了，你怎么样？"

"赢了。"

"太好了。行。"奥多把砍刀夹在两膝之间，双手互搓，让一部分灰尘嵌进潮湿柔软的手掌里。但也并不太多，"季若特在哪儿？"

"在底下，看比赛。"

"好极了。那么祝我好运吧。"

富兰特泽士没说话。奥多转身快步走下楼梯，活像是上工稍微迟到的小书记员。

"我猜是这样的，"翻译说，"那个斯科利亚女人把嘴巴闭起来了。我估计那一刺力气不是太大，所以大概她的嘴唇和牙齿吸收了大部分的力量。一般说来刺中嘴就是比赛结束。她肯定很走运。"

"佩尔米亚人呢？"

"被刺穿了左上臂，刚好在胳膊肘上头。嗯，"翻译接着说道，"她们站在那儿没动，所以我猜意思是两个人都放弃了，最后是平局。同时击中。极其稀罕。仔细想想，这种事本该更常见才对呢。"

伊瑟姿吐出满嘴砂砾，它们曾经是她的门牙。血像洪水一样从嘴唇往外涌，灌了她满嘴。奇怪的是她并不觉得疼——不，这么说不准确。疼是疼的，但疼痛发生在另一个人身上，另一个伊瑟姿。她意识到自己的剑刃仍有三分之一深深卡在佩尔米亚人胳膊里，但她不大确定抽剑的礼仪是怎样的。她应该先请求对方许可吗？这动作感觉太过亲密。

佩尔米亚人脸白得像牛奶，整个人愣在原地。她丢了剑——条件反射，不是有意为之。此刻她死人一样纹丝不动，被钉在空气里。伊瑟姿意识到刚刚的念头纯粹是学术性的：就算想说话我也说不出来，一开口肯定就是血沫横飞、含混不清。她用最最轻柔的动作把剑从佩尔米亚人胳膊上抽出来，就好像用扑克牌搭起一栋完美的房子、放下最后一张牌之后把手拿开。她看见对方瑟缩，并为此感到非常抱歉。剑刃刚刚脱离她就松手让剑落地，好似成熟的苹果从树上掉下。

她刚刚对疼痛的看法完全错了。原来它确实是发生在她身上的。

来了两个男人，各扶住伊瑟姿的一只胳膊肘；她拖着脚往前慢慢走，活像是被孙儿们搀扶的老祖母。奥多看见她时大大松了一口气，整个人都发起抖来；这反应让他始料未及，几乎有些震惊，但他并没有多余的时间和精力去处理它，只能记下来，并承认它是会带来后果的，如果他能活下去的话。可不管怎么说，他心想，她还活着，还能站着，别的都不重要了。

他走出门外时觉得整个人空荡荡的，砍刀仍然握在左手里。他出现在阳光下，场内突然安静异常，一万个佩尔米亚人第一次看见了浇灌者的儿子。然后是咆哮，巨大的声音从头顶喷薄而出，就好像——他耸耸肩，不去理会大脑替他找到的那个类比。不过这太明显了，几乎是不可避免的。对，那声音就好像洪水顺着山坡滚滚而下。好吧。他并不清楚那是友好还是敌对的声音，最后他断定多半兼而有之。反正也不重要。伊瑟姿还活着，所以至少这件事大概会好起来的。无论如何，他们总不会冷血到谋杀受伤的女人吧。会吗？

你倒是先定义谋杀。他四下看看，但只有他独自一人站在竞技场内。观众席上那一万人不算。然后人声几乎压扁了他的头，那是鲁兹尔·毕耳人在欢迎佩尔米亚的冠军。

事前也许应该想办法了解一下对手的情况，奥多意识到，这大概是有必要的。可是他没有时间，也没人可问，于是他就把这件事给忘了。现在他看见他了，对手、敌人，对立的那一方。奥多抵挡着想笑的冲动。如果人家要他用泥巴塑一个佩尔米亚的砍刀冠军，而他又具备相关的技能，不画图也不素描，只照着基本原理来做，那么他做出来的一定就是眼前的这位。

这人大约六英尺高，肩膀很宽，三十岁上下；说起来他倒像长了胡子的苏伊达斯·德泽尔。他穿着绿色亚麻衬衣，很大的泡泡袖，蓝色紧身马裤和白色羊毛袜，带银扣子的击剑鞋。他的脸看起来挺友好，很难读出他的想法。他肯定参加过大战。他的砍刀是双血槽的设计，相对较短，刀身较宽。如果手里没拿那东西，他多半是个明理的人。他在刚要进入远距离的地方站住，朝奥多鞠躬。奥多也依样还礼。竞技场里突然安静下来，乃至奥多听见了很远之外一只鸟的叫声。

专注，他命令自己。可他发现自己很难把心思放在这里，它总要溜去另外那件事上。佩尔米亚人从鞠躬的姿势缓缓直起身子，等他的后背挺直，战斗就会开始。

用你下象棋的方式去比砍刀。这是他父亲对这一题目发表过的唯一意见，而从奥多观察到的砍刀对阵来看，这话完全错误，根本不适用。可话说回来，既然并没有来自同等权威的指示取代父亲的这句话，他大概应该把这当成是给自己的命令。他好奇父亲究竟有没有见过砍刀,更别说拿一把在手里;不过他还是选了略带攻击性的弃子开局,并上前一大步,进入中距离。

佩尔米亚人朝他挥刀。四号劈砍、从左往右水平方向;换任何一种武器都会是很弱的一招,然而用一把又大又锋利的匕首使出来则几乎无解。他靠往后跳躲开,双脚后跟同时落地,向左半步平移。落空的劈砍有机会转变成中位刺击或七号劈砍,从右边向上,膝盖骨或小腿胫骨。他再次向左平移半步,正对佩尔米亚人的攻势逼过去,就好像他面对的是某种文明的武器。他想让对方相信那是失误,但佩尔米亚人没那么傻;他向右平移,找回平衡。

谜题的解决办法赫然出现,奥多诅咒自己竟没早点看出来。关键在于重音在哪里,仅此而已。**用你下象棋的方式去比砍刀**。当然。

于是他屈膝摆出低部后位起式;左膝与左肩向前暴露给对方,持刀的手在右腿后:看我,我是目标。或许太过含蓄了。佩尔米亚人再次劈砍,他的前脚紧随刀身,身体转向侧面,整个人几乎都藏在刀后,合身扑上来。来真的?他只有几分之一秒的时间,而且只有一个办法可以知道答案。奥多以右脚的拇指球为轴原地转身,做出教科书式的宽剑侧步,一面转一面刺向佩尔米亚人的肋骨。

果然不是:他误读了佩尔米亚人的线路,对方的攻击路线将他带远,刚好从那一刺的前方避开。不过他的位置依然很糟糕,几乎是背对奥多。奥多向右平移,这时佩尔米亚人以两个七十度回转,在下巴高度使出四号劈砍。对此奥多唯一的选择就是在自己鼻子前面笨手笨脚地一挡;倒也奏效,只不过对方劈的力量把他的手推到他自己脸上,害得上嘴唇狠狠撞在牙齿上破了皮。他往后跳为自己争取生存空间,这下就给了佩尔米亚人足够的时间和空间,想怎么都行。

幸亏这人缺乏创造力。他选了收紧架势中位直刺,对于奥多这种使了一辈子长剑的人,轻而易举就能打偏它,就像猫咪玩羊毛球那么轻松。他半真半假地抖动手腕斩向劈佩尔米亚人的脖子,其实只是不想让对方近身;不待招式使老他就把它转成了高部中位起式,趁机思考。

实施有误,奥多断定,偏离了原计划。他再次尝试刚才的招数:低部后位起式,邀请对方进攻。然而佩尔米亚人只是站在原地,责备似的看着他。

见鬼,奥多想,我没工夫跟他慢慢玩儿,而且我得保存体力。他问自己:从现在这一刻开始,我能做的最糟糕、最愚蠢的举动是什么?做完以后我又能如何扭转局面?答案只有一个。他以前脚为轴原地转身,挥出一号劈砍,从右往左、沿对角线向下朝着佩尔米亚人的脖子过去。

就好像控制牵线木偶;不,更像是赶鹅——你想让它们向右边去,你就朝左边迈一步。佩尔米亚人立刻往左边平移,制造空间好刺向奥多的腹部。不等他完成这次注定失败的劈砍,奥多已经松开砍刀——他很走运,砍刀安全落地,没在下落途中割破他自己的腿——正好在距离自己皮肤三英寸左右的位置双手接住了佩尔米亚人的砍刀,时间绰绰有余。

他花了两英寸止住砍刀的来势——要不是有那两根血槽,结果还不好说,但血槽让他有地方可以往下压、把砍刀握紧——那之后就是小菜一碟了。佩尔米亚人显然根本不知道竟还能这么干,所以完全没有想到要握紧刀把;于是奥多从他手里把刀一拧,送它往左边飞出去。接着他一脚踢向佩尔米亚人的蛋蛋——其实没必要用那么大力气,后来他很是为此后悔——等对方弯下腰去脑袋往前伸的时候,他再漂亮的一拳正中对方下巴尖。总共六步,将军。

"就这样?"诺·维伊人发起牢骚,"就完了?"

"对。"

"可是这才多久来着，几分钟，"阔塞尔哈特兹人弹弹舌头，"时间还不够煎一盘香肠呢。我们跑了这么远就为这个？"

翻译没有回答，他脸上有种失魂落魄的表情，就好像当了一辈子无神论者，结果当街被神给撞了一下。"如何？"傲泽耳人质问道，"到底怎么样？打得好吗？"

翻译摇摇头。"我不知道。"他说，"我意思是说，卡努斐克斯家那孩子肯定是赢了，可我不知道是怎么赢的。简直就好像空手接住了刀刃一样。"

诺·维伊人耸耸肩，"是这样没错。我看见了。"

"可那是不可能的，"翻译怒了，"不可能做到，就是不可能。会像切豆子一样把你的手指切断的。"

"接下来是不是有什么仪式？"傲泽耳人问，"奖杯奖牌什么的？"

翻译似乎已经找不出话说。"哦，应该有吧，对，"诺·维伊人替他回答道。"肯定是有的。至少那些还能走的人是有的。"

"只不过我说，"傲泽耳人道，"卡努斐克斯家那孩子下场的时候匆忙得很呢。你总以为他至少会鞠个躬吧。"

奥多一步三级跑上楼。他在楼梯顶上把季若特撞得转了一圈，扭头吼了声"抱歉"。

"奥多，"季若特在他背后喊，"你去哪儿——"

"找医生，"奥多从过桥往回喊话，"伊瑟姿。"

沿过桥往前，穿过尽头的拱顶，下螺旋扶梯，沿一条有顶的通道走；短暂、痛苦的停顿，他拼命唤回只瞥过一眼的平面图。只看一次就能记住的记性。在通道交会处他转向左边。砍刀仍然拿在他右手里。

正如他所料，周围一个人也没有；走廊没人、总督宅邸的后门厅也没人——行会官员把他们偷渡进来参加开启仪式的时候他来过，那段记忆仿佛在一百年前，又仿佛在昨天。门厅：北边尽头的角上，找一个隐蔽的门洞，然后沿狭窄的石头楼梯向下。找到了。他往下跑得太快，好险没跌倒；来到一个贴橡木板的画廊，挂了许多肖像画，右转。画廊尽头有两扇门。左手边的门通向地道。门当然可能锁着，但是并没有。进入地道。地道又宽又直，铺着蓝、黄两色地砖。他跑起来。

地道尽头有一扇门，跟平面图上画的一模一样。而在门前……

"请原谅，"传令官说，"不过剩下的在哪儿？"

富兰特泽士花了几秒钟才听懂对方的问题。"我不知道，"他说，"季若特·布锐埃纽斯刚刚还在。奥多·卡努斐克斯好像去找医生了，为伊瑟姿……"他意识到自己忘了伊瑟姿姓什么。无所谓了。"她在哪儿我一点头绪也没有。"

"跟医生在一起。"传令官回答道。这时他想必注意到富兰特泽士一直躺着，于是问："你还好吗？"

富兰特泽士叹气。"不能不好吧，我猜。"他摆动两条腿从桌沿落下，"好像我们得去哪儿鞠躬什么的。"

"有一个简短的仪式，是的，"传令官回答道，"等第一部长到了就开始。"

富兰特泽士皱眉，"什么，你意思是说他没来看比赛？"

"噢不，比赛他看了，"传令官回答道，"现在他在自己的房间里换衣服。典礼用长袍。为仪式准备的。"

"啊。"富兰特泽士点头，听起来似乎有几分道理，"你估计他还要多久？"

传令官似乎有些震惊，"这可不由我说了算。但他们需要你们待命，这样他一到就可以——"

"行，"富兰特泽士说，"这样吧，我就在这儿待命，你去把其他人都找来。他们也跑不了太远，我觉得。"

"苏伊达斯。"奥多道。

苏伊达斯背靠门坐在地板上，一把砍刀横放在膝头。刀身上有一块棕色污渍，说它是铁锈也完全有可能。他看起来又脏又累，还病恹恹的。他说："你来了。"

"苏伊达斯，"奥多忍不住盯着对方看，"见鬼，你在这儿做什么？"

"你先说。"

"我？"奥多皱眉，"来找医生。伊瑟姿……"

"这儿底下没医生，抱歉。"苏伊达斯朝他咧开嘴，"这条地道哪儿都不通。不，我撒谎了。它通向过去的觐见大厅背面的楼梯。我怎么会知道的呢？"

奥多耸耸肩，"苏伊达斯，我真的必须——"

"兹米瑟斯告诉我的。呃，应该说他给了我一张地图。在那儿把他拦下来，他说的是——指的就是这儿，这扇门。把谁拦下来？我问他。我不知道，他说，但无论是谁，他都会从地道往这扇门走。"他停顿片刻，"你知道，我一直自以为很机灵，但显然并非如此。我以为十拿九稳是季若特呢。毕竟他杀过政治家，经验丰富。"

"苏伊达斯，"就好像呼唤对方的名字能带给他某种控制力似的，"你到底在说什么鬼话？"

"你，"苏伊达斯回答道，"你的活儿。抱歉，你的使命。你这样贵气的人是不干活儿的。穿过那扇门、走上楼梯、趁第一部长换衣服准备参加典礼时杀掉他。就像你在其他那些城市杀掉的其他人。好挑起战争，替爸爸挑起战争。"

奥多深吸一口气然后慢慢往外吐。然后又一口。"根本不是这样的，苏伊达斯，"他说，"听着，我不知道那之后你都遇到了什么事——"

"风吹雨打？脑袋被撞了？对，还真有。"苏伊达斯并没有往下看，手却放在了砍刀的刀柄上，不过没有合拢手指，"而且你想的没错，只差那么一点点我就要完全崩溃了。但我知道你要杀那个佩尔米亚人。不，划掉重来。你不会杀掉那该死的佩尔米亚人。我不会给你这个机会。有必要的话我会杀了你。"

"苏伊达斯，"奥多在哀求，"我真的必须去找医生。伊瑟姿受伤了，很严重。没时间了……"

"这么说原来是你，"苏伊达斯扮个悲伤的鬼脸，"我本来希望是布锐埃纽斯那小子。胆小如鼠，我一只手绑在背后都能收拾他。你么……"他耸耸肩，"老天爷，我可累死了，"他说，"一大半路都是跑过来的，而我真的不喜欢跑。听着，您干吗不滚回去参加颁奖呢？我俩都好省下大把力气。"

奥多的表情变了，只很少一点点。"抱歉。"他说。

"真的吗？我倒不觉得——"

"而且请别拖延时间，"奥多很快往下说，"我没多少时间了，而我必须通过那扇门。"他迟疑了一下，就好像他命令身体前进，但身体没有听命，"听着，我知道你脑子里有些疯狂的想法，但真的，我得去找医生，替伊瑟姿。要不然她会死的。"

苏伊达斯朝他笑，同时缓缓站起身。"我尽量不杀你，"他说，"如果你死在佩尔米亚，估计一样免不了要打仗。一开始大概就是这么计划的。"

奥多抓紧了刀柄，"我父亲有一次告诉我说——"

"去你妈的狗屁父亲，"苏伊达斯说，"还有你。"

奥多叹气，然后持刀的手随前脚一起挥出。苏伊达斯迅速移动、信心十足，但他完全误读了奥多的线，直到即将无可挽回的最后一刻他才明白过来，于是往侧面闪躲。砍刀击中他肩膀末端，砍掉了外套的线缝和一块价值五诺米斯玛塔大小的肉。不等他恢复过来奥多就用持刀手的手肘打中他的脸，让他摊开手脚撞到墙上。他的后脑勺砸在石头上发出低沉扎实的撞击声，他嘴里发出呜咽。

"抱歉，"奥多说，"真的。"

苏伊达斯朝他扑过来。他已经扔了砍刀，现在用双手去抓奥多拿刀的胳膊。奥多向左平移约莫六英寸，趁苏伊达斯从身旁栽倒时用左手前臂猛击苏伊达斯的脸。苏伊达斯落地还往上弹了一弹，他的手指在地板上摸索自己砍刀的刀柄。奥多的脚后跟踩上苏伊达斯的手，把他的手指往地里碾。"这太蠢了，"他说，"求你，到此为止，我不想——"

这时苏伊达斯用左手抓住了砍刀，是倒握的，外行人抓匕首的那种方式。他向上挥刀去劈奥多的小腿，结果额头上挨了一脚。他往后跌倒，砍刀叮叮咚咚地落在地砖上。奥多把它踢到走廊远处。"行了，"他说，"够了。"

鲜血从苏伊达斯眼睛上方的一道伤口涌出来，流了他满脸、溢满他的眼窝。奥多忍不住想：这样的伤口，人家会说不出所料，不愧是淹了弗罗斯·维尔让的那个人的儿子。他伸出左手去转动门把。锁上了。

"钥匙。"苏伊达斯咧嘴笑。

"拿来。"奥多命令道。

"求我。"

奥多朝他脸上踢过去，但这次苏伊达斯想办法躲开了。他双手抓住奥多的脚踝用力一拉。起初奥多维持住了平衡，但苏伊达斯力气很大，奥多感到自己的膝盖弯曲，接着就跌倒在地。他是侧身躺倒，正好把自己的砍刀压在身下，而苏伊达斯的手指摸索着来到了他的衣领旁。他想用左手把他推开，但左手被紧紧挤压在身侧，没有支点可供发力。苏伊达斯的手指摸到了他的皮肤，他的呼吸吐在他脸上，实在过于亲密了。他一头撞向苏伊达斯脸上的伤口，好让他痛；苏伊达斯叫了一声，可手指也收紧了。*我要死在这儿了*，奥多想，这念头让他浑身发冷。他的双脚拼命乱蹬，一只脚的脚跟顺着苏伊达斯的小腿踢中了他的脚背。苏伊达斯大叫一声，手上略松了片刻，正好够奥多调整重心、从自己身下抽出砍刀。苏伊达斯肯定看见了，或者感觉到砍刀已经被放出来，他往后跳，一个跟斗翻出、后脚跟落地，接着就势跳起来。奥多朝他的脚胡乱挥刀，不让他靠近。他能看见苏伊达斯盯着砍刀——*我有一把，你没有，就这么简单*。苏伊达斯僵在原地。

"现在我要站起来了，"奥多缓慢而清晰地说，"不要靠近门，钥匙给我。"

苏伊达斯慢吞吞地点头，左手伸进外套的口袋里。他拿出一把小刀。他握刀时手指伸直，大拇指将刀柄困于掌心，正是扔飞刀的标准手势。

他不一定能中，奥多告诉自己。*尤其如果我在移动*。

他动了。苏伊达斯掷出小刀。奥多感到有东西狠狠打中他的脸侧，但他还活着，而且还能动。他挥舞砍刀：佯攻头部、转动手腕向左肩横切。苏伊达斯读得很准。他向右平移，拳头朝奥多下巴挥出；如果被打中，奥多的下巴会向羽状压板一样裂开。但奥多不见了，他不知怎么躲过了这一拳，而且出现在苏伊达斯左肩后，砍刀准备好从苏伊达斯胳膊底下刺入腹部。

他会想要卡住刀身，奥多心想，*但他做不到，因为我刚刚弄坏了他的右手*。他还是刺了下去，眼睛没往下看，怕看到血淋淋的场面。

他感到砍刀刺入一小点，然后就停住了，苏伊达斯痛得大叫。但砍刀并没有真正刺进去。苏伊达斯用右手把它握住，他拼命用已经被切断半边的手指抓紧刀身，然而他抓握的力量让剃刀般锋利的刀刃深深切入肉、筋腱和骨头里，他越来越难以抓紧。奥多用髋部抵住手掌根往前推。他感到砍刀切开了肉,还有某种更硬的东西。苏伊达斯大叫,抵抗消失了,不是因为苏伊达斯放开了手,而是因为他已经没有可以用来抓的东西。但他为自己赢得了足够的时间和空间从砍刀下逃脱;他的外套被割开,血也流了一点,但仅此而已。

奥多拉开距离。苏伊达斯直立在原地,残手稍微离开身体一点点;两根手指仅仅被一层皮连在手上,活像是树枝上熟透的苹果。他被挤在门和墙之间的角落,完全失位。只需简单一招从上往下劈砍或者佯高实低就能解决他,他已经无路可走,而且什么也没剩下。

他看着奥多,"嗯?"

奥多叹气:悲伤、失望、筋疲力尽。就好像大战结束回到家中,却发现房子已经烧成白地。他说:"已经太晚了。"

"什么?"

"没时间了,"奥多耸耸肩,"就算我现在杀了你,等我找到钥匙、打开门,他也已经走了。太晚了。没意义了。"他突然发了点小脾气,略微侧转身把砍刀往身后一扔,就好像在斥责它。它落在地砖上咔嗒咔嗒地跌远了,像在嘲笑他。"你这个该死的笨蛋,"他抱怨道,"你干吗要这样?一切都让你给毁了。"

苏伊达斯朝他咧嘴笑,然后身子一晃就要摔倒,亏得奥多跳过去扶住他。"你这个蠢材,"奥多责备道,"瞧瞧你把自己的手搞成什么样子了,简直一团糟。根本没必要那样。看在老天的分上,我可能会杀了你呢。我还以为我们是朋友。"

他让苏伊达斯轻轻坐到地板上。他看见他用左手把右手裹成拳头,不是为了揍人,而是护住吊在手上的手指。他想把它们压回去,他心想,可是不会有用的。

苏伊达斯抬头看他,笑容还在,"那么我猜对了。"

"什么?"

"你准备去杀那个佩尔米亚人。对吧,不是吗?"

"是的。"

"为了挑起战争。"

"是的。"

苏伊达斯点点头,然后闭上眼睛。"你说得对,"他说,"我本来不该插手的。英雄主义,当时觉得很应该……"他狠狠皱眉,坚决不肯嚷痛,"我以为也许你会杀了我,或者我会杀了你。无论怎样都结束了,干净利索。我可没想到可能会这样……"他把右手抬高几英寸,"我会有好多好多好多年来为几分钟该死的愚蠢后悔,"他说,"你该杀了我,这要慈悲得多。不过话虽这么说。"

奥多的脸上毫无表情,就好像灵魂已经失落,什么也没留下。"走吧,"他说,"我们去找医生。"

"对,好主意。蓝皮肤的医生,他们最棒了。"苏伊达斯试着站起来,不过并不怎么努力。他说:"抱歉。"

"什么?"

"等你回家肯定有大麻烦。不过反正也已经这样了。你从一开始就该顶住,不该让那混蛋随便使唤你。"

奥多哈哈大笑,情绪猛烈释放。"谁也顶不住我父亲,"他说,"那是办不到的。你只会被冲走。"他用自己全身的力气轻轻扶起苏伊达斯,直到他能自己站住。"对不起,"他说,"我知道这话没意义,也无济于事,但我真的很抱歉。"

苏伊达斯耸耸肩。"你说得很对,"他说,"无济于事,屁也不值。不过反正现在要补救也晚了，所以管它呢。行了，"他补充道，"我自己能站稳了。"

奥多松开手，苏伊达斯摇晃片刻，很快就开始往旁边滑。奥多再次抓住他，把他的左臂拉到自己肩上。"这话虽然是白说，但我也不想打仗，"他说，"只不过我没法……"

苏伊达斯往前迈了一步，"他有没有面对面直接跟你说，说你是可消耗品？嗯？"

"倒没说这几个字，"奥多回答道，"不过联系上下文这意思挺明显的。"

"而你觉得无所谓？"

"也没有特别无所谓，"奥多回答道，"不过恐怕我的看法不怎么重要。"

苏伊达斯点点头。"好吧，你父亲和我在有一件事上看法一致。你的价值。"

他们好容易走到了地道尽头，但苏伊达斯很显然不可能爬上楼梯。"你待在这儿，"奥多说，"我去找人。我会尽快。"

苏伊达斯坐下来，背靠着墙，"随你高兴。"

奥多点点头，抬腿往楼上走，然后他停下来，"苏伊达斯……"

"噢，看在老天的分上，"苏伊达斯看着他说，"不，我不会告诉任何人，因为来这一出是为了别打仗，说出去还怎么不打仗。对，我可能之后再收拾你，全看我愿不愿意费神。再说我也得实际点儿。我已经没法工作了，而你父亲有大把的钱。现在快滚，你的脸我看腻了。"

"怎么？"诺·维伊人问。

翻译眨眼让自己醒醒神。"那个，"他说，"据我的理解来看，有人企图刺杀第一部长。不过他还活着，现在很安全……"

第一部长刚刚才对观众讲了话。诺·维伊人叹口气。

"呃，很明显是吧，"翻译说，"另外，挫败刺杀企图的似乎是斯科利亚人。至少是其中的两个：小卡努斐克斯和苏伊达斯·德泽尔。"

"德泽尔，"诺·维伊人回答道，"年纪比较大、拿大剑的那个。"

"不是，那是吉勒姆·富兰特泽士。德泽尔今天没来比赛。似乎是他听到刺杀的风声，于是就自己跑去追踪杀手。他受伤非常严重，不过会好起来的，医生现在跟他在一起。紧要关头小卡努斐克斯出现，帮他一起打跑了几个刺客。"翻译停下来抹一把额头上的汗水，"不幸的是刺客逃掉了，不过当局知道他们的身份，他们跑不远的，局势已经完全控制住了，不必惊慌。呃，他们从来都这么说对吧？可这件事太神奇了不是吗？斯科利亚人救了佩尔米亚。简直不可思议。"

三个阿兰姆·查塔特对看一眼。"确实如此，"诺·维伊人温和地说，"而且结局实在令人满意，你说呢？"

这个问题翻译得先想想。"哦，我敢说肯定还有些东西他们没告诉我们，"他很睿智似的说，"向来如此。可无论如何，我从没想到自己竟会说这话：谢天谢地有斯科利亚人。要不是他们，天晓得会怎样？"

兹米瑟斯凭空冒出来，带给他们最新的消息。"能做的医生都做了，"他说，"帝国的医生，自然是，这种事情他们是专家。他们不肯打包票，不过他们觉得有一根手指可能保住了。中指只能截掉。手术做了六个钟头。总之他没有生命危险。很快你们就能去见他了。"他转身面对伊瑟姿，"你呢？你感觉如何？不，别说话。其实没有看上去那么严重。他们跟我说了，一旦伤口愈合、肿也消下去，不会留多大伤疤的。你很走运，知道吗，再多一英寸你就死了。"

伊瑟姿看他一眼，然后转开了头。季若特心想，多半这样也好，亏得她现在什么话都说不出来。

"至于你，"兹米瑟斯看看奥多，后者显得极不自在，"我说什么好呢？"

"请别老说这个了，"奥多回答道，"是苏伊达斯。"

"对，但如果只有他一个人，他肯定会……"兹米瑟斯耸耸肩，"当然了，这件事之所以如此特别，因为是卡努斐克斯将军的儿子冒着生命危险挽救了佩尔米亚。这么一来事情就彻底不一样了，我觉得完全可以这样说。"他的微笑像太阳一样温暖，"他们准备立一尊雕像，"他说，"就在卡塔西亚广场正中央。要我说眼下你是全佩尔米亚最受欢迎的人物呢。"

"这太蠢了，"奥多说，"我只不过是——"

"不重要，"兹米瑟斯坚定地说，"关键在于他们信什么。而他们相信浇灌者的儿子为了保护第一部长打跑了一打穷凶极恶的刺客。这才叫童话般的结局呢。完美。"他微微一笑，"不知道你父亲对你会如何，"他说，"我反正对你满意极了。"

"一次一个人，"医生说，"而且看在老天的分上别太久。可怜的家伙刚刚被我们四个人用针扎了六个钟头，眼下可不是他状态最好脑子最灵光的时候。"

谁都不想第一个进去，最后是季若特自告奋勇，早去早完事么。推门时他努力思考该说什么。你还好吗？似乎没什么益处，也不大合适，可要是不说这句他就只能不开口了。

"不算坏，"苏伊达斯是这么回答的，"说起来倒是勾起许多回忆，一帮蓝皮肤把我当棉被一样缝个不停。"他躺在一张低矮的窄床上，脑袋枕着一个绿色的丝绸垫子，包扎过的右手搁在胸口。他们给他洗了脸、刮了胡子、梳了头，连左手的指甲都替他剪了，但他的脸色白得像纸。他一点也不像苏伊达斯了。"听说咱们比赛还不赖。"

"还行，"季若特回答道，"富兰特泽士赢了，奥多和我也赢了。伊瑟姿平了。挺不错的，我猜。只不过兹米瑟斯在生我的气，因为……"

苏伊达斯点点头。"我听说了，"他说，"这种事难免要发生，哪怕在斯科利亚。"

"只不过它发生在我身上的频率比大多数人都要高好多。"

"倒也是。知道吗，光看你长相谁都想不到，你竟然还是个杀手。"

"我不是故意的，那是……"

苏伊达斯朝他微微皱眉，表示闭嘴。"我要是你就再也不击剑了，"他说，"说起来你最好从现在起避免接触任何武器。依我看它们似乎经常把你带上歧途。"他哈哈大笑，"它们可以是你最好的朋友，但有时候跟它们一起没好处。它们能帮你活下去，但是……"

季若特转开眼睛。"那时候我希望自己会死在钟楼里，"他说，"在我杀了议员之后。"

"可你没死，不是吗？而且这回这破事儿，咱们这几个人全都一身伤，你却从头到尾连皮也没擦破就过来了。我看你倒像是对呼吸有瘾，"苏伊达斯严肃地说，"你一直告诉自己说我不干了，但你离放弃总是差了一点。我怀疑你要永远活下去呢。"

季若特转回去看他，"别这么说。"

苏伊达斯哈哈笑。"我见过你这种人，"他说，"你不会有事的。你周围的人倒不好说了，但你肯定没事。没关系，"他身子稍微往前倾，"活着又没错。你生来就是为了这个。"

"他们陷害我，"季若特听见自己说出这话，不禁大吃一惊，"议员的妻子，那后头的不知什么人。他们想让议员死，所以就设计引我上钩。我一直在想这件事，我确信就是这样。然后他们送我来这儿，免得我碍事，让我送命。他们以为我肯定会送命，毕竟我并不是职业的剑手，只不过是业余玩玩，否则他们为什么会挑我进队伍？他们知道这里的人用开刃的剑击剑，于是他们以为我会死在这儿，帮忙挑起另一场战争。我觉得他们想让我们全都死在这儿。为了能打仗。"

苏伊达斯朝他笑得灿烂。"鬼话连篇，"他说，"你自己也知道。"

下一个是伊瑟姿。她低头看看躺在床上的他，然后说："我不能说太多，医生说的，免得线崩了。"

苏伊达斯耸耸肩。"没关系，"他说，"我能插进几句话也挺好的，虽说如果不是因为这个就更好了。感觉像作弊。"他看了她几眼，然后说："你知道，小奥多爱上你了。"

"噢老天——"

"嘘，"苏伊达斯说，"可别把嘴给崩了。哪，你该考虑考虑，真的。我意思是，你这辈子什么都不用愁了。"

"苏伊达斯……"

"而且会留疤，"苏伊达斯说，"你又不能留个胡子把它给遮起来。再说了，你们俩在一起对双方都合适。"

"我才不要听这种话，"她全身皮肤都通红，只有指关节发白，"你简直——"

"听我说。"他拿出了对付马那种平静、难以抵挡的声音。它能见效一次，下一次就没用了，"就我自己来说我是懒得跟奥多·卡努斐克斯浪费时间的，而他父亲更是自大洪水以来整个人类最大的威胁。可如果你嫁给他，说不定你还有可能真正拥有自己的生活，而不是做着针线变老、吩咐厨子把剩下的

417

猪肉晚餐时候端上桌。如果他娶了你，那就是直接违抗他父亲的命令，绝对是'再也别登我家的门'这种级别，所以你也不必享受成为卡努斐克斯家一分子的乐趣。你能带奥多离开那混蛋，而他会对你感激涕零，于是一辈子崇拜你。而且你自己老实一点吧——不太可能有更好的人向你求婚了，很可能根本一个都没有，而我可不觉得你愿意四十岁还在父母家当老处女。考虑考虑，"他一面打个老大的哈欠一面说，"他这人还不坏，我猜。想想他是从哪儿来，又经历过什么，能长成现在这样已经很不容易了呢。"

她朝他皱了一会儿眉，就好像他是用一种简单的密码写成的，只要她愿意费点心思多半可以破解。然后她脸上的肌肉放松了。"苏伊达斯，"她甜甜地说，"你这人满嘴喷粪，他们真该把你放到草莓地上。要我听你的建议，那除非——哦见鬼，"她透过压住嘴巴的手指缝隙飞快地说，"流血了。瞧你害得我……"

兹米瑟斯说："如何？"

"什么如何？"

"你吃惊吗？发现是卡努斐克斯家的小子。"他拉过一把椅子坐下，"哦对了，我给你带了几个苹果。"他把手伸进外套口袋。总共两个，以便可以说成"几"。苏伊达斯看看苹果。"你选一个，"兹米瑟斯说，"另外一个我吃。好让你知道没下毒。"

"你晓得你可以把你的苹果塞哪儿，上校。假设两个都能塞进去的话。"

"随你便，"兹米瑟斯朝他微笑，"别为了没猜对闷闷不乐，"他接着说下去，"我也不确定，否则就告诉你了。不过呢，现在再回头去看……"

"对，我知道，"苏伊达斯又打个哈欠，"浇灌者把自家儿子送来的好处：谁也不会猜到他的计划，因为谁也不信他会让自己的儿子去送死。如果他成功, 就会打仗; 如果他失败, 一样会打仗。而且奥多也不会告诉任何人, 或者临阵退缩, 因为卡努斐克斯的儿子是怎么说怎么做的。坏处: 儿子死掉。可又怎么样呢? 整个家族的历史就是一份被父亲埋葬的儿子的目录, 都是为了伟大的事业嘛。他们为此骄傲, 叫我恶心。不过我猜他大概从来也不怎么喜欢这孩子。"

兹米瑟斯等了一会儿, "那到底怎么回事?"

"他赢了," 苏伊达斯躺回去闭上眼睛, "证明了他更强, 可以说是。但是时间不够了。他意识到时间不够以后就放弃了。这人不是杀手, 你瞧。我看得出来他是在哪个瞬间意识到已经太迟了, 于是他就……" 苏伊达斯叹口气, "他不是杀手, 否则他会干掉我, 好让我闭嘴。现在么, 当然了……"

兹米瑟斯摇摇头, "你俩各执一词, 没人会相信你。"

"这我想到了。" 苏伊达斯伸个懒腰, 用裹了绷带的手掩下哈欠, "我觉得他大概没想到。但关键不在这儿。他自己知道, 哪怕再也没有别人知道。"

兹米瑟斯咧嘴笑, "那就是用钱来和解了, 我猜想。"

"还有别的," 苏伊达斯皱眉, "毕竟是因为他我才没法再运用我唯一的技能, 所以为什么不呢? 补偿。卡努斐克斯家又不缺钱。"他叹口气, "你知道, 我很高兴能找到借口。这见鬼的斗剑我已经烦得要死了。"

"好吧," 兹米瑟斯说, "作为奖赏, 我有一样东西要给你。"

"钱?"

"不是," 兹米瑟斯回答道, "比钱好。照他们的说法, 钱买不到的东西。"

"我喜欢的东西全都要花钱," 苏伊达斯回答道, "不过继续。"

兹米瑟斯凑近了些, 这个距离, 再加上他那极其专注的表情, 让苏伊达斯怀疑对方是不是准备吻自己。然而兹米瑟斯只是压低声音说:"那第一次, 在大战的时候, 你在运输队当车夫, 某个笨蛋送你们走了一条路, 跟一支佩尔米亚纵队迎面碰上。这件事你还没忘吧？"

苏伊达斯皱眉，"怎么？"

兹米瑟斯又凑近了些，他的脸离得那么近，苏伊达斯闻到了他早上用来刮胡子的玫瑰水的味道，这让他想起松莎。"你难道从来不想知道下命令的军官是谁？你就不想跟他见个面？在某个安静的地方，某个谁也不在乎的地方？嗯？"

苏伊达斯浑身发冷，"要说的话，想也是想过的。"

"要我告诉你他叫什么名字吗？"

兹米瑟斯走出来后，径直盯着富兰特泽士说："该你了。"

"他还好吗？"富兰特泽士问，"如果他需要休息我就不打扰他了。"

"没关系，"兹米瑟斯说，"他想见你。"

富兰特泽士站起来。他口袋里有把折叠刀，佩尔米亚人的手艺，斯科利亚买不到的。打开以后会有一个小弹簧把刀身锁住，直到你按下一个圈将它释放。你可以用它切或者刺，即便使出大力气也不必担心刀会折回来割伤你自己的手指。他看见有个书记员用它削铅笔，那人是击剑迷，对最后那场大赛十分热心。"那我就进去了。"他说。

苏伊达斯坐在床上。"富兰特泽士，"他说，"听说你不大顺利。"

富兰特泽士点点头说："我太老了。"

"你赢了，不是吗？这是最要紧的。"

"嗯，我还活着。"他走近一步，活像是被人群挤得贴在栅栏上，"你感觉如何？"

"累，"苏伊达斯回答道，"刚刚兹米瑟斯来了，他这人真难应付。"

富兰特泽士说："你该睡一会儿。"

"我也想睡,"苏伊达斯说,"可怎么着都不舒服。我觉得是枕头太软了。"

富兰特泽士哈哈大笑,"这个嘛,如果一段时间里习惯了硬邦邦的床,我猜这儿的枕头是会觉得软的。"他往前迈了一步,穿过隐形的栅栏,进入近距离,"来,我看看能不能想点法子。"他逼近床边,与苏伊达斯的头齐平。床上有两个枕头,他拿起一个。"躺下,"他说,"喏,这样就好多了。医生说……"

"我知道,"苏伊达斯说,"不过我不抱多大希望。"

富兰特泽士把左手放在苏伊达斯头上,把它推回枕头上,动作很轻,几乎可说是温柔。"他们说你在手术台上多久来着?六个钟头?肯定很要命。"

"本来也还好,可那医生偏偏是击剑狂。他想知道乔伊奥兹那场比赛的一切,每一个细节。可根本没什么好说的,所以我只好瞎编。"他打个哈欠,"那个兹米瑟斯,"他说,"等到再也不用见他的时候我才高兴呢。"

"闭上眼睛,"富兰特泽士说,"休息休息。"

苏伊达斯照做了。他的眼睛刚闭上,富兰特泽士就把拿在右手里的枕头扔到苏伊达斯脸上;他整个人扑上去,用胸口和前臂压住枕头,紧紧捂住苏伊达斯的嘴巴和鼻子。苏伊达斯弓起背,双脚踢床弹起身体,左手飞快地伸出;他的手掌打中富兰特泽士的下巴,把他推到地上。然后他挣扎着从床上爬起来。这时富兰特泽士已经站稳,并且打开了折叠刀。苏伊达斯把刀踢飞,手肘猛击富兰特泽士的嘴巴。富兰特泽士站立不稳,绊了自己的脚重重坐在地上。

"如何?"苏伊达斯把气喘匀,"完事了?或者你还想再试一次?"

富兰特泽士惊慌失措地到处瞅,结果发现小刀在苏伊达斯左手里。他用牙咬住圆圈把刀折起来,折好以后扔给富兰特泽士。后者想接却没接住。它在地砖上弹了几下,最后消失在床底。

"算了。"苏伊达斯说。

富兰特泽士看着他，"我……"

"我说了，"苏伊达斯坚定地重复道，"算了。"他慢慢吐出一大口气，非常平稳，然后爬回床上，用左手拉起被单盖住双腿，"我就猜会这样，"他说，"你击剑是不错的，但要说战斗那简直屁都不是。绝对杀不了人。"他哈哈大笑，"这倒不是坏事，我这辈子学到一件事，战斗是很没用的沟通方式。"他停在这里，富兰特泽士纹丝不动，惊得僵在原地。"杀人就更没用了，"他接着说道，"但你是杀不了我的，就算你想杀也杀不了。而且我并不觉得你真想。"他用左手抓着自己的右手，免得它碰到胸口。他说："兹米瑟斯跟我说了。"

"他跟你说了。"

"没错。"苏伊达斯把肩膀放平在床上，"我觉得他好像把这当成奖赏，因为我一直乖乖听话。说来话长，你不会想听的。他跟我说大战的时候，是你把我所在的补给队送到死路上。"他稍微偏偏脑袋，"你之前知道吗？在你加入这趟之前？"

"他跟你说了。"

"对。估计他们就是这么威胁你的，如果你不照他们说的做……"

"他们说的我全都照做了，"富兰特泽士说，"说起来倒也不多，"他苦哈哈地添上一句，"我根本没起什么作用，就算我不来也没什么。他们并不需要我。"

苏伊达斯哈哈大笑，"据我观察，这次的整个任务都挺叫人失望的。或者本来是会这样的，要不是有小奥多。多亏了他，我真的相信仗不会打起来了。"

"自然还有你。"

"哦，我没做什么。反正呢，"苏伊达斯轻快地说，"我告诉兹米瑟斯说他的奖赏根本不值当。已经过了太久，而且这期间也发生了太多事。你知道，有些致命的秘密有点像上好的红酒。保存太久，结果就没味儿了。"他闭上眼睛，"你可以走了，下回你想用枕头闷死谁，老天在上你只管动手就是了。你那了不起的谋杀企图比金阶神庙还显眼。"

富兰特泽士站起来，"对不起。"

"哦，人人都在道歉，"苏伊达斯不耐烦道，"'抱歉害你挨了这么多刀，不是针对你，以后不会了。'就好像我在乎这些屁话似的。假设兹米瑟斯没骗我，现在我在斯科利亚的银行里已经有两万五千诺米斯玛塔，之后还会有更多，这才是最重要的。我算是熬出来了，安全了。我所有的麻烦都已经了结。而且尽管我做了正确的事也还有这样的结果，所以这大概真是超出我应得的吧。"

"即便如此，"富兰特泽士说，"我真的很抱歉。要是我早知道……"

"你走吧，"苏伊达斯说，"拜托。"

最后轮到奥多。他坐下来，很长时间都一动不动、一声不吭，最后苏伊达斯受不了了。他问："怎么？"

"你说你稍后再收拾我的。"

"我是说过。"

奥多抬起眼睛，"现在是稍后了吗？"

苏伊达斯哈哈大笑。奥多不以为然似的皱起眉头，"你很享受，是吧？"他说，"被大家围着。你躺在那儿跟个皇帝似的。"

"确实如此，"苏伊达斯说，"冠军剑手。他们来不就是为了看我的。"他把脑袋侧放、往上瞅奥多的脸，一脸不解之色活像是小狗。"如果换了是我去，换你在那里挡路，你现在已经死了。彻彻底底完蛋了。这事儿叫我有点吃惊。毕竟你能冷血杀掉两个，抱歉，三个，政府部长。我还以为你杀我也不成问题。"

"他们是佩尔米亚人。"

"啊。"苏伊达斯点点头,"对,我明白你是怎么想的。大战那时候我干过很多类似的事。一旦你能把他们从人变成敌人,那就不算什么大事了。"他耸耸肩,"敌人,"他说,"对手,异己。目标,就像画在墙上的人形,所有脆弱的部位都用数字标注。换了你认识的人就不一样了。"

奥多摇摇头。"他们必须杀,"他说,"你是没必要杀的,杀了你并没有益处。"他闭上眼睛,然后再次睁开,"我刚刚问你,现在是稍后了吗?"

"稍后已经来了又过了,"苏伊达斯回答道,"除了那一大堆能让我下半辈子开开心心、无所事事的钱,我跟你已经没关系了。"

"原来如此,"奥多回答道,"你做了什么?"

"你会知道的。不是伸张正义,"他补充道,"因为根本没有正义这种东西。但是恰如其分。让世界更安全一点,而你爸爸会气疯的。"

奥多等着,但苏伊达斯并不准备进一步说明,于是他说:"那么不会再有另一场战争了。"

"至少不会明天就打起来。稍后,也许,但到那时候也不干我事了,所以不会是我的错。"

奥多微笑,"我父亲有一次说——"

"喔,行行好,求你。"

"我父亲,"奥多坚定地重复道,"有一次告诉我说我是他的一个错误。我猜这大概是他能想出来的最伤人的话。当时他就处在说那种话的心境里。"

"你父亲,"苏伊达斯说,"是一堆臭狗屎。行了,解散。这是军队的行话,"见奥多没动弹他便解释一番,"意思是走开。还以为你知道呢。"

奥多说:"我不是军人。"

苏伊达斯看着他。"我知道，"他说，"你该感谢老天。"

广场里的人在高喊卡努斐克斯、卡努斐克斯。这让第一部长微笑起来。他的笑显得缺乏练习，但这是可以理解的。

"等一下你和我就得一道去露台上，"他告诉奥多。后者瑟缩了一下，还问是不是真的有这个必要。"哦，绝对有必要，"第一部长向他保证，"除非你想激起暴动。他们想看他们的新英雄。"

兹米瑟斯满脸笑容。"对，你非去不可，奥多。"他说，"这是那种大家会永远铭记的时刻。佩尔米亚的第一部长和浇灌者的儿子在行会大楼的露台上握手。七年之前谁都会说这种事不可能发生。这足以证明我们在这样短的时间里取得了多大进展。"

"但并不是我，"奥多绝望道，"是苏伊达斯。是他——"

"的确，"部长坚定地微笑，"不幸的是，德泽尔上尉身体欠佳。除此之外，你才是抓住他们想象力的那个人。那个象征，你瞧：完美。"他把一只肥嘟嘟的小手放在奥多肩膀上，"我们都知道德泽尔上尉也在场，但我敢说十年之后他就会完全从故事里淡出。他会变成一道智力题：挫败刺杀拉炯斯部长阴谋的另外那个斯科利亚人是谁？如果有谁能想起他的名字，那人就会十分得意了。历史就是这么回事，"他高高兴兴地补充道，"我一直认为历史是绕着真相长起来的，就好像绕在树上的常青藤。当然这没关系。关键在于这个时刻，你和我一起。今后许多年他们都会指着这一刻说，这就是大战真正结束的时候。"

"我真的不觉得……"

"哦快去吧，奥多。"伊瑟姿说，"别跟个小宝宝似的。"

16

"我们的族人准备回家了，"老头说，"我们在这里太久了。钱是很多，但生命不只是钱而已，你说呢？再说了，在我们的家乡其实是不用钱的。最后钱就只能装在木头大箱子里，还得劳神费力搬运它。我一直没能真正理解他们为什么觉得有必要用金子铸钱。那么重。"

觉图斯努力不让自己的想法流露在脸上。"那么我们的协议……"

"我不大确定我们有过协议，"阿兰姆·查塔特人温和地说，"比较像是关于达成协议的协议，前提是如果我们愿意而情况又合适。但最后发现我们并不愿意，所以么……"

"唔，"觉图斯说，"现在看来不会再打仗了，所以或者这样更好。我们边境附近的产业也就不会面临那么大的危险。"

老头微笑。"本来也没有什么危险的，"他说，"说实话，如果我听说的情况属实，两国确实在为共同利用非军事区真心谈判，那么我实在看不出来你们的租户还会面临来自哪里的危险。肯定不会是强盗。到时候非军事区会有许多活动,强盗在那里是不会觉得安心的。而且想想看,"他露出灿烂的笑容,"不必雇佣我们你们能省下多少钱啊。这就是和平的一大乐趣。它比战争便宜多了。"

觉图斯微微点头,"你们准备离开的事已经告诉佩尔米亚人了吗?"

"当然。"老头似乎受了冒犯,"要是不说那就太无礼了。我觉得总的说来他们是松了一口气。我们叫他们紧张。而且在那两次的事件之后,美特和另外那个地方,鲁兹尔……"

"鲁兹尔·索斯。"

"对,谢谢你,鲁兹尔·索斯。我印象中大众似乎不大欢迎我们,那些普通民众,尤其是在首都之外的大城镇。眼下第一部长对受欢迎这件事非常热心——唔,你能理解对吧,既要维持秩序又必须受人欢迎,肯定非常困难。在我们那里这是不成问题的。我们没有政府,没有你们这种政府。不需要。"

"好吧。"觉图斯放下空杯子,"谢谢你见我,我很高兴看见事情的最终结果让你们满意。让我们双方都满意,应该说是。"

"为此,"老头严肃地说,"我们都得感谢年轻的卡努斐克斯,至少据我所知是这样,你知道,"他稍微把声音压低了一点点,"要是能知道当时到底怎么回事一定是很有趣的。"然后他哈哈大笑着摇摇头,"不,还是算了,"他说,"官方的版本令人非常满意,而这实在罕见。要是糟蹋了就太可惜了,你不觉得吗?"

觉图斯说:"是有些令人吃惊。"

"哦,我想这是一定的。而且他们还说,"老头继续说道,"正是卡努斐克斯将军最先发现了阴谋。他相信有间谍打入了你们政府的最高层,于是主动担起解决这个问题的责任。否则他为什么要派自己的儿子去参加这样一个照任何标准看都非常危险的使团呢?"

"他们是这么说的,嗯?"

"人们的确喜欢揣测,"老头说,"而且我认为将军大概不会想要否认吧。"

"不,我想不会。"觉图斯突然显得若有所思,"如果我国国民相信他成功阻止了一场政府显然无力阻止的战争,这对他在国内的人气是一点害处也没有的。那会非常……"

"令人满意,"老头道,"它能解决很多问题,而这才是最重要的。好吧,跟你谈话很愉快,但现在我得失陪了。我们还有许多准备工作要做,我敢说你能理解。"

觉图斯乘马车继续赶往鲁兹尔·毕耳,有封信在那里等着他。辛巴图斯院长死了。主教总会召开紧急会议,并很高兴通知他他被选为……

他骂骂咧咧地把信揉成了一团。

绝大多数佩尔米亚人压根儿不知道蒙萨瑟尔是什么,也不知道它有什么重要,因此当它最新当选的院长出现在官方的感恩节典礼上,体育场内外的人群几乎毫无反应。他们又听说苏伊达斯·德泽尔依然过于虚弱、无法出席,但也并没有表现得特别失望,虽说读到他名字时也有几声欢呼。不消说,他们是来看奥多·卡努斐克斯的。

而且他们也如愿以偿。他走入竞技场,第一部长在他右手边,左手边是一个含笑的老头子,紧随其后的是幸存的内阁成员、行会会长、其他几个斯科利亚剑手、帝国大使,最后还有好些佩尔米亚的显贵,都是托了关系或者付了钱才得以共襄盛举。

第一部长很有智慧,他对观众的发言简短精练、直奔主题。大战,他说,结束了。七年的和平迎来圆满的高潮:一个极端勇敢、极端无私的举动,而行动者正是他们曾经的敌人之子;他也已经不再是敌人,因为正是卡努斐克斯将军发现了阴谋、并采取措施将它挫败。相互信任、相互理解的新精神必定随之而至，两国已经开始就共同开发非军事区展开协商；基本上讲，斯科利亚的牧人会在地表以上放牧，佩尔米亚的矿主则去开发地下巨大的矿藏。既然和平已经有了保障，他接下去说道，政府决定放弃阿兰姆·查塔特的服务——

（喊声与欢呼声震耳欲聋，至少有三分钟他没法往下讲。）

——并以数个东帝国军单位取而代之。再加上新的攻防同盟，这些帝国军将在此同盟的条款下，与他们的斯科利亚盟友携手，一同确保佩尔米亚的安全。简而言之，和平是可以担保的。有了和平就会有稳定、有了稳定就会有繁荣，他们自己、他们的子孙、他们子孙的子孙都将繁荣昌盛；而这一切都完全要归功于一个人，一个不同凡响的人，现在请他来对大家说几句……

兹米瑟斯戳戳奥多的腰，把他往前推。他没抬头，反而低头看手里的一张小纸片。这正好传达出恰当的腼腆与自谦，一个害羞的英雄，最棒的类型。他清清喉咙准备讲话，场内完全安静下来。

"他来佩尔米亚，"他说，"是来击剑的。"想到他也为维护和平稍微出了一点力，他感到非常骄傲和开心，因为和平正是他父亲一生的追求。真的，他并没有做什么特别的事。换了任何人处在他的位置都会那么做，而且当然了，他并不是一个人。苏伊达斯·德泽尔的功劳跟他一样大，如果不是更大的话。再过一两天他就要返回斯科利亚，但只要他还活着就永远不会忘记佩尔米亚和佩尔米亚的人民，并且他由衷感谢他们的善意与友善，他实在受之有愧。

他从竞技场下来时，苏伊达斯等着他。他并不显得特别虚弱，也没有露出病恹恹的样子。他在笑。

"演讲很不错，"他说，"你父亲一生的追求。我尤其喜欢这句。"

奥多可怜巴巴地望着他，然后兹米瑟斯和队伍里的其他人也进来了，苏伊达斯转过身去，浑身上下都透出脆弱与无助。有人在奥多背上拍了一掌，害他往前冲了一步。

接下来有招待会，在议会大楼。抵达之后不久，奥多四下寻找苏伊达斯，但他似乎并没有来。除他之外好像没人留意苏伊达斯没有到场。他不知道是不是该跟兹米瑟斯说一声，但兹米瑟斯也不知在哪儿。

"我想你大概不记得我了。"仪式期间站在他左手边的老头说——他这话完全正确。"嗯，你是不会记得的，"他接着说道，"上回看见你的时候，我想你应该是五岁。人家要你在晚餐之后下楼，为你父亲的客人背诵《最后的幸存者》。"

"这我记得，"奥多说，"不过很抱歉，我似乎不知道你是……"

"我叫觉图斯，"老头说，"而且好像成了蒙萨瑟尔的新院长。至少人家是这么跟我说的。但愿不是真的，不过多半是吧。"

奥多微笑，"你似乎并不太热心。"

"一点也不，"老头说，"当院长就意味着行政、责任、决策、文书工作。政治。要是我愿意干这些，那还不如继续掌管银行。"

"啊，"奥多说，"你曾经……"

觉图斯微微一笑。"哦是的，"他说，"过去我的名字是博尤阿内。我掌管银行很长时间，最后终于想办法哄得侄子接手，我就退休了——我自以为是去修道院的小房间里与世隔绝、享受安宁，现在是别想了。"有位佩尔米亚的部长微微朝他鞠了一个躬，他转头以微笑回应，"得有人跟我讲讲所有这些人都是谁，"他说，"免得我得罪了谁、挑起战火。不过呢，"他稍微压低声音，"现在看来这种事倒也不像我们之前想象的那么容易。"

"我想起来了，"奥多说，"我还真记得你。你喝多了点，抓着一个女仆不放，她裙子上的扣子都扯掉了。父亲很不高兴，但他当然不可能跟你说什么，于是就拿我和哥哥们撒气。对，肯定是你。"

"你的记忆多么惊人啊。"觉图斯说。

"记脸比记名字强，"奥多回答道，"当然了，那时候你的头发更多些。"

觉图斯给他一个冷冰冰的微笑。"十八年，"他说，"许多事情都变了。首先大战结束了，现在是银行在治理斯科利亚，而你父亲也在享受他辛苦赢来的退休生活。"

奥多露出疲惫的表情。"我父亲退休的时候你会知道的。你会拿着花环走在他的棺材后头。听着，"他说，"我不知道你是怎么想我的，不过我和父亲的关系并不太好。我知道我让他失望了，而且多半失望到没办法挽回的地步。等我回到家，他要朝我大发雷霆呢。"

"因为不会打仗了。"

"对。"

觉图斯点点头，"他派你来挑起战争的。"

"我不记得说过这话，"奥多回答道，"但他不喜欢银行，而且他认为斯科利亚应该像过去一样，由老派军事家族掌管，这也不是什么秘密。战争会让事情回到过去的状态。我们会打败佩尔米亚，然后一旦我们得到他们的矿，就会有大把的钱可以弥补我们在战争中的损失，所以就不会再需要银行了。反正他是这么看的。这你非常清楚。"

"你也是这么看的吗？"

奥多摇摇头，"这不由我说了算。"

"他派你来送死的。"

奥多深吸一口气，然后慢慢吐出去。"我和父亲的关系并不太好，"他又说了一遍，"对他来说责任很重要，对我也一样。我花了一辈子想要找到办法让他别对我失望，现在看来是不可能了。"他耸耸肩，"我猜我只能接受。这是我的麻烦，跟别人无关。"

"的确。"觉图斯低头看自己的手，因为做园艺，他手上有许多老茧和伤口。"虽说事情并没有完全照他指望的那样发展，但我猜他会尽量利用眼前的局面。这一直都是他作为战略家最大的长处。"

"到最后他会赢的，"奥多说，"从来如此。"

"除非你阻止他。"觉图斯身体完全静止，就好像牧人想逮住一只容易受惊的小牛犊，"如果你把真相告诉老家的人，告诉他们你父亲派你来挑起战争、说他心甘情愿看你为此送命……"

奥多说："哦，这我不能做。"

"不能？"

"当然了。他是我父亲，他会心碎的。而且就算我说了大概也不会有人相信吧。再说了，对付我父亲这样的人不能用这种办法。相信我，这我很清楚。"

觉图斯把头歪向一边，"你已经想出了替代方案。"

"这个嘛，"奥多转开眼睛，"你瞧，从小人家就教我说家庭很重要：家族的荣誉、它的传统、我们做事的方式。我相信我父亲对国家有许多了不起的贡献，而且他配得上这样写进历史——作为一个伟大的好人，动机永远纯洁无私，判断力永远无可置疑。我不认为他希望被人当成领导军事政变、违背人民意愿建立独裁政府的人。这会把一切都糟蹋了。我猜他并不想这样，但是也许他觉得自己对国家负有某种责任，而这稍微影响了他的判断力。你知道，他认为银行是很坏的，还觉得也许只有他能除掉银行，让事情回到原先的样子。如果他这么想，那他会愿意为此牺牲自己个人的荣誉和名声。他一直明白不做牺牲就不可能完成正确的事情。这是他教给我的最了不起的道理。"

觉图斯皱起眉头："我不大确定这番话是要引向哪里。"

"很好。"奥多笑了。

当晚阿兰姆·查塔特就冒雨离开了，相当突然。他们的货车在路上留下深深的车辙，灌满雨水后很快化作泥浆，害得日出前运送农作物进城的货车动弹不得、在西门和玉米市场的主要瓶颈路段制造出大堵塞，再然后进出首都的交通全面瘫痪，跟大军围城一样有效。首都当局派帝国军去收拾烂摊子，帝国军便宣布直到入夜之前城门全部关闭。

"不打紧，"兹米瑟斯告诉他们，"只不过再多待一天，然后我们就上路回家。我保证。"他微微一笑，"不过既然我们已经来了，又没有旁的事好做，我就应了两个额外的约，给巡回比赛来个圆满的结局，把好意转化成资本，那之类的。不会很盛大。我跟你们担保。"

雨已经确立声势，被强劲的东风刮着倾斜着落下。建造鲁兹尔·毕耳的帝国工程师对排水十分精通，每栋楼上都有排水管，水流入街道上的明沟，再汇入地下的下水道。然而铁栅栏被泥淤堵，明沟里的水漫出来，好几条主干道的水已经没过脚踝，市集区的大小商店也给淹了。奥多无意中听见有人嘀咕说简直跟弗罗斯·维尔让一样。对方只是说笑，他的同伴也哈哈大笑，但奥多始终沉着脸。

第一场活动是佩尔米亚矿主联盟举办的招待会。招待会提供白酒、硬饼干和一罐罐的腌甘蓝。矿主们似乎对剑手兴趣不大，但兹米瑟斯和那个大赛刚结束时出现的老神父倒是被众人包围了好一会儿。之后他们又要去看佩尔米亚行会举行的表演赛，而奥多还得给获胜者颁奖。比赛的水平很次，选手也太过急迫。有个比刺剑的年轻人想模仿季若特的招牌侧步，结果被刺中了腹股沟，看来应该是意外；一个比长剑的选手失去了一根手指，因为在高位左侧格挡时手指卡在了他自己的护手里。小剑比赛的胜利者是伊瑟姿的对手，她似乎恢复得很好，但当她鞠躬答谢时季若特看见她衣服上有血，就在缝合线崩开的位置。奥多获得全场起立鼓掌的荣誉，还有三个满脸惊恐的小孩子献给他一个白色的花环。奥多身体对折好让孩子们能把花环放在他头上，这期间季若特一直在观察兹米瑟斯：他在惩罚他，他心想，可他想不明白这是为什么。他判断伊瑟姿估计跟他想法一致。她朝着兹米瑟斯的后脑勺瞪眼，等奥多终于逃回自己的座位，她飞快地冲他笑了笑。她的笑容带着紧张，而他则把脸涨得通红。

苏伊达斯在行会大楼等着他们回来。进门的门厅里堆了一打硕大的木头箱子，他就坐在其中一个上。"给我们的，"他解释说，"用来补偿我们弄丢的装备之类。我还没打开看，天晓得他们发了什么给咱们。"他朝伊瑟姿咧嘴笑，"若是为你好的话，我希望他们已经确认你不是男人，"他说，"要不然的话……"

"这人可真逗，"伊瑟姿说，"好吧，他们也确实欠我们不少。这身破衣服我穿了那么久，它简直可以自己立起来了。"

"也许可以，"苏伊达斯满脸严肃，"但它能击剑吗？"

伊瑟姿根本懒得回答。季若特说："这是不是说他们终于要让我们走了？"

"看来是的，"苏伊达斯兴高采烈，"听说堵在城门的车已经疏散，路又通了。所以除非你们还想再参加几个招待会，否则咱们就可以上路了。"

"不，"伊瑟姿大声说，"再也不要了。绝不。"

富兰特泽士望眼兹米瑟斯，后者哈哈大笑。"我算是答应过财政部长，在他跟矿主会面时我们会露个脸，不过……"

"不，"奥多坚定地说，"我们已经做得够多的。该回家了。"

"也是，"兹米瑟斯说，"老话说的，吊着他们点儿。说起来，他们在考虑把这办成每年一次的常规节目，然后还有回访，他们来我们这儿比赛。无论如何，我们今后是会看到更多佩尔米亚人了。"

"我已经把这辈子要看的佩尔米亚人都看够了，"苏伊达斯说，谁也没看他，"无论如何。"

他们走向马车时，雨又开始下，所谓的马车其实是临时弄了个棚子的货车，由六匹健壮的大马拉着。车里有两条光秃秃的长凳。"不显眼，"兹米瑟斯解释说，"从这里到非军事区可不近，我猜你们也不愿意每走一步都被夹道欢迎。"

季若特说："看着倒像灵车。"

"说来也巧，昨天这个时候它正好就是灵车呢。是我们的主人灵机一动想出来的法子。灵车经过时佩尔米亚人总是转开眼睛，以示尊敬。把这些窗帘拉上，谁也不知道里头不是死人。"

伊瑟姿不大乐意，"回斯科利亚这一路上都得黑灯瞎火地走是不是？"

"这个嘛，反正风景你们都已经看过了。别担心，"兹米瑟斯高兴地补充道，"等一到了城外我们就可以把窗帘拉起来。而且会有一支蓝皮肤的队伍把我们一路送到边境，所以不会有事的。"

苏伊达斯问："行李怎么办？车上可放不下他们给我们的那些东西。"

"行李会搭另一辆车稍后送到。"

苏伊达斯叹口气，"那这就是我们最后一次看见它们了。可惜。没准值不少钱呢。"

"这倒提醒了我。"兹米瑟斯转过身，一个穿行会号衣的男仆不知从哪里冒出来。那人拿着一只扁平的胡桃木匣子，大约两英尺半长，纹理美丽，带纯银合页和锁扣。"给你的礼物，"兹米瑟斯说，"我送的。免得你每经过一个镇子、村子都想停。"

苏伊达斯看着他，"我猜是……"

"对。最上乘的。一对。佩尔米亚最好的工匠。由行会委托。我问了会长最棒的人选是谁。花了我一大笔钱，可是管它呢，反正是银行买单。"

"谢了不用，"苏伊达斯满眼都是嫌恶，"我已经有一把了。喏，奥多，鬼东西归你了。我拿着没用。"

"谢谢，"奥多郑重道谢，接过匣子扔进车里，匣子撞上地板砰砰响，"我敢说总能派上什么用场的。"

在一场招待会上，内务部长曾经问奥多自己能不能为他做点什么，奥多回答说如果回家路上能有点东西可读就太好了。所以一等马车离开首都、兹米瑟斯允许他们拉开窗帘，他就把手伸进外套口袋，摸出一小摞迷你小书。每一本看上去都一样，奶白色上等犊皮做的封面。"卡利亚尼斯全集，"他把书分发给大家，"总共十二卷。我建议我们换着读。应该能让这一路过得快点。"

"好极了，"苏伊达斯说，"卡利亚尼斯又他妈是谁？"

"我其实也不知道，"奥多回答道，"不过人家觉得我应该听说过他，所以我就说非常感谢。反正，"他补充道，"肯定比看风景来得强。"

伊瑟姿随手翻开一页，朝书上的小字眯眼细看，然后又瞪大眼睛把书合上。"这是……"

"对，"兹米瑟斯说，"在斯科利亚持有当然是违法的，不过我听说这套书是对这一主题的详尽探讨。"他打开自己的那本翻了几页，"没图，"他伤心道，

"好吧,不用担心。听人说里头的描述极能唤起想象,所以没图也不要紧。咱们看看,"他翻到目录,"我这是C到F。老天保佑内务部长。这人显然品位超群、见识不俗。"

奥多合上书放在身旁的座位上。"我还带着我的棋盘。"他说。

伊瑟姿把自己那本往地上一扔,又在袖子上擦擦手。"一脉相承,"她说,"开刃的剑、黄书、腌甘蓝。为什么这趟旅行的一切都要这么糟糕?"

苏伊达斯弯腰捡起她丢掉的书。他翻开书,眯细眼睛,手臂几乎伸直,"这不是黄书,这是诗。"

"帝国分裂前的经典抑扬六步格,"兹米瑟斯说,"军事学校教我们作诗的时候,这套书就是指定教材呢。五万五千行,连半个用错的音顿都没有。"

苏伊达斯合上书放进自己的口袋里,"我对诗歌没多大兴趣。"

"这我信,"兹米瑟斯说,"你呢?"他问坐在自己对面一动不动的富兰特泽士,"正是你感兴趣的东西,我觉得。"

富兰特泽士看着他说:"恐怕我的视力是看不清这样小的字了。"

"啊,这个嘛,"兹米瑟斯咧嘴一笑,"那就带回家去。也许你妻子可以读给你听。"

富兰特泽士点点头,然后他弯曲一条腿,脚后跟狠狠撞进兹米瑟斯的腹股沟。兹米瑟斯倒抽一口气、脑袋往前伸,正好方便了富兰特泽士把左拳挥到他脸上。只听啪的一声脆响,兹米瑟斯坐在座位里身体往后仰,双手捂住了脸,血顺着他的下巴流到大腿上。伊瑟姿乐得大叫。富兰特泽士在座位上舒服坐好,翻开奥多给的书读起来。

苏伊达斯替兹米瑟斯把鼻梁骨复位,弄得不是太利落,不过据他解释,马车颠簸摇晃,自然不利于精细作业。"搭乘缺少悬挂装置的车辆就有这个问题，"他说，"你被抛来抛去，很容易出事故。就好像刚才。"他用拇指轻轻按了按兹米瑟斯的鼻子，"对吧？"兹米瑟斯呻吟一声，"他同意我的看法，"苏伊达斯说着擦去手指上的血。"啊，瞧瞧我们，"他说，"我们都算是经历过战争了，不是吗？"

"除了我。"季若特静静地说。

苏伊达斯道："我猜你是生来就走运。"

奥多跟护卫队的指挥官谈了谈，对方似乎以为他们回家准备经过奥特、撒沃茨、贝尔·森普兰以及其他几个大镇子。奥多很快纠正了这一误会。事实上他们要走的是距离最短的那条路，不去任何人口密集的地方，但凡规模超过中等大小的农庄的地方统统绕开，而且在任何情况下都不能让任何人知道他们就是那队无比著名的斯科利亚人。指挥官派了一个骑兵回去说明情况，以免当局也跟自己有一样的误会，并在他们没有出现时派人出去搜救。同时他还就补给的问题向奥多道歉。如果他们不准备在大城镇停留，剑手们便别无选择，只能与护卫队一起随便吃吃——军队配给的食物，没什么好东西。奥多对帝国军日常吃的去皮大麦加杏干烤羊肉串记忆犹新，于是告诉对方说他和同伴们已经做好了艰苦朴素的准备。

从鲁兹尔·毕耳出发两天后，他们穿过一大片光秃秃的荒原。道路像尺子一样笔直，每隔三又四分之一英里就有一块方方正正的里程标志。他们看见了几只乌鸦，偶尔还会有云雀从石楠花丛中一飞冲天，除此之外就再没有任何活物。最后天色近晚，他们来到一座灰色的花岗岩兵站前；周围刚刚烧过一片石楠，这房子跟焦黑的石楠茎完美融合，他们几乎都要踩上房子了才看见它。门开着，屋里一个人也没有。帝国军照例从自己外表看来极精简的鞍袋里变出了毛毯、枕头和完整到令人不安的全套厨具。上尉悲伤地说:"恐怕又是烤羊肉。"谁也没抱怨。

第二天他们一早就上路了,因为大家都看到正后方有一大片厚实的云层。铁灰色的云软化了地平线的线条,以至于很难将天空与地面区分开。"如果我们稍微赶一赶,很可能跑过它,"上尉满怀希望,"我宁愿不要在开阔地里被那东西逮住。"但不久之后猛烈的大风就扯开了马车的窗帘,雨水被风裹挟着倾泻到他们头顶。护卫队靠拢马车两侧充当人力防风墙,但其实也没多大用处。一个钟头之后所有人都能拧出水来,被用来从眼睛里擦去雨水的衣袖已经被水浸透变成了毛毡。剑手们闭着眼睛坐在座位上,身体前倾缩成一团,每一滴雨水都感受得清清楚楚。帝国军则因为泥太深、马车很可能陷进去出不来而烦躁不安。然后马车突然停了,事先毫无征兆。

"又怎么了?"苏伊达斯头也不抬地吼道。没人应声,于是他跳起来,手一撑跃出车外去寻找解释。他的脚掌吧唧一声落了地。

他不用走太远。帝国的士兵笔直地坐在马上,所有人都纹丝不动,直愣愣地盯着前方的平原。地上满是死尸。

他们仿佛是从高处被扔下来的,胳膊要么大大张开,要么折叠在身下,双腿分开,脖子扭曲成无法忍受的角度。雨水把他们浸透,把他们的衣服变成黑色的糊糊,还在凝结的血块里冲出一道道沟壑,以至于苏伊达斯几乎以为他们肯定是淹死的,淹死在已经退去的洪水里。然而真正的死因一目了然:绝大多数是箭伤,但在那一大堆尸体靠近中间的地方,许多人身上都有屠夫手法的刀伤,肌肉被切开、骨头被击碎。被雨打湿成这样,根本看不出他们是什么人。只是靠了马的尸体你才能知道他们是阿兰姆·查塔特。

"老天在上,到底怎么回事?"苏伊达斯听见自己这样问道。没人应声。他抬起头,尸体仿佛无尽延伸,像被砍伐一空的森林里留下的树桩,盖满地面。真是一团糟,他心想,得花多少工夫才能把这么一大堆清理干净啊。要挖出足够深的坑把他们埋到底下去,否则第一场雨就会把尸体冲出来,这得花上好几个星期。为了弄明白他们总共有多少人,他试着想象他们站起身,从亡灵大军变回活人。他大概知道一千人站在一起大概要占多大面积,可他还是想象不出。反正至少是五位数。阿兰姆·查塔特,全死了。

他发觉奥多和兹米瑟斯站在自己身边,同样睁大了眼睛,跟他做着同样的事,但他感到无法忍受他俩靠近的感觉,于是往前走了几步。帝国军的上尉下马去跟兹米瑟斯交谈。他听见兹米瑟斯说:"全无头绪,抱歉。不是我们的人,这我基本可以肯定。我意思是,他们是要回家的,我们干吗费这工夫?"

这样的场景很容易把人淹没其中,但你可以抓紧好奇心不放,靠这个让自己的头留在水面上。他认出了那些箭,他相信帝国军的上尉多半也一样,兹米瑟斯肯定也认出来了。帝国军的箭杆会刷成彩色,用不同的颜色做标记:绿色是散兵和轻步兵携带的轻型单体反曲弓,红色是步兵弓箭手携带的长弓,蓝色是骑兵弓箭手的重型复合弓。插在尸体和地面上的箭大多是红色,但各处也有一簇簇蓝色(仿佛五月的蓝铃花)。世上再没别人会给箭上色。但那些被砍死的人:哦,那些伤口他是非常熟悉的,他见过的武器里只有一种能对人类的身体造成这样的伤害。这里曾有人拿砍刀对战。愿神怜悯他们。

他听到兹米瑟斯向上尉提问,是一种事不关己的垂询,他问帝国军是否向佩尔米亚的民兵出售或者赠予了库存的消耗品,比方说弓箭。上尉说没有。军方的物资有严格的规定,帝国发放的物资只能给帝国的人使用。兹米瑟斯温和地道谢。片刻沉默后上尉说:"好吧,我们最好继续赶路。"

那天剩下的时间谁也没说话。当晚他们住进跟之前住的兵站一模一样的另一个兵站,这里同样人去楼空。苏伊达斯盯着雨发完呆,往回走时被季若特拦下来。他双眼圆睁,面色苍白。啊,很正常。从没见过那样的事么。

"我不知道，"苏伊达斯说，"不过他们是被蓝皮肤和佩尔米亚人干掉的，这点可以肯定。"他皱起眉头，"我觉得他们肯定是洛辛霍勒和诺·维伊；派来佩尔米亚的整支队伍，各有五千人大概。奥兹达和比较小的部落不会跟洛辛霍勒一起走，仇怨太多。五千听起来也像是佩尔米亚人雇的数字。"

季若特的表情毫无变化，"为什么？"

"不知道，"苏伊达斯还是那句，"我只能猜想他们大概不怎么喜欢这些人。"

"这算什么理由……"

"并不一定要有理由，"苏伊达斯静静说道，"好吧，你可以说佩尔米亚人是想报仇，毕竟暴动期间阿兰姆·查塔特对平民可是没有手软；而蓝皮肤可能是接到了命令，不能让这么多失业的蛮子回去，省得他们几个月后又出现在帝国的边境上。也可能就是这类原因。借口和辩解是不难编出来的。"

季若特问："会打仗吗？"

"哦，我觉得不会，"苏伊达斯一脸疲惫，"如果我猜得没错，那外头的确是洛辛霍勒和诺·维伊，那他们留在老家的人根本不够惹事，而其他阿兰姆国家也不会拿自己的性命去为自古的敌人报仇——反而要忙着清扫幸存者呢，多半是。这事妙就妙在这儿：他们死了谁也不会特别介意。事实上，如果我是东帝国的皇帝，我会把干这事儿的人封为公爵，再把女儿嫁给他。"他像狗一样咧开嘴，"要说这是早就计划好的我也不会吃惊。是笔好买卖呢，尤其是可以在另外一个国家动手。我猜很快就会有人来收拾烂摊子，然后就没有证据了。没有证据也就没有战争。一万个叫人蛋疼的混蛋被从地面上抹掉了。"

季若特打了个寒战，"听起来你倒像是赞同的。"

"这个嘛，"苏伊达斯直视前方，"我从来不喜欢阿兰姆·查塔特，不喜欢。

不过那都是过去的事了。这回的事跟我一点关系都没有。我只想回家去。"

季若特耸耸肩,转身回了兵站。苏伊达斯留在原地,看雨水从水沟的缝里漏下来,在他脚下积成一摊。如果他能等得够久,这一小摊水最终会变成洪水,把一切都冲走。

他看见两个帝国的兵跑步穿过平地,弓着肩膀减少被雨水攻击的面积。"嘿,军士,"他听见其中一人说,"一万个死在一片地里的阿兰姆·查塔特,你管这叫什么?"

"我不知道。什么?"

"开头。"

最后大家还是只能看书。就连伊瑟姿也不例外,不过她是在奥多的象棋丢了一半棋子过后才屈服的。她读书时眉头紧锁,一脸迷惑,而且总用大拇指的指甲当书签、不停往回翻。等所有人都读完全套,他们就用它跟帝国军上尉换了《对佩尔米亚主要城市之描述》。这是一本九十高龄的手册,上尉刚听说自己接下来会被派来佩尔米亚时,他祖母送他的。书里形容鲁兹尔·索斯是一座民风淳朴的小市镇,还说那里的人友好而和平。

有一天马车突然在个前不着村后不着店的地方停下来。伊瑟姿、富兰特泽士、苏伊达斯和奥多都在睡觉,兹米瑟斯在写信。季若特先是耐心坐着没动,然后伸长脖子往外看。根本没什么可看的。他们在一片平坦的高地荒原,四周没有任何地标。

兹米瑟斯皱着眉头停笔,小心翼翼地塞好墨水瓶盖。他站起身,优雅地从马车里滑出去,信和钢笔都还在手里。季若特靠回椅背上闭起眼睛。马车经常停下,总有这样那样的原因。

兹米瑟斯戳了戳他的肩膀，他把眼睛睁开。"到边境了，"他说，"你也许想知道。"

起先季若特听不明白，"什么，你是说斯科利亚？"

"还差一点，"兹米瑟斯微笑，"非军事区。我们要在这里换人护送。政府派了半支骑兵送我们穿越非军事区。"

"斯科利亚人？"

"当然是斯科利亚人了。"

不可思议。过去的几周里，他几乎开始怀疑他自己和同行的剑手就是地球上仅剩的斯科利亚人了。"他们在哪儿？已经到了吗？"

"应该随时可能出现。"

他们的确是斯科利亚人：外省的预备役民兵，骑着骨瘦如柴的小马的牧羊人，十个人共用四分之三套完整的帝国装备，外加四支长矛。他们盯着帝国军看，又直愣愣地朝马车瞪眼。等奥多从马车里探出头来，其中两个人开始彼此窃窃私语，又有一个人用指甲抠车身上的黑漆。帝国士兵安稳地注视他们，把他们的一举一动都看在眼里，但又没有正式承认他们的存在。上尉很庄重地将一袋折叠平整的文书递给其中一个人，那人看也不看就把它塞进口袋里。帝国军收拢队形，朝着马车所在的大致方向鞠躬，然后掉转马头离开了。马蹄的节奏完美一致，速度逐渐加快。接过文件袋的那个斯科利亚人伤伤心心地瞅了兹米瑟斯一眼，然后慢吞吞地走到他那毫无队形可言的小队伍前方。季若特算是看明白了，这些人是一点也不愿意出现在这里的。他们有更好的事可做，在比这儿更好的地方。他实在没法为此责备他们。

非军事区倒是变了。路上有了人：大多数是牧羊人，赶着一小群瘦巴巴的羊，但也有些佩尔米亚人，肩上扛着引人注目的重型机械，或者正忙着把它们摆到硕大的货摊上。如果有一群斯科利亚人从旁走过，双方都对对方完全视而不见，哪怕是绵羊撞倒了三脚架、踩上了设备。有一两次某个佩尔米亚人抬头看见从旁经过的马车，先是皱起眉，然后突然呆住，满脸震惊地看着著名到不可思议的斯科利亚击剑队的影子缓缓从自己身旁驶过。季若特意识到他们会把今天的事讲给儿孙听，这念头让他非常不自在，就好像有法师来偷了他的灵魂，却是因为误以为他的灵魂有些用处。

他们爬上一座小山的山顶，只见道路在眼前笔直延伸，仿佛没有尽头，活像是由无所事事的巨人随手画下的一条直线。不过当他们沿缓坡往下走时，却觉察到有人为建造的屋舍、人的活动，还有人。

斯科利亚人正修造一座边境小站，实在看不出有什么必要。作为安全措施它毫无用处：只需要往南走上一英里，你就能躲开哨兵的耳目跨越边境。要说把它当成纵深防御链条中的一环它也同样毫无用处：它只比室外的小棚子和茅厕略大些许，能容下三个合群的人和两匹马。小站的屋顶还没修起来，却已经拦路建起了十八英尺高的木门。马车夫把车停下来等着，然而周围那些人只是自顾自走在光秃秃的椽子间，对他们不管不顾：他们是建筑工人，不是士兵也不是海关的官员。马车夫爬下去开门，却发现门用挂锁和铁链锁上了。兹米瑟斯下车走进小棚子里，里头一个人也没有。一张书桌上放着一本簿子，但既没有笔也没有墨水。他走出来，吩咐车夫往后退从门边绕过去。车夫照做。欢迎来到斯科利亚。

从边境小站走出一英里左右，道路分叉。马车往左，他们的骑兵护卫往右。"他们干吗？"伊瑟姿问，"他们不能就这么把我们给丢下。"

"这儿是斯科利亚，"兹米瑟斯说，"我们不需要护卫了。"

奥多皱起眉头，然后说："的确，我猜是不需要了。不过还是觉得怪怪的。

我们被保卫、护送了那么久，少了这些人感觉很奇怪。就好像没穿衣服出门似的。"

苏伊达斯目送骑手们离开。等再也看不见他们了，他就微笑着说："停车。"

"什么？"

"我说停车。"

兹米瑟斯耸耸肩，用手掌根敲敲车顶。马车减速停下。苏伊达斯站起来。

"好吧，"他说，"这一趟很有趣。你们大家保重。"他小心翼翼地从富兰特泽士腿上爬下了车。

兹米瑟斯问："你以为你要去哪儿？"

"我以为从这里开始我要自己走回去，多谢你。"苏伊达斯说，"被关得太久了，我猜。再说了——嗯，没有不敬的意思，不过……"他没把话说完。

伊瑟姿看着他，"你准备从这儿走回去？"

"正好伸伸腿，"苏伊达斯喜气洋洋，"再说我认识路，而且又不急着赶路。"

"这算什么理由。"

"再说我很想回家，"苏伊达斯说，"回见。"说完他就快步走掉了。

伊瑟姿转身逼问兹米瑟斯："难道你就这么让他走了？"

"这是自由的国家。"兹米瑟斯温和地回答道。"唔，"他补充道，"相对自由，至少是。"

季若特皱眉，"也许他觉得可能遇到强盗……"

"或者诸如此类的东西，"奥多静静说道，"也可能他只不过是烦透了我们。"

"可这也太蠢了，"伊瑟姿抱怨道，"他又没有食物、又没有水、也没有钱……"

兹米瑟斯身体前倾，用力敲敲车顶。"他不会有事的，"马车向前滚动，"多半还比我们先到呢，如果他能偷到马的话。"

"奥多，"伊瑟姿说，但奥多只是耸耸肩，"富兰特泽士，"她转移目标，不过这回热情显著降低，"告诉他。我们不能把他丢在荒郊野地里。"

富兰特泽士摇头，"如果你想拦着苏伊达斯·德泽尔不让他干自己想干的事，你请便。别指望我。"

"他把这个落下了。"奥多拿起装在玫瑰木匣子里的砍刀。

"我猜他多半另有一把，"兹米瑟斯说，"至少一把。"

"而且他把书也带走了，"季若特指出，"《主要城市》。"

"我已经读过了，"奥多说，"不可惜。"

后来，等其他人睡着了以后，伊瑟姿戳戳奥多的肩膀说："我知道苏伊达斯为什么要走。"

奥多睁开眼睛打个哈欠，"好吧。为什么？"

"这个嘛，"伊瑟姿说，"刚好是在护卫就那么走掉以后。我觉得他以为我们会被袭击。"

"真的吗，"奥多回答道，"被谁？"

"我怎么知道？"伊瑟姿斥道，"总有人袭击我们，他们好像并不需要什么理由。但我觉得苏伊达斯认为护卫丢下我们是有原因的。所以他就趁着还能跑先跑了。我的意思是说，我们坐着马车在空地里，可不是好一个慢吞吞的大靶子吗？我们一点胜算都没有。"

奥多皱眉。"伊瑟姿，"他说，"我们在斯科利亚。"

"那又怎样？第一次我们也是在斯科利亚，那些所谓的强盗打来那次。"

"那时候我们是正要出去，"奥多和善地解释，"这次我们是回家。已经结束了，活儿已经干完。袭击我们也没意义。"

"那好，"伊瑟姿不耐烦道，"那苏伊达斯为什么？"

"我真的不知道，"奥多说，"不过我不觉得有什么特别见不得光的理由。真的，"他添上一句，"我觉得没什么。我们到家了。我们对任何人都不再重要了。"

季若特从噩梦中醒来，睁开眼睛发现周围一片漆黑。他问："怎么不走了？"

奥多说："我们到了。"

"什么？"

"到了，"奥多重复道，"我们到家了。"

这话实在听不明白。"哪儿？"

他突然发现伊瑟姿、富兰特泽士和兹米瑟斯都不在，而奥多也站着。"在击剑行会外头，我想是，"奥多回答道，"反正我猜是的。我们开始的地方。"

"几点了？"

"不确定。大概过了午夜吧。"他退出马车外，季若特只能隐约看见他的身影，"你来不来？还是准备留在里头？"

季若特慌忙爬起来，险些摔出车外。他坐太久，双腿抽筋，一点力气也没有。马车几乎立刻就走了。季若特需要有意识地阻止自己追上去。他问："其他人呢？"

奥多正四下打量。"已经走了，"他说，"兹米瑟斯有辆马车来接他，他把伊瑟姿捎回她父亲家。富兰特泽士脚一落地就不见了。"他不知看见什么，抬起一只胳膊挥挥手。"那是我父亲的轻便马车，"他说，"他们肯定一直在等我们的消息。好吧，再会，保重。"

"奥多。"奥多停下脚步，季若特发现自己无话可说。他本来想说的是我不知道能去哪儿，我不能回家，我父亲跟我脱离了父子关系。我从没想过该去哪儿，因为我从没想过自己能回来。

奥多道："什么事？"

"抱歉，"季若特喃喃道，"我不知道，我以为会有——呃，会有人来接我们什么的。"

奥多咧嘴笑，"你是指招待会吗？盛装和腌甘蓝？"

季若特摇摇头。"抱歉，"他再次道歉，"我只是……"

"我明白，"奥多犹豫片刻，"本来我也想请你去我家住一晚，但我不认为我父亲有心情招待客人。事实上家里的气氛恐怕不会太愉快，会让你觉得尴尬的。"他顿了顿，然后放下拿在手里的外套，把手伸进口袋里。"抱歉，"他伸出手，摊开的手掌里有两枚硬币，"我身上只有这么多。一晚上应该够了，如果你能找到还开着门的地方的话。"

两枚诺米斯玛塔。在学生住的地方够付四个月的房租。不知富兰特泽士的妻子是不是也有这种感觉，他心想，过去人家付钱给她的时候，事后。他伸手拿过诺米斯玛塔。"谢谢。"

"不用。照顾好自己。"奥多走向广场对面。

八周过后，伊瑟姿在楼上的晨起室，女仆通报说有客人来见她。她放下刺绣下楼去。奥多坐在大厅里浑身不自在，那把椅子对他的腿来说太小了。看见她他便站起身。

他说："嗨。"

他显得不一样了。不消说，他从头到脚都是黑色，就连鞋上的银扣子都没有磨光，或者是浸了醋好让它们变黑。不过他的头发又短又齐整，伤疤也都从痂变成了亮闪闪的红色。他似乎老了些。

"嗨，"伊瑟姿回答道，"你来做什么？"

"来见你。"奥多说。

"噢。好吧,我们最好到花园去。"

"好。"

亏得她父母都不在家。卡努斐克斯家的儿子,来到他们家里,他们会被自己的雄心壮志搞得兴奋而死的。而且他也比她习惯的模样更像卡努斐克斯家的儿子了:干净,被照顾得很好,身上也没有血迹。但她仍然认得出他是奥多,而且不知为什么她的手想要发抖,不过她当然忍住了。

"好吧,"她指指窗下的长凳,"你想怎样?"

她并没有打算用这种口气的,但他似乎并不介意。他微笑着问:"回家还适应吗?"

"快闷死了,说实话。"她回答道,然后吸了口气,"你父亲的事我听说了。"

"我猜到的。"

"我很遗憾。"

奥多耸耸肩。"我也一样,"他回答道,"这倒是挺奇怪的。事实上……"他的目光穿过她,投向草坪中央那丑陋的丘比特小喷泉。对人类品位如此可怕的冒犯,她估计多半不属于他日常经验的范畴。她巴不得手头有把大锤子就好了,她会立马过去把它砸个稀烂。"事实上,"他接着往下说,"我来见你就是因为这个。"

毫无逻辑可言,不过同时也是唯一可能的原因。她感到呼吸困难,有点像溺水。啊,她心想,这才叫讽刺呢。她听见自己问:"是怎么发生的?"

奥多皱眉。"我们的管家告诉我,说他淹死在鲤鱼池子里。"他停下来,就好像在准备发表重要的演说,"父亲很爱绘画和素描,作战的时候他也总是带着颜料和素描本。而且他也画得很好,尤其是风景。然后嘛,从老柱子顶上看山谷,景致特别美。"他微微一笑,目光从她身上转开,"这事儿说起来有点疯狂。我的一位祖先，做伟人梦比旁人还更厉害些，他去帝国大巡礼回家后就叫人修了那柱子。家里传说他甚至从村里雇了个小个子男人坐在上头，就像过去那些疯隐士，不过我个人是不信的。就算我们这些人也不至于做这样的傻事吧。"

伊瑟姿张开嘴，然后又把嘴闭上了。

"总之呢，"他继续往下说，"鲤鱼池子就在柱子的正下方，他们觉得父亲是在柱子顶上，后来被一阵大风给刮下去了。他落在池子里，入水的冲击力害他昏迷，于是就这么淹死了。他们发现他正在画的那幅画漂在水面上，画架却在柱子顶上，所以这一假设倒也很合理。"

他语气里有某种东西让她皮肤发麻，但她想不通是怎么回事。"我很遗憾，"她说，"似乎……"

"嗯？"

"似乎这种死法有点太琐碎了，对他来说，"她说，"这样愚蠢可怕的意外，我指的是，发生在任何人身上都有可能。对不起，"她飞快地添上一句，"我说这话一点用处都没有。"

"没关系，"奥多语调轻快，"而且你说得对。对于乡下的小乡绅这死法很合适，但对于浇灌者就太不恰当了。他应当死在战场上，就在赢得胜利的那一刻。手里握着剑，死在忠心耿耿、悲痛欲绝的副手怀里，所有的高级幕僚环绕在旁，个个都带着适宜的悲伤态度。画里都是这样的，家里一半的天花板都是这种东西。带着某种目标的死亡，成就某种东西的死亡，否则就只不过是愚蠢无益的浪费罢了，你说呢？"

她想伸出手去，去拉他的手。但她发觉自己做不到。如果她有理由相信某个东西烫得很，她会迟疑着不愿伸手，现在就是这种感觉。"这种事难免的。"她听见自己这样说，并且后悔说了这话。

　　"事实上，"奥多站起来，他似乎很想撒腿就跑，就像小牛犊怀疑绳子马上就要套到自己身上。"事实上，"她从未听他用这样硬邦邦的语气说话，"根本不是那样。其实他这死法完全合乎家族最好的传统。很可能是他一辈子做过的最好的一件事。至少我非常希望如此。"他转身看她，而他那模样活像死人，淹死的人：皮肤泛白，眼睛也褪色了，非人类。他说，"我杀了他。"

　　感觉就好像他在用另一种语言对她说话，一种她听不懂的语言。"奥多？"

　　"我杀了他，"他又说了一遍，"有根大管子专门替池塘放水的，带龙头。我们喜欢不时换换水，免得池塘里的水变绿发臭。每次都会有两个人带着网子下去，把在泥里翻腾的鱼捞起来放进几个大桶里，然后你就可以打开水闸，让水从上头水车的水渠落下去把池塘灌满。头一天晚上我偷偷溜出去，打开龙头把水放干。第二天一大早我出去散步，发现水干了，鱼也全死了，就回房子里告诉父亲。他自然气得要命，立刻猜出肯定是有人故意捣鬼，就上去查看。他检查龙头时，我拿一块石头砸他的头，把他砸晕，然后拖到池底中央，再跑上去打开了水闸。他一直没醒过来。水流到他身边，然后把他淹没，就结束了。我之前就偷了他画画的东西，我把一张画了一半的画，外加画笔和调色盘扔进池塘，又把画架放在柱子顶上——稍后我就去发现了画架，解开谜团。等池塘注满水，我就关闭水闸，跑回房子里，浑身发抖，心神不宁。当然这倒不需要怎么装，也亏得如此，因为我不大会演戏。"

　　"奥多。"她的喉咙好像被捏紧了，"为什么？"

　　他再次转开眼睛。"很抱歉麻烦你，"他说，"不过你手边会不会恰好有什么喝的？我的喉咙有点痛。谢谢，"她给他倒了杯水，他接过水杯，却并没有喝。"你想知道我为什么要杀他。"

　　"对。奥多……"

"因为这是正确的事。"他小心把杯子放回桌上,"其实也是为了他好。你知道他想接手吧,成为独裁者。"

"不,事实上。不知道。"

奥多耸耸肩。"他认为,"他平静地说起来,"这是拯救斯科利亚的唯一的办法——他来掌权、抛开银行、发动战争、打败佩尔米亚人、用他们的钱偿还债务,之后一切就会回到过去的样子,那是他心目中的完美社会。"他皱起眉头,仿佛在确认一个微不足道却又微妙难解的小细节,"我不认为他自己想要权力,"他接着说道,"他只是得出结论,认为他是掌握权力的最佳人选,而一旦决定了这一点,其他的一切都是水到渠成。总之他认定了一定要再打一场仗,而且他确信我们会赢。在这一点上他倒很可能是对的,"他继续往下说,"但剩下的部分全错了。作为独裁者他会非常糟糕。他是太出色的军人了,你明白。他会指望每个人都服从命令,马上服从、绝不质疑。而等他们没有这样做的时候——唔,那是不会好看的。最终的结果会是斯科利亚毁在他手里,所有人的生活都苦不堪言,而他自己也会被写进历史,不是作为他这一代人中最棒的将军和卡努斐克斯家族最顶尖的一个——他的确是的,这毫无疑问——而是作为又一个军事投机家,攫取了权力,又在想要行使权力时把事情搞得一团糟。他会摧毁自己这辈子成就的一切,他不会拯救斯科利亚,反而会毁了这个国家,而他是爱斯科利亚的,他真心爱斯科利亚,一点不假。所以我杀了他。"他闭上眼睛,然后睁开眼咧开嘴,"为了他好。"

"奥多……"

"也为了不让他再发动一场愚蠢而可怕的战争。"奥多用食指和拇指揉揉眼睛,"嗯,这大概要算是另外一个问题,里头牵扯的有些事我就不拿来烦你了。不过基本上这就是原因。我爱他,胜过世上的任何人。所以我还能怎么办呢?"

17

"你杀了——"她停下来,"奥多……"

"你想让我说什么呢?"他已经筋疲力尽了,她暗想,别再跟他吵了,"我是这么看的,我们两人中总有一个要做一件可怕的事。我决定由我来做更好些。毕竟我才是可消耗品,他把这层意思表达得很清楚,而我也同意他的看法。"他停下来直视她,仿佛顺着来到高部第一起式的刺剑剑身看过去,"你认为我应该怎么做呢?如果我自首,我们的家族就毁了。我不知道他们会不会吊死我。多半不会,如果我跟他们解释自己为什么要这样做的话。但这样一来又违背了我的初衷。为了我做下的事情上绞刑架,也许能让我好受些。挺高尚的,你不觉得吗?非常卡努斐克斯。"他略微抬高声音,仿佛是在背诵,"我爱我父亲,但我更爱斯科利亚。"他摇摇头,"然后我就会成为英雄,而这么一来就全错了。我是英雄的儿子,做该做的事情的那个人。很细微的差别,但至关重要。"

她盯着他:奥多,他跟她同乘一辆马车、跟她下过棋、认真听她的意见,而现在他做了这么一件事。一件野蛮恐怖的事。

（几乎与季若特的行为一样恐怖，但她原谅了季若特：因为他性格软弱，当时又很害怕，而且那基本上是个事故，也就让议员的死变得空洞而无意义。没必要惩罚奥多。他下半辈子都会惩罚自己，远比任何人都更严厉。而他所做的事是正确的，他的动机是好的；她自己仅仅为了保住自己的性命就杀过人，而她的性命根本毫无价值呢……）

她说："没关系的。"

"抱歉？"他几乎像是生气了，"这当然不可能没关系。这是——"

"奥多，安静。"她的眉毛猛地往上扬，他看着她，"没关系的，这是最最可怕的一件事，但你非做不可。为了阻止战争，也是为了他好。换了除你之外的任何一个人去做这件事，我都会说他是个好人，他做了正确的事。只是太遗憾了，竟只能是你。但当然不可能是别人，不是吗？你是出于善良才这样做的。你是个善良的人，这是你最美好的品质。你不愿意别人受苦。"

他沉默了很长时间，最后说："他是会受苦的，这毫无疑问。一等他意识到自己犯下了可怕的错误，无可挽回，他就会把自己撕成碎片。而且也没有别的法子。他不是那种能跟你谈的人。"他跳起来，虽然没有开门走出去，但却尽量离她远远的，"真对不起，我不该逼你听这些。太自私了，我向你道歉。"

这话让她微笑，而笑容拉扯她的嘴唇，让她尖叫一声。看，全是你害的。"没关系，"她说，"真的。"

"我没有别人可……"他摇摇头，"谢谢，我不会再来烦你了。"

"我看不一定。"她听到这句话才意识到自己把它说出来了。

他的目光绕回她身上，有些惊慌。

"你是来做什么的，奥多？来忏悔你的罪吗？"

"不是。"

"坐下，看在老天的分上，趁你还没打翻什么东西。"

他咧嘴笑着坐下，把那双长得可笑的腿干净利落地折起来放好。她问："你是来做什么的？"

"那个，"他低头看自己的脚。她真想揍他，"如果你非要知道的话，我本来想问你愿不愿意结婚。不过那是——"

"可以。"她说。

他看着她，"什么？"

"可以，"她坚定地说，"不是最理想，但总的说来我觉得可以。"

他一动不动地坐了好久，简直叫人发狂。然后他点点头说："如果你确定的话。"

"不，我突然改主意了。对，我确定。哦，老天在上，奥多，"她喝道，"我告诉你我爱你的时候你要看着我。"

考虑到各种因素，婚礼相当低调。举行婚礼的地点是在卡努斐克斯的宅邸：七百二十六名客人，没算佃户、乐师和余兴节目的表演者——最后一项由德泽尔击剑学校的学生和老师提供。苏伊达斯·德泽尔本人并未出席，他以工作压力太大为由请新人谅解。为了保证表演顺利，他派出了自己的首席教员季若特·布锐埃纽斯作代表。而表演也的确顺利。击剑表演后大家纷纷往外去了玫瑰园，但季若特留在后头，吉勒姆·富兰特泽士也一样。后者一整天都故意躲着季若特。

"嗨，"富兰特泽士说，"好久不见，自从……"

"的确，"季若特说，"一切都好吗？你妻子如何？"

"她很好，"富兰特泽士回答道，"今天没法来，因为随时都可能生产。你呢？"

"哦,还不坏,"季若特微笑,"为了谋生而工作,但除此之外没什么可抱怨的。"

富兰特泽士点点头,"最近苏伊达斯怎么样?我一直没见到他。"

"哦他挺好,"季若特说,"不必击剑、只要管理学校,他高兴着呢。前几天他告诉我说他从来都恨击剑。但他拿手的就只有这一样,所以没办法。"

富兰特泽士严肃地点点头,"我听说他是娶了他那个女戏子了。"

"对,终于,"季若特微笑,"他告诉我说等他给她看了银行里的四万诺米斯玛塔,她立马就答应嫁给他了。他把四万零七诺米斯玛塔又十二毛一口气取出来,当天就去定了神庙。反正他是这么跟我说的。是不是真的我不知道,但听着像那么回事。"

富兰特泽士面露微笑,然后故意把微笑收起,端正了表情。"兹米瑟斯死了。"他说。

季若特没料到自己会这样震惊:"怎么死的?"

"自杀,"富兰特泽士轻声说,"毒药。马上就要定他的叛国罪了,我听说是。"他弹弹舌头,"那人的确有这个本事,每回情况不妙就不见人影。"

季若特深吸一口气再吐出来,"不算太可惜。"

"不,确实不算太可惜。他这人从头到脚都叫人不快,而且还把我妻子关在修道院里。可即便如此。"他摇摇头,"不算太可惜,但也仍然是可惜的。"

季若特哈哈大笑,"接下来你就该告诉我说你怀念佩尔米亚了。"

"依我看这是永远不会的,"富兰特泽士说,"我猜这就好像人家跟你说他怀念在军中的日子。好吧,至少现在看来是不会再打仗了。"他放下杯子,"我们应该去外头了。"

"我没心情跟人打交道,"季若特回答道,"告诉我,你会不会想起——嗯,你知道的,我们看见的那些事。我们做的那些事。"

"我尽量不去想。我妻子说每回我想到那些她都知道。幸亏她学会了能让我停下来的法子。"

"真的吗？是什么？"

富兰特泽士咧嘴笑，"性，主要是。还有就是把锋利的东西全部锁起来。"

一扇侧门打开，奥多和伊瑟姿走出来。两人偷偷摸摸的，就好像本来不应该出现在这里。"我们应该去欣赏结婚礼物，"奥多解释道，"但我们看见你们在这儿，所以就逃了。"

"从窗户爬出来的，"伊瑟姿说，"在我们自己家。太可笑了。"

季若特不禁想，我们自己家这几个字说明她对自己人生的新位置完全缺乏理解。"谢谢，"他说，"正好，我正想能私下见你一面。有东西要给你。"他伸手从口袋里掏出一个小银匣子，"苏伊达斯给的。"

伊瑟姿看看他又看看奥多。"他有心了，"伊瑟姿说，"对了，他怎么样？"

"哦，挺好，"季若特说，他转向奥多，"他叫我告诉你。首先，这不是结婚的贺礼。其次，这是钱买不到的东西。"

奥多接过匣子，他看它的眼神仿佛那是通往某个危险地方的大门。"唔，"伊瑟姿说，"快，打开呀。"

盖子往回滑开。匣子里装了灰色的粗盐，盐里是一根手指。伊瑟姿张开嘴，又在看见季若特的眼神后往后退了一步。奥多仔细把盖子合上，把匣子揣进口袋里。"谢谢，"他告诉季若特，"转告苏伊达斯我会好好保管的。"

　

新郎送给新娘的礼物是让人修好了过去用于柱顶苦修的那座塔，还装上了合用的楼梯和扶手。渐渐地她越来越爱去那里，她说在柱子顶上她能清楚看见自己是从哪里来的。奥多让人封了鲤鱼池子，把它变成草莓地，不过这里地势太高，又没有遮挡，并不适合如此纤弱的水果。奥多战死时六十二岁，当时他正领着部下对抗入侵的西帝国军队,胜利在望。他死后她就叫人把柱子拆除,拆下的石头修整一番,用来修建他的纪念塔,就修在过去池塘所在的位置。两年后,先是六周反季节的暴雨,之后又有段日子大旱,人工水渠冲垮了堤坝,将那片低地完全淹没,变成一片湖,直至今日它仍在那里。